uma fuga perfeita
é sem volta

MARCIA TIBURI

uma fuga perfeita
é sem volta

1ª edição

EDITORA RECORD
RIO DE JANEIRO • SÃO PAULO
2016

CIP-BRASIL. CATALOGAÇÃO NA PUBLICAÇÃO
SINDICATO NACIONAL DOS EDITORES DE LIVROS, RJ

T431f
Tiburi, Marcia
Uma fuga perfeita é sem volta / Marcia Tiburi. – 1ª ed. –
Rio de Janeiro: Record, 2016.

ISBN 978-85-01-10481-6

1. Romance brasileiro. I. Título.

16-34125
CDD: 869.3
CDU: 821.134.3(81)-3

Copyright © Marcia Tiburi, 2016

Todos os direitos reservados. Proibida a reprodução, armazenamento ou transmissão de partes deste livro, através de quaisquer meios, sem prévia autorização por escrito.

Texto revisado segundo o novo Acordo Ortográfico da Língua Portuguesa.

Direitos exclusivos desta edição reservados pela
EDITORA RECORD LTDA.
Rua Argentina, 171 – Rio de Janeiro, RJ – 20921-380 – Tel.: (21) 2585-2000.

Impresso no Brasil

ISBN 978-85-01-10481-6

Seja um leitor preferencial Record.
Cadastre-se e receba informações sobre nossos lançamentos e nossas promoções.

EDITORA AFILIADA

Atendimento e venda direta ao leitor:
mdireto@record.com.br ou (21) 2585-2002.

Logo vai terminar o prazo
Para o homem construir sua fachada.
Ele continua em andaimes.
Provisório.
Exibe máscaras cambiantes.
Sua face inconclusa,
Sustentada por ferragens,
Parece esconder que,
Em todos esses anos de obra,
Ergueram-se inúteis plataformas
Para edificar um escombro.

Donizete Galvão

Uma fuga perfeita é sem volta.

F. S. Fitzgerald

Não podemos escolher o lugar onde nascemos, pensei. Mas podemos ir embora dele quando ele ameaça nos sufocar, esse partir que nos mata se deixamos passar a hora de partir...

Thomas Bernhard

Para Elsa

Quando telefonei, mais de um ano sem falar com Agnes, ele estava morto fazia meses. Meio ao acaso, meio sem pensar, movido pela impressão de que era hora de telefonar, sem que tivesse aberto a janela que dá para os fundos do prédio como faço todos os dias, sem ter lavado o rosto, a cafeteira desligada, a cama por fazer, o uniforme usado preso há dias no cabide atrás da porta, bem antes que o despertador acionasse o seu barulho insuportável que preciso ouvir ainda na cama para adquirir a coragem dos passos que me levam além dela, naquele momento, em tudo diferente ao que estou acostumado a fazer para organizar dias desarrumados, como normalmente são os meus, depois de uma noite cheia de pesadelos, como em geral são as minhas noites, foi nessas condições que peguei o telefone.

Eu não tinha o que dizer, não pensava em nada especial para falar senão as coisas de sempre. Que o tempo está ruim, que a vida segue na sucessão lógica entre inverno e verão, mesmo agora com as estações tão indefinidas, que ando meio cansado, que o trabalho continua no ritmo de costume, que as costas doem mais do que nunca. Que esqueci quando foi a última vez que telefonei. Que não deu tempo de telefonar. Que o tempo voa. É isso, o tempo voa e não há como segurá-lo.

Foi assim, exatamente do jeito como estou contando. Como se eu ainda dormisse. Como se não tivesse deixado nada para trás, como se não existisse nada pela frente. Sem perceber o espaço ao redor e, desse modo, sem a consciência de meu corpo ou dessa janela embaçada pelo frio úmido desses dias de março, foi assim que me pus a discar o número de sempre para um telefonema que, em princípio, não serviria para nada além de marcar de algum modo a minha presença, ainda que dizer presença não fosse mais que força de expressão na tentativa de explicar meu surgimento sonoro, digamos assim, naquelas condições, as mais aleatórias, em um mero alô.

Foram muitos telefonemas. A cada um deles, Agnes me comunicava o texto de um acordo que eu lhe devolvia na forma de uma conversa trivial. Agnes sabia o mesmo que eu, que éramos cúmplices em uma espécie de pacto silencioso, escrito no papel do destino, um pacto que só serve se o assinamos por inércia. E Agnes o assinou na mais perfeita inércia, pois, ao longo desses anos, raras foram as vezes em que ela não atendeu ao telefone, em que se esquivou ao meu chamado, e sei que o fez enquanto nunca, simplesmente *nunca*, se deu ao trabalho de me telefonar.

Acordei mais cedo do que o habitual, não eram cinco horas da manhã. Saí da cama levado pelo desejo de me dedicar ao desenho de um Cristo no qual penso há dias. Pretendia dá-lo de presente a Irene no final de abril, no dia de seu aniversário. Pretender é um verbo que só posso usar no passado, nesse momento não sei o que fazer. Hoje não é minha folga, eu deveria ir ao trabalho mais tarde. Poderia ter me dedicado pelo menos até as nove horas, quando sairia para trabalhar a pé, ao passatempo evidentemente inútil de esboçar detalhes da imagem, dos cabelos, dos cílios, as ranhuras da pele, as pequenas manchas na íris amarelada do personagem que me aparece há dias nas vidraças espelhadas das lojas, dos bares, desses prédios imensos feitos para nos iludirmos que refletem nosso próprio interior. Olhos amendoados, o Cristo me olha e não me vê. Mouro, árabe, meio turco, meu personagem me aparece como vendedores da feira de Kreuzberg que observo aos domingos quando transito pelas ruas em busca de algo para comer e, invariavelmente, acabo com um pedaço de pão nas mãos. Como o meu modesto almoço pela metade, não sem antes ter parado na porta de um restaurante elegante no qual eu nunca entraria sozinho, onde eu entraria com Irene, em cuja porta fico a me perguntar por que Irene não está por perto, onde estaria Irene quando não está comigo. É quase meio-dia e tudo o que fiz até agora foi andar pela casa a olhar as paredes e o teto, a abrir e a fechar a janela dos fundos tentando entender o tempo enquanto penso no que poderia, no que ainda posso fazer, se posso fazer algo, tendo em vista a nova ordem das coisas.

Médio-oriental é também a roupa do meu Cristo, como antigamente era a dos muçulmanos que vejo agora nas ruas de calças e casacos de náilon indo e vindo a falar uma língua na qual não compreendo às vezes a mistura do alemão com árabe, o que não melhora em nada a minha compreensão. O casamento das línguas me soa tão simpático quanto bizarro, sobretudo quando passam me cumprimentando e eu respondo no meu velho Hunsrückisch, esse alemão português que me permite oferecer, do meu lado da história, o que seria um equivalente sulino. Os árabes são dos poucos que me percebem quando eu mesmo ando pelas ruas a buscar um caminho diferente, a esperar que eu não me torne para mim mesmo mais um desses velhos Kants que passam na mesma hora bêbados pelos mesmos lugares, todos os dias com a mesma roupa, como se fossem pagos para isso, como se precisassem garantir, no gesto cronometrado no qual se inclui a bebedeira, a própria vida.

Sísifo e a pedra que ameaça destruir seu corpo seriam uma imagem mais adequada para um trabalhador como eu, mas só o que me vem à mente há dias é esse Cristo e suas pálpebras escuras em torno de olhos muito negros a me observar assustado enquanto, ao mesmo tempo, não pode me ver.

À mesa branca, a branca folha de papel na qual eu deveria desenhá-lo permanece intacta. Branco sobre branco ou um grito de dor que não se pode ouvir. Eu trabalharia nesse desenho se esse grito que não posso ouvir não me perturbasse agora, se ele não fosse, na verdade, de algum modo, a voz de Agnes e não me tivesse paralisado.

A imagem desse Cristo cada vez mais negro me interpela há dias. A ausência daquilo que as pessoas chamam *alguém a quem recorrer* é a legenda exigida por essas folhas brancas para um desenho que ainda não existe. Os velhos que vão ao museu em busca de alguém para conversar, sem perceber que estou ali apenas para guardar casacos igualmente velhos, não sabem que a vida é como esse branco sobre branco que não adiantaria manchar com a companhia de qualquer um.

A vida ou a existência sem álibi é o que lhes digo quando é impossível não dizer nada, como tentei explicar a Agnes naqueles momentos em que, no meio das nossas conversas, ao longo desses anos, eu percebi a falta de assunto. Isso me vem à mente agora quando algo da envergadura do que não posso chamar por outro nome que não seja o desespero me atinge, quando essa intensidade de angústia diz respeito a mim, a mim que sempre me pensei inatingível, a mim que sempre me pensei livre de tudo o que se relacionasse ao ato de esperar.

Atravessado por um fio fino de eletricidade que, contraditoriamente, me desalinha dos ouvidos até os pés, eu olho para o chão. Meus sapatos ao lado da porta, prontos para serem calçados. Dentro deles as meias pretas que usei ontem. Não encontro, no entanto, meus pés. A voz de Agnes tem o poder de fazer desaparecer partes do que sou, de escancarar os buracos do meu corpo, de esgarçar as bordas dos ouvidos, da boca, de cada poro até a total vitrificação dos meus órgãos e, logo a seguir, porque me torno de vidro, do sangue à pele, das membranas ao espírito, o estilhaçamento completo do copo vazio em que me tornei se torna inevitável. Sou uma pessoa que se reconhece, que ainda é capaz de se ver, como sendo, pelo menos até agora, um ser de corpo inteiro e que, atingido pelo nada na forma de uma voz crepitante vinda do outro lado do mundo, deve procurar em cada caco o que sobra de si mesmo.

Eu desenharia pés no meu Cristo, mas não vejo como fazê-lo sem criar um chão. Falta o chão e, sobre o chão, falta o corpo. Falta o corpo de Cristo enquanto não posso concebê-lo por inteiro e, no entanto, meu corpo está aqui, inteiro. O corpo morto de Cristo me aparece totalmente vivo, vivo como alguém que, à minha frente, pudesse ser visto tão somente por mim, por ser, de algum modo, meu espelho. Fica claro por meio dessa imagem que as coisas não são como são. Nunca foram. As coisas são insuportáveis como a imagem desse Cristo sem pés e sem chão, a gritar algo que não posso ouvir. Desenhá-lo tendo o telefone na mão, vestido com o uniforme preto do museu, atento e assustado com a mensagem que lhe chega do além, seria uma explicação para tudo o que aconteceu, mas seria apenas uma explicação.

Como um Cristo que responde com um grito mudo a uma mensagem do além, foi assim que tirei o telefone da base enquanto ainda acordava, fragilizado por uma noite mal dormida, cheia de pesadelos como são todas as minhas noites, como se não estivesse exatamente acordado, como se nunca mais fosse acordar, foi assim que toquei as teclas do aparelho telefônico com a mesma paciência de sempre, para o telefonema que, eu esperava, não fosse nada diferente daqueles outros dados com espaçamentos mais ou menos anuais ao longo desses anos todos. Eu sempre soube, e não esperava nada que negasse minha expectativa, que telefonema algum seria capaz de lacrar a rachadura que abriu, na sucessão dos anos, o imenso vão entre nossas vidas. O vão que atingiu a forma absurda, na qual se desenvolveu a dimensão oceânica e gelada em que eu e Agnes nos encontramos agora. A dimensão desesperadora do grito de um Cristo que me interpela e que não posso ouvir.

O telefonema, em nada diferente dos outros, senão pela notícia por ele transmitida, intensificou a rachadura, a ferida que, entre mim e Agnes, eu não esperava ver aprofundada. Tampouco esperei atar pontos imaginários, inúteis pontos ideais, fantasmáticos, que posso colocar neste momento, e que talvez de algum modo eu tenha colocado a vida inteira, entre nossos mundos e seus telefones, entre o telefone que eu uso aqui, neste lugar onde vivo, esta espantosa cidade de Berlim, cheia de espaço para se estar só, e o telefone de Agnes, na não menos espantosa ilha de Floriánópolis onde ela vive, onde um dia eu também vivi, na praia do Campeche, perto da Lagoinha Pequena da qual íamos a pé até o campo de aviação para fazer aviões de papel, erguer pipas, onde inventamos um telefone de lata há tanto tempo. Somos dois pontos ligados por um fio telefônico na forma do nada que arrebentou sobre mim hoje pela manhã.

Agnes está no outro lado do mundo, na ilha *do lado de lá do mundo*, na ilha do *desterro*, onde ela cultivou o nada como uma planta rara que merecia aquele tipo de cuidado que só damos às coisas que nos tornam o que somos. Não a vejo há quarenta anos, completados no inverno passado. É naquela ilha em que ela vive. No lugar em que começa aquilo que outros chamariam facilmente de fuga, uma praia do sul, no lado sul de uma ilha ao sul. Na ilha gelada, sombria no inverno e não menos sombria no verão, naquele lugar onde um dia eu fui aprisionado entre dunas, entre pedras, entre fantasmas, entre praias, a ver de longe ondas das quais nunca pude me aproximar, é lá que Agnes se tornou uma estátua de sal. Como uma voz acionada a cada vez que teclo um número de telefone específico, o da casa onde ela viveu com nosso pai todos esses anos, Agnes está agora só. Eu me pergunto o que sei da pessoa que chamo de Agnes. O que posso dizer é a pura ironia de dizer que nada posso dizer. Agnes, neste momento, não me parece mais do que uma lembrança.

É nesse lugar onde ela vive, no lugar onde nasci, no lugar onde fui desterrado. Porque nascer não é apenas ser aprisionado, é ser, ao mesmo tempo, desterrado. E ser desterrado é tornar-se o que não se é. Agnes vive no lugar onde cada um se torna o que não é. É lá que ela está só. Naquele lugar onde eu não sou. Onde não sou porque estou onde não deveria estar. Em outra ilha onde acabei por viver, essa ilha sem margem, que não é ilha alguma senão no meu modo de dizer. Na ilha gelada que é meu próprio corpo enregelado no grande gelo, no infinito gelo de Berlim. Foi nessa ilha que me tornei quem não sou, é aqui onde completo esse grande processo de me tornar quem não sou.

Depois de meia dúzia de frases sobre o andamento da vida, o frio, o fim e o começo do ano, a enchente que atingiu a casa onde ela morava com nosso pai, enquanto comentava sobre a volta da rotina no seu trabalho na escola em Rio Tavares, sobre o incurável sempre igual do dia a dia, no meio de tantos outros assuntos, hábitos, rotinas, ela comentou sobre essa morte. Sim, *essa* morte, porque ainda não a consigo ver como *a* morte de nosso pai.

Como quem conta de um vizinho que se muda, como se fosse a hora de transferir de lugar um móvel antigo, que um armário velho estava tomado de cupins, que uma árvore sacrificada deixava sem lugar pássaros cujo canto não se ouviria mais. Mais ainda, e bem pior para quem simplesmente ouve do outro lado da linha, ela falava como se um carro abandonado na rua, sem que ninguém percebesse sua presença, tivesse sido removido pela prefeitura, como se um prédio antigo fosse implodido em nome da especulação imobiliária que atinge as praias do sul e isso não mudasse coisa alguma. Como se eu tivesse lhe mostrado o desenho do Cristo já pronto e isso não fizesse qualquer diferença. Havia aquele ar sujo de ressentimento no tom inalterável preservado em sua voz por todos esses anos, como se alguma coisa do que era dado a ouvir tivesse se transformado em pó. O ressentimento na forma de uma grande carga de palavras empoeiradas aumentava o volume do meu pasmo a ponto de uma explosão iminente à qual faltava, contudo, a energia para explodir.

Palavras não pensadas e, ao mesmo tempo, contraditoriamente medidas compunham a carga do que ela me legava. Eu era o alvo. A voz de Agnes, do outro lado da linha a me avisar, quarenta anos depois, de um mundo repartido em dois que nunca poderá se reunir, como essa cidade dividida e que se esforça por parecer unificada porque pensa que derrubou um muro. Os muros não são apenas físicos. A voz de Agnes cai sobre mim a refazer o muro na contradição de seus escombros. Essa voz me arranca as palavras como um ladrão que quisesse, além de roubar, também me matar e, a mirar com faca afiada não apenas meu corpo, nem tão somente meus ouvidos, mas a língua dentro de minha boca, soubesse atingir minha parte mais sensível na intenção não revelada de me emudecer.

Em resposta à perplexidade sobre a ausência de informação que eu me sentia no direito de possuir, no tom banal de quem tenta esconder a própria ironia, ainda que pudesse se tratar apenas de dor, Agnes disfarçou mudando o sentido da conversa, sem imaginar que aquela morte reduzida a mero assunto pudesse de algum modo me importar.

Foi assim que eu soube que meu pai estava morto. E me espanta, simplesmente me espanta, que ele tenha morrido.

Retrato

A cada ano, perto da data de aniversário de meu pai, eu me entregava por dias a um questionamento, se deveria ou não telefonar para ele. O que diria, caso a ligação se completasse, era o motivo central da minha meditação.

Antigamente se falava com telefonistas e se esperava pela sorte. Foi assim que conheci Irene, preocupada em pagar as próprias contas, atrás de uma central telefônica atendendo pessoas como eu. Irene me fez respirar fundo algumas vezes, ajudando-me a seguir com meu propósito. Eu dependia de estratégias, mas não imaginava dar o nome de *estratégia* a essa necessidade aparentemente tão simples de falar com meu pai. No começo, eu precisava telefonar para a secretaria da igreja e esperar que Inês, que serviu por anos como faxineira naquela que era, na verdade, a casa dos padres, e que limpava a igreja por caridade, entregue a um tipo de servidão que em nada tinha a ver com amor cristão, fosse até a casa de meu pai e o chamasse para falar ao telefone no dia seguinte em horário marcado. A primeira vez quem veio foi Agnes. Pude dizer a ela bem pouco, que eu estava muito longe, em Berlim. Agnes veio de novo nas duas vezes seguintes, muito rapidamente, sempre apressada, não lembrava o nome do lugar onde eu estava e tampouco o guardou dessa vez. Era menina ainda, e sua conversa comigo resumiu-se em querer saber quando eu voltaria, enquanto eu esperava apenas que ela entendesse como eu estava longe. Consegui falar com meu pai apenas no começo dos anos 1980, quando, a pedido de Agnes instalaram um telefone em casa, e ele, que nunca se deslocou até a casa dos padres, passou a usar o artefato moderno. Pouca gente sabe que os telefones só começaram a ficar mais comuns no Brasil a partir do final dos anos 1970, e, menos ainda, percebe que isso não fez com que se compreendessem melhor uns aos outros.

Irene partilhou comigo estratégias para falar com pessoas logo que percebeu os tropeços em minha dicção, minha hesitação, meu medo de seguir. Eu começava um desenho qualquer enquanto ela conduzia a conversa entre frases feitas e conselhos sobre o que dizer e como poderia dizer alguma coisa, o que quer que fosse, a uma pessoa como meu pai. Irene atendia várias pessoas durante seu expediente e me deixava ao lado, na linha, com o telefone ligado até que pudesse retomar suas teorias e análises. Ao final de horas de conversa entrecortada em que ela falava muito e eu quase nada, eu me despedia dela com certo pesar, ela deixava seu posto ainda no escuro, enquanto o desenho ficava inacabado.

Já naquela época, havia mais de trinta anos, as pessoas falavam demais, e eu escutava Irene, a paciência encarnada em várias línguas. Eu esperava por ela desde que, depois de semanas tentando falar com uma telefonista qualquer, já enraivecido comigo mesmo, consegui dizer uma frase inteira e me fazer compreender. Em geral, eu desistia nas primeiras tentativas. Quando consegui dizer que precisava de uma ligação para o Brasil, ela perguntou, a rir, se eu já tinha decidido o que dizer, já que havia mais de um mês ela escutava o meu silêncio ao telefone. Afeiçoei-me a ela desde então, porque Irene me compreendia como ninguém sem que me tivesse visto, e me escutava, em meus silêncios, com a paciência que eu mesmo não teria com ninguém, nem mesmo com ela.

Eu passava o dia a desenhar no museu desde que cheguei a Berlim, em novembro de 1976, no começo do inverno. Não sabia como avisar meu pai e Agnes de que eu estava por aqui, que não tinha conseguido chegar à África como pretendia. Depois soube que eles não entenderam essa parte, nunca receberam a carta que deixei no seminário sobre a mesa do diretor. Não sei se meu tio contou sobre o dinheiro. Enviei outra carta ao me instalar por aqui, que tampouco chegou até eles. E eu, que sempre acreditei no destino, tive a confirmação de que nada poderia ser feito para garantir nossa comunicação em outros tempos e era melhor deixar como estava.

No museu, eu me escondia no guarda-roupa, ajudado por Alexander, cujo posto passei a ocupar logo depois dos acontecimentos estranhos que perturbaram o ano de 1977. Quando todos tinham saído e os poucos guardas se espalhavam suficientemente perto das cadeiras onde logo iriam cochilar, eu seguia para a secretaria, pegava o telefone e ligava para a central. Fiz isso durante meses, mas não com o propósito de ligar para a igreja do Campeche, ou para o hotel onde Inês trabalhava, também como faxineira, caso em que era, de fato, remunerada. Ao telefone, por meses, o que fiz foi falar com Irene. Depois de muito observar e desenhar os objetos ao redor, e de povoar com elefantes e zebras, moscas e tigres o vazio deixado pelos funcionários e pelos visitantes, e sempre rezando para que um guarda não aparecesse para estragar o meu pequeno conforto, comecei a pedir a Irene que descrevesse seus traços e segui a fazer seu retrato falado, um retrato dela por ela mesma. Ao desenhar essa mulher desconhecida enquanto ouvia sua voz, eu logo desistia de falar com meu pai, tomado pela angústia do impossível.

Irene era a idealista que faltava. A vida prática das centrais telefônicas logo a perdeu para a faculdade de filosofia, e a faculdade de filosofia logo a perdeu para uma curiosa vida alternativa a ensinar filosofia entre rodadas de rum e uísque num bar de jazz. Na década de 1970, a faculdade de filosofia era a única coisa que poderia ser mais excitante do que LSD, sendo o que qualquer jovem desejava experimentar sem imaginar o mundo transformado em pesadelo que teria pela frente.

A sociedade da falsa alegria

Atenciosa, Irene percebeu de imediato a existência dessa inoperância que me habita e tentou curar-me com didática. Ao telefone, a gentileza devia vir logo na primeira frase, a paciência era necessária do começo ao fim, ela tentava me ensinar. Em um tom sempre generoso e, ao mesmo tempo, crente de que alguma força oculta em mim seria capaz de segui-la, ela pedia que eu evitasse interpretações e confiasse no que ela propunha.

Entre operacional e prestativa, ela acreditava que bastaria pouco para superar a distância desenvolvida em relação a meu pai e Agnes. Irene pedia que eu tivesse paciência com os outros e comigo mesmo, que essa distância passaria. Como se me conhecesse há milênios, sem nunca ter visto meu rosto, ela sugeria que, ao falar com eles, eu começasse sempre com alegria, que a alegria tudo cura, até a gagueira, que mentisse caso fosse necessário, pois as pessoas se comovem com os alegres. Os alegres sempre vencem, ela dizia, convicta como uma estátua de cera que tivesse descoberto um espelho. A alegria era a salvação, ela garantia sem medo, eu desconfiava e preferia, como ainda prefiro, continuar a viver a partir de meu modo melancólico de ser, escondendo a gagueira para evitar maiores explicações.

Mesmo com tantas sugestões, não falei com meu pai tão cedo, mas continuei a imaginar o rosto físico de Irene até o dia em que finalmente a encontrei no final dos anos 1980, dias depois da queda do muro, quando a procurei na reunião de um grupo de estudos em um lugar chamado *Sociedade da Falsa Alegria,* ao lado da casa de Brecht. A promessa do retrato falado por ela mesma que eu lhe daria no dia em que nos encontrássemos continuava de pé, mas nunca nos encontrávamos. Se eu disser que preferia imaginar Irene a encontrar com ela, eu estaria mentindo. Meu medo de vê-la não era maior do que o medo de que ela me visse. Marcamos em frente à Biblioteca Municipal algumas vezes naquele mesmo mês de março de 1976, e diante do portão de Brandemburgo, onde ventava demais, havia sempre gente demais e eu nunca tive coragem de aparecer. Outras vezes falamos em nos ver na porta da Igreja de São Mateus, perto do museu, mas não movi um pé para que isso realmente acontecesse.

Apesar das minhas faltas, não era preciso mentir. Bastava dizer que não tinha sido possível estar no local marcado para perceber que Irene, assim como eu, se entendia muito bem com a verdade. Que sua defesa, já naquela época, das coisas falsas como a alegria era apenas ironia de filósofa, ou então, se ela me enganava, estava feliz, e eu não era capaz de me dar conta. Talvez, contudo, ela sentisse o mesmo tipo de medo que eu sentia e, por isso, não se importasse com minhas faltas, o que ficava provado quando voltávamos a falar ao telefone e ela não dizia nada sobre o ocorrido, tampouco mudava o tom de nossa conversa entrecortada pelas chamadas interurbanas que ela deveria operar em português, espanhol, inglês e alemão com uma fluência invejável para mim.

Enquanto imaginava seu rosto e o desenhava cem vezes, enquanto pensava em ligar para meu pai, a pensar em Agnes que deixava de ser criança, eu tomava consciência da distância a que vivíamos, mesmo nós que estávamos ali tão próximos, separados apenas por uma avenida. Do lado de cá da história, nem o muro nos separava e, mesmo assim, não era possível encontrar com Irene, olhar em seus olhos, pegar em sua mão e dizer simplesmente *olá, eu sou Klaus.*

Escombros

As discagens diretas que visavam a encurtar a distância surgiram na Europa bem mais cedo que no Brasil. Era girar a roda de plástico da fortuna e esperar. Eu perdi Irene nessa época. No começo dos anos 1970, os serviços de telefonia cada vez mais apurados em termos tecnológicos serviram para tirar as pessoas de seu trabalho. Quando conheci Irene, muitos estavam sendo dispensados como continuaram sendo depois com o avanço cada vez mais rápido da tecnologia digital e da vida virtual que veio a substituir a vida em si mesma. Irene sumiu. Cheguei a pensar que tivesse sido capturada, e enviada de volta ao leste. A Stasi estava entre nós e somente hoje, depois que o comunismo virou mercadoria, é que se passou a fazer piadas com ela.

Voltei a saber de Irene por meio de um cartaz afixado na estação de metrô da Alexanderplatz, onde eu vagava interessado no que seria a vida depois que o muro ruíra. Também eu guardei um pedacinho dos escombros históricos que pensava dar a Agnes para que ela soubesse, como eu sabia, de algum modo, que se um muro nos separava, ele poderia, a exemplo desse, vir abaixo um dia. Que a guerra fria que vivíamos, eu e ela, podia ter fim. Mas é claro que eu não falaria nada disso. Tinha esperança de que Agnes valorizasse simbolicamente o meu gesto e que o silêncio em que vivemos não fosse despovoado de uma compreensão mais profunda dos sentidos necessários de tantas coisas que vivemos.

Sem coragem de ligar para Agnes, porque não tinha nada a lhe dizer, e sem a esperança de que meu pai viesse até a casa dos padres ao lado da igreja para falar comigo ao telefone apesar da insistência de Inês que sempre estava do meu lado, sem que eu soubesse por que, resolvi procurar emprego. O dinheiro que eu trazia comigo estava prestes a acabar, ainda que grande parte desse dinheiro brasileiro tenha ficado intocado por pura inabilidade minha, o que um dia eu talvez consiga explicar, então, no começo de agosto de 1977, sem experiência alguma para o trabalho, me candidatei a ajudante de cozinha no restaurante do Hotel Titanic. Eu era ainda uma pessoa ingênua e, naquele dia, fui vítima, sobretudo, de mim mesmo.

Procurado

Quando cheguei, há quarenta anos, eu era como uma substância sem sujeito, uma pedra solta que estranhamente flutuasse no ar, um pássaro que voa e pode ver o que acontece nos dois lados de um muro sem poder imaginar a que serve algo como um muro. Ainda havia o muro, e nenhuma chance de que desaparecesse. Não naquele momento. Com o tempo, entendi que o poder não esvanece enquanto, ao mesmo tempo, constrói muros invisíveis por todos os lados e que esses são os mais difíceis, senão impossíveis, de derrubar. Quando o muro material e literal que dividia Berlim foi posto abaixo, temi que não passasse de uma cena e que em breve seria reconstruído, como tudo por aqui.

A cidade de Berlim, como qualquer outra, vai se transformando em um museu. Há museus por todo canto hoje, os velhos, mantidos pelo Estado, os privados. Não há mais memória, ou lembrança, que supere a produção do arquivo. A cada passeio que fiz, logo que o muro caiu, fui guardando pedaços dos escombros, como fizeram muitas pessoas, algumas que já tinham percebido a lógica do suvenir que atingiu a história. A diferença é que nunca mostrei esses cacos a ninguém. Irene me chamaria de ridículo se visse essa pequena coleção de pedaços de muro que tenho em casa. Thomas, se pudesse vê-los, também riria.

Na verdade, realmente pensava que um dia poderia mostrar essas pequenas coisas ridículas a Agnes. No fundo eu esperava que Agnes viesse me visitar e que levasse consigo um pedaço de muro na mala de volta para casa. Eu me apresentaria, pondo-me certamente ridículo à sua frente, como uma verdadeira *testemunha da história*. Conversaríamos sobre a história, a grande história do mundo, a nossa pequena história e esse cruzamento que inverte o sinal e nos faz pensar que o grande é pequeno e o pequeno é grande. Ela ouviria, me contaria amenidades sobre a nosso vilarejo natal e, depois de aceitar um pedaço do muro como presente, voltaria para casa tranquila, sabendo que aquilo que vivemos hoje pela manhã, e antes, não passou de um pesadelo.

O ano de 1977 foi dos mais complicados. Eu estava aqui havia quase um ano entre o museu, as ruas e o quarto sublocado, sem calefação, que ficava atrás da cozinha de um grupo de quatro estudantes argelinos sobre os quais eu nunca mais tive notícias. Eu morria de frio naqueles dias, o quarto servia para dormir, guardar a velha mochila com as poucas coisas que eu trazia comigo. Um deles me deu um casaco que tenho até hoje. Apesar de o casaco ser quente, eu andava pelas ruas para me aquecer, pois embora conhecesse muito bem o frio, havia uma diferença à qual meu corpo nunca se acostumou. Agnes tinha 11, no máximo 12 anos naquele momento, não mais. Não deve ter compreendido o sentido dos três telefonemas que realizei naquela época antes de um intervalo de mais cinco anos sem falar com ela. Entre Irene e o DDD, meu pai precisava ter um telefone. Ele estava fora do ar e, por isso mesmo, eu também. Foi procurando pelo nome de meu pai junto à empresa de telefonia no Brasil que descobri o número que me atormentou até hoje pela manhã e me fez voltar de algum modo àquele mundo depois de anos em estado de choque.

O clima era tenso em Berlim. Havia cartazes de procurados por terrorismo espalhados pela cidade desde que cheguei aqui, mas naquele ano de 1977 as coisas estavam piores. Diante do assassinato de um banqueiro é evidente que todos os demais cidadãos correm perigo, mesmo que não tenham nada a ver com isso, como pude entender logo. Ao mesmo tempo, um alto funcionário, e ex-nazista, como se essa figura pudesse existir, tinha sido morto por revolucionários. Eu pensava nos filhos do banqueiro, na mulher do nazista, e na mulher do banqueiro e nos filhos do nazista, via o café que o primeiro tomou pela manhã, a esposa do segundo a despedir-se dele na porta, a primeira a esperar que ele não voltasse nunca mais, os filhos preocupados com seus assuntos juvenis, sexo, drogas, o banqueiro sem imaginar que sua vida acabaria naquele dia em que, apressado, ele não tomou direito o café do qual tanto gostava porque estava com pressa, o ex-nazista a preparar o que diria na reunião importante com o prefeito antes do encontro com a amante na hora do almoço no meio da tarde para a qual ele sempre achava um tempo.

Eu também não tinha tomado café. A fila, ainda que pequena, estava para fora da porta dos fundos do hotel e eu era o último. Fiquei feliz quando, depois de meia hora tentando não congelar, porque vivíamos um dia de verão anormal, mais frio do que os dias de inverno, consegui chegar à parte de dentro. Sentei-me no chão e esperei por mais de duas horas atrás de outro jovem, provavelmente turco, parecia turco, que me ofereceu um cigarro e deve ter ficado com a minha vaga, no momento em que dois policiais me pegaram pelos braços sem tempo algum para que eu me defendesse, sendo que eu não teria a menor chance diante dos brutamontes, e me levaram algemado para algum lugar que vim a entender ser uma prisão, quando ouvi que seria transferido para Stammheim. Nesse lugar estavam presos vários membros do grupo revolucionário Baader-Meinhof sobre o qual se ouvia falar as coisas mais aterradoras e as mais desencontradas. Uns amavam o grupo, outros o odiavam. Eu não entendia bem o que faziam, estava preocupado em achar um lugar para viver antes de fazer uma revolução, tampouco sabia o que era uma revolução ou imaginava pudesse ser possível.

A intuição nunca foi meu forte, mas foi a primeira vez que suspeitei do sumiço de Irene, que sempre comentava sobre amigas que estavam com problemas. Se eu escondia coisas minhas, Irene também escondia as suas.

Não foi a primeira vez que me confundiram. Fui confundido outras vezes. Tive de me acostumar a isso. Nunca, no entanto, havia sido tão perigoso. Por alguma associação da polícia que, por aqui e pelo mundo afora, nunca deixou de ser nazista, eu era um membro da Fração do Exército Vermelho. Fiquei dias na prisão sendo interrogado. Os policiais, os mais obtusos, diziam que minha gagueira era um disfarce. Apavorado, eu não conseguia sequer pedir um advogado, o que deixava a polícia realizada no seu desejo de punir alguém, sendo eu o *qualquer um* eleito naquele momento. Quando se é este qualquer um, a vida é muito menos do que um evento infeliz. Riam de mim, enquanto ao mesmo tempo me ameaçavam e humilhavam com aquelas frases estranhas sobre quem eu era, quem eu fingia ser, quem eu teria matado, quem eram *os outros*, quantos havia, como estavam disfarçados. Isso durou três dias, ao modo de um transe, pois não consigo lembrar direito quando começavam a me interrogar e quando terminavam. A duração eu consegui medir depois de semanas, ao calcular o tempo perdido com a ajuda de um calendário e um tremendo esforço de memória. Não me deram de comer senão um pedaço de pão e um copo de leite cheio de remédios para dormir, e perdi a noção do tempo. Perguntavam-me, primeiro cinicamente, e, diante do meu silêncio, logo aos berros, como eu fazia as bombas, como tinha chegado ao banqueiro, como sabia do embaixador, onde estava Haag, o que sabia de Bubak, e diziam outros nomes que eu era incapaz de reconhecer simplesmente por nunca ter ouvido falar deles. Primeiro, perguntavam de um modo direto como entrei no avião da Lufthansa, quem era o contato na Lufthansa, depois repetiam a mesma pergunta e novamente, como robôs cujo mecanismo estivesse emperrado, e eu estarrecido dizia a gaguejar, e repetia a gaguejar cada vez mais, num crescendo incômodo e aviltante, que não sabia de nada, de coisa alguma, que não sabia e simplesmente não sabia. Até que parei como se o silêncio fosse a matéria de uma estátua na qual eu me transformara naquele momento. Um deles me espancou no rosto duas vezes, o outro, mais duro e objetivo, disse ao seu colega que iriam *começar do começo* e mandou que eu tirasse a roupa. Eu não me movi, não falei, fingi que não entendia, comecei a falar em português como se instintivamente me defendesse. Eles se olharam como se tivessem um método a aplicar e em seguida, chamaram uma policial. Era uma mulher muito forte que me segurou pelo pescoço e conseguiu tirar minha roupa, mesmo com todo o meu esforço em escapar de seus braços. Telepaticamente, depois de terem medido com seu olhar de fabricante de caixão cada milímetro do meu corpo, de cima a baixo, devem ter dito uns aos outros que não fazia sentido o que viam e resolveram me deixar em paz.

Eu que nunca matei ninguém, que nunca tinha pensado em matar, desejei matá-los, o que era impossível naquele momento. Algemado e nu, eu não entendia nada do que estava acontecendo. Embora movido por toda a minha raiva, não consegui falar nada. Foi a primeira vez que fui traído por minha raiva. Depois daqueles dias, ouvindo essa língua que não traz muito conforto na entonação de Hitler que os policiais costumam usar até hoje quando não policiam a si mesmos para serem menos ridículos, eu fui solto sem explicações, nem desculpas. O que me diziam é que eu iria morrer como os outros. Eu não sabia quem eram *os outros* com quem eu iria morrer, mas estava ali, culpado antes de ter cometido um crime. E no entanto, sem motivo para ter entrado, eles me deixaram sair depois de dias na cadeia, como se fosse tudo uma grande noite, sozinho, sem ter com quem falar e sem imaginar o que poderia me acontecer.

Por fim, capturaram a procurada. Era uma *procurada* e não um *procurado* o que eles queriam de mim. Não tendo encontrado nenhum dos dois, resolveram me liberar antes da tortura. Fiquei com muito medo. Se Agnes soubesse como senti medo naquele dia. Só quem já passou por algum tipo de perseguição injusta é capaz de imaginar o que se sente quando se tem vontade de explodir o inimigo, por nada além da necessidade de se defender. Eu não sentia culpa por pensar em matar todos eles naquele momento. Era um desejo inútil em torno de uma culpa que eu não sentiria jamais e que, no entanto, de certo modo eu queria sentir, pois a culpa me devolveria a mim mesmo.

Tive medo, não o medo da morte, mas um medo que abarcava todos os demais. O medo de que me tirassem a roupa. Pelo menos não me tiraram o cérebro, como fizeram a Ulrike Meinhof, consegui pensar mais tarde. Não tiveram tempo de fazer tantas maldades comigo, porque estavam ocupados fazendo maldades aos outros. A indústria da maldade dá muito trabalho, emprega muita gente, ocupa todos os desocupados que possa haver. Era essa indústria da maldade e da injustiça que Ulrike e seus companheiros combatiam. Porque fiquei inteiro, apesar de me terem visto, e porque Ulrike não apenas morreu, mas foi tratada como um objeto curioso geneticamente na subindústria da eugenia que faz parte da grande e rentável indústria da maldade, é que visito seu túmulo, o túmulo de Ulrike Meinhof, a cada dia 7 de outubro, quando ela faria aniversário. Há poucos anos, seu cérebro foi finalmente levado à sepultura. As dálias que ainda cultivo no vaso perto da janela florescem nessa época e eu as levo ao cemitério para Ulrike. Irene nunca foi comigo a esse cemitério e tampouco me pergunta por que levo dálias a Ulrike.

Não foi a última vez que me confundiram com alguém. Alguém como uma mulher. Saí da prisão, caminhei uns quarteirões e desmaiei provavelmente no instante em que a última gota de medo escapou pelos meus poros e, como que literalmente, caí em mim. Acordei com Schmidt me olhando. Schmidt subcontratava pessoas para fazer os mais diversos tipos de trabalho para os quais ele mesmo tinha sido contratado. Mas era esperto como só um filho do capitalismo consegue ser e praticava a sua parte no processo da exploração fazendo outros lavar vidraças em seu lugar, varrer escadarias de prédios, vigiar casas noturnas, servir bebidas em bares. Serviços para os quais ele era pago dando uma pequena quantia aos seus subcontratados. Schmidt viu que eu estava na pior, mais do que qualquer outro poderia estar naquele momento, deitado à sombra dos prédios familiares ao redor, e me ofereceu o que fazer. Eu aceitei e passei a receber uma parte do que ele mesmo recebia. A cada semana ele mudava o meu trabalho impedindo pistas sobre sua atividade exploratória. Cheguei a varrer o chão do zoológico, depois de ter varrido salões de dança, puteiros, igrejas, mercados, o que me rendia pouco, mas pagava as contas. Saí do quartinho sem calefação e fui morar em todo tipo de lugar, de repúblicas de estudantes a quartos em casas de viúvas. Todos esses lugares e todas as pessoas que encontrei neles, sem discussão, eram muito mais do que fedorentos, tendo em perspectiva todo o fedor que podemos encontrar na Europa até hoje. Mas essa sujeira que me apavorava, eu tinha que admitir que também combinava comigo, de algum modo eu a conhecia, e suportei-a até o fim.

Logo depois da prisão, fui parado pela polícia quando comprava cigarros na banca de revistas perto do sebo de livros, em cujos fundos Schmidt tinha me arranjado um lugar para dormir por uns tempos. Eu voltava a pé para o meu pequeno quarto mofado de manhã cedo depois de ter passado a noite em claro servindo cerveja num bar que era frequentado por revolucionários nos momentos em que precisavam organizar a guerrilha fingindo que apenas bebiam. Naquele dia, os policiais quiseram apenas ver meus documentos, e como estivesse com meu passaporte brasileiro, levei apenas um soco na barriga, fiquei caído no chão, sem maiores problemas do que essa violenciazinha gratuita que todo imbecil gosta de praticar.

Eu era um cidadão qualquer e não entendi, em um primeiro momento, com quem estavam me confundindo, porque naquela época, como hoje, eu não me interessava muito por política e não fazia a menor ideia do que estava se passando comigo ou com os outros. Liberto, a primeira coisa que fiz foi tentar entender quem eram as procuradas, pensei realmente em me oferecer como agente da Fração do Exército Vermelho. Pensei muito. A maior parte do exército era composta por mulheres e isso me dava segurança. Movido pela raiva que eu sentia do estado de coisas no qual *eu* próprio tinha sido capturado, eu me vi compelido a fazer algo. Policiais deliberantemente agressivos, governantes cínicos, uma corja inescrupulosa de poderosos imbecis, em um contexto no qual qualquer um, qualquer transeunte, podia ter sido preso e torturado mesmo sendo inocente, esses sujeitos não podiam ter o poder nas mãos. E no entanto eles tinham, e praticavam, todo tipo de horror em seu nome.

Mas podia ser pior, pensei, entendendo o que se passava com o mundo. Contei sobre Irene a Schmidt para ver se encontrava alguma pista quanto ao seu paradeiro, mas ele só sugeriu que eu a esquecesse. Disse-me que as mulheres sempre fogem. Elas fogem, mas um dia elas são capturadas e mortas, pensei. Gudrun, Petra, Ingrid, assim, como Ulrike, todas eram apenas garotas e, como Irene, eu não podia deixar de lembrar, eram idealistas. Quando tomei a decisão de procurá-las, a essas mulheres corajosas que faziam o Exército Vermelho existir, li no jornal que, no dia anterior, Gudrun teria se enforcado, quando na verdade todos tinham certeza de que fora assassinada. Seus parceiros teriam, como ela, cometido suicídio na prisão de Stuttgart na noite de 18 de outubro. Um *suicídio coletivo* do qual eu quase fiz parte apenas pela semelhança com eles, ou porque era conveniente para a polícia que eu parecesse alguém como eles. Eu temia por Irene, porque a essa altura eu estava muito desconfiado do seu sumiço. Mas eu temia por mim também, porque sentia que alguma coisa estava errada ao meu redor, e não apenas em meu corpo, como eu pensava até então. Eu entendia o que se passava no mundo, a Guerra Fria, mas não entendia o que eu tinha a ver com aquilo tudo.

Eu me senti parte daquele conjunto de pessoas desde que fui confundido com uma delas. Fiquei atento às que tinham sido mortas e às que estavam sendo procuradas, mas era difícil saber muita coisa, a verdade estava solta no ar. Os meios de comunicação, como sempre, não contribuíam para esclarecer coisa alguma e eu me sentia ameaçado. Não apenas ameaçado como um terrorista, o que se dizia em jornais, nas rádios, na televisão, que aquelas pessoas eram, enquanto na verdade eram apenas um grupo revolucionário, mas eu me via ameaçado como uma pessoa qualquer em meio a um terrorismo muito pior. Eu pensava nas pessoas que fazem parte de um tipo de terrorismo horroroso, aquele que afirma o terrorismo alheio como algo ruim, enquanto esconde o seu próprio. Eu pensava no consumismo, no entreguismo, nos que, ao compactuarem com as tendências dominantes, sobretudo a tendência econômica, fazem todo tipo de mal. O mal radical e o mal banal, vim a saber mais tarde, ao me aproximar de Irene novamente. Os poderosos, naquele contexto, continuavam sendo fascistas e nazistas que vendiam armas, que burlavam constituições, que aplicavam leis de exceção, como as que foram feitas especialmente para os Baader-Meinhof e que sobraram para mim naquele momento em que me desnudaram, eu que nunca tinha ficado nu antes e que nunca mais fiquei nu diante de ninguém pelo resto de minha vida. Eu pensava no terrorismo da polícia como forma medonha de pensamento e ação e como os corruptos do mundo todo, da Alemanha à África, dos Estados Unidos ao Brasil, estavam todos unidos, organizados desde sempre por meio do capital, enquanto os revolucionários, visionários, mas pouco espertos, nunca conseguiam ir muito longe porque lhes faltava alguma coisa, talvez a substância teológica do capital, me dizia Irene sem imaginar que eu não sabia, naquela época, do que ela estava falando.

Terrorismo do amor

Caminhando para casa depois de ter lavado vidraças o dia todo, e de ter ouvido os desabafos amorosos de Schmidt, que, segundo sua narrativa, estava sendo humilhado por uma mulher que não lhe dava amor, eu pensava na vida. Era a primeira vez que eu via alguém sofrer desse modo por algo como *amor*. Eu não sabia o que dizer a Schmidt. E não disse nada, pois temia atrapalhar seu sofrimento, no qual eu via certo regozijo disfarçado. Esse assunto do *amor* não fazia parte do meu mundo. E me parecia um assunto muito complicado para querer me introduzir nele. Era melhor ficar distante de pessoas que pudessem ser amadas, desejadas, porque essas pessoas estavam sempre próximas de muito sofrimento. O tema do terrorismo me parecia mais simples de entender quando eu pensava no terror do amor.

Eu pensava que a diferença entre os terroristas estava na ameaça que uns sofrem por serem acusados de terrorismo enquanto há terroristas que não são marcados como tal. A questão é ser marcado. Dizer que todos são terroristas não me parece um absurdo, seja por acusação quando se está envolvido com os termos da revolução, seja por participação no terrorismo real, aquele miúdo, o microterrorismo, o que destrói sem alarde, aquele que mata a alma por envenenamento e ganha, a partir daí, a guerra por assassinato da coragem e do desejo. Eu falei de minha teoria do terrorismo a Irene há pouco tempo, ela concordou comigo a rir. E a inversão do que é e do que não é terrorismo é nojenta, eu disse a Irene, ainda que gaguejasse muito, o que me faz muitas vezes pensar se ela realmente entende o que eu digo, porque faz parecer que uns são o que não são, enquanto outros não são o que são. É o problema da dialética, me disse Irene antes de dizer que, se todos são terroristas, ninguém o é. Irene não se esforçou por entender, eu tentei explicar. Schmidt e sua namorada viviam, por exemplo, o *terrorismo do amor*, ameaças, chantagens, ciúmes, medos típicos do discurso amoroso, com pitadas consideráveis de maldade, e tudo isso logo com Schmidt, um sujeito tão esperto que seria capaz de enrolar a todos, mas não capaz de vencer a si mesmo, eu pensei. Schmidt era uma pessoa simpática, mas um homem ciumento, controlador e muitas vezes bem agressivo, mas parecia submisso àquela mulher que ele dizia amar. O que ele contava me lembrava *A Vênus das peles*, que li logo que cheguei à Alemanha por sugestão de Irene em uma daquelas nossas longas conversas ao telefone, quando Irene me fazia pensar que as coisas não eram como pareciam.

Agora, divagando nessas memórias, como se eu estivesse doente de tanto lembrar, sobe-me aos olhos uma raiva intensa, eu quase choro de tanta raiva. Esse sentimento sem colorido algum, transparente como uma lágrima, me toma por inteiro. Me sinto branco de tanta raiva, me sinto abjeto, porque sempre desejei a compaixão, mas não posso ter compaixão dos que se aproveitam dos outros. Tenho, antes, vontade de matá-los. Eu os mataria como personagens em um romance. Estou ingênuo ao dizer isso, estou primitivo, eu sei. Não sei reagir de outro modo nesse momento, talvez por estar abalado com o que me aconteceu hoje pela manhã tudo me torne ainda mais sensível ao lembrar dessas perplexidades que eu pensava estivessem mortas no passado. Eu senti pena de Schmidt e tive vontade de brigar com ele, de dizer-lhe *pare*, de dizer-lhe *fuja*. Mas só o que eu sentia era raiva, uma raiva que não me concernia e não me pertencia. E isso era primitivo. E era estúpido. Era uma raiva estúpida que era mais do que uma raiva, era uma espécie de ódio. E me lembrei de como tive vontade de matar os policiais que me prenderam. E antes não posso deixar de me lembrar de como tive vontade de matar as pessoas quando eu era menino, enquanto, na verdade, não queria matá-las, queria apenas que morressem. Sem deixar, ao mesmo tempo, de condenar meus próprios pensamentos. Hoje, não tenho a mínima compaixão, ainda que, contraditoriamente, eles me despertem pena, são pessoas iguais em tudo às outras, senão pelo fato de que pararam de pensar e se deixaram corromper pelas vantagens de uma vida sem pensamento.

Me dei conta bem cedo de que, se os acusados de terrorismo eram procurados por gente tão abjeta, é porque deviam, ao contrário, ser gente que tinha muito a dizer. A raiva que eu sinto hoje quando penso nisso não é como a deles. É uma raiva profunda, mas uma raiva do que leva à raiva. Uma raiva que em nada tem a ver com a raiva. Ulrike, Gudrun e as outras morreram daquele modo medonho, como esposas gregas que elas não eram, como mulheres covardes que se matam à primeira adversidade, como quem tivesse desistido, como quem opta por uma morte inventada por puro medo da morte real, aquela que nos chega quando ela quer e não quando nós tomamos providências.

Gudrun, eu pensava muito nela, seria com ela que eu teria sido confundido? Teria sido com Marianne? Gudrun foi das poucas pessoas que me impressionaram positivamente nessa vida, alguém que eu gostaria de ter conhecido. Quando Irene, a explicar o pensamento de Simone de Beauvoir, lendo as primeiras páginas de *O segundo sexo*, olhava ternamente para os que vinham assistir as aulas na Sociedade da Falsa Alegria, como se jamais fosse nos revelar nossa condição de pobres coitados, ainda que fosse fácil perceber que éramos miseráveis de pensamento curto, curtíssimo, incapazes de entender as necessárias guerras que precisam ser travadas em um mundo estruturalmente injusto, vejo Gudrun, com quem tive vários pesadelos por anos e anos, sentada à sombra de uma árvore, a olhar para o chão em tom reflexivo e afirmar que é preciso conquistar a vida contra toda forma de poder e, em todos os pesadelos, sendo queimada viva por ter dito em voz alta uma coisa dessas.

Vagas

A vaga para um trabalho formal, o trabalho no museu, apareceu logo depois, como se a justiça cósmica surgisse por mágica na sequência de uma grande injustiça humana. A promessa de uma vida um pouco mais confortável e segura, coisas que nunca tive, me fez sucumbir a um emprego. A solidão leva a lutas imaginárias. A desejos impossíveis. E eu estava cansado de comer e dormir mal, e não poder sonhar, nem lutar por coisa alguma, porque precisava sobreviver. Meu corpo doía muito nos últimos tempos e minha pele estava cheia de feridas. Mesmo assim consegui um emprego. O museu eu conhecia de tantas visitas que fizera desde sempre, era um lugar aconchegante e seguro. Havia nele silêncio e imagens para contemplar, era quente no inverno, frio no verão, um lugar onde sempre pude entrar sem medo, onde eu encontrei um lugar para simplesmente existir, a desenhar os quadros ali expostos.

Chegando para trabalhar no museu, tive meu momento de sorte grande, a sorte grande de um miserável, mas mesmo assim maior do que a falta de sorte com que eu estava habituado. Fui contratado para a faxina, passei uns tempos cuidando dos escritórios administrativos, cheguei a limpar as escadarias, mas logo, por mil motivos, fui deslocado para o guarda-roupa. Trabalhei em vários deles, por tempos diversos, até que vim parar aqui, no museu de pintura. No começo eu queria ter chegado às salas de exposição. Preferia vigiar as pinturas, mas nunca fui deslocado para esse posto onde hoje homens e mulheres caminham pelas salas a arrastar os pés entediados de ver sempre as mesmas coisas sem, muitas vezes, saber o que estão de fato a vigiar.

Ao guarda-roupa que eu conhecia por me esconder nele, fui conduzido por ser muito lento com a faxina. E porque parecia frágil demais, o que de fato não sou. Na época, eu ainda tinha uma pequena parte do dinheiro que um dos meus tios me dera, parte que economizei como um condenado economizaria seus últimos minutos se pudesse multiplicá-los. Eu guardava aquele dinheiro para as inevitáveis emergências da vida que eu imaginava existiriam, levava-o enrolado em um elástico amarelo dentro de um bolso falso na mochila, ideia que eu mesmo tive ao tentar ser esperto. Eu estava habituado com adversidades, até que o próprio dinheiro se mostrou uma delas. Quando tentei trocar o dinheiro, mais de um ano depois, depois da prisão, eu não achei um banco que trocasse marcos por cruzeiros. O tempo passou e eu, que tinha trocado apenas uma pequena parte quando saí do Brasil, me esqueci de tentar, até que, depois de tantas mudanças com as moedas brasileiras, meu dinheiro virou peça de museu. Como o mapa que tenho diante de mim preso à parede, as cédulas se tornaram parte da decoração. Estão aqui, emolduradas ao lado do retrato falado de Irene.

Acabei ficando no museu. Alexander, que trabalhava na rouparia, era também companheiro de cerveja de Schmidt e tinha trabalhado em um de seus subempregos de serviços gerais. Alexander apareceu certa noite com Schmidt no bar da Kamerunerstrasse no Wedding onde trabalhei por semanas, e me avisou da vaga no museu. Nos conhecíamos desde que ele me ajudara a me esconder nos escaninhos. Alexander voltaria para a Jamaica, para onde Schmidt também seguiu. E nunca mais dariam notícias.

Depois disso, nunca mais encontrei ninguém da Jamaica, mas pensei hoje se, a voltar para o sul, se não deveria ir para a Jamaica em vez de seguir para Florianópolis. Então olhei no mapa-múndi que tenho ao alcance da mão e vi a solidão das ilhas. Mesmo sem ter guardado a localização exata de todas as ilhas do Caribe, penso que agora, quando a velhice se aproxima, que posso trocar meu objetivo juvenil africano por um objetivo senil jamaicano, caribenho, caloroso. É um bom plano pensar que, se não voltar ao Campeche, posso me dirigir à Jamaica. Trocar o frio ancestral e crônico da Europa pelo calor caribenho. Trocar esse frio no qual me conservei como comida de geladeira, até agora, por um calor que me tornasse alguém mais palatável.

Tenho tentado estudar e gravar as informações desse mapa, e me vêm essas metáforas alimentícias, um pouco estranhas, logo a mim, que não sinto fome nunca. Não consigo estabelecer um nexo, continuo a pensar no mapa, a tentar entendê-lo, quem sabe assim, melhorando minha relação com o espaço a ser pensado, eu possa irritar menos Irene, que há tempos se incomoda muito com minha falta de atenção, não somente a ela, mas também às coisas ao redor. Assim que Irene aparecer, posso perguntar-lhe, como quem não quer nada, se ela viria comigo à Jamaica. Direi que tenho planos bem definidos, perguntarei se ela poderia pensar na hipótese. Mas, assim como sou incapaz de copiar, ainda que observe para fazer meus desenhos, sou incapaz de decorar qualquer coisa. Ainda que devesse, não conseguiria decorar o mapa. E ainda que pudesse perguntar a Irene, não sei se teria coragem. Eu sempre fui incapaz de muitas coisas, como era, naquela época em que comecei a trabalhar no museu, incapaz também de limpar o chão, de fazer o serviço simples. Dizer isso me enche de vergonha hoje, pois me tornei um ótimo faxineiro para meu próprio apartamento e, de vez em quando, limpo o apartamento de Thomas. Se precisasse viver disso, eu faria hoje muito sucesso.

No museu, o trabalho que me restou foi daqueles que se parecem bem mais simples, receber um casaco, uma bolsa, um chapéu, e acomodá-lo nos cabides, nos nichos, entregar um número ao usuário e cuidar para que não houvesse confusão entre os pertences diversos. Muitas vezes pensei em produzir um pouco de confusão, a vida das pessoas é por demais regrada, um pouco de guerrilha psíquica não faria mal a ninguém. Era como eu pensava quando, sozinho no guarda-roupa e sem ter levado um livro ou um caderno para desenhar, eu não tinha o que fazer. Faltou-me, contudo, aquele mínimo de maldade que se pede nesses momentos e a segurança de que não se será descoberto. Todas as pessoas confiam no funcionário do guarda-roupa, e seria preciso não ter coração para decepcioná-las. Em geral, são sinceros, generosos e pacientes esses funcionários que ajudam em trabalhos quase inúteis. Eu também deveria ser assim, por mais que isso ainda fira, de algum modo, a minha maneira mais verdadeira de ser.

O modo como Agnes falou comigo hoje pela manhã me oferece aspectos importantes para entender seu modo de ser. Agnes é seca e dura e, sobretudo, prática. Espírito do capitalismo, ela não quer divagações, ela nunca quis ou quer saber das confusões mentais que sempre me perturbaram e que, todas as vezes que tentei expor a ela no telefone, levaram ao cancelamento da ligação. Agnes nunca teve paciência comigo. Eu sempre a incomodei.

Por isso, para incomodá-la um pouco mais, ela deve saber que, mesmo tentando ser gentil e prestativo, como meu ofício exige, sou um preguiçoso. Ela precisa saber que passo horas sem ter nada para fazer, que passo dias entregue aos meus desenhos, que gasto horas a pensar em metafísicas, que há dias em que o museu não recebe quase nenhuma visita e que me ponho a ler os livros mais longos e inúteis. Há dias em que minto para não ir trabalhar. Prefiro ficar desenhando em casa o que estiver ao alcance do olho, se é um dia de primavera, desenho flores, se um dia de inverno, desenho pedras e folhas secas e galhos de árvores e copos e garrafas e as naturezas-mortas que Irene detesta. E se chove, desenho gotas de água no vidro da janela.

Tudo isso é inútil, disse-me Agnes anos atrás, em um de nossos telefonemas. Contou-me que levara seus alunos a um centro cultural de Florianópolis para ver os desenhos de uma professora que morreu em um campo de concentração. E que não sabia o que dizer aos alunos, pois o desenho não salvou a vida da professora, assassinada enquanto ensinava os jovens a desenhar. Contei a Irene sobre a voz aguda de Agnes ao narrar aquele passeio, falei de sua entonação perplexa. E quando lhe contei naquele mesmo momento que vivia a desenhar o mundo ao redor sem esperança nenhuma de ser salvo, pois o desenho servia apenas para substituir o que nunca existiu, Irene me olhou de um modo estranho e sei que pensou, no fundo, no fundo, que Agnes fazia bem quando desistia de conversar comigo.

Crime particular

O meu novo trabalho me permitia ter uma casa para morar. Eu precisava, por algum motivo, de um teto somente meu. Quando o encontrei, apeguei-me a ele como uma criança à mãe. Há cerca de vinte anos moro neste apartamento cujas paredes mantêm o descolorido do tempo. O pequeno quarto ovalado tem vista para a rua lateral, a sala onde ficam os poucos móveis, duas poltronas, a mesa onde eu desenho, duas cadeiras, o avestruz empalhado e a lareira tem vista para o parque. Nas paredes da sala, penduro imagens de mapas, mapas da África, da Ásia, das Américas, comprados em bancas de revistas e emoldurados todos com a mesmo *passe-partout* amarelo-ouro. Moro no último andar, Frau Ingeborg, que serve de zeladora ao prédio, mora no primeiro, e nos três andares restantes, pessoas que não conheço senão como transeuntes com quem encontro nos elevadores e escadas. Nunca tentei saber seu nome com esperança de que não venham a saber o meu.

Sobre a mesa de canto, ao lado da janela, eu guardo um fragmento das cartas de Amarna como materialização de um crime particular. É um fato que tenho e não tenho vergonha de contar, resultado de um ato praticado na ala assíria do antigo museu no começo de 1978.

Era meu dia de folga e eu andava pela rua enquanto ainda meditava, como uma vítima do ressentimento, sobre a confusão causada por minha aparência e sobre o absurdo da prisão que a sucedeu quando decidi entrar no museu no qual aconteceu a confusão.

Eu sempre entrava pela porta de serviço, para evitar pagar o ingresso. Naquele dia, fui impedido de seguir por uma moça muito jovem que depois se tornou chefe da segurança. Envelhecemos juntos no museu. Ela como chefe, eu como um verme, digamos assim. Naquele dia, ela estava na porta e, ao saber que eu era novo no trabalho, resolveu me interrogar, pediu meus documentos, olhou página por página do meu passaporte, com o qual eu sempre andava por medo de ser deportado, morto ou escorraçado, pediu minha carteira de funcionário, foi-se com ela para uma sala e voltou meia hora depois, a perguntar o que eu fazia por ali, ao que expliquei, muito gago, que iria visitar o museu, sem bem entender o porquê de sua pergunta. Ela não entendeu minha resposta, perguntou-me então *para que* visitar o museu se eu trabalhava em outro ambiente, e continuou a perguntar o que eu queria por ali, o que pretendia, até que, com muito esforço, consegui explicar que queria apenas passear e ver o que se guardava nas salas, que não queria ver as peças como faxineiro que eu era, pois notei que ela me interpelava como funcionário, e eu precisava explicar que, além de funcionário, eu também poderia ser uma pessoa qualquer que visitaria um museu no dia de folga. Ela ergueu os olhos surpresa e, quase sorrindo, de um riso falsamente generoso, disse-me que desse modo eu poderia entrar, pediu que cuidasse de não colocar a mão nas peças, como se eu fosse um irresponsável e fosse fazer uma coisa dessas. E afirmou que, não sendo meu horário de trabalho, que eu deveria lembrar que não era meu horário de trabalho e, reiterou, como se precisasse falar mais uma vez, que eu não tinha sido contratado para limpar aquele local, mas que podia ver as peças, sim, que estava autorizada, foi assim que ela falou, eu estava *autorizada* a andar pelas salas e ver as peças. E por fim, para coroar o momento tenso, disse-me que poderia pedir que eu fizesse um curso, uma capacitação, para trabalhar naquela ala, que pessoas como eu eram bem-vindas para varrer o chão e limpar os vidros por ali. Eu não entendi naquele momento o que ela queria dizer com *pessoas como eu*, eu não sabia se ouvira direito e não perguntei, mas tenho a impressão de que ela realmente disse *autorizada*. Me entregou meus documentos sem me olhar mais, desceu os olhos para a revista de moda que folheava quase quarenta minutos antes e eu segui meio sem saber o que fazer.

Desde então, passeando pelos museus, esses templos do roubo fundamentado, eu pensava em cometer todos os crimes contra um Estado injusto e seus soldados estúpidos, e comecei por roubar o pedacinho da linda pedra de escrita cuneiforme, no momento em que percebi não haver ninguém por perto. Não havia nenhuma forma de segurança naquela sala. Hoje seria impossível roubar o que quer que fosse. Naquela época, porém, andei por semanas pelo museu com a pequena tábua dentro de uma bolsa, que ninguém jamais pediu para ver. Eu praticava a minha rebeldia e, uma vez, devidamente checado pela segurança, podia me tornar o delinquente que fosse sob os olhos de todos, apenas porque eles acreditavam que tinham me autorizado a estar onde eu estava.

A confusão não se aplicava ao meu modo ladrão de ser, mas se aplicava a algo relativo à minha aparência. A confusão dava poder à moça loira que hoje é uma senhora bastante plastificada, nostálgica de sua pele lisa de trinta anos atrás. Ela estava em guarda para proteger o roubo, o sistema, e até mesmo sua posição de *bela mulher* contra a minha aparência que, para ela, como para muita gente, soa estranha como já me acostumei a saber. Então pensava que os ladrões que tinham fundado aquela museologia e aquela museografia, aqueles que tinham fundado a ridícula ideia de um museu, aqueles usurpadores que além de inventarem a ideia de museu criaram a ideia de que o Estado devia guardar os frutos de práticas de usurpação, de furto, de roubo, que seriam ocultadas atrás de termos pomposos tais como *escavações*, de enganosas ações científicas em que ciência e história nada mais eram do que cortinas de fumaça para legitimar a usurpação, a apropriação, em uma palavra, a roubalheira.

Fato é que tinham sido realmente *geniais*, não menos que *geniais*, ao inventarem seu próprio crime, sem jamais dar-lhe um nome tão feio como o de crime. Chamando-o de museu, ficava tudo bem.

Então, copiando-os para testar seu próprio invento, eu inventei o meu próprio crime sob a consideração, não a desculpa, do perdão que se deve ao ladrão que rouba ladrão. E mesmo sentindo certa culpa, a de que ninguém mais veria essa carta de argila escrita com tanto cuidado, mantive o meu gesto porque, guardadas em museus, aquelas coisas todas não seriam vistas por pessoas reais, mas apenas por turistas.

LSD

Os frequentadores do bar onde trabalhei na Kamerunerstrasse diziam-me que o LSD curaria minha gagueira, mas eu não tinha coragem, era muito caipira para usar substâncias que alterassem meu estado mental. Meu medo era que os sonhos que eu tinha à noite desde menino viessem à tona e se tornassem o todo da realidade.

Contei a eles sobre um sonho que se repetia desde que minha mãe morreu. Até hoje esse sonho ainda me acorda à noite. Um líquido açucarado e escuro cai do teto dentro de minha boca. Subo até o sótão para procurar sua fonte e vejo um cadáver. O morto no sótão é meu pai. Ou é minha mãe. Ou é Agnes. Ou sou eu mesmo. É o que Alexander me diz. Penso em todas as possibilidades sem sucesso na descoberta da identidade do morto. Muito depois, com a repetição desse sonho, pensei que a morta pudesse ser Irene, mas não tive coragem de lhe dizer uma coisa dessas.

Ao acordar desse sonho que se repete ao longo dos anos, eu ainda choro enquanto tento falar, mas nenhuma palavra sai de minha boca.

A pessoa errada

Da janela dos fundos, com um pouco de esforço, se pode ver o cemitério ao lado da igreja onde não se enterra mais ninguém. Talvez as pessoas tenham deixado de morrer, às vezes penso. Talvez já estejam mortas, eu pensei. E quando penso assim, logo me corrijo internamente dizendo para mim mesmo *como penso bobagens*. Irene não gosta quando penso coisas que *não deveria pensar*, ela espera de mim apenas pensamentos edificantes. Algo me incomoda nisso, no meu próprio esforço de agradar Irene, de seguir o que ela me diz. Suspeito que eu esteja sendo contaminado demais. Talvez por isso, seja boa essa distância que ela impôs a nós dois, quem sabe eu volte a ser mais parecido comigo.

Abri há pouco a pequena janela da cozinha onde fica o tanque de roupas que uso apenas no verão e contemplei os túmulos esquecidos a imaginar se meu pai foi enterrado assim, direto na terra, coisa que não se faz mais há muito tempo. Ou se o puseram em uma gaveta, me perguntei. Imaginei um lugar para meu pai morto ou suas cinzas espalhadas no mar no dia seguinte à sua morte, porque Agnes não gostaria de guardar seus restos dentro de casa. As cinzas fazem a morte parecer menos pesada. E isso é aterradoramente literal. Hoje os corpos dos mortos são cremados, a morte é higienizada, é reduzida à fumaça, já não ocupa tanto espaço. Já na sua versão simbólica, a morte é onipresente e, por isso mesmo, cada vez mais banal. Se o morto é tratado como lixo ou como mercadoria, é coisa que não faz diferença.

O nada sempre vence ainda que se tente evitar o seu triunfo fingindo que ele não está dado. Talvez Agnes tenha feito cremar nosso pai, mas aposto que preferiu dar-lhe um túmulo onde poderá visitá-lo sempre que puder, como eu mesmo faria se estivesse perto.

Em um dos telefonemas, quando me contou que o diretor do seminário morreu de aids, embora bem velho, quando de aids morriam de um modo geral apenas os jovens e os que não podiam pagar o tratamento, Agnes me disse também que me contava dos que tinham morrido porque eu, como nosso pai, preferia os mortos. Na verdade, revelou, em um raro momento em que falou de si, que ela preferia falar dos vivos, era isso o que realmente preferia, e não fazia com mais frequência *o que preferia fazer* porque eu, além de tudo, deixava evidente que *as ideias abstratas eram mais interessantes para mim* do que as pessoas concretas. Ela falou isso pondo ênfase em suas preferências e desistências. Mas o mundo é feito de pessoas concretas, ela me disse naquela ocasião. Agnes lastimou que meu pai, assim como eu, preferisse os mortos e a vida que passou.

Naquele dia eu tentei falar um pouco mais sobre o seminário, mas ela não permitiu a continuação da conversa. E quando deixou escapar ter encontrado com alguém que falava do *seminário de Florianópolis*, e que seu irmão passara *alguns anos no seminário*, eu sabia que não me dizia tudo que poderia dizer, pois não gostava daquele assunto.

Irene, se tivesse conhecido Agnes, concordaria com ela em tudo, as duas me deixariam para trás se andássemos na rua juntos, me deixariam a falar sozinho se estivéssemos os três a conversar, comentariam entre elas o filme que tínhamos visto juntos como se tivessem ido ao cinema sem mim. Nessas horas realmente penso que estou no lugar errado, no momento errado, e sou a pessoa errada.

Seres que não existem

Ao mesmo tempo penso que, se Agnes falava de mim para outras pessoas era sinal de que não tinha me esquecido. Eu não a esqueci. Não esqueci meu pai. Meu pai também não me esqueceu. Contudo, sempre agiu como se eu não existisse, talvez por pensar que ninguém existisse, como é provável que não acreditasse verdadeiramente em Deus, porque Deus é uma ideia das mais absurdas, sobre a qual meu pai nunca falou porque é provável que ele não exista, e meu pai não gostava de ideias absurdas e de seres que não existem. Meu pai não era diferente de ninguém. Deus é a ideia, infelizmente achatada pelas religiões, que explica a nossa alucinação geral, mas isso meu pai não imaginaria, porque meu pai não gostava da imaginação. Deus, o grande ilusionista, e meu pai, avesso a ilusões, não combinavam muito. Meu pai não acreditava nele, porque não gostava de nada que soasse excessivo. Meu pai, no entanto, não era diferente de ninguém e como todo mundo, também fingia.

Deus era um excesso e a morte, uma traição da ideia de Deus. Era essa a questão. Um dia meu pai deixou escapar. O problema era a traição da morte. Meditei por muito tempo nessa ideia. Sonhei que contaria a Agnes. Que um dia Agnes saberia como eu via o mundo e como via meu pai e como, de certo modo, via a ela própria.

Abro a janela dos fundos novamente, eu gostaria de poder fumar nessa hora, mas parei há muito tempo com esse gesto teológico relacionado ao cigarro. Cortei todas as teologias, exceto Irene. Contemplo agora o cemitério onde até os muros estão mortos e não traem ninguém. Penso na traição de Irene. Mas Irene não me traiu. Penso que seria melhor se tivesse me traído. Vejo Agnes, sentada à sala sem pensar onde está. Sei que ela me traiu, que o tempo me trai, que meu corpo me trai há tempos.

Já é hora do almoço e o cheiro de comida vindo do restaurante chinês ao lado me dá a impressão de que há algo em comum entre comer e morrer, de que as coisas, por mais avessas que possam parecer, combinam entre si. E sinto náuseas.

Falta de álcool

Comemos coisas mortas, eis a prova de que somos vermes. Desde que moro aqui, perdi a fome por causa do cemitério. Hoje perdi a fome por causa do meu pai. Fui a poucos velórios em que se servisse comida, algo de extremo mau gosto. Um prazer em meio ao desprazer. Quis ir a muitos velórios, na verdade. Mas as pessoas a cujos velórios eu gostaria de comparecer não morreram ainda. Talvez eu não tenha a sorte de enterrá-las, disse isso anos atrás para incomodar Irene e ela realmente ficou incomodada. Meu pai teve um velório no qual sou obrigado a pensar, a pensar em como teria sido vestido, de que madeira seria feito o caixão, quem teria comparecido à cerimônia fúnebre, se haveria flores, como teriam cruzado os dedos de suas mãos, se puseram nela um terço daqueles nos quais ele não acreditava verdadeiramente como de fato ninguém acredita. São questões para mim, talvez tenham sido para Agnes. Não são, evidentemente, questões para meu pai. Conto isso a Thomas, que meu pai não soube de nada daquela cafonice toda. Thomas ri e depois pede desculpas porque estou a narrar a minha tragédia e é preciso respeitar a tragédia alheia por mais que se possa fazer piada com ela.

 Se eu estivesse presente a essa cerimônia, eu cobriria meu pai com dálias, as dálias que eu mesmo plantava no seminário há mais de quarenta anos. As dálias que planto ainda e cujas sementes preciso conservar, pois são ainda muito raras. Se no seminário eu tivesse me tornado padre, certamente seria apenas para garantir a permanência do jardim e nele, das dálias. Disse isso a Irene, ela se comoveu, mas virou o rosto, fingia atenção aos carros que, descendo a rua, soltavam fumaça pelos canos enquanto escorria uma lágrima sobre seu rosto frio.

Os irmãos de minha mãe que vinham em carros cheios de fumaça ainda devem estar vivos e podem ter enviado flores ao enterro de meu pai, mas não seriam dálias. Agnes teria me contado. Ela nunca falou de nossos tios, se eles continuaram a visitá-la como faziam quando éramos crianças. Se teve notícias deles. Eu gostaria de saber o que aconteceu com meu tio Carlos, que me deu o dinheiro de que eu precisei para partir, ele que gostava tanto de beber, que sendo magro como era, nunca deve ter posto um grão de comida na boca. É dele que me lembro agora a pensar por que, naquela época, não podíamos falar sobre isso uns com os outros.

Pelo resto de minha vida, farei como meu tio Carlos, nunca mais comerei nada. Não comer na minha idade já não é tão difícil, pois que não há gasto de energia e muito menos prazer. Me sinto fraco se fico muito tempo sem alimento, mas eu posso dizer que estar fraco me faz bem. Isso diminui a revolta interna que sinto, me dá aquela paz de estar parado no tempo, envolto na monotonia do meu próprio corpo, sem querer nada, sem esperar por nada, livre de todos os tormentos do desejo.

Irene me diria, em um raro momento de bom humor, que esse tipo de sintoma se deve à falta de álcool. Que meu tio Carlos tinha uma vantagem sobre mim, e piscaria o olho com ironia, oferecendo-me um copo de rum na aula de filosofia enquanto eu simplesmente afastaria o cálice mais uma vez. Ela se irritaria comigo depois que eu me contrapusesse a seus argumentos, e ficaríamos, como estamos agora, semanas ou meses sem nos falar.

Tractatus

Depois de meses tendo visto o cartaz na Alexanderplatz, criei coragem e fui à aula de filosofia que acontecia no final da tarde, numa salinha apertada do Café Adler, no Checkpoint Charlie, onde, no ano passado ouvi um grupo de turistas brasileiros, gente de Blumenau, tentando falar em alemão com os nativos e recebendo respostas em inglês. É a elegante maneira alemã de avisar que estrangeiros não podem falar a sua língua. Irene sempre foi uma subversão elegante, ela falava várias dessas línguas, e as falava à sua maneira portuguesa, objetiva e atenta, e isso chamava a minha atenção.

Nos fundos do café, a ouvir uma leitura do *Tractatus* de Wittgenstein e uma análise sobre o uso da linguagem, permaneci quieto do começo ao fim, sem coragem de dizer nada, muito menos de entregar o retrato falado que eu levava entre folhas de papel de seda. Irene não tinha como me reconhecer. Eu nunca me descrevi para ela, ela nunca pediu que eu falasse como eu era.

Apesar de mais velha do que quando se descrevia para mim, quase vinte anos antes, ainda se parecia com sua própria descrição e não foi sem dificuldade que contive minha emoção ao vê-la. Ela era como o retrato. Eu saí da aula um pouco mais cedo, voltei caminhando pela Friedrichstrasse quase deserta, apenas um homem, uma dessas figuras urbanas onipresentes, arrastava os pés pelo asfalto a falar sozinho e chamar por um amigo que não apareceu. Eu não tinha preocupação alguma de chegar em casa, apesar do frio da madrugada que naquele janeiro sombrio poderia ter me matado, como aos tantos que já naquela época vinham habitar as ruas. Eu andava em silêncio, a me perguntar por que não me apresentei a Irene, e não encontrava resposta alguma. Na manhã seguinte levei o retrato para emoldurar e o deixei aqui, onde está até agora, preso à parede à espera de uma boa ocasião para colocá-lo em suas mãos.

Agnes, sou eu

Como um robô, ainda que humanamente desconfiado, eu tinha automatizado as lições de Irene daquela época sobre o melhor modo de começar a conversa com meu pai. Eu deveria dizer sempre *alô, quem fala?*, acreditava que a partir dessa frase relativamente formal tudo acabaria bem. Sem uma direção bem definida, as facilidades tecnológicas não garantiam facilidades de expressão, e eu que nunca me acertei com tecnologias, continuei, a cada telefonema, sem saber se poderia dizer mais alguma coisa. Faltava-me a criatividade para inventar algo de diferente do que Irene sugeria. Com o passar do tempo, em dois ou três anos, falar com meu pai se tornava algo urgente pelo menos naquele mês de abril em que ele, assim como Agnes, assim como Irene, fazia anos. Depois de muito meditar, duvidando que aquele número de fato fosse de meu pai, eu consegui ligar.

Quando falei com meu pai ao telefone pela primeira vez, ele não me reconheceu, como não me reconheceu nos telefonemas posteriores. Agnes, para quem ele transferiu o aparelho, emudeceu ao me ouvir. *Agnes, sou eu, Agnes, sou eu*, eu repetia sem perceber que deveria dizer meu nome.

Olho

Ao falar apenas o mais básico, me adaptei à inadaptável língua alemã. Depois de tantos anos, por incrível que possa parecer, tendo em vista justamente o tempo considerável em que vivo nesse ambiente, Irene se estarrece que eu não possa falar essa língua do melhor modo. Ela me diz que não quero, eu lhe digo que não posso. A gramática alemã é uma dificuldade para mim, eu disse a Irene logo na segunda aula, quando ela me interpelou e precisei mentir a meu respeito, contando uma história na qual ela acredita até hoje. Mas pude dizer a ela uma parte da verdade, a dificuldade imensa de aprender a falar quando criança, dificuldade que me constitui e que não posso negar. Não me refiro apenas a conversar, mas ao que vem antes, ao falar simplesmente.

O mundo das imagens, no qual posso desenhar os pássaros, as pedras, as folhas e as cascas caídas das árvores, as pessoas que observo nas ruas, esse mundo de papel no qual posso desenhar o Cristo que grita sem que eu possa ouvir, apesar de tudo o que se possa dizer desse mundo feito de fantasmagorias e figuras, é um lugar mais fácil de habitar. Minha impotência para guardar palavras e frases na memória nunca foi menos do que monstruosa, tenho que admitir, o que não faço sem dor. Mais fácil usar traços para produzir uma sombra, para buscar uma luz, por mínima que seja, e simular assim a tridimensionalidade do globo ocular de um pequeno animal, do que dizer a palavra *olho*.

Mais difícil do que qualquer outra coisa foi usar essa língua para falar com as pessoas. Mesmo sendo tão parecida com a língua que falava em casa com meu pai, com minha mãe e Agnes, aquela que me obrigo a falar há mais de quarenta anos não é a mesma de modo algum. O alemão de lá e o alemão de cá não são o mesmo alemão. Tampouco a língua portuguesa de Irene é a mesma língua que conheci. É familiar, mas não a mesma. A língua que uso agora para escrever, eu a perdi há muito tempo, não é a mesma que usei há décadas. Não é a língua portuguesa de Irene. Essa eu falava na rua, eu falava com outros. Não foi a língua de meu pai, não foi a de minha mãe, foi a língua dos vizinhos. Foi a língua da escola. A língua dos outros. A língua portuguesa que usei ao telefone hoje pela manhã com Agnes não foi a língua de Agnes. Eu e ela sempre preferimos o Hunsrückisch, aquele jeito de falar no qual nos reconhecíamos e que, guardado entre achados e perdidos, permitiu sermos irmãos até ali, no ponto em que hoje pela manhã, como dizem, se dividiram as águas, sem que haja ponte que possa desenhar-se sobre o vão aberto a partir desse momento.

São as águas, a ponte impossível. Como se o muro estivesse sendo reconstruído, como se algo intransponível estivesse sendo erigido justamente porque, sendo translúcido, tudo já passou por meio dele.

Me faltam as palavras agora na língua em que escrevo, essa língua portuguesa, minha verdadeira língua estrangeira, muito mais estrangeira do que o alemão falado por aqui no dia a dia, esse alemão que transforma a minha língua natal em uma fantasmagoria. Volto à língua portuguesa por pura necessidade de dizer o que penso, considerando o fato sobre o qual tomei conhecimento hoje pela manhã. Porque a língua não me diz nada e me diz tudo. É uma língua para falar com gente estrangeira, eu que fui estrangeiro desde que nasci, que sou estrangeiro agora, estrangeiro nas ruas, no trabalho, estrangeiro que fui em minha própria casa, quando eu tentava falar português por pensar que era um modo de trazer o que estava lá fora para dentro daquele cenário fechado onde todos estávamos enterrados desde o nascimento.

Assim eu me tornei gago a cada dia, ao tentar falar. Também por ser gago eu sou esse tipo de estrangeiro. Estrangeiro no mundo dos que falam uma língua reta, inteira, direta. E penso que sou estrangeiro, duplamente estrangeiro, sempre estrangeiro, aos olhos e aos ouvidos de Agnes que, com sua boca sempre pronta a explicar e responder, me tomou como alvo e desferiu seu golpe, esse que interrompe um ciclo de telefonemas que nos iludiu quanto à comunicação possível por tantos anos.

O pássaro morto

Um pássaro de asa quebrada ao qual resta a miséria de esperar que não o veja um predador é a imagem que me vem à mente enquanto digito essas palavras no computador pensando nas conversas que tive com Agnes. Lembro-me do pequeno animal desenhado no caderno verde onde anotei palavras com um único objetivo, que pudessem produzir tempo pra pensar durante esse tempo em que conversamos um pouco a cada ano quando meu pai fazia aniversário.

Eu tive de atravessar o tempo de algum modo. O pássaro incapaz de voar flutua morto sem chão no caderno onde anotei os dias exatos em que telefonei para casa e falei com Agnes e com meu pai quando ela permitiu. Quarenta telefonemas dados em quarenta anos, considerados os intervalos, verdadeiros vazios, os anos em que não liguei e os anos em que liguei mais de uma vez. As anotações são precisas, como quarenta foram os dias de Cristo no deserto. Esse Cristo que me aparece agora, como um jovem entregador de pizza que vem do centro de Kreuzberg em uma bicicleta motorizada, sem dizer nada porque é o seu primeiro dia no emprego e ele apenas me olha com medo de que eu possa lhe fazer algum mal e pôr tudo a perder. Olho sem fome para essa pizza fria desde ontem à noite e penso que nunca mais comerei nada nessa vida.

Me vêm essas imagens à mente, avalio o sentido da catástrofe, penso no tamanho do Cristo porque eu faço essas conexões, eu sou um animal simbólico que pensa a partir de nexos entre imagens e palavras, ainda que estas últimas me faltem ou se quebrem como frágeis copos vazios.

Eu deveria colocar aos pés do meu Cristo esse pássaro morto e os olhos do jovem entregador de pizzas em suas mãos. Ficaria bem um pássaro aos pés do Cristo, porque não há nada mais triste do que um pássaro morto aos pés de um Cristo que também vai morrer e que vê com os olhos de um outro.

Outro jovem passa na rua a falar muito alto. Tem o ar dos estudantes filhos da classe média que sabem tudo por viver em torno de livros e de computadores e de viagens aos mais curiosos países. Ele comenta sobre o carvão que, na natureza, à diferença de tudo o que há, não se destrói. Concentro o meu olhar à janela e vejo que procura impressionar a menina que anda calada ao seu lado, de olhos envergonhados, a perguntar-se sobre o que faz ali. Também eles me obrigam a pensar em nexos. Ouço sua voz através do pesado vidro da janela e, apesar de suave, ela me soa como uma bomba prestes a detonar um edifício inteiro. Vejo tudo explodir e minha cabeça derreter vagarosamente, apesar do frio ainda mais frio causado pelo alto pé-direito desse apartamento e pela calefação que eu deveria consertar há quase uma semana.

E enquanto não sei o que fazer com essas imagens que me vêm à mente, e aos ouvidos, enquanto o frio avança, escolho um pedaço de carvão para grafitar no papel minha própria vitrificação, a explosão, o derretimento geral. Sou o espelho do mundo, eu penso sem consequências maiores, pelo menos até aqui. A falta de nexo entre as imagens é insuportável, só não o é mais porque posso imaginar o Cristo e a seus pés, o pássaro morto que posso recortar de um velho caderno, e posso pensar nos olhos do jovem que um dia me entregou pizzas. Ou será, ao contrário, nexos em excesso, os que me apavoram e, na verdade, essa imagem do Cristo não é fruto da minha imaginação, mas a imagem concreta de um fantasma que me pede ajuda. Preocupo-me comigo nessa hora, posso ter alucinado, posso estar com algum problema. Posso ter enlouquecido.

A gagueira

Fui ao médico, um neurologista, preocupado com as lacunas que surgem quando estou a falar ou escrever, quando me vejo no espelho, quando tento me concentrar em alguma coisa no trabalho. Passei dias vendo tudo pela metade. Fiz todo tipo de exame. Segundo o médico que os leu na minha frente sem, no entanto, falar muita coisa sobre eles, não há nada de errado comigo. O médico, sem nenhuma introdução, perguntou-me se eu me lembrava quando teria surgido a gagueira, ao que respondi prontamente, embora a gaguejar, que não. A língua sempre foi um problema para mim, um problema literal eu pensei sem dizer, pois seria muito complicado emitir uma frase inteira naquele momento em que eu estava preparado para falar apenas sobre minhas falhas e esse excesso de imagens que substituíram as imagens pela metade. O médico era amigo de amigos de Irene, ela mesma não o conhecia e, crédula como é, pensou que fosse um cidadão decente e uma pessoa responsável.

Algo de errado comigo foi a expressão que ele usou para referir-se à gagueira. E seguiu explicando em palavras muito objetivas que ela melhoraria com um tratamento fonoaudiológico. Que eu não deveria desistir. Um tratamento psicológico também facilitaria as coisas para mim, ele me disse, cheio da certeza de que a gagueira, de algum modo, me prejudicava. Segurei a língua entre os dentes, controlando a raiva que, como força primitiva e incontornável, sempre teve o poder de me fazer falar.

A raiva melhora a gagueira. Sei disso há muito tempo. A raiva sempre teve esse poder expressivo, fisicamente expressivo, esse poder de dizer o que fosse preciso de uma vez, e de modo contundente. A raiva me fazia imaginar. E foi porque me segurei que não dei um soco no médico enquanto imaginei, naqueles segundos, quem seria aquele homem se estivesse despido da sua roupa de médico. Enquanto pensava em quem ele seria, via a mancha de sangue no jaleco branco para a qual ele olhava apavorado sentado no chão da esverdeada sala fria de hospital público. Ainda estava vivo, mas perplexo, assustado e tinha medo de morrer.

Não costumo ser violento, não procuro a chance e não me entrego à vontade quando ela surge como um impulso em relação ao qual me esforço para que fique sempre dentro de mim, para que não ultrapasse minha imaginação. Se eu deixasse que essa força encontrasse sua mais sincera expressão, não sei o que me aconteceria, nem o que aconteceria aos outros. Melhor ficar quieto quando percebo que a raiva acorda, como um dinossauro fossilizado, do seu sono de milênios.

Dizer dinossauro e dizer milênios é um exagero, mas é a imagem que me aparece agora ao falar da força da raiva. Talvez a raiva, como o dinossauro, seja o que permanece como carvão na natureza, uma coisa desse modo, meio arcaica e, no entanto, contemporânea, intensamente presente. De qualquer maneira, me parece melhor do que a imagem melancólica de um pássaro de asa quebrada que, nesse pequeno caderno onde parte da minha vida foi anotada, eu cheguei a desenhar.

Melhor aquietar esse animal interior. Prendê-lo no papel na forma de um desenho, como o Cristo que ameaça falar. Para facilitar a quietude contra o dinossauro, contraponho outra imagem. A imagem de um pato, por exemplo. Um pato é um bicho fácil de devorar e, portanto, um animal sem graça. Torna risível a brutalidade do momento. É bom fixar a mente nele em certas horas. Desenhar um pato também não seria má ideia. Um médico pato boiando no rio Spree. No caso daquele médico, imaginei-o de um modo um pouco pior na sua condição de pato. Eu o vi como um gago que se curou da gagueira e se transformou em um pato. Junto os dois, e o animal que surge é muito feio. Um centauro sem cavalo, um minotauro sem touro. A gagueira não o tornou moralmente melhor, como poderia, porque é fácil supor que o sofrimento possa melhorar moralmente uma pessoa, mas, no seu caso, ele se tornou um idiota. Um idiota que, de tão ressentido por ter passado a vida como gago e tendo se visto um belo dia, não por acaso, mas por um excesso de esforço em tratamentos médicos, fono e psicológicos, por ter se visto, afinal, curado de sua voz de pato e gago, sem ter conseguido esquecer que fora gago anteriormente, mas sem jamais saber que foi um pato, passando, então a pensar nesse fato o tempo todo, com a intenção de apagá-lo, sem ter mais a chance de pensar em outras coisas, o que o tornou, mais do que um gago curado na forma de um pato, um neurótico que esconde por trás de si um simples idiota. Na condição de idiota, o ex-gago que odiava sua gagueira, o novo neurótico estava ali escondido atrás de um médico, ou melhor, estava ali como um pato escamoteado pelo jaleco branco, um pato pronto a ser comido por um tiranossauro. Mas o animal ancestral com sua força bruta antes da morte da natureza teve pena do homem, da sua covardia antropo-ornitológica, da covardia de pato que se tornou um gago curado, e o deixou no seu lugar contando suas penas.

Com isso, quero dizer que o soco ficou na imaginação, não chegou a mover nem mesmo meus lábios, estes que guardam a língua inútil, a única que eu tenho e que, por obra da raiva, poderia ter se tornado violentamente útil de um momento para outro. O soco ficou guardado naquele momento, por força da tensão raivosa que produziu, repentinamente, uma língua destravada. Contei até dez, como dizem aqueles que nunca contam até dez. Contei mesmo, literalmente, com o método que carrega a calma e precisa ser mais forte que a raiva para controlá-la. Contei. E me calei. Calei sem testar a eficácia da raiva no controle da gagueira, o que daria ao médico, se ele ficasse inteiro, uma novidade empiricamente comprovável que ajudaria no negócio chamado *avanço da ciência*. É que o médico me estendeu a mão quando percebeu que eu não falaria nada: não era tão idiota quanto parecia. Percebeu que era melhor promover a finalização da consulta do modo mais elegante possível. Eu não retribuí. Meu desejo de imaginar algo melhor não era nada diante da força desembestada da imaginação que eu tentava controlar. O gago curado tornado pato nos punha na posição *patética* na qual nos encontrávamos naquele instante um diante do outro. Tive medo de desferir com o punho fechado o golpe tiranossáurico que me pedia a vontade. Segurei. Era covardia um tiranossauro matar um pato. Mas também o era deixar o tiranossauro ser penalizado por um pato prepotente que pensava que sabia tudo sobre mim só por ter presenciado a minha gagueira. O imbecil que tomava a parte pelo todo. E, apesar de imbecil, era a vitória do pato, eu pensava. Uma falta de elegância negar o aperto de mãos, era claro. Mais seguro também, zoologicamente falando. Resolvi perder. Assim eu vencia, logo pensei. Vencia a mim mesmo, o que não era pouca coisa. Assim eu raciocinava, embora o raciocínio não fosse tão claro naquele momento quanto é agora em que me vejo como um sobrevivente de mim mesmo.

Saí do consultório fingindo que não entendia o que acontecia. Difícil seria explicar ao médico e a Irene que gostaria de dizer aos amigos dos amigos que o médico era ótimo, que eu o via como um pato e que, pior ainda, pior do que vê-lo como um pato, era que eu não tinha, como não tenho, interesse algum em tratar como doença aquilo que me constitui. Minha doença não é a gagueira. A gagueira é minha característica pessoal. A doença é outra coisa. Ele não teria imaginação para entender de que doença se trata. Asseguro que não seria a doença dos patos que perderam a imaginação e que esperam que explicações científicas repulsivas resolvam todos os problemas. Não poderia explicar que a gagueira veio comigo, que não é possível arrancá-la de mim, não importa se falo português ou inglês, se falo alemão ou italiano, russo ou javanês, lituano ou banto. Evitei a explicação e, com ela, o soco contido na imaginação que o criou.

Deixei as explicações para trás e saí a pensar que por aqui, depois de tantos anos a conviver com gente de tantos lugares, gente que gasta seu tempo e seu dinheiro em cidades transformadas em parques temáticos por turismólogos, especialistas em maquiar e vender cidades, aprende-se um pouco de cada língua e, mesmo assim, não é possível falar. Aprende-se a dizer bom dia em todas as línguas, a dizer olá, adeus, como vai, tudo bem. E quando se descobre que toda essa falação é falsa, surge um prazer novo. O prazer de ficar quieto. E se descobre, no meio das línguas, que a língua é um lugar aonde se chega ou não se chega, uma porta que se abre ou não se abre. Um soco que se desfere ou não se desfere.

Porque ouço sem interesse, é como se não ouvisse. É o que faço agora. Ouço e fico quieto. Evito qualquer expressão que sempre ameaça quem estiver pela frente, como um soco. Estou em estado de total violência nas raras vezes em que me expresso e, se não me expresso mais nesses momentos, é porque a gagueira me impede. Logo, a gagueira é o que há de melhor em mim, minha comunicação não violenta, como me disse Irene, dias atrás, quando me perguntou, antes de ter se irritado tanto comigo a ponto de parar de falar comigo, sem nenhum tipo de receio, como era, depois de tudo o que se passou, a essa altura da vida, como era ser gago nessa idade. Toda expressão surge na língua que raramente acolhe quem nela fala, eu lhe disse em estado de intenso sofrimento pela vergonha de ter passado a vida sem poder falar direito, envergonhado do meu tropeço. Na língua se é sempre estrangeiro, ela respondeu procurando um modo de fazer silêncio. Mas eu não esperava por esse comentário, antes imaginava que, como professora de filosofia, ela me dissesse o contrário, que falasse na utopia do diálogo que já não temos.

Agora, o computador programado para escrever em alemão, corrige meu português fazendo parecer que tudo o que escrevo, neste momento, não é mais que um erro, e eu vejo o rosto cansado de Irene a ler o que escrevo. E penso que Agnes, que em nada se parece com Irene, dormiu sobre a leitura.

O grande oco

Telefonar para meu pai durante todos esses anos me fez me sentir menos torto. Mais humano. Humano de uma humanidade que desaparece na tagarelice da vida diária quando tantos falam sem ter nada a dizer.

Só de pensar em *humanidade* sinto náuseas, e se penso que a *humanidade* só é humanidade porque é em si mesma *falante*, a náusea é maior ainda. Mas não é bem assim, eu exagero. Eu sempre exagerei. De fato, não sinto náusea alguma. Na verdade, é como se, não sentindo nada, eu sentisse algo ainda pior e que só poderia ser expresso pela palavra náusea. Uma espécie de sentimento de nada. Um grande oco. A palavra náusea vem por força do desejo de expressão que é sempre fácil de parecer um vômito. Não é ela que me explica, se é que, é bom dizer, alguma palavra me explicaria. Se é que alguma palavra explicaria alguma coisa. O telefonema de hoje pela manhã acabou com a minha vontade de falar qualquer coisa, com qualquer pessoa, acabou com a vontade que já era mínima, para não dizer inexistente, de falar com as pessoas, de dizer qualquer coisa.

Uma bomba é a imagem que me vem quando não é possível parar de pensar no nada. Desenhar uma bomba seria fácil, difícil seria desenhar seu efeito. Poderia ter ficado apenas com a imagem do vômito, igualmente complicado. Mas o vômito seria orgânico demais e abjeto demais e não é disso que se trata, pelo menos não no que deve aparecer neste momento. Um Cristo a vomitar seria crueza demais, Irene diria que estou a apelar.

Poderia ter dito apenas náusea, mas náusea é excessivamente poético, é existencial demais, e não é disso que se trata, pelo menos não agora. Há quem pense que o nada é uma ideia, pode ser, mas é também um estado intenso de existência, aquele que põe à luz a parte obscura da alma experimentada na forma do grande oco. O *grande oco*. Poucos se ocupam em entendê-lo, embora vivam dentro dele. O grande oco dentro da pele que somos. E pensam que o camuflam ao falarem uns com os outros, por permanecerem, de algum modo, em ação. Pensam que estão além da pele porque entram em contato ao falar. Pensam que estão além do oco. Pensam que são algo como uma *humanidade* só porque estão ligados pela fala. Pensam que a fala garante alguma coisa. Os gagos estão aqui para mostrar que não. Para mostrar que há esperança, mas não para nós, como repete Irene em toda aula de filosofia. Uns até se tocam quando, na verdade, apenas tangem o grande oco e ouvem, dentro de si mesmos, um barulho surdo.

Cobras

Perdi hoje pela manhã a crença, já bem abalada, na competência comunicativa entre as pessoas. As pessoas não conversam umas com as outras. Elas fingem. No começo, ainda bem jovem, eu tinha fascinação pelas línguas que se usam para conversar, mas a cada tentativa de falar fui derrubado pela gagueira e a vergonha que ela ainda me causa quando tenho que me expressar, o que evito a todo custo. De um lado a vergonha, de outro a raiva. E certa esperança de que as coisas não mudariam porque aprendi a sustentá-las no lugar onde estiveram até hoje pela manhã e esse lugar me parecia, não o melhor, de modo algum o melhor, mas o único lugar possível. Era o lugar que encontrei para colocar a gagueira. Os policiais que me capturaram viram-na como um disfarce, o médico no consultório se interessou por ela como um erro. Nenhum deles perceberia que ela vem antes de mim, que eu é que sou o disfarce e erro da minha gagueira. Eles viram o que não deviam ter visto e viram pouco do que não deveria ter sido visto.

A gagueira não veio comigo, eu vim com ela. Eu não a trouxe na mala como um objeto. Ela me trouxe até aqui, é meu corpo, define a minha presença. Eu não a trouxe como relíquia. Ela não é parte de alguma coisa, de um arsenal, de um butim, de um espólio. Ela não é o que impede a minha fala, mas o que torna a minha língua a faca pronta a cortar o meu corpo e, porque meu corpo não é nada, a faca pronta a cortar o mundo dentro do qual ele está e, ele estando, estou eu mesmo. A gagueira não é a parte falhada do meu corpo. Ela *é* o meu corpo.

Eu teria que ter dito tudo isso ao médico, talvez ele pudesse pelo menos ouvir. Os policiais poderiam o mesmo, eu me pergunto. Ao dizer, contudo, eu teria derrubado o médico com um soco no meio do nariz, porque, ao pensar na gagueira, ela me fere e, quando me machuco, eu ataco. E teria arrancado a língua do homem caído no chão com tanta raiva, porque a raiva multiplica a raiva, como deve acontecer a um assassino sanguinolento do tipo que se via em histórias em quadrinhos quando eu era menino e, passando tantos anos em um seminário para padres onde se encontrava de tudo pra ler, do latim às histórias em quadrinhos, eu li também as maiores porcarias que podiam ser inventadas. A língua do pato, ou do gago curado, seria a do médico depois da minha intervenção. Mas talvez eu não o matasse e ele, apesar de gago curado, ficasse com problemas de fala mesmo depois de muitos anos de tratamento fonoaudiológico e psicológico. Eu poderia ter cortado a sua língua e assim o mal pela raiz, como dizem por aí. A língua que me devora, fica ridículo dizer isso, mas é isso mesmo, *a língua que me devora* devoraria o médico e ficaria tudo bem. Eis o que pode a imaginação. Ela pede a vingança. Mas a língua que brinca comigo, fazendo-se naco de carne entre meus próprios dentes, essa ficaria aqui mesmo, sendo ainda o meu centro como algo que, dentro de mim, se vingasse de mim dando voltas, como uma cobra, na minha boca.

O ritmo da minha língua ocupa, por sua conta, o centro do meu mundo, de todo o meu corpo dentro do mundo. Digo *mundo* sem querer exagerar ao usar a palavra *mundo*, do mesmo modo como exagerei usando a palavra língua enquanto via o médico estatelado e morto no chão esverdeado do centro médico com a língua de fora. Como meu pai morto sobre a cama de um hospital, livre do tubo que lhe entrava pela boca amolecendo sua língua como uma cobra morta. E penso em Agnes me dando a notícia da morte dele, engolindo em seco e fingindo não saber o que diz. E me vêm as palavras que Agnes não disse. As palavras que dizem o que ela não disse. A palavra choque, a palavra bomba, e não quero exagerar ao usá-las, mas essas palavras fazem efeito nessa hora como veneno de cobra inoculado no meu espírito.

E mais ainda, me vem à mente a palavra alma, aquilo que Agnes não teve, essa que me parece seja o caso de trazer a essas considerações, porque ambas, tanto o choque como a bomba quanto a alma, todas têm a ver com o corpo, essa outra palavra absurda diante do imensurável que pretende assinalar, sem jamais assinalar, senão a ideia de que algo abstrato e impossível poderia, um dia, numa utopia, ser exposto por palavras. A palavra mundo dentro da qual cabem as outras todas que, ao dizer, não dizem o que querem dizer, embora digam aquele mínimo que faz saber que alguma coisa aconteceu, e que o acontecimento me é inacessível.

Origem

Tenho um nome que convence a todos de que nasci por aqui mesmo, no território alemão, se não em Berlim, naqueles vilarejos perdidos onde as pessoas perderam o bonde da história, aqueles lugares como os que há pelo mundo afora onde todos pensam que as pessoas são felizes. Quando me dirijo ao médico, ou se vou a resolver alguma burocracia em uma repartição pública, como um seguro de saúde, ou ao banco pagar alguma conta, olham o meu documento e em seguida a minha pessoa física e as duas coisas, meu nome e minha aparência, por não combinarem segundo regras previamente estabelecidas, fazem surgir um olhar peculiar. É um olhar de curiosidade autorreprovada. Considerando meu nome tudo fica pior, porque o nome é ele mesmo uma mistura. Mesmo que esteja escrito no documento, há quem pergunte como me chamo deixando cair os óculos para a ponta do nariz. *Klaus*, eu digo, fingindo generosidade quando na verdade estou morto de medo, mas falo, de uma vez, porque *Klaus* me sai fácil, sem gaguejar. Mas se digo Sebastião, meu último sobrenome, aceitam a estranheza, no máximo um leve erguer de sobrancelhas, porque aceitar a estranheza é o que a moral atual manda, ainda que somente se possa, na verdade, fazer silêncio diante dela. Há algo de negro, de índio, de selvagem nesse nome português, esse nome que alguns sabem colonizado, que sabem estranho, que combina com a estranheza do meu rosto, do meu cabelo que, mesmo na idade a avançar, ainda tenho em abundância e bem negro. Mas quando digo Wolff, meu segundo nome, as pessoas passam a sentir novamente a estranheza como se eu embaralhasse as cartas finalmente compreendidas, então param de respirar por um segundo e suspiram timidamente. Tentam entender a inadequação entre o nome e a coisa à qual a confusão se refere, no caso, eu.

O nome compromete todo o senso de realidade no qual eu deveria estar incluso. Entre o documento e o rosto, surjo eu como uma curiosidade para os que me encontram. Descobrem, então, a minha origem. Fingem que não, mas adoram o que eles chamam de origem. Como amam o sol quando ele aparece. Como amam a hereditariedade. Como amam dizer, provincianamente, eis o filho de fulano e de beltrano. E pagam por isso tendo que dar cidadania aos que foram excluídos do território, mas se mantiveram unidos pelo sangue. E isso porque amam a causa e a consequência. São todos eugenistas para o bem ou para o mal. E espalham a eugenia pelo mundo porque não encontraram nada melhor para fazer. A solução para os problemas do mundo está nela, é assim que pensam, enquanto não veem que eles são o problema do mundo.

São *todos* eugenistas, digo a Irene, ela me olha em silêncio. Olha fundo nos meus olhos, depois de certa hesitação, posso ver as frases que emitiria se quisesse brigar comigo, mas ela apenas me pergunta se vou começar e me repreende pela generalização. Eu explico que não vou começar nada, que não tenho nada para dizer, que tudo está dito para bom entendedor, mas que, evidentemente, sem generalização não há pensamento possível. Ela me diz que em todos os lugares do mundo há pessoas assim, ou pessoas assado, pessoas más e boas, as que pensam e as que não pensam. Eu concordo, mas insisto que as exceções confirmam a regra. Ela me diz que, apesar disso, em todos os tempos, todos adoram o sol desde os tempos mais primitivos até os mais pós-modernos. Eu digo que sei disso, que só eu não adoro o sol, que assumo minha anormalidade e minha condição excepcional. Que estou propondo que pensemos nesses tipos comuns que abundam na maior parte das sociedades e que, além de adorarem o sol, adoram saber de onde vieram e para onde vão, enquanto anormais como eu preferem não ter começo, nem fim, não ter origem, nem objetivo, se pudessem não teriam nascido e não teriam nenhuma relação com o conceito de eternidade. E o sol não viria ao caso.

Ela finge que não ouve essa parte e muda de assunto porque tem muitos amigos e gosta de olhar apenas para o lado bom de cada um, inclusive para o meu. É uma filósofa, mas deveria ser uma teóloga, pois é excessivamente generosa, não se entende com o ressentimento, gosta de ler coisas como Heidegger, está reconciliada com o mundo porque, no fundo, prefere a superfície da história. E, no entanto, algo nela não se explica, algo nela permaneceu em guerra, algo nela ouve o meu silêncio, algo nela faz silêncio.

Ao sul do Brasil eles levaram a origem. Eu conto a Irene, pensando em Agnes que lá ficou aprisionada à origem das coisas. Lá a origem estagnou como a língua. Meu avô materno, na única vez que nos visitou, repetia bastante nervoso a palavra *origem* enquanto apontava o dedo para minha mãe gritando com ela, no meio de muitas outras palavras que eu não podia compreender. O mundo se dividia em pessoas que tinham origem e as que não tinham, foi o que guardei da gritaria do velho de olhos azuis e pálpebras avermelhadas com a pele marcada por verrugas assustadoras ao meu olhar de criança. Meu avô se chamava Adolf. Se parecia muito com o velho de óculos pretos que, na Biblioteca Municipal em frente ao museu, me emprestou livros por anos, sem jamais perguntar quem eu era, sem jamais comentar sobre o que eu levava comigo, sem jamais perguntar se eu tinha gostado do que devolvia. Quando não vi mais esse senhor tão familiar, resolvi perguntar ao homem bem mais jovem de idênticos óculos pretos que ficou em seu lugar, o que teria lhe acontecido, se ele havia se aposentado, se voltaria ao trabalho. O homem, como se o imitasse, como se fosse a sua versão mais moça com óculos idênticos, apenas mencionou que o velho, que se chamava Fritz, morreu depois do Natal. Fiquei em estado de choque. As notícias de morte sempre me perturbaram. Gaguejei meus sentimentos e minhas desculpas. Ele não disse nada além de um curto e seco *estava velho*. Vendo-me perplexo, resmungou um *voltou às origens*, deixando-me pior ainda, sem entender o que poderia querer dizer com aquilo, por que me dizia uma coisa como aquela. Eu também não disse mais nada e saí andando pela rua sem saber por que levava comigo *Alegria breve*, de Vergílio Ferreira, traduzido para o alemão para ler pela terceira vez.

Eu não tinha origem, Agnes, de olhos tão azuis, de cabelos loiros e lisos, ao contrário, era *de origem*, como meu velho e repulsivo avô a carregar pesadas verrugas impressionantes deixou claro ao colocar-nos diante de nossa mãe e fazê-la olhar bem para os filhos que tinha produzido. Meu repulsivo avô dizia: *olhe bem para essas crianças*. Sem falar o nome de meu pai, ele falou do erro e da vergonha que minha mãe causava à família ao casar-se desse modo e ter filhos desse jeito. Ele saiu de nossa pequena cozinha deixando Agnes, que não aprendera a caminhar, sentada no chão ao meu lado, onde ele a tinha posto com as próprias mãos, eu em pé, enquanto nossa mãe chorava com as mãos no rosto e o corpo curvado sobre si mesmo.

Eu não tinha aquele tipo de coisa que chamavam de origem, e isso mudava tudo. Hoje muda muitas coisas, mas de um modo diferente. Tem-se vergonha de falar disso hoje em dia, as pessoas olham desconfiadas, sem opção. Irene não. Ela nunca escondeu sua curiosidade, perguntou-me de onde eu era desde que me viu pela primeira vez, e como eu não contasse nada, começou, já naquela época, a inventar histórias sobre mim num jogo de adivinhação quase infantil. A cada dado que eu lhe oferecia, ela reinventava o meu passado e me apresentava a sua hipótese. Foi assim desde que nos conhecemos. Quando isso aconteceu, naquela segunda aula de filosofia, ela veio até mim, perguntou meu nome como se esperasse a confirmação quanto ao que já sabia. Fiquei quieto e ela, como se adivinhasse, pediu que eu finalmente revelasse de onde eu era chamando-me, como se soubesse quem eu era, de Klaus. De fato, nunca menti meu nome quando, anos antes, falávamos ao telefone. Mas não posso imaginar que ela tenha reconhecido minha voz. Eu não tinha o que fazer, ri a avisar que era muito feio deixar um gago por tantos anos esperando um telefonema. Irene telefonou para todos os números de telefone das ilhas do norte e conversou com todos os Klaus que encontrou, mas não havia nenhum gago e ela se deu por vencida até o dia em que apareci.

Adoção

Meu medo de que Irene me visse era o medo de como receberia meu fenótipo, meu corpo, meu rosto, meu modo de ser. Ao telefone, ela havia suportado minha imagem sonora, a gagueira. Suportar minha imagem visual podia ser demais. Ao ver-me, ela poderia pensar, como muitos, que fui adotado muito pequeno por pais bondosos cheios de vergonha, querendo redimir a Alemanha de seus crimes de Estado, pais alemães e nada nazistas, pois há neste país pessoas que não o são, assim como há, em outros países, os que, cheios de ódio a si mesmos, lançam sua violência sobre os outros e inventam Estados perversos e culturas preconceituosas com os quais nos acostumamos. Meus pais, não. Ou melhor, os pais que essas fantasias providenciam para mim são pais bondosos que viviam tão sós em List auf Sylt que desejaram ter um filho para compartilhar a beleza do seu mundo. Meu pai na ilha do norte também era pescador como meu pai na ilha do sul, e minha mãe, uma mulher melancólica como a maior parte das mulheres que conheci, com exceção de Ignez e Irene. Meus pais queriam uma pessoa como eu, alguém que realmente atravessasse com sua presença estranha a solidão daquela vida organizada e provinciana. Meus pais seriam amantes da diferença. Em outra versão menos absurda, se não tivessem me buscado na ilha do norte, teriam ido ao Caribe, às Filipinas ou à ilha de Marajó, na Amazônia. Os pais da minha fantasia iriam a qualquer lugar para me encontrar. Eu contava essas versões a Irene, muito antes de revelar-lhe a existência de Agnes e explicar que a ilha era mesmo ao sul do Brasil, em Florianópolis, e que lá eu vivia na praia do Campeche, que era filho de Antônio e Lúcia e amigo de seu João, quem, no cemitério, vivia a me falar dos mortos e a contar a história de Saint-Exupéry, o aviador, que ninguém sabe para onde foi. Como o Zé Perri, eu também tinha desaparecido. Vi seu João a pensar em mim. De algum modo eu também tinha desaparecido no mar. Se Agnes falasse do irmão, poderia contar que ele viajou muito jovem com a intenção de chegar à África, mas foi sequestrado por uma tribo de bárbaros que viviam na neve, homens e mulheres gigantes e ferozes, canibais que, ao confundi-lo com um indiano, resolveram escravizá-lo. Afinal inventaram a escravização e saíram a escolher suas vítimas. Agnes diria que ele tinha vivido muitos anos no exílio, mas que de uns tempos pra cá teria conseguido escapar e voltar para casa em um barco precário como fazem os heróis nas lendas gregas.

    O único problema com as narrativas da infância foi nunca ter estado nas ilhas do norte, nem na ilha de Marajó ou no Caribe, e falar de pescas e barcos que não conhecia implicava uma imaginação fora do comum para a qual eu não tinha tanto fôlego. Mais fácil seria falar da *Odisseia* de Ulisses, a história de um retorno impossível e ficar por isso mesmo, com a aventura que se leu. Se a mentira tem pernas curtas, se a justiça é cega, a ficção é tão nua que chega a ser transparente.

Uma pergunta inútil

Irene, naquela época, antes de cansar de mim, de certo modo me ajudava a inventar minhas histórias para ela mesma desde que um dia eu revelasse a verdade, coisa que até hoje não fiz por inteiro. E eu inventava não apenas diante dela, mas também diante dos nativos, que perguntavam e perguntavam, coisa que não lhes caía muito bem. Com o tempo, a quantidade de pessoas provenientes de outros lugares era tão imensa que todos sabiam que os demais tinham vindo de algum outro lugar e a pergunta quanto ao lugar de onde teriam vindo se tornava inútil. Nesse tempo conheci pessoas que vieram das ilhas do norte sobre as quais eu fantasiava, mas nunca tive coragem de lhes perguntar como era por lá, se os peixes morriam nos mares gelados, se as pessoas iam à praia, essas questões bobas e ingênuas que demonstram perplexidade com a mínima diferença. Nativos das ilhas do norte eram raríssimos em qualquer parte. Era mais fácil, pelo menos para mim, encontrar um estrangeiro em Kreuzberg ou no Mitte do que um alemão nascido em Berlim ou nas ilhas alemãs.

No mercado, na farmácia, os trabalhadores do cotidiano não perguntam há muito tempo de onde vim. Décadas atrás isso era motivo de curiosidade, o diferente era realmente diferente, digamos assim. Hoje o diferente como que se tornou igual. Antigamente, perguntavam-me bem mais quando parecia curioso que alguém como eu pudesse estar aqui. Aqueles que conheciam a guerra perguntavam como alguém como eu teria vivido, crescido, sobrevivido à guerra. Mas não sou mais velho do que a guerra. Eu me entristeço quando me deparo com o fato de que, para algumas pessoas, estou aqui por milagre. Sei que não estaria aqui se eu fosse daqui na época da guerra, mas hoje sei que também que, por algum motivo, não é desejável que eu esteja aqui. Como não era desejável que eu estivesse no lugar onde nasci.

O computador tem ajudado, porque não preciso mais aparecer no banco para pagar contas ou no mercado para fazer compras. As perguntas têm, portanto, diminuído. Não preciso ir a lugar algum, não me perguntam mais nada. E eu que já não ia a muitos lugares além do museu onde trabalho de seis dias a sete dias por semana, eu que costumava ir do trabalho para casa, quase não saio mais. E não saio porque me envergonho do que vejo quando estou na rua. Turistas a fotografar-se com sorrisos diante do monumento às vítimas do nazismo, a comer em frente a monumentos erguidos para adorar o que deveria envergonhar, turistas fotografando às escondidas senhoras idosas que tomam banho nos lagos, turistas comprando chapéus da Stasi nos arredores do muro como se aquilo tivesse sido uma brincadeira, o muro servindo de suvenir, a cidade transformada em parque temático, os shoppings cada vez maiores, os ricos cada vez mais ricos, os olhos de todos vidrados em bugigangas, fechados para as pessoas, olhos fixos em celulares, os pobres cada vez mais pobres, as ruas cada vez mais cheias de mendigos, os mendigos cada vez mais mortos, as igrejas com as portas fechadas, o preço das entradas para teatros e museus custando os olhos da cara, o futebol cada vez mais publicitário, os prédios de moradia cada vez mais parecidos com caixas de sapatos, tudo o que se pode descrever é um pedido para que se suma de uma vez. Cada um pode se sentir como se sobrasse. Eu segui a regra, eu sumi. Estou dentro de casa, olho da janela as pessoas a caminhar na rua, continuam atentas ao sinal verde para pedestres, mesmo quando não há carro algum por perto, mesmo quando, sem que um carro sequer anuncie sua passagem, a chuva ou a neve caem impiedosas sobre elas. Assim como controlam a si mesmas, estão prontas a controlar e atacar, sempre atentos aos erros que os outros podem cometer nas ruas, atravessar fora da faixa, se esquecer de atravessar a rua, sair das ciclovias quando se está de bicicleta. Estou sumindo, penso no livro de Vila-Matas sobre o desaparecimento de Walser e me alegro que os autores contemporâneos tenham entendido que é disso que se trata. Conto a Irene sobre esses meus pensamentos e ela me pede para parar com exageros enquanto descubro que nem mesmo ela entende o que me angustia e pensa que sou simplesmente um pouco tonto.

De fato, eu poderia ser tonto. Quando entro em igrejas, o que já fiz, por exemplo, para escapar da chuva, sou tentado a fazer o sinal da cruz, e isso é uma prova de que sou, de algum modo, meio tonto porque não acredito em nada do que esse sinal quer dizer, mas quando passeio pelo Victoria Park, ainda mais nos últimos tempos em que esse Cristo não deixa de me aparecer, fico ainda mais tentado a fazer esse sinal, para esconjurar alguma coisa porque eu gostaria de crer em alguma coisa parecida com aquilo que vejo que os outros creem. Ando pelo parque dando voltas no inverno e no verão, desenhando as árvores, as pedras, as pessoas. Desde que tenho o computador, descobri uma nova vantagem, não preciso mais fugir ao olhar das pessoas que ainda me perturba depois de tanto tempo. Mas descobri que essa não é vantagem nenhuma, pois que perco os detalhes e os desenhos se parecem todos com esboços de um mundo que não existe mais.

Sombrio

Se aqui se valoriza o fenótipo, e cada vez mais desde que as pessoas podem plastificar-se como bonecas Barbie, lá, no lugar de onde eu vim, naquela bucólica praia do Campeche ao sul da ilha, nas ruas do vilarejo, na minha própria família, isso também era valorizado. Na cidade pequena de onde veio meu pai, uma cidade que não conheci e que tinha o estranho nome de Sombrio, cidade da qual meu pai nunca falava porque viveu anos em Brusque, onde morava a minha mãe, naquela cidade da qual ninguém falava coisa alguma, naqueles lugares de onde não se esperaria um tipo de coisas dessas, naqueles lugares também se valorizava a aparência física mais do que qualquer coisa. A aparência desde sempre já venceu, eu digo a Irene. A beleza é o capital de nossa época. O que antigamente se chamava raça, uma pura aparência, ainda conta como um capital dos mais importantes. Quem é como eu sempre leva a pior, porque não parece nem uma coisa nem outra, nem branco, nem negro, nem índio, nem coisa alguma. E, no entanto, não sou indiscernível porque ainda me olham, e se eu não andasse rápido a me esconder por onde passo, certamente teria que me explicar.

Se uns pensam que vim das Filipinas, outros pensam que vim da África. Foi Irene que sempre cheia de imaginação perguntou-me, bem no começo, ainda na época do telefone, se meu lar era na ilha de Páscoa. Mas isso foi apenas uma vez e, depois disso, resolvi dizer a ela que viera, sim, da ilha de Páscoa, que tinha *um lar* por lá, coisa que fiz para evitar mais perguntas, não sei como ela mudou de ilha de Páscoa para *ilha do norte*. A ligação estava ruim e a coisa ficou por isso mesmo. A verdade, pelo menos aquela parte que pode ser dita apesar da gagueira, veio há pouco tempo aos seus ouvidos sem que ela se surpreendesse, o que me deixou muito desconfiado.

    Se invento histórias que podem soar absurdas, é raro que eu fale com alguém, então não é comum que eu invente histórias, apenas quando necessito delas para me proteger, para evitar que me invadam é que começo a narrativa. Já cheguei a dizer que sou um E.T. Disse-o à minha vizinha, Frau Ingeborg, que não vim deste mundo. Que ela pense e diga que sou louco, pois é assim que, de fato, me apresento nessas horas, não me importa: me favorece. As pessoas preferem deixar os loucos de lado. Ninguém gosta dos loucos. Não há modo melhor de evitar pessoas do que fingir-se de louco. Digo, então, que *sou louco*. Já disse até mesmo a Irene, mas ela não acreditou. Não digo nunca, no entanto, nem por brincadeira, que vim do Brasil, muito menos do sul do Brasil, muito menos que meus pais vieram de cidades pequenas e que *meu pai roubou minha mãe* quando na verdade tinham fugido juntos porque, naquele mundo, não seria admissível que uma moça de família, como diziam na época, amasse um pobre coitado como era meu pai. Agora que Irene sabe de tudo, posso falar com ela sobre Agnes e o que aconteceu hoje pela manhã, mas não sei por onde começar. E, sobretudo, não sei onde ela está, ou se quer falar comigo.

Ninguém

A o falar com Irene sobre essas coisas e ao analisar fatos que me aconteceram ao longo da vida, percebo que me pareço com alguém que não é. E, alguém que não é, é ninguém.

Os de lá, contei a Irene, para que ela entendesse quem era Agnes, os do meu mundo de antes, aprenderam com os de cá, do meu mundo de agora, algumas coisas importantes. Por exemplo, que há a coisa chamada raça e sangue e que, vendendo-os como ideias, se ganha muito. Os de cá, tento explicar a Irene, são, de certo modo, os de lá. Irene me entende, porque também ela não é daqui e fica mais fácil imaginar a partir de um pouco de experiência própria. A imaginação não é uma faculdade imaterial, concordamos. A coisa se torna complicada no ponto em que tento explicar que, no entanto, nunca fui de lá. Onde estou e o que sou não é um pequeno problema delirante, é uma questão bem concreta.

Irene fala português com um sotaque da Galícia, fino, elegante, e pensa que tem lugar por falar francês com sotaque de Paris, e alemão como se tivesse nascido no Wedding. Conto a ela que, lá de onde vim, eles também pensam em termos de raça e sangue. Eles também se acham o centro do mundo. Se dizem alemães e chamam os outros de brasileiros. Brasileiros são os *sem origem*. Ela me diz que também é assim na Espanha e em Portugal e no Japão e nas ilhas Malvinas, em Madagascar e no Nepal, assim como na França. Que em todos os lugares as pessoas se sentem o centro do mundo e costumam esconder o que pensam sobre isso porque sabem que os outros pensam o mesmo. É um pequeno acordo cínico. E o centro do mundo é ali mesmo onde cada um está. Ninguém há de contestar. É o conceito de centro do mundo que precisa ser relativizado. Não há mal nenhum nele desde que seja relativizado. Digo-lhe que lá esse tipo de ideia serve para afirmar que existem superiores e inferiores. Que lá todos pensam em termos binários, assim com homem e mulher, por exemplo, corpo e alma, vivos e mortos. E tem, assim, um mundo sistematicamente explicado pela divisão em opostos. Irene me assegura que é assim em todos os lugares. Penso que não. Que não é possível que isso tenha se tornado regra. Uma regra tão estúpida.

Por isso, prefiro desenhar. Desenhando eu fico de fora. Penso em como desenhar as coisas que vejo. Vejo de longe. Me vejo de longe. Sigo a não ser como alguém, mas a ser como ninguém diante de tantos outros, e me consolo sabendo que a vida vai passar enquanto desenho inutilmente o mundo ao meu redor, essas pessoas paradas em sinais verdes, as árvores secas, as bicicletas de pneus furados abandonadas nos estacionamentos. Desenhei esta semana, antes de me preocupar com o Cristo, uma língua solta, uma língua que eu gostaria que estivesse nele, no meu Cristo. Mas não sei como faria para juntar uma coisa com a outra. Como colocar uma língua no meu Cristo e permitir que ele finalmente falasse agora. Tampouco poderia dar aquela língua a Irene, ela poderia pensar coisas estranhas sobre mim, ou sobre nós. Irene às vezes pensa em coisas estranhas, mas peço que não fale delas, pois me perturbam e, ultimamente, me sinto mal a cada vez que preciso estar perto dela porque tem sido cada vez mais impaciente quanto à minha dificuldade de estabelecer nexos entre as coisas que vejo e ouço, e por isso me sinto até feliz que esteja afastada de mim, ainda que eu sinta sua falta.

Continuo perturbado e preocupado com as lacunas e a falta de nexo que me ocorrem entre os muitos pensamentos e imagens que me povoam a mente. Desenhei muitas vezes o rosto de Agnes na tentativa de guardar dela os mínimos traços. Desenhei um rosto, ao longo desses anos, que pudesse corresponder àquela voz tensa e direta. O que eu descobri no telefonema ao falar com Agnes hoje pela manhã pode piorar o meu caso no que concerne às lacunas, mas pode melhorar o desenho, caso eu volte a buscar sua imagem. Sei que no meio desse vão do tempo em que estou agora, sem Irene por perto, sem saber quem é Agnes, vou encontrar a mim mesmo, perdido e inútil. Nisso não haverá nada de novo, um velho caído à sarjeta com a morte a dar-lhe a mão sem que ninguém perceba, nem mesmo Irene, nem mesmo Agnes.

Português

O telefonema que não deveria ter acontecido hoje pela manhã foi prova de que a comunicação em geral não faz sentido. A comunicação entre mim e Agnes, eu poderia dizer, mas não é só. Fizesse sentido e as coisas teriam sido diferentes. Agnes teria me dito o que não disse. Agnes falou comigo em português sem ter mudado para a nossa língua depois que percebeu que era eu ao telefone. Ela me deu a notícia em português. O que me causou mais estranhamento ainda. Ela sempre atendeu o telefone em português, como não poderia deixar de ser, e, durante todos esses anos, vendo que era eu, ela passava imediatamente para a nossa língua. Desde a primeira vez quando eu não pude falar com ela, foi assim. Dessa vez, ela falou como se não precisasse se comunicar, como se não precisasse dizer nada e, apesar disso, dissesse automaticamente o que era para ser dito.

Como se fosse uma notícia de jornal, ou pior, uma conversa de computador, como se tivesse inserido um chip sublingual, subcutâneo, que, acionado, diz o que deve ser dito também automaticamente, foi assim que Agnes usou a língua, como se ela fosse um robô que dissesse aquilo que deveria ser dito. Como esse robô que eu sou tantas vezes quando falo em alemão, esse robô que ligou para Agnes ao longo desses anos, ainda que ela pense que foi apenas *de vez em quando* que um robô lhe tenha ligado, um robô, é verdade, mas um robô que, no fundo, escondia uma pessoa humana que gostava de falar em sua língua materna, porque, no fundo de sua carcaça carnal metálica, sempre houve a nostalgia do retorno.

Tipos desnecessários

Com Agnes ao telefone, e com meu pai, sempre voltei à *nossa língua*. O alemão que falo aqui eu o uso para o mínimo possível, para aquilo que se exige no dia a dia. Tenho tentado há anos falar o mínimo. No trabalho no museu, para dizer aos visitantes *bom dia, boa tarde, pois não, certamente, seja bem-vindo*, nada que seja mais complexo. A linguagem falada é praticamente desnecessária entre o movimento de pegar e entregar, de tomar e devolver, que é o que se faz no guarda-roupa do museu onde eu trabalho, todos os dias, com uma folga por semana, em geral às segundas-feiras. Raramente alguém pede por alguma coisa perdida, raramente alguém pede informações direto a mim. Não me lembro da última vez em que isso aconteceu.

Dos funcionários do museu, os do meu tipo são sempre os mais desnecessários, os menos solicitados, os mais esquecidos. Eu sou um desses invisíveis e esquecidos e desnecessários. Sempre fui. Por isso mesmo, um trabalho assim acabou por tornar-se adequado para uma pessoa que, como eu, não quer ser vista. Alexander, que voltou para a Jamaica, era muito visível, alto e negro, todos olhavam para ele. Para mim, ninguém olha. Se olham, logo param de olhar, confusos com o que veem.

Penso nessa vantagem, porque ali, cuidando dos casacos, e desde que os escaninhos foram trocados por mecanismos de moedas e chaves, não preciso falar quase nada com quase ninguém. Raramente guardo mochilas e bolsas. Não tenho o que fazer por horas. Em dias menos intensos, em que há poucos casacos para pendurar, eu me dedico a rabiscar. Ninguém me vê, neste ou em outro dia ninguém me vê. Sou visto apenas se não cumpro com minha obrigação de estar lá no meu horário de trabalho. Não me coloco nessa posição arriscada de não aparecer, pois quem não aparece no trabalho pode ser visto fazendo isso. Posso passar dias sem dizer mais nada além de *bom dia*, como sempre digo sem levantar suspeitas. As suspeitas surgem quando há algo de diferente. E eu evito ser diferente além do que eu mesmo suporto ser para mim mesmo e para os outros.

Hoje não fui trabalhar, Thomas deve estar assustado. Terei que me explicar ao meu chefe. Mas hoje é um dia especialmente infeliz, e eu não saberia como sair daqui diante do que aconteceu. Se eu voltar ao trabalho, inventarei uma desculpa, direi que passei mal, direi que meu pai morreu e todos pensarão que inventei uma desculpa.

Thomas, meu colega, também age como eu. Ou melhor, eu é que ajo como ele. Nos esforçamos para não fazer nada de diferente, para deixar tudo como está, assim podemos ficar escondidos. No guarda-roupa não falamos com as pessoas, a não ser quando é inevitável. Escutamos seus pedidos, ou lemos o número da ficha retirada no balcão, aquela ficha devolvida pelo visitante depois de seu passeio, em troca das roupas pesadas que nos confia. Os pedidos que as pessoas nos fazem não são exatamente pedidos, são avisos de pequenas obrigações a cumprir que devem parecer gentilezas. Pode-se fazer o que se deve, sem falar nada a ninguém. Dependendo do visitante, não é preciso responder absolutamente nada. Por sorte, há pessoas no mundo que preferem o silêncio, e seguimos falando pouco.

Aqui ainda se usa o método antigo para guardar os casacos, ou seja, *usam-se pessoas como eu*, por exemplo. Tenho notado que pessoas no trabalho estão cada vez mais fora de moda. Pessoas como eu nem se fala. São cada vez mais ultrapassadas por pequenas estratégias tecnológicas ou grandes operações plásticas. Mas eu resisto, ainda que tenha atitudes de robô. Irene não gosta que eu fale assim, é uma idealista que acredita que o ser humano é o que ele faz. Alguns poucos resistem sendo o que são, eu digo a ela, mas o mundo atual nos pede que sejamos cada vez mais parecidos com robôs. Ela me pergunta o que é o mundo atual, eu demoro a explicar e tento fazê-lo sem gaguejar, que o mundo atual é o domínio dos acontecimentos visíveis e invisíveis. Ficamos a conversar sobre isso por horas como se o *mundo atual* fosse uma ficção que não nos convence. Resisto, Irene também resiste. Talvez os visitantes de um museu que guarda pinturas de séculos também resistam, embora vejam, como eu veja, como é antiquado o método de usar pessoas para um trabalho que poderia ser feito por máquinas. Resistimos antiquados. Por um lado, algo em nós resiste ao ver uma pintura, por outro, pensamos coisas idiotas como essas que acabei de dizer. Os visitantes que vem até o museu são estúpidos, assim como eu ao pensar uma coisa dessas. Todos, de qualquer lugar desse pequeno planeta, são estúpidos por pensarem coisas estúpidas como essas.

Os brasileiros, que chamam o guarda-roupa de *chapelaria*, não são menos. Finjo sempre que não falo a sua língua. Eu, como um brasileiro, fujo dos brasileiros. E se falo com eles, é apenas para responder a um *bom dia, boa tarde*, e para dizer disfarçadamente, não posso negar, *seja bem-vindo*. Se me perguntam se sou brasileiro, finjo que não entendo. Digo que estava brincando, que aprendi duas ou três expressões. E tudo acaba aí, longe de qualquer contato maior. Faço isso sempre, não quero pertencer a lugar nenhum. Thomas me vê falando com as pessoas desse modo e sempre me denuncia, rindo de mim, mas como só sabe falar alemão, ninguém entende o que ele diz e não podem rir com ele.

Chapelaria

Os brasileiros chamam o guarda-roupa de chapelaria porque a palavra é do tempo em que se ia à ópera. E usavam-se chapéus para ir à ópera. Eu sempre chamei de guarda-roupa porque, quando vivi no Brasil, nunca fui a uma ópera, nem a um museu, e não conheci a palavra *chapelaria*. Aprendi aqui com algumas senhoras, a propósito, sem chapéu, que tentaram falar comigo. Aqui se fala *Garderobe*. Então eu a traduzi, ficou um pouco estranho, ainda que seja verdadeiro. De fato, se trata de uma rouparia, um armário, assim um lugar para guardar as roupas. Eu raramente tenho que dizer essa palavra. Quando é preciso dizer onde trabalho, digo que trabalho em uma casa de prostituição ou que me sustento com a pensão de uma velha mãe, e todos os que poderiam pensar em se aproximar de mim, fogem horrorizados com o meu lugar de aproveitador de mulheres jovens ou de velhinhas. Irene não gosta desse meu lado, ela me chama de *monstruoso* quando me manifesto assim. Thomas, contudo, ri desses meus modos, e esse riso vindo de meu colega de guarda-roupa constitui para mim um estímulo.

Com os outros colegas do museu falo um mínimo para não despertar a atenção, pois minha vontade seria de não lhes dizer nada nunca. Com eles, com quem encontro todos os dias, é preciso dizer sempre um pouco mais do que bom dia e boa tarde. Mas raramente falo alguma coisa que faça diferença, que possa vir a significar algo mais do que a comunicação elementar. Evito dizer qualquer coisa que faça com que pensem em mim. Algo de diferente pode chamar a atenção e tudo o que quero é que me deixem quieto.

    A quietude é um direito, me lembro de ter dito isso diante de colegas anos atrás, e de ter justificado o que disse. E de como fui obrigado a pagar caro por essa frase e essa justificativa. Alguns colegas especularam, outros riram e logo todos começaram a me chamar de *filósofo*. Por anos fui *o filósofo*, mesmo calado no meu canto, e mais calado ainda por esse motivo. Não sei como Irene suporta ser chamada de filósofa. Eu fui o filósofo, até que uns morreram, sim, colegas morrem e algumas vezes há nesse fato certo prazer inegável. Outros foram demitidos ou se aposentaram. Com a renovação do quadro, acabei me livrando do apelido. O que não foi de uma hora para outra, pois todos os funcionários novos que chegavam, ainda hoje é assim, eram imediatamente incluídos no *staff* pelos veteranos por meio de informações maledicentes que, para a grande maioria, como que *faz parte do serviço*. Por muito tempo, por anos, uns contavam aos outros que eu era *o filósofo*, e não faltava o engraçadinho que viesse me perguntar sobre o sentido da vida como se essa fosse uma pergunta que importasse ou que pudesse ser respondida. Desse modo, sempre digo o suficiente para não ter que dizer mais nada. Convidado a uma conversação, a falar bobagens genéricas, me retraio, assim me sinto melhor. Me sinto bem livre da gagueira, e isso só acontece se me mantenho em silêncio na rouparia, onde me sinto menos do que um cabide não fosse a presença de Thomas que em tudo justifica a beleza do silêncio.

A vida continua

Eu e a gagueira ou a vida como uma solidão acompanhada. A gagueira vem antes de qualquer movimento meu para emitir uma palavra, ela vem antes mesmo de um passo, de uma inspiração ou expiração. Thomas sabe disso e, assim como Irene, não me pede nada. Quando me movo, a gagueira é que me puxa, mesmo se estou em silêncio, ela está sempre pronta a falar antes que eu mesmo fale qualquer coisa; antes que eu pense em falar, ela já falou. Se a gagueira fosse uma pessoa, ela seria meu senhor e eu o seu escravo. A relação seria de sadomasoquismo puro, ela batendo e eu apanhando. Ela me submetendo, e eu aceitando. Não há nada demais nisso, é um fato universal que a voz de quem é gago sempre venha antes que o resto do corpo, como se fosse sua tradução.

Não pude falar, me restou escutar. Hoje pela manhã, certamente, eu preferia não ter escutado o que escutei. O que me foi dito me atingiu como um raio, não um raio apenas, um raio é pouco, embora seja também um raio o que me atacou, mas era sobretudo uma bomba destrutiva que, sem exagero, uma bomba totalmente destrutiva, me foi enviada com o único objetivo de me achatar por ironia. Aquela bomba que me atingiu em cheio, e ao mesmo tempo que, me ironizando, zombando de mim, veio mascarada de palavras sem pretensão nenhuma, palavras objetivas tanto quanto casuais, aquelas que expressam as novidades, não importando que tipo de novidades, se importantes, ou desimportantes, e ao mesmo tempo vieram ditas como se eu tivesse o direito, o direito irônico, de receber aquilo que eu não queria, uma liberdade, por exemplo, que eu jamais quisesse ter tido e, mesmo assim, tivesse que levar comigo para sempre. Um direito que Agnes me dá como um pagamento, como quem diz, ainda que ela não tenha dito, *você tem o direito, então receba o que é seu de direito.*

A vida continua, essa foi uma das frases que Agnes pronunciou no meio de tantas banalidades que foi capaz de emitir. Pessoas dizem frases como essa, é o máximo de expressão que conseguem se estão diante daquilo que as quer devorar, como provavelmente estava Agnes. A expressão comum, o bordão, que não diz nada e, mesmo assim, diz tudo, diz, sobretudo, aquilo que, embora todos finjam não saber, também é a questão, o assunto pesado, aquele assunto relativo ao que, quer queiram, quer não, vai devorá-las. Aquilo que as pessoas que falam sabem, mesmo que finjam não saber enquanto continuam a falar que os outros morreram, sendo que não conseguem dizer que são o não morto, o ainda vivo, porque *ainda* não chegou a sua própria vez.

Agora, quando considero a morte de meu pai, uma morte que eu não conheço, e não reconheço, percebo o quanto viver é delicado. Que se meu pai está morto, que eu não estou morto. Que eu sou o que ainda vive. Sou o ainda vivo. O *vivo ainda,* o *vivo mais um pouco,* o *vivo por enquanto.* Foi isso que Agnes me fez saber no telefonema de hoje pela manhã. Me fez saber o que eu também não sabia. Ela me fez saber sem saber, no entanto, que isso vale também para ela. Vale para qualquer um. Eu preferia o silêncio. Ela não. Eu preferia o silêncio que meu pai fez durante a minha infância, que faz agora na minha velhice — porque estou velho, como ele esteve até agora, mas agora é a minha vez de ocupar o seu lugar.

Durante todos esses anos em que falamos ao telefone, só o que fizemos foi interromper o silêncio. Digo que interrompemos o silêncio porque não posso chamar de conversa aquilo que nos aconteceu na série de telefonemas que travamos, como uma reunião burocrática, por anos e anos. Eu poderia usar algum tipo de silêncio, pois que há muitas formas de silêncio, umas melhores, outras piores, para me esconder nas ruínas do que Agnes provocou com a máquina de produzir escombros que foi sua boca aberta cheia de palavras ao telefone hoje pela manhã.

Foi o que tentei nesses anos, usar o silêncio que me convinha, o silêncio que me importava, seguir com as tarefas de todo dia aproveitando o silêncio. E vejo agora, enquanto avalio a dimensão dos escombros, quando começo a medir a destruição aos poucos, agora que tudo dói, cada parte do corpo dói, que tudo está congelado e envenenado a partir das palavras de Agnes.

Vítima de Graham Bell

Pensando bem, o telefone poderia ter sido, ele foi, de certo modo, ele foi e ele é, o melhor caminho para falar aquilo que se é obrigado a dizer. Ele é o contrário do que não se deixa dizer que fica bem quando se trata de filosofia e poesia, mas não se trata de algo que fica bem, desde essa manhã, quando a questão é a conversa que surgiu em nosso caso, meu e de Agnes.

O telefone, do qual tantos fazem uso absoluto hoje em dia, serve a quem tem pouco a dizer, a quem, quanto mais o usa, menos tem a dizer. E quem o usa sente-se, como eu, obrigado a dizer alguma coisa para alguém. Alguém que muitas vezes é um falante mudo para um ouvinte surdo, alguém que fala a outro alguém sem que precise ter algo a dizer, em relação a quem é fácil distrair-se, alguém que está ali por obrigação de escutar, que finge que escuta, que põe o telefone de lado enquanto rega as plantas, enquanto assiste televisão e deixa o interlocutor se afogar nas próprias frases encenadas no grande teatro da tagarelice. Alguém que finge que escuta, enquanto o outro finge que fala. A coisa que se diz, tanto quanto a coisa que se escuta, é acionada pela culpa, a sensação de uma dívida que uns impõem aos outros, culpabilizando-se universalmente e mutuamente no ritual sem fundamento do telefonema, do qual eu mesmo fui a vítima. A vítima de Graham Bell. A vítima que é a perpetuação do algoz. Culpam-se todos, e telefonam uns aos outros sem parar, fomentando eternamente a humana indústria da culpa que está no cerne de todas as conversas.

Aqui, para mim no meu canto, defendo uma comunidade de silêncio, de outro silêncio, de um silêncio levado a sério, em que só se diria o que poderia fazer sentido, seria um exercício poético, o de dizer somente o que seria necessário e inevitável. Eu e Irene fazíamos esse exercício, de ficar bastante tempo, mesmo em presença física, a não dizer nada. A dizer palavras soltas, apenas quando elas fossem inevitáveis. Em geral, aguentávamos horas, até que em algum momento ela dizia *fome*. A fome nos fazia retomar a comunicação. Era o fim da poesia.

Entre a fome e o telefone há um nexo necessário. Foi o telefone que acabou com a poesia ao produzir a indústria da culpa para a qual Irene trabalhou enquanto estudava filosofia, digo a ela até hoje. Defendo isso quase em silêncio, porque o silêncio vai contra a lei da fala geral, da falação desembestada, da tagarelice a que todos aderem e à qual, de certo modo, também sou obrigado, eu mesmo, a aderir, porque, mesmo preservando a solidão, vivo com seres humanos, melhor dizendo, que se dizem humanos porque falam uns com os outros e pensam que dizem alguma coisa de relevante quando falam e porque falam pensam que são humanos. E pensam que são ouvidos. Digo isso a Irene, mas digo pouco, porque ela se revolta comigo e diz que, de tanto supor, daqui a pouco acreditarei no que digo. E fica dias sem aparecer, como está agora. O silêncio não pode ser defendido enquanto se fala, então sei que sou praticante de uma contradição e de uma contravenção, mas como a pratico em silêncio, saio vencendo. Venço com a derrota e ninguém, muito menos minha querida Agnes, presa em seu pequeno mundo de ilha provinciana, consegue entender que venci.

Nesse ponto, sou ajudado pela gagueira, cuja função existencial em minha vida, aos poucos, com muito sofrimento, às vezes mais, às vezes menos, fui aprendendo a entender. Não como tragédia, não como comédia, não como farsa, nem como drama, mas como pintura. Se o mundo fosse uma pintura seria melhor. Uma pintura é eterna, não tem começo nem fim. Nela não há promessa, tudo já aconteceu.

Fraternidade

No entanto, vivemos no tempo em que tudo é drama, tudo é farsa, tudo é teatro. Somente os excessos sem sentido são permitidos socialmente, histericamente permitidos, adorados como se adora, na religião, a própria fé sem a qual não há como adorar o resto das coisas. O consumo, por exemplo, a compulsão de comprar, é como a compulsão de rezar que está presente na religião, também na compulsão de comprar há o desejo de pertencer a algo maior, a uma igreja, a uma comunidade, seguindo a regra mais básica de qualquer sociedade, que é a de ser igual a todo mundo, como um filho de Deus que é irmão de todos os outros.

    A fraternidade é uma perversão, disse a Irene, ela me esnobou, fui dizer a Thomas, ele riu. A fraternidade é uma perversão desde Caim e Abel. A solidão e o silêncio teriam salvado Abel, e não seríamos hoje a prole infeliz de um pai estúpido se esse pai, que era *Deus*, tivesse calado sua grande boca cheia de frases feitas e deixado os filhos em paz. Se não fosse autoritário e manipulador, não ensinaria os filhos a serem assim. E isso porque pais e mães, de um modo geral, não querem que seus filhos fiquem sozinhos, impelem todos a ficar juntos vivendo na perversão da fraternidade, por isso inventam a prole, não apenas para a mão de obra e a manutenção da família e dos fiéis às igrejas. A fraternidade não é uma consequência do fato inevitável da horda de filhos de um pai poderoso e autoritário, ela é uma perversão produzida com o objetivo de jamais deixar alguém só.

Não é à toa que Agnes, minha irmã, com quem troquei aquelas palavras inaceitáveis hoje pela manhã, se chame Agnes. Há pessoas que são vítimas de seu nome próprio. Não é à toa esse nome de *cordeiro de Deus*. Ela sabe do que falo, segue indo à missa todos os domingos, cheia de culpa, pedindo clemência a Deus, pai de Caim e Abel. O telefone por meio do qual nos comunicamos também serviu a essa perversão que é a fraternidade por meio da qual estivemos ligados por esses anos todos. Uma vítima de Graham Bell que também é uma vítima de seu próprio nome é, afinal uma vítima de Deus, eu disse a Irene, que saiu andando incomodada com a falta de lógica do meu argumento. E não pude explicar, naquele momento, que a intuição condensa páginas e páginas e economiza, às vezes, uma vida.

O telefone a tudo serve. Não apenas para acobertar a heresia da solidão, mas para fingir que ela pode ser evitada. Evitar a solidão é a perversão maior. Inventou-se essa comunicação pelas máquinas para evitar a prática da solidão, vista pelos sacerdotes da moral como perversa, quando perversa é, na verdade, a fraternidade. Falando assim, parece que sou contra as máquinas, ao contrário, eu mesmo queria, nesta hora, ser uma mera máquina. Sempre pensei que justamente o telefone, essa máquina de acionar línguas, essa *máquina robotizante*, mas ainda assim bem viva, bizarra de tão viva, porque transmissora de uma parte fundamental do corpo que é a voz, poderia ser a redenção para muitos dos maiores problemas da vida. Da minha vida, inclusive. O telefone me permitiu ficar cada vez mais em casa, falar cada vez menos com o olho no olho das pessoas. Me ajudou a transformar esse apartamento localizado neste lugar tão visível, neste prédio tão visado, no meio de tantos turistas, de tantos vizinhos, em um esconderijo. Me ajudou a pensar na relação entre Caim e Abel, só não me fez saber com qual deles eu me identificaria, se essa fosse a questão. E não fez com que me ligasse de um modo mais intenso a Agnes, no fundo, tudo o que eu queria.

Telefone

O telefone poderia conter uma gravação, não apenas a gravação da secretária eletrônica que poupa de tantos incômodos, mas uma gravação que poderia ser usada em datas especiais, como Natal, Ano-Novo e aniversários, e assim salvar as partes implicadas de muitos constrangimentos. Deixaríamos as máquinas falando sem ter nada a dizer umas às outras e poderíamos falar outras coisas. Mas não. Falar sem ter nada a dizer, falar por falar é um prazer imenso. Mais que um prazer, um gozo.

Durante um tempo, pensei que o telefone me livraria da gagueira, cheguei a acreditar que me livraria dela pelo mecanismo linguístico, como se a gagueira pudesse ser evitada por um transplante, ou um implante. O telefone me pareceu, no começo, uma prótese. Uma prótese de linguagem. Falei isso a Irene, ela achou interessante. Pediu que eu desenvolvesse. Consegui dizer a ela, e é verdade que em muitos momentos cheguei a pensar, sobretudo quando era mais jovem, que eu queria me livrar da gagueira, e de fato parece que a voz fluía mais facilmente se eu usava o telefone como recurso para qualquer tipo de comunicação. Thomas me contou que Graham Bell, ou o pai de Graham Bell, tinha desenvolvido alguma engrenagem para tratar de surdos-mudos. Eu via no telefone uma solução colateral, e não era para a solidão, mas para a gagueira. Ao não ver a pessoa com quem se conversa, nos livraríamos da metade, pelo menos da metade, da vergonha de falar, talvez as coisas começassem por aí.

Diante de meu pai e de Agnes eu falava pouco. Subproduto familiar que eu era, meu direito de falar era menor. Ainda que tenha falado muito com Irene, ou melhor, que a tenha ouvido muito, com o tempo fui perdendo a paciência e preferindo me economizar também com Irene. Suas queixas sobre meus raciocínios me inibem e essa inibição me incomoda, então, até mesmo Irene me incomoda.

Raramente telefonei para alguém senão para meu pai e para Agnes. Na verdade, uso a palavra *raramente* para não mentir, pois não me lembro de ter ligado para quase ninguém além deles. Se digo *quase ninguém* é porque, evidentemente, há a exceção de Irene. Não falar com Agnes e meu pai, nem mesmo ao telefone, poderia ter sido um jeito mais fácil de viver, sobretudo quando, ao falar, era preciso dizer algo. Falar é um dever que se impõe à vida que busca sentido. Só depois que parei de buscar sentido é que as coisas se tornaram mais claras. Em vez de buscar sentido, eu telefonava. Em vez de buscar sentido, eu falava. E me tornei uma vítima do hábito, como fui vítima do hábito de fumar, como sou vítima do ato de andar, como sou vítima do hábito de tomar café, o que deve prejudicar as minhas noites, tornando o meu sono tão delicado.

Eu pretendia não me incomodar ao não incomodá-los. Eu pensava que, ao ligar, incomodava menos do que se não ligasse. Eu ligava por ligar, de certo modo, não deixava de ligar muitas vezes por inversão da inércia. Um dever de fazer o que sempre se fez. O problema era entender por que um dia tudo começou. Eu poderia pensar que, não ligando, cairia na inércia, mas era o contrário. Eu ligava por ligar, mas se não ligasse por ligar eu teria que me esforçar demais para não ligar, mais ainda. Me esforçar para achar uma justificativa para não ligar enquanto todo o meu ser me conduzia a esse gesto.

Datas

Meu pai fazia aniversário em abril, e muitas vezes eu começava a me angustiar em fevereiro. Mesmo assim, muitas vezes eu não conseguia ligar no mesmo dia, ainda que me sentisse compelido, com um desejo compulsório que me obrigava a telefonar. A família é uma prisão solitária de quartel militar onde se é preso como um desobediente, acorrentado, sem água e sem comida, pelo resto da vida. Com esse tipo de pensamento é que eu olhava para o telefone e me continha. Irene me disse: *é uma instituição, Klaus, apenas uma instituição*. É a coisa com a qual se tem que conviver, ela queria dizer. E tinha razão. Mesmo quando se consegue sair da família, se permanece soterrado pelas paredes gélidas e escuras da lembrança que desabam sobre nós um dia.

No meu caso, na época do aniversário de meu pai eu me tornava vítima de mim mesmo, *de quem mais?*, eu teria que me perguntar, preso em uma solitária úmida e fria, como é esse apartamento desde hoje pela manhã, de um frio que nenhuma calefação, que nenhuma lareira, que nenhuma bolsa de água quente há de melhorar.

A compulsão de ligar não vinha de um dia para o outro, era cultivada por dias e dias, às vezes semanas, meses, e me perturbava durante o ano a cada vez que eu lembrava que um dia eu teria que telefonar. O dia se aproximava e a angústia aumentava. Eu tentava esquecer, pensar em outras coisas. Mas quem vive só tem muita dificuldade de pensar em outras coisas. Conviver é o melhor modo de alienar-se, eu sempre soube. Ocupar-se com outros é o melhor modo de se esquecer de si mesmo.

Seria, para todo mundo, creio eu, um prazer imenso, um prazer que só se tem com a liberdade, esquecer essas datas que se comemoram no teatro da velha hipocrisia familiar com a pompa cafona tão ao gosto das famílias em que se fala, se fala, sem nada a dizer. Em que também se age sem que aquilo que se faz tenha um mínimo sentido que não seja repetir o que já se fez.

Não penso que tudo tenha que ter um sentido, ao contrário, por isso fui com Irene ao jantar de aniversário de sua mãe, a mulher mais repulsiva de Berlim. Como eu respeito as datas de aniversário, aceitei o convite de Irene, ela insistiu que seria importante. Ela mesma não suportava sua mãe e praticamente confundiu seu convite com um pedido de ajuda, o que percebi e aceitei. No restaurante, onde entrei por pura obrigação, e no qual apenas tomei um copo de água para não ser grosseiro, a velha senhora pediu o mais caro dos vinhos, comeu o mais caro dos pratos e deixou a conta para Irene pagar. Vendo o absurdo que a cafonice causa quando unida à solidão, eu me ofereci para pagar a conta, o que Irene não aceitou, pois nunca aceita minhas gentilezas. A mãe não falava com a filha, falava de si, falava de como a vida era melhor antes da queda do muro, de como o pai de Irene podia ter feito o que fez, como podia ter ficado no leste, como podia trabalhar para o Estado, como podia isso e como podia aquilo. A filha olhava para a mãe com a paciência própria que a caracteriza, olhar com o qual me olha às vezes quando está cansada e entediada. Quando o jantar terminou, Irene chamou um táxi, pagou a conta e a deixou ir sozinha para casa. Era uma mulher com mais de noventa anos, mas se comportava como uma menina, o que dava uma boa impressão à primeira vista, mas logo depois, quando ela começava a gabar-se do passado que se foi, transmitia uma profunda sensação de decadência e de que nada de bom podia haver no presente.

Acompanhei Irene a pé até a porta de sua casa. Irene é um pouco mais alta que eu e naquele dia os sapatos de salto alto a deixavam ainda maior. Com seu casaco de lã, ela me protegia do frio. Não trocamos nenhuma palavra enquanto eu meditava no fato de que a falta de sentido devia ser proibida. Quase a convidei para ir até a minha casa naquela noite, mas pensei que nenhuma ação relativa à intimidade deve surgir de um sentimento como a pena.

Rosa Vermelha

Até hoje pela manhã mantivemos o mínimo protocolo que me permitia pensar que éramos uma família, mantivemos aquela comunicação que dá a mínima impressão de que se trata de uma família. Pessoas que dão um mínimo de notícias umas às outras, um mínimo de atenção, e que por fim farão o mínimo umas pelas outras, o favorzinho mínimo que é justamente o de enterrar cada um conforme a ordem inevitável da morte, um favor impagável, de retribuição impossível.

É o pacto do enterro que define a família. Não o parentesco, mas o enterro. Fui com Irene ao cemitério no ano passado, levávamos rosas vermelhas ao túmulo de Rosa Luxemburgo como fazem todos os que sabem quem era Rosa. O túmulo está vazio. Seu corpo nunca foi colocado nele. Naquela semana em que visitamos o *campo-santo*, como diz Irene, a notícia de que um médico teria encontrado seu corpo no porão do hospital Charité fez todos se lembrarem dela. Uns com ódio, outros movidos pela compaixão, como Irene. Eu fui por respeito à falta de lugar, em homenagem ao vazio e ao desejo de que ela, como Saint-Exupéry, quem, como contei a Irene, foi várias vezes à praia do Campeche, onde eu nasci, tenha escapado com vida do evento que supõem a tenha vitimado e vivido, muito longe, outra vida completamente diferente.

Antes de chegar ao cemitério socialista, resolvemos passear pelos túmulos da parte anexa do cemitério, e presenciamos um enterro. Olhares de falsa tristeza percorriam o espaço físico entre quatro mulheres situadas a uma distância de cerca de três metros umas das outras.

Estavam posicionadas em torno do caixão pronto a descer a terra. Uma chuva fina obrigava todos aquelas pessoas rigorosamente vestidas de preto a ficar sob guarda-chuvas. Todos, sem exceção, seguravam flores brancas, margaridas, lírios, jasmins, rosas, copos-de-leite, orquídeas, acácias, hibiscos, como se os protocolos da cerimônia tivessem sido estabelecidos previamente, como que à maneira teatral. Irene estava impressionada com o meu vocabulário para flores, que eu desfiava quase sem gagueira. Ninguém se movia. O corpo, as mãos ou o rosto daquelas pessoas pareciam de bonecos de cera. Olhando bem, até parecia um filme.

Não havia ninguém com menos de quarenta anos naquela família pronta a enterrar o atual eleito pela morte. Uma velha rica jazia no caixão no qual se concentrava o sentido e o prazer finalmente reconciliados de suas quatro filhas de meia-idade, todas muito parecidas atrás de óculos escuros e cabelos loiros presos em coques. Familiares em torno de alguém a enterrar, que desejavam enterrar, ao mesmo tempo, que não poderiam jamais revelar o prazer que sentiam em fazer o que faziam e o prazer que sentiam em não poder revelar o prazer que sentiam. É quase uma regra geral, ainda que oculta por trás do horror à morte, esse prazer infinito de mentir que se tem horror à morte.

O prazer da morte oculto no seu horror. Eu conhecia isso de muito tempo, desde a morte de minha mãe. Eu falei a Irene desse prazer que eu via nas pessoas, que eu tinha visto em muita gente quando era criança, que continuo a perceber nas pessoas mais óbvias, as que vêm ao cemitério enterrar seus familiares, mas também nos que visitam as múmias nos museus, esquecendo-se de que elas também são mortas. Me apavoram os turistas que visitam os sarcófagos como se eles fossem caixotes, baús em desuso. Como se fossem inúteis. Não olham para o desrespeito que é o museu, para o desrespeito que praticam sendo visitantes de um museu que guarda coisas que nunca foram feitas para serem olhadas. O desrespeito aos mortos é um sinal apocalíptico de que não temos mais como seguir, digo a Irene enquanto seguro em seu braço, pois tenho, desde criança, medo de cair no cemitério e morrer um ano depois. Uma superstição da qual não consegui me desapegar.

Naquele momento eu já pensava em outras coisas, pensava que flores poderiam faltar naqueles arranjos brancos, mas Irene me olhou sem paciência alguma perguntando como eu poderia saber que se tratava de uma velha, que era rica e que as quatro mulheres eram suas filhas. Ela não concordou com a tese do prazer expresso naqueles rostos fingindo tristeza. Assim como não viu a fotografia da morta quando jovem ao lado de sua fotografia atual entre velas e flores numa mesa de mármore praticamente coberta de flores brancas, como não poderia deixar de ser. A necessidade de enterrar os pais acoberta o prazer no ato de enterrá-los, confirmei explicando a solenidade das filhas, que, sérias como fúnebres estátuas de mármore, não derramaram uma lágrima. Nenhuma delas. Não havia ali uma mais sensível do que as outras, pelo menos uma que servisse de exceção. Não havia ali quem gostasse da própria mãe.

Ver o outro morto é um prazer que é preciso esconder, do qual envergonhar-se é apenas um dever, comentei com Irene, que arregalou os olhos a me pedir silêncio enquanto me dava um delicado tapinha no rosto, pedia que me concentrasse nas rosas vermelhas que colocaríamos na lápide de Luxemburgo. Havia prazer nessas rosas, eu disse a Irene. Fizemos silêncio. E para as filhas, fiz que notasse, não existem lágrimas. O dever que permite o prazer, falei, a insistir que prestasse atenção. Eu entendia tudo errado, Irene sentenciou, pedindo, mais uma vez, que eu parasse. Por isso, aqueles que não voltam para enterrar os pais podem parecer muito maus aos olhos dos que enterraram os pais, continuei. Eles quebraram com o acordo hipócrita que esconde um prazer que precisa do aval geral para ser bem acobertado, completei. Depois fizemos silêncio enquanto o caixão descia para aquém do rés do chão ao som de violinos. E saímos quietos desperdiçando os últimos minutos daquele arranjo tão familiar.

Caminhávamos na direção do cemitério circular onde fica o túmulo de Rosa e de seus companheiros comunistas, quando Irene saiu andando na direção oposta, irritada comigo, a dizer coisas que eu não podia entender enquanto movia a cabeça de um lado para outro como se me reprovasse e ao mesmo tempo desistisse de tentar me entender. Ela saiu sem levar seu próprio guarda-chuva. Eu fiquei parado, sem entender seu gesto. Demoramos mais de um mês para conversar novamente, o que só aconteceu quando Thomas foi para o hospital operar seus olhos cegos e ela apareceu para visitá-lo.

Não contei a ela que naquele dia esperei até que um casal terminasse sua funeral contemplação e me aproximei. No túmulo, as flores velhas pediam substituição. Em boa hora retirei o ramalhete seco que dias antes, talvez semanas, tinha sido depositado por outros visitantes em homenagem à heroína comunista. Entre os galhos e as pétalas mortas, uma folha de papel dobrado como um bilhete. Nele, a lápis, o desenho de uma flor. *Rosa Vermelha* eram as palavras que, em língua portuguesa, serviam de legenda aos traços delicados.

Cafonice

Eu, meu pai e Agnes mantivemos o desprazer comum de tentar falar uns com os outros. Esse desprazer era nosso elo, no fundo do qual havia, de minha parte pelo menos, uma esperança. Era preciso, pelo menos de minha parte, tenho que enfatizar, falar com eles de vez em quando para que fôssemos então uma família. Uma vez por ano parecia uma frequência razoável e equilibrada. Eles jamais reclamaram. Não era pouco, não era muito, era razoável. Sempre pensei em agradar com essa constância que não perturbava, a meu ver, por falta ou excesso. Por meio dessa fala mantínhamos um laço, uma ligação, literalmente, se pensarmos bem. Estava, afinal, tudo bem.

Nunca tive fobia de minha família, senão quando comecei a pensar nela. Quando estive com ela, ou bem perto dela — em algum momento estivemos realmente juntos? —, eu não pensava, apenas queria seguir adiante sem pensar nela. Pensava que nos enterraríamos uns aos outros, coisa que se pensa sempre relativamente ao futuro até que ele se torne presente e depois se torne passado. E, mesmo tendo pensado em minha família o tempo todo, pensei mais intensamente quando precisei falar com ela porque no fundo, no fundo, havia alguma esperança de que alguma coisa nova e diferente fosse acontecer.

E falar não era fácil. Não foi e não é e não será. E o telefonema de hoje é uma prova disso. Se falar era, e é, um dever, para poder dizer alguma coisa, muitos esforços, muitos afetos estavam em jogo. Eu me esforcei. Em primeiro lugar, era preciso esquecer que seria preciso falar.

Foi esse o caminho que escolhi, foi esse o meu esforço, o de ser natural. Parecendo natural, eu me tornaria natural, essa era a esperança e era o jogo. Mas não há jogo sem tensão. Foi a tensão entre o artificial e o natural o que eu tentei atravessar usando o telefone e ligando pelo menos naquela inevitável vez anual a que eu mesmo me propusera, me sentindo muito estranho por agir assim.

Eu poderia me sentir mal, apenas mal. Era um mal diferente, de qualquer modo. Um mal estético. Era um mal que só posso expressar pelo termo *cafonice*. Isso de sentir necessidade de ter uma família era uma cafonice. Talvez não fique claro, não estou falando apenas de um estilo quando digo cafonice, estou falando das barras forçadas que se tornam um modo de ser, oculto em um modo de aparecer. Não são as roupas de época. Não são um fingimento qualquer, para ser mais explicativo. Um fingimento cheio dos disfarces necessários. Disfarces que perderam o sentido, mas continuam lá. Como um casaco de pele que um dia foi valioso, que custou caro e que, mesmo estando fora de moda, algumas mulheres ainda insistem em usar, porque um dia lhes caiu bem.

Se Irene usasse um casaco de pele, eu me sentiria mal. Na verdade, me sentiria mal por ela, não apenas por mim. Mas por seu esforço de tentar ser quem não era ou de se deixar ser quem simplesmente era sem questionar em sentido algum o que se é. Irene diz que eu complico as coisas falando assim e que ela adoraria ter um casaco de pele, como a Vênus de Sacher-Masoch. Digo-lhe que ela seria ridícula como essas mulheres que estão nas ruas, *démodés*, vestidas como caçadoras. Me sinto mal quando vejo alguém que um dia pagou um alto preço por aquilo que veio a lhe cair bem e que só lhe caiu bem porque custou muito caro. Hoje, os casacos de pele pegam mal, mas já foram moda.

Me sinto mal quando vejo essas coisas que, tendo custado muito caro, ostentavam alguma coisa não dita, o dinheiro, e, sob o dinheiro, o poder do dinheiro que é o poder de compra que as pessoas gostam de ostentar. O casaco de pele perdeu o lugar, mas vieram as bolsas de marca. Irene seria ridícula com uma bolsa de marca, ridícula ao usar algo para mostrar o poder de ter, digo-lhe isso e ela me diz que estou sendo estúpido, que ela adoraria uma bolsa Chanel, que não há problema algum em uma bolsa e que não há problema algum em que a bolsa se chame Chanel. Que esse não é um problema em si. Que estou enganado. Que o problema são as relações sob o nome Chanel. Chanel ou Deus, ela diz, e, sem explicar, me pergunta *entende?*. Eu falo do poder como poder de compra, fico baixinho esquivando o rosto, pois ela chegou muito perto de meus lábios ao falar assim. Ela me chama de alguma coisa como *tonto* e seguimos andando pela rua procurando um lugar para tomar um chá, em que possamos ficar protegidos do frio.

Alguma coisa que não ousávamos falar

O poder compra, o poder vende. O poder usa o casaco de pele para informar que é lobo em pele de cordeiro. Que todos devem saber disso e temer esse fato. *Obedeça, senão eu compro a sua liberdade, obedeça, senão eu compro a sua vida*, é assim que o poder se expressa em seus diversos momentos de demonstração de pompa. O poder diz: *obedeça, senão eu compro o casaco de pele e você fica sem casaco nenhum, no frio*. Para isso serve a pompa, um dia eu disse essas frases a Agnes, me lembro de ter dito coisas assim, não sei por que, eu estava falante. Ela não respondeu às minhas teses, apenas disse que já bastava de conversa. Eu falei apenas para puxar conversa, como dizemos. Mas Agnes é autoritária como ela só e não aceitou a proposta. Contei isso a Irene, ela me criticou dizendo que não posso interpretar Agnes dessa maneira, mas Agnes praticamente pede esse tipo de interpretação, falei como se resmungasse, naquela hora eu realmente me vi a resmungar. E desde que falei de Agnes a Irene, evito voltar a falar, pois ela sempre pensa que Agnes tem razão e que eu deveria voltar para visitá-la antes que seja tarde, e como esse jeito impositivo que Irene tem tantas vezes me cansa, eu resolvi não falar mais nisso.

Não converso mais com Irene sobre nossos problemas familiares, porque ela sempre dá razão a Agnes. Se eu ligar para Irene agora e contar o que Agnes disse hoje pela manhã, é provável que ela dê razão a Agnes. Ela nunca vai entender que já é tarde. Que sempre foi tarde. Foi tarde desde o começo. Antes de tudo, foi tarde. Sabemos, eu e ela, o quanto foi tarde.

Eu sabia que nos encontraríamos um dia, talvez, no fundo no fundo, eu soubesse que nos veríamos quando meu pai morresse. Que pelo menos nesse momento eu teria que voltar. Mas agora, tendo em vista que não poderei enterrar nosso pai, não vejo por que voltar. Seria melhor se tivesse que voltar para uma festa, para um batizado, um casamento, para um aniversário. Mas, em nossa casa, o pacto com a tristeza sempre foi tão sério que nunca seríamos capazes de inventar uma festa. Em nossa família, os únicos momentos bonitos foram os enterros.

Enterros eram o mais parecido que poderia haver com uma festa. Mas eu não disse isso a Agnes, porque, em nosso caso, nunca tivemos uma festa juntos e falar de festa com ela seria muito estranho. A festa é um disfarce indireto para todo um ritual de pertencimento ao qual é condenado aquele que a ele vai, mas também quem a ele falta. A cafonice faz parte disso tudo, porque a cafonice é o verdadeiro acobertamento, aquele que, enquanto parece que denuncia apenas falta de gosto, ingenuidade estética, acoberta muito mais, o inferno das reuniões, dos encontros, das conversas falsas, todo um universo moral e ético sob um pano de fundo, um pano mofado usado há séculos no mesmo teatro.

No nosso caso, não haveria festas, ou quaisquer rituais complexos, como enterros. A família não crescia, não haveria batizados. Havia a nossa conversa espaçada. Eu tinha que me contentar em ouvi-los. E eles se contentariam em me ouvir dizer pelo menos *alô* e *como vai?*. Por meio do telefone, era possível perceber, contudo, que também nós, que éramos gente muito simples, que também nós tínhamos a nossa miserável pompa cafona capaz de acobertar alguma coisa que não ousávamos falar. Também nós tínhamos o nosso *fazer tipo*, um fazer tipo que não servia a ninguém que não fôssemos nós mesmos.

Eu tentava fazer tipo também. Não estou querendo me livrar disso, não quero acusar o outro para me livrar de um erro pessoal. Mas no meu caso era mais complicado, porque a gagueira sempre me entregou. Fazer qualquer tipo, para mim, era muito mais difícil. Irene me diz que eu devia fazer tipo às vezes, como ela faz. Mas eu não consigo. A gagueira trairia qualquer esforço meu em ser falso por meio de palavras. Eu não conseguia mentir. Me restou fazer o que fiz. E o que fiz foi ficar longe deles, o ato realmente sincero que constituiu a minha vida. Esse foi o ato mais autêntico e honesto de todos os atos autênticos e honestos que eu poderia ter em vida. Um ato verdadeiramente sincero, mas tão sincero que permite a todos os outros serem falsos. Por isso, ao telefonar para eles, não era bem um fazer tipo de bom irmão, bom filho, ou parente preocupado o que eu fazia. Eu não ligava por saudade ou preocupação. Eu ligava por dever. Por trás do *ligar por ligar* havia o *ligar por dever*. O que eu queria além de cumprir o meu dever, eu não sei. O que sei é que desejava, no meio de tudo o que eu não sei se desejava, eram aqueles telefonemas aos quais, ao mesmo tempo, eu me obrigava.

Talvez o que eu quisesse fosse uma família. Mesmo abominando as famílias, sobretudo as que vejo no museu, as que vêm com carrinhos de bebê na forma de troféus ostentatórios, eu pensava que pareceria uma pessoa normal ligando de vez em quando para aquelas pessoas do meu passado. Demorei a entender que não precisava ser normal, até porque não conquistaria esse feito. As famílias visitam o museu e andam juntas. A minha poderia permanecer reunida por meio do telefonema. Era esse o nexo que eu fazia. Pais e filhos, casais, tios, sobrinhos, avós, primos, todos visitam o museu em bando. Tenho pena de cada um perto dos outros, mas ao mesmo tempo sinto certa inveja. E quando penso como se odeiam na proximidade, então, sinto alívio. Vêm em duplas, em trios, quartetos, vêm em excursões. E vêm ao guarda-roupa trazer seus casacos e seus odores. São os que mais esquecem objetos, são os que mais voltam para buscar, muitas vezes coisas que jamais deixaram aqui. Voltam sempre juntos, nunca ou raramente andam sozinhos, digo para não exagerar, porque os exageros são infiéis. E isso porque, se estão sozinhos, já não são família e não vêm até aqui. E gostam de ser uma família, e querem ser uma família em cada detalhe de seu dia a dia, até porque se sentem compelidos *a fazer parte*. Porque fazer parte é um jeito de proteger-se.

Padecem do complexo de família, aquele por meio do qual se sentem parte, se sentem protegidos porque encontraram a condição de próximos uns dos outros. Próximos dos quais ficam perto não porque os amem, mas porque aprendem a dominá-los. A família, eles a querem, como quem quer capital, o valor dos valores. Querem ter um lugar onde proteger-se e para isso precisam dominar o território. Quando sozinhos estão despidos e se apagam para não serem vistos. Então, as coisas são diferentes. Sem o apoio coletivo da mentira coletiva, podem até ser autênticos e podemos até acreditar neles. Quando não têm um lugar a perder, tornam-se pessoas suportáveis, quem sabe até leais. Pode-se pedir-lhe as horas, uma informação, e eles podem até dá-la de graça com verdadeiras boas intenções. Podem até ser sinceros e dedicar alguma amizade real a quem digam amar, mas aí decidem casar-se com quem acreditam amar e tudo que vinha sendo construído de belo vai por água abaixo. Porque o casamento, eu disse a Irene logo que nos conhecemos, quando ela tomava um chá de jasmim perfumado sentada na mesa de um bar de estação central antes de pegar o trem para ir ver sua mãe no extremo oeste de Berlim, é a triste repetição da mesma coisa. Ela concordou e nunca mais tocamos nesse assunto.

Reprodução

O casamento, também ele, é uma data. Datas são o que não falta. Outra data é o Natal. No Natal o museu fecha suas portas, mas, dias antes e dias depois as pessoas comparecem ainda com as marcas da cafonice e da família, como se estivessem a agradar todo mundo. Também a mim dizem *Feliz Natal*, e é claro que mentem e é claro que devem mentir, pois esse é o modo de ser uma *coisa humana* neste mundo em que todos cumprem a missão de manter as aparências.

A pior parte da cafonice exercitada em família no espaço do museu é a fila. As filas fazem parte das datas. Filas em restaurantes. Filas em igrejas. Filas em museus. Primeiro as famílias fazem fila para entrar no museu. E fazem fila porque são famílias. Famílias de turistas, porque as outras pessoas, as sem família, vêm raramente ao museu e, caso venham, chamam atenção por estarem sós. Há quem fique na fila do museu apenas para contar que ficou na fila imensa do museu. Que a fila do museu era insuportável e que, por isso, não pôde entrar no museu. Mas ele só diz isso por seu instinto gregário, porque entrou na fila e, na fila, percebeu que os turistas são chatíssimos, como se ele mesmo não fosse um turista. E porque estava em família e tinha plateia para a sua ideia precária, a única que teve em anos de vida, foi que ele falou o que falou. Por isso, entrou na fila. Porque tem prazer em reclamar dela, não é tão burro para achar que não é ruim estar numa fila, embora entre nela por seu instinto gregário que, na forma de fila, é instinto de brete. O lugar onde o gado é posto para encaminhar-se ao matadouro. Ele sabe, todos sabem, mas ninguém se pergunta sobre essas evidências.

Mas há também o sujeito que entra na fila sozinho e fica quieto. Ele desperta suspeitas. Vou tentar me explicar. Se encontramos alguém sozinho em um museu, ainda mais um museu de pintura, suspeitamos dele, pois deve haver algo errado com quem aparece sozinho. Os funcionários que vendem os ingressos estão atentos a tipos suspeitos, bem como os que transitam entre as salas cuidando da relação entre visitante e obra. Dizem que a maior parte dos furtos em museus, bem como atos de vandalismo, é praticada pelos solitários, pois os criminosos pensam que, andando sós, não levantam suspeitas. Não é comum e, dirão meus colegas, eles mesmos gente de família, que não é sequer um ato normal vir ao museu sozinho. E quem o faz só pode estar mal intencionado. No entanto, eu mesmo passeio sozinho pelos museus da cidade e nunca tive más intenções, mas argumentos preconceituosos não seguem lógicas racionais consistentes e fico pensando que estão querendo me chamar de anormal porque vivo só e não dou explicações a ninguém sobre isso.

Duas mulheres que passaram horas na fila passeavam pela sala onde eu contemplava o quadro da moça com colar de pérolas de Vermeer que está no museu, coisa que faço praticamente todas as semanas, sempre que posso, no meu horário de almoço. Me ponho a contemplar o quadro, as mãos, os cabelos, os tecidos das roupas, as paredes, tudo isso composto inacreditavelmente apenas com tintas. Descobri na última visita que a moça, praticamente uma menina, não toca as pérolas, mas segura com as duas mãos, a ponta dos dedos, de certo modo, os cordões de seda pelos quais as pérolas estão presas. Não contempla o colar, ela o coloca no próprio pescoço em um momento particular. Me surpreendi com minha observação, pois pensava ter na memória cada detalhe do quadro, pensava tê-lo contemplado à exaustão e nunca tinha notado o verdadeiro gesto da menina naquele momento só seu. Em um momento que também parecia só meu, em que eu descobria algo completamente diferente e extremamente significativo para mim, em relação à minha própria capacidade de prestar atenção, fui violentamente interrompido por uma mulher que me pediu licença, sem nenhum pudor, pediu que eu saísse de onde estava, ao que não tive como dizer não. Essa mulher dizia à sua parceira uma verdadeira brutalidade, que consistia nas palavras *que bom que posso postar nas redes sociais*, e continuou falando sobre a *chatice* de se ver um quadro sem poder mostrar a ninguém. Eu pensei em Vermeer a revirar-se no caixão, como dizem aqueles que ainda não se reviraram em caixões, pensei na solidão dele ao pintar o que pintou e na violência que o quadro sofria diante de uma pessoa que só queria fazer tipo, sabendo ou não que fazia tipo de quem visitava museus à procura de quadros para ver.

Vermeer é o meu Cristo, penso agora. Vermeer está sempre sendo morto pelo olhar dessas pessoas que não podem ver, que fingem ver, e que não pedem perdão por isso.

A mulher tirou uma fotografia com *flash*, o que é proibido. Mesmo assim ela o fez, sem saber que isso causa muitos problemas à obra que é viva e, portanto, frágil. Explicar a uma pessoa assim o que é a vida de uma obra seria uma façanha que eu deixo para Irene. A pintura é frágil à luz, mais frágil ainda à estupidez. A mulher não parou diante da pintura senão para fotografá-la. Como se não soubesse que é melhor ver um quadro ao vivo do que uma reprodução. Mas ela não seria capaz de ver sequer a reprodução. O que ela queria era poder mostrar que esteve em um lugar como um museu em que havia esse tipo de coisa chamada *quadro*. Não deve sequer ter revelado a foto feita num aparelho de fotografar complicado que duvidei que ela soubesse realmente usar. Eu não poderia alegar que ela não sabe nada sobre essa diferença porque ela era europeia, era inglesa e, portanto, estudou em boas escolas, que na verdade são más escolas porque não conseguiram convencê-la de que é preciso ver um quadro direito, com respeito pelo que se vê, pela história da imagem, do pintor, e pelo trabalho ali acumulado, pelo esforço, pelo ânimo do artista, ou pelo simples fato da existência da imagem na forma de uma pintura. Mas caipiras há em todo o mundo, na Inglaterra, na França ou na China, nos Estados Unidos ou no Brasil, a mentalidade da província que olha apenas para o próprio umbigo é inevitável. E hoje esse tipo caipira culto, cultivado pelos conhecimentos de plástico, está por todos os lados.

A mulher devia ter respeito, mas não tinha. Pelo gesto de contemplar uma pintura, que, certamente, mudaria alguma coisa em sua vida, ela deveria ter respeito. Mesmo que não fosse capaz de parar, silenciar e contemplar, ainda assim, por respeito a alguma coisa que ela desconhece, ela deveria ter emudecido. As escolas nas quais estudou deviam ter transmitido a ela o sentimento do respeito como vejo que Irene tenta transmitir aos seus alunos quando fala de filósofos antigos, quando fala da história do pensamento. Se bem que Irene não chama seus alunos de alunos. Eu também sou seu aluno e ela me trata como se eu fosse mais que isso. Porque me respeita. É o respeito que deveriam ter ensinado a essa mulher, respeito que se demonstra na delicadeza. A delicadeza diante de um quadro é prova geral de respeito porque um quadro nunca quer dizer nada. É só um objeto para contemplar. Porque o quadro pintado exposto em um museu não dá nada a ninguém, senão beleza. Beleza real que só percebe aquele que tenha *delicadeza de alma*, coisa que, pensando bem, não se aprende necessariamente na escola, que não se pode ensinar, mas que pode ser experimentada, porque pode ser transmitida pelo respeito que é a demonstração de inteligência maior de um ser humano, a atitude de silêncio diante do desconhecido. Sei que o respeito é algo complicado, o mais complicado dos afetos, e que ensiná-lo é difícil. Pois ele se aprende por *experiência*, mas também por raciocínio, ao se concluir que, nesta vida, nada se pode realmente saber.

Meus próprios colegas acostumados a museus, que são treinados para conviver com pessoas e com obras e com pessoas que olham para obras, também não têm essa delicadeza. Talvez justamente porque foram treinados como cães de guarda e não como pássaros que vêm colher *o néctar das flores que são as obras de arte*, como diz Irene quando quer ser mais do que ridícula, quando sai da sua elegância e cai na vontade de provocar efeitos. Ridícula, contudo, mais do que ridícula, hedionda, foi a mulher que, ao lado da fotógrafa, pôs a mão sobre a pintura. Em estado de choque eu tentei gritar, mas travei como um inútil, contorcendo as mãos como quem rezasse, vermelho e impotente, e elas apenas me olharam como um pária e saíram comentando que eu era um sujeito esquisito.

Mãos

Vir ao museu sozinho, sem ter com quem compartilhar um olhar, não é gesto tido como normal por muita gente. Essa mulher com sua colega que não sabia o que fazia, mas contraditoriamente soube tocar a delicada tela com sua mão de fumante, de comedora de salsichas gordurosas, não veio realmente ver algo como uma pintura. Era evidente que não importava para ela estar em um mercado ou no campo, na praia ou no cemitério. Ela tocaria todas as coisas com suas mãos invasivas.

A mulher era uma turista, e turistas não querem ver nada. Mas querem fotografar a si mesmos e pôr a mão em tudo. Querem mostrar aos olhos invejosos dos outros o que eles só podem conhecer com as mãos. Aquela mulher de calças jeans e cabelos loiros com reflexos luminosos queria, como tantos, fotografar para dizer que viu, como os outros dizem que viram. Imitam a atitude alheia e a naturalizam como se não houvesse outro jeito de agir. Chamam o outro para mostrar o que viram como se quisessem provar para si mesmos que viram alguma coisa. E o fazem porque viram que o outro fazia o mesmo. Irene me diz, mais uma vez, que exagero, que ninguém é totalmente turista enquanto, ao mesmo tempo, todos somos turistas em algum momento. Mas garanto que é possível ser um turista discreto, digo a ela. Que ser *menos turista* é uma virtude. Que não precisamos fotografar Vermeer, pois há reproduções por todos os lados, que poderíamos olhar a pintura de tal modo que guardaríamos em nossa memória cada um de seus detalhes, que poderíamos sentar a sua frente com lápis e papel e aprender a olhá-la melhor tentando capturar seus traços, luzes e sombras.

Em vez disso, as pessoas se postam diante de monumentos, deixam cair a cabeça suavemente para o lado enquanto põem a mão no objeto, prova de que estiveram ali, para mostrar que é real o que se vê na fotografia, tão real que podia ser tocado. A mão posta sobre o monumento é gesto de posse, de prova de realidade, aquela que otários, avarentos, os que não suportam lembranças, não confiam no que veem, precisam a cada momento porque já não veem coisa alguma e precisam de provas. Não querem lembranças, querem provas de realidade para provar aos outros que existem e que, de algum modo, chegaram a algum lugar, alcançaram alguma coisa. Não fizeram nada de relevante com suas mãos em vida, mas puseram as mãos nos monumentos. Eis ao que foram reduzidas as pessoas nessa sociedade de plástico.

Sempre que estou dentro do museu e me pedem que os fotografe eu me nego, digo-lhes que não tenho habilidade com máquinas de fotografar, o que é verdade. Mas evito dizer que não tenho habilidade com turistas. Fui treinado para falar com eles, mas sou *intreinável* e apenas finjo que os suporto. Fui aos encontros de treinamentos, mas só para não perder meu emprego. Sou incapaz de ser *adestrado* e, muito menos, *adestrado* para lidar com pessoas. E turistas, embora sendo pessoas como quaisquer outras, têm o péssimo hábito de obedecer a regras estúpidas tais como estar em todos os lugares ao mesmo tempo, desejar o mesmo, cumprir formalidades e respeitar leis quando convém, e, sobretudo, fazer tipo, o tipo de que estão relacionados de algum modo com o mundo onde flutuam como moscas.

Foi quando apresentei essa tese a Irene que ela disse pela primeira vez que eu sentia prazer em irritá-la. E ficamos, mais uma vez, alguns meses sem nos falar.

Turistas e imigrantes

Os turistas são diferentes dos imigrantes e dos viajantes. Os imigrantes não fotografam. Os viajantes fotografam as coisas. Os turistas fotografam a si mesmos.

No mundo, sobretudo, neste mundo europeu, não se gosta de estrangeiros, sejam imigrantes, sejam viajantes, mas se suporta os turistas, pois estes trazem dinheiro. Os imigrantes vêm pegar algum dinheiro, algo que este velho mundo lhes deve de uma forma ou de outra, mas os que ficaram no velho mundo, não tendo sido dele expulsos, não gostam de quem vem pedir ou exigir. Não gostam, sequer de ser lembrados desse fato. E não gostam de pensar que o dinheiro ao qual os outros têm direito vem diretamente de seu trabalho. Gostam de pensar que eles tiram o dinheiro e o trabalho de outros. E talvez isso faça sentido, mas há sempre a alternativa de mandar quem não tem trabalho no seu próprio país para outro país como se faz de vez em quando nos países da Europa. Sempre podemos usar os métodos dos séculos passados aplicados a quem os inventou. Expulsa-se a população pobre e assim evita-se ter de matá-la. É um ato realmente muito generoso, um ato misericordioso, pensam os que o praticam.

Os turistas nunca andam sozinhos, vêm sempre em família, com amigos, com dinheiro, então são bem recebidos. Os imigrantes, não. O imigrante é, em geral, um só, e vem sozinho. Eu sou um imigrante que nunca deixou de ser um exilado e que, no entanto, não tem para onde voltar, não tem nostalgia de lugar algum, não tem para onde ir. Em geral ando sozinho, mas, desde que encontrei Irene, tento andar com ela ainda que seja impossível, porque ela desaparece nos momentos em que mais preciso.

Sinceridade

Como não tenho para onde ir, pensei em ficar aqui. Era o que eu projetava até hoje pela manhã. Sonhava, posso dizer, em viver ao lado de Irene para sempre, esperava irritá-la menos com meus raciocínios, mas penso um pouco mais e vejo que isso é impossível. Não posso sacrificar a sinceridade com que sobrevivi ao mundo, mesmo que tenha tanta vontade de ser mais gentil com ela quando nos encontrarmos novamente.

Tenho aprendido algo novo sobre a sinceridade convivendo com algumas poucas pessoas, por exemplo, com Thomas, que, por trabalhar ao meu lado, tem me obrigado a ver o que ele não vê e a ser ainda mais sincero do que eu era até conhecê-lo e ter seu exemplo. Aprendi a ser direto de tão sincero. Conto a ele esses meus pensamentos, o que não posso dizer a Irene. Thomas é uma das raras pessoas com quem falo, e ao falar, não pareço gago, pelo menos não tão gago como em outras circunstâncias. Com ele, posso até falar sobre Irene e sobre Agnes e sobre outras pessoas que têm me perturbado, pessoas que são esse outro impossível que eu tento tornar possível. Sei que esses termos parecem complicados, mas são os únicos de que disponho.

Thomas me chama de *gago*, não finge que sou diferente, não tenta esconder de mim o que eu mesmo sou, o que é uma prova de sinceridade comigo. Eu não me incomodo, nunca ninguém em toda a minha vida me chamou de *gago*. Mas para ele eu sou o gago. Nem mesmo no seminário, onde a maldade e a humilhação corriam soltas, os meninos me chamavam assim. Muitas vezes, a gagueira causa pena e as pessoas evitam falar dela. Então, parece que não se importam com ela, quando na verdade apenas fingem que ela não está ali. A sinceridade que prego hoje em dia nos diversos campos da minha vida eu a devo a Thomas, que me chama de gago. E com quem posso falar, justamente por isso, sobre Irene e sobre Agnes e sobre qualquer outro assunto sem precisar mentir.

Sou *gago*, ele é *cego*. Ser gago e ser cego não me parecem mais problemas tão sérios se temos uns aos outros. A medida é sempre a perfeição, essa ideia absurda, ridícula e violenta que nos leva a marcar as pessoas. Na mesma lógica que enfatiza o erro, eu poderia dizer que outros são maus, burros, grosseiros, loucos, criminosos, mentirosos, cretinos, e assim podemos nomear o mundo por meio dos defeitos maiores ou menores de cada um. Marcamos as pessoas com clichês, aprendemos assim e nos parece razoável. Eu e Thomas ficamos aqui dentro, no nosso observatório improvisado, a brincar de marcar com nossas próprias categorias. Mudamos esses marcadores de tempos em tempos porque se trata apenas de um exercício de pensamento. Usamos capitalista e comunista, marciano ou saturnino, astrológico ou matemático, mental ou material, Platão ou Aristóteles, Nietzsche ou Schopenhauer, destilado ou fermentado, pensante ou demente, crente ou ateu, medicado ou sóbrio, histérico ou obsessivo. Assim, aumentamos o rol das marcações em um sentido mais original, pensamos nós. E nos divertimos. Definimos capitalistas e comunistas pelo tipo de roupa, se do leste ou do oeste, com dinheiro ou sem dinheiro, grife ou *pedigree*, rico ou novo-rico. Thomas sempre inclui a marca do perfume, caro ou barato. Berlinenses vêm pouco ao museu, o que prejudica nossa diversão, mesmo assim aplicamos nossos descritores aos turistas de diversos lugares do mundo onde divisões sempre estão em ação.

Conseguimos contar quantos comunistas e quantos capitalistas aparecem diariamente. Em uma semana fazemos o nosso censo. Thomas ri muito quando uma figura confusa, nem isso nem aquilo, chega diante de nós e eu descrevo objetivamente suas características na tentativa de adaptá-los aos nossos marcadores. Quando divergimos nos critérios da marcação, damos como inclassificável, mas não sem tentar até o último minuto uma definição inescapável. Não usamos bonito ou feio, porque esse é um exercício mental e marcadores óbvios podem ser divertidos, mas não desafiam muito a mente. Ninguém escapa do descritor capitalista. Até hoje não conhecemos um comunista, talvez porque o museu seja muito burguês para um verdadeiro comunista, ou porque eles também tenham se tornado peça de museu e, nessa museificação geral do mundo. indiscerníveis.

Ele é cego

Tudo começa com o fato de que Thomas é cego e trabalha no guarda-roupa. Tenho que ajudá-lo porque nesse trabalho usamos muito os olhos. Mas não apenas os olhos. Os olhos são uma limitação, se pensarmos bem. Quem não vê além dos olhos acha que os olhos são tudo. Muitos que vêm ao guarda-roupa perguntam a Thomas se ele viu aquilo que ele mesmo, que pergunta, está a ver. A mochila, o casaco, o chapéu. Então ele diz que não, que não viu, que não pode ver, e passa a tarefa para mim. Mas ele não explica que é cego, não me pede que explique isso às pessoas. Ele mesmo prefere apenas responder, quando indagado se viu, que, afinal, não viu. Ele não mente, mas responde ao pé da letra a pergunta. Brinca com a crença humana na literalidade. Creio que se diverte porque a pergunta é limitada e tosca diante do que está em jogo. Mas ele jura que não se diverte. Ele não pensa que ver seja obrigação e não se justifica por não cumpri-la. As pessoas olham para ele perplexas quando lhes explico, na frente dele, que ele é cego. Sempre aparece quem diga, em geral quem se sente insatisfeito com alguma coisa, ou está com ódio do mundo, que é um absurdo um cego trabalhar no guarda-roupa. Ele responde que o que a pessoa está a dizer também pode ser considerado um absurdo, que trabalhar é um absurdo tanto quanto ser cego e que, se ela pensar bem, todos os atos do âmbito do viver, de um modo geral, são um absurdo. Viver é um absurdo. E ser cego é perfeito em um mundo absurdo. As pessoas ficam encabuladas, não entendem bem por que ele falou isso e saem de fininho a sorrir amarelo para manifestar, mesmo que falsamente, alguma simpatia.

Já o vi concluir isso diante de um velho senhor que reclamou sobre seu casaco amassado, sendo que o casaco já chegou amassado ao guarda-roupa como qualquer outro casaco que se usa no dia a dia. Thomas aproveita então para dizer ao visitante que ele poderia usar seu tempo para pensar mais sobre esse tipo de questão, o que pode vir a tornar sua vida mais interessante. Isso de pensar mais também pode favorecer que se preocupe menos com o trabalho dos cegos, já vi Thomas falar assim. Sobretudo *é preciso pensar mais no que diz aos outros*, é o que o ouvi dizer a um visitante que perguntou a ele se não o estava vendo parado a esperar que pegasse seu casaco. *Pois*, disse Thomas ao visitante, *o que acaba de dizer pode ser considerado uma asneira impressionante, efeito de um julgamento infeliz. Tivesse dito bom dia, ao ouvir, eu teria me dirigido à sua pessoa. Fosse imitar sua atitude, perguntaria: não está vendo que eu sou cego?* Thomas disse isso sinceramente, com elegância e respeito ao pobre coitado do homem que o olhava estarrecido, evidentemente sem que ele pudesse ver. O pobre coitado, contudo, não deixou barato e o chamou de insolente em vez de pedir desculpas, em vez de deixar pra lá. Nessas horas eu fico olhando com cara de desdém, é a cara que faço, contra o rosto autoritário do visitante que nos considera serviçais de um rei que é ele mesmo, autoproclamado naquele instante. O que Thomas diz eu assino embaixo, mas fico quieto, pois o visitante pode ficar muito ofendido, e isso pode ter consequências que não ajudam a ninguém. O que Thomas diz a certos visitantes é o que certas pessoas merecem ver e ouvir quando fazem ou dizem certas coisas. Mas dias depois, invariavelmente, como também nesse caso do homem que chamou Thomas de insolente e reclamou por escrito na secretaria, recebemos mais uma advertência da direção, pois o visitante insultado não deixou de fazer a sua reclamação, facilitada hoje pelo advento da internet.

Essas reclamações feitas por escrito diretamente ao diretor do museu não tiveram maiores consequências até agora, felizmente, pois ainda preciso do emprego que tenho. Ou penso que preciso. Não pensei bem. Thomas tanto quanto eu precisa desse emprego, mas não é por isso que deixaremos de dizer o que pensamos quando se trata do caso de dizer. Precisar de dinheiro para cumprir com os compromissos é uma coisa, deixar de ser sincero por isso, é outra. Quando Thomas veio para cá, eu estava quase desistindo de ser honesto, de dizer o que penso, por isso devo a ele essa nova experiência de sinceridade. É por Thomas que criei coragem de ser assim. Thomas tem seu modo de ser cego e sincero e aceita esse modo de ser. Resolvi respeitar-me e ser como ele, como alguém que aceita o seu modo de ser, no caso, o meu, sincero e gago.

Thomas é um homem culto. Um homem jovem, mas culto, muito culto. Uma característica o torna divertido. É especialista em cheiros e, das pessoas que conheço, a que melhor se localiza no espaço por sua capacidade olfativa. Imaginem como ele reconhece os casacos desses europeus para quem o banho nem sempre é um hábito. Brinco um pouco. Na verdade, Thomas costuma guardar também uma memória tátil dos casacos. De modo que, tendo decorado a numeração dos cabides e combinado com a textura dos casacos, ele não se perde deles. Ele sabe que ver não é o dado mais importante na atividade do guarda-roupa que poderia se tornar um grande desafio para um cego. Eu o admiro por isso, porque Thomas me ensina a não precisar ver para existir. A não precisar de nenhuma grande convenção.

Não somos, eu e Thomas, em nada melhores do que ninguém, todos podem até pensar que somos piores, mas não somos hipócritas em relação às convenções. Por isso, nunca dissemos um ao outro *Feliz Natal, Feliz Ano-Novo* ou *Parabéns* porque isso seria mentira. Não desejamos essas coisas um ao outro. Sempre conversamos quando um de nós está de aniversário, o que se dá duas vezes por ano, evidentemente, refletindo, e até mesmo lastimando que tenhamos vindo a este mundo. Eu lhe falo de Irene. Conto como gostar tanto dela me faz sofrer. Ele me entende, mas apenas parcialmente, porque não supõe nada em relação ao meu segredo. Falei de Agnes, foram poucas vezes e, como se não importasse, tenho que admitir que falei sempre como se Agnes não fosse tão importante.

Sempre conversamos sobre o fato de estarmos, de *permanecermos*, aqui, por enquanto, para não piorar alguma coisa ao nosso redor, alguma coisa que seria prejudicada em nossas próprias vidas com nossa partida. Não sabemos que coisa é essa, mas falamos sobre ela. Thomas sempre diz que tudo poderia ser pior e ri, percebendo que fala como um Cândido invertido, para quem esse mundo é o pior dos mundos possíveis.

Dizemos coisas assim como se algo da ordem do suicídio estivesse sempre disponível. Essa conversa vem à tona, com todo o respeito pela questão, porque não é possível falar desse assunto sem temer o seu conteúdo, desde que lemos *O mito de Sísifo,* de Camus, em outubro do ano passado, numa época muito entediante em que Irene não falava comigo por algum daqueles motivos que eu nunca entendo. Deve ter sido quando falei que iria comprar uma bicicleta para ir ao trabalho e ela, tendo me oferecido uma antiga bicicleta já que ela mesma tinha comprado uma nova, ressentiu-se porque me esqueci de agradecer. Mas não comprei a bicicleta e, quando me lembrei de falar com ela sobre a velha bicicleta, ela me olhou dos pés à cabeça, sinalizou seu incômodo a dizer que eu não presto atenção em nada, que sou o centro do mundo, que me basto. Tudo isso é verdade. Mas para mim não é motivo para ela ficar brava. Thomas é alguém mais fácil nesse sentido, ele também é o centro do mundo para si mesmo e convivemos bem, cada um em seu próprio planeta.

Podemos falar de tudo, nos esquecer de tudo, voltar a falar e tudo fica bem, até mesmo uma conversa sobre a disponibilidade de matar-se. Sabemos que ela não existe, que a morte se dá entre o acaso e o planejamento, que produzir algo como a morte dá muito trabalho, que, pensando bem, é fácil desistir. Thomas sabe que não servimos para nada e que estamos aqui apenas para exercitar o direito de estar aqui, como ele me disse ontem mesmo, quando percebeu minha tristeza ao ouvir uma mulher, provavelmente tão velha quanto eu, me chamar de senhorita ao me entregar seu casaco branco de lã com pele de coelho. Thomas tocou meu rosto como se quisesse saber se sou capaz de chorar. Em silêncio me perguntei por que a vida é assim.

Aniversário

O tempo do trabalho se torna menos insuportável porque posso ler para Thomas. Posso até dizer que gosto quando faço aniversário, porque Thomas sempre me surpreende com um livro bem escolhido. No ano passado ele me trouxe o livro de Clarice que lemos durante meses até o último capítulo, sentados na igreja em frente ao museu num dia de sol surpreendente em meio ao inverno.

Irene fez aniversário há pouco tempo e não fui à festa, muito menos telefonei. Ela não falava comigo fazia mais de um mês e me convidou para seu aniversário por meio de um bilhete deixado na caixa do correio de minha casa, lugar onde nunca a convidei para entrar. Perdi mais uma oportunidade de dar-lhe o retrato falado por ela mesma que depois de tantos anos ainda se parece muito com a Irene real. Thomas entendeu meu retraimento, mas perguntou-me se eu não senti vergonha de não atender a um convite de uma pessoa tão querida. Eu não soube o que dizer. Até hoje estou meditando no meu gesto. Tento entender se Irene não tem razão sobre o que fala a meu respeito.

No aniversário sempre se pode comemorar de fato a coisa única que uma pessoa é. E eu falhei com Irene. Mas não falhei com meu pai. No ano passado eu telefonei para ele, e faria o mesmo agora. Daquela vez, eu ligava antes do aniversário, ainda que ficasse tempos, dias, semanas, às vezes meses, a pensar no que diria no dia de seu aniversário. O aniversário é a data dedicada ao real episódio individual, a festejar a particularidade de alguém como pessoa, o dia de sua chegada a este mundo. Comemoração que, embora seja também hipócrita por incluir a família, o é de um modo mais ameno, pois que a comemoração do aniversário não é uma simples festa. É notório que se trata de uma festa que oculta alguma coisa como uma verdade, mas uma verdade que não se deve contar às crianças. Essa verdade é simples, ela é o grande pedido de desculpas que uns fazem aos outros. Em uma festa de aniversário a família consegue ser sincera sendo falsa. Diferente do batizado, que constrange alguém a uma religião; diferente da grande falsidade do casamento, que serve para a autoconservação da família, o aniversário é outra coisa. É um pedido de desculpas que é também apoio moral que se deve àquele de quem se espera que continue no mesmo barco que os outros. O barco chamado *mundo*, com a tripulação chamada *família*. Um barco de muito mau gosto, movido com os remos da hipocrisia e a vela da cafonice. Um barco pronto ao naufrágio. Mas tudo bem, porque, no aniversário, tudo isso é amenizado. O aniversário festejado é uma menção honrosa que vem disfarçada nos presentes inofensivos, nos votos de felicidades, sendo as felicidades nada mais do que consolos que se *devem* dar a alguém que *deve*, convocado que está como ao serviço militar, por *dever* cívico mesmo, continuar a viver esta vida.

Sempre tive com os aniversários um sentimento estranho, uma espécie de esperança mágica. É como se o aniversário desse ao aniversariante uma aura de dignidade, por fazer lembrar a criança que um dia aniversariou naquela pessoa adulta cuja data de nascimento é lembrada. A criança é, na pessoa, aquela memória de inocência com a qual é impossível não se comover. É impossível não sentir pena da criança considerando o adulto que ela se tornou.

No aniversário de meu pai era à criança que ele foi que eu me ligava. Eu telefonava para o menino que ele foi. O menino que ele foi, que nasceu naquela cidadezinha perdida onde as vacas iam descansar à sombra das árvores, que cresceu querendo ser marinheiro, que acabou se tornando um pobre pescador. Tivesse nascido no norte da Alemanha, teria migrado para uma das ilhas para pescar baleias, e sua vida seria parecida com a que teve porque, também lá, ele teria vivido a falta da oportunidade gerada pelas guerras, pelo capitalismo e um amor impossível. Tendo a guerra, o capitalismo e o amor, quem precisaria de uma doença para ficar pior? Foi o que perguntei a Irene quando nos vimos pela segunda vez, na reunião dos Amigos da Falsa Alegria, e cheguei a pensar que nunca mais suportaria viver longe dela.

Em um dos telefonemas para meu pai, uma novidade, à qual não tive acesso quando menino, apareceu. Meu pai tinha o desejo de ser marinheiro porque, segundo ele, seu próprio pai era um marinheiro. O que me disse, sem disfarçar demais a dor, é que não conheceu seu pai marinheiro porque ele morreu no mar. Agnes acabou por desmenti-lo, mas eu nunca contei a ela que sabia a verdade. Nossa avó deve ter engravidado de um primo ou vizinho que não quis assumir a paternidade da criança naquele fim de mundo onde o único rio era uma lagoa cujo ecossistema, segundo Agnes, estava em perigo devido aos herbicidas e agrotóxicos que nela são lançados há décadas. Nosso pai não tinha irmãos ou primos e devia sentir-se muito só, uma criança só e um homem só. Agnes era única pessoa que lhe restou, e eu não era mais do que um telefonema incômodo.

Eu o incomodava. Era evidente. Na data do aniversário eu podia felicitá-lo formalmente, mas ele não precisava disso. A necessidade era somente minha, a de dizer alguma coisa porque ele merecia, a meu ver, aquela menção honrosa que um participante deste mundo deve receber na data do aniversário. Eu sei que isso o incomodava, mas eu precisava dizer. Era preciso dizer-lhe *felicidades, meu pai, felicidades por toda a vida, muitos anos de vida*. Mesmo que as felicidades não significassem muito, talvez por isso mesmo, é que eu precisava dizê--las, elas também uma espécie de gesto inevitável que me restava ter, e que, sendo de alguma forma irrevogável, pelo menos enquanto palavras formalmente expressas, restava também a ele. A eles, melhor dizendo, pois, junto dele, estava Agnes, mesmo quando era meu pai que fazia aniversário e não ela.

Meu pai era criança naquele dia e por isso merecia meu respeito, o respeito que merece alguém que foi criança e que, no dia de seu aniversário, deve receber os votos de encorajamento para que se torne adulto, para que queira continuar, considerando que se tornar adulto é desiludir-se com tudo, até mesmo, e principalmente, com aquilo que se é. Que se pensa ser. E aprender a viver com isso.

Mas ao telefone com meu pai a conversa precisava seguir mais um pouco e, nesse caso, depois de ditos os votos da melhor forma com que se podia dizê-los, eu ficava perdido e a perdição acionava a minha gagueira, com a qual meu pai nunca teve a menor paciência. O que dizer é sempre complicado e sempre é mais quando se pensa que se deveria ter algo a dizer. Nem tudo era tão complicado para mim, eu era otimista, desde que eu sabia dizer alguma coisa. Eu era otimista, por incrível que possa parecer, e por isso eu tinha certeza de que podia telefonar, de que, partindo da felicitação de aniversário, a conversa acabaria bem. Era um exercício de sinceridade e, ao mesmo tempo, ele começava com a hipocrisia que era própria à condição familiar que nos unia.

Bicho de sete cabeças

Eu tentava diminuir a hipocrisia inevitável ligando na época do aniversário porque, em relação ao aniversário, eu não estava a mentir. O que havia de complicado estava em escolher o que dizer depois dos votos, pois, na minha cabeça, um telefonema não podia ser tão direto que ficasse curto demais, como se não fosse, ele mesmo, um diálogo, uma narrativa que tem lá o seu desenvolvimento. Era preciso escolher a coisa a ser dita, e depois de a coisa dita, outra coisa a dizer que fosse capaz de sustentar a conversa. A coisa toda não era, não podia ser, contudo, um bicho de sete cabeças, como dizem os que nunca viram um bicho de sete cabeças, não deveria ser tão difícil assim, porque o modo de dizer, tanto a primeira coisa a dizer, que eram os votos, quanto a segunda, que era um pouco mais problemática, eu também poderia desenvolver. Eu treinava antes, lia jornais, via televisão, aquelas expostas nas vitrines das lojas, parava perto das pessoas nas ruas para ouvir como se comunicavam, prestava atenção aos meus colegas conversando uns com os outros e até ao que os turistas diziam eu vivia atento. Queria entender como poderia fazer com que uma conversa se desenvolvesse. Não deveria ser impossível. Eu poderia conseguir fazer como os outros. Eu já tinha conseguido falar uns tempos com Irene e podia seguir sozinho. Pode-se perceber que eu tinha a minha autoconfiança, eu não era um pobre sujeito assustado, desgraçado pela timidez. Eu tinha lá o meu medo, mas havia também a dose de coragem que pode superá-lo. Então eu, otimista como um Cândido, seguia.

E segui por quarenta anos até que, hoje pela manhã, Agnes cortou a cabeça de Cândido com um golpe só. Sobraram as outras seis cabeças menos bobas. Se a primeira coisa a ser dita eram os votos de aniversário e, sendo que o modo de dizer era bem conhecido de Cândido, não haveria problema, não haveria falha. Cândido podia seguir. Dizer alguma outra coisa na sequência. A segunda coisa a ser dita era o que Cândido já sabia, falar do tempo e do futebol. Desenhei um retrato de Cândido para nunca me esquecer dele. E desenhei na forma de uma cabeça cortada. O bicho de sete cabeças sem uma das suas cabeças eu o desenhei com caneta de nanquim. Nas seis cabeças restantes pus uma cabeça de Agnes repetidamente na forma de um cordeiro, pois não consigo imaginar direito o seu rosto.

Tinha aprendido por todos os lugares onde estive, todos os lugares em que fui formado, na verdade, *deformado*, como a maior parte das pessoas, algo da regra básica dos relacionamentos que dão certo e que consiste justamente em ser formal com aqueles com quem se quer entrar em contato. Era assim que eu deveria ter falado com Irene a vida toda, para evitar que ela se zangasse comigo como está agora. Do mesmo modo como falei com Agnes, a medir cada palavra.

Bastava, então, para dizer a segunda coisa, ser formal. Para poder dizer algo a seguir, uma segunda coisa, *ser mais formal ainda* era imperativo. Ser formal consistia em um modo de estabelecer contato com os *de fora* e os *de casa*. Falando com os de casa como quem fala com estranhos, mas nunca com os estranhos como se fala com os *de casa*, a coisa toda estava garantida. No caso, meu pai, sendo um dos *de casa*, eu deveria me dirigir formalmente a ele como quem falava com um estranho, mas sempre ficava alguma coisa ainda mais estranha no ar, como se, ao tratá-lo como um estranho, ele se tornasse um estranho real. A formalidade vinha para proteger dessa incômoda estranheza. Dessa *inquietante estranheza*, como vim a saber depois nas explicações de Irene nos encontros de filosofia da Sociedade da Falsa Alegria. Ela falava das coisas que, sendo familiares, nos parecem estranhas e das estranhas que nos parecem familiares. Eu comecei a entender não apenas a minha sensação relativa às outras pessoas, mas ao meu convívio comigo mesmo.

Sombras interiores

Serei o próximo a morrer. Uma consequência lógica, tão evidente quanto estranha, tão estranha quanto inquietante. A morte em si me repugna porque não deixa mais ninguém fazer aniversário e desse modo acaba cruelmente com a criança que alguém um dia foi. Essa criança que mora dentro do adulto e que o adulto espanca até a morte para poder crescer. Que, no entanto, sobrevive ressentida, oculta nas sombras interiores de cada um.

Por isso é que se pode dizer que a morte é sempre a morte da inocência. A morte de meu pai é agora não apenas a impossibilidade de falar com ele, o que já não era nada fácil quando ele era vivo, não seria mais fácil agora que está morto, a não ser que eu me dedicasse de agora em diante a conversas com os espíritos dos mortos.

Eu me entendo com todas as superstições. Contei a Thomas que vi Rosa Luxemburgo andando sem pés e sem cabeça na rua que leva seu nome, ele perguntou se além de gago fiquei louco, mas me indicou um grupo onde eu poderia beber e conversar sobre espectros, no meu caso, apenas ouvir os outros conversando sobre espectros, porque não bebo e falo muito pouco. E, na vida, vi poucos espectros. Não teria muito o que contar. Talvez eu devesse procurar esse tipo de saída, desde que Agnes hoje pela manhã me contou daquela maneira sobre a morte de nosso pai, como se essa morte não fosse mais do que um fato casual, como se não fosse mais do que uma mera formalidade. Mas me contento com o grupo de filosofia organizado por Irene, em que atualmente defendemos o fracasso, pois já passou a época da falsa alegria.

A formalidade da morte continua a me impressionar. É ela que me faz alucinar. Contei a Thomas sobre a formalidade que assumia sua forma material e concreta no aperto de mão que meu pai me dava no dia do meu aniversário. As lembranças que tenho dele são todas espectrais. Thomas me contou que, no seu mundo, também se procedia assim com as crianças, com muita frieza. Fomos educados assim, para a *brutalidade*, disse-me ele.

Agnes também me apertava a mão quando éramos crianças, o que, por seu tamanho, tinha lá a sua graça, uma graça que Thomas entendeu, mas na qual anteviu, assim como eu, a dor que a atravessaria para sempre. Não éramos pessoas formais, isso não faria sentido, mas a formalidade desse gesto nós a conhecíamos. Agnes parecia uma boneca imitando um gesto adulto, coisa que me fazia rir quando eu mesmo já percebia o que significava ficar adulto e não ser mais criança, naquela época em que não se falava em adolescência como hoje, quando se acredita que tudo está explicado porque há um termo científico apropriado para dizer as coisas.

Sobrevivência

Definitivamente meu pai e Agnes não eram formais no sentido de etiquetas convencionais assumidas e obrigatórias. Obrigatório era não olhar para nada que fosse etiqueta. Era abominar toda delicadeza. Quando falo na formalidade, quero me referir ao gesto formal em sua precariedade. Penso no engessamento, no enrijecimento dos gestos que, em algum momento, repetiríamos por não saber o que fazer. Penso nessas pessoas que viviam simplesmente a viver, se posso me expressar assim. Como se viver e morrer fossem uma formalidade. Não eram educados, não eram cultos, não eram elegantes, nada elegantes, mas sabiam agir dentro de protocolos, da repetição, da distância, do deixar ser como acabasse por ser.

Meu pai era descendente de alemães vindos para o Brasil há mais de cem anos e que, para sobreviver, entraram no mais fundo da mata, caçaram, pescaram, coletaram, e depois, quando as coisas já pareciam estar a melhorar quanto às dificuldades concretas e materiais da vida, passaram a plantar para ter o que comer. O trabalho era inevitável. Meu pai era filho de pessoas que precisaram transformar a fantasia de sobrevivência em realidade. O impossível em possível, sem mediação. Somos todos, eu, meu pai e Agnes, o contrário de tudo o que possa ser formal, mas essa é a nossa formalidade. Eles são e, nesse aspecto eu sou como eles eram, brutos. Eu sou bruto, a vida não me levou a nada diferente, e não deixarei de ser assim, primitivo, seco e violento nos modos e gestos, ainda que eu tente não deixar aparecer esse meu lado porque pessoas assim tendem a chamar muito a atenção. Pronto para caçar, pescar e coletar, pronto para plantar se for preciso, pronto para erguer uma casa de pedra, pronto para matar um leão, pronto para escalar uma montanha de gelo. Pronto para derrubar uma mata inteira como aquelas pessoas fizeram sem nunca imaginar que esse tipo de gesto poderia ter consequências em relação à vida em geral, inclusive a sua forma de ser. Sofrer não melhora o caráter, como tendemos a acreditar por amor à ideologia que sempre nos quer indispor contra nós mesmos.

Aquelas pessoas, naquele tempo, não poderiam ver as consequências de uma vida voltada ao esforço de sobreviver e que esquece tudo o mais. Aquelas pessoas eram sobreviventes de um grande abandono, e muitos o chamavam de fuga porque a dor é sempre menor quando sabemos ocultá-la.

Fugitivos

Quando cheguei aqui fui direto ao assunto com a língua que falávamos em casa. A língua, não, me disse Agnes, o *dialeto*. Juntavam-se a gagueira e a língua que eu falava, em tudo parecida com o alemão, e que me nego a chamar de *dialeto*, e eu precisava me esconder de tanta vergonha, ser gago e não falar o Hochdeutsch. Só descobri isso depois que passei os meus momentos vergonhosos. Nunca tive coragem de dizer a Irene que sentia vergonha. Fingi que ria de mim mesmo, como os outros riam, perguntando o que tinha acontecido comigo. Isso foi na estação do trem, quando cheguei perguntando onde era o museu de arte e todos riram porque havia vários e eu não imaginava o que viria pela frente.

Tenho vergonha de minha própria vergonha. Vergonha de dizer que tenho vergonha. Também por isso, sempre preferi ser formal, porque sendo formal eu escondia a vergonha geral, quase uma vergonha de ter nascido. Sendo formal não se correm os riscos da espontaneidade. Tudo me soava violento quando cheguei aqui, mas essa sensação não era diferente da sensação que eu tinha quando estava lá. O mundo era uma criação agressiva de Deus, na época em que eu acreditava em Deus e pensava por que Deus teria uma ideia tão estranha como a de criar um mundo.

Eu fugi daquela violência. Me tornei um fugitivo. Os fugitivos não são tão diretos quanto, por vezes, podem querer ser. Os fugitivos fingem que não viram. Os fugitivos esquecem. Os fugitivos não guardam informações preciosas, porque os fugitivos não querem carregar nada, sejam malas, sejam lembranças. Os fugitivos continuam fugindo porque as malas continuam existindo tanto quanto as lembranças. Os fugitivos não querem ser vistos. Eles querem apagar qualquer rastro, mas o rastro sempre aparece para alguém que está procurando. Tudo pesa demais na irregular e esburacada estrada da vida de um fugitivo. Meu pai e Agnes não eram fugitivos porque viviam juntos, entregues um ao outro. Meu pai fora um fugitivo quando viveu sozinho e, até eu ter saído de lá, acredito que ele fosse um fugitivo. Trazia consigo o espírito da fuga. Do contrário não teria saído de sua cidadezinha sombria. Agnes não é e nunca será uma fugitiva e convenceu meu pai, talvez por simplesmente existir e depender dele, porque embora seja professora, ela nunca foi uma professora livre economicamente, ela foi uma escrava do sistema, e é provável que, assim como o convenceu a mudar-se, o convenceu depois a ficar plantado no mesmo lugar. E por isso ela, mesmo sendo professora, detestava quando eu entrava no assunto dos livros, tentando puxar assunto, porque de livros qualquer pessoa tímida sempre pode falar alguma coisa. Claro, desde que os tenha lido. Meu pai, não. Meu pai sempre teve necessidade de ir, e se não foi é porque não teve como ir. Agnes, não. Ela é uma árvore fixa ao mais fundo da terra por raízes. A força das raízes de Agnes suplantou o desejo de fuga de meu pai, que antes já havia sido suplantado por minha mãe. Eu continuei essa fuga. É a meu pai que me ligo quando penso que estou indo e para nunca mais voltar. Meu pai, que queria ser marinheiro, tornou-se pescador e nunca mais fez nada da vida.

 Sempre me achei o herdeiro de meu pai por continuar uma fuga que não é minha, embora eu considerasse melhor outro tipo de pensamento, que a fuga é de cada um, que o caminho escolhido a cada um pertence. Sei que é por isso que meu pai nunca deixou de falar comigo ao telefone. Ele queria saber onde eu iria parar. Sabendo onde eu iria parar, mesmo sem nunca ter perguntando nada sobre mim, ele queria saber onde eu estava, para saber onde ele mesmo estaria. Sei que meu pai também percebia esse nexo. Mesmo sendo incapaz de perguntar num mero telefonema se eu estava bem, ele queria saber alguma coisa sobre mim. Meu pai não era um idiota. Era apenas alguém que foi impedido de fugir.

As pessoas que são impedidas de fugir ficam assim, toscas como meu pai. Agnes, no entanto, nunca saiu de casa, nunca se afastou dele, ela nunca foi nem será uma fugitiva. Digo isso por intuição, por ler as coisas, depois de tanto tempo, como se a compreensão do passado garantisse algo relativamente ao futuro. Posso me perguntar o que sei eu de Agnes que me autorize a dizer que ela não teria outra chance. Não posso explicar seus atos durante todos esses anos. Não me cabe julgar, é preciso estar aberto às potências da vida, mas em princípio não é bom iludir-me porque, de fato, na vida há os fugitivos e os domesticados. Agnes foi domesticada desde o útero. Há os que querem ir, os que não criam raízes e os que querem ficar, os que não conseguem levantar o pé do chão. Não me iludirei com Agnes, embora não deva perder a esperança de que tudo possa ser diferente até mesmo para ela e que ela possa praticar a grande fuga. Descobri, não faz muito tempo, que a grande fuga se dá de fora para dentro, não de dentro para fora. Mas não sei se isso pode me servir agora.

Ou, ou

Neste momento duas possibilidades ficam cada vez mais claras para mim. Ou vou até Agnes, ou seja, ou viajo até onde está Agnes, viajo de volta a Florianópolis, vou até a praia do Campeche, procuro sua casa, pego um táxi ou caminho até o endereço que descobrirei em breve, e bato à porta. Ou, e essa é a segunda opção, completo estas páginas que estou a escrever e envio a ela como uma carta, uma carta que ficou tão longa que se transformou em livro. Imprimo tudo, coloco uma espiral para segurar as folhas de papel e mando pelo correio. Nesse caso, tenho que convencê-la a ler o que escrevi. Não posso escrever a ela diretamente, porque ela não receberia bem. Tenho certeza de que não leria. Posso escrever-lhe um convite, na forma de bilhete, como uma folha de rosto, nos seguintes termos: *estou escrevendo uma história de Cristo e quero mostrar a você*. Então, por vias indiretas eu conseguiria chamar sua atenção. Ao ler, ela perceberia que falo para ela, mas ainda assim ficaria em dúvida. Pensaria que Agnes é personagem de uma ficção e não alguém que realmente existe.

Fica claro para mim, no entanto, que, se eu for até lá, as páginas não serão necessárias. Ou eu ou o livro. Ou, ou. A questão está, portanto, posta entre mim e o livro. Ou um ou outro. Dois corpos que não podem ocupar o mesmo lugar no espaço. Ou vou eu ou vai o livro.

Eu e o livro seria uma redundância. Sou um corpo físico, posso ir. Mas de tal modo um corpo físico que, onde eu poderia estar, também poderia estar um livro. Eu posso ir, e indo meu corpo, vai a minha vida. Nesse caso, há algo em comum entre mim e o livro de minha vida. Porque meu corpo dispensa o livro de minha vida, embora seja com ele intercambiável. Sou um corpo, uma vida que eu daria a Agnes na forma de uma presença.

Mas eu posso dar isso a ela na forma de um livro. De tal modo que, se eu mandar o livro, devo evitar minha própria ida. Devo, se eu for rasgar o livro agora, no ponto em que se encontra. Melhor, se eu mesmo for, posso rasgar as páginas no meio do caminho, ou, mais prudente ainda, devo rasgá-las quando de fato eu chegar lá, pois posso desistir de completar a viagem, posso, no meio do caminho, querer voltar. Essa alternativa, ou isso ou aquilo, é algo que me anima por sua evidente coerência. Por que eu escreveria senão para estar de algum modo diante de Agnes?

Agnes não gosta de livros. Ainda que não goste deles, mesmo sendo uma professora, o que parece algo absurdo, é o mínimo que posso esperar dela, que ela aceite o meu livro. Assim estará aceitando a mim, sem saber. Digo isso tendo em vista que eu enviaria o livro e não iria, nesse caso, eu mesmo. Não importa que não goste de livros, ela entenderá a mensagem. Pois será uma mensagem grande, volumosa, impossível de não se ver. Uma gigantesca mensagem a ser decifrada. E Agnes passará o resto da vida a tentar entender o que me fez dizer essas coisas desse modo, do mesmo modo que eu passarei o resto da vida a tentar entender por que ela me disse o que disse hoje pela manhã.

Agnes sabe que os livros são formas extremamente confessionais, mesmo quando são pura ficção. E, em nosso caso, ela entenderá que tudo o que eu disse, exceto a história de Agnes Atanassova, talvez até essa parte da história que devo contar em breve, tudo é verdadeiro.

Meia palavra

Diante dela, eu serei a meia palavra que basta. Se o livro são as palavras inteiras, serei eu a meia palavra que basta. Seria algo realmente impactante se eu fosse encontrar com Agnes de corpo carnal presente, inteiro e vivo. Ou eu, a meia palavra, ou o livro, a palavra inteira, se posso me explicar assim. Em ambos os casos, Agnes precisará interpretar minha presença, da forma que for. O que fará com que interprete minha ausência. Se eu não for, essas páginas acumuladas soarão como uma carta de questionamento, de explicação, quem sabe uma carta de suicídio, mesmo que eu não me mate. Uma carta bem longa, densa, queixosa e angustiada terá um efeito notável sobre Agnes. A partir daí posso me matar, ou não precisarei mais me matar. Essa carta desdobra possibilidades existenciais as mais intensas.

Em vez de me matar, o que não faria, de fato, nenhum sentido, posso aproveitar para fingir que morri e me transformar em outra pessoa. Essa é uma ideia que tem me habitado há tempos. Deve haver neste mundo muitas pessoas que se fingem de mortas para viver melhor. Quem poderá garantir que somos realmente quem somos? Ou quem parecemos ser, ou quem dizemos que somos, ou quem os outros pensam e dizem que somos? Pensando bem, fingir-se de morto é uma saída. Posso me fingir de morto, posso me transformar finalmente em alguma coisa que me liberte do que sou. Alguém que, sem saber exatamente quem seria, eu sempre quis ser. Penso agora em uma coisa dessas enquanto imagino Agnes, que não sabe mais como eu sou. Ela não pode imaginar como me tornei. Se eu for encontrá-la, a questão de como devo me apresentar passa a se impor de um modo antes inimaginável.

Isso me apresenta uma nova questão. Estou só e ninguém pode me dizer quem sou. Resta-me escolher. Serei quem eu quiser ser a partir de agora. Posso, por exemplo, trocar de identidade. Posso simplesmente ser outro, posso, aproveitando a confusão que fazem comigo, passar a ser não um outro qualquer, mas outra pessoa. E posso continuar vivendo. E posso ir ter com Agnes.

Posso desaparecer como Saint-Exupéry. Posso fugir como ele pode ter feito. Posso morar em outro país, com outro nome, sendo, afinal outra pessoa. Posso mudar meu destino. Posso, finalmente, ser a outra pessoa que, no fundo, se penso bem, sempre fui, ou que sempre deveria ter sido. Posso me tornar a pessoa que eu deveria ter sido finalmente liberta do que esperavam que eu fosse. Sem que jamais tenham me dito o que eu deveria ter sido, se isso ou aquilo, é um fato que fui o que acabei por ser. A identidade de cada um é um mecanismo de controle que o mundo lança sobre cada pessoa. Eu quero me tornar quem sou de agora em diante de um jeito totalmente novo até aqui. Não teria sido justamente isso o que busquei a cada momento de minha vida?

O processo para fazer com que alguém não seja quem é começa com um grande cinismo. No dia do batizado, a família impõe um nome à criança como se isso fosse uma coisa boa. Às vezes um nome dado para fazer bem acaba por causar vergonha, ódio e rancor. Mas teria mesmo sido dado a alguém com a melhor das intenções? Como pode a melhor das intenções conter o germe do mal? Deus criando o melhor dos mundos possíveis, eis a resposta, e me divirto a pensar no melhor dos nomes possíveis. Eu, por exemplo, se observo o exemplo do meu próprio nome, me chamo com esses termos estranhos Klaus Wolf Sebastião, apenas porque aconteceu de meu pai, quando foi me registrar no cartório, ditar isso ao escrivão.

E o que isso diz de mim, senão que estou preso a mim mesmo?

Escapar de fora para dentro

Agora eu descubro, enquanto estou a pensar no que fazer com Agnes, que há um modo de fugir que podemos definir como sendo a forma de *escapar de fora para dentro*. Até agora não fugi de verdade. Até agora, eu percebo, estive apenas no meio do caminho. O caminho não se completou. É evidente, ninguém tentará negar que eu fugi, mas não fugi de todo. Ninguém imagina o que é fugir de fato. Só a morte nos permite essa façanha. Verdade que fui embora, que desapareci, que fui morar em outro país. Mas a fuga é um programa que nunca se completa. Sempre é possível inverter o jogo. Ou posso continuar o jogo. O jogo é agora a minha angústia. Decidir, como diria Camus, se vivo ou morro, ou, adaptando a um mundo em que se matar é por demais óbvio e o grande desafio é existir, se sou ou não sou. Direi isso a Thomas e a Irene. Eles entenderão o que estou a procurar, tenho esperança.

A perplexidade que veio com a notícia da morte de meu pai faz a vida inteira pesar sobre mim. Nunca contei a Agnes do sonho em que carrego nosso pai morto, seu corpo não pesa em nada nos meus braços. Nunca contei esses sonhos de morte a ela. Para mim Agnes nunca deixou de ser uma criança que se assustava com tudo. Ela ainda está lá, a esperar que um dia eu volte. Mesmo que nunca tenha me dito nada parecido. Vejo Agnes, a que ficou na memória do meu coração, imagino a mulher chamada Agnes que, para mim, nunca deixou de ser uma menina. Carreguei-a no colo quando ela não pesava quase nada. Dei-lhe de comer. Construí um balanço na árvore, cuidei de seus dentes, comprei-lhe uma boneca, lavei seus vestidos, penteei seus cabelos, ensinei-a a desenhar flores e animais e as primeiras letras. Vejo Agnes, a que nunca me escreveu uma carta, a que nunca me mandou uma fotografia. Vejo-a, com esses fios sedosos de imagem que guardei na memória por quarenta anos, o rosto desenvolvido, lendo seu próprio nome no pacote que o carteiro lhe entrega pedindo sua assinatura.

Agnes curiosa diante do volume pesado. É um livro. Agnes lê o primeiro parágrafo ainda em pé. Soa-lhe curioso o que está escrito nas primeiras linhas. Ela segue sem entender os primeiros parágrafos. Seria bom parar logo nesse começo. Ela deveria sair de casa, uma reunião na escola aguarda sua presença, depois a ida ao mercado, à noite, nenhuma atividade venceria a televisão a que ela assiste até dormir. Ela deveria parar a leitura agora antes de avançar mais uma página. É o que ela deseja. É o que ela deve fazer. E é o que ela não consegue fazer, mesmo deixando o livro de lado por alguns minutos enquanto procura a bolsa. Seria o momento de distrair-se com outra coisa. No entanto, ela volta, retoma a leitura no ponto em que a deixou, volta algumas linhas para não perder o fio que conduz as ideias. Deixa de lado a bolsa e o telefone. Caminha com o volume pesado pela casa procurando avançar um pouco antes de sair. Olha o relógio, tem cinco minutos. Pega um copo de água e segue para fora de casa. Senta-se à beira da piscina a pensar no atraso de quinze minutos. Faz frio, e ela recolhe o corpo para dentro do corpo, como se abraçasse a si mesma com o livro nas mãos. As páginas são as mesmas, ela percebe uma desacomodação, como se ela se movesse dentro de si mesma. Ela pensa em sair correndo, algo que a impede de desistir. Seus olhos se enchem de lágrimas para lubrificar esse deslocamento. O dia segue, a tarde avança, o copo de água segue intocado. Começa a escurecer. O frio aumenta. Ela precisa entrar em casa antes que se resfrie. O final do livro a espera daqui a dias.

Ela caminha até o quarto com o livro aberto a lê-lo a passos inseguros sobre o chão. Senta na cama de onde se pode ver o espelho. Evita olhar para si mesma. Há uma decisão a fazer a cada página, e até agora ela superou cada linha e pode seguir adiante. Faltam ainda muitas páginas e, nesse momento, ela para. Pergunta-se se deve mesmo seguir. Não podemos saber o que ela pensa. Náusea, taquicardia e uma vontade de gritar que não chegará a realizar-se orientam a leitura, dentro da qual está a vida.

Ela levanta da cama sem ter lido as páginas seguintes, faltam poucas. São cinco horas da madrugada e até agora ela não fez nada além de ler. Ela segue para o jardim. Em um canteiro ao lado da piscina, abre um buraco com uma colher de pau. A terra é seca, nesse verão choveu muito pouco. Ela cava, cava e cava. O buraco não é tão raso nem tão fundo. O livro, e suas duas páginas não lidas, é posto lá dentro. Agnes vira as costas e vai embora.

Em outra cena, não há livro. Estou presente fisicamente. Agnes toma café encostada na pia da cozinha enquanto observa o movimento das copas das árvores, como uma pintura de Vermeer congelada no tempo. Seus cabelos não são mais tão claros, mas ainda é muito magra. Observo-a parado na porta enquanto ela sorve o líquido que a anima esquecida de si dentro de seu casaco de lã tricotado por ela mesma. Os gatos cinzentos passam ao redor. São muitos. Um deles pede algo para comer. Nenhum deles se importa comigo. A casa é austera, silenciosa, pequena e, da janela, se pode ver uma grande extensão de verde. Agnes vive só e não é feliz. Depois de tantos anos, em segundos ela terá uma visita. Então ela vira o rosto como se estranhasse uma sombra e outra aventura é desencadeada a partir desse momento.

Vejo-a a ver-me enquanto lhe cai a xícara sobre os pés. O líquido salta por todos os lados a manchar seu vestido. Seus braços caem. Logo ela os recupera para segurar o próprio rosto. Por minutos, ela me contempla emudecida e boquiaberta. No tempo que transcorre, nos comunicamos em silêncio, como nos sonhos. Ela me olha a pensar que sou um espírito, uma assombração que volta do além. Ri pelo absurdo da minha aparição. Há amor e há raiva em seu riso. Diz meu nome em dúvida quanto ao cabimento desse ato. Ela pergunta se sou eu. Um passo adiante e não contém o abraço que, segundo suas regras rígidas, deveria ser evitado. Posso sentir seu corpo envelhecer e descansar nesse abraço incontido.

Abraço-a, e ela desaparece numa espécie de mágica.

Dinheiro

Se todos os que sofrem escrevessem enquanto pensam no que fazer, se descrevessem o que imaginam, talvez, ao chegar ao fim, conseguissem dissipar o próprio sofrimento e, a partir daí, teríamos mais livros no mundo que nos ajudariam a compreender como sofremos, se sofremos do mesmo modo que antes, se sofremos igual uns aos outros, se deixamos de sofrer como sofríamos. E como sofreremos no futuro se apresenta como uma questão. As pessoas não se preocupam com esse problema, porque o sofrimento é um modo de ser e, no fundo, todos estão de bem com o sofrimento, com o contraditório prazer que lhes traz o sofrimento.

Não me preocupei igualmente com o sofrimento e minha imprevidência me pegou de surpresa hoje pela manhã. Falo do sofrimento que conheço, o sofrimento que carrego comigo desde que sei que sou um doente. Não apenas um gago, porque a gagueira não é uma doença, mas desde que sei que sou doente de uma doença verdadeira. A gagueira não é uma doença, é o meu modo de ser, que fique claro. A doença verdadeira não é um modo de ser. Ela é um modo de não ser. A gagueira é um modo de ser que me faz sofrer, mas que não tem nada demais, eu a aceito, eu me compreendo por meio dela.

Que eu fosse um doente durante toda a minha vida, desde a infância, isso eu sabia e não era uma coisa banal. Soube desde cedo que eu teria que suportar esse modo de não ser. Aprendi a sofrer com a minha doença que me fez sofrer como uma doença faz sofrer, não o sofrimento do modo de ser inevitável, mas do modo de não ser.

Sofrer é um modo de ser, sempre foi, sempre será, um modo de ser que apenas é modificado pelo hábito. E minha tentativa de ser diferente aceitando uma doença que não era doença, meu esforço, vingou apenas parcialmente, talvez na parte que menos tenha importado, que menos importa agora. Sofri, não para me tornar saudável, elegante, culto, estudado. Não me tornei nada disso, sou um mero funcionário do mais baixo escalão de um museu, uma edificação, uma instituição feita de sobras disfarçadas de riquezas, de roubos disfarçados de ciência. Sou um funcionário daqueles em quem qualquer um, de qualquer escalão, pensa que pode mandar. Ainda que eu não obedeça, deixo que falem pensando que mandam em mim. Deixo que falem, deixo que gritem, se estão com vontade, que gritem, sem nunca dar a entender que falam sozinhos ainda que eu não ouça o que dizem quando mandam. Mesmo assim, sofro para me tornar eu mesmo, o que inclui o funcionário que eu sou. Isso não é uma vitória, não é um exagero, pois todo mundo, querendo ou não, será quem é, vitorioso ou fracassado, cada um se tornará o que é. O destino sempre é o que já acabou de acontecer. Essa é a sua vitória. E quem é vencido pelo destino é um fracassado.

Agnes foi quem usou a expressão *fracassado* comigo ao telefone, quando, anos atrás, me pediu dinheiro. Isso foi há anos. Jamais, antes ou depois daquela vez, ela voltou a me pedir dinheiro. Contudo, disse, com força na expressão, com todas as letras, como se diz, que eu era um *fracassado*. Tendo eu negado o seu pedido, alegando que eu mesmo apenas ganhava uma remuneração o suficiente para manter-me, acabei ouvindo que eu era um fracassado. Segundo ela, aquele que não tem sucesso na vida, economicamente falando, é um fracassado. Ela não falou exatamente isso, o que ela realmente disse foi que *não sabia que meu irmão era um fracassado*.

Meu único irmão vai embora, ela ainda disse, *e se torna um fracassado*. Foram as palavras. Eu era um fracassado aos seus olhos e ela, que sabia disso, que fingia não saber disso até aquele momento, fingia que acabara de saber e que estava surpresa. Que meu fracasso era uma novidade. Eu era a seus olhos um fracassado, a meus próprios olhos, eu era um fracassado um pouco mais específico, um fracassado essencial, como eu soube ao estudar com Irene, mas para Agnes eu era apenas um fracassado por não ter dinheiro. Dinheiro que eu deveria emprestar-lhe.

Depois do telefonema, no qual sua voz mandava com toda a força dardos velozes, firmes e pesados contra mim, cheguei a pensar em fazer um empréstimo, em usar meu salário para ir pagando aos poucos. Em pequenas prestações, pensava eu, não seria tão pesado para mim. Eu podia emprestar-lhe o dinheiro se fizesse algum esforço. Naquela época podia-se enviar pelo correio um envelope com dinheiro dentro. Eu teria de mandar vários envelopes. Enviaria dólares, antes do euro, naquela época bem mais fáceis de trocar no Brasil do que os marcos. Ouço os turistas contando isso ou aquilo sobre estratégias do câmbio que se tornam cada vez mais inúteis porque as pessoas hoje usam cartões de crédito e o dinheiro em sua forma física desaparece para dar lugar à abstração do capital.

O valor que ela me pediu, bem me lembro, daria para comprar um carro. Isso foi logo depois de eu me mudar para este apartamento. Agnes precisa um dia saber sobre este apartamento, do mesmo modo, do modo inverso, melhor dizendo, ao que eu jamais saberei acerca de sua casa, sobre a qual ela nunca falou muita coisa. Fato é que logo me ocupei com outras coisas e esqueci a questão do dinheiro. Na verdade, porque eu quis esquecer o problema do dinheiro. Meu mecanismo de esquecimento sempre foi uma vantagem que carrego pela vida afora. Agnes queria muito o dinheiro que me pedia e usava de artimanhas retóricas para convencer-me. A pergunta quanto ao motivo do empréstimo, contudo, não foi respondida.

Agnes desligou o telefone, de um modo abrupto, e não conversamos mais. Um ano depois, quando liguei novamente, para falar com nosso pai a propósito de seu aniversário, creio que fora seu aniversário de setenta anos, foi Agnes quem atendeu o telefone e a primeira coisa que disse é que o problema com o dinheiro fora resolvido e não era preciso falar sobre esse assunto com nosso pai. Ela foi direta em seu pedido. Tentei ser igual a ela falando diretamente, não porque quisesse enfrentá-la. Constantemente, eu usava essa estratégia da imitação para levar uma conversa adiante. Perguntei-lhe por que nosso pai não podia saber. Ela me explicou que precisava pagar agiotas, que pedia empréstimos para pagar empréstimos, chegou a suspirar enquanto falava, o que me fez suspeitar que estivesse a mentir. Me fez prometer que não tocaria nesse assunto com nosso pai, do contrário não passaria o telefone a ele nunca mais. Aceitei a proposta por não ter alternativa. Além disso, eu sabia muito bem que a regra do *quem não ajuda não atrapalha* estava em vigência entre nós, junto com o acordo tácito em torno desses telefonemas possíveis apenas porque eu queria assim. Ela jamais demonstrou precisar desses telefonemas. Jamais reclamou que eu não tivesse ligado. E jamais me ligou.

Depois do aniversário de setenta anos de nosso pai, ela demorou uns cinco anos, ou seja, uns cinco telefonemas, para passar a palavra a ele. Foram anos esquisitos. Foi quando conheci pessoalmente Irene e comecei a ir aos encontros de filosofia. Eu começava a refletir com certa organização sobre o que se passava com o mundo e comigo dentro dele. Isso mudou algo em mim. Comecei a pensar mais, pensar de um jeito mais organizado. A tentar não mentir. A não me iludir. Agnes pedia a minha ilusão. No fundo, Agnes evitou que eu falasse com nosso pai, porque ela mesma sentia que não tinha feito nada senão dar com a língua nos dentes em relação àquele dinheiro e estava arrependida, pois era um assunto que ela poderia ter resolvido sozinha, como de fato acabou fazendo, e do dinheiro, sobre o qual meu pai nada sabia, eu também não precisava saber.

Filme

Por ser boa em fingimentos, creio que até hoje o seja, foi que Agnes criou a regra de não falar sobre coisas sobre as quais era preciso falar. Entre meu pai e Agnes, a mentira era o modo de ser e de existir. De seu ponto de vista, eu pertencia àquela mentira como eles. Mas a mentira, ficou claro para mim muito tempo depois, era só uma evolução do silêncio. De um silêncio mais fundo e mais básico que ocultava muita coisa e que devia ocultar também a si mesmo. Quando não é possível falar a verdade, se aprende a ficar quieto. E se acredita que é preciso ficar quieto.

Foi isso o que aconteceu com ela, foi o que aconteceu comigo. Aprendi a mentir sabendo que mentia. Mas, à diferença de Agnes, eu me pergunto sobre isso. Chego a pensar que ela nunca pensou nesse tipo de questão. Porque sempre pensei nas questões as mais diversas foi que, na primeira oportunidade, ao primeiro impulso, eu saí de casa. Para as minhas questões não havia resposta alguma senão a minha própria, uma resposta sempre corporal, que me vinha de dentro, como um vômito, muitas vezes literalmente como um vômito. Um desejo de não querer ser aquilo que eles eram, pois para mim, mais naquela época do que hoje, quer dizer, naquela época com uma intensidade mais violenta do que hoje, o que *eles eram* é que era a *minha questão*.

E o que eles eram e o que eu era *diante deles*, junto *com eles*, era o motivo, a origem de tudo o que há de ruim tanto em suas vidas quanto na minha própria. E o que significava essa coisa *ruim*, essa também era a minha questão. Pois o que chamo de *ruim* são muitas coisas, mas para mim, naquele tempo, era ser como nós éramos todos juntos, era ser do modo como éramos, porque ser como éramos era um efeito do que vivíamos. E o que vivíamos era estarrecedor. Era estarrecedor para minha mente de criança. O que éramos não pode ainda, nunca poderá, ser descrito. Poderia ser explicado, mas não descrito. Ruim era naquele tempo viver a vida como uma sobra, uma fatalidade, ou simplesmente com um grau maior de frieza, como aquilo que nos resta. O que há de mais pobre foi a nossa condenação. Foi viver sob o signo *do que nos resta*. Ruim foi viver cada um por sua própria conta, conforme foi possível, mas segundo a lógica *daquilo que nos resta*.

 Nenhum filme daria conta do que fomos. Um filme seria uma piada. Mesmo o mais bem-feito dos filmes seria ridículo na tentativa de expressar o que meu pai, mesmo morto, ainda é, do que Agnes, Agnes, viva, ainda é. Do que eu sou, porque se sou alguma coisa, esse ser se refere a não ser como eles eram e, apesar disso, continuar ligado a eles, *visceralmente* ligado por meio, pelo menos, de um aparelho telefônico que faz as vezes de elo. Mas essa ligação, de resto, implica negá-los em cada gesto, a cada oportunidade. O telefonema de hoje pela manhã é melhor do que qualquer filme para explicar o que fomos todos juntos, mas ele não é algo que se possa descrever, porque teríamos que ouvir o que foi dito, esse telefonema precisaria ter sido gravado e, mesmo gravado, seria preciso ouvi-lo mil vezes como em um sonho para poder entender o mínimo do seu sentido.

 Não sou capaz de aceitar o conteúdo que proveio desse telefonema de hoje pela manhã, quando Agnes rompeu, como quem corta a corda do destino com uma tesoura enferrujada, a chance de nossa relação. O que ela cancelou, apesar de todas as coisas que se passaram entre nós nesses anos todos, foi o fato de que éramos irmãos, e esse laço vivo, um laço de vida biológica, inclusive *biológica*, não poderia ter sido rompido. Agnes rompeu-o ao tomar para si o direito sobre o acontecimento que foi a morte de nosso pai, transformando-o em coisa não dita. Tomou o poder sobre a coisa a ser dita. Submeteu-me, humilhou-me, excluiu-me. A obrigação de transmitir a mim o que aconteceu era dela. Se ela sofria ou não com isso, não importa, Agnes tinha a obrigação de me dizer.

No entanto, Agnes nunca me disse que nosso pai estava doente, que ele poderia morrer a qualquer momento, que sua pressão estava alta, que estava com câncer, que uma pneumonia o abalou anos atrás, que o Alzheimer complicava ainda mais as coisas, que os rins estavam fracos por anos e anos de automedicações, que o fígado não suportou anos e anos de bebida, que ele estava deprimido e deitou-se simplesmente na cama para morrer. Se eu a questionasse hoje, se eu pegasse aquele telefone nas mãos e ligasse novamente agora, ela diria apenas que eu estava sendo inoportuno, como fez algumas vezes. Que para morrer, como se diz, basta estar vivo, e que eu fazia tempestade em copo d'água. Sim, ela diria que nosso pai estava velho. Que era a sua hora de morrer. E que não há por que reclamar disso. Ela não assumiria que faltou com a informação, que faltou até mesmo com a formalidade que nos mantinha ligados, que faltou com a inteligência, pois se contentaria com esses clichês do tipo *hora da morte* e outras coisas que não mudariam em nada o fato terrível que é morrer.

As coisas

No último telefonema, há mais de um ano, meu pai me disse que estava tudo bem. Quando eu falava com meu pai, em geral lhe dizia que tudo estava em seu lugar, tudo estava sob controle, as coisas vão bem, eu dizia. Sempre falava das *coisas*. E que as coisas iam bem. Ele também repetia algo sobre as *coisas*. As *coisas* nos poupavam de algumas *outras coisas*. Ele sabia que as coisas eram separadas entre as minhas e as suas. Eu sabia que as coisas não diziam muita coisa, mas eram válidas enquanto podiam ser ditas. Isso era suficiente para uma conversa entre nós. Eu me tornava mestre em falar sem ter nada a dizer. Meu pai, nesse aspecto, foi meu mestre tardio, mas, diferente de mim, ele acreditava no que dizia, não por astúcia, mas, por pura ingenuidade, é certo que era ingenuidade, a mesma que Agnes protegeu no caso do dinheiro, a mesma que ela sempre protegia a cada telefonema. A mesma que se revelou falsa hoje pela manhã. Verdade que essa ingenuidade é uma vantagem fora do comum, e como tal, também no caso de meu pai foi algo falso, pois, no caso de meu pai, o tornava irresponsável diante dos fatos. Essa ingenuidade acabou por destruí-lo. Essa ingenuidade, que era na verdade uma falsa ingenuidade, não o tornou melhor pai, pessoa ou sujeito. Meu pai foi apenas um infeliz.

Humilhação

A ingenuidade, verdadeira ou falsa, não importa, foi a principal característica de meu pai, um homem afinal tão ingênuo que até mesmo as humilhações sofridas por ele, das quais ele era ciente — ele me disse uma vez ter sido a vida toda *um homem humilhado* — eram vistas com a ingenuidade daquele que é submetido ao destino por sua própria culpa. Meu pai se achava culpado de ser como era, de ser quem era. Era dessa culpa que eu tinha vergonha. Essa vergonha que me fez ficar longe. Essa vergonha de que ele fosse quem fosse e, apesar disso, sabendo que era o culpado da própria vergonha, não pudesse fazer nada contra si mesmo.

Pouco antes de eu ir embora de casa rumo ao seminário, lembro de uma noite em que meu pai não voltava do mar. Naquela noite, uma tempestade destelhou nossa casa. No escuro sob uma toalha de mesa, a chuva torrencial a destruir as misérias de nosso lar, me perguntei por que meu pai não morria logo de uma vez. Por que voltaria se aquilo tudo poderia se acabar de uma vez. Não valeria a pena morrer no seu caso, eu me respondia, pois que ser quem ele fosse já tinha sido sua própria autopunição.

Eu evitava esse tipo de pensamento que me enchia de culpa. Até hoje é difícil controlar o sofrimento que me faz pensar assim. Meu pai nunca teorizaria sobre sua própria desgraça. Era menos vergonhoso, pensava eu, ser um homem falido do que ser quem ele era, um fracassado essencial. Um fracassado como eu mesmo me tornei. Teorizar sobre isso, como eu hoje faço, seria afastar-se do que ele mesmo era e seria afastar-se desse destino e dessa culpa.

Com meu pai me tornei especialista em falar sem ter nada a dizer e, além disso, aprendi com meu pai a agradar meu pai, pelo menos por vinte minutos, por meia hora, que era o tempo máximo que ele permanecia ao telefone. Para sustentar uma conversa com meu pai, dizia-se qualquer coisa, alguma coisa não muito importante, ou nada importante, escolhida sem muito esforço. Bastava abrir o jornal, enquanto ao mesmo tempo se ia a defender sutilmente o modo como a coisa seria dita, o modo que seria sempre o mesmo e que, desconfio, sem querer raciocinar pelos outros, era o modo que qualquer um chamaria de um *modo bom*. Um modo bom seria aquele modo que não é tão emocional que chegue a irritar, nem tão frio que cause desconfiança quanto às intenções com que é dito. Um modo bom é aquele que conta certos fatos e feitos nos quais jamais estamos envolvidos, ou que devemos fingir que não nos comprometem, ou que, ao contrário, dependendo das circunstâncias, devemos fingir que nos importam, esses fatos sempre fáceis de se conseguir no jornal diário. Aquilo sobre o que, como se diz, *está todo mundo falando* e que, sendo falado, repisado, mantém as coisas no lugar de sempre. Esse lugar desejável, esse *lugar de sempre*, o lugar desejável por todos, que se tornou desejável inclusive por mim. Não digo isso para defender qualquer tipo de conservadorismo, o que seria ridículo para alguém que, como eu, sobreviveu, e, de fato, sobrevivi, eu também, a toda aquela violência sobre a qual vou falar logo mais. O que eu queria era ser sincero e honesto e, por incrível que possa parecer, esse era um modo de ser honesto e sincero. O de deixar tudo como estava.

Aprendi a evitar a especulação para não irritar meu pai, conto isso a Irene sempre que tocamos em assuntos mais complicados intelectualmente. Meu pai se satisfazia em falar sobre o que *estava acontecendo*, sendo que o que estava acontecendo se passava sempre no rádio e na televisão, e ele seguia, me contando sobre o que ouvira no rádio e vira na televisão, e assim juntos falávamos de qualquer coisa como se não estivesse acontecendo coisa alguma. Chegamos a ter conversas que duraram mais de hora, mais de hora e meia. Conversas sobre nada e coisa nenhuma. Essas conversas muito longas foram raras, mas foram possíveis. Eu ouvia com paciência, contente em saber que as coisas continuavam como estavam, que meu pai ficava contente com alguma coisa, alguma coisa como a vida tal como ela é exposta em jornais.

Televisão

Meu pai sempre defendeu o governo, e durante todos esses anos a televisão foi a sua fonte. Quando saí do Brasil, ele apoiava os militares, assim, da boca pra fora, como se diz. Meu pai via a ditadura como revolução porque era assim que se dizia em todo lugar. Enquanto ele não tinha televisão, informava-se com os outros. Assumia o que era dito pela maioria. Dizia que a ditadura americana era melhor do que a russa. Era, ao mesmo tempo, admirador de Stálin e Mussolini. Verdade que nunca o vi falar em Hitler. Não sei como ele não adorava Hitler se até entre meus colegas de seminário havia quem defendesse Hitler como um homem incompreendido. Meu pai acreditava que o governo militar era o que de melhor poderia existir para o Brasil. Que o Brasil não era uma ficção nem um sonho, que o Brasil era um peso e que precisava ser controlado de perto. Ele não usava essas palavras, mas era o que ele pretendia dizer. E não falava isso em casa, porque em casa ele era quieto. Ele falava com os seus colegas de pesca, seus *camaradas*, como chamavam uns aos outros, com quem passava os dias a jogar cartas e dominó e com quem brandia suas decisões impotentes sobre o Brasil.

Eu ouvia Brasil e pensava em mim. Como penso agora. Embora eu não tenha me importado com política ou sociedade, eu entendi o que se passava. Com coisas de governo, desde há muito tempo não me importo, sobretudo nos últimos tempos não quero saber de nada, muito menos aquilo que aparece na televisão, da qual de certo modo também fugi — quando queimou meu aparelho, cujos fusíveis não se fabricavam mais, nunca mais comprei outro. Durante esses anos todos, eu falava com meu pai, e falando com ele, eu acabava tendo notícias do Brasil. E as notícias do Brasil eram as que meu pai via no jornal da televisão. Meu pai filtrava os acontecimentos segundo sua visão de telespectador, desde que, aposentado, a televisão era a própria má-fé pela qual ele não era responsável.

Do ponto de vista dos jornais daqui, as ditaduras dos países latinos eram um conjunto político relativamente inespecífico em termos de projeto, de modo que o que ficávamos sabendo nesse contexto era que os subdesenvolvidos eram assim *por natureza*. Ninguém falava dos interesses mundiais, americanos, europeus. A construção da ditadura era, nos jornais e na boca do povo, um efeito da natureza. Não havia política nessa naturalização que funcionava sozinha, protegida pelo senso comum, repetindo ideias simples e fáceis como a da *natureza das coisas*. Não, meu pai não usava essa expressão. Quem a usava era Agnes. Agnes se deixava levar.

Nunca os jornais europeus deram espaço à tortura, até porque países ricos envolvidos nas ditaduras, bancos e poderosos em geral sempre viram o Brasil como uma colônia na qual esse tipo de coisa, necessária e naturalmente, aconteceria. A técnica da tortura sempre foi europeia, mas ninguém falaria uma coisas dessas. Meu pai, indagado sobre a tortura, apenas disse que as pessoas eram loucas e que mereciam o que recebiam.

Brasileiros

Meu pai pensava que o Brasil era o centro do mundo e, no Brasil, o Sul era o centro do centro. E no centro do Sul estava Santa Catarina e seus bravos colonos alemães que não eram brasileiros. Os brasileiros, como dizia meu pai, iam bem economicamente graças aos colonos que ali viviam, e era isso o que importava, até mesmo os brasileiros queriam a prosperidade. A palavra prosperidade eu a acrescento aqui. Não era uma palavra de meu pai.

Por décadas, ele resumia os fatos econômicos e políticos sempre a partir das notícias televisivas e, mesmo na época da inflação mais louca, ele dizia que o Brasil era o país do futuro. Verdade que onde vivíamos, onde ele vivia, pouco se lembrava do Brasil tropical, para inglês ver, como se diz, mas mesmo pouco lembrado por ele, o Brasil para inglês ver sempre estava lá, mesmo que apenas como um fantasma tropical que viaja de vassoura sobre os subtrópicos. Meu pai pensava que ser brasileiro era uma humilhação. Era um erro. Ele permanecia alemão. É desse modo que me lembro daquele lugar agora, como o paraíso solar da melancolia em que se está sempre a chorar o paraíso perdido da Europa.

O sol daqueles trópicos agora é lâmpada fosca. O sol que me entristecia é o que me entristece agora só em pensar. Um lugar frio, às vezes muito seco, às vezes muito úmido. Um lugar sem ficção. Um lugar onde meu pai também vivia de certo modo como estrangeiro, por isso falava dos outros como os *brasileiros*. Os brasileiros eram os outros. Ele não se via como um. Pois os colonos nunca se veem como brasileiros. O Brasil era o futuro. O Brasil era um fim de mundo onde o mundo recomeçara, eu pensava. Um lugar onde hoje eu também seria um estrangeiro como sou estrangeiro aqui, onde nunca deixei de ser um estrangeiro. Talvez nosso destino seja ser sempre habitantes de outro lugar.

Foi meu pai que, amando os militares, sem nunca ter pensado no que significava o poder na mão dos militares, viu como estranho que, de uma hora para outra, tudo fosse diferente. Eu já estava aqui fazia bastante tempo na época do que chamaram de abertura política. No mundo de meu pai, não havia direita e esquerda, o que havia era o progresso. E a verdade da colonização e do serviço militar. E a regra e a ordem. E o progresso era uma coisa concreta, dinheiro e mais dinheiro, menos árvores, menos praias, menos areia, mais estradas, um barco maior e mais veloz. O barco ele nunca teve. Falou sobre ele uma única vez como um desejo impossível. Isso ele disse ao telefone. Não falaria antes quando tudo estava acontecendo. Ao ver o barco dos outros, meu pai sentia inveja, mas não falava dessa inveja, apenas falava mal do que os outros pescadores possuíam, do progresso alheio que, em seus resmungos, pois não chegavam a ser discursos, eram fruto de roubo e traição.

Dinheiro foi o que meu pai sempre quis, e o que ele nunca teve. Do mesmo modo, meu pai sempre foi um alemão e nunca foi. Também não era bem um colono, ele era filho de colonos, e tinha, por vias tortas, se tornado pescador, o que não era comum. A humilhação que ele confessou anos atrás tinha muito a ver com isso. Ele não tinha nome alemão. Sua história era uma história de vergonha que ele evitava contar.

Mas ele se aposentou e mudou de casa. Como conseguiu dinheiro para mudar-se de casa é coisa que não posso supor agora. Antes, ele vivia na pesca e para a pesca. E esse era seu modo de ir contra a pesca. Porque aquele que não questiona o tempo em que vive pensa agir em favor do tempo, mas age contra ele. Meu pai pensava que o progresso da pesca viria pelo trabalho árduo, pelo esforço de cada um. Ele era mais uma vítima da crença no mérito. A crença que apaga outras visões de mundo. Mas foi pela esperteza dos donos do poder que possuem os grandes barcos que meu pai ficou a ver navios, como se diz, e bem de longe, porque os grandes barcos pesqueiros não se aproximam da orla para serem vistos de perto. Eles encalhariam.

De longe, escapam ao olho da inveja dos pequenos pescadores que não têm o que disputar senão o fruto de seu próprio fracasso.

Progresso

Isso meu pai me contou. Meu pai envelheceu a ver navios de longe e não fez nada de novo por si mesmo. Os donos da pesca industrial, que provê os grandes supermercados e esquece as comunidades que sobram como entulho, atingiram o progresso com o qual meu pai sonhava enquanto conversava com os outros pescadores debaixo de uma árvore esperando a sua vez de entrar no torneio de dominó. Ele sonhava com o progresso e a ordem e não sabia o que dizia.

Não sei se em algum momento ele soube o que dizia. E foi por isso, porque estava ocupado com o progresso, que naquela época ele não se importava com o que estava acontecendo de fato, com o que acontecia em termos políticos, pois isso não faria diferença para ele, como também não se importou com o que estava acontecendo comigo, porque eu também não afetaria sua vida. Meu pai vivia em seu próprio mundo. No máximo, entravam em seu mundo alguns pescadores, seus colegas, que ele pensava comandar como se fosse um rei.

Ele tinha conquistado um pequeno mundo. O mundo do barco onde ele era um simples camarada de outros, mas onde se sentia um rei. Onde ele falava. Falava para outros. Falava a discursar, da boca pra fora, como se diz, a ouvidos ora atentos, ora debochados. A essas pessoas ele tratava com respeito e dignidade. De modo algum meu pai era um homem sem noção sobre as relações humanas. Na vida fora de casa, ele era um rei. O mais simpático, o mais enérgico. Ainda que repetisse os clichês que todos falavam, ele sabia se expressar. Referia-se a cada um dos seus parceiros ao telefone, quando falava comigo, pelos nomes próprios, como se eu soubesse quem eram. Falava deles como pobres e como amigos, como se fossem ninguém e como se fossem alguém.

Meu pai lastimava a perda da pesca. O fim dos bons tempos da pesca, tempos que eu não cheguei a conhecer, era imputado completamente aos pescadores, como se fossem culpados do curso histórico, da fome louca da indústria, mas de um modo que eles parecessem vítimas enquanto, ao mesmo tempo, eram algozes de sua própria história. Ele dizia: *pobre João, é pobre porque é burro. Pobre Pedro, morreu afogado porque nunca soube nadar.* Falava desses homens com intimidade, o que eu pude ver muito mais nos telefonemas do que antes, quando, menino, assistia a meu pai entre seus companheiros e me espantava com o exibicionismo verbal de um homem que, em casa, vivia em silêncio.

Em casa ele ficava quieto e parecia outro homem. Entre seus pares, ele falava. Falava do governo, do progresso, da pesca, do tempo, da chuva, dos barcos perto e longe. Tenho para mim que a poesia da pesca, essa meu pai não conheceu, porque seria insuportável para um homem como ele, criado na brutalidade da vida, conhecer a parte delicada do que podia ser vivido.

Um homem como ele não podia olhar para o outro lado das coisas sem ser aniquilado na sua própria natureza. Essa poesia estava ali no simples existir do mar, da praia, dos barcos que traçavam seu caminho no horizonte, do esforço em chegar ao peixe, em conseguir trazê-lo à rede. Quem vive dentro da poesia nem sempre a percebe, normalmente não a percebe. Hoje eu me pergunto o que seria estar dentro da poesia e percebê-la. Tenho esse tipo de ideias que, às vezes, menciono nas aulas de filosofia com Irene, que me ouve em silêncio, sugere um livro, pede que eu fale. Eu falo pouco, para evitar gaguejar, e apenas quando não há outros participantes, porque diante de pessoas é que me torno gago.

Ressentimento

Jamais fui pescar com meu pai. Me restava, de longe, o silêncio da pesca. E a pena daquela falta de sorriso. A queixa, ao telefone, que ouvi ao longo do tempo, tinha esse caráter triste, de uma vida que tomou um rumo errado. Depois percebi que não era bem assim. O ressentimento muda a visão do mundo. O ressentimento tem o poder de rearranjar o lugar do corpo no espaço e no tempo.

Algumas vezes, contudo, ao falar com meu pai ao telefone, ele passava a uma curiosa alegria. Uma euforia transbordava pela voz transmitida à distância. O falatório que ele trazia do jornal apagava por vezes o silêncio que eu conhecia muito bem. Meu pai estava velho e começava a se repetir. Ele não parou de falar da pesca. Entendi, aos poucos, o significado do mutismo que se adquire em vida, esse mutismo exasperante dos velhos que se repetem. Que meu pai repetia por não ter nada a dizer em nossos telefonemas. Ele estava de algum modo vendido ao entretenimento mais elementar. E por isso, aqui, do meu ponto de vista, a vida de meu pai piorou consideravelmente depois do fim da pesca. A pesca se tornou um dado da memória, mas uma memória truncada.

Ele parecia estar bem com os recortes de realidade oferecidos pelo jornal da televisão, que recorta mal a realidade com sua tesoura afiada por interesses corporativos e partidários. Mas confundia tudo, falava o que era possível lembrar. Eu queria dizer-lhe algo sobre as coisas que ele nunca soube ver, afinal foi um homem que não estudou, eu pensava. Mas que também não aprendeu a desconfiar. Sua relação com os acontecimentos nunca foi histórica, sempre foi folclórica e, por isso mesmo, tão ingênua quanto má, assim me pareceu muitas vezes. Não sabia que diferença faziam os militares no poder ou fora dele. Que diferença havia entre a realidade e a ficção, entre as coisas e o que delas se representa. Meu pai não pensava fora da linha. Do mesmo modo, até da última vez em que nos falamos, ele não sabia a diferença entre um operário e um sindicalista, entre um jornalista e um escritor. Meu pai só conhecia a diferença entre homens e mulheres e entre ricos e pobres, mas nunca para contestá-las, afinal, em suas palavras, ele era um *homem humilhado*. E os humilhados não se revoltam, não criticam e não querem nada diferente, porque os humilhados desde antes, desde sempre, sabem que para eles sobrou apenas a pior parte.

Azar

A pior parte meu pai nunca foi capaz de olhar de frente. Meu pai aceitou seu destino como algo que não foi criado por ele, mas como uma predestinação de Deus, um Deus que o havia posto naquele lugar de humilhado sem que ele pudesse contestar. Pelo menos não era propenso ao fanatismo, penso hoje. Contentava-se com o regime, com a economia e a política porque isso era o que sobrava a um homem humilhado. Um homem humilhado que deveria saber que foi humilhado pelo todo do sistema, mas mesmo assim pensa que a humilhação é outra, que a humilhação é particular, que ela é do destino e da natureza, da hierarquia, do azar.

Meu pai sempre se viu como um azarado. Isso ele confessava a um ou outro dos pescadores, e quando um deles morria afogado no mar, meu pai apenas comentava que alguém tinha sofrido um azar e que o azar era o fim de todas as coisas. E que chegaria a sua vez. Sentado a um canto, dois ou três metros de distância da roda de pescadores, eu o ouvi dizer que teria sido melhor morrer na guerra. Ele queria ter ido à guerra. Sonhava conhecer Mussolini. Não entendia que, em guerra, estaria do outro lado, do lado dos poderosos que ele abominava, ainda que pensasse que o mérito salvaria os que ficam sob seus pés. Talvez por isso não falasse em Hitler. Talvez pensasse que Mussolini não era tão cruel como Hitler, que ele não via como totalmente mau. Meu pai lastimava seu azar em não ter sido convocado à *Força*, era assim que ele falava enquanto eu ouvia sem muito entender o que poderia significar aquele tipo de palavra.

Pensava que ser como meu pai seria para qualquer um, um feito do azar. Logo eu soube que eu não era. O serviço militar que fora, para ele, o grande momento da sua juventude, a sua chance perdida de ser herói, era na verdade, para mim, a desgraça, cuja perda ele cultuava. E de um jeito confuso, ao saber que era humilhado por todos os lados e que contribuía para a humilhação da qual era vítima, ele sabia que havia algo errado, mas não sabia por que aquilo lhe coubera em vida.

Meu pai não pensava até o fim. Era isso o que eu percebia ao telefone. Ele não pertencia ao seu tempo senão como o portador do anacronismo ignorante quanto à própria função de conservação daqueles pensamentos que não o levavam a lugar nenhum. Por isso meu pai sempre falou comigo ao telefone por meio de pensamentos expostos até a metade.

Talvez tenha me tornado igual a ele, porque toda vez que me analiso, eu me sinto muito parecido pensando as coisas pela metade. Eu vejo meu pai em mim como uma marca indelével. Meu pai tinha servido ao exército mesmo querendo ser marinheiro. Ele vivia dentro de um erro. Se sonhava participar da força expedicionária, era porque queria fugir, porque no fundo ele procurava uma fuga para a qual ele mesmo não tinha coragem. Ele queria fugir, mas fugir era penoso e, como uma planta cujas raízes temem a mudança, ele ficou, mas sem que tenha decidido ficar. As pessoas vivem apenas porque morrer não é uma oportunidade simples.

Tatuagem

Do desejo de ser marinheiro, a meu ver, seu melhor desejo, ficou a tatuagem em forma de âncora que ele nunca contou como foi feita, quando, onde ou por quem foi feita. Há alguns anos, meditando sobre isso, perguntei-lhe sobre a tatuagem, *como era mesmo a tatuagem?*, introduzi o assunto meio sem pensar, o que foi um erro. Ele não me respondeu. Minha pergunta foi motivo para interromper mais um telefonema alegando que tinha que cuidar das alfaces no quintal. Naquela época cheguei a pensar que meu pai fosse um assassino, algo como uma intuição. Deixei esse raciocínio de lado, era devaneio de quem vive assombrado pelo mistério do objeto que o perturba. A imaginação cresce no desejo de explicação. Meu pai foi apenas mais um homem que aceitou a parte que lhe coube, aquela pior parte, aquele lado ruim que é propriedade de tantas coisas, aquilo que eu e Agnes herdamos como o que simplesmente nos resta.

Meu medo, eu herdei de meu pai. Não apenas o herdei, mas fui portador da violência que veio com esse medo lançado sobre mim num momento em que eu, talvez por ser muito jovem, não sabia o que pensar ou fazer. E embora tenha tentado perdoá-lo a cada dia e tenha resolvido esse problema do perdão dando ao meu pai um telefonema anual, por considerá-lo ingênuo e não mau — nunca pensei, na verdade, que meu pai fosse muito mau —, eu não o perdoei. Por ser um homem simples, ele não podia, pensava eu, ser muito mau, e por isso tudo eu ainda tinha algo a dizer-lhe mesmo que nunca tivesse tido nada para lhe dizer ao longo da vida.

Alguma coisa havia de lhe dizer depois de todo esse tempo, alguma coisa que eu entendia ser falada, conversada, trocada em frases feitas, afinal, as frases eram sempre meio feitas. Eu não sabia bem o que eu deveria dizer. Mas sabia que era necessário dizer, porque meu pai não era mal-intencionado, não era maligno. Mas eu não sabia, nunca soube o que dizer. Eu queria contato, é verdade, mas sem que nada mais fosse dito. Verdade que eu podia querer dizer a meu pai que não o amei, por exemplo. Mas não fiquei com essa vontade de dizer-lhe uma coisa dessas. Muitas pessoas falam desse desejo em relação aos mortos. Muitos afirmam que, ao não se despedirem dos que morreram, gostariam de ter-lhes dito como gostavam deles. Alguns se esforçam por dizer aos moribundos antes que eles morram, naqueles dias ou horas que antecedem a morte previsível, que os amaram muito.

Não é o meu caso, essas últimas chances, sempre preferi perdê-las. Essas expressões usadas e cansadas, eu preferi não usar. Perdi a chance de dizer-lhe que, apesar de todas as nossas conversas durante todos esses anos, eu não o perdoei. É isso, eu o perdoei, mas poderia ter dito que não o perdoei. Afinal, ele iria morrer mesmo, e não poderia me cobrar mais nada. Mas isso também não era o que eu queria dizer-lhe de qualquer modo, por fim, no momento desse fim, porque eu seria maligno ao dizer isso. Eu faria uma maldade com a qual o pobre homem que era o meu pai teria que morrer, e ele não merecia, porque ninguém merece, uma coisa dessas.

Direito

De qualquer modo, Agnes me privou de dizer-lhe qualquer coisa. Não importa que coisa eu pudesse dizer. O que quer que pudesse ser dito importa pouco perto do desejo de dizer que algo poderia ter sido dito, caso quisesse dizer, mesmo sem poder, dizer algo. O desejo de dizer é um direito de dizer em um caso como este, e isso confunde tudo. Ela podia ter pensado de um modo diferente. Ela me privou do meu direito. Não apenas de um desejo. Eu fui privado de ter essa experiência.

Agnes me privou dessa experiência ao não me telefonar sequer no momento em que ele estava para morrer. Agnes não teve misericórdia nem de mim, nem de meu pai. Eu não perdoei meu pai, mas eu não teria dito isso a ele. E ele não saberá disso, porque morreu sem ter na memória o filho esquisito, que continuou a falar com ele apesar de tudo, apesar de ser um filho estranho. Ele morreu sem lembrar que eu existia. Eu queria me enganar sobre isso, mas não vou mais me enganar quanto ao que sei e quanto ao que não sei. Não enganarei mais ninguém. Há tempos que tento não enganar ninguém, nem a mim mesmo, embora eu saiba que esse desejo tem por si só certo autoengano implícito. Uma certa empáfia que é própria dos iludidos, os donos da verdade acerca de si mesmos, essa não me deixa. Mesmo assim, apesar dela, me desiludo e, embora ela me devore, eu também a devoro como um cão que morde o rabo. Hoje posso compreender o meu próprio ressentimento e o peso da vida se torna um pouco mais leve, pelo menos mais bem sustentado. Já não dói. Pelo menos não doía. Não doía há mais de um ano antes do acontecimento que foi esse telefonema de hoje pela manhã.

Peso

Um telefonema que me trouxe de novo o peso da vida como um guindaste carregado de pedras em queda sobre meu corpo, um muro de pedra que caísse sobre meu corpo a deixar a pele e os ossos esfolados. O peso, eu o sustentei sozinho, ainda o sustento, não há como dividi-lo com ninguém. Pelo menos é o que eu sabia até hoje pela manhã. E saber que esse peso, que essa pedra no meu caminho que sou eu mesmo, o que fui e o que me torno, *minha história* eu diria se não fosse demais chamar o esquecimento de história, que tenho sempre e para sempre que sustentar esse peso, que devo sustentá-lo só, e sustentá-lo apenas me fortalece naquele ponto em que, ao mesmo tempo, certamente me enfraquece. Mas isso não importa. Minha fraqueza é, se tornou, pelos muitos passes de mágica que produzi ao longo da vida, essa força que vem da miséria.

Foi isso que aprendi com a pobreza que eu nunca chamei de pobreza, porque um pobre não chama sua pobreza de pobreza, assim como um assassino não chama a morte que ele perpetra de assassinato. Esse jogo mantém as coisas como estão. Afasta da ironia das mudanças, que é a pior das ironias. Por isso defendo a quietude como virtude a cultivar. Defendo o meu fracasso. A quietude de quem assiste a tudo e simplesmente deixa ser, deixa estar.

Se eu tivesse que tomar qualquer atitude hoje, qualquer que fosse, mesmo que fosse a de matar alguém, eu o faria quieto. E quieto ficaria como Raskólnikov deixando que os outros morram de remorsos em meu lugar. Se tivesse que fazer uma revolução, faria quieto, organizando-a de dentro, em silêncio. E não a chamaria de revolução porque essa palavra incomoda e pode levar à prisão como aqueles com os quais fui confundido.

Mas não pretendo fazer revolução alguma, tampouco pretendo matar alguém. Isso resolveria problemas, mas acrescentaria outros. Pretendo apenas continuar a falar sobre isso, a escrever para Agnes. É para ela que escrevo, e, durante a elaboração do que vou escrever, mesmo que eu não esteja a pensar muito bem no que escrever, continuo a pensar no que fazer, na decisão a tomar. Falarei com Irene. Falarei com Thomas. Tomarei a decisão.

Meu problema

Pretendo continuar a falar para Agnes assim, por escrito. Falar tudo o que não tive tempo de falar hoje pela manhã, tudo o que não tive tempo de falar nesses quarenta anos. Por incrível que pareça, não havia tempo, porque fui devorado pelo nada na forma de uma bomba que veio empestear minha casa. Bomba que atingiu o meu *bunker*, este apartamento que sempre foi para mim um esconderijo perfeito. Vou continuar a falar para Agnes como se ela fosse alguém sobre quem falo, porque não sei quem é Agnes há quarenta anos. Talvez ela fique perplexa com o que digo, talvez fique assustada. Mas é possível também que, ao contrário, ela apenas ria. Talvez desprezo o que penso. Agnes me despreza e é agora o seu desprezo o que me resta. Agnes é quem me resta. É o que deixei, é o passado, mas é o passado enquanto problema presente. E por isso Agnes é o que *me* resta daquilo que *nos* resta. Ela é *meu problema*, aquele que veio com tudo a transformar-se repentinamente em uma grande questão familiar. A questão do espólio que é a própria memória da família, aquela que não nos deixa mesmo quando fugimos dela. Essa é a minha questão. A família da qual se foge, e se foge para bem longe, para, por fim, acabar retornando a ela como naquela imagem clássica do cachorro a morder o próprio rabo que me inspira quando penso no destino. E quando vejo que o fracasso é sua parte mais concreta.

É a isso que chamo a ironia das mudanças. As indesejáveis ironias das mudanças indesejáveis. Como um governo que, obrigando à mudança prometida, estabelece uma ditadura, como a justiça que, punindo um criminoso, repete seu ato, como o amante que, ao afirmar o amor, aprisiona seu amado e, assim, o odeia. As instituições, o poder, o medo. Razões únicas. Razões entrelaçadas no único objetivo de violentar os indivíduos. E é a família que violenta a cada um já ao nascer, para fazer o pobre coitado aprender que será sempre assim, para que cada pobre coitado finja que não será apenas mais um. A família que nos põe no mundo para exigir que sejamos isso ou aquilo, que tenhamos isso ou aquilo de sucesso, de realizações, que ganhemos a vida para sustentar nossos filhos novos, nossos pais velhos, para manter a si mesma, e mais e mais, sempre mas para si mesma e unicamente a si mesma, e que, para coroar seu projeto, ainda exige de cada um dos seus membros algo como correspondência afetiva e calor humano, tudo isso que não passa de um revestimento hipócrita e retórico ao simples fato da adesão ao contrato.

A família não sobreviveria sem sua retórica. A retórica do amor que, por sorte, Agnes nunca me aplicou. Amar pais, irmãos e filhos poderia ser um ato de generosidade, mas é uma exigência, uma senha de participação no jogo hipócrita que sustenta a união familiar. Foi essa retórica que sustenta a união familiar, a desunida união familiar, o que Agnes jogou para cima de mim hoje pela manhã naquele telefonema que não sairá de minha cabeça, que não tem como sair do meu campo emocional e mental. Foi essa retórica envenenadora que ela manipulou hoje pela manhã no telefonema que, penso agora, eu nunca deveria ter dado como, no fundo, eu nunca deveria ter feito ao longo desses anos. A lei da participação no jogo hipócrita que não permite separar, mas apenas unir, mesmo que seja para a desgraça de todos, resulta em desunião unida, em união desunida, um enredamento em fios sufocantes que, ao mesmo tempo, são cuidadosamente mantidos sob uma lei autoirônica. Uma lei autoirônica que pode ser enunciada tendo em conta seu subtexto: *amarás ao teu próximo como a ti mesmo, o que não será tão fácil quando ele estiver dentro da tua casa, mas essa última parte, faça o favor a si mesmo, e a todo mundo, de não contar a ninguém. Ninguém deverá saber a verdade sobre o que eles mesmos chamam de amor.*

A minha questão, a questão que eu não fui capaz de apresentar, dizia respeito a mim mesmo no meio disso tudo. A liberdade não existe senão como uma guerra que se trava todo dia no corpo de cada um. E eu, eu era a prova biológica de um grande erro.

Mas eu não tive coragem de perguntar e por isso não fiquei sabendo. Se meu pai entendia, não se ele aceitava, aceitar não era o meu caso, eu queria saber se ele entendia o que se passava comigo. Se ele poderia ter me explicado quando eu era criança e por que não explicou. Por que evitou me explicar, pois é impossível que não soubesse quando me olhava assustado com o que eu era. Com meu corpo estranho. Isso é o que eu deveria perguntar a meu pai quando, ele moribundo, eu vivo, ainda pudesse lhe perguntar alguma coisa.

Espectro do dizível

Nenhum deles jamais me pediu nada. Não me pediram nem mesmo para voltar. Verdade que me pediram dinheiro, Agnes me pediu aquele dinheiro. Meu pai não me pediu nem isso. E nunca, jamais, nenhum deles me pediu nenhuma outra coisa. Eram já, eles mesmos, fracassados demais, perdidos demais, para exigir alguma coisa de alguém.

Mesmo assim, seu silêncio era exigente demais. Era esse silêncio, ele mesmo, um discurso pronto. O discurso pronto que sempre foi o modo mais seguro de sustentar a família, a única instituição que é capaz de segurar com firmeza o indivíduo e que tem o mérito de suportá-lo a tal ponto que ele não precisa ser transferido para outras instituições. Ele pode morrer ali mesmo. Antes de atravessar a porta. E mesmo quando atravessar a porta, andar em frente vinte, trinta, quarenta anos, mesmo assim a família permanecerá nele como uma tatuagem, como uma marca de nascença. Como uma anomalia congênita. Toda instituição é instituição de cárcere que marca sua vítima a ferro e fogo. Apesar disso, talvez por isso, por saber que a defesa tem algo de ataque, que a defesa é sobretudo uma defesa contra o que se é a partir do olhar dos outros, foi por isso que eu busquei também nesses anos todos uma espécie de discurso pronto, palavras medidas que dessem alguma garantia prática de que as coisas estavam no lugar devido. Busquei um silêncio contra um outro tipo de silêncio por saber que armas mais fracas não combatem armas mais fortes. As armas devem ser equânimes. No meio do silêncio pus algumas palavras que fortalecessem e amenizassem o medo que naturalmente se tem do silêncio, seja ele de que tipo for. O mundo é um arranjo do discurso pronto cujo principal ingrediente é o silêncio. Mas só quem souber usá-lo poderá se defender dele. Eu atuei no espectro do dizível, como na música de Erik Satie que ouço agora enquanto tento pensar sem poder ir além do silêncio. O silêncio foi o legado que meu pai nos deixou. O silêncio que Agnes tomou para si como uma lei, uma lei que apenas hoje pela manhã mostrou sua fragilidade, foi isso o que ele nos deixou.

Como se fosse um desconhecido, um filho que não existe e que, de repente, passa a existir, eu me apresentava a ele a cada telefonema. A apresentação era sempre necessária. Depois de segundos, às vezes minutos, ele se dava conta de quem era eu. Da chance de ter algo a dizer e de construir bem cada frase dita dependia a direção da nossa curiosa conversa, se bem ou mal-humorada. Se haveria piadas ou se conversaríamos com seriedade, a única coisa certa era a cerimônia, a formalidade de quem conversa com alguém que é preciso manter onde está, manter no seu lugar, como se costuma dizer, o que quer dizer, na verdade, manter *longe*, aquele a quem não se deve nem agradar, nem desagradar, mas atender por dever ou chamar por dever.

Fui embora, mas nunca fui indiferente. Fugi. Fugi longamente, no tempo e no espaço. Poucas pessoas serão capazes de entender a importância de uma rota de fuga ao longo da vida. Ela é o sinal de que se está vivo, sinal que alguém dá a si mesmo da intenção de continuar vivo. Eu estou vivo, meu pai está morto. Mas não tenho culpa. Tenho a impressão de que vou sentir algo como culpa, mas a impressão não avança, porque a culpa não é mais do que uma formalidade. E formalidades podem ser usadas e agora são desnecessárias.

Discernimento

Muito antes de meu pai, sou eu mesmo que estou morto diante de Agnes. Sou uma continuação de meu pai, como é qualquer filho, sobretudo quando esse filho carrega seu nome. Eu tenho o nome de meu pai. Mas também Agnes, que não tem o seu nome, tem somente seu sobrenome, é ela também a continuação de nosso pai. Como somos, ambos, a continuação de nossa mãe. A continuação a-histórica, a continuação por aprisionamento na anterioridade que só pode desaparecer se a negamos. E se a negamos, mentimos, e a vida se constrói sobre o miasma da mentira que a cada dia há de nos devorar na forma da morte em vida. Todos estão condenados a isso. A estar presentes na ausência. A chegar quando não mais se está. As pessoas estão condenadas, e quando digo *as pessoas*, penso em *todas as pessoas*, e penso em todas, sem exceção, em cada uma delas, porque eu mesmo me incluo no julgamento que vou fazer, um julgamento ruim, porque costumo ter pensamentos ruins, mais do que ruins, os quais tenho tentado combater com meu discernimento, o que nem sempre é fácil, o que, na verdade, nunca é fácil. Irene sabe disso e me consola a cada vez que entro nesse círculo de explicações que ela chama de um *círculo repetitivo de explicações*.

Infelizmente, muitas vezes após todos os esforços de meu discernimento, esses maus pensamentos se revelam verdadeiros. Não vejo problema em julgar, ao contrário, é a falta de discernimento, da capacidade de julgar e, consequentemente de escolher entre uma coisa e outra, até mesmo entre o bem e o mal, que faz com que as pessoas tenham atitudes como essa que hoje foi tomada por Agnes provavelmente sem reflexão. Pois as pessoas, assim como Agnes, ou Agnes, assim como as pessoas, pensam que sabem o que têm a dizer umas às outras. As pessoas falam muito, ora na intenção de produzir sentido, ora na intenção de ocupar lugar.

Lugares

Agnes sempre veio ao telefone todas as vezes que telefonei, ela sempre o tirou das mãos de meu pai, mesmo que o fim da conversa tivesse sido anunciado pela pergunta que meu pai sempre me fazia quando queria terminar o telefonema: *mais alguma coisa?* E Agnes sempre aparecia, sobretudo nessa hora, certamente para não perder a chance de falar comigo, ocupando o seu lugar entre mim e meu pai, o seu lugar de dona de casa, dona de nosso pai. Algumas vezes cheguei a pensar que era por amizade que ela aparecia sempre. E nesses momentos pensei que talvez fosse possível voltar um dia, que fosse necessário voltar. Logo, contudo, essa suspeita, meio como uma esperança, não se confirmava. Na maior parte das vezes, como ficou claro, ela falava comigo para marcar seu lugar. Para a maioria das pessoas, talvez não haja diferença entre o sentido e o lugar, mas não para Agnes, que sabia exatamente o que significava um lugar mesmo que ele não tivesse sentido algum. Se ela se tornasse política, ou pelo menos diretora da escola onde trabalhou a vida toda, ela teria exercitado bem melhor a sua busca por um lugar sem sentido, que é o lugar do poder.

Na falta de coisa melhor para fazer, ela atendia o telefone. A conversa ao telefone era uma espécie de espaço que se ocupa por ocupar. Ninguém pode condenar ninguém por querer um lugar, não é possível viver sem um lugar, nem morrer sem um lugar, mas há quem queira o lugar de todos os outros, todos os lugares, e queira, ao mesmo tempo, o tempo que acompanha esse lugar. Há quem deseje todo o tempo só para si. Como se o tempo pudesse ser engavetado em um espaço. Como se pudesse ser medido não em minutos, horas, anos, mas em quilos e mililitros. No fundo, não é que esses que pensam assim, de fato, queiram o tempo, é que ainda não pensaram no que significa esse pensamento sobre concentrar o tempo, capturá-lo como um animal em uma jaula. Falei sobre isso com Irene, que sorriu sem dizer nada.

    Assim como pela boca criamos o que não somos. A boca devoradora de tempo. Quem quer ser o que não é, basta fazer a si mesmo pela boca. Uma pessoa muitas vezes vive a vida como se ela mesma se autocuspisse. Agnes, hoje pela manhã, fez o que quis pela boca, como se tivesse simplesmente vomitado sobre mim. Ela provou em si aquilo que as pessoas todas sempre fizeram, que falam porque têm boca, como dizem os que têm boca, assim como andam porque têm pernas, assim como trabalham porque têm braços, porque há algo que se deve fazer, alguma coisa, qualquer coisa que ponha o que existe em movimento, fazem o que fazem porque estão no mundo a fazer algo por fazer. Agnes sempre foi assim, uma pessoa que simplesmente queria achar alguma coisa para fazer desde que essa coisa não lhe desse muito trabalho. Por isso ela fez o concurso público para a escola da qual jamais foi capaz de mudar-se, porque não havia nada mais fácil, tanto o concurso quanto ficar no mesmo lugar, e no entanto esse fazer sempre foi vivido por ela como aquilo que resta, como aquilo que lhe sobrou, como uma condenação. As pessoas pensam que sabem o que têm a dizer. Agnes não sabia o que tinha a dizer, duvido que soubesse tanto quanto fazia parecer. Tampouco sabia onde estava. Ela nunca pensou nisso, não tinha a distância necessária para pensar. Ninguém duvida do conteúdo, seja da fala, seja da ação, porque viver é administrar a repetição da qual cada um se acha o mestre. Não sabem que administram uma repetição, mas sentem a repetição na pele e, mesmo assim, por falta de saber, ou por preguiça mesmo, mantêm a repetição atuando como se ela fosse a verdade inteira da vida.

Repetição

Um telefonema que se repete por quarenta anos e, de repente, não se repete mais é como a cabeça de Medusa pendurada na parede em frente a essa mesa onde repousa a folha de papel branca na qual eu tento desenhar o meu Cristo, agora sentado à poltrona perto da janela a fumar um cigarro. Desenhei essa cabeça há anos, quando passei meses tentando reproduzir o reflexo dos olhos das víboras. Agora olho para ela a esperar que ela fale e, por um segundo, parece que ela me diz alô, como meu pai.

As coisas se repetem. Coleto imagens para montar o rosto de Agnes. Esses olhos vivos na cabeça morta da Medusa podem me servir. Meu pai tem os olhos vidrados na televisão enquanto Agnes está à mesa da cozinha e toma chá. Está só e escorrem lágrimas de seus olhos. As pálpebras inchadas, o nariz vermelho. Meu pai não nota seu pesar. O futebol o distrai. Não posso saber a que jogo assiste. Agnes não se importa com o barulho da televisão. Por um segundo, tem-se a impressão de que ela fugiria se pudesse, mas apenas de si mesma.

O futebol era o mais repetitivo dos assuntos repetitivos que eu poderia usar para manter um pouco mais a conversa. Para conversar, bastava tratar meu pai como um estranho, dizer-lhe coisas simples, acrescentar os dados, os acontecimentos, as mortes, os roubos, as imbecilidades dos governos mundiais, o que fosse retirado do noticiário, e a conversa fluía por muitos minutos. Mas quando falávamos de futebol, eu percebia que ele se alegrava. Eu comentava os times daqui, pelos quais era visível o seu desinteresse. Os times alemães e europeus, em geral, não faziam parte do noticiário local. Eram os times do Brasil, sobretudo o Grêmio de Porto Alegre, que o interessavam. A escalação de muitos deles, das seleções das Copas do Mundo, ocupavam o todo de sua memória. A escalação das seleções foi a única coisa que vi meu pai dizer sem aquele senso de desimportância que acompanhava todas as suas falas. Eu, que sempre odiei futebol, fazia de conta que tinha curiosidade, não era preciso fingir muito, pois a meu pai nunca ocorreu que eu pudesse não estar interessado no que ele próprio tinha interesse. Nenhuma chance de meu pai pensar que pudesse existir outro mundo além do seu.

A frase *mais alguma coisa?* era o que concluía o telefonema. Naquele momento eu me via devolvido a mim. Podia voltar para as minhas coisas, para minha casa, o trabalho, as pequenas ocupações do dia a dia, os desenhos, minhas plantas na janela, meu grupo de estudos. E era preciso esperar meses, de modo geral cerca de um ano, pouco menos, pouco mais, para, depois de uma conversa que cedo demais perdia o seu conteúdo, e perdia também a sua forma, como fumaça que anda conforme o vento, para readquirir a estranheza que, curiosamente, mantinha aquele telefonema possível.

No fundo, penso que era a estranheza a minha motivação. A estranheza era mais do que motivação, ela era a garantia. O que me fazia ligar para eles era o sentimento de estranheza readquirido. Então eu ligava, um ano depois, mais ou menos. O telefonema acontecia e tudo que se conversava durante o seu desenrolar era para mim muito curioso, como uma grande novidade. Mesmo as mais simples das mesmices me faziam sentir que, afinal, eu tinha um pai, que tinha conseguido suportar a coisa chamada família, eu tinha sobrevivido. Eu tinha vencido. Eu tinha uma irmã. Eu tinha uma família. Mas quando meu pai, sem demonstrar antes nenhum sinal, me perguntava *mais alguma coisa?*, eu me sentia atendido como um freguês de feira, um comprador no mercado que deve logo pagar a conta e sair. E então eu caía naquilo que as pessoas chamam de realidade, lugar sempre desconfortável, cheio de pregos, cheiros ruins e temperaturas horripilantes e, ao mesmo tempo, o melhor lugar para se estar, considerando que se permanece nesse mundo e é melhor, por aqui, viver desenganado.

Antígona

Contei a Thomas sobre Agnes e o desagradável sentimento que tenho em relação à minha família. Aproveitei para falar sobre o mito da família. Ideia que tive num dos encontros com Irene em que ela falava de algumas leituras de Antígona. Antígona me pareceu mais interessante do que Édipo. Thomas também pensa assim. Thomas não tem problemas com família, porque não tem família alguma, de modo que não sei se entendeu o que eu pretendia dizer, apenas me questionou sobre o meu uso da palavra mito. Disse que família é uma abstração, não um mito. O mito é a narrativa originária, me explicou seguro de si. Não uma mentira. Eu lhe expliquei que não se trata de uma mentira, mas de uma construção ideológica heteroexplicativa. Ele me mandou procurá-lo na esquina, como se diz, eu ri e parei por ali. Mas em família eu não parei. Porque a minha família pode até ser uma abstração, mas é excessivamente concreta. Meu pai e Agnes são materiais, ainda que distantes.

Metade de minha família está viva, a outra metade está morta. E essa vida e essa morte estão muito próximas e são muito concretas. E essa concretude surge porque dizemos coisas uns aos outros. E se não cuidamos do que dizemos, surgem as guerras em família que são microcosmos de guerras entre Estados, nações, etnias, microcosmos no macrocosmos. Assim me parece, o que digo sem nenhuma pretensão de certeza.

Trompete

As pessoas têm o direito de julgar umas às outras, lembro Agnes a me dizer isso, quando nos desentendemos ao telefone. Coisa que eu evitava. Falávamos sobre uma das irmãs de meu pai, uma das tantas que não conhecemos e que, ao morrer, deixou em testamento um único bem que tivera em vida: um trompete. O trompete chegou a Agnes por meio de tio Carlos, irmão de nossa mãe. Agnes sempre detestou música, assim como eu ainda detesto de um modo geral, com exceções a confirmar essa regra, Satie, Marin Marais. Agnes detestava música, mais ainda a nascida de um trompete que ela não saberia ouvir ou tocar, nem meu pai, que sequer se preocupou com a presença do instrumento em sua casa. O trompete ficou inutilizado. Meu pai o tocara quando jovem, Agnes me disse. Ele mesmo não disse nada, tampouco falou da irmã morta, mas, ao mudar-se para a praia, o instrumento ficou com essa tia cujo nome Agnes não sabia. Que meu pai não tenha levado consigo o trompete só se explica se estivesse em fuga. Quando fugimos, não dá tempo de carregar muita coisa. E, quando fugimos, fingimos que não somos mais o que um dia fomos.

Essa tia mal falava o português, sua carta estava escrita no nosso Hunsrückisch. Naquela época, Agnes me disse, nosso pai não sabia mais tocá-lo. Ela viu o instrumento como o retorno de uma impossibilidade que só traria incômodos ao nosso velho pai. O instrumento era uma lembrança que só poderia servir para julgar a pobre tia, vítima certamente na visão de Agnes de seu próprio ressentimento, de um ressentimento que não permitiu à nossa própria tia devolver o instrumento antes, quando meu pai ainda poderia interessar-se por ele.

    O ressentimento provoca inércia. Agnes sabia muito bem o que era o ressentimento nos outros, mas não foi capaz de vê-lo em si mesma. O nome esquecido da tia era um sinal desse afeto mal resolvido. Ao mesmo tempo, ela não foi capaz de colocar-se no lugar dessa tia, uma mulher simples que não dava valor a um objeto musical, como não se dava em geral, naquele mundo erigido sobre a frieza, valor a muita coisa. E mesmo que desse valor, também essa mulher anciã, mesmo antes de ser uma senhora velha, deveria ter muitas dificuldades de locomoção, de comunicação naquele mundo interiorano de décadas atrás em que ainda se usavam cartas para comunicar-se uns com os outros. E uma carta era difícil de escrever e difícil de enviar e receber. Agnes não pensou nisso.

    Faz pouquíssimo tempo que as tecnologias chegaram às pessoas menos abastadas e aos interiores onde as pessoas ficam reclusas como se fossem animais exóticos vivendo em seu pequeno mundo de crenças autorreferidas, misérias e controles e maledicências. Irene me diz que sou cruel demais quando falo assim. Eu apenas digo que não idealizo o campo. Assim como não idealizo as tecnologias. Não idealizo as pessoas. Ainda há quem não conheça um computador. Mas, muito mais sério, é que ainda há quem não conheça uma carta e um livro. E há quem pode vir a nunca conhecer nada disso. Às vezes penso que Agnes não se ocupa com esse tipo de questão. Se pensasse melhor, veria que a irmã de nosso pai, aquela mulher, nossa tia, deveria ter algo em comum com ele, e o aspecto em comum poderia ser justamente a dificuldade em expressar-se. E Agnes poderia compadecer-se disso. Mas falou tão mal da pobre mulher velha que cheguei a preocupar-me com o destilar daquela raiva sem propósito. Cheguei a pensar que Agnes atacava a mim, que a ouvia, por vias indiretas, que me atacava apenas a mim por caminhos tortuosos. Assim, o que se quer com a fofoca e a maledicência não é atacar o ausente, mas aquele que tem que ouvir a maldade e carregar seu veneno.

O drama doméstico tornava claro que o trompete não era apenas o trompete, mas uma espécie de gota d'água. Ela me passava constantemente essa impressão de estar cheia, cansada de mim. E por isso eu imaginava que ela era gorda. Era a estupidez da minha imaginação a manifestar-se novamente. Sugeri, naquela época, que ela levasse o trompete para a escola, a escola mesma onde ela lecionava língua portuguesa, onde, segundo ela, seria melhor ensinar o Hunsrückisch, que passou a ser ensinado apenas muito tempo depois. Mas em sua escola, disse-me ela, não havia educação musical nem sequer educação artística, embora o conteúdo estivesse no currículo. Toda aula que pudesse envolver coisas como artes tinha sido substituída por matemática desde a ditadura militar, há mais de quarenta anos.

Agnes calou-se ao dizer *mais de quarenta anos*. Ficamos em silêncio no telefone. Logo ela retomou dizendo que na escola ninguém tinha competência para música, muito menos para um instrumento antigo como aquele, sem falar que os alunos se tornavam a cada dia piores, mal-educados, desinteressados, cheios de si. Assegurou que os jovens estavam cheios de si, enquanto eu perguntava se uma coisa dessas seria possível. Os jovens eram a inocência preservada, devíamos confiar neles, eram o futuro, o que há de vir. Agnes riu, o seu riso de sempre, a falar deles como pobres coitados ignorantes da própria ignorância. E tratava a si mesma como uma condenada, sem escapatória, a conviver com um estado de coisas aviltante.

Esqueci a formalidade que nos protegia e perguntei por que não mudava de trabalho. Ela não apenas me explicou que era concursada, disse-me que não se troca a segurança por nada neste mundo, aproveitou para perguntar-me, naquele tom irônico que sempre me deixava em dúvida, se eu sabia do que se tratava quando a questão é um trabalho seguro. Então lhe perguntei, em resposta à sua própria pergunta, por que não mudava as condições de sua escola, e ela me respondeu com outra pergunta, se eu já experimentara alguma dificuldade na vida. Calei quando percebi o jogo de perguntas *como* respostas. O travo em minha língua anunciava um ataque de gagueira que poderia durar dias. Uma rigidez na base da nuca que se estendia até a mandíbula me fez pensar em procurar um médico apesar das últimas experiências desagradáveis. Procurei a calma dentro de minha boca, ela havia desaparecido entre meus dentes e forjado uma imagem de Agnes como uma mulher gorda. Era a minha maldade, e eu me sentia mal por pensar assim.

Estar perto não é físico

Naquele dia eu disse, antes do ataque que me emudeceu, que outras coisas poderiam se tornar mais fáceis se tentássemos que elas fossem diferentes. A conversa transcorreu tensa. E quando calei, ela riu. Riu, mas riu tanto e riu tão alto que fui obrigado a afastar o telefone da orelha. Naquele dia, Agnes me pareceu uma pessoa para quem julgar era algo muito fácil. Julgar, explicar, ter explicações completas sobre tudo, era o que ela mais fazia naquelas conversas que eu tentava levar adiante munido das formalidades aprendidas, experimentadas e defendidas. Não me julgo, e não a julgo, quer dizer, não me parece assim tão fácil julgar alguém. Mais do que julgar, eu a imaginava, naquele momento, gorda. Eu evitava ter certeza disso, mas Agnes sempre me deixou em dúvida sobre o sentido do julgamento, porque de certo modo, desde que nos falamos pela manhã, tudo o que evitei durante esses anos todos, que foi julgá-la, veio à tona, e tudo o que faço, não posso me enganar, desde hoje pela manhã, é julgá-la. Posso deixar isso de lado e ir visitá-la de uma vez. Ir embora daqui, dedicar-me a ela agora que estamos ficando velhos. Para ir embora daqui, eu teria que me perguntar se meu tempo aqui se esgotou, se sou capaz de bancar esse esgotamento, se poderia lançar-me na aventura de um mundo novo, um mundo novo que é meu velho mundo.

Agnes me obriga agora a me perguntar o que me resta. Esse é o poder do nada que ela me ofereceu hoje pela manhã, o poder de me obrigar a pensar na contramão da minha própria fuga. O poder de me obrigar a fazer malas. A pensar em fazer malas. Em comprar uma passagem, em ver se estou bem-vestido para ir tão longe. O poder do deslocamento anunciado como uma morte, é esse o poder do nada quando é lançado na forma de uma bomba gigantesca de incontáveis megatons sobre a frágil compreensão humana. Ou me movo daqui ou viverei equilibrando os escombros que me obrigam agora a malabarismos incomuns. Malabarismos para os quais não sei se terei competência. Me resta continuar sendo seu irmão. Resta também continuar sendo filho de meu pai, e a meu pai resta, mesmo morto, sendo agora apenas memória, continuar sendo não apenas meu pai, mas nosso pai, meu pai e pai de Agnes. Mas não nos resta sermos amigos.

 Penso agora no que me disse Irene um dia desses. Que a morte não resolve coisa alguma. A distância também não. Desde a invenção do telefone a distância é uma medida relativa, minha responsabilidade se relativiza a partir dela. Se eu tivesse me mudado para uma cidade mais próxima, um estado vizinho, se tivesse me mudado para a casa ao lado e nunca mais tivesse falado com eles, não seria diferente. Li algo que me chamou muito a atenção em um manuscrito que encontrei em um banco do metrô um dia desses, alguém deve tê-lo perdido, e eu tive a sorte de encontrá-lo. Um livro de um autor chamado Ismael Caneppele, um brasileiro, como se podia ver pelo uso da língua portuguesa. Nele estava escrito algo que Agnes não vai entender, que *estar perto não é físico*.

Bruta

Agnes sobreviveu nesse ponto. Nela a brutalidade sempre venceu. Ela soube escolher, medir e organizar, porque era uma pessoa bruta. Quando criança, ela gostava de ridicularizar meu jeito de ser. Ela ria, de um jeito muito parecido como riu durante esses anos ao telefone, quando eu dizia que a amava, por exemplo. Eu dizia isso a ela, chamando-a de *minha bonequinha*. Naquela época isso não era ridículo para mim. Agnes ria e me chamava de palhaço. Cresceu assim, perguntando-me por que eu era tão triste. Mas eu não era triste. Eu não era nada. Quando, por volta de seus dez anos, pouco antes de eu ir embora, encontrou meu diário, um caderno de espiral que eu guardava dentro de uma velha bolsa branca, daquelas coisas que nossos tios maternos deixavam conosco quando vinham nos visitar, um caderno com anotações juvenis, naquela época muito importantes para mim, perguntou-me, a pequena Agnes, nos seus dez anos de idade, perguntou-me por que eu escrevia tantas bobagens. Já naquele momento, havia algo de mau em seu olhar, em seu tom de voz, mas deixei passar, pensando que ela cresceria e que tudo ficaria bem. Depois eu soube que cada um é o que é. E que isso pode ser lastimável. Agora, é sua voz que reverbera nas paredes e gela todo o ambiente.

 O telefone toca. Não o atenderei, como nunca atenderia, muito menos agora em que um mero alô desencadearia inevitavelmente a gagueira. Nunca deveria ter ligado ou atendido, como nunca deveria ter usado o telefone para nada ao longo dessa vida. Eu deveria ter sido menos prático. Deveria ter-me entregue ao meu desejo de ficar só, de realmente ficar só, a desenhar as imagens que me vêm à mente. Ouço Agnes, e Agnes é toda uma presença mais ativa do que a minha própria é para mim neste momento em que tento me organizar, em que escrevo sem parar, enquanto tento pensar no que fazer.

Desaparecer no mar

Depois de um casamento do qual não nasceram filhos, Agnes continuou na casa de nosso pai sem dizer uma palavra sobre o marido que desapareceu, como acontecia com tanta gente, nos mares do Desterro. Devem ter pensado que também eu sumi no mar quando desapareci. Como pensaram, no Campeche e no mundo inteiro, que Saint-Exupéry desapareceu no mar. Como vários pescadores e filhos de pescadores que nunca mais voltaram. Agnes ficou na velha ponte esperando que ele voltasse, deve ter pensado que aquela ponte estava desativada para outros usos, mas não para o uso dos suicidas, deve ter pensado que a ponte poderia ser uma solução na qual ele pensou, na qual ela também pensava. Não é possível que nunca tenha pensado nisso e ainda continuasse se sentindo viva. Agnes talvez tenha pensado, enquanto estava sobre a ponte, que para se continuar vivo é preciso antes querer matar-se. Somente quem já pensou em se matar pode descobrir o que significa viver, eu disse a Irene, que dessa vez não sorriu, não riu, tampouco se mostrou incomodada.

Meu pai, num dos raros telefonemas em que Agnes não estava por perto, quis contar-me da família do marido morto de Agnes. Meu pai, que sempre falava de assuntos objetivos ou coletivos, naquele dia me contou que o marido morto de Agnes matara a própria mãe num ato que ficou nos autos do processo criminal como um acidente com faca. Agnes não sabe do que se livrou, pensei eu naquela época. Mas ela sempre se livra, penso hoje ainda, de tudo aquilo que pode atrapalhar sua relação com nosso pai. Nem mesmo a sua precária tentativa de estabelecer um casamento ela pôde sustentar. Escolheu um marido mais do que doente. Escolheu uma ausência iminente. Talvez por isso tenha conversado comigo ao telefone por todos esses anos, sem demonstrar problema algum, sem manifestar nenhum incômodo, ao contrário, sempre a fazer crer que estava tudo bem. Que ela resolvia tudo, que não precisava de nada. A partir do que ela dizia eu acreditava que, de fato, estivesse tudo bem. Que o modo como eu vivia à distância era completamente compreensível. Ela chegou a dizer, não poucas vezes, que queria apenas a minha felicidade, que se eu estivesse bem, ela estaria bem. Que não me via como ausente. Ela chegou a dizer isso. Que não me via como ausente.

Sinal

Cheguei a pensar, foram segundos, mas pensei, que meu pai não estava morto, que Agnes blefava. Penso ainda, por mais absurdo que pareça, que essa é uma hipótese a ser considerada. O jeito habitual de Agnes se expressar parecia um blefe, tal a força de sua ironia, como se afirmando ela desdissesse, como se dizendo ela falasse o contrário. Quarenta anos depois, gorda, de cabelos brancos, enrugada, não mais a pequena Agnes, mais parecida com nossa avó do que com ela mesma, Agnes me assusta, Agnes me causa aquela dor nas costas que segue até o peito, a dor que os médicos dizem não ser nada, mas que eu sei de onde vem, porque essa dor sempre aparece como uma espada que me atravessa a pedir-me a morte, uma dor que é um sinal da morte, um sinal como um telefonema que avisa sobre a chegada da morte.

E é o sinal inverso o que devo dar agora a Agnes, depois de quarenta anos, esse sinal que é partir para enterrar meu pai já enterrado, quando tenho o pensamento de que vou na verdade é desenterrá-lo, não apenas vê-lo em seu túmulo. Penso em ir para ler sua lápide, e isso também é um sinal para mim mesmo, e um sinal que Agnes não poderá interpretar como morte, porque Agnes, no fundo, mesmo tendo enterrado nosso pai sozinha, não sabe o que é a morte.

Tenho certeza de que ela não aprendeu. E é por ter esse tipo de pensamento, que alguns podem achar cheio de empáfia e prepotência, é que sou capaz de ir de fato e depois de ver meu pai, ou o túmulo de meu pai, olhar para ela e ver se ainda está viva. Passei esses anos prestando atenção àquela voz, tentando saber o que nela se ocultava. Aquela voz que era uma cortina, aquela voz envelhecida de tanta infelicidade, de tanto ressentimento, voz que um dia foi jovial, ainda que já fosse pesada, que se tornou cada vez mais pesada, cujo peso era feito de uma objetividade cortante e de uma dissimulação que sempre me irritou, mas ao mesmo tempo tão bem usada para deixar tudo como está, para explicar o que fosse necessário, que me provocava, ao longo dos anos, mais e mais curiosidade. Partir, voltar, porque afinal se trata disso, não quero me enganar, é uma obrigação, justamente agora, que já não tenho mais obrigação alguma. Pode ser isso. Devo pensar nisso. Agora que não devo mais nada a ninguém, como dizem os que, em geral, sempre devem mais do que declaram.

Agnes pensa que minha partida a desincumbiu de participar do que era meu de direito, é justamente por isso, para não invalidar o que custei tanto a aceitar em mim, a minha própria partida, o fato de que eu precisava viver longe deles, é por isso que eu preciso ir. Preciso ir para negá-la. Preciso ir para confirmar-me. Preciso ir para confirmá-la, preciso ir para negar-me. Ela entenderá quando eu estiver diante dela, verá que também estou ciente, que também eu tenho os meus guardados, que também eu posso me vingar. Se agora sou o fausto da miséria entre a coragem e a covardia, aquele por cuja escolha ninguém poderá ser condenado, é certo que escolherei a coragem. Minha escolha está dada, irei. Irei, posso garantir pelo menos que meu desejo é afirmar até o fim que irei. Mesmo que eu não vá. Voltarei ao lugar de onde saímos, os dois, o lugar onde ela permanece. O lugar ao qual tenho medo de voltar porque sou feito de pensamentos mal-arranjados, de sentimentos mal resolvidos, sou feito desse esforço de não ser o que eles são, o que eles eram, o que eu não preciso e não quero ser. Então voltarei, é como penso agora, mesmo que não chegue a voltar. Mesmo que envie apenas a carta imensa que chega a pesar como um livro. O poder do ressentimento é o maior de todos e ele é capaz de mover cidades inteiras.

Registros

Não tenho conversado nesse telefone por todos esses anos senão com Agnes, o que fiz pelo menos quarenta vezes. Tenho as ligações todas anotadas no meu diário, que não consiste em um relatório muito medido sobre o que vivi, não sou como Agnes que mede cada detalhe, mas é um modesto registro do que fiz na prática durante todos esses anos. Ela deveria ver o que fiz. Nesses diários eu fazia alguns desenhos. Desenhos dos quadros que estão no museu. De uns tempos para cá, me dediquei a desenhar a moça com colar de pérolas de Vermeer, que visito há anos, todas as semanas, buscando um esboço.

Olho em particular as pérolas, gostaria de alcançar seu brilho com o manejo da grafite, mas ainda não cheguei à perfeição. Hoje, só a imagem do Cristo me interpela pedindo-me para vir ao mundo. Não quero me enganar, não me enganarei mais. Agnes queimará o meu diário com todos os meus desenhos. Afinal, meninas é que deviam ter diários, não eu, pensará ela. O diário já são vários, um verdadeiro relatório, uma coleção de cadernos escritos anualmente, quarenta volumes inúteis, uma obra, diria Thomas a rir de mim. Numerei todos os telefonemas dados a meu pai, e consequentemente a Agnes, em todos esses anos. Anotei os que vingaram, os que não vingaram. Anotei cada um, como anoto parte do meu dia, às vezes o meu dia todo quando não tenho muito para fazer. Só quando estou com Thomas e com Irene é que desisto de anotar. Tenho cadernos que eu mesmo confecciono nas horas vagas e neles eu anoto a vida a transcorrer, a vida que se repete. Eles me dão, como barcos parados, a sensação de que estou fora do tempo. Eu é que deveria queimá-los, como um dia meu pai queimou o mapa que roubei da biblioteca, mas vou deixar esse prazer a Agnes.

    Talvez não. Talvez eu os queime antes de sair de casa, talvez eu impeça esse prazer de Agnes. Talvez, ainda não me decidi, seja melhor ajudá-la a esquecer do que a lembrar.

Segredo

Contei no meu diário berlinense que Agnes ria do meu diário florianopolitano quando era menina, quando eu, mais velho que ela, vivia aquela fase em que se é jovem, inexperiente e cheio de angústias que, por serem expressivas e ao mesmo tempo segredos juvenis, devendo ser mantidas em segredo, só podem ser escritas em um lugar íntimo, um lugar próprio, coisa de que eu, particularmente, sempre precisei. Coisas de temperamento, dirão alguns, coisas de circunstância, dirão outros. Certo é que não há mais lugar para a intimidade nessa época em que vivo, em que vivemos. Nesse mundo em que a intimidade foi devorada. De um lado, há os que querem se exprimir demais, acreditam que o mundo deve ouvi-los. Falam demais, contam demais, dizem qualquer coisa como se essa coisa fosse alguma verdade definitiva. É o tempo das assertivas absolutas, das frases de efeito. Nada quer dizer coisa alguma quando tudo é dito de qualquer jeito. De outro lado, há os que obrigam a dizer, obrigam a participar, obrigam a tomar partido, obrigam a estar junto. Não há nada mais pejorativamente *comunista*, no pior sentido do comunismo dado a ele por um capitalista, do que o capitalismo selvagem, quando a liberdade desaparece no regime totalitário em que tudo o que puder ser chamado de liberdade será transformado na obrigação de ser igual ao outro em pensamentos, atos e palavras. Nunca entendi como é possível que uns obriguem os outros a serem conforme seus gostos, gêneros, padrões. No meu caso, nunca pude me encaixar em lado nenhum, em padrão nenhum, e isso foi entendido como doença.

Bastou esconder-me, controlar a exposição. Mesmo que não se possa dizer que ficou tudo bem, tudo ficou no lugar possível.

    Consegui administrar a vida e o simples fracasso com que cada um é marcado ao nascer. Quem não tem time de futebol nem partido político, se não tem a cor da pele ou o sexo dito normal, sendo que normal é o padrão definido por uns que decidem contra outros, então se está perdido no mar do fracasso que não cabe no mundo onde se é convidado a ser um vitorioso à revelia das condições inóspitas para que se dê qualquer vitória. Encontrei meu jeito de viver, apesar do fracasso. Complexo de Robinson Crusoé, disse-me Thomas um dia desses, tentando explicar o que eu sinto. Não respondi a Thomas, apenas o contemplei até que ele virou o rosto para a porta como quem carrega consigo um constrangimento que os cegos não poderiam ter, pois não sabem que são vistos.

    O ser humano, não foi desmentido ainda, é um animal gregário, essa é a crença que se faz desse animal, um animal gregário. Não me sinto gregário apenas porque quis ligar para Agnes e meu pai e porque conversei com Thomas sobre o meu fracasso. Tudo começou com Irene, que pacientemente coordena esse novo grupo de estudos de filosofia e que, por mais que eu venha a discordar do que ela diz, acabo por precisar ouvi-la. Desde que nos reencontramos, ela me telefona a cada vez que falto a um dos encontros que começaram com a Sociedade da Falsa Alegria. Raramente eu falto. Tanto quero ver Irene, o que consigo fazer indo às aulas e convidando-a a um invariável chá no dia seguinte, se esse dia é segunda-feira, minha folga, quanto não gosto que ela me telefone. Gosto dela, mas não gosto de falar com ela ao telefone. Conversar com ela ao telefone me faz lembrar aquela época em que nos conhecemos, e aquela época me arrepia, como me arrepia o passado de um modo geral.

    Irene é uma das poucas pessoas que tornam esse mundo menos insuportável. Há dias, desde que ela parou de falar comigo, o mundo está mais insuportável. Irene tem meu telefone, e eu me incomodo com sua ligação, mas muito pouco perto do que me incomoda a ligação de pessoas que querem vender produtos, que querem oferecer alguma coisa, da mais simples informação sobre uma liquidação de roupas até a mais complexa oferta de túmulo em um cemitério. Me incomodo pouco mesmo, mais por me sentir impotente do que por me sentir realmente incomodado. Eu me incomodo comigo. Meu corpo me incomoda, meus pensamentos me incomodam. Esse pseudoincômodo geral só pode ser efeito dessa sensação de impotência.

No fundo, apenas Irene não me incomoda, porque, de fato, eu a incomodo. Irene é um ser angelical, como sempre foi, que vive de dar aulas de filosofia acreditando que isso melhora o mundo, assim como acreditava que ajudava o mundo quando trabalhava como telefonista. E é provável que melhore o mundo, porque não faz mal a esse mundo. Eu disse isso a Irene, ela me perguntou o que eu queria dizer com *melhorar o mundo*. Aproveitei para dizer que suas aulas não melhoravam o mundo e, naquele dia, ela foi para casa sem falar comigo.

A vida, modo de usar

Irene primeiro me atraiu porque Irene tem como sobrenome Marcia, que se pronuncia com acento no último *a*, como na França, e me lembrou de sra. Marcia, a antiquária do livro de Georges Perec, *A vida modo de usar*, que nunca consegui terminar de ler, mas que, sempre acreditei, explicaria alguma coisa importante sobre alguma coisa importante para mim. Contei-lhe isso e ela riu, dizendo-me que o meu maior erro é acreditar que há alguma explicação para alguma coisa. Disse-lhe que não sabia nada de filosofia para provocá-la. Pelo menos o nome de alguns filósofos eu guardava desde o seminário. Contei-lhe que não terminei o livro de Perec, mas que gostei da parte da sra. Marcia e seu apartamento cheio de balangandãs. De algum modo, parece com o meu.

Sou um fracassado como leitor, Irene notou e não deixou de assinalar essa triste verdade. A quantidade de livros que li pela metade me faria um recordista mundial, ela riu. Vi no olhar de Irene que ela reconhecia o meu fracasso, mas me aceitava como eu era e, naquele momento, me senti acolhido.

Irene é uma dessas poucas pessoas que insisto que continue sendo uma das poucas pessoas que façam parte de minha vida, e, das que conheço, que não me exige nada, nem que leia os livros até o fim. Thomas tem esse defeito, quer os livros lidos até o fim. Irene me entende melhor nesse quesito essencial às pessoas que têm uma relação intensa com seu próprio vazio. Nossa convivência nas aulas, a minha com Irene, é de fato, sem mentira, um prazer para mim. Mas é um desprazer quando ela me telefona para reclamar de alguma coisa que eu disse ou deixei de dizer. É um prazer para mim conviver com os autores dos livros mortos, porque estão quietos, não falam. Um prazer porque, se falassem, falariam devagar, e eu poderia entender e talvez pudesse até conversar com eles, como retribuição.

Todos esses autores estão vivos em minha imaginação, costumo pensá-los como pessoas vivas, pessoas comuns, pessoas que eu pudesse maldizer. Mas com Irene o prazer é mais real porque é o prazer de poder estar com alguém sem ter nada a dizer. Mesmo assim, mesmo tendo por ela imenso apreço, ela me trata melhor do que eu a ela, pois mesmo admirando-a como a admiro, e tendo por sua pessoa uma gratidão abstrata e sem fundamento, ou seja, uma *gratidão louca*, sou incapaz de me dirigir a ela com mais gentilezas; gentilezas que ela mereceria por algum motivo, por ser uma pessoa, pelo menos até onde posso perceber, que não me incomoda, que me dá toda a paciência de que preciso para viver, ainda que constantemente se irrite comigo. Ainda que se irrite comigo e desapareça por uns tempos, como, aliás, atualmente.

Irene nunca se queixou dessa desproporção porque não gosta de queixas, pretende, sem medir esforços, ser o *Übermensch* de Nietzsche. Isso me incomoda em Irene, mas também me comove. Suas pretensões existenciais são evidentes e, por mais que eu a admire, não deixo de ver seu lado ridículo. Tendo escolhido um personagem para sobreviver no teatro do mundo, Irene esquece que, algumas vezes, ela é ridícula. Como uma iogue, ela se contorce sobre a cadeira ao dar suas aulas. É mais uma pobre professora de filosofia tentando encontrar o melhor raciocínio como um peixe raro em um rio poluído. Sei que ela nada contra a corrente, conforme o ditado popular dito por aqueles que nunca entraram na corrente.

Dessa pobre professora que é Irene, a quem me afeiçoei, de quem aproveito as sabedorias básicas, às vezes nem tão básicas, pois, mesmo quando Irene se metia a nos ensinar a inútil *Lógica* de Hegel, eu sabia que ela poderia ter alguma razão, mesmo que essa razão fosse perversa e viesse a atrapalhar tudo aquilo em que mais acreditei, o absurdo que constitui a condição humana. Foi dessa professora de filosofia de quem primeiro ouvi que o destino é o que se planta em vida sem ter como voltar atrás, ideia que guardo comigo como guardaria dinheiro para ir à Lua se isso fosse possível. Irene sabe, eu também sei, todo mundo sabe, que não irei à Lua, e que antes de pensar nisso, não iria, e que mesmo que pudesse ir, antes desistiria. A isso Irene chama destino. Ao que não poderia deixar de ser, ao que se confirmou, ao que é porque assim deixamos que assim seja, a isso ela chama destino. Destino era o seu jeito de explicar a *heimarmene* dos gregos. Em aula, bem no começo dos encontros, ela usava palavras assim, por considerar o vocabulário uma pedra preciosa que se deve entregar aos estudantes para que as atirem em vidraças. Eu vou aproveitando, copiando, colocando essas palavras bem desenhadas nos meus cadernos, medito sobre elas, pois não há muito o que fazer. Não levo o computador para a aula. Levo os cadernos aonde posso desenhar. Eu a desenho ainda hoje sem a menor esperança a essa altura das coisas de lhe entregar o antigo retrato falado por ela mesma. Irene sugere que usemos palavras certeiras como pedras contra pedantes, pois há pedantes aos montes quando se trata do miserável mundo dos livros. Como Irene declarou uma vez, a diferença entre o mundo da moda e o da literatura é que no primeiro se trata de moda sem que seja necessário ser letrado para isso.

 Demorei a entender sua maldade, mas como acredito que, em se tratando deste mundo que é um pouco vontade e um pouco representação, a maldade é parte considerável de qualquer verdade, gostei mais ainda de Irene. Como sempre odiei o teatro ruim dos pedantes, acabei encantado com Irene e sua sinceridade de orangotango esfomeado. Foi assim que aprendi a interpretá-la. Como um orangotango com fome. Irene também detesta pedantes, e sempre fala que prefere ser um orangotango na selva a ser um pedante na cidade. Então Irene fica perfeita aos meus olhos de *misantropo*, como ela me chama quando falto aula e ela telefona para minha casa e me chama para tomar sorvete e me olha nos olhos como se quisesse que eu lhe devolvesse alguma coisa. Dei-lhe meu número apenas porque era uma regra para participar do grupo. Mas acabei até gostando que me telefonasse de vez em quando, embora, no fundo, eu odeie dizer isso porque, na verdade, odeio quando ela me telefona.

Paul e o sexo

Comecei falando que Irene não era insuportável e agora digo que já estou até gostando que me telefone, mas isso é efeito da escrita. Quando se escreve, começa-se a reelaborar o que se pensa e o que se diz. Na verdade, devo muito a Irene. Que me tenha aceitado em seu grupo apesar da minha misantropia, que se saiba, um grupo peculiar, dizendo-me que a contradição era o que movia a história. Ela fala assim até hoje, com frases de efeito tiradas cuidadosamente de livros. Usa teorias que rouba de filósofos e as faz parecerem suas. Então, as teorias ficam melhores por algum motivo. Irene é uma pirata que não gosta de ser chamada de professora. Diz-se *filósofa* e trata nosso pequeno grupo, cheio de sócios e visitantes esporádicos, como uma confraria. Ali, as pessoas mais estranhas, os remanescentes da guerra fria, os aposentados, os que querem parar de beber, os que perderam a crença em Deus, os que foram traídos, os que querem voltar a acreditar neste mundo, ou que querem entender o que dele restou, todos se sentem vivos, percebem que existem, porque podem pensar. Irene os ensina a continuar, como se pudesse responder a todas as suas perguntas não sem antes ensinar-lhes o quê e como perguntar.

Ensinou, por exemplo, a Paul que ele deveria se ocupar também com questões políticas, apenas essas questões tinham o poder de suplantar as questões sexuais que ocupavam sua mente. Paul sempre aparece nos encontros vestido de paletó e gravata e, desde sua primeira intervenção, ele só falou de sexo. Se Irene dá uma aula sobre Marx ou Kierkegaard,

Paul conduz os argumentos para a questão sexual; se falamos de santo Anselmo ou Derrida, ele fala de sexo. Muitas vezes Paul consegue ser o mais raso, simples e, ao mesmo tempo, perturbador dos mortais, mas é uma lição ouvi-lo em sua ideia fixa, pois com uma ideia fixa se consegue entender pensadores como Heidegger e o famoso problema do *ser*.

    Deus, sexo, ser, capital, tanto faz, tendo um elemento para enaltecer ou criticar, sabemos que está feita a filosofia. A filosofia se torna útil quando a tratamos como uma questão de abordagem. Rico, ele compra todos os livros sugeridos por Irene e os leva para a aula para nos mostrar. Se alguém sugere um livro, ele também o compra. Fico a pensar se um dia vai lê-los. Paul, como tantos que aparecem por ali, é um homem sem norte e já é uma caricatura. Paul se vale de serviços em geral para poder *usar a vida*. Um consultor de moda, um psiquiatra, uma astróloga e essa aula de filosofia na qual ele certamente deposita imensa confiança devem tornar seu mundo absolutamente organizado e mais fácil de suportar. E deve usar mulheres também, pois que, ao pensar o sexo como um poder, deve também confundi-lo com capital.

Um filósofo honesto

Para Irene, Montaigne é um filósofo honesto, o que significa falar do mundo, dos outros ou de si mesmo considerando-se um mero ponto de vista que em nada é melhor do que outros pontos de vista. A filosofia, por sua vez, é para Irene um encontro entre amigos cujo conceito de amizade está, em suas palavras, sempre sendo refeito. É uma ideia singela, mas gosto de ouvi-la dizer isso. Embora eu possa questionar essa ideia e tantas outras, deixo que fale. É melhor assim. E apesar de não confiar na existência de amigos reais, nem mesmo os filósofos, gosto dessa ideia de que amigos sejam possíveis.

    Thomas é meu único amigo, por isso gosto de conversar com ele. Irene não é exatamente uma amiga, porque me faz sonhar. Gosto de ouvi-la. É um gosto que me sinto bem em declarar. Foi com seu modo honesto de ser que ela me convenceu a ficar nesse grupo tão curioso, me oferecendo algum tipo de desmascaramento acerca da vida, dizendo coisas que não se usam para nada. Me avisou que, para participar do grupo e poder tomar o rum durante a conversa, deveria pagar a quantia exigida pelo dono do bar, o equivalente a uma garrafa de rum por mês. Se consumisse mais, pagaria mais. A quantia não me pareceu tão modesta considerando o funcionário explorado que sou, mas mesmo assim aceitei. Irene me chamou de avarento. Aceitei para observar Irene. Não é possível que não veja que vende um entorpecente junto com conhecimento. Ela não acredita que os vende. Não percebe que está propondo um jogo. Seja jogo ou não, não toco no rum por puro medo de bebidas alcoólicas. Assim, a aula é, do meu ponto de vista único e exclusivo, um simples logro que aplico a mim mesmo. Para olhar e escutar Irene, eu seria capaz de coisas, certamente, mais estranhas.

Srta. Walter

Nunca mentir foi outra das exigências de Irene. Quando comecei a frequentar o grupo, eu ainda não me sentia seguro do autodesengano que passei a prometer a mim mesmo. A deselegância e a sinceridade violenta eram melhores do que a mentira, Irene insistia. Eu duvidava. Duvido. Nas vezes em que falamos sobre isso, a conversa ficou tensa. Perguntei-lhe, para provocá-la, por que rum e não cerveja? A sugestão foi feita por uma velha participante do grupo, nos contou Irene, srta. Walter, que foi morta a facadas na rua do bar há mais de dez anos. Rum era a bebida preferida de srta. Walter. Além disso, era bebida de piratas, completou, bebida do Caribe, bebida com uma história pérfida, como disse Irene, tudo o que gostamos por aqui. Logo, convenceu toda aquela gente, ligada de algum modo ao lado sombrio da vida, de que ela era uma pensadora original. Ela me perguntou por que isso me preocupava. Eu avisei que não era preocupação, mas curiosidade. Ela apenas respondeu que o contrato era o de sinceridade. No entanto, era preciso saber, ela insistiu, que, mesmo com toda a defesa da sinceridade necessária para a sobrevivência do grupo e da filosofia à qual ele se destinava, era preciso saber que, havendo uma deselegância acima do comum, sem que precisasse chegar ao insuportável, se corria o risco de ser expulso do grupo. A inocente busca pela verdade ética de Irene me comoveu desde aquele instante.

Não sei se por hábito ou pela paranoia que pode acometer qualquer pessoa solitária, embora essa pessoa solitária possa ter toda a consciência e até mesmo ciência da paranoia, desconfio que Irene esconde alguma coisa. Todos preferimos a verdade, depois de um tempo nos enganando, foi isso o que aprendi nesses anos todos tentando ser uma pessoa qualquer como as outras pessoas. Mas a verdade é relativa, e uma de suas características é ser desagradável e até mesmo desfavorável a quem, com razão, dela foge. Quem prefere a verdade a prefere por ser bom ele mesmo, ou por ela ser boa em si, o que não se pode provar, mas por ser interessante de um ponto de vista pragmático. Porque aquele que se interessa pela verdade sabe que, por fim, a vida acaba onde todo mundo sabe que ela acaba. E essa é a única verdade. Irene argumenta a favor da verdade e a confunde com sinceridade. Eu aceito a verdade da qual ela fala porque me parece preferível. Ela provoca menos sofrimento do que a mentira, lembro, pensando no sofrimento de srta. Walter.

Sociedade dos Amigos do Fracasso

M uitas vezes nossos encontros filosóficos acabam muito mal, pois as críticas de uns aos outros pesam como paus e pedras lançados sobre as cabeças presentes, como não pode deixar de ser, sobre uns e outros, por aqueles que se esquecem do seu telhado de vidro. Não há alternativa, não há outro material e ali, entre nós, somos feitos de barro, moramos sob o vidro, estamos todos desprotegidos e, justamente por isso, desejamos ser acolhidos em nossa pura existência por Irene, que exige de nós, mesmo ingenuamente, nada mais, nada menos que a verdade. A verdade, sou obrigado a dizer, não me faz tanta falta quanto o olhar carinhoso de Irene quando ela não se irrita comigo. Mantendo-me perto de Irene estou perto das coisas que me fazem sentir vivo. Porque ainda me sinto vivo às vezes, mesmo quando, de um modo geral, me sinto morto. A verdade não é o que me faz sentir vivo, mas o que me faz sentir vivo é a presença de Irene. A verdade é o preço a pagar pela vantagem. Mesmo que a verdade não possa ser acessível como um conteúdo, ela se apresenta a mim pela boca de Irene e, somente por isso, posso conviver com a verdade. E com as inevitáveis e inexoráveis reclamações e críticas de Irene, que também fazem parte da verdade mesmo que a verdade seja a verdade de Irene.

Os encontros de filosofia renovaram o encanto que eu tive inicialmente por Irene. Tendo frequentado a Sociedade da Falsa Alegria, que acabou muito mal com uma briga sobre a vida sexual dos filósofos, fundamos algo mais democrático, a Sociedade dos Amigos do Fracasso.

Sinto-me muito mais representado que antes, quando as questões sexuais eram muito presentes. As paranoicas questões sexuais, que, a meu ver, poderiam ser resolvidas objetivamente. É como se tivéssemos evoluído ao deixar de lado esses assuntos da sexualidade. Isso fez bem a Paul, que se obrigou a olhar para outros aspectos da vida.

Pensamos em nos intitular *fracassados anônimos*, mas não temos nada, posição social, dinheiro, empresas, família, nada que nos obrigue ao anonimato. Não somos nada, não temos poder, por isso estamos ali, Irene, Thomas e eu, todas as semanas, conversando sobre filosofia e tentando fazer uma filosofia para nosso tempo. Não temos sequer uma história de vida. Somos gente qualquer. Gente sem biografia. Gente sem títulos de nobreza acadêmica ou nenhum outro tipo de distinção. Como numa escola de dança que recebe os que não sabem dançar, mas têm potência e desejam dançar, nós recebemos as pessoas que não sabem pensar, mas desejam e tem potência para pensar. Irene é a nossa professora, Thomas ouve e faz perguntas para provocar, eu, de um modo geral, assisto e, de vez em quando, prazerosamente provoco Irene, atuando sobre seus pontos fracos como ela faz comigo.

As pessoas que vêm são as mais diversas. Talvez, no fundo, cada um que esteja ali a buscar a filosofia esteja escondendo alguma coisa, mas não esconde o seu fracasso, que é a única coisa que realmente importa para o bom andamento da aula. E a reconciliação com o próprio fracasso é o que se busca em conjunto. Não queremos ajudar a superar fracassos, mas a conviver com ele. Praticamos um ritual de iniciação ao grupo que tem tudo a ver com o resgate do fracasso. Cada um que nele chega é admitido apenas quando narra a história, não apenas do simples fracasso, mas do *grande fracasso*. O simples fracasso é o de qualquer um que vive neste mundo. Já o grande fracasso é um evento, um ritual, um momento significativo. Não basta dizer que a vida toda foi um fracasso. É preciso descrever o fracasso com detalhes convincentes.

O grupo exige certo pragmatismo: o evento. Assim, o grande fracasso pode ser financeiro, intelectual, amoroso, familiar, mas precisa ser *um fracasso constitutivo*, como diz Irene, um fracasso que fala mais alto do que todas as supostas vitórias que se tem na vida, e que fala mais alto do que todos os fracassos igualmente. Um fracasso que, se conhecido dos outros, tornaria o fracassado famoso. No entanto, o grande fracasso, quando contado, tem o poder de apagar o fracassado. Ele brilha além do indivíduo. Ele é impessoal e vivido como condição, a própria *condição humana*. É o grande fracasso que define se um fracassado é verdadeiro ou falso. Mas o fracassado verdadeiro é raro de encontrar. O fracasso que o candidato a fracassado associado deve narrar não pode, ele mesmo, ser uma vitória invertida. É que o grupo busca a reconciliação com o fracasso real, não a bela narrativa do *pseudofracasso*. Quem não carrega um fracasso histórico não pode estar no grupo.

 Um participante do grupo que era escritor e nunca, mas nunca mesmo, em toda a sua vida conseguira publicar um livro, quando o publicou, foi convidado a sair do grupo. Ele saiu do grupo muito incomodado. Irene traz constantemente o jornal com as notícias sobre esse escritor que, pouco tempo depois, chegou a ser premiado. Ele não faz mais parte de nosso grupo por um motivo simples: negou sua condição ancestral.

Doença

Fui aceito no grupo ao fazer o relato de minha doença. Não precisei falar muito, gaguejei tanto que era visível que o fracasso significava alguma coisa em minha vida. A gagueira não me deixou explicar muito sobre a doença. Então, sob o juramento coletivo de que nenhuma das histórias de fracasso real sairiam dali, contei-lhes de minha doença. Foi a primeira vez na vida que pude falar dela abertamente e assumi-la sem precisar me esconder. Irene e todos os demais me aceitaram em nome de minha doença, em função da qual permaneci no mundo como um inadequado, um cidadão sem encaixe, sem lugar. Durante toda a minha vida, o meu fracasso estaria assegurado. No passado, no futuro, em todos os momentos. Nenhum deles riu de mim, nenhum deles mudou seu modo de me olhar, nenhum deles me achou extraordinário, nem exótico.

Sei que devo esse lugar a Irene, como todos os presentes devem algo a ela. Afeiçoei-me verdadeiramente a ela, ao seu modo de falar e de ouvir, ao seu modo de viver. Pensei em segui-la como se deve seguir um guru. Minha vida, quando pensei nisso, pensei também, já estaria de bom tamanho se eu fosse capaz de apoiar Irene em sua *tarefa histórica*, como ela diz, e defendê-la de sua própria ingenuidade. Mas logo vi que eu não tinha o menor jeito para seguir ninguém, que Irene, ela mesma, não se dispunha a nenhum tipo de seguidor, a afirmar com sua ironia habitual, sempre, *não acreditem em mim*, e decidi apenas ouvi-la todas as semanas, fazendo-lhe, de vez em quando, alguma pergunta que a pudesse embaraçar, para receber seus olhares preocupados. Eu precisava embaraçá-la para que ela não ficasse com aquele ar de madame que tirou das revistas de moda, das vitrines que também gosta de olhar.

Embaraçando-a, ela perdia seu jeito burguês aristocrático cosmopolita e se tornava uma moça do interior, aquelas camponesas brancas avermelhadas, que se desmancham ao sol, o que ela realmente era e que me causava uma imensa compaixão, talvez por parecer uma moça de papel, como aquelas das telas que vemos em retratos. Com essa moça do interior que havia em Irene, eu me identificava. Embaraçá-la foi coisa que consegui todas as vezes que tentei. Por algum motivo abstrato, Irene, assim como eu, tinha muita vergonha de ser quem era.

Sonho

Sonhei que beijava Irene. Que ela era duas mulheres e eu não sabia qual das duas escolher. Que eu estava nu e elas não se espantavam com meu corpo nu. Não se espantavam que eu fosse como elas. Não se espantavam com minha genitália, com meus peitos, essas carnes que me crescem desde criança e me deixam muito estranho, feminino como me disse Irene delicadamente. Admiravam-me e comentavam entre si sobre a novidade recém-descoberta como se fosse apenas uma novidade, não uma condição a julgar. Nesse dia acordei tremendo. A sensação de abandono que se tem nos sonhos deu lugar a um estranho bem-estar. Eu queria ter permanecido a sonhar. Assim como no sonho, tenho certeza de que Irene não se espantaria comigo na vida real. Que não detestaria meu corpo. Que não insistiria em me mostrar aos médicos. Que não me sugeriria uma cirurgia.

Sei que posso contar com Irene quando fico doente, assim como posso, caso seja necessário, contar com Thomas, que também me telefona quando desapareço. É verdade, ele me telefona, mas raramente. Pergunta-me quando voltarei para lermos os livros novos. Além desses dois amigos, os únicos que realmente posso chamar de amigos, ninguém me procura.

Da última vez que estive com Thomas, na sexta-feira, ele me pediu que lesse *Die Sternstund*, *A hora da estrela*, de Clarice Lispector, livro que li há tempos, logo que foi traduzido para o alemão, e eu já estava por aqui há anos. Depois consegui um exemplar em português que era tão mais bonito. Mas não disse isso a Thomas, para que ele não ficasse decepcionado com a tradução. Foi a primeira vez que gostei da língua portuguesa e que, me dei conta, não gaguejei ao ler em voz alta numa noite em que chovia muito e a energia elétrica acabou. Acendi uma vela e tive medo de dormir e provocar um incêndio. Mesmo assim continuei lendo. Não demorei a perceber que a gagueira, no caso dos livros, me servia como um sinal de que o livro seria bom, ou não, e comecei a testar, já quando ia a uma livraria em busca de um livro se, na primeira página, eu gaguejaria ou não. Caso gaguejasse, eu o deixava de lado. A gagueira virou um filtro prático no meu dia a dia, como um oráculo que decidia o que eu faria e o que deixaria de fazer em duas circunstâncias, quando eu lesse um livro e quando eu estivesse diante de uma pessoa na qual eu tinha dificuldade de confiar.

Caridade

Passei por um período particularmente entristecedor quando fiquei doente e, sem ter com quem contar nessa cidade de milhões de habitantes, fiquei à mercê de um colega de trabalho que, por caridade, resolveu trazer-me alimentos. Apareceu aqui, fez a oferta, aceitei ingenuamente. Nunca pedi a esse colega que me ajudasse, mas ele descobriu meu endereço e chegou num momento em que eu realmente precisava de ajuda, ou melhor, um momento em que, por fragilidade, eu aceitaria qualquer ajuda sem muito discernir. Foi nessa época que, assim que me recuperei, comprei um computador, por meio do qual faço tudo desde então, até compras de mercado.

Estou testando minha autossuficiência com esse computador. Percebo, não sou bobo, que ela pode se tornar dependência do computador e isso me preocupa. A solidão nunca me preocupou, ela me deu conforto, mas as máquinas, ao contrário, elas me assustam. Aprendi a usar o computador para fins práticos. Tenho meus cadernos, mas do ano passado para cá, passei a anotar tudo, despesas, memórias, tudo o que preciso guardar, em arquivos digitais. Os cadernos, desde então, estão mais metafísicos. Isso se deve também a Irene, não posso negar. Em um desses cadernos pretendo copiar o Cristo que me vem à mente há dias e que começa a adquirir forma nessa branca folha de papel.

O colega que me trouxe os mantimentos tornou-se mais tarde um aborrecimento incomum, mas naquele momento ele vinha em meu socorro e tentava me convencer, naquele exato dia em que, na verdade, mais me importunou do que ajudou, a participar de redes sociais pelo computador. Chegou a me mostrar as tais redes sociais, mas elas me pareceram tão bizarras que só mesmo uma pessoa como ele pode fazer uso de uma ferramenta estranhíssima em que pessoas falam, falam, replicam o que outros dizem, sem que tenham nada a dizer. Um verdadeiro festival de besteiras, pelo menos à primeira vista, mas o que não é besteira deve estar tão bem escondido que só a encontra quem está acostumado a procurar agulha em palheiro, como dizem aqueles que nunca procuraram agulhas em palheiros.

    Mas esse meu colega é assim mesmo, não é um caçador de agulhas, e sim um convicto amante da imbecilidade. Ele usa o computador e outros apetrechos ligados ao computador, que leva em uma mochila, para fazer praticamente tudo. Sua conversa trata principalmente sobre computadores. No dia a dia ele não tem outro assunto. Quando o assunto não é o computador, ele fala de telefones celulares, outras máquinas que também abomino, às quais esse meu curioso colega parece dedicar toda sua inteligência. Sobre esse colega tenho algo a dizer, pois o que ele desperta em mim talvez sirva para dar um curioso sentido à minha vida. Um sentido adquirido por negação, como aquele que surge quando, olhando para alguém, se descobre tudo o que você não quer ser.

Marca

Meu colega é um homem estranho que ama computadores e celulares e, é bom lembrar, de uma marca específica, o que o torna ainda mais abominável porque parece um garoto-propaganda que, no entanto, não é pago por seus patrões, que o enganam levando-o a crer que, afinal, ele é uma pessoa que está na moda. Na verdade, esses patrões, no caso, não o enganam, porque ele nem existe para seus patrões. É mais um dos que ficam na fila na porta de lojas quando surge uma novidade que deve ser comprada a mando de seus patrões que nem sabem de sua existência, senão como um cliente. Se fosse vendedor dessas maquininhas seria menos pior, pois seria possível ver o real interesse que nelas investe, o do próprio sustento. No entanto, é apenas um aficionado, como o homem que na rua trabalha para traficantes de metais preciosos vestido com a etiqueta compro-ouro, só que o homem assim vestido, diferente dele, recebe dinheiro pela propaganda que faz. Ele acaba, é claro, sendo um vendedor involuntário, que além de não ganhar dinheiro nenhum, ainda gasta o próprio. É um escravo contemporâneo, um tipo que crê na religião do momento, a do consumo.

É um grande negócio para quem vende, e um péssimo negócio para quem compra. Ele gasta o seu próprio dinheiro achando que faz algo fantástico. Obedece à lei de compra, pois o objeto comprado lhe dá um lugar no mundo. Assim, ele é um tipo de cabide, de vitrine ambulante, de escravo voluntário publicitário. Mas ele está feliz. E tudo o que ele quer é essa felicidade. A felicidade desse tipo de otário sem o qual os donos do lucro não sobrevivem. Um otário que pensa que é o patrão, quando, na verdade, é um escravo voluntário e feliz porque pode pagar para alguém que, enquanto é pago, parece não ser patrão de ninguém e, ao pagar a alguém que parece não ser seu patrão, o pagante não parece ser um escravo. Acordo esse que eles fazem, um acordo que deve ficar oculto.

O acordo do mundo *fashion* foi a maior invenção da dominação histórica. Coisa de gênio realmente. De um gênio cínico, bem ao gosto da moda. Então, tem-se o cínico e seu otário, num casamento perfeito. Só que o otário foi criado por infantilização paulatina de pessoas. Desde criança, o pobre coitado foi recebendo brinquedos até o ponto de seu afogamento debaixo de bugigangas. Se não andasse com esses apetrechos do computador, meu colega aficionado por seus brinquedinhos andaria com outros de sua idade, mas não só. Esses brinquedos funcionam conforme classificações. Idade, classe social, cor, sexo, todas as rubricas entram no cálculo que constrói o otário feliz. Ninguém deve andar com algo que não combine consigo. Imaginemos alguém pobre com um *gadget* desses, já não parecerá tão pobre. O importante é *parecer*, como pensa o meu colega.

Sopa

Eu quase disse *amigo*, mas seria irônico demais, como pensa *meu colega*, e não apenas pensa, mas inclusive diz. Entre amigo e colega há uma distância que precisa ser sempre considerada. Ele é apenas um homem que trabalha no museu, assim como eu, mas não gosta disso. Isso é, aliás, só o que temos em comum. Ele é uma das pessoas responsáveis pela venda dos ingressos num determinado horário. Aos colegas, ele mostra as suas maquininhas sempre que pode. Tenho sorte de não encontrá-lo a toda hora, porque trabalhamos em setores diferentes.

Desde a história da sopa, quando o vejo, fujo pela primeira porta disponível. Em geral, a dos fundos, pois ele trabalha na entrada do museu. Se estiver aberta, fico contente; se está fechada, abro-a à força.

Não fosse a história da sopa, talvez eu não o abominasse tanto. Abomino-o tanto e cada vez mais desde a sopa. Abomino-o tanto que chego a ficar preocupado, porque, de certo modo, abomino algumas pessoas que conheço, e abominaria mais se conhecesse mais, ainda que eu não me sinta muito bem explicando as coisas nesse tom, mas o que conheço desse colega que se apresentou a mim tornou-o uma figura de presença tão insuportável que é preciso aplicar esse tom, quando é o caso de falar dele. Esse colega cuja principal característica é o amor às máquinas e o ódio a pessoas, como ficará claro, veio à minha casa naquele momento em que eu estava frágil, com sua sacola cheia de mantimentos, com coisas que abomino como um frango morto para se comer.

E é aí que entra a sopa. Quando ele chegou, eu estava com fome, pois não comia há dias. E ele veio para me fazer uma canja. A canja parecia uma ideia fixa. Logo avisei que odeio canja e, mesmo assim, ele seguiu para a cozinha e veio de lá com uma gosma dentro de um prato fundo. A invasão me deixou amedrontado, mas a gosma que ele chamava de sopa me deixou louco, além de doente como naturalmente sou, eu sofrera uma forte crise na coluna, coisa que jamais tive em toda a minha vida. Fiquei estarrecido e meio louco, a pensar coisas hediondas, mas consegui me conter para não deixá-las ir além de mim. Ele repetiu a façanha por três vezes, três dias seguidos, sendo que eu não lhe dei nenhum motivo, cheguei a dizer, ao ver a canja, *jamais vou tocar uma gosma dessas*, mas ele pensou que eu estivesse brincando. Nas primeiras duas vezes, ele foi discreto. Logo foi embora enquanto a sopa permanecia sobre a mesa.

Mas na última vez as coisas complicaram. Mesmo eu tendo pedido que voltasse apenas com pão e pó de café, ele chegou com alguma coisa desconhecida na sacola. Foi à cozinha, fingindo que não ouvia o que eu dizia, e que era dito no ápice da crise de gagueira, e em minutos depôs um prato quente em minhas mãos. Naquela hora pensei uma coisa meio absurda. Tive medo de que estivesse envenenado mesmo sabendo que uma coisa dessas era bastante improvável. Tenho, em geral, esse tipo de pensamento improvável. Não toquei no prato até que ele, a falar e a falar de um software novo, ou plataforma nova, ou último tipo de celular, depois de uns quinze minutos, resolveu me perguntar se eu não iria comer. Ele sabia que não, mas eu, mais uma vez, lhe disse que não, para deixar bem claro. Eu me perguntava por que tinha aberto aquela porta.

A minha gagueira estava em alta naquela época, eu estava abalado pelas dores e muito tenso com as minhas próprias necessidades. De modo que não conseguia dizer-lhe tudo o que precisava. O *não* foi pronunciado com certa dificuldade, além de tudo porque esse colega de trabalho tem o poder de inviabilizar minha fala. Ele me dá nos nervos, como dizem. Embora eu o abomine, ele não me causa aquele tipo de raiva que me faz ultrapassar a minha insegurança. Ele não me deixa seguro para poder falar sem gaguejar. Parecia ser impossível pronunciar o não, enquanto, ao mesmo tempo, o não ansiava por sair de minha boca e fazer carreira no mundo ao meu redor como um dardo lançado direto na testa do meu inimigo. Devido à força daquele não, tive que fazer ainda mais força na minha mandíbula para destravá-la e assim, num esforço praticamente de parto, dizer aquele *não* inteiro, dizê-lo profundamente, pronunciá-lo em toda a sua performance de verdade natural e cultural a um só tempo. Algumas pessoas pensam que os gagos têm dificuldade na língua, mas eu garanto que é também na mandíbula, e essa dificuldade avança para o corpo inteiro, descendo pelas pernas, pelos braços, e não acaba na ponta dos dedos, porque a gagueira é um corte, é um travo abrupto, como se pedras, cascalhos fizessem tropeçar por dentro e não por fora do corpo. Então falo como se eu andasse e a cada segundo tropeçasse e tentasse me reerguer dentro de mim.

O colega, diante do meu não, abriu os olhos, estarrecido, deu um grito muito esquisito enquanto me perguntava se eu não iria mesmo comer e, tomando o prato de sopa pousado sobre uma almofada, começou ele mesmo a comê-la na minha frente. Ele comeu a sopa, com o prato e a colher que eram destinados a mim. Emudeci diante da cena bizarra. Eu queria vomitar. Esperei que estivesse envenenada. Não pude dizer mais nada, fiz-lhe sinal de que saísse. Levantei-me do meu posto na cadeira da cozinha, tirei forças do silêncio, consegui erguer a bengala que eu usava há dias de um modo que precisava parecer ameaçador. Ele saiu assustado, com o prato de sopa na mão, meio encolhido. Na saída, mas apenas quando estava longe do meu alcance, pois naquele momento, por milagre, me fortaleci, fiquei em pé sacudindo a bengala no ar. Ele me chamou de louco, gritou para que eu fosse me tratar. Eu permaneci mudo. Ele saiu levando a mochila cheia daquelas quinquilharias eletrônicas.

Depois daquele dia, nunca mais abri a porta quando alguém batia, nunca mais atendi o interfone. Tudo começou, a propósito, porque cometi o erro de abrir a maldita porta sem ter ouvido quem era. Como era muito difícil sair da cama, eu esperava para ver se o sinal sonoro cessaria, poderia ser o carteiro, um vizinho desprovido de chave pedindo ajuda ou um engano qualquer. Mas naquele dia e, naquele caso, como o barulho não cessasse, acabei fazendo todos os movimentos para ir até o maldito interfone. Eu não consegui ouvir quem era e, por segundos, cheguei a desistir de atender, mas o chamado histérico continuava, o que era um evidente mau sinal. Abri a porta sem me esquecer do mau augúrio que era a minha própria desconfiança. Abri, como um otário. Quando ele apareceu na minha frente, levei um susto. Verdade que eu teria aberto a porta para qualquer um no ápice da crise, o desespero é a pior piada, mas se suspeitasse que esse colega era um sujeito tão inoportuno, não a teria aberto. Nos demais dias ele esperava alguém que estivesse à porta e aproveitava para verdadeiramente imiscuir-se no ambiente.

    Quando consegui comprar o computador, mandei também instalar um olho mágico. Mas, na sequência daqueles dias, tive que tirar o interfone do gancho. Deixei-o desconectado por semanas sob pena de ser importunado por esse insuportavelmente solícito colega que morava no mesmo bairro que eu, em um prédio onde só moravam alemães nativos, conforme me contou enquanto me explicava sobre as novas tecnologias sobre as quais eu não tinha interesse nenhum.

Voltar

Quando voltei ao trabalho, quatro semanas depois, encontrei esse colega na porta da entrada e não tive como evitá-lo. Ele saiu dizendo que estava preocupado, que tentara falar comigo nos últimos quinze dias, que fora à minha casa para me fazer uma canja, mas que eu podia ter voltado para o hospital e por isso teve que deixar de procurar-me, pois seria inútil. Como se nada tivesse acontecido, perguntou-me por que não o avisei de meu estado. Percebendo que o chatíssimo colega devia ter amnésia e isso poderia ser perigoso, respondi-lhe que não queria incomodar. Não contei que a sopa tinha sido jogada na privada. Ele foi gentil, parecia até mais falso do que eu, mas o que me amedrontava é que não estivesse sendo falso e sim que acreditasse no que dizia. Me disse, a olhar-me fixamente, deviam ser lentes de contato azuis, antes seus olhos sempre me pareceram castanhos, com um tom de voz muito baixo como de quem quisesse revelar algum segredo, que eu jamais incomodaria com a demanda que tivesse, qualquer que fosse. Aquilo me assustou ainda mais. Pensei: *estou diante de um psicopata*. No mínimo diante de um comportamento obsessivo, vou fingir que sou tão louco quanto ele e agir como se nada tivesse acontecido. O colega fascinado por computadores era um sujeito muito só, e as *pessoas muito sós* em geral ficam *ainda mais sós*, porque são muito desagradáveis. São os chatos, suportados, apenas pelos santos. Eu não seria esse santo, embora percebesse que ele me propunha um acordo não falado nesse sentido.

Há outro tipo de solitário, que eu mesmo represento, que é aquele que acha todos os outros chatos. Ele também pode ser um chato, então deve permanecer quieto no seu canto. Era inviável que entre mim e esse sujeito houvesse alguma chance de amizade. Tratava-se de um obsessor. O sujeito obsessor tinha descoberto meu endereço no departamento de pessoal, vim a saber. Eu costumava mentir que estava doente ao departamento de pessoal sempre que precisava ficar só. Foi numa época em que eu ainda precisava me enganar. E, enganando aos outros, me autoenganava. De modo que os funcionários do departamento me conheciam bem e tinham certa antipatia por mim, sabiam que eu abusava desse subterfúgio do adoecimento, e sentiam antipatia também porque eu não me esforçava para ser simpático. Bastava levar a esses funcionários um atestado médico, o que eu conseguia com qualquer médico mentindo um pouco e, claro, pagando caro pela consulta e pelo atestado e eu estava livre do trabalho por dois ou três dias. Eu pagava qualquer preço por uma folga, por um tempo de recolhimento, de isolamento, de calma e paz na minha casa. Mas esse colega achou meu endereço e veio até mim. E veio autorizado por mim, segundo me disse enquanto me chamava de *louco*.

Solidão

Reconstituindo a presença desse obsessivo colega fazedor de sopas, entendi o que se passava. Assim como eu o via sempre sozinho, ele também me via em lugares que provavam que eu não tinha grandes relacionamentos, ou melhor, nenhum relacionamento, eu vivia só, andava só, ia e vinha só. Era fácil deduzir, mas só alguém com falta de imaginação seria incapaz de pensar que em minha casa eu não vivesse acompanhado, que não morasse com amigos, pais velhos, esposa, ou marido, uma mãe adoentada, um filho com problemas que não pudesse sair de casa. Qualquer pessoa com mais imaginação supõe que a outra tem companhia. Se pensa que o outro vive só é porque está projetando sua própria vida na vida do outro. Há mais gente reunida e vivendo junto do que gente vivendo só consigo mesma. Ele parecia me seguir, e talvez, se me coloco no seu lugar, penso assim, talvez, afinal, ele pensasse que eu mesmo o seguia. É que usávamos o mesmo ônibus. Mas, descendo do ônibus, parando no mercado a meio do caminho, ele seguia adiante a pé pelo bairro. Eu nunca soube onde ele morava. Não me interessava saber. Nunca segui ninguém. Mas ele deve ter me visto a entrar no meu prédio algumas vezes. E eu o vi a me ver, e fingi que não o tinha visto a me ver. Percebendo também que eu constantemente passava no mercado, no qual ele entrou, algumas vezes das quais, desconfio, nunca foi para comprar nada, mas apenas bisbilhotar a minha conduta como comprador de mantimentos, e vendo que eu voltava invariavelmente sozinho para casa, deve ter se identificado com meu jeito de ir e vir. Deve ter sido isso. Não sou capaz de pensar maldades maiores do que essa. Se fosse, escreveria um romance policial que me faria destilar toda a raiva que esse pobre colega me despertaria se não me desse tanto medo com seu jeito disfarçado e, ao mesmo tempo, intrometido.

O homem do guarda-roupa

Na verdade, assim como eu o via no museu, eu o via no mercado, mas sempre fingi que não o via. Eu fingia que não via as pessoas, de um modo geral, é assim que faço com as pessoas. Não gosto de conversas de corredor. Elas me dão nojo. Dos meus chefes, e principalmente deles, eu me escondo. E me escondo por um motivo compreensível. Quem trabalha no guarda-roupa é praticamente o último da hierarquia, todos mandam, ou pretendem mandar, em quem trabalha no guarda-roupa, como se ele fosse o responsável por tudo o que deu errado no museu. Ao mesmo tempo, como é um trabalho que seria dispensável, o funcionário do guarda-roupa é também tratado como culpado de alguma tarefa abstrata que ele nunca realizou e, por esse motivo, causa de muito ressentimento. Como um funcionário sem função social real que não faria o que deve fazer porque o que ele deve fazer não está ao seu alcance, embora devesse estar, enquanto, ao mesmo tempo, seria impossível que estivesse. Nesse sentido, todo pobre funcionário de guarda-roupa se assemelha a um artista, a um escritor, a alguém que é aturado, mas que, no fundo, todo mundo sabe, ele mesmo é que, algumas vezes, não deseja saber que ele mesmo é que é um estorvo social, alguém que impede a produtividade necessária ao sistema relativamente à coisa que ele deveria fazer mas não faz. Se algum dia eu fosse escrever um livro, faria isso, usaria o título *O homem do guarda-roupa* para revelar esse ponto de vista. O ponto de vista de quem seria obrigado a fazer alguma coisa que ninguém sabe o que é, da qual ele é o único culpado por não tê-la feito, embora, como todos os outros, ele também não saiba do que se trata de fazer.

O ponto de vista do homem do guarda-roupa é muito útil em reuniões inúteis. Às vezes o diretor do museu, que em geral também é homem, ou pelo menos se veste como tal, e está no cargo há pouco tempo, pois não parece saber nada de museus nem de arte, muito menos de arte que se guarda em museus, muito menos de pessoas que trabalham em museus, e que parece ter vindo da secretaria da receita, o que deve ter acontecido por meio de um rebaixamento, como corre entre os funcionários, às vezes, ocorre de esse diretor chamar a todos para uma reunião na qual fala sempre as mesmas coisas sobre disciplina, ordem e segurança, algumas vezes fala sobre a função política das artes para o Estado. Invariavelmente, de todas as vezes que nos convocou, depois do horário de trabalho, falou do cuidado a ser redobrado com os estrangeiros, pois hoje em dia, segundo ele, a Europa não se faz compreender. Ele fala sem se preocupar com o que diz, pois que metade dos funcionários do museu é composta de estrangeiros, o que prova que ele não sabe nada, absolutamente nada, de museus contemporâneos, que são imagens perfeitas da sociedade atual, e fala, porque tem boca e esta boca fala, como fala, fala sobre o cuidado que é preciso que todos tenham contra vândalos e terroristas.

O sobrinho de Hitler

O diretor do museu insiste nos vândalos e terroristas. O que prova que não sabe nada sobre pessoas que vêm a museus. Não sabe que são famílias e turistas e que, por mais convencionais e perigosos que sejam em um sentido profundo, naquele momento estão priorizando sua condição inofensiva e, portanto, não é preciso temê-los. Apenas pessoas que gostam de dizer que vieram a um museu ou pessoas que até gostam mesmo de ver um ou outro quadro é que vêm a museus. Bandidos raramente vêm a museus. Mas há pessoas que pensam que todos são bandidos, sobretudo quem projeta no outro o que ele mesmo é.

Desde que moro aqui, nunca fui contra nenhum desses diretores que aparecem e desaparecem, e quando aparecem têm uma função parecida com a dos turistas que eles parecem não compreender. Trata-se da *função do estorvo*, própria a algumas pessoas. Eu também posso exercer a função do estorvo, por isso fico quieto no meu canto. É isso o que me mostra o meu ponto de vista de reles funcionário do guarda-roupa que participa de alguma reunião de vez em quando apenas para reafirmar o saber de que elas são insuportáveis. Na verdade, compareço a reuniões porque não quero que deem por minha falta. De um modo geral, esses diretores que são todos meio parecidos, pensam que artistas e escritores é que fazem a função do estorvo social, a função de atrapalhar alguma coisa, mas não são capazes de olhar para si mesmos.

Eu escreveria um livro sobre esse diretor que deve ser sobrinho-neto de Hitler. Sobre ele eu escreveria um romance policial, se eu apreciasse menos os seres humanos do que aprecio. Mas é um fato que gosto demais dos animais humanos e, por isso, minha imaginação para catástrofes e tragédias é muito pequena, embora eu tenha muitos tormentos mentais típicos do que um dos médicos que visitei, a quem apaguei de minha memória, chamou de distúrbio mental. Minha imaginação, no entanto, tem limites.

O diretor que deve mesmo ter sido sobrinho-neto de Hitler tem a cara de Hitler, poderia inclusive ser seu filho, mas Hitler, até onde sei, não teve filhos. Aquele tem certo estilo e certo jeito de andar de quem foi bem tratado pela vida, ou de quem disfarça algum segredo. Não se parece com o baixinho feio que era Hitler, que certamente, se olhasse para si mesmo por mais de um minuto, teria ele mesmo se jogado num forno crematório por negar em si mesmo o ideal de beleza que pregava. Hitler era uma dessas pessoas que, por não ter espelho, exageraram um pouco ao fazer, de uma medida válida para todos os outros, uma exceção para si mesmo. Para ser filho de Hitler, filho, eu digo, no sentido de ser um herdeiro à altura, o diretor do museu teria que, em primeiro lugar, ter mais presença cênica, por assim dizer, teria também que ser mais ridículo, pois é apenas um pouco ridículo como é todo diretor de qualquer coisa. Diretores de escolas, diretores de teatro, diretores de repartições, diretores de cinema são indivíduos investidos de uma posição ridícula, a de coordenar, mandar, orientar. Que o diretor do museu fosse sobrinho-neto de Hitler seria uma história muito boa. Seria uma história muito boa, como dizem as pessoas que não entendem nada de literatura, porque Hitler tinha um mau gosto exemplar para as artes, como os seus seguidores, o povo que tinha também mau gosto político, cuja prova é terem votado numa pessoa como ele. Não há nada demais nessa ideia, isso é assim mesmo, a democracia é a melhor forma de governo, mas de mau gosto, tão de mau gosto quanto a ditadura e as pinturas de paisagem de Hitler e a ironia do destino que faz um diretor de museu parecer-se com o sobrinho de Hitler. Pelo menos, nesse caso, esperamos que o mau gosto seja democrático e não ditatorial, já que do mau gosto nunca nos livraremos. Fato é que o sujeito lembra muito Hitler, por algum detalhe que não é bem físico, e que, se fosse seu sobrinho, essa seria uma história perfeita.

Coffee break

Durante as reuniões, que parecem uma missa, esse diretor fala como um Führer, falta a saudação nazista que, tenho certeza, ele evita estrategicamente. Mas temos o chamado *coffee break*, como ele gosta de chamar *a hora da merenda*, com um protocolo um tanto bizarro: primeiro ele fala, depois as pessoas comem, depois ele fala novamente. Esse tipo de reunião com comida é uma coisa muito comum por aí, mas, nas reuniões com o nosso Führer museológico, todos devem calar, devem calar mesmo na hora de comer. Ele pede que deixemos nossas perguntas para o fim, que durante o *coffee break* mantenhamos a postura concentrada, que não conversemos, para não dispersar nossos conhecimentos recém-adquiridos, como se não fosse uma reunião, mas uma aula.

Assim, esses momentos são bizarros, porque todos os presentes se esforçam por manter-se concentrados e circunspectos como se pudessem meditar com um pedaço de bolo na boca. Comem em silêncio e comem muito, mas fingem que não comem muito e, em vez de se tratarem como amigos num piquenique a conversar sobre banalidades e trivialidades, ficam a se olhar como se não estivessem ali. Na verdade, evitam olhar-se, tentam sustentar a introspecção pedida pelo Führer. É como cinema mudo, ou teatro do absurdo. Invariavelmente eu fujo dessas reuniões que ele chama *momento de capacitação*. Apareço atrasado, pelo menos para não dizer que sou desrespeitoso com as regras, o que me traria problemas, mas sumo antes que aconteça o enojante *coffee break* feito para malucos engajados, aqueles que vestem *a camisa da firma*. Dou as costas e prefiro continuar a ser um incapaz.

Regime

Meu colega fazedor de sopas nojentas, que ama máquinas e odeia pessoas, adora esse chefe que nem olha para ele. Já o vi servindo café para o diretor durante a reunião, na qual também tenta falar mais do que deve para chamar a atenção, como se ele fosse uma exceção à regra do silêncio estipulado. Por isso, disse-me naquele dia em minha casa, usa esses computadores e apetrechos todos, para chamar a atenção dos poderosos, pois o dinheiro está com eles. Perguntei-lhe num momento de estupor: *dinheiro?* De que dinheiro se tratava? Ele me avisou que não vai vender ingressos pelo resto da vida. É possível, pensei, vendo-o ajeitar a camisa para dentro das calças num gesto um pouco fora de moda. É um rapaz relativamente jovem, deve ter cerca de trinta anos e, por algum acaso ou sorte, poderia vir a ser, caso o regime nazista voltasse, o diretor de algum museu. Um verdadeiro sobrinho de Hitler num museu nazista. A realidade sempre supera a ficção e, por sorte, nesse caso, não estamos nela. Até mesmo do museu onde trabalhamos ele poderia ser o diretor. Isso também daria uma história boa para livros, mas nesse caso, se eu fosse escrevê-lo mataria o personagem bem antes para evitar maiores incômodos, o incômodo de um livro com um personagem desses que sobem na vida e usam camisa para dentro das calças para agradar o regime.

Bonecos

Bem, é verdade que eu também uso camisa, mas nunca me ajeito na frente das pessoas, porque tenho vergonha de mim, de estar bem e de estar mal, logo me esforço por desaparecer, o que não é nada difícil, pois sou apenas o funcionário do guarda-roupa, um sujeito que não importa a ninguém. Sou fisicamente desprezível no contexto. Fácil me confundir com um boneco de vitrine daqueles que usados para desenhar o corpo humano. O diretor nunca olhou para mim, como não olha para a cara desse meu colega fazedor de sopas e amante de computadores de marca, como não olha para a cara de ninguém.

Da última vez que vi o diretor sobrinho-neto de Hitler entrando pelo corredor, ele falava a uma mulher que o acompanhava, muito bem-vestida e que parecia ter feito muitas intervenções na face para tirar rugas, e estava ainda um pouco inchada, só podia ser uma dessas ricas desocupadas que doam dinheiro para museus. Seu nome está na lista dos doadores na entrada do museu. Pois bem, ele dizia a ela que a acessibilidade obrigatória por lei só levava ao prejuízo da aparência do museu, que prejudicava inevitavelmente a aparência do museu. Foi o que ele disse, que era bem melhor quando não precisavam de tantos elevadores e rampas. Que hoje há visitas *on-line* e que aqueles que usam cadeira de rodas poderiam ficar mais confortáveis em casa. O tom era irônico. Ao mesmo tempo, ele dizia, *se me ouvem dizendo isso, vão me criticar muito, mas não entendo o porquê tanta tempestade em copo d'água com acessibilidade.* Ele dizia isso num tom estranhíssimo, pois soava simpático e talvez por isso a dona plastificada não associasse a elegante bengala da qual fazia uso ao todo do discurso do diretor que não percebera a bengala simplesmente porque não olhava para a mulher, embora parecesse muito interessado nela. Ele falava dela, mas ela não entendia. Tampouco ele se dava conta da gafe porque ela não era para ele uma pessoa, mas tão somente uma rica doadora de dinheiro que, provavelmente, ele também queria para si.

Meu colega intrometido fazedor de sopas abjetas estava em pé perto do casal. O horário era o da abertura de portas ao público, mas o público ainda não havia entrado. Era um dia qualquer em que há pouca visitação. O colega aproximou-se do diretor e ofereceu-se para carregar sua bolsa, uma mala pequena onde deveria estar um computador. O diretor continuou falando com a mulher, mas entregou a pasta ao puxa-saco como uma bailarina famosa que entrega suas sapatilhas à figurinista depois de uma apresentação, como um lutador de boxe que entrega a toalha molhada ao auxiliar do treinador cujo nome ele nunca conseguiu decorar. O colega tentou atravessar a conversa falando que dentro de uma pasta tão leve deveria ter um computador sensacional, ele chegou a dizer o nome da marca, mas eu não tenho memória para esse tipo de coisa, e disse a marca, o tipo, o ano, dos quais tampouco me lembro, como se aquilo fosse a exposição do notório saber que impressionaria inevitavelmente o diretor. O diretor nem sequer ouviu, continuou falando com a mulher e a mulher falando com ele cheios de pequenos gestos e trejeitos que indicavam o grau de falsidade evidente do encontro que se deslindava no saguão do museu. Nenhum dos dois olhou para o pobre carregador de pastas que não chegou a esquentar no posto recém-alcançado de segurador de pastas de diretor de museu corredor afora. Os dois foram adiante sem olhar para ele, como se ele fosse uma cadeira na qual se deposita um casaco que se vai esquecer de levar embora à saída. Eu observava a cena como quem não se recusa a ver o espetáculo de um grupo de pavões fugindo de galinhas bravas, supondo que existam galinhas capazes de correr atrás de pavões, mas meu colega que, naquele momento, ficara só no meio do hall de entrada, sem que os dois conversadores tivessem sequer se despedido dele, nem um aperto de mão, senão um sorriso amarelo de quem está muito ocupado para dar um aperto de mão em um pobre miserável, me deu muita pena.

Tive pena de quem antes eu sentia medo. Mas durou pouco. Todos os encontros, ou a maioria para não ser tão assertivo, são falsos, assim como tudo o que se diz, como tudo o que se quer provar, tudo é falso, e justamente por isso é que tantas pessoas exigem tantas provas, tanta etiqueta, tantos protocolos, porque o modo de ser da existência é a falsidade e todos sabemos que se trata de falsidade, mas fazemos o jogo. E quem não sabe que se trata de um jogo é uma pessoa que, de fato, usou pouco seu raciocínio. O que importa é o que se faz, pensei, sentindo pena do meu colega, como se ele fosse um cão abandonado. O meu colega, ali postado, era um móvel em lugar errado, uma cama no meio da cozinha, no caso, era mais um elefante, vivo, não um elefante empalhado, no meio de um hall de museu, que é um museu de arte, onde não cabem horrorosos animais empalhados que são devidamente colocados em plena função de estorvo no horroroso museu de história natural. Ele era um boneco, assim como seus parceiros de cena.

Limpe direito

Nessas horas, quando penso no museu de história natural, me sinto um grau menos ridículo, pois minha vida de funcionário seria, de fato, muito pior se eu trabalhasse em um museu que é a própria contradição em si. Eu observava meu colega e, inevitavelmente, meditava sobre a miséria da vida humana. De repente, ele que até então olhava para a porta por onde o casal havia saído, não teve dúvida. Sentou-se ao pé da escada e quando vi, me escondendo um pouco mais atrás da pilastra de onde eu assistia à cena patética, onde, pensei, eu o veria chorar e assim, redimir toda a sua desgraça, a coisa triste que ele mesmo era. Naquele momento em que ele poderia ter salvado sua imagem humana, sua dignidade, naquele momento, ele simplesmente fez algo mais do que patético. Tirou o celular do bolso e começou a digitar nele como se mandasse uma mensagem de texto. Não imagino até hoje o que fazia ao telefone. Porém, a história não para por aí, pois ele era capaz de coisas ainda mais patéticas. Enquanto ele olhava para os lados, eu me retraí mais um pouco para trás da parede. Ele pôs o celular no bolso, cuspiu no chão, dirigiu-se ao telefone interno, chamou a faxineira, que apareceu em segundos, e mandou que ela limpasse aquele lugar onde alguém cuspira. A coisa já era toda muito estranha. E ficou mais ainda. Ele não pediu com a mínima delicadeza que exige, por exemplo, um *por favor*, mas mandou mesmo, de modo imperativo, *alguém cuspiu, limpe*, foi o que disse.

Pode parecer exagero meu, mas foi assim que ele fez e, não contente, mandou que a moça limpasse mais um pouco, limpasse *de verdade*, segundo suas palavras, pois ainda estava cuspido. Ela limpou, ele então, demonstrando uma preocupação que era evidentemente falsa para mim, mas que deixou a moça que limpava sem entender o que se passava, analisava o chão e avisava, mais para cá, mais para lá, ela limpava e ele dizia: *limpe direito. Limpe direito!* Era a frase. O tom era de estarrecer, de tão agressivo. Até hoje não consigo encontrar explicação para o fato de que ele tenha feito uma coisa dessas, cuspir no chão e chamar a faxineira a dizer que alguém tinha feito aquilo que ele mesmo fizera; só poderia ser sadismo. Poderia parecer uma simples mentira, mas era sadismo. De fato, ele não mentiu. Pois alguém tinha feito aquilo, ele apenas omitiu que aquele alguém, autor de um ato tão absurdo, era ele mesmo.

A faxineira, uma moça que voltou há duas semanas para a Albânia, onde sua mãe viúva vivia num pequeno lugarejo, lugar onde ela mesma nasceu, uma moça que falava muito mal o alemão, simplesmente se ajoelhou e limpou, limpou e seguiu a limpar. Uma tarefa que não tinha fim. Ela não dizia nada. Eu continuava atrás da pilastra. Por um lado, queria ver como aquilo acabaria, por outro, eu rezava para que acabasse logo aquele exemplo de humilhação mais que absurdo. Eu temia que, se eu aparecesse, as coisas tomassem um rumo ainda mais indigesto, pois fiquei com vontade de dar um pontapé para que o colega caísse escada abaixo na direção dos banheiros. Enquanto eu me escondia, a raiva crescia. Por fim, posso estar errado, posso ter alucinado, mas tive a impressão de que ele iria apoiar o sapato nas costas da moça agachada. Foi quando criei coragem, as coisas não poderiam seguir daquele jeito, dei um passo atrás para disfarçar, fingindo vir apressado da rua e, por isso, ter escolhido aquela entrada e não a de serviço, pois não podia levantar nenhuma suspeita e, com minha entrada barulhenta acreditei ter interrompido a cena patética que se desenvolvia até então.

Quando entrei, dizendo bom-dia, note-se que, naquele momento, sem gaguejar, ela continuou a limpar e ele se descompôs como quando alguém é pego fazendo algo que não devia. Eu simplesmente passei dizendo meu bom-dia em voz bem alta. Terminado o serviço, pude ver que ela ainda olhou bem para o chão para ver se estava tudo certo, e levantou-se recolhendo seus apetrechos de limpeza. Ele não se envolveu mais com a faxina e foi para trás do balcão como se nada tivesse acontecido.

Parei em frente a ele e, olhando bem sem seus olhos de lentes azuis, coisa que me deu náuseas, perguntei-lhe, como uma forma de denúncia, se ele tinha visto o que um pássaro fizera em sua cabeça, parecia efeito do que fazem as pombas, deve ter sido uma pomba, completei sem gaguejar. Eu estava estarrecido, a frase toda tinha saído sem gaguejar, ou melhor, com um levíssimo gaguejar até então desconhecido por mim. Até hoje me pergunto por minha atitude, o que aconteceu para que eu inventasse aquela história. A história me deu prazer, o da vingança. Era uma vingança pífia, mas aí eu conhecia o saborzinho, a prova, a degustação da vingança. Da pequena vingança que, como um pequeno cálice de licor fino, é melhor do que beber uma garrafa inteira de um vinho qualquer. Minha atitude foi estranha, mas fez com que ele se assustasse e corresse ao banheiro, deixando a mim e a moça da faxina em paz.

Olhar por olhar

Penso até hoje na sua atitude, penso também na atitude daquela moça humilhada que trazia sua humilhação desde sua casa, desde seu país. Por que, no entanto, ela se deixava humilhar, isso não pude descobrir, porque ao tentar falar com ela, fiquei gago. Ela riu de mim com toda a razão naquele momento, afinal, eu não tinha o que dizer e fiz um papel ridículo. O motivo pelo qual ele queria humilhar daquela maneira uma pessoa já tão humilde também não ficou claro para mim. Mas eu olhei por baixo e consegui pensar. Talvez seja isso, olhar por baixo. Olhar por olhar. É por isso que eu escreveria um livro para expor o meu ponto de vista, de quem vive no guarda-roupa ou atrás das pilastras, o que, às vezes, dá no mesmo, porque estou sempre a olhar às escondidas. Olhando sem que ninguém preste atenção em mim. Pelo menos esta era a minha ilusão antes de perceber meu colega que me seguia e de saber que, no museu, há mais de duzentas câmeras espalhadas por todos os lados. Câmeras que medem cada passo, cada gesto. Câmeras que consideram tudo suspeito. Mesmo assim, acho o meu ponto de vista privilegiado, sou testemunha de coisas que só eu sei. Que uma câmera não pode saber porque não pode interpretar. Vivo na posição de espectador que não participa de nada, que não fala com quase ninguém, que diz um único bom-dia ou boa-tarde a quem vê uma única vez na vida, a quem, vendo uma única vez, nunca mais verá. E por que eu escreveria sobre o homem do guarda-roupa e seu ponto de vista, e não sobre *a mulher do guarda-roupa*, é porque as mulheres ainda são preferidas para outros postos que eu nunca precisei ocupar como mulher.

Homem

Para todos os fins eu sou homem. Então não fui rebaixado. O posto de faxineira, por exemplo, ainda é um posto feminino por excelência. Também porque, comigo, que ocupo esse posto como homem, e que fique claro, que só o ocupo enquanto homem, porque não me seria permitido ocupá-lo na posição de mulher, me mandariam à faxina antes de mais nada, não me seria permitido ir direto para um posto mais avançado sem antes ter passado pela faxina. As mulheres que aqui chegam são muitas vezes tão agressivas quanto os homens, se vestem de mulheres, mas agem como homens. Irene me disse que eu não posso falar assim, que esse é um *preconceito sexista*, mas é o que eu vejo. Thomas não vê, mas concorda comigo. Seja o pessoal da faxina, em sua imensa maioria composto de mulheres, ou no atendimento ao público, quase só composto de mulheres, todas, invariavelmente, quando aparecem por aqui, se manifestam como se fossem as proprietárias dos pobres funcionários do guarda-roupa. Elas nos tratam mal. É o ressentimento de quem sempre é vista, no trabalho, como aquela que deveria estar no lugar de faxineira. As mulheres sabem disso. Eu, como latino-americano que sou, apesar do meu nome, também sei que sou visto como alguém que não deveria estar aqui. Sou um intruso. Por trabalhar no guarda-roupa, sou um funcionário que é sempre culpabilizado por uma dívida que não se pode pagar. Uma tarefa que não pode ser cumprida por não se saber que tarefa é essa, uma tarefa que é o fantasma geral que a todos assola, mas sobretudo ao funcionário do guarda-roupa, que todos tratam como um fantasma, do qual não podem se livrar e fazem questão de fingir que não existe. Sou o portador do mesmo ressentimento que a moça jovem ainda não desenvolveu, que ela apenas começa a experimentar, e de que a mais velha não chega a se conscientizar, embora o tenha desenvolvido. Somos feitos de nada, devemos servir ao nada como um número. Todos nós, os funcionários, mas sobretudo os funcionários do guarda-roupa, somos, para os outros, feitos de coisa nenhuma. E, se somos estrangeiros, mais ainda. Então somos duplamente culpados por estar em um lugar para o qual não fomos chamados. Os nazistas sobreviveram e se multiplicaram e exigem o seu lugar. Roubamos os empregos dos nativos e por isso querem nos crucificar, se pudessem enfiariam todos nós em um campo de concentração. Este é o reino do senhor Führer na terra, um reino impedido até segunda ordem, até que eles mudem de ideia.

Thomas, que não encara sua vida como uma desgraça, como eu mesmo vejo a minha, sempre me diz que o nazismo, quando veio à luz, combinou com a maior parte da população dos países europeus, sobretudo em seu país. Ele não disse Alemanha, ele disse Áustria, porque nasceu por lá e conhece bem aquela realidade. Ele se informa sobre seu lugar de origem, diferente de mim, que sei pouco, em geral, sobre Florianópolis. Eu brinco com ele dizendo: *Hitler também nasceu na Áustria, cuide-se*. Ele então cita uma lista de artistas que nasceram na Áustria, como Haydn, Mozart e Schubert, Schiele, Klimt, Kokoschka, Hundertwasser, de cuja obra ele não gosta, a qual cita para ser justo, porque Thomas se preocupa em ser justo. Só para irritá-lo, falo que há artistas nazistas. Ele me diz que só artistas ruins. Eu cito Céline, que não era um artista ruim, aproveito para dizer que não existem artistas ruins, ele defende o escritor e expõe a sua teoria da ética artística, que ouço sem ter tempo de pensar mais, pois sempre chega alguém com sua mochila sobrecarregada e um celular na mão falando alto, o que me desconcerta. Lembro-me, contudo, de citar Heidegger, então ele se cala.

Penso que venci o torneio, então ele retoma a conversa. Diz que o nazismo combinaria com a maior parte da população mundial, de artistas ou não, de gente simples ou burguesa, que, estando sob o regime, se realizaria sem ter que pedir outras desculpas, podendo sempre desculpar-se com a afirmação de que o regime é inevitável, assim como nossos colegas no museu sempre se desculpam por seus próprios modos ruins, autoritários ou frios, dizendo que é *a instituição*. Como Thomas, por incrível que pareça, estudou um pouco de história do Brasil, e conhece muito da história não europeia, mais do que eu, muito mais do que eu que tenho pouca paciência para a história, ele cita a ditadura brasileira, aproveita para me avisar ironicamente que nem todo pobre é bom, como tendo a acreditar, mesmo não acreditando, fala dos genocídios perpetrados pelo mundo afora. Me pergunta se realmente penso que é possível encontrar um lugar no mundo para uma pessoa como eu, ou ele, sendo que o mundo está cheio de ódio. Pergunto-lhe, então, por que pensa que é possível que a vida humana não seja uma desgraça, se tudo leva a crer que é, somos piores do que formigas famintas, do que mosquitos transmissores de vírus. Muito piores do que escorpiões e cobras venenosas. Ele ri, eu continuo. Nós, funcionários do guarda-roupa, seríamos os primeiros a ser jogados no forno crematório, depois de termos sido espancados e torturados. Digo-lhe uma coisa dessas para que não se iluda. Somos uma sobra organizacional com a qual a burocracia tem que se virar. Eu digo coisas assim a Thomas todas as vezes que posso, ele se limita a rir. Falando de nós como homens do guarda-roupa, mas falando de mim como estrangeiro e dele como estrangeiro, não tão estrangeiro, afinal, fala aquela mesma língua fluentemente, embora com outro sotaque.

Falo dele também como cego que é. Pergunto-lhe se acha que está realmente tudo bem. Ele ri, a dizer que não se trata disso. Ficamos escondidos como fantasmas, trancados nos fundos, nesse canto que é como uma estrebaria, um galinheiro no prédio majestoso do museu. Como os pobres que são escondidos pela estrutura social, num processo cheio de ocultamentos, nas periferias do mundo. Nós também ocupamos a periferia do museu e somos tratados, a rigor, como periferia. Somos os ratos, somos os feios. Quando digo coisas desse tipo, ele ri. Thomas sempre ri. Mas, quando ri, percebo que é porque está cansado de pensar. Porque pensar se tornou insuportável. Nosso trabalho não é o mais insuportável. É o mais desimportante. Ele sabe. Cuidamos dos pertences alheios. Tocamos no invólucro onde o visitante guarda o que é de seu interesse e nós, o que fazemos, é apenas tocar naquilo que, tendo significado para o outro, são coisas que não chegaremos a conhecer ou possuir. Somos figuras tristes em nosso gesto de pegar/guardar, pegar/devolver que não chega a ser nem próximo do conhecer, nem do possuir.

Bolsa

Quem nos olha, se é que alguém algum dia pode ter prestado atenção em nós, deve sentir dó de um trabalho tão radicalmente alienado. Entre pegar e devolver, guardamos. Poderíamos roubar, como aconteceu com o funcionário, meu ex-colega, substituído por Thomas, homem da minha idade que roubou uma pequena bolsa e, tendo sido descoberto, depois da humilhação sofrida por todos os colegas, pelo diretor do museu, e especialmente pelo chefe da segurança, um policial típico que vive numa função atípica, acabou morrendo de um ataque cardíaco no dia em que foi demitido depois de um vasto processo que só serviu para destruí-lo, como se ele não fosse mais que um estorvo que fora aproveitado no contexto, e que me fez ver, com a definição de um microscópio ultrapotente sobre amebas transparentes, que o ser humano é o animal que se compraz com a miséria alheia. O que se fez com esse colega foi tortura. Ele acabou confessando o roubo e até hoje não tenho certeza de que, de fato, tenha roubado a bolsa.

Muitas bolsas são esquecidas aqui. Umas são procuradas, outras ficam por meses e são enviadas ao centro de achados e perdidos da prefeitura quando portam documentos. Uma dessas bolsas, confesso, já levei para casa. Era uma bolsa de pano verde bordado. Como a que aparece em *Madame Bovary*. Não lembro bem, mas havia uma bolsa elegante naquele livro. Thomas também não se lembrou quando falamos sobre isso. A bolsa era forrada de veludo preto. Dentro havia um porta-níqueis de metal. Nunca ninguém a procurou. Hoje ela está bem guardada aqui em casa. Havia nela um passaporte vencido que não faria diferença a quem o perdeu. Já a dona da suposta bolsa roubada por meu colega, em nome da qual meu colega chamado Jesus foi incriminado, era filha de um deputado e diz ter perdido a bolsa no museu com dois mil euros dentro, mais precisamente a teria deixado no guarda-roupa aos cuidados do homem do guarda-roupa. Eu estava em licença para tratamento de saúde naquela época. A culpa recaiu sobre Jesus. Ele tinha a minha idade, mas era muito mais sensível, muito mais sofrido e muito mais vulnerável que eu. Como eu, viera de um país chamado por aqui de *latino* e que, a meu ver, seria incapaz de cometer qualquer tipo de crime, do mais simples ao mais complexo. Nossa diferença é que eu seria capaz de cometer um crime, de matar nosso diretor, de matar o meu colega fazedor de sopa, mas Jesus não seria capaz de uma coisa dessas. Ele era uma pessoa incapaz de fazer mal a uma mosca, como se diz de pessoas simples propensas à paz. Ele era um homem sensível, calado, que passava os dias a cuidar da própria vida, que remetia dinheiro para a mãe que vivia nos arredores de Lima. Deixaram a culpa cair sobre Jesus porque era o que melhor convinha naquele momento, já que não havia como me envolver no assunto.

    Eu podia estar no lugar de Jesus naquele momento. Eu poderia ter sido demitido e humilhado. Jesus era pobre e latino e, embora manso e pacato, era também insubordinado, era altivo, o que não combina com funcionários de museu, muito menos com os que ficam no guarda-roupa, como ouvimos o chefe da segurança falar numa reunião em que ameaçou a todos com a demissão e a cadeia caso o culpado não aparecesse. Jesus confessou o crime dias depois. E não chegou a ir para a cadeia, porque morreu antes. De estupor ou de tristeza, não saberemos. A injustiça faz qualquer um adoecer. A injustiça é a única coisa que se pode chamar realmente de doença.

Destino

Thomas ficou no lugar de Jesus quando voltou de um longo período de convalescença para tratar de sua cegueira, que atingira um momento complexo. Naquela época ele tinha cerca de trinta por cento de capacidade de visão e trabalhava no setor administrativo da prefeitura programando computadores, quando poucos sabiam fazer isso. Sendo impossível voltar ao seu posto devido a uma piora radical da visão, ele veio para cá porque não havia outro lugar para ele. O museu era calmo e não provocaria maiores desgastes. Da programação ao guarda-roupa, ele foi profissionalmente rebaixado. Seu salário, contudo, continua melhor do que o meu, porque isso não pode ser alterado. São as leis. Por isso, Thomas pode comprar mais livros do que eu. E os compra. E me pede que os leia. Thomas mudou sua atividade, mas não se sente diminuído por isso, ele encara bem a coisa a que chamamos *destino*, o conjunto *inevitável* dos fatos vividos, com o qual eu também aprendi a conviver. Eu o admiro por ele não se sentir diminuído e não se sentir pior por seu destino. Thomas, sendo cego, consegue fazer o mesmo gesto de receber-guardar-devolver sem se queixar do que faz, dizendo apenas que aquilo que precisa ser feito deve ser feito e não lhe custa nada fazer o que deve e precisa ser feito se isso pode, de algum modo, ajudar as pessoas. No meu caso, não creio que nada deva ou precise ser feito. Creio que tudo poderia não existir, mas Thomas me demonstra sempre que ele pode estar com a razão e, também eu, sigo tentando fazer o que é certo, mesmo sem saber o que é exatamente algo *certo*.

Sempre me entendi mais com o duvidoso, minha doença sempre me ensinou a duvidar. Minha doença que, mesmo sendo certa, era duvidosa. Thomas sabe que o certo pode ser o duvidoso e o duvidoso pode ser o certo. Logo, trata-se apenas de um grau, como se o duvidoso fosse um certo grau incerto e o certo fosse um duvidoso grau duvidoso. Lembro quando tivemos esse debate, na verdade, quando nos lançamos às potencialidades desse pensamento, e fomos interrompidos por um grupo de turistas brasileiros idosos que vieram trazendo muitos casacos. Eram corajosos os velhinhos, viajavam no inverno e, naqueles dias, nevava com força. Antes que o aquecimento global, que impede a existência de invernos rigorosos como antigamente, estivesse em alta, os velhinhos viajaram até a Alemanha no inverno. Ouvi o que diziam, falei com eles respondendo com as poucas palavras que sei dizer em inglês. Não queria que me reconhecessem, pois certamente começariam a conversar e eu estava, como sempre, com medo de ser tomado pela gagueira que sempre surgia quando eu era solicitado às pressas para alguma coisa para a qual não me preparara. Eu nunca estive preparado para conversar, mesmo em português, sobretudo em português. Guardei seus casacos, bolsas e avisei que não poderiam entrar com câmeras fotográficas, mas nenhum deles entendeu esse mínimo do que eu dizia e saíram levando as câmeras.

Não era minha tarefa avisar sobre as câmeras, mas sempre que tenho a oportunidade, eu aviso para evitar que sofram alguns metros adiante fazendo o que não devem, fazendo o certo que é o duvidoso, ou o duvidoso que é o certo. Ou que atrapalhem a exposição, ou que sejam humilhados por algum funcionário que defende com unhas e dentes as pinturas do museu. Eu também as defendo, mas nunca defenderia nada com unhas e dentes, defenderia com mais leveza, porque tudo está fadado desde sempre a desaparecer pela pura passagem do tempo ou pela interrupção abrupta do tempo. E porque, por mais esforços civilizatórios que os seres humanos façam, nunca passarão de esforços duvidosos que só servem para manter parte da espécie humana viva por um tempo. A humanidade é um conceito falho porque foi inventado por aqueles que não defendem a humanidade. Com isso Thomas concorda. Também ele não confia na ideia de humanidade. Embora, como me diz, pudesse ser uma boa ideia, se realizável. Levanto a questão de que uma ideia irrealizável é sempre má. Ele me diz que não há ideia irrealizável e que por isso toda ideia seria boa, mesmo uma ideia má, para realizar uma coisa má, seria uma ideia boa. Fico em dúvida quanto ao destino do argumento e paro de falar.

Quando chegamos a esses impasses retóricos, Thomas sempre leva a melhor, porque não tenho paciência para continuar argumentando e, mesmo quando não o entendo, dou-lhe razão e mudo de assunto. Quando lembro a ele que já tivemos conversa parecida, ele invariavelmente diz que não lembra e começa a organizar o raciocínio todo novamente.

Fascismo

Às vezes, Thomas, que é tão jovem, me parece mais velho do que eu. Parece alguém que sobreviveu à guerra. Está, à diferença dos jovens de sua geração, preocupado com o fascismo. Contou-me uma história por meio da qual queria demonstrar que seria preciso aprender a driblar o fascismo crescente. Segundo ele, quando fazia estágio em uma companhia aérea, havia uma madame que era amante do dono da companhia e que viajaria na primeira classe porque era uma mulher rica e importante, mas, sobretudo, praticamente a dona da companhia aérea, já que amante do presidente ou de algum executivo muito importante, alguém que seria fácil definir como sendo um tipo de *dono* da companhia, disso ele não lembrava muito bem, pois as partes de maledicência sempre são duvidosas e mais fáceis de confundir e esquecer. Essa dona tinha um gato. O gato viajava no bagageiro. Provavelmente a pedido da dona do gato. Quando a dona saiu do avião, sua bagagem deveria ser resgatada antes de todas as outras, o mais rápido possível, pois a dona não poderia esperar nem um segundo, como exigem as pessoas que se julgam mais importantes que outras. Todo o tratamento personalizado e especializado deveria concentrar-se nela. Eram também ordens da companhia que tinham vindo de alguém que serve para estabelecer regras do sadomasoquista jogo social.

Uma novidade comprometeu o jogo. Quando pegaram a gaiola, o gato estava morto. Os funcionários, apavorados, tiveram uma ideia que, ao ver de todos, inclusive do comandante, foi genial. Entraram em contato com um vendedor de gatos e conseguiram um gato igual ao gato morto, porém vivo. Puseram-no na gaiola e, duas horas depois, quando a dona já tinha acionado a diretoria, o gato apareceu. Vivo como todos pensavam que deveria estar. Para estarrecimento de todos, contudo, ao ver o gato, a madame gritou *este não é o meu gato. Meu gato*, revelou ela, *estava morto quando o despachei*. O fim da história fica por conta da imaginação de cada um, disse-me Thomas, que a contou rindo muito.

Perguntei-lhe o que isso teria a ver com fascistas e ele apenas me disse que o fascismo sobrevive por falta de imaginação e por falta de sinceridade, mas também por falta de inteligência. A mulher em questão não era amante de ninguém tão poderoso, senão de um funcionário da contabilidade recém-contratado. Mas se vestia como uma mulher rica e impressionava pela aparência de rica. O melhor jeito de conseguir o que se deseja é fazendo tipo, eu sempre digo. O fascismo sobrevive, disse Thomas, por acordos estúpidos entre aqueles que servem às aparências. Na companhia aérea poderiam ter imaginado que o gato poderia ter viajado morto, o que era ilegal, mas possível. Poderiam ter imaginado essa hipótese. Poderiam ter dito a ela que o gato, de fato, havia morrido, e teriam sido sinceros e pagado o preço da sinceridade que é sempre mais fácil de pagar do que o da mentira quando é descoberta. Com um pouco de imaginação e a mínima e necessária sinceridade, teriam sido mais inteligentes, para não se submeterem a chantagens de nenhum tipo. Mas não, o espírito fascista quer sempre forçar a barra. Ele é manipulador. Eles que mentiam e enganavam, tanto quanto a mulher que mentira e enganara e que também faltara com a imaginação, a sinceridade e a inteligência. Ele falava de uma cultura de aparências e de mentiras consentidas sem a qual não é possível sustentar o fascismo.

Thomas é, às vezes, um verdadeiro vidente, mas não entendo tudo o que ele diz. De qualquer modo, tomo para mim como uma verdade necessária que a imaginação e a sinceridade são experiências que valem a pena viver. Já sobre a inteligência, tenho muitas dúvidas. Thomas não.

Ele acredita que ela seja possível. Como Tirésias, ele me lança enigmas constantemente, acredita que serei capaz de decifrá-los, mas não. Se ele não estivesse aqui, certamente eu já teria deixado o meu trabalho, mesmo sem me aposentar. Thomas é quem tem amortecido a queda no trabalho emburrecedor de todos os dias.

Cleptomaníaco

Desde que pratico a sinceridade e evito a todo custo o autoengano, muitas vezes menti que estava no hospital ou viajando, o que era sempre mais complicado, pois, ao inventar uma mentira, um lugar, minha tendência sempre é para o extravagante, de modo que evito mentir e chamar muito a atenção para mim. Mas, sobretudo desde que conheço Thomas, evito mentir para mim mesmo.

Não minto para Thomas, de quem gosto como de um filho, pois sendo muito mais novo do que eu, por assim dizer, poderia ser meu filho, embora a minha doença me impeça de ter filhos, ou pelo menos eu assim penso, porque me impediu, ao longo da vida, de muitas outras coisas, tantas coisas que talvez tenha sido quase tudo. Assim, trato Thomas como um filho, até porque ele é o que eu posso imaginar de mais parecido com um filho.

Daquela vez que tive o problema na coluna, infelizmente a doença não era uma invenção e não foi fácil vencer tantos dias sem ninguém que me ajudasse. Avisei Thomas. Deve ter sido a única vez que usei o telefone este ano, fora o telefonema de hoje pela manhã. Avisei Thomas para que ele não se assustasse com minha ausência. Ele prometeu calar-se caso alguém perguntasse sobre mim. O meu caso sempre foi ficar sozinho e não mal acompanhado. Thomas sabia disso e respeitava o meu jeito de ser. E como convivemos por seis, às vezes sete horas diárias devido à jornada do museu, nunca precisamos nos encontrar fora dali. Quando nos despedimos, estamos de bem um com o outro, depois de horas conversando entre os escaninhos, onde os que chegam não dizem mais que bom-dia, boa-tarde, por favor, obrigado. E felizes em nossa solidão, sentindo o cheiro nem sempre agradável dos casacos deixados aos nossos cuidados, continuamos conversando até irmos embora. Thomas trabalhou sozinho na minha ausência por conhecer completamente o espaço do guarda-roupa. Por reconhecer, muito melhor do que eu, as roupas pelo cheiro. Cada escaninho, cada porta, cada cabide, ele os conhece. Ali não é ele o inútil. Eu, por mais cuidadoso que possa ser, o que faço apenas para não me incomodar, não tenho memória para muita coisa.

Sou muito organizado em casa, mas não no trabalho no guarda-roupa. O guarda-roupa, de muitos modos, me incomoda. Thomas não se incomoda. Se eu pudesse eliminaria o guarda-roupa, colocaria em seu lugar cabides simples onde cada um poderia deixar o seu casaco, a sua bolsa, e depois vir buscá-los. Tudo sem chaves. Mas para isso teríamos que imaginar um mundo sem ladrões, um mundo em que o ato de roubar não fosse um prazer, além de um vício e, sobretudo, em certos casos, uma necessidade. No caso da necessidade, há dois tipos: a necessidade da coisa mesma, de comida, por exemplo. Mas há também a necessidade do gesto: mesmo no caso de coisas sem importância nenhuma, há os que as roubam por necessidade, nesse caso não da coisa, mas de roubar. O cleptomaníaco e o cleptocrata que desviam verbas têm o mesmo delírio de que estão sempre a ganhar algo a mais.

Thomas gosta do guarda-roupa, sempre me fala que o mundo é um grande guarda-roupa. Ora estamos dentro, ora estamos fora, ele me diz, sem precisar completar a frase.

Aparecer

Talvez um dia eu leve Thomas até minha casa e lhe mostre o meu apartamento, com o grande guarda-roupa que há nele. Mas, para que isso possa acontecer, precisamos de uma grande preparação. Porque, neste mundo, as coisas sempre podem ser diferentes do que parecem ser. Digo isso pensando, sobretudo, em Agnes, para que ela não imagine que as coisas são simplesmente como parecem. Elas sem dúvida não são, mas as pessoas, sejam pessoas como Agnes ou não, tendem a pensar que as coisas são como parecem.

Quando Thomas fala que *o mundo é um grande guarda-roupa*, ele usa uma metáfora. Um grande guarda-roupa onde colocamos o importante e o menos importante. Essa metáfora, a meu ver, se relaciona muito à aparência. A um mundo que se vendeu para a moda, por exemplo, mas não só. Um mundo em que ser é menos importante do que parecer. Uma ideia que já virou um clichê, mas não se pode jogá-la fora. Até mesmo Irene se ocupou dela. Como ela disse na aula de filosofia, tentando explicar a lógica de Hegel, o parecer é tão importante quanto o ser. O parecer guarda alguma verdade, por mais desagradável que possa ser esta verdade. Ele é parte da verdade. A verdade, lembrou-nos Irene, falando dos renascentistas, sempre foi um desnudamento em que a roupa não podia ser jogada fora. A Vênus de Botticelli, por exemplo, está nua para mostrar que a verdade celeste parece beleza, e a beleza é nua. Antes de Hegel, isso era ideia de Ficino, antes foi de Plotino, e antes de Plotino, foi de Platão. Assim, minha adorada Irene desfila sua erudição filosófica a extasiar as gentes enquanto eu tento perturbá-la para que ela olhe apenas para mim.

Eu nunca gostei dessa ideia de Platão, eu disse a Irene. Nunca pensei que a nudez fosse a verdade. Um fato essencial em minha vida é que não posso ficar nu, não fiquei nu, senão diante dos policiais que me prenderam por engano, ainda que não tenham me maltratado por engano. E isso não me torna menos verdadeiro. Na verdade, não seria nada bom para mim que eu ficasse nu. Simplesmente não me sinto à vontade. E, se me sentisse, por certo pagaria um preço alto por aquilo que iria mostrar.

Tenho vergonha de confessar que nunca fiquei nu diante de outra pessoa. A verdade é que eu nunca fiquei nu. Porque quando estou só, não estou nu. A nudez é relativa ao olho do outro. E não há, em minha vida, esse olho. E como nunca fiquei nu, se penso no Platão de Irene, é como se eu não fosse verdadeiro.

Ou não descobri a minha verdade, ou descobri uma verdade ainda maior, a de que não posso ser verdadeiro. Que a verdade não é um problema meu.

Companhia

É claro, no entanto, que fico nu. Tomo banho como qualquer brasileiro, mesmo fora do Brasil. Isso é um fato interessante. Aqui as pessoas, de um modo geral, apenas se lavam, e não todos os dias, por isso esse aspecto do *ser brasileiro por tomar banho* é um curioso fato da identidade nacional. Contei a Thomas, que me disse a rir que eu deveria me sentir orgulhoso por cheirar melhor do que os outros.

Falei a Thomas sobre o desacompanhamento como meu projeto de vida. Eu não precisaria tomar banho todos os dias, contei-lhe, porque não chegarei perto de ninguém, não ofenderei ninguém. Se meu projeto de vida é minha fidelidade a mim mesmo, então estou livre de tudo. No meu projeto de ficar desacompanhado, Thomas é a exceção que confirma que exceções são possíveis e definem regras. Mas não é porque confio em Thomas que vou ficar nu diante de Thomas. Tampouco ficarei nu diante de Irene. Embora tantas vezes ele tenha me comovido a ponto de ser capaz de fugir com ele para algum lugar em que a vida fosse diferente, não me sinto íntimo de Thomas a esse ponto. Nem de Irene. Se minha regra é evitar má companhia, se há exceções tanto para o bem quanto para o mal, Thomas é a exceção das exceções. Mais do que Irene.

Nesse projeto de evitar toda má companhia, acabei por perceber que todos são má companhia, porque não são como Thomas. Até mesmo Irene, com seu ar de reprovação sempre pronto a atravessar meus movimentos, pode se tornar, por vezes, uma má companhia. A exceção é justamente aquilo que não é o que deveria ser, logo não é o que parece.

Em especial, penso em meu colega fazedor de sopas e vendedor de ingressos, pelo qual senti, desde aquele dia da sopa, e depois a cada vez, sempre mais e mais repulsa. Meu colega faz parte da regra, mas como o elemento insuportável. Hoje ele não é mais apenas alguém a evitar. Ele é alguém de quem é preciso fugir.

Vodu

Falo *meu colega* muitas vezes, pois não queria dizer o nome do infeliz. Anotei-o como quem praticava um vodu: Alfred Ploetz. Anotei seu nome porque me dei conta de que evito demais os nomes das coisas, como se não as nomeando eu pudesse apagá-las, apenas por não pronunciá-las, por fingir que não existem. Mas as pessoas existem, mesmo que não falemos delas. Agnes, por exemplo, tenho mania de falar dela como Agnes, mas além de ter o nome de Agnes, ela *é* Agnes. Não sei se me faço entender. As pessoas e seus nomes existem mesmo que tenham sido esquecidas, mesmo não sendo nomeadas. E eu, que brincava que o diretor do museu parecia o sobrinho-neto de Hitler, não imaginava que meu colega fazedor de sopas abjetas e viciado em computadores era neto de um nazista, mais precisamente de Alfred Ploetz, um médico cuja história contei a Thomas, que me advertiu de que Alfred Ploetz hoje em dia é apenas nome de uma rua. Encarei-o perplexo por tratar com simplicidade uma coisa tão terrível. Thomas riu, disse que estou muito apegado a heranças familiares, o que seria um risco cair em contradição já que quero me livrar delas. Alfred Ploetz, completou, pode ser apenas um homônimo. Eu respondi que nada é por acaso. Mas logo fiquei com vergonha do meu pensamento. Associar, de propósito, Alfred Ploetz com seu bisavô, que *não* era seu bisavô, com Alfred Ploetz, um dos nomes mais rejeitados da história alemã, era de uma maldade incomum. Recuei. Mas mesmo assim não de todo. Não me senti culpado por culpá-lo indevidamente por pertencer a uma família horrível que acabava nascendo na minha imaginação. Não era bem imaginação, era uma coincidência e, se penso bem, uma probabilidade. Era uma vingança suja, mas uma vingança do destino que faz duas pessoas terem o mesmo nome. Thomas percebeu. Eu fiquei com vergonha de ele ter percebido, porque sua percepção acionou minha consciência. E, mesmo sem culpa, me senti com o dever de sentir culpa.

Tomado pelo meu desejo de autodesengano, infelizmente, acabei por dizer a esse meu colega, neto ou bisneto de Ploetz, mas cuja principal característica continuava sendo sua mania de computadores e seu modo de cozinhar nojento, e não sua condição biológica, acabei por dizer uma coisa horrível. Quando, ao encontrá-lo no corredor mais uma vez, o que vinha acontecendo todos os dias ao chegar ao museu, e tendo ele me perguntado novamente por que, afinal, eu não telefonava para marcarmos de ele ver meu computador para me passar algumas dicas de uso, computador no qual, aliás, eu tinha descoberto a probabilidade de que ele ser parente diretíssimo de Alfred Ploetz, acabei por dizer-lhe algo de que deveria arrepender-me. Ao encontrar com ele, eu respondi objetivamente que não era preciso ajudar-me, e segui dizendo *obrigado, prezado colega, obrigado, passe bem*, e quando eu já estava cheio da mesma pergunta repetida todos os dias, quando eu tentava mudar o horário de passar por ali para não ter que encontrar com o dito cujo, avisei-lhe do modo direto, como era necessário naquele momento, que *eu preferia simplesmente ficar sozinho*. Foi isso o que eu disse de horrível. Mas não só. Perguntei-lhe ainda se ele *poderia entender isso ou se eu precisava ser mais explícito*. No extremo, eu lhe disse com a maior educação, a formalidade que me caracteriza até mesmo quando estou com raiva, que eu poderia me esforçar para explicar que sua companhia me desagradava. Eu lhe disse isso horrivelmente. E sem que a gagueira tivesse sido acionada. Eu mesmo me assustei com o que disse sem gaguejar, pois estava cheio de raiva e, nesses casos, a voz flui. A língua fora naquele momento destravada pela força da minha raiva. Isso, como um passe de mágica, livrou-me do meu colega, pensei, já comemorando o retorno da paz. Por que não fiz isso quando abri a porta do meu apartamento, me perguntei e, logo respondi a mim mesmo, porque não imaginava o pior.

Thomas tinha razão. Era preciso imaginar o pior para poder se preparar para ele. Era preciso imaginar o pior, mas não era para imaginar o pior sobre a vida pregressa das pessoas. Era para imaginar o futuro. As pessoas não podem ser imaginadas, sob pena de se cometerem grandes injustiças que só são perdoáveis quando se faz ficção, literatura e coisas do tipo, mas mesmo assim, é preciso ter ética, muita ética, para não violar a imagem de alguém como Alfred Ploetz, alguém que se tem vontade de xingar muito, de chamar de imbecil.

Direito à solidão

Quanto ao futuro, contudo, pode-se tudo. Mesmo tendo me livrado desse colega que, para minha sorte, nunca mais me perguntou nada, continuei vigilante do meu direito à solidão. A solidão se tornara, naquela época, o meu propósito. Quando eu mentia que estava doente, sempre foram poucas as pessoas que procuravam por mim e, para que se mantivessem poucas, era preciso ser bem cuidadoso ao longo de uma vida. Continuo pensando dessa maneira.

Meu colega fazedor de sopa, que nesse caso posso até dizer que se tornou meu perseguidor, o fascista chatíssimo que é o Ploetz, quis associar-se ao grupo de filosofia. Seguiu-me um dia e entrou no bar, apesar do que havíamos conversado. Irene sugeriu que ele assistisse ao encontro e que, caso se sentisse em casa, que voltasse nos próximos dias. O cidadão, meu colega de museu, ocupante do cargo de vendedor de ingressos, fazedor de sopas e neto ou bisneto ou sobrinho ou primo de Alfred Ploetz, não contente, e sem que se pudesse entender o que ele queria ali, disse a Irene, que ali estava na condição de sua professora, que não era crível que uma mulher pudesse aprender filosofia. Do mesmo modo, aproveitou, porque naquele momento a histeria oculta sob sua obsessão veio à tona, para dizer que assim como africanos e latino-americanos, mulheres *também* não aprendiam filosofia e, portanto, não poderiam ensiná-la. Irene respondeu que filosofia não era algo que se ensinava e que ele mesmo deveria questionar se era ou não mulher. Que as categorias *mulher* e *homem* estavam ultrapassadas historicamente.

Isso me confundiu, mas gostei. Guardei comigo. Fiquei desconfiado de que aquilo poderia me servir em algum momento.

Irene não demonstrou nenhum grande susto, ficou um pouco vermelha, eu sabia que era de raiva, mas Irene, até onde a conheço, é uma pessoa muito tímida, há algo nela de terrorista, mas no fundo é uma pacifista, uma descrente, uma pessoa que acredita mais na zoologia do que na antropologia. Eu teria voado na jugular do infeliz, era o que eu deveria ter feito, senti um forte impulso de fazê-lo naquele momento, mas infelizmente aprendi a medir consequências e optei por uma saída pacífica, uma saída que me permitia exercitar o pedantismo sem o qual não se sobrevive neste mundo, e decidi apenas dizer que ele fazia *colocações excessivamente tolas* e grosseiras, até para um ignorante como ele era. Fui elegante no tom, apesar do conteúdo.

Detesto quando sou elegante, mas ao mesmo tempo aproveito, porque, quando estou com raiva e sou elegante, falo sem gaguejar nem por um segundo. Já tentei ficar com raiva em algumas ocasiões em que eu precisaria falar, mas não fui feliz tentando *sentir raiva*, a raiva precisa ser sincera, não é fácil produzi-la ou cancelá-la, ela não se cria simplesmente pelo pensamento, assim como o amor e o ódio, ela precisa vir de algum lugar obscuro. Nesse caso, deu certo, pois esse homem vendedor de ingressos e fazedor de sopa e sobrinho de um nazista é um sujeito incapaz de reconhecer um sentimento no outro. Ele me olhou com aquele ódio contido, mas extremamente venenoso, com que, no outro dia, olhava para a faxineira. Sei que pensava ser impossível que eu estivesse dizendo o que dizia. Naquele dia, estávamos apenas em quatro pessoas, além de mim e de Irene, e de meu colega estúpido vendedor de ingressos e fazedor de sopas, neto ou bisneto de Alfred Ploetz, que conta apenas uma aparição fantasmagórica, por sorte temporária e ultrapassada, na Sociedade dos Amigos do Fracasso.

Consolação

A gagueira sempre foi fiel a mim em relação ao mundo ao meu redor. Ela nunca me enganou. Ela sempre denunciou o mundo. Sempre me fez olhar sem ingenuidade para este mundo. Ela sempre desmascarou qualquer um diante de mim. Eu sempre esperei que a gagueira falasse alguma verdade intraduzível com a qual eu teria que conviver. Se de um lado ela é o aprisionamento com o qual tive de me acostumar, de outro sempre foi uma libertação.

No caso do uso com pessoas, uma libertação relativa a meu chefe mais próximo por exemplo, um sujeito com quem nunca preciso falar. Ele está na hierarquia do museu como o chefe da limpeza, ao qual o guarda-roupa está ligado por pura falta de outro lugar que possa controlá-lo no organograma administrativo. Que o guarda-roupa esteja ligado ao setor da limpeza faz sentido, porque ali as pessoas deixam coisas que algumas vezes acabam indo para o lixo. Mas a questão é mais do que lógica, é hierárquica. O chefe da limpeza é um homem gordo, de dentes muito feios, com péssimo hálito, com quem eu evito falar a todo custo, e que sempre me faz gaguejar, diferente de Irene e de Thomas, meus amigos, com quem não travo tanto ao falar. Por sorte o sujeito não aparece no guarda-roupa com frequência, quase nunca aparece. Verdade que não falo muito com Irene, mas o suficiente durante os encontros para me fazer notar por ela e receber seus olhares sóbrios que me parecem com um olhar de mãe, de uma boa mãe. Não me agrada falar com ninguém, mas Irene não usa minha gagueira contra mim.

Falo isso juntando Irene e meu chefe repulsivo em uma mesma conversa porque foi frequentando o nada hierárquico grupo de estudos que fiquei com mais raiva ainda da hierarquia. Percebi que toda hierarquia me intimida. Que emudeço. Mas percebi também que demonstrar timidez é um bom jeito de evitar pessoas e assim também evitar a gagueira em horas indevidas. Que o erro dos tímidos é justamente tentarem parecer extrovertidos ou incomodarem-se com a própria timidez. Assim como o dos gagos é tentar evitar a gagueira. E, como não pode deixar de ser, o erro dos solitários é evitar a solidão. O erro em todos esses casos é evitar aquilo que é a verdade mais íntima que se reconhece pela aceitação do que, em si mesmo, traz conforto para o corpo e a alma. Aquele que se nega a si mesmo o faz apenas em nome dos outros que exigem dele alguma coisa que ele não é. E o que não se é é sempre motivo de desconforto. Conheço bem isso, porque ao longo da vida descobri que precisava de muito esforço para ser alguma coisa que não incomodasse o mundo.

Fiquei de bem comigo quando aprendi que sou gago e que isso não vai mudar, isso me ajudou com a minha doença, que é uma questão tão íntima quanto secreta, mas muito bem acolhida pelo grupo do fracasso. Aprendi que todos os esforços, no meu caso, consistiam em relaxar para poder falar, e que relaxar dava muito trabalho. Era melhor do que a raiva. Aprendi, meditando no meu caso, que não quero relaxar e que não quero falar. Que precisava ficar como estou, que podia ser assim, que isso não importaria a mim, e isso porque não importava a Irene. Irene era meu Wittgenstein a ensinar-me os limites do meu mundo. Para mim estava bem. Creio que ela me ensinou também um pouco do alento, ilusório como qualquer alento, mas um alento, que é preciso usar para se permanecer neste mundo. Que a filosofia era uma espécie de consolação como aquela que escreveu Boécio ao ser preso antes de morrer e que, durante um tempo, lemos nos encontros na casa de jazz aonde, sinceramente, eu pretendia continuar indo caso não tivesse recebido este telefonema hoje pela manhã. A rapidez da tecnologia me libertou a cada dia das ruas cheias de gente em que eu me sentia aprisionado. E agora me sinto novamente aprisionado.

Questão

Hoje é segunda-feira, amanhã o museu abre e terei que me dirigir ao ponto de ônibus para ir trabalhar. Se eu viajar de vez para Florianópolis, questão que não posso deixar de me colocar, então não poderei mais me aposentar como pretendia fazer em menos de um ano. Se eu não voltar em breve serei acusado de abandonar meu emprego. Perderei todas as minhas garantias. Perderei a aposentadoria e perderei, portanto, uma pequena vantagem que se tem na velhice, a de não precisar trabalhar. A aposentadoria não seria uma má ideia. Quando penso como funcionário e burguês, que eu não sou por conta da minha origem, é assim que penso. Quando penso como explorado e velho, é assim que penso. Quando penso como homem livre, creio que vou sentir falta de pegar o ônibus, andar pela cidade, conversar com Thomas em meio aos escaninhos. Vou sentir falta de olhar para a moça com o colar de pérolas na pintura de Vermeer. Vou sentir saudade de Irene.

Sempre esperei envelhecer mesmo tendo sido sempre um velho. Nasci envelhecido. Não sentirei falta da minha velhice que agora se insinua como um novo desabamento, velhice que vejo avançar desde meus doze ou treze anos, e depois aos vinte, e aos trinta e poucos, numa época em que eu não me importava com muita coisa. Vejo, porque meu corpo vê, que há uma nova velhice e que ela virá com tudo. Com tudo aquilo que Thomas diz, para me consolar, que vou tirar de letra. Ao que respondo: *não fique velho, meu filho*. No meio dessa rotina toda, sentirei falta de passear pela cidade de ônibus. Mesmo que seja só o trajeto que me leva da casa ao trabalho. E de lá para cá. O ônibus é o lugar onde costumo meditar quando não estou caminhando. Dizem que na Grécia o ônibus é chamado de *metáfora*, eu sempre quis ir à Grécia para ver se isso é verdade mesmo. Um ônibus, um veículo poético.

Viajar

Pena que Agnes mora em Florianópolis. Se ela morasse na Grécia, seria mais fácil para mim viajar até ela. Eu ficaria menos assustado indo por terra do que pelo céu. Digo isso apenas para fortalecer em mim a ideia de que viajar é possível. Já viajei uma vez, é possível que isso venha a acontecer novamente, penso agora. Naquele tempo em que viajei, eu não imaginava o que seria a vida. Só o que sei é que era preciso seguir sem saber para onde, deixando o futuro inventar-se ao sabor dos acontecimentos. Era assim que eu imaginava que a vida poderia ser uma aventura que não deve sustentar-se necessariamente no mesmo lugar. O que vim a saber depois é que todo lugar pode se tornar lugar nenhum. Que não ser ninguém é, ao mesmo tempo, o jeito que muitos encontram na vida de se tornarem alguém.

Tantas pessoas viajam, por que eu não o faria, é o que Thomas sempre me pergunta, e é uma das únicas perguntas bobas que meu querido Thomas me faz. Mas na verdade pensava em viajar muito desde que me joguei no mundo em direção à África. Uma viagem, eu pensava quando jovem, me daria muito prazer. O prazer do tempo, do sol, do vento, da chuva, das paisagens diferentes, dos diferentes movimentos, de pessoas, comidas, jeitos de viver, cidades, as visões de mundo que se modificam geopoliticamente. Me encantava a ideia de conhecê-las quando cheguei aqui. Eu era um jovem muito sonhador.

Náuseas

Quantas vezes voltei a pé para casa quando andava até o seminário, levando o triplo do tempo, entregue de corpo e alma, como dizem aqueles que nunca se entregam de corpo e alma, ao caminho. E, sempre a caminhar, eu me via como um bicho e conseguia, a caminhar e a me sentir um animal que passeia a esmo, pensar muito mais na vida ao meu redor. O tempo passava, o dia ia embora calmamente levando consigo a sensação de tédio, cujo nome eu não conhecia naquela época. Tédio é a sensação que tenho hoje ao me sentar diante do computador para, por exemplo, pagar uma conta. Vou ao banco sem sair de casa. É como se eu não precisasse mais da cidade. Como se, sem viajar, eu também tivesse me esquecido de andar.

    A sensação que sempre tive é de que a vida é algo besta, agora sinto que ela é mais do que besta por conta desse computador. Lembro-me de quando ficava sentado no sofá a fumar um cigarro, antes, evidentemente de ter parado de fumá-los. Não porque quisesse viver mais, embora quisesse ainda alguma coisa com a vida, mas porque o cigarro sempre me fez mal, sempre me deu náuseas que são ainda muito difíceis de conter.

    Também por essas náuseas fui ao médico, mas elas não significavam nada segundo o médico, que me pediu todos os exames do mundo, exames que traduziram meu corpo em substâncias químicas e físicas. Fui esquartejado, milimetricamente esquartejado, por um microscópio e um aparelho de tomografia. O médico, dessa vez, perguntou poucas coisas enquanto olhava os resultados dos exames. Uma delas foi por que eu imprimira os resultados se eles estavam *on-line*. A outra era uma questão algo mais obscura, se eu tinha alguma doença conhecida. Respondi que eu não sabia nada a meu respeito. Foi o que me veio à mente. Não sei nada sobre mim, eu disse, naturalmente a gaguejar. Ele me olhou como um boneco que, de repente, fixa o pescoço em uma direção para fazer foco com os olhos. Estava sentado diante do computador e lá permaneceu. Nem sequer se levantou para abrir ou fechar a porta. Deu-me uma receita de comprimidos para náuseas que joguei no lixo assim que saí do consultório carregando os exames impressos, segundo ele inúteis, tão inúteis quanto sua receita, como consegui, por meu singelo gesto, provar.

Certo de que eu não ia morrer de náusea, preferi ficar com a minha náusea a tomar comprimidos indicados por um robô. Nosso mundo já estava povoado pelos androides havia bastante tempo, esses robôs que se fingem de seres vivos. Vida artificial é um conceito a ser pensado com seriedade. Se os computadores tomaram o mundo, isso só pode ser efeito — ou causa — da vida dos androides. Quem sabe eu mesmo seja um androide e aquele meu colega de grupo, que aparecia apenas quando o tema anunciado era a obra de Heidegger, tivesse razão. Segundo ele, que se chamava pelo estranho nome de Primo, e tinha um sotaque italiano acentuado, havia humanos, androides, ciborgues e extraterrestres entre nós. Sendo ele mesmo um extraterrestre cuja função nesse mundo era ajudar seres humanos a superarem a si mesmos. Os androides eram infiltrados, deviam manter as pessoas em seu lugar miserável. Os ciborgues eram seres humanos melhorados. Sobreviventes que não sentiam falta de suas partes carnais, trocadas por partes mecânicas. Os androides tinham sido inventados por humanos que não querem a liberdade humana.

Churrascos

Sempre acho muita graça quando os debates em nosso grupo de filosofia vão para o lado do *humano*. Seja substantivo, seja adjetivo, quando isso surge eu tento cortar a conversa falando de churrasco. A coisa *humana* sempre me pareceu muito estranha. Prefiro falar de churrascos. Sou nessas horas um especialista em churrascos. Irene me olha com cara de tédio, até que, depois de dois ou três exemplos de churrascos feitos pelo mundo afora, ela começa a rir. Nunca falei dos mesmos churrascos, além de tudo, sou vegetariano desde que me conheço por gente, como dizem os que não se conhecem por gente, mas estudo churrascos de diversas etnias, países e épocas. Coleciono filmes em que aparecem carnes assando, como no inferno. Mesmo odiando filmes e churrascos, eu os coleciono. Confesso, contudo, que a maior parte dos churrascos sobre os quais falei eram churrascos inventados. Nunca comi os churrascos verdadeiros ou falsos sobre os quais teci minhas considerações, mas fiz coisas estranhas, como fumar maconha. Na verdade, nunca pensei que fumar fosse nada estranho, fumar é tão simples como comer uma banana.

Cada vez que lembro que fui um fumante enlouquecido, mas não de maconha, de tabaco mesmo, lembro-me de que comer bananas na era vitoriana era um escândalo como hoje é fumar maconha. Mesmo na Alemanha, mesmo em certos lugares do Brasil, na Corte, no Rio de Janeiro, comer uma banana em público era uma coisa hedionda. Como hoje é fumar um simples cigarro de maconha. Lembro-me dos comedores de banana e dos cheiradores de rapé como uma coisa muito estranha e antiquada. Se falo que algo é *muito* isso ou *muito* aquilo, é para enfatizar meu pensamento, deixar claro aquilo que quero dizer. Não basta dizer, é preciso deixar claro. Muitas vezes é preciso deixar *muito* claro o que se pensa, porque sempre há os maledicentes à espreita, esforçados em interpretar mal aquilo que outros dizem.

Paciência

Em nossa época as pessoas vivem querendo explicações. A maior parte das pessoas que conheço pede explicações o tempo todo. Os que vêm ao museu e pegam os *audioguides*, esses então chegam a me enervar. Saídos do reino dos *sem-noção* para o das obras de arte, para azar dos quadros pintados, eles entraram no museu. Entraram no museu em busca de uma legenda. Se eu fosse o responsável pelas gravações desses guias, eu diria, antes de mais nada, deixaria bem gravado, antes de qualquer outra palavra, que aquela legenda toda de nada serve a quem deseja ver de fato uma obra. A obra não é uma peça histórica apenas, ela é um objeto vivo.

Quando penso nisso, eu mesmo chamo por minha paciência. *Paciência*, eu preciso de *muita paciência*. Preciso, inclusive, enfatizar a estranheza das associações que faço, enfatizando que as faço apenas porque tenho *muita paciência*. E, se penso no caso específico do celular, mudo de ideia a meu respeito. Sei que ainda não sou um androide. Devo ser aquele tipo de ser que chamam de humano, e que é humano porque ainda usa fios para mover-se no mundo, mas não é tão evoluído como um ciborgue e tão espiritualizado como um extraterrestre. Não estou explicando a relação entre humanidade e fios. Estou sendo poeticamente licencioso. As antenas de celulares tomaram o lugar de tudo o que há, de tudo o que havia, postes, casas, árvores, montanhas, rios. Onde prédios, bem antes, tinham tomado o lugar das casas, agora há antenas. Elas me revoltam. É porque ainda penso linearmente. Penso usando linhas, e linhas se parecem com fios que podem ligar uma coisa a outra.

    Irene, por sua vez, deve ser o extraterrestre que cuida de mim. E deve estar em uma viagem cósmica porque há tempos não aparece e não posso contar-lhe o que se passa comigo, o que me deixa triste como um animal angustiado.

O mundo é um museu

O mundo tornou-se esteticamente pior, penso agora. O mundo é um museu. Assim como um museu é um lugar de guardar o mundo. Quem se dedique a olhar bem verá que está dentro de um grande museu. Que sua casa é um museu. Que seu corpo é um museu. Às vezes um museu tecnológico. Cheio de bonecos e androides. Um museu de implantes, transplantes e experimentos químicos. Essas cidades grandes onde vivem as pessoas, onde eu vivo, essas cidades invadidas por turistas, nada mais são que museus onde a *coisa humana* foi, um dia, produzida. E substituída por androides. Irene chamou esse mundo de pós-histórico. Critiquei-a abertamente pelo prefixo pós, tão em moda. *Irene, crie sua própria terminologia. Crie sua própria notação*, eu disse, cheio de mim. Como ela fez no dia em que um de nós, talvez Paul, ou algum outro dos que aparecem com menos frequência, expôs sua visão de mundo cheia de clichês. Desde aquele dia comecei a me apegar a clichês. Não para livrar-me das verdades de Irene, mas muito mais para chamar seu olhar para mim. Em doses mínimas os clichês fazem muito bem. Como cigarros.

Irene não gostou do que eu disse. Ela não gosta de ser contrariada. O mundo ficou eticamente pior e a estética ruim é só sua comprovação, explicou-me cheia de si. Depois me disse que meu julgamento era improdutivo e terminou a aula por ali, sugerindo que, no próximo encontro, lêssemos Vilém Flusser. Irene tem dessas coisas, argumentos de autoridade, ordens vazias. Não sabe que eu nunca vou ler coisas muito difíceis. Deixo isso para ela, que tem paciência de nos explicar. Emudeci diante de sua ordem e, nesse dia, eu é que fui embora.

    Fui para casa a pé, tomando chuva na cabeça. Pensando no que dissera Irene sem chegar a nenhuma conclusão. E, enquanto pensava que não leria Flusser, constatei que meus cabelos nunca se molham. São impermeáveis. Eu pensava nos cabelos de Irene, brancos, tingidos de branco. Por que Irene se preocuparia em pintar os cabelos era a minha meditação naquele momento. Talvez Flusser me ajudasse com isso, mas eu estava um pouco cheio do caráter edificante das palavras de Irene e de suas dicas perfeitas. Meus cabelos não se molham, de modo que me servem de chapéu, continuei pela rua a pensar nisso como se não pensasse em nada. Caminhei para casa pensando em meus cabelos e nos de Irene. Pensando que parecemos dois bonecos de cera quando estamos um ao lado do outro com esses cabelos estranhos.

Meninos

Sonhei, naquela noite, que eu perdia um ônibus e que, dentro dele, ficavam todos os meus filhos. Em outro sonho, os meninos ficaram dentro de um carrinho de mercado, enrolados em jornais. Algumas vezes sonho com meninos que agonizam. Um caixão branco fica aberto, a esperar seus pequenos corpos moribundos.

    No sonho com os filhos dentro do ônibus, eu temia que alguém os encontrasse e lhes fizesse mal. Um deles tinha os cabelos como os meus. Bem duros e firmes. Dentro do bolso do maior deles, que já sabia andar, e podia empurrar o carrinho, havia um telefone celular com a bateria descarregada. Eu ligava para o menino, fazia a ligação do telefone que tenho sobre a mesa da cozinha, o único que tenho em casa, mas a ligação caía na caixa postal. Sonhei com isso muitas vezes, com a existência desses meninos enrolados em jornais, dentro de carrinhos, agonizantes, perdidos pelas ruas.

Choque

Junto com o morto que é meu pai agora, foi-se o entendimento, os aspectos luminosos e sombrios da minha capacidade de pensar, da minha capacidade de julgar, de programar o meu dia a dia, tudo se foi. É o estado de *choque* como se diz, e estados de choque tendem a passar. Essa é a minha esperança neste momento, passadas horas, em que me vejo em casa, sem saber direito como proceder enquanto tento digerir, como se diz, a *informação*. Uma *informação* que está velha, mas que para mim é nova e, por ser velha e nova ao mesmo tempo, me deixa muito confuso.

Os telefonemas, como se todos pudessem estar expostos, de repente, à minha memória, como se estivessem pregados a um muro na forma de fitas gravadas, me vem à mente, como se horas e horas de gravação se recuperassem de uma hora para outra. Me vêm à mente as memórias dos minutos de espera que antecediam aqueles telefonemas. A voz de meu pai envelhecendo ao longo dos anos. Ouço o metal, a madeira, o oco, o vento carregados naquela voz, de lá pra cá. Me vêm suas palavras calmamente colocadas umas depois das outras, me vêm as linhas do seu discurso, da sua narrativa em sequência, como se ele estivesse a ler um livro escrito por um autor singelo e, ao mesmo tempo um jornalista hábil, capaz de falar sem nada dizer.

Sempre soubemos, eu soube, Agnes deve ter encontrado ainda mais comprovações, que nosso pai era um tipo de pessoa quando estava entre nós e outro tipo de pessoa quando estava junto aos outros. Nosso pai não gostava de falar conosco, mas falava com os outros. Era um ator interessado apenas nos próprios assuntos. Os filhos, e os assuntos dos filhos, nunca foram assunto. Desinteressado dos filhos em sua natural avareza, que levava em conta apenas aquilo e aqueles que podiam lhe dar alguma coisa em troca, meu pai nos deixava abandonados como meus próprios filhos, os filhos que nunca tive, aparecem abandonados em meus sonhos. Sempre, é claro, quando penso nessa *alguma coisa em troca*, penso em algo que não era nada e que era dado por essas pessoas em troca de nada. Nada contra nada, nada pelo nada. Cada um sabe do seu próprio nada, cada um sabe do que precisa e não precisa e, por isso, não vou julgar meu pai. Não vou julgar Agnes. Agnes dava senso de realidade àquele telefonema, sempre meio envolvo na atmosfera de um sonho enquanto eu falava somente com meu pai. Meu pai e seu silêncio, era assim que eu o via, que eu fantasiava o seu mundo de velho, durante quarenta anos em que o ouvi envelhecer.

Meu pai, que só falava por enigmas desde que nasci, desde que o vi a olhar para o mar, parado, como se o mar fosse um muro onde ele, como um judeu culpado, se perdia todos os dias. Meu pai, que retornava do mar como uma marionete do destino, uma marionete das ondas que aqui, no chão firme, espera sua próxima chance para morrer.

Mais alguma coisa

Meu pai não tinha nascido no mar. Viera do interior em fuga com minha mãe para viver longe da família dela. Sua profissão não era uma profissão para ele, mas um ganha-pão, um horroroso emprego do tempo livre, um *ter o que fazer*, algo do tipo do que sobrou, *daquilo que nos resta*, como eu e Agnes acabamos sabendo por nossa própria conta ao longo desses anos. A pesca para ele era um *hobby* como um dia, tanto tempo depois, ele me revelou ao telefone quando falamos sobre o tempo da pesca. Atrás daquela vida comum, daquele cidadão que desprezava o homem ordinário, sem que ele mesmo fosse mais do que um homem ordinário, havia um aristocrata, um herdeiro do reino da imbecilidade aristocrática que, em linha direta, servia à idiotização burguesa. Como era possível que meu pai, aquele homem do interior que se tornou um pescador, dissesse uma coisa dessas, usasse a palavra *hobby*, é o que nunca saberei. Ideias como aquela ajudavam a perder certa compaixão que eu nutria por ele. Essas ideias grotescas ajudavam a criar e aumentar nossa distância. Pronunciada a senha que fechava todos os telefonemas, desligávamos e eu ficava a pensar se haveria como dizer no futuro *mais alguma coisa*.

O mundo do lado de lá

As tecnologias vieram para confundir a noção que podemos ter da matéria, da massa e da aceleração. A velocidade veio com os aparelhos, devorou o espaço como um vento forte que carrega tudo ao seu redor. Como um vento que vem do mar, carrega o que encontra pela frente e retorna repetindo o mesmo ritmo, o mesmo gesto, dia após dia, noite após noite. Um vento que vem para nos arrastar para o nunca mais que nasce fisicamente a cada vez que perdemos a memória.

A velocidade entre nós. Ela marcava o ritmo do encontro, do encontro entre mim e meu pai, o encontro impossível que, desde o começo, era já desencontro que, em medidas diversas, é inevitável a cada um. No nosso caso, o desencontro era um projeto de vida. Só que foi ficando, ao mesmo tempo, cada vez mais imediato com a chegada do telefone digital, cada vez mais *possível* diante do *impossível*. Estávamos como que um ao lado do outro há milhares, muitos milhares de quilômetros de distância, separados por um oceano, muitos países, uma noite de insônia em um avião, uma noite de pesadelos, separados por um desejo, ou seria a ausência de desejo, que impunha a existência de dois mundos, um mundo que fica do *lado de cá*, e um mundo que me acostumei a chamar de mundo do *lado de lá*.

Vejo meu pai sozinho em casa, velho e cansado como as pessoas velhas ficam, tanto de viver fisicamente quanto de viver em geral, como a pessoa velha que estou me tornando. Ele ouve o telefone longe, está bastante surdo, mas o suficiente para ficar em dúvida sobre o telefone que toca. Ele se aproxima do telefone vagarosamente. As pernas lhe pesam. Não é fácil tirar o telefone do gancho. Com as mãos lentas cuidando de realizar do melhor modo gesto tão antinatural, ele leva o telefone ao ouvido e diz *alô*, espera que seja um engano, mas é preciso pagar para ver. Algo nele quer companhia. Ele remói a própria língua para dizer esse alô, e logo percebe um estranho que do outro lado do fio responde sem dizer mais nada.

É melhor que seja um estranho, ele pensa. Esconde o que pensa de si mesmo. No tremor de suas mãos há um pouco de medo, acumulado por anos e que se acirra antes da morte, ele sabe, e que vem sendo alimentado desde os primeiros anos de vida. Ele fala a um estranho como se fosse a um filho. Meu pai sempre foi simpático com estranhos, sobretudo com os mais estranhos. Com as mãos concentradas no esforço de segurar corretamente o telefone, de não deixá-lo cair, meu pai fala seu alô com alegria, alegria que só usaria com um estranho. Do outro lado da linha, o filho que ainda existe finge que não é ninguém.

O pai é simpático com o contexto em que se dá o chamado do estranho até se lembrar da voz ao telefone, que essa voz é de seu filho distante. Que o filho ao telefone era eu, quando então mudaria o tom de voz, parecendo obrigado a mudar esse tom, e sem tentar disfarçar a decepção, ele deixa claro que não estava disposto, porque a decepção, como aprendi antes, muito antes de sonhar que era preciso ir embora, a decepção com o que o outro é estava dada. Algo que deveria sempre, na perspectiva de meu pai, ficar claro para todo mundo é que não precisamos demonstrar afetos. Só eu não sabia, eu não podia acreditar. Eu não tinha a experiência de vida que faz alguém entender com profundidade uma coisa dessas, porque em algum ponto do processo eu aprendi algo diferente.

Caso Agnes atendesse o telefone, como quase sempre aconteceu, ele ficaria em seu lugar consagrado de ausência, protegido por aquela presença inteira e definitiva, de algum modo defendido de falar comigo, mesmo que nunca tenha sido impedido, nem por ela, nem por ninguém, de me dirigir a palavra.

Na verdade, tudo isso se deu porque meu pai sempre soube da minha doença. E não sabia o que fazer com ela.

Sombras

Das poucas vezes, porque na verdade foram poucas, considerando esses quarenta anos, em que pedi para falar com ele, fiquei inicialmente mudo. Eu não sabia formular frases, não sabia se deveria começar dizendo que *eu gostaria*, ou *quero*, ou *me deixa falar com meu-pai, nosso-pai, o pai*. Depois, ao falar com ele, era tudo muito complicado também. Era muito difícil para mim encontrar uma formulação segura que não deixasse transparecer, na forma como falava, a minha angústia, a insegurança do meu pedido, insegurança que diante de Agnes, aos seus ouvidos, poderia ser usada contra mim. Esses telefonemas me custavam muito. Tenho certeza de que meu pai notava que era eu ao telefone quando, timidamente, eu lhe fazia uma pergunta e, já no começo do enunciado, gaguejava.

Quando Agnes atendia o telefone e sugeria que eu falasse com ele, eu ficava sem saída e sem ter o que dizer. Não sabia o que dizer como sempre. Ela, no entanto, sabia de tudo, sabia que era preciso, que era de certo modo um dever também seu, o de pelo menos sugerir chamá-lo ao telefone, mas muitas vezes ela mesma abortava sua sugestão informando que ele tinha saído pela porta fazia um minuto, que havia desaparecido da sala, que não podia ir à sua procura com medo de que caísse uma ligação tão rara, o que não dizia sem ironia.

Agnes ocupou o lugar de nossa mãe desde antes de sua morte. Aquela morte que nos acompanhou durante toda nossa infância. Minha mãe e meu pai viveram juntos pouco tempo e, desde sempre, pareciam separados pelos corpos de seus filhos. Habitei entre eles, como, de certo modo, ainda habita Agnes, pois meu pai jamais se casou novamente. Talvez Agnes tenha esquecido nossa mãe. Por isso foi capaz de suportar nosso pai. Durante todo esse tempo, esses quarenta anos e mais de quarenta telefonemas, Agnes foi incapaz de falar de nossa mãe senão para dizer que nosso pai andava sozinho no cemitério e que diante do túmulo de nossa mãe tinha o olhar distante como quando se perdia a olhar o mar.

Desde que me lembro dele, era assim que vivia com minha mãe. Não me lembro de tê-los visto conversar. Ela vivia a olhar para longe, ele também. Era como se cada um olhasse para a própria solidão provocada pelo outro e não pudessem mudar o foco. Trabalhavam em casa, ele a construir redes, ela a ajudar com as emendas, sempre em silêncio. Duas estátuas cuja sombra se encontra dependendo do horário do dia, momento em que ele tocava em sua mão, mas apenas como se a sombra que ele era pudesse tocar na sombra da mão dela. O olhar de meu pai retornava de vez em quando para o mundo dos vivos por alguns minutos, mas o dela não. Eu e Agnes éramos como subsombras entre eles, com as quais eles nunca falavam.

Era preciso entender como viver entre os gestos daquelas pedras, gestos inóspitos que geravam sombras das quais era impossível fugir. Tornamo-nos, eu e Agnes, sombras como eles. Por ser uma sombra, eu tinha medo de dissipar. Buscava naquela época uma mão para agarrar a fim de evitar tropeços, e assim o frio dos olhos secos de meu pai, e assim o confronto com o que meu pai não me dizia. Eu desejei sair ileso daquele foco como alguém que conhece o corredor da morte.

Cadafalso

Na televisão da casa de Isaías, um dos meninos que frequentavam o seminário, vi a cena de um condenado à morte que pedia clemência. Até hoje não me parece que tenha sido um filme, mas uma notícia, e isso me impressionou por muito tempo. Perguntei várias vezes, sempre me pergunto quando não acredito, e perguntava a ele, a meu pai, se ele conhecia alguém que tinha sido condenado à morte. Ele sempre respondia: *sim, conheço. É você, o estorvo.* Ele dizia isso me chamando de *estorvo*. Mas eu não sabia o que era o estorvo. Apenas me dei conta do horror daquela resposta quando cresci, porque ouvi aquela resposta sempre como um grande enigma por meio do qual eu deveria tentar saber quem eu era. Um puro estorvo não me fazia aderir ao pensamento de meu pai, não me convencia sobre mim.

Estar condenado à morte era assustador, eu queria viver. Na escola perguntei por anos aos meus professores, a cada vez que aparecia um professor novo, se ele conhecera algum condenado à morte. Todos, invariavelmente, me disseram que não. O professor de história, um padre magro e que, bem velho, vim a saber por Agnes, morreu de aids, algo aparentemente inusitado para um padre, me dera um livro de história sobre a Segunda Guerra mundial, o primeiro livro pelo qual me interessei intensamente. Foi nele que conheci os condenados à morte em Nuremberg. Olhei cada detalhe, dos poucos rostos naquelas fotografias a ilustrar a ilegível língua francesa em que estava escrito. Eu buscava alguma semelhança entre mim eles. Mas não. Não era possível fazer nenhuma associação.

Eu temia ser parecido com aqueles condenados. Temia que, quando crescesse, eu me tornasse como eles e fosse capturado pela polícia. Perguntei ao meu pai quem eram os judeus assassinados por aqueles homens, meu pai me olhou por um segundo antes de afirmar que era *gente que tinha que ser morta*. De repente, tive medo, pois que meu pai me chamava também de *judeu* quando estava bravo comigo e não queria me chamar de estorvo. Às vezes me chamava de *velho esclerosado*. Se eu era um velho esclerosado e judeu, estava necessariamente no caminho do cadafalso.

Labirinto

Foi no campo aberto pelos olhos de minha mãe, uns dias antes de morrer, a me pedir que eu não fosse embora que sobrevivi. Durante anos vivi aprisionado àqueles olhos úmidos que me pediam para morrer como Agnes me pediu do mesmo modo quando Lúcia que era a nossa mãe morreu. Agnes tinha a preocupação prática, já naquela idade, de não boiar no mar. Fiquei sem responder, pois tinha a mesma vontade, embora me faltasse a preocupação. Agnes pediu que eu nunca contasse ao nosso pai sobre isso, eu jamais contei.

Na distância costurada por silêncios, uma distância armada pelo mesmo desejo de morrer que tivemos que apagar, aos poucos, cada um à sua maneira, Agnes retorna. Diz que tudo é desnecessário, traz nas mãos pedaços da pedra com que foram feitos os nossos pais, essas estátuas de cascalho a provocar sombras, é ela quem traz um convite a atravessar o labirinto iluminado pela luz fugitiva desse tempo ao qual se pode dar o nome de *nunca mais*. Eu temo sua aparição. Temo a sua voz vinda do outro lado do mundo. As sombras, aquelas que nunca imaginei pudessem voltar a me chamar, voam sobre mim, bicam-me as orelhas, o pescoço, devolvem-me o medo do qual eu pensava ter me livrado há muito tempo.

Médico

Agnes nasceu ali, na beira da praia. Chamaram o médico que visitava o postinho de saúde a quilômetros de distância. Minha mãe não podia ir até lá com Agnes. O médico chegou em um carro da prefeitura e ficou pouquíssimo tempo em nossa casa. Não tocou na pele amarela de Agnes. Ela foi colocada ao sol de manhã cedo todos os dias até que a cor desaparecesse. Agnes nunca perdeu aquela cor. No olhar do médico, o nojo da nossa miséria, um olhar que tornava abjeto o mundo ao redor. Aquele olhar que proíbe a quem olha de estar na presença das coisas. Eu quis fugir daquele olhar que faz parte de mim até agora.

Inês, nossa vizinha, convenceu o médico. Deve ter prometido algo ao médico ou deve tê-lo ameaçado. Talvez tenha simplesmente lançado um feitiço sobre ele. Muitos diziam que Inês era bruxa. Eu convivia com ela e seus filhos e nunca vi bruxaria alguma, via apenas que nos ajudava, que tinha pena de nós, sobretudo de minha mãe. Olhando para trás, hoje eu pediria que ela me ensinasse alguma bruxaria. Uma bruxaria que permitisse voltar no tempo, viajar rápido para longe, para longe das coisas que se sabem.

Sempre tive medo das pessoas da ciência, como aquele médico de olhos enojados. Em nosso grupo de estudos da Sociedade dos Amigos do Fracasso, também tivemos a presença de um médico que falou de si como sendo um *homem da ciência*. Seu olho tremia o tempo todo. Chegava dizendo boa noite num tom muito alto e ia embora sem dizer nada. Essa pessoa sempre me deixava desconfiado, lembrava aqueles médicos nazistas que fugiram da Alemanha para o Brasil e outros países da América do Sul. Agora estava ali, para meu desânimo, perto de mim. O sotaque de um mero boa-noite fazia saber que não era alemão. Podia ser americano, inglês, australiano. Era sul-africano e tinha procurado nosso grupo por *questões concernentes ao cérebro*, como revelou a todos em uma de suas poucas e chatíssimas ponderações. Mais tarde viemos a saber que tinha sido oficial durante o regime do *apartheid* e que seu diploma de médico fora reconhecido na Alemanha. Irene é quem nos deu a notícia de seu enforcamento numa noite fria em que lemos um trecho da quarta parte de *O mundo como vontade e representação*.

Naquela noite, disse a Irene o que eu pensava. Que todos os carrascos deveriam suicidar-se. Seria um gesto de salvação da alma. Que aquele que aceita a tarefa imposta por governos autoritários deveria assinar um termo de compromisso quanto à sua própria autoexecução. Lembro-me de Irene argumentando que o suicídio não era um ato ético. Que o médico já estava morto como pessoa havia muito tempo. O que Irene, a idealista, dizia era bonito, mas nada prático. Dei-lhe o exemplo dos militares brasileiros que eram, à sua maneira, como os políticos em regimes autoritários, carrascos de gente inocente em todos os sentidos. Perguntei-lhe se ela sabia o que acontecia no Brasil. Apesar de ter sido educada na Alemanha, e na Alemanha Oriental, Irene era uma tremenda alienada política. Para ela, o mundo ia da Alemanha, estendia-se à Rússia e à África do Sul, pulando vários países, não chegava sequer aos Estados Unidos. Eu, que nunca me interessava muito por notícias, era um jornalista demais perto dela.

Com toda a sua boa vontade, Irene não fazia ideia do que era a América Latina. Irene era alienada por eurocentrismo, ainda que falasse espanhol e português. Era incapaz de pensar além da Europa, de perceber que o futuro pertence à China, de compreender que a globalização, por mais capitalista que seja, por mais inevitável, redesenhava o mundo e, com ele, o sistema das distinções, daqui para a frente não haveria mais diferença, desigualdade econômica e de direitos sim, mas não a diferença.

Thomas não era como ela, nem como eu. Thomas era quem me informava de tudo. A ele eu podia perguntar o que acontecia no Camboja, no Vietnã, no Peru ou no Uruguai. E quando os dois se encontravam, Irene ouvia desconfiada de que lhe faltava alguma coisa.

Thomas com seus olhos cegos diante dos olhos bem abertos de Irene. Eu a pensar quem via mais.

Pensei nos médicos nazistas, me lembrei dos carrascos brasileiros, vi os policiais que me prenderam e desnudaram, confundindo-me com uma revolucionária. Lembrei-me do policial que me perseguiu até o seminário a mando de meu pai quando ele desconfiou que eu estivesse envolvido com comunistas.

Comunista não, marinheiro

Nunca encontrei comunistas autênticos. Nunca fui um comunista. À minha maneira sou apenas um pobre marinheiro no grande *mar da vida*. O comunismo é uma metáfora, assim como o mar da vida. Uma metáfora bonita na qual eu gostaria de me compreender, mas não posso. Sou por demais egoísta, sou por demais preguiçoso e covarde para me dizer comunista. Thomas me chama de seu comunista. Eu sempre respondo, *comunista não, marinheiro*. Se a questão é o desejo sob a metáfora, então, sou mais marinheiro do que comunista porque entre um mundo perfeito econômica e socialmente falando e o alto-mar ao infinito, eu ficaria, infelizmente, para desespero de Thomas, com o segundo.

Posso usar a metáfora e dizer *o mar no qual encontrei o porto para abrigar meu corpo*, esse navio encalhado. Posso dizer que me tornei, também eu, um navegante naufragado de um navio encalhado no mar da *vida*. *Mar da vida* é uma expressão ridícula, tanto quanto seria neste momento falar em *estrada da vida*, mas todo mundo entende quando se fala assim e Agnes também vai entender, embora Agnes não seja a melhor pessoa para entender coisa alguma. Se eu dissesse comunista, ainda que soasse bonito aos meus ouvidos, seria aos ouvidos de Agnes como dizer pedófilo, comedor de criancinhas.

Nunca viajei em um navio e, mesmo assim, me sinto um navegante. Segui, de certo modo, o caminho de meu pai, que é essa espécie estranha de não caminho. Um caminho de mar aberto, um descaminho. Não vou me enganar, é justamente isso o que me aconteceu. E se me expresso com esses clichês que valem mais do que metáforas, é que a vida, no seu transcurso impensado, me ensinou a amá-los. Os clichês são a única verdadeira filosofia, digo para irritar Irene, que vive a combatê-los. Quero ver a cara de Irene quando eu disser a ela que a vida não é algo assim tão complexo. Que somos primatas nervosos e ansiosos, e que esse nervosismo, essa ansiedade nos fazem pensar que temos algo como um espírito.

Meio-dia

É como me sinto agora, nervoso, ansioso, mas privado de espírito. A opacidade se tornou física dentro desse apartamento onde eu me vejo mais concreto do que nunca. O telefone toca, alguém quer falar comigo. Mas não quero falar com ninguém. Não posso atender. Não posso falar com ninguém. É Agnes que me liga pela primeira vez. Ela lembra que tenho um número de telefone. Descobre *finalmente* que pode me ligar. Sem perceber que jamais me ligou até hoje, ela toma o telefone nas mãos e disca meu número anotado em um pedaço de papel jogado dentro da carteira. É meio-dia e ela lembra que falou comigo pela manhã como se nada tivesse acontecido. Enquanto pensa no horário da missa, enquanto alimenta os gatos, ela se dá conta de que eu poderia ter ficado impressionado, quem sabe perplexo, afinal estou velho e, na velhice, emoções fortes podem matar. Ela pensa nisso, no que nunca pensou. Movida pela culpa, Agnes liga pela primeira vez para seu irmão, pela primeira vez ela telefona e é para pedir desculpas pelo modo como conduziu a conversa pela manhã. Como alguém que resolve ser gentil, ela avisa que eu sonhava, que estava a brincar comigo, que nosso pai não morreu.

Pena que não seja assim. Seria tão melhor se ela me telefonasse. Eu sairia da sensação de estranheza inquietante, eu poderia falar novamente com meu pai, dizer-lhe alguma coisa que ainda não disse. Jogar conversa fora. Contar que Agnes anda me pregando peças.

Realidade

Meu pai não era objeto de um testamento com o qual eu nada tinha a ver, como Agnes faz parecer. Meu pai era meu pai. Digo e repito que sou seu filho e ele é meu pai, digo, porque vou dizer a Agnes, vou dizer tudo a ela, porque dizer me oferece o grau de confirmação do qual preciso agora nesse momento em que a queda em um lugar tão estranho quanto esse lugar chamado *realidade* é eminente. É isso o que diz a morte, tão pavorosa quanto a própria realidade. A morte diz que chegou a hora da realidade. A realidade é gêmea da morte. A realidade nasce segundos após a morte. Nascem as duas com diferença de segundos, diferenças que deixam de existir à medida que se desenvolvem. Diferenças que se mantêm apenas para reforçar os traços de semelhança entre a morte e a realidade. Esse lugar, seja a morte, seja a realidade, do qual se passa a vida tentando fugir. São gêmeas, há que temê-las, pois andam juntas. E são cúmplices. Vestem-se com as mesmas cores. A morte e a realidade andam de mãos dadas, e ninguém neste mundo pode com a força dessa união. Esse lugar, o da realidade, perto da morte, do qual a fuga é um direito. Esse lugar do qual se foge por covardia e do qual, para fugir, é preciso ter, ao mesmo tempo, muita coragem.

Coragem e covardia, para mim, sempre foram como uma mesma janela, ora aberta, ora fechada, pela qual eu sempre pude pular. Os dois estados da janela têm suas funções. A janela, penso até agora, é sempre uma opção neste apartamento cada vez mais gélido. Gélido da voz transparente de Agnes a falar ao telefone.

É estranho, não deixará de ser estranho demais — raciocinar sobre o fato não quer dizer que deixará de ser estranhíssimo —, é, portanto, sumamente estranho que eu nunca tenha falado ao telefone com meu pai sem passar por Agnes. Meu pai não era o destinatário direto do meu telefonema, enquanto, como uma janela que sempre se pode abrir e fechar, ainda era, sempre era ele e apenas ele que eu procurava ao telefone. E o que eu recebia era Agnes. Agnes era meu destino. Era a prova de que o elo chamado linguagem, isso que usamos de muitos modos para nos comunicar, é usado também para impedir que nos comuniquemos. E quando não estamos na comunicação, estamos na realidade sem a qual Agnes tem vivido muito bem.

Frangos

Com meu pai as coisas não eram diferentes. Nos últimos anos, meu pai desenvolveu um tema peculiar. Os frangos, isso mesmo, os frangos, que ele passou a criar no quintal desde que se aposentou das lidas do mar, foram o seu novo foco de atenção. Foram os frangos, que mais tarde Agnes me explicou serem na verdade *galinhas poedeiras*, que sobrepujaram todos os demais assuntos. Meu pai falava dos times de futebol, mas isso foi quando envelheceu. Antes, se dizia alguma coisa, era para avisar que tudo, que qualquer coisa, não passava de bobagem. E dizia isso, lembro-me bem de seu olhar, o foco ora no chão, ora na parede, mas nunca dirigido a nossos próprios olhos, falava baixo, vítima de um ódio que lhe modificava o rosto.

Guardo o olhar de meu pai como o olhar do Alien do filme de Ridley Scott. Meu medo é que ela venha a explodir de dentro do meu tórax. Disse a Thomas que tenho esse medo de que as coisas venham a explodir de dentro pra fora depois que o Alien invadir todas as coisas. Thomas riu, dizendo-me que, infelizmente, não viu o filme, embora o artista que criou Alien, H. R. Giger, fosse vizinho de seus pais e ele o tenha visto quando criança, antes de se mudar para a Alemanha.

Tentei falar com meu pai sobre esse assunto das galinhas poedeiras. Tentei falar com Thomas sobre o assunto do Alien. Havia um nexo entre eles que eu não conseguia explorar. Talvez as galinhas fossem Aliens para mim, enquanto eu mesmo era um Alien para meu pai. Thomas não conseguia conversar comigo sobre isso. Muito menos Irene, que se cansava logo das minhas elucubrações. É isso o que quero dizer. Que havia um nexo absurdo entre os objetos, mas tão absurdo que nem mesmo meus amigos acostumados à indagação entendiam.

Falei sobre isso com Irene, ela apenas me disse que o que sentimos também é teórico. Nenhuma teoria explicaria a relação de meu pai com as galinhas poedeiras, com a abundância dos ovos que sobravam no galinheiro e que preenchiam a vida de meu pai. Ovos às centenas, ovos que meu pai contava todos os dias. Ovos de Alien, eu pensava, era evidente. A quantidade de ovos, disse-me Agnes, era anotada em uma caderneta. Ele anotava a quantidade de ovos diários e, no domingo, os recontava somando a produção semanal. Muitos apodreciam, outros ele vendia a uma viúva, dona de uma venda, que morava na vizinhança. Nosso pai visitava essa mulher a cada segunda-feira, conforme as galinhas tivessem posto mais ou menos ovos. Levava consigo caixas em um carrinho de mão. Agnes, contudo, controlava nosso pai, que parecia finalmente interessar-se por outra mulher.

Agnes era, nesse aspecto, muito antiga. Ciumenta e conservadora. A palavra *indecência* era importante em seu vocabulário. Ansiosa por comentar sobre o suposto romance de nosso pai com alguém, Agnes foi simplesmente antiga, usou a palavra indecência para sinalizar sobre as ações de nosso pai. Fui eleito como o imbecil que deveria escutar seus comentários truncados. Mas pude me sentir seu irmão por cumplicidade. E por ironia. Quase lhe disse que a fofoca nos une, que, finalmente, tínhamos constituído uma família. Mas achei melhor ficar quieto perante a tensão de Agnes. Ela parecia ofendida. Tentei falar com meu pai sobre a mulher que comprava seus ovos, mas ele interrompeu dizendo que estava cansado, que já era tarde, que trabalhara o dia todo mesmo aposentado, como quem aproveitava, bem ao estilo de Agnes, para me alfinetar de algum modo. Meu pai não sabia que eu trabalhava porque nunca me perguntou e eu me senti inibido de falar sobre mim. Perguntou-me, como não podia deixar de ser, se eu queria *mais alguma coisa* antes de desligar o telefone. Meu pai nunca mais falaria do assunto da vizinha e dos ovos. E, quando eu perguntasse no ano seguinte pelas galinhas, ele responderia que estavam por ali, a ciscar, como não poderia deixar de ser.

Genealogias

Em outros momentos, contudo, o que agradava a meu pai era a genealogia dos parentes. Ele passava do assunto *galinhas poedeiras* para o assunto *parentes* com muita facilidade. Assim como a escalação dos times de futebol, ele tinha árvores genealógicas inteiras na cabeça. Minha mãe irritada com meu pai a falar de seus parentes é das poucas lembranças que tenho dela, nas quais ela não está a olhar para o vazio. Desenhei-a a olhar para o vazio. Procurei o vazio, mas não o encontrei. Usei como modelo a cabeça da moça de um quadro de Petrus Christus, diáfana de tão branca e tão magra como minha mãe, como era Agnes quando menina.

Meu pai falava por horas sobre fulanos que eram filhos de beltranos, de sicranos netos de fulanos. Não falava de minha mãe, mas falava de seus parentes como se ela mesma não fizesse parte daquela genealogia. Antes ou depois de sua morte, ele jamais falou dela. Era um jeito de preservá-la, penso hoje. Ou de fingir que ela não existiu, não saberei. Do mesmo modo, nunca falou dos irmãos de minha mãe. Jamais falou deles, embora falasse de seus pais e de parentes distantes. Sabia exatamente quanto de terras aquelas pessoas antigas e há muito mortas possuíam. Mas sabia quanto os pais de minha mãe também possuíam. Quanto de terras, de gado, da empresa de motores, de coisas que o impressionavam, como a casa na beira da praia com piscina.

Meu pai falava muito. Ali, sentado à mesa a comer peixe e pirão, é um homem ainda jovem e fala muito. Tem um dos cantos da boca a sorrir enquanto fala dessas pessoas que não conhecemos. Eu não tenho fome, não comeria aquilo que ele tem a nos oferecer. Queria que ficasse em silêncio. Mas ele fala e em sua fala o Hunsrückisch não é bonito. Na imagem que dele eu guardo, ele destila seus saberes falsos sobre a vida alheia, olha pela janela, no mesmo ato tira o chapéu e alisa os cabelos alourados, mostrando para si alguma coisa de seu.

Meu pai é uma fotografia em minha memória com uma legenda resumida que eu me esforço por decifrar.

Viver é perigoso

Uma única vez meu pai tentou me explicar alguma coisa e, como não poderia deixar de ser, foi por telefone. Quando liguei, lembro-me que não fazia muito tempo que eu tinha telefonado pela primeira vez. Atendeu o telefone depois de ouvi-lo tocar várias vezes. Como se o esperasse parar de tocar até que, sem paciência de esperar mais, o atendesse por inércia. O *alô* pesado, cansado e direto, um alô de quem respirou fundo antes de falar, causou em mim um certo medo de seguir.

Naquela época, eu não sabia qual era a melhor maneira de começar a falar. Decidi, durante a espera, que começaria pelo meio da conversa. Em vez de dizer alô, de perguntar *quem fala?*, ou de chamar o homem que, enfadado, atendia do lado de lá pelo nome do *pai*, perguntando como estava, para que a partir daí surgisse algum assunto nos moldes formais que já começávamos a desenvolver com apoio um do outro desde telefonemas anteriores, eu comecei a falar como se falasse com o espelho. O que eu disse numa daquelas conversas que podem começar pela metade, o que eu disse foi *viver é perigoso*.

Disse-o com a maior naturalidade, diretamente, como quem dá uma resposta óbvia, como quem lança uma ideia simples. Do lado de lá o silêncio não me preocupou. Continuei. Li em voz alta, ao telefone, uma frase de Montaigne sobre a qual vinha meditando há dias, uma frase que escrevi como um castigo escolar, muitas vezes em diversas folhas de papel, e que, hoje em dia, me parece uma bobagem, até para mim que, de certa maneira, a reverencio. A frase dizia: *o medo é a coisa de que mais tenho medo no mundo.* Fui explicando, sem receber resposta, que isso era o que me importava atualmente, entender o que pudesse significar uma coisa dessas. Como se podia ter medo do próprio medo? Do lado de lá, a resposta era o silêncio. E, por mais evidente que fosse, não era tão evidente assim. Eu tinha uma consciência antiga da pura dificuldade de falar com meu pai e aquela era uma tentativa de dizer alguma coisa que quebrasse a barreira, que nos alçasse a outro patamar de contato. De repente, enquanto eu ainda tentava analisar a frase, meu pai já não estava ali e foi Agnes quem disse *alô, é Klaus?*. Então quem ficou mudo fui eu. Ela repetiu o seu alô diversas vezes. Desliguei o telefone tremendo de vergonha, não de medo, quem dera fosse apenas medo. Eu estava tomado de vergonha. Tremia e não conseguia falar.

Eu tinha aprendido a não falar com meu pai. Descobri que era isso o que ele esperava de mim. E até hoje não entendo por que, ao sonhar com ele, ele precisava do meu reconhecimento.

No dia seguinte tinha que ir trabalhar, mas sofria de uma afasia que só acabou quando, uma semana depois, telefonei como quem, ao repetir um gesto, pensa ser capaz de apagar outro. Agnes perguntou-me então se eu liguei uma semana antes. Menti que não. Ela comentou que estava contente com isso, pois ficara preocupada comigo. *Que sorte*, dizia, que não tinha sido eu, dizia *que sorte* como quem se esforça muito para demarcar o horror sentido, que meu pai ficara assustado, que a chamou para perto porque um louco estava do outro lado da linha. *Que sorte*, dizia ela, que eu não estava louco. Que o louco não era eu. Porque, se eu estivesse louco, dizia ela, era melhor não telefonar nunca mais, nosso pai não merecia esse tipo de coisa. E continuava a dizer *que sorte*, e o dizia enfaticamente, porque *acontece cada coisa nesse mundo, há quem não tenha o que fazer e fique a inventar conversas ao telefone,* não bastasse, como me disse em uma das nossas últimas conversas, *esses que ligam do call center e não dizem o nome, querem saber quem você é, mas não querem dizer quem são.*

Esse era o modo como Agnes falava comigo. O mesmo tom de sempre. Fiquei com aquele *que sorte* martelando em meus ouvidos, incapaz de elaborar algo a dizer, acuado como um louco em sua própria loucura, que consistia em falar ao telefone com pessoas que julgava serem ainda pessoas com as quais, por algum motivo, era preciso falar. Eu insisti porque queria pagar para ver. Não sei ao certo se esse era realmente o meu motivo. Fato é que eu precisava falar com eles e, a cada vez que isso acontecia, eu precisava esquecer que tinha falado com eles.

Naquele telefonema eu contei a Agnes, quando já ia me esquecendo do assunto e porque não havia outro assunto, que eu recebera a confirmação de meu pedido de cidadania alemã. Ela ouviu em silêncio, depois, quando lhe perguntei o que achava dessa minha nova condição, ela apenas me deu *parabéns, você tem muita sorte, Klaus*, foi assim que respondeu, e disse-me que *infelizmente*, havia uma ênfase nesse advérbio, era preciso desligar, que estava na hora da missa. Eu ainda disse sem noção alguma do efeito possível do que dizia, *Agnes, você não gosta de missa, nunca gostou*, e ela respondeu apenas dizendo *não se intrometa no que você não sabe*. Fiquei atônito, eu estava sempre meio atônito ao falar com ela, mas lembrei que era preciso ser formal, que a formalidade era uma saída. Então, pedi desculpas sinceras pelo incômodo. E eram realmente sinceras diante do seu aviso para que eu recuasse nas minhas pretensões de me ligar a ela por palavras, por expressões, por algum elo que criasse intimidade.

Morrer

Meu pai tira o chapéu, dessa vez sem alisar os cabelos que cresceram sem direção. O olhar se perde vendo o caixão de nossa mãe a descer na terra cavada. Ponho o chapéu-panamá de meu pai na cabeça quando ele o deixa cair no chão do cemitério. Ele não pede que eu tire o chapéu. É um de meus tios que, vindo me cumprimentar, manda que eu tire o chapéu, pergunta se não tenho vergonha.

Eu tiro o chapéu. Naquela época não sei e nunca saberei quem são aqueles tios, pois que são todos parecidos, exceto um deles, que tem os cabelos pretos como os meus. A nova casa de mamãe, diz-me Agnes no meu colo a segurar uma flor que ela joga no caixão que é coberto aos poucos com pás de terra. Meu pai está acuado entre os irmãos de minha mãe. Segura o chapéu-panamá que entreguei a ele com os dentes cerrados como se fosse devorar a si mesmo. Também eu jogo um punhado de terra assim que Agnes lança a flor arrancada de uma coroa enviada por parte da família que não compareceu ao enterro. Minha mãe tinha uma grande família, que, pelo que pude entender nas narrativas de meu pai, se devia odiar. Eu temia. Certamente, eu odiaria se tivesse conhecido um pouco mais. Por sorte tivemos pouco contato. Aquela família chamava meu pai de *gringo sujo*. Meu pai era um *gringo sujo* na boca daqueles tios estranhos.

Agnes vestia-se de preto com a roupa emprestada de alguma das filhas de Inês que levava para casa as roupas que meus tios traziam quando vinham nos visitar. Não tínhamos roupas assim para vestirmos nos enterros dos outros, mas Inês, que tudo sabia resolver, guardava essas roupas como se fossem bens preciosos. O enterro agora era nosso. Meu pai também vestia uma camisa arranjada por Inês.

Quando minha mãe morreu, nossos avós já eram mortos. Não me lembro de tê-los visto em nossa casa, ou de termos ido à casa desses avós. Tenho imagens nítidas dos tios, homens grandes e silenciosos, vestidos de preto no enterro. Alguns eu não conhecia. Outros, eu nunca mais vi. Um desses tios, irmão mais velho de minha mãe, apareceu algumas vezes e sempre me perguntou se eu queria ir com ele. Era o tio Carlos, que depois me deu algum dinheiro. Eu sempre fugi pela janela dos fundos e fui me esconder no bosque quando vi o carro vermelho despontando na rua cheia de areia e aproximando-se vagarosamente do terreno sem muros onde ficava nossa casa. No enterro de nossa mãe, assim como o tio Carlos em seu carro vermelho, outros daqueles homens bem-vestidos perguntaram a mim e a Agnes se queríamos seguir com eles. Dissemos que não, correndo para longe. Diziam que precisávamos estudar, que podíamos ir com eles e aprender a tocar violão, estudar piano, ir ao parque de diversões, ao circo. Aos poucos deixaram de aparecer, mas a ameaça de sua presença aterradora jamais nos deixou.

Não acordar

Agnes ajoelhou na boca do túmulo enquanto o coveiro terminava de colocar os tijolos. O coveiro era seu João. Agnes fingia não escutar o que diziam os tios que pareciam se importar pouco com o enterro de sua irmã. Vários deles nunca estiveram ali quando ela era viva. Agnes caminhava entre os túmulos a repetir a palavra *calamidade, calamidade*. Estava impressionada.

Ninguém deve ter visto o sorriso no canto da boca de seu João, como se a vida, chegado seu desfecho necessário, fosse uma obra concluída com o triunfo final da ironia. Eram tantos homens estranhos vestidos de preto que, por um instante, suspeitei que minha mãe guardasse algum segredo.

Agnes naquele momento ainda não era Agnes, era Agnesinha a chorar baixinho dizendo *calamidade* e repetindo uma canção que nossa mãe cantava para ela com o refrão mórbido que até hoje me acorda em pesadelos *Morgen früh, wenn Gott will, wirst du wieder geweckt, morgen früh, so Gott will*, que amanhã de manhã, se Deus quiser, você acordará novamente. Agnes sabia cantá-la perfeitamente. Por causa da música, tínhamos medo, eu e Agnes, de não acordar no dia seguinte. Até hoje é assim. Sempre que deito na cama, temo dormir e nunca mais acordar.

Morrer dormindo é o sonho de quem sabe que vai morrer e não tem tanto medo assim da morte. Não é o meu caso, pois morrer dormindo em casa, não em um hospital, implicaria ficar dias em decomposição, até que autoridades fossem avisadas e a porta arrombada. Verdade que deixo uma chave com a zeladora, dona Ingeborg, que, suspeito, terá o maior prazer em resolver a questão funérea. Deixo-lhe a chave porque ela, como eu, parece incapaz de procurar outra pessoa senão quando tem certeza de que ela morreu e precisa ser enterrada. Por isso não me acudiu quando tive a minha crise de coluna. Fiquei dias isolado, e apenas o infeliz do Ploetz apareceu por aqui.

Nas horas em que penso em minha morte, minhas fantasias são sempre pragmáticas. Imagino meu colega fazedor de sopa batendo à porta, falando com Frau Ingeborg sobre mim, ela a dizer que não me vê há dias. Os dois sentindo um cheiro horrível. Tentando arrombar a porta. No pânico de ser encontrado por pessoas tão insuportáveis, eu acabo por ressuscitar. Ressuscito de pavor de que me toquem, de que me vejam como sou. Eles poderiam me encontrar no meu estado de morto e também fantasiarem que teriam o dever de escolher um enterro com flores de plástico e música de orquestra. Para mim, que odeio flores e odeio música, seria como ir para o inferno na terceira classe de um trem. Ir para o inferno de um jeito que nunca mais se pudesse fugir. Por isso, quando não vou ao trabalho, em meio a algum tipo de mal-estar, peço a Frau Ingeborg que avise que não estou em casa a quem procurá-la, mesmo que eu fique dias sem aparecer, pois quero ficar só e, digo a ela, *é um direito a ser preservado, não me decepcione.* Seus olhos cansados da vida me entendem, resmungam alguma coisa, e passam dias sem falar comigo até que, por acaso, no corredor, um dia dizemos novamente bom-dia.

Ao pensar em minha morte, encontrei com Frau Ingeborg e aproveitei para perguntar se ela conhecia aquela canção de ninar. *Quem ainda teria a coragem de cantar uma coisa horrorosa como aquela*, que era da época de sua bisavó, dizia ela, que já sua avó não gostava de uma coisa daquelas, muito menos sua mãe. *Que coragem, que coragem*, ela repetia. Somente gente louca teria coragem de pensar que uma criança dormiria com uma mensagem como aquela, dizia a resmungar, como era seu hábito. Despistei dizendo que tinha encontrado em um livro. Que fiquei curioso.

Frau Ingeborg quis espichar a conversa, curiosa que era sobre mim, sobre minha origem, sobre a qual nunca comentamos. Com a esperteza de quem aprendeu a fugir há muito tempo, desapareci, dizendo que tinha um trabalho urgente a fazer. E que sentia muitas dores nas costas.

Álcool

Não era fácil inventar as dores antes que as dores tivessem chegado, até que tive a ideia de um problema no fígado. Se não pudesse beber uma gota de álcool, eu me livraria também de rodadas de cerveja com os colegas do museu e do rum com o grupo de filosofia. Eu dizia isso sempre gaguejando porque, na mentira, a gagueira fica um pouco pior. Como as pessoas detestam ouvir um gago, sempre aceitam bem, ou pelo menos não questionam o que ouviram, para que o gago pare de falar de uma vez. De tanto falar sobre doenças imaginárias, acabei me acostumando a elas e, mesmo quando ia ao médico para exames esporádicos, pois sempre tive muito medo de ficar doente sozinho, sempre tive medo de morrer dormindo, acabei falando ao médico sobre minha mentira.

O médico, dessa vez um sujeito estranho que consultei mais de uma vez, me disse que eu era absolutamente saudável, afora minha doença genética. Acabou pedindo exames que demonstraram que, de fato, não era apenas imaginário, eu tinha uma cirrose, portanto, em vez de nada eu tinha alguma coisa. Eu que nunca bebi, eu que nunca cometi nenhum excesso, tinha realmente uma cirrose. Não bastasse minha doença original. Eu tinha ainda mais uma doença adquirida em abstrato. Como Prometeu acorrentado, um abutre comia meu fígado. Contei esse fato no grupo de estudos. Eles riram. Irene disse que fiquei assim justamente por falta de bebida, e também riu. Mas falava sério. Que a ironia da vida era feita dessas inversões e reversões incompreensíveis. E eu, que sempre tive medo de sair da sobriedade, paguei por isso. No trabalho, contei a Thomas pedindo-lhe segredo, mas Thomas detestava segredos e deve ter contado sobre meu estado a cada um que perguntava por mim, por isso, por um tempo, todos me olharam de cara feia.

Alfred Ploetz continuava a me seguir depois de todos os horrores que lhe disse. E permanecia a fingir que nada estava acontecendo. Encontrando-me no corredor, quis me dar o nome de uma clínica, segundo ele, a melhor clínica de tratamento de doenças do fígado da Alemanha. Chegou a dizer que era a melhor da Europa e, por fim, sem conseguir disfarçar o orgulho nacional e até continental que o caracterizava, chegou a dizer que era, por ser a melhor clínica da Europa, que era, afinal, a melhor do mundo. Tive vontade de dizer-lhe que a minha cirrose também era a melhor e mais importante do mundo, mas silenciei para evitar conversas.

Eu media as palavras com o abestalhado do Ploetz, ao mesmo tempo que falava com ele na medida certa para evitar cair em sua rede de maledicências. No fundo, eu queria vê-lo morto. Em seu caixão colocaria uma flor dessas de plástico como as que, nos mercados, custam bem barato. Eu desejava vê-lo no dia de sua morte, o que não era um pensamento bonito, mas um pensamento que eu, de fato, cultivava e que, nesse momento de tantas confissões, não posso disfarçar. O esperado dia da morte, o dia em que ficamos todos iguais uns aos outros, com a mesma textura, as mesmas chances de sermos esquecidos para sempre, por assim dizer.

Digamos que a morte seja esse esquecimento e que, em vida, possamos estar, de muitos modos, mortos, e por isso mesmo já tenhamos sido esquecidos.

Pintura

Agnes virou-se para mim constatando, com aqueles olhos quase brancos de tão claros — teriam mudado de cor mais tarde? —, algo de significativo na vida. Agnes deixava de ser criança naquele instante enquanto me explicava que pretendia se tornar uma boneca como nossa mãe. Mas que, ao contrário dela, a única coisa que faria de diferente é que se moveria e continuaria a brincar.

Nossa mãe passava os dias sentada em uma cadeira na pequena sala de nossa casa, com seu velho vestido de renda sujo, esquecida de si. E quando chegávamos perto, gritava irritada como se estivéssemos a invadir sua vida particular. Atrapalhávamos quem copiava seus traços.

É que um pintor a retratava. Não entendíamos isso, e tanto eu quanto Agnes sentíamos medo. Ela passava dias com aquela roupa, esquecida de nós, de tudo ao seu redor. Agnes era bem pequena, chegava a caminhar por trás de minha mãe, que dormia debruçada sobre a mesa, os dedos sempre crispados, como se não dormisse de fato, e lhe acariciava os cabelos emaranhados. De repente, Lúcia abria os olhos e, como em uma cena de filme de terror, gritava como louca. Agnes se afastava séria e tensa, mas não chorava.

Meu pai nunca estava em casa em horas como essas. Meu pai trazia peixe nas épocas de pesca, senão comíamos o peixe seco guardado nas folhas secas de bananeira. Mas não ficava em casa. Em casa eu e Agnes cuidávamos de nós mesmos, e de Lúcia o quanto podíamos. Inês nos ajudava quando podia ou quando era inevitável. Agnes acariciava os cabelos de Lúcia como se os penteasse cheia de expectativa de agradar aquela mulher que não era ela mesma, que nunca fora ela mesma. Quem habitava o lugar de Lúcia, como Lúcia se tornou o que era, eram perguntas que eu me fazia já naquela época. Por que Lúcia era tão diferente das outras mulheres, das mulheres dos pescadores que estendiam roupa no varal, cozinhavam o peixe de todo dia, trabalhavam nas roças, cuidavam de seus filhos, eram dúvidas que não tive enquanto fui criança, que me vieram depois quando me dei conta de que Lúcia vivia como uma estátua. Que não comia, não bebia, não falava conosco nem quando se irritava. Dormia por dias e dias, quieta em seu corpo, como se não houvesse a passagem do tempo entre a vida e sua doença sem nome.

    Na escola foi que fiquei sabendo da loucura de Lúcia, quando uma professora avisou-me que minha mãe *sofria dos nervos*. Outros meninos, tempos antes do seminário, me atacavam com pedras, me chamavam *filho da louca*. Dias depois ouvi que diziam *filho da bruxa*. Minha mãe era, para mim, apenas alguém que não sabia nada de si.

Bruxa

Dizia-se de tantas mulheres que eram bruxas que eu mesmo, devido à minha doença, cheguei a pensar que eu fosse, afinal, uma bruxa. Se minha mãe era uma bruxa, eu mesmo, filho dela, com as características que eu tinha, poderia ser, quem sabe, uma bruxa. Não um doente, mas uma bruxa. A professora que veio em meu socorro resolveu me falar sobre minha mãe. Escutei por obrigação. Não queria saber daquilo. Estava morto de raiva e vergonha. A professora me explicou que minha mãe precisava de *tratamento para os nervos*. Como ela sabia daquilo, eu não descobri, não perguntei. Cheguei a pensar que a própria professora fosse uma bruxa. Naquele mundo de bruxas, uma mulher como ela, que nos ensinava a ler, a fazer contas, devia ser uma bruxa. Perguntei-lhe o que eram *nervos*, a professora sugeriu que eu estudasse o assunto quando crescesse, que eram coisas da cabeça, era só o que ela podia dizer naquele momento e era também só o que eu poderia entender, completou. Eu sabia que ela mesma não sabia do que se tratava. Que doença dos nervos era, como *loucura*, um nome genérico. Eu sabia disso desde pequeno, porque também o meu caso não era um caso claro. De minha doença nunca tive clareza nem mesmo quando cresci e por começar a sangrar, em meio a dores muito fortes que duraram por vários anos, passei a me automedicar com analgésicos bastante inócuos.

A loucura, hoje eu penso, foi sangrar a vida toda sem entender direito o que isso poderia significar. Loucura foi esse excesso de honestidade, essa incompetência para a ficção. Por conta da loucura, Lúcia não falava conosco, não se dirigia a nós. Meu pai, que raramente nos dizia alguma coisa, falou de Lúcia uma única vez. Disse-nos que nossa mãe estava *muito doente*. A doença de minha mãe se referia a ser quem ela era, e a não ser quem ela era. *Como* eu, ela era doente. *Como* ela, eu era doente. Depois de falar de sua doença, sem explicar de que tipo de doença ela padecia, nunca mais ouvi meu pai dizer qualquer coisa sobre nossa mãe. Para mim, éramos doentes genéricos, doentes de um modo muito parecido. Dizer doença era como contar um segredo.

Coca-Cola

Fomos levados por meu pai para ver minha mãe em um domingo ensolarado. Eu me perguntava, porque não devia perguntar a ele, como meu pai sabia onde ela estava. Na estrada, comemos um pastel e bebemos Coca-Cola. Meu pai o partiu em dois, dando-me um pedaço maior do que o pedaço de Agnes. Suas mãos grossas se moviam com dificuldade. Os gestos delicados eram impossíveis para ele.

 Meu pai não tinha dinheiro, nem uma bicicleta, muito menos um carro, apenas as moedas com que pagou a bebida na lanchonete em que vendiam cachaça e caldo de cana à beira da estrada. Fui eu quem pediu uma Coca-Cola que não consegui tomar, o que irritou meu pai. Soubesse que o mundo seria tomado por seu veneno, eu teria evitado. Para mim sempre foi muito difícil beber qualquer coisa além de água. Até hoje é assim. Eu conhecia bem os alambiques e os homens que bebiam demais e pensava que era aquele mundo, com cachaça e, por algum motivo, a Coca-Cola, cara e onipresente, enlouquecia as pessoas, pondo-as em asilos distantes como aquele onde estava minha mãe.

 Fiz um pacto de sobriedade comigo mesmo que inclui o rum e a Coca-Cola. Muitas dessas coisas me causam nojo, aprendi a respeitar o meu nojo. Depois do gole de Coca-Cola que me queimou o estômago, eu preferi ficar com a água que escorria da torneira ao lado da construção que era o bar da estrada. Agnes era pequena e ficou no colo de meu pai. Fomos de ônibus até bem longe, caminhamos por um bom tempo sob o sol que me queimava o pescoço. Agnes estava protegida por um chapéu. Eu não tinha nada na cabeça. O gosto da Coca-Cola ainda me enojava. O lugar em que nossa mãe estava ficava no campo depois de uma cidade que, naquela época, me pareceu uma grande cidade. Contornamos a pé, meu pai levando Agnes no colo, eu caminhando ao seu lado. Olhamos de longe. Eu gostaria de ter entrado.

Anos antes, numa das conversas que tive com Agnes, muito pela tangente, pois ela não gostava de falar sobre Lúcia, vim a saber que não estávamos longe de Florianópolis naquele momento. O caminho distante era, na verdade, muito próximo. Meu pai falava com Agnes naquele trajeto pra entretê-la e fazê-la caminhar. Ela aprendia qualquer palavra e se divertia com elas. Comigo meu pai não falava senão para chamar a atenção de Agnes.

Quando chegamos, fomos impedidos de entrar. Um tempo depois nos deixaram atravessar o imenso portão de ferro que rangeu ao ser movido. Entendi que era porque não estávamos de carro. Sem carro tudo era mais complicado. Os loucos ficavam no jardim como estátuas semimoventes. Até hoje gosto de ver aglomerados de loucos vagando em jardins. Quando tenho tempo, vou de ônibus aos arredores da cidade, observo as casas que, em outras épocas, serviram de manicômios. Gosto de ver os loucos em seu mundo particular. Um louco caminhando em um jardim é a poesia que não se acomoda à contradição do mundo.

Eu não via mal algum no modo como minha mãe vivia em nossa casa. Não sabia por que ela precisava viver em um lugar como aquele. Nenhum daqueles loucos, nem mesmo nossa mãe, deu nenhuma demonstração de nos ver chegar. Aproximamo-nos dela, que vestia uma camisola de algodão cru, um tecido pesado. Tinha a cabeça raspada. Parecia uma bruxa. Muito depois ela me pareceu a Joana d'Arc do filme de Carl Dreyer. Perguntei-lhe o que tinha sido feito de seus cabelos. *Eu volto, meu filho*, foi o que ela me disse sem escutar minha pergunta. Ela não acordava de seu sono de bela adormecida. Falava como uma sonâmbula. Pegou Agnes nos braços, mas ela começou a chorar. Olhando-me com medo, disse-me *não vá embora, meu filho*. Ela segurava minha camisa e seu jeito me assustava. Eu estava paralisado. Seus olhos duros como que amarravam meus pés.

Nosso encontro não durou. Logo ela começou a chorar e, em segundos, gritava de medo, assim como Agnes. Duas freiras vieram em socorro. Diziam que estávamos a perturbar os outros e que tínhamos que sair rapidamente. Agnes chorava muito e cada vez mais. Meu pai, que nunca me levava pela mão, arrastou-me na direção da saída enquanto segurava Agnes no colo. Seguimos pela mesma estrada com fome e sede debaixo do sol fortíssimo fora de época.

Coerência

Quando minha mãe voltou para casa, foi para morrer. Não demorou a morrer. Meu pai não a viu morrer. Estava com seus amigos, outros pescadores. Longe de nós, ele vivia junto a outras pessoas. Ainda que fosse calado, que parecesse uma estátua viva, a levar e buscar os apetrechos de pesca, a consertar redes, a limpar a canoa, comparado à nossa mãe, com quem passávamos muito tempo sozinhos desde aquela internação, às vezes semanas, quando ele saía para pescar em outras praias, na época em que o peixe desaparecia, nosso pai era alguém que me dava a impressão de ser uma sombra. Uma sombra que tinha alguma coerência. A coerência de meu pai era a produção da própria vida, da subsistência diária. Era importante perceber isso naquela época, pois, quando ele não estava, quem deveria dar um jeito no que comer era eu. E isso era uma coisa coerente. Embora naquela época eu não tivesse essa palavra para explicar as coisas.

Minha mãe não se movia para fazer fogo ou cozinhar. Aprendi que era preciso viver como se ela não existisse. Isso já queria dizer que, ao morrer, ela estaria pela primeira vez fazendo algo coerente. Irritado, embora estivesse na maior parte das vezes bem quieto, meu pai falava pouco, e mesmo que não dissesse nada demais, eram coisas mais coerentes aos nossos olhos, pelo menos aos meus olhos. Coisas como comer e ir para a escola. A noção de coerência eu aprendi naquele tempo. A palavra coerência não fazia parte de meu vocabulário. Mas eu sabia que havia lógica e falta de lógica. A palavra lógica também demorou a fazer parte do meu vocabulário, mas eu intuía que havia uma espécie de medida das coisas. Ficava claro, contudo, que as diferenças entre eles eram muitas e profundas, porém a mais radical era, para mim, a ausência de pensamento em minha mãe e o seu silêncio apenas interrompido por um quantidade de frases soltas e incompletas que pareciam desprender-se de sua boca sem que tivessem passado pelo cérebro, na direção das paredes e do espelho.

Agnes, hoje pela manhã, me lembrou a nossa mãe. Minha mãe, quando começava a falar, como que tendo uma crise, um ataque de nervos, falava como se não tivesse aprendido a linguagem humana. Falava com alguém que não era eu, nem Agnes. Eu olhava para Agnes a brincar com as pedrinhas de rio que nosso pai trouxera em alguma daquelas viagens às águas interiores onde algumas vezes ele foi buscar o que ele chamava de *sustento do dia a dia*. Essa diferença era o mistério que eu explicava constantemente a Agnes, mesmo que eu jamais falasse a verdade sobre nossa mãe, até porque não sabia o que era a verdade sobre Lúcia.

De repente, de um dia para outro, Lúcia estava morta. Nossa mãe morreu a dormir, não levantou da cama por dias, nosso pai pescava longe. O balaio cheio de mandioca era um aviso de que ele demoraria a voltar. Comíamos aquilo por dias. Inês, a quem chamei quando estranhei a demora de minha mãe em levantar da cama, depois de duas noites e dois dias seguidos sem levantar, sabia que meu pai estava em Laguna na pesca da tainha. Meu pai não me avisava dessas coisas. Eu ficava a cuidar de Agnes e de Lúcia, como se isso fosse possível. Inês era quem nos informava sobre nosso pai. Inês veio, olhou minha mãe, disfarçou o susto, pegou Agnes no colo e me chamou para fora da casa, perguntando-me por que não avisei antes. Pediu que eu ouvisse bem o que ela iria dizer, que não se podia mais *fazer nada*, que nossa mãe estava morta.

Ondina

Lúcia estava morta. Era isso o que tínhamos que saber, que da loucura à morte houve uma passagem, que essa era uma grande diferença que instaurava um antes e um depois desse acontecimento. Eu esperava que Lúcia morresse de um jeito melhor, de um jeito épico como na história de Saint-Exupéry desaparecido no mar em seu avião.

Eu queria muito que Lúcia morresse e que meu pai também morresse. Lúcia poderia ter morrido afogada como uma ondina cuja história seu João me contou no cemitério. Mesmo sabendo que as ondinas não morrem afogadas, eu pensava que Lúcia poderia ser uma ondina, uma ondina que perdeu a liberdade, sequestrada por meu pai em alto-mar e, por não ter saída, morava ali, com meu pai, que era seu carrasco, desconhecendo o caminho do mar que era sua verdadeira casa. Eu preferia que ela mergulhasse no mar com aquele vestido que escondia sua cauda de sereia e desaparecesse para sempre. Eu imaginava que não me deixassem entrar no mar porque também eu poderia nunca mais voltar como uma delas.

Meu pecado de infância, daqueles que se contam quando se vai à confissão na igreja, era esse desejo de que meus pais morressem. Queria que tivessem uma morte bonita, uma morte que pelo menos fosse decente, ou uma morte épica. Eu não sabia o que era épico, naquela época. Eu tinha o sentimento de alguma grandiosidade que fosse merecida por alguém. A morte de minha mãe não tinha sido nada bonita. Era a morte anunciada naquele canto de ninar que ela mesma cantava para seus filhos, que sua mãe deve ter cantado para ela. Ela merecia uma morte melhor. E um túmulo mais bonito no cemitério. Ninguém disse palavras bonitas quando minha mãe morreu, mas eu plantei dálias em seu túmulo.

Espólio

Tenho medo, tenho tantos medos que, se eu fosse menos realista, teria medo de estar no mundo. Esse medo, por exemplo, o de morrer e de morrer dormindo, ele me assombra. Medo de que alguém resolva doar meu corpo para uma universidade, para um laboratório, ou vendê-lo no mercado negro, pois que corpos de pessoas como eu, de outras raças, palavra que tantos ainda usam por aqui, e muitos usam sem dar-se conta do que dizem, corpos como o meu interessam a cientistas e a loucos de todo tipo. Por causa da vergonha que sinto de minha doença, dos medos todos, da vergonha e do medo, dessa mistura pérfida de afetos indigeríveis, é que eu preferiria morrer de uma doença calma que me permitisse tempo de me resolver com meu próprio corpo. Uma doença que me desse tempo de organizar minha morte relativa a esse corpo incompreensível.

Tenho medo de não poder fazer nada com a minha morte, por isso tantas vezes penso em me matar, porque o pior da morte é o que vem depois dela. O pior da morte não é a vida que vem antes dela, como sempre me assegura Thomas no ápice de sua ironia, quando falamos nesse assunto, ou quando ele está bem melancólico e me pede para ler algum livro triste que traz sempre à mão. O pior da morte, sempre respondo, é o espólio. E o primeiro espólio é o corpo do qual todos têm que se livrar.

Talvez seja para isso que exista a família, e por isso ninguém possa eliminá-la, porque a família existe em sua coesão apenas para dar conta de um corpo que sobra. O corpo que sobra, aquele cadáver a enterrar, é o cerne da coesão que não existiria por outro motivo.

Judas

Há tempos tive um sonho em que eu era o anfitrião de uma grande festa em família. Uma festa dominical na qual dissecaríamos um morto. O morto tinha sido preparado no dia anterior. A preparação do cadáver consistia em uma evisceração. O cadáver era de um homem gordo e ficara com uma grande costura na barriga. Não queremos dissecar sozinhos um morto, precisamos do testemunho dos outros. Precisamos da ajuda de outros e, no sonho, era isso o que eu esperava. Muitas pessoas, pessoas que nunca vi, mas lembro, com nitidez, das freiras e dos transeuntes, os funcionários públicos, as pessoas as mais ordinárias, trazendo facas e estiletes escondidos nas mangas, nas bolsas, nos bolsos. Havia muitas enfermeiras presentes ao local por puro prazer. Então eu, na qualidade de anfitrião, descobri um intruso. O intruso segurava uma faca invertida, como se fosse Judas na iconografia da Última Ceia. Fui obrigado a abortar o projeto ao flagrar o intruso, que se sentiu ultrajado. Precisei ser hábil diante da novidade. Como qualquer intruso, ele era esperto. Até hoje não sei o que foi feito daquele cadáver. Só o que sei é que o procedimento dependia de uma cumplicidade total. Talvez a família seja essa cumplicidade. Uma cumplicidade que se dá em torno de um morto. Sendo o morto aquilo que precisamos carregar, como o Zaratustra de Nietzsche, que carregou o seu morto nas costas. Como o morto em um jogo de cartas.

Destino

Lúcia morreu em fevereiro, no dia da festa de Nossa Senhora dos Navegantes. Inês voltava da procissão quando a chamei para ver minha mãe sobre a cama, inerte, ausente e abandonada. Inês resolveu as coisas práticas. Em pouco tempo um carro fúnebre chegou à nossa casa trazendo o caixão de madeira doado pela prefeitura.

Um dos irmãos de minha mãe, o mais alto, ergueu seu corpo já bem rijo depois de um dia inteiro dentro do modesto esquife e a colocou no novo caixão envernizado de argolas douradas. O mesmo vestido sujo, quase um vestido de noiva como a que, num final de domingo, vi saindo da igreja de São Sebastião, ficou sobre a cama. Inês disse que iria queimá-lo, depois de ter lavado minha mãe e vestido nela uma mortalha branca de algodão. Inês foi embora sem dizer nada depois que meu tio, tomado de uma raiva incompreensível, chamou-a de bruxa, mandou-a aos infernos.

Agnes perguntava sem cessar sobre tudo o que acontecia em torno de Lúcia, sobre tudo que faziam com ela, o caixão, as velas, as flores, só não falava daqueles homens vestidos de preto, nossos tios, ao redor de nossa mãe morta. Com seus olhos brancos de tão azuis, com seus poucos anos de idade, Agnes explicou-me que tínhamos duas vidas, uma antes e outra depois da morte. Era engraçado ouvir Agnes tão pequena a falar assim. Velha em corpo de criança, eu pensava, e me indagava se não seria ela também uma pequena bruxa.

Eu não era tão velho. Sabia, contudo, o que não dizer a Agnes. Que não era assim que as coisas aconteciam. Eu sabia que os mortos apodreciam sob a terra. Que o caixão também apodrecia porque era feito de madeira e que todo o concreto e as pedras dos túmulos do cemitério que víamos atrás da igreja, onde nossa mãe iria ficar para sempre, serviam somente para enganar, para separar os vivos do cheiro e da visão terrível dos que morriam.

Bodenloss

Naquele mesmo cemitério acompanhei a abertura de um túmulo Seu João deveria transferir para outro lugar os restos de um homem do qual havia somente os ossos. Ele me corrigiu quando chamei aqueles restos de *o morto*. Explicou-me sobre o cadáver, e que, mesmo sendo um morto, era um homem, ainda era um homem, se tinha matado ou ofendido alguém, já tinha sido perdoado como todo ser humano.

A morte é o grande perdão do homem, ele me dizia. Naquela época, era uma das poucas pessoas que me agradava ouvir. Pescador como todos que ali moravam e que faziam outros serviços fora da temporada de pesca, ele tinha escolhido o cemitério desde muito cedo. *Cada um escolhe o seu lugar,* me disse seu João quando eu ainda nem sonhava com a complexidade de uma escolha dessas.

Conheci suas histórias atravessando o cemitério entre um enterro e outro, entre um velório e outro quando o tempo custava a passar para os mortos da vila. Seu João não conhecia a palavra *Bodenloss* para explicar os que não têm lugar, os que não têm terra ou chão. Mas conhecia o cemitério como a palma de sua mão. Na lápide de granito cinzento, o nome do homem morto transformado em esqueleto estava apagado. A data 1895-1950, fiz as contas, pensei, era uma boa idade para morrer, não tinha vivido tão pouco, não tinha vivido tanto que viver se tornasse um peso maior. Lúcia morreu nova, e meu pai podia morrer também, logo e muito novo, eu meditava. Seu João me disse que o esqueleto daquele homem foi conservado porque ele estava enterrado na parte seca do cemitério. Que seu nome tinha sido apagado pela própria mulher, a quem ele costumava espancar terrivelmente. Ela passou um dia sentada sobre o túmulo raspando o nome com uma ponta seca, num minucioso trabalho de apagar as letras e preservar a data. A família tinha vendido o túmulo e os ossos iriam para uma vala comum. Seu João me mostrou a vala comum. Depois de poucos minutos de escavação, a visão dos ossos misturados à terra me parecia terrível.

Hoje em dia penso em *Bodenloss* quando me lembro de seu João a mostrar os que, misturados à terra, no entanto, não têm lugar. Afundados no chão, coube-lhes na vida, um punhado de nada, um retorno literal ao pó. Eu sabia, e ele sabia, que nosso era o tempo dos que não têm lugar. E quando nem os mortos têm mais lugar, então fomos longe demais como espécie. Naquela época eu não imaginava lugares como Treblinka, cujas valas comuns estavam cheias de pessoas desaparecidas, judeus, romenos, ciganos, quem estivesse por perto, se fossem brasileiros ou chineses, não importa, qualquer um era suficiente para encher as valas, pois que havia valas e deviam ser preenchidas. Os judeus e os ciganos eram os zés-ninguém do momento. Eu não imaginava a existência de lugares como Bergen-Belsen, onde Anne Frank e sua irmã morreram de tifo, enquanto outros morriam de todas as doenças imagináveis e de fome. Eu não podia pensar em lugares como Auschwitz, cujo nome por aqui é proibido. Eu não fui a esses lugares, preferi ler um pouco da sua história bizarra para saber onde estava a colocar meus pés. Em geral, quem não tem lugar não pensa que há minas espalhadas em todos os territórios, e que campos de concentração sempre surgem quando aparecem pessoas indesejadas. Nunca vou esquecer os campos de concentração do Ceará, por exemplo, sobre cuja história li há pouco tempo quando procurava saber algo sobre o Brasil profundo.

Seu João não imaginaria coisas assim. Elas são inimagináveis. No nosso Campeche não havia uma segregação organizada. Seu João conhecia o muro que separa os vivos dos mortos, o muro do cemitério, a terra dos vivos da terra dos mortos. O túmulo de sua própria mãe, mulher que morreu muito jovem, quando ele era bem pequeno e seu irmão menor recém-nascido, que, segundo ele contava, deveriam estar por ali, naqueles dois ou três metros quadrados perdidos entre outros sem lápide. Os mortos não vão muito longe, ele brincava. O menino tinha morrido junto com a mãe ao nascer e a cruz de madeira que lhes servia de sinal havia se desmanchado no tempo.

Era com seu João que eu tirava as dúvidas sobre os vivos que nada mais pareciam em sua descrição da vida do que prenúncios dos mortos. Falávamos sobre os vivos em geral e seus problemas internos. Entre eles, a questão das diferenças entre pessoas sempre me interessou. Por que homens eram homens, por que mulheres eram mulheres, eu queria saber esse tipo de diferença. Se isso faria diferença na hora de enterrá--los. Como era a vida de pessoas que não eram uma coisa nem outra, que não eram ricas nem pobres, negras ou brancas, eu perguntava.

Seu João me explicava que havia o homem para ser pai, a mulher para ser mãe, e quando isso não acontecia, surgia a tristeza. Mas me consolou contando que, quando não se pode ter filhos, ou quando Deus não os providencia, porque para ele tudo se relacionava a uma estranha e onipotente vontade de Deus, mesmo que esse Deus, segundo ele, fosse uma invenção dos homens, então podia não ser uma tristeza, porque aqueles que não se casam, como era o seu caso, sempre podiam arranjar uma boa profissão e fazer alguma coisa boa pelo mundo segundo os desígnios de um Deus. Na sua vida de coveiro, ele via a morte dos outros e, assim, me dizia, *me preparo para a minha própria morte*. Ele sabia, assim como eu, que a morte não é o mais difícil.

As mortas

Contou-me que havia muitas grandes diferenças entre ser homem e ser mulher, mas que a diferença entre o primeiro e a última é que esta morria no parto. Que ambos faziam os filhos, mas as mulheres morriam. Que a morte das mulheres era triste como era triste a vida. Que elas morriam de um jeito muito fácil quando precisavam parir. Que ali, no cemitério, ele podia me mostrar as várias mães mortas, que podíamos ver os túmulos das mães. Eu não entendia tudo o que ele me falava. Como eu gaguejava muito, evitava falar, mas precisava muitas vezes perguntar certas coisas que eu não compreendia.

As palavras novas sempre me espantaram. Assim foi com o termo *parir*. Seu João me explicou que foi parido, que vim ao mundo assim como ele e que, do mesmo modo como a mãe punha cada filho no mundo, a terra fazia cada um voltar ao lugar de onde viera. Aquilo que ele chamava de mãe era a terra e, desde aquele momento, ela me pareceu menos apavorante. A mãe terra, explicou-me seu João, era a verdadeira mãe. Mãe da minha própria mãe, ele repetia, mãe de todos e de cada um.

Podia-se visitar o túmulo das que morreram de tontas, alertou. Perguntei-lhe quem eram as tontas. Ele me fez um sinal estranho. O sinal do enforcamento. Demorei a entender porque ele jogou imaginariamente uma corda para o alto e depois, silenciosamente, a colocou-a no próprio pescoço com um esgar de assustar. Mas, terminado o esgar, ele riu. Fiquei com vergonha de perguntar sobre isso. Eu era ainda bem menino, amava o sagrado das coisas e as explicações cheias de palavras. A explicação de que na vida era preciso falar da morte. Que a morte ensinava a viver.

Ler

A morte me ensinava a ler. Foi nas lápides dos túmulos quando, oito ou nove anos, eu ainda não ia à escola, que seu João me ensinou a unir letras e sílabas. Irene, em Berlim, ia à escola no Leste e aprendia a conviver com a guerra fria. Thomas não tinha nascido.

Seu João me mostrou o lugar do cemitério onde um dia enterraram um índio sem lápide ou cruz. *Se cavarmos, acha-se ainda algum dente*, brincou. Perguntei-lhe por que não havia lápides em todos os túmulos e ele apenas me disse que a memória custava caro.

Foi quando me contou a história de Saint-Exupéry, que aterrissara no campo da aviação por anos e anos, como muitos outros franceses faziam. Mas Zé Perri, dizia ele, era especial, diferente dos outros, animado, alegre, parecia alguém disposto a fazer amigos. Zé Perri comia os peixes dali, tomava banho naquele mar, e ria muito, e mesmo sem saber falar a língua portuguesa conseguia ser simpático. Um homem de respeito com as mulheres, lembro-me de ele ter contado isso sem que eu pudesse entender bem o que poderia significar uma coisa dessas. Seu João sabia da versão de que Saint-Exupéry teria desaparecido no mar, perto da França de onde vinha, mas ele imaginava que uma fuga convinha muito mais ao ilustre visitante. Seu João garantia que Zé Perri tinha fugido porque era perseguido por Hitler e também pelos franceses. Que seus amigos não eram seus amigos. Que os pescadores do Campeche, seu Deca e os outros, eram mais amigos dele do que os poderosos da França, os donos do campo da aviação que o tinham abandonado há tanto tempo. E que por isso ele havia fugido para a África e que ele mesmo, seu João, fugiria para África se soubesse como chegar lá. Porque havia, segundo ele, muita gente má nesse mundo, e era preciso saber proteger-se. E que só ao enterrar os outros é que seria possível ter mais poder do que todo mundo. Mesmo que isso já não resolvesse nada além do cheiro insuportável dos cadáveres. E me perguntou, naquele dia, se eu sabia quem era Hitler. E se não tinha medo de saber. E disse ainda que, se um dia eu encontrasse gente como eles, podia fugir o mais rápido possível, porque as coisas não ficariam bem para o meu lado. E que pessoas como eles se multiplicavam e que era preciso estar atento. E que por isso ele havia feito uma pequena cruz com sua própria faca num pequeno galho de pau-campeche e que essa cruz o protegia. E me deu a cruz amarrada num barbante de rede, que eu trago ao pescoço desde aquela época, que me protegeu no tempo do seminário e que não deixa que nenhum mal me atinja desde que me perdi por aqui.

E desde aquela época eu imagino se ele tivesse dado uma cruz dessas a Zé Perri, se ele também não estaria a salvo e vivendo feliz uma vida clandestina em algum lugar aprazível.

Pó

Vendo o esqueleto do homem no caixão aberto, perguntei a seu João quanto tempo demoraria para um cadáver virar pó. Eu estava era preocupado com minha mãe. Ele me disse, com a naturalidade de alguém que vai à esquina comprar pão, que dependia do tempo e das condições de conservação. Que a roupa, a doença, os remédios, o calor, o frio e o tipo do caixão favoreciam ou não o desmanche do corpo.

Tive pesadelos por dias depois disso. Pesadelos em que eu morria e era velado sem cerimônia alguma, sobre a mesa da cozinha, com uma vela a iluminar meu rosto liso, vela que a todo momento se apagava. Seu João a acendia com fósforos. Os fósforos estavam por acabar. Quando havia apenas um, uma mulher à porta avisou a hora de meu enterro. Vi que era Inês. Eu sabia que ela me faria fugir.

Contei a seu João sobre meu estranho sonho. Ele riu, avisando-me que todos retornaremos ao pó. Disse-me que ele seria enterrado ali e que, se eu quisesse, eu poderia tomar seu lugar. Sonhei com a morte por dias e dias sem imaginar que eu pudesse ter outro lugar no mundo.

Ficção

Sempre sonhei com a morte, até hoje sonho com minha morte. Sonho que estou viajando, que vou a lugares nos quais nunca estive e que morro nesses lugares. Ou sonho que já morri, que moro em uma ilha e minha família não vem me ver, nem quando estou morto. Quando falo em família refiro-me a Agnes e a meu pai. Mas falo família, porque além deles, há, por trás de tudo, minha mãe morta. Quando sonho que estou em viagem, chega a ser um sonho óbvio, pois que moro de certo modo em uma ilha, essa ilha que é Berlim, mas eles também moram, não de certo modo, mas de fato, em uma ilha, e assim, todos ilhados, nunca nos visitamos.

Nossa ponte sempre foi o telefone. Quando liguei apara Agnes pela primeira vez, ao ter descoberto que tinham um telefone, menti que morava no Japão. Agnes ficou feliz, mas logo depois fiz a opção pela sinceridade, não por falta de imaginação, acredito que não foi por isso, mas por medo de me enredar em mentiras e não poder sair delas. A sinceridade é prática. Nossa ponte era o telefone. Mas não precisava ser uma ponte falsa. O esforço de ligar aquilo que não tem ligação em uma ponte não falsa, mas fictícia. A natureza da vida é a mesma da ficção, penso, como resposta. E é sempre a mesma resposta que me vem. E seu propósito, o da ficção, tanto quanto o da vida, é o de relacionar o irrelacionável.

Relacionar o irrelacionável é expressão que peguei de Irene que me fala exatamente assim quando apresento essas questões de tempo e espaço nos momentos em que nos vemos. Conto-lhe sobre meu sonho de morte, ela sempre me consola dizendo que a vida dos melancólicos não pode ser diferente. Mas meu sonho de morte ainda me apavora Meu sonho de morte que não para de se repetir. Meu sonho de vida, esse abismo aberto sob meus pés que sempre pensei fosse só um clichê pouco expressivo, me apavora cada vez mais

Frase

Eu sabia desde aquela época, assim como meu pai sabia, do pavor inerente ao ato de viver. Acredito que é por isso que aprendi a ler, porque a lápide de cada morto era uma explicação necessária de sua vida, mas da vida de todos, da vida em geral. Foi meu primeiro saber, o do tempo exíguo, o do mínimo tempo do texto na pedra. Não sei se depois adquiri outro. A lápide é uma explicação necessária e também um pagamento. Um pagamento, uma gorjeta que se dá ao morto por ter suportado esse mundo e levado a desgraça até o fim. Também eu espero meu pagamento. Espero a minha compensação, mesmo que seja na forma de uma única frase, a frase que direi a Agnes. A frase que Agnes não suportará ouvir

Durante todos esses anos, escrevi tantas coisas sobre tudo o que vi, o que vivi, ou o nada que vivi, nesses cadernos onde guardo a memória do tempo que me foge, por puro pavor da vida, esse estado de pavor quanto ao que pode significar viver, sempre esperando que o tempo de colocar as coisas no papel salvasse aquela meditação cada vez mais perdida quanto ao que dizer, pois eu sempre soube como dizer, não sabia apenas o que dizer. Sempre esperei que a vida me desse alguma coisa, aquilo que não ganhei de ninguém, que ninguém dá a ninguém, aquele tempo roubado pelo telefone, mas roubado por cada um, a cada outro. Aquele tempo que perdi no telefone por achar que tinha alguma obrigação com meu pai e Agnes. Não o perdi, também não o ganhei, mas a vida não se entrega a esse tipo de contabilidade

Cabelos

Meu pai está morto e já estava morto no enterro de minha mãe Talvez antes, talvez tenha sido isso o que Agnes quis dizer quando comentou, ao me ver surpreso, que ele estava morto havia mais de quarenta anos. Minha mãe está morta há bem mais de quarenta anos. Eu o deixei há cerca de quarenta anos. Não é possível que eu não tenha entendido esse recado tão simples enviado por Agnes em meio ao seu rancor. Se penso mais, tenho ainda mais vergonha Vergonha disso tudo.

Quantas vezes morremos com os outros é um pensamento que me vem enquanto fico sem resposta. Essa resposta é aquilo que se procura em vão. Meu pai já estava morto ali, no enterro de minha mãe, mas estava certamente morto antes, quando ela foi internada pela primeira vez, quando nasci, quando nasceu Agnes. Estava morto quando, parado ao canto da cerimônia fúnebre, era um homem póstumo, não conversou conosco, não conversou com os vizinhos, não se dirigiu a ninguém, nem sequer àqueles homens, meus tios, que tinham vindo de longe para despedir-se daquela mulher, sua irmã, que havia muito tempo tinha perdido a razão, aquela que deixara o clã para viver com um homem pobre que se tornou um pobre pescador, o que vim a entender mais tarde quando soube que a família de minha mãe era rica e que meus tios eram homens do poder. E que meu pai tinha fugido com ela. E ela fugido com meu pai, como se fazia naquela época quando um casamento era indesejado

Apenas um daqueles homens, tio Carlos, com os cabelos iguais aos meus, com seu paletó preto, veio até meu pai e lhe estendeu a mão em busca de um cumprimento, os demais ficaram longe, esperando-o em seus carros reluzentes, ao todo três, ou seriam quatro, não lembro bem. Apresentavam-se a nós, todos de uma vez, vestidos com roupas iguais para o cortejo, ou muito parecidas, mas que pareciam iguais. Meu pai retribuiu o cumprimento sem levantar os olhos. Agnes correu até ele, agarrando-lhe a perna como fazem as crianças pequenas quando estão com medo.

Agnes era pequena, tinha cabelos pelos ombros, macios e claros como raios de sol, eram mesmo verdadeiros raios de sol, cabelo de milho como eu dizia, deixando-a brava, cabelos claros como eram os de minha mãe e como eram também os de meu pai, bem diferentes dos meus fios pretos e que já naquela época eram bem duros, e que, depois de tanto tempo, permanecem em minha cabeça um pouco mais ralos embora a textura continue a mesma, densa, uma textura forte. Meu pai era quem os cortava bem curtos, mal cortados, com uma tesoura usada nas lides das pescarias. Não tínhamos espelho em casa, senão aquele em que minha mãe passava os dias a olhar-se e no qual eu nunca quis me olhar.

Há algo que Agnes não sabe disso tudo. É que fui embora levando esses restos de imagens que permaneceram misteriosas até hoje para mim. Levando comigo a cena composta dessas pequenas diferenças superficiais, que em certos momentos tiveram outra validade, que me faziam pensar em quem eu era entre eles, em quem eu não era, em quem eu não queria ser.

Roupas

Meus tios vinham quando meu pai não estava e minha mãe já não falava com ninguém. Lembro que uma vez trouxeram muitas roupas, tantas que ficaram amontoadas num canto, sobre uma velha cadeira. Não as usei. Inês se apossou delas, faria bom uso considerando os filhos todos que tinha. Um dos primos me olhou de longe, era um pouco mais velho do que eu, perguntou ao seu pai, que naquela ocasião não era o tio Carlos, o que tinham vindo fazer ali e logo disse que não queria ficar naquele lugar. Para mim, perguntou como era morar no barraco. Ele tinha razão, mas eu me senti ofendido e humilhado porque aquilo era dito com desdém. Era um menino forte, alto, e era loiro como todas as pessoas da família, exceto meu tio Carlos e eu.

Minha mãe ainda estava viva quando isso aconteceu, ainda viva e, ao mesmo tempo, quase morta. O primo aproximou-se de mim perguntando se minha mãe passava o dia como louca ou se havia períodos de lucidez. Ele não usou a palavra *lucidez*, mas é como lembro agora. Perguntei-lhe envergonhado o que queria dizer. Eu gaguejava, o que o espantou. Explicou-me que, sendo apenas sua tia, ele não corria riscos de ter aquela doença, mas que eu, sendo filho dela, estava condenado. Tentei falar alguma coisa, mas a gagueira estava na frente do meu corpo inteiro, como sempre. Então, ele me disse que a gagueira era um sinal, uma condição prévia à loucura. Contou-me que tinha pena de mim e de Agnes, mas que eu não me preocupasse, que ele seria médico e que me ajudaria quando chegasse a minha vez.

Nunca gostei dos meus primos. Muito menos desse primo que ofuscava, com seu tamanho e seu jeito de falar, todos os outros, embora todos os outros fossem muito parecidos com ele. No entanto, os outros eram, à diferença dele, calados, não se aproximavam, ficavam dentro do carro, assustados, entediados. Seu pai deve tê-lo levado até nós para que soubéssemos quem nós éramos. Eu pensava naquela época que eles queriam nos dizer alguma coisa. Que coisa seria, jamais entendi. Ele era uma criança como eu, mas parecia um velho. Lembro que, em meu silêncio, se escondia uma comparação que o tornava melhor do que eu. Ele também se comparava comigo. Foi a primeira vez que vivi na carne a humilhação em sua essência mais íntima e entendi meu pai. Entendi o olhar morto de meu pai. Tempos depois, no enterro de minha mãe, essa imagem de meu primo falsamente penalizado por minha vida de menino pobre comparada à sua vida de menino rico me fez entender o modo de ser de meu pai, seu olhar fugidio, seu jeito calado de ser, seu modo inerte de estar. O corpo magro voltado para dentro de si mesmo como se precisasse dobrar a vida para caber no horror que é viver.

As roupas que eu usava vinham dos primos, ficavam grandes ou pequenas, nunca do meu tamanho, e sendo o que restava, eu preferia usar sempre as minhas próprias roupas ainda mais velhas, roupas remendadas por Inês em troca daquelas roupas dos primos que ela levava para sua casa. As roupas vinham e logo desapareciam da casa levadas por Inês, que, carregando aquele fardo, ficava ainda mais magra e mais cinzenta no cenário de nossa casa sempre banhada pela luz amarelada de um sol nem sempre presente.

Renda

Inês tinha olhos verdes. A pele curtida de sol a fazia parecer muito mais velha do que era, e mesmo assim era bonita. Ela nos tratava como filhos, nos benzia, a nós e a seus filhos, quando estávamos doentes, nos dava de comer em sua casa sempre tomada de um cheiro quase insuportável de fumaça. Inês poderia ser uma bruxa como minha mãe. Mas era apenas uma mulher pobre, tão pobre quanto éramos, mas que sentia pena de nós. Prática, ela sentia pena de nossa mãe enlouquecida a posar para um pintor inexistente, sentia pena de nosso pai pescador sempre distante de casa. As seus olhos éramos crianças abandonadas. Seu marido e seus filhos morreram afogados no mar ao longo dos anos, um de cada vez. O corpo do homem inchado de água chegou primeiro às pedras em um dia de chuva muito frio. Os lábios e os olhos comidos pelos peixes assustaram os meninos, que depois iriam também morrer no mar do mesmo modo que o pai. Quando vimos o cadáver do homem, percebi que éramos todos, no futuro, como aquele cadáver. Isso não me assustou muito. Inês não demonstrava precisar daquele homem para coisa alguma. Quando meu pai ficou em alto-mar por dias, um daqueles meninos filhos de Inês, com os mesmos olhos verdes apenas um pouco mais abertos, me perguntou o que eu faria se meu pai se afogasse e voltasse morto para casa trazido pelo mar. Respondi-lhe que isso nunca aconteceria. Que um pai só morre afogado quando a mãe não precisa mais dele, respondi. O menino abriu ainda mais os olhos sem entender meu raciocínio.

Avisou-me que ele seria pescador. E que eu nunca poderia pescar. E que, já que eu nunca pescaria, que era melhor aprender a fazer renda como uma mulher. Não me ofendi. Não sabia se devia me ofender. Muito depois é que vim a saber que deveria ter me ofendido. Quando o garoto apareceu morto na praia, não tinha mais as pernas, o sexo fora igualmente comido pelos peixes. Coisa de tubarão, diziam no velório, e o corpo dele estava coberto de flores que suas irmãs colheram nas dunas.

Inês, sua mãe, vivia de vender aos banhistas as rendas que fazia com as filhas. Pensei que era uma boa ideia. Eu também poderia ganhar algum dinheiro fazendo rendas, já que não podia pescar. A diferença entre ser homem e ser mulher não era um problema para mim. Deveria ter sido, considerando a época em que vivi minha infância, minha primeira juventude. Mas eu não me ocupava com isso. Pedi, então, a Inês que me ensinasse, mas ela, vestida de preto, como sempre andava desde que, ao sair de um luto, entrava em outro, explicou-me que aquilo não era serviço de homem. Me calei diante de seu olhar inquiridor, sem entender que tipo de razão poderia ser aquela e porque era jogada sobre mim. Foi a primeira vez que entendi que eu *deveria* ser um homem.

Entendi a diferença entre homens e mulheres como entre pescar e fazer renda, ir ao mar ou enlouquecer, e, por algum caminho talvez mais sinuoso do que jamais imaginei, o motivo pelo qual meu pai poderia morrer afogado, enquanto minha mãe morrera louca. Inês nunca se afogaria, mas poderia ficar louca. Os homens se afogavam. Eu não poderia me afogar, porque, por conta de minha doença, não entrava no mar. Mas eu também não ficaria louco. Porque não era mulher para isso. Porque, por conta de minha doença, eu era homem.

Esses raciocínios que eu fazia, contudo, tornaram-se mais complicados quando a filha dessa mesma vizinha, moça bem jovem, noiva de um pescador que vinha sempre à porta de sua casa com seus pés grossos, cigarro de palha e mãos imensas, afogou-se na lagoa. Soubemos que era *por querer*, como disse outro menino de olhos muito verdes que andava pela vizinhança. Ela não queria casar, preferiu morrer afogada, eu pensava. Foi enterrada no cemitério atrás da igreja como uma Ofélia. Inês, cada vez mais magra de tanta energia posta em segurar aquela família antes que caíssem todos na água, não derramou uma lágrima. Queixou-se de perder uma mão muito boa para as rendas. As irmãs mais novas choravam num canto. Meu pai apareceu na porta da capela onde o corpo era velado todo coberto de rendas, mas não entrou.

Seu João, no cemitério, explicou-me que aquela não era uma tonta, não tinha levado ninguém consigo; ele se referia a moças que se matavam grávidas. Que era apenas uma pessoa triste que não descobrira a beleza de viver. Contei-lhe que ela não queria se casar. Ele não demonstrou nenhum estarrecimento. Insistiu que ela não conseguira descobrir a beleza de se viver. Eu pensava o que poderia ser a beleza de viver e por que seu João falava assim. Me perguntei por que aquela menina deveria se casar. E perguntei mais, por que as pessoas se casavam e por que tinham filhos, por que as mulheres pariam se iriam morrer, por que os homens pescavam se seriam afogados. Pensava em opções para evitar mais catástrofes, sobretudo a minha própria, mas pensava também em Agnes. Se todas as meninas que choravam no velório iriam se casar ou se afogar, logo não teríamos mais ninguém entre nós. Deve ter sido por isso que meu pai não chegou perto do caixão, pois já tinha visto aquele filme.

Somente há pouco, dando uma volta pelo museu e pensando há quanto tempo deixei aquele mundo para trás, é que me dei conta de que a menina que preferiu morrer também se parecia em cada detalhe com a menina jovem de Petrus Christus. Era muito parecida com minha mãe. Os olhos desconfiados escondiam no fundo uma revolta. A escolha dessa menina revoltada de alguma forma me chamava a fazer da minha própria fuga, naquele tempo apenas possível, um direito profundamente consentido. O homem do qual ela fugira matando-se era muito feio, monstruoso até. Pés e mãos disformes de tão grandes, o queixo imenso, poucos dentes na boca, suficientes para assustar qualquer um. Assustaria mais ainda uma menina que não imaginava ter nascido para aquele fim. Raramente um pescador era menos do que feio. Meu pai era o que menos apavorava entre os apavorantes, tinha olhos azuis, a pele escura de sol, os cabelos encaracolados e as feições relativamente mansas, até mesmo femininas, embora fosse bruto como a maioria dos homens que ali viviam.

Inês, vestida de preto em seu luto infinito, parecia se interessar por meu pai. Via-se seu interesse no quanto se preocupava conosco, como nos dava de comer, como o ajudava na cozinha antes e depois da morte de nossa mãe, mas muito mais depois que nossa mãe morreu e que o marido de Inês voltou morto do mar. Até hoje desconfio que, de vez em quando, meu pai e Inês se amassem à sua maneira. As diferenças entre homens e mulheres eram muitas e eu desconfiava que meu pai gostava da diferença de Inês. E que Inês gostava dele igualmente. Mas eles não me pareciam assim tão diferentes de fato, senão que homens não iam à cozinha, embora meu pai fosse às vezes ao fogão. Os homens morriam afogados e não faziam rendas. Era isso. E não precisavam se casar com quem não quisessem.

Eu não me impressionava com essas diferenças ou com o suicídio da filha da vizinha que, até onde consigo compreender, se matou por não ter alternativa, por não ser um homem e, portanto, por não ser livre. A morte provocada foi sua liberdade possível.

Sabia desde cedo que havia, em qualquer caso, em toda história, alguma coisa mal contada. Como na morte de minha mãe. Como na morte daquela moça. Era lógico que eu sabia que era preciso morrer. Nunca me revoltei com a morte, nem mesmo com a morte de meu pai eu me revolto hoje. Matar-se era uma opção mais que desejável e que me parecia até mesmo a única, a mais prática, a mais lógica, ainda que uma das mais desesperadoras. O que me impressionava era que minha mãe e Inês, que tinham nascido para sofrer, assim me parecia, não tivessem escolhido essa saída, como depois vim a saber, ao estudar com Irene, era a saída das mulheres gregas e de muitas mulheres modernas ainda em nossos dias. Eu não queria morrer como aquelas mulheres. Tampouco queria viver como Inês e suas filhas.

No cemitério, seu João dividia o terreno entre os que se mataram e os que morreram de morte natural, a morte de Deus, como ele dizia, era a morte dos animais que nós também éramos, ele frisava, não a morte humana, a morte que um ser faz a si mesmo, só essa era, segundo ele, a morte humana, a morte daquele que quer ser dono da própria morte, quer deixar por meio de sua morte de ser animal, quer ser Deus. Nas entrelinhas do seu texto sempre parcimoniosamente dito, com pausas teatrais, seu João me ajudava a pensar, a ler mais do que livros, a ler o livro do mundo, como aprendi a dizer muito mais tarde. Tudo já estava lá, naquele cemitério que, ao contrário de um shopping center, mostra a parte da morte que ainda está viva, ao contrário da morte que sempre esteve morta no shopping, lugar a que fui poucas vezes, vezes suficientes para perceber o horror das vitrines cheias de espectros.

Bugre

Talvez as sobrancelhas pesadas de meu pai, talvez o formato dos dedos de minha mãe, mais nenhuma semelhança possível. Durante um tempo, eu me media com eles, desconfiado que estava com minha diferença. Meu pai se irritava comigo, fosse porque não fiz algo que deveria, fosse porque tinha feito o que não deveria. Eu lhe dizia que não era mulher para lavar louça e fazer comida, fosse porque queria ir com ele à pescaria, fosse porque não tinha preparado o fogo. Eu realizava as tarefas domésticas, como fiz pelo resto da minha vida, mas as odiava e, nas poucas vezes em que me insurgi contra algo em minha casa, foi contra essas tarefas.

Irritado, meu pai dizia que eu era *um bugre*, que era filho do vento, e me chamava de fraco, e eu pensava no porquê de ele me dizer uma coisa dessas, pois que se era filho do vento, não era seu filho, ou ele era o vento e desse modo, eu não entendia bem o que queria dizer sobre si mesmo. Ser filho do vento era como ser filho de bruxas que copularam com o demônio. Então eu entendia minha mãe e o que lhe aconteceu. Meu pai era um demônio. Ou não era meu pai.

Sempre duvidei da minha pertença àquela família. Quando telefonei para meu pai e fui atendido por Agnes, foi nesse momento que ela deixou de me chamar de Bugre, foi naquele dia que passou a me chamar de Klaus, como se Klaus fosse uma solenidade. Daquele momento em diante eu seria Klaus, por mais de quarenta telefonemas. Por quarenta anos Agnes me chamou de Klaus, nome pelo qual ninguém me chama, porque sempre me apresento apenas por meu sobrenome. Aqui onde vivo o nome não importa tanto, ou melhor, se o nome for parecido com todos os outros, ele não importa tanto e, ao mesmo tempo, em certos momentos, importa muito. Esse é o teatro combinado ao qual todos aderem, todos fazem de conta que são tolerantes, sobretudo com estrangeiros, com pessoas *como eu*. Aqui não é diferente de lá. Todos os lugares são iguais. Todos os lugares sofrem da síndrome de genealogia, todos buscam uma origem e os que a têm não têm coragem de desfazer--se dela. Eu sempre quis me desfazer da minha origem. Foi assim que aprendi há muito tempo.

Foi o que aconteceu com meu pai. Onde ele vivia, ele que era odiado pelos pescadores e, ao mesmo tempo, os odiava. Ele que aprendera a viver com eles. A ser como eles. Mesmo assim, ele se intrometera entre eles como um estrangeiro. E os estrangeiros são estrangeiros para sempre. Eles produziram seus descendentes como estrangeiros. Usaram dois pesos e duas medidas. Para os que vivem aqui, nativos, locais, sou estrangeiro e, de fato, sou. Mas não sou, porque sou descendente. Embora isso conte apenas relativamente. Perante alguns deles, os que sentem vergonha, ser estrangeiro é muito bom. Quando estou na rua, na padaria, nos correios, todos os que têm vergonha me tratam muito bem, até melhor do que se tratam uns aos outros, pois entre si eles sabem do que estão falando, conhecem bem seus jogos internos, maltratam-se e perdoam-se. São os donos do seu mundo e têm de aturar a partilha coletiva desse bem comum chamado *mundo*. Porque não me pareço com o tipo habitual, eles chegam sempre com cuidado redobrado. Então, tendo cara de estrangeiro, dou-lhes a oportunidade de me tratarem bem. Eles tentam mostrar que o ódio pelo diferente é algo ultrapassado. Se gaguejo, ficam vermelhos, não sabem o que fazer. Querem me levar pelo braço como se eu fosse um cego. Querem me amparar, oferecem ajuda na rua se paro para ler um mapa, hábito que não perdi depois de tantos anos. Querem parecer finos e prestativos com turistas. Mas ser estrangeiro é duro se você estiver na mão dos que não aderiram à vergonha nacional. Porque aqui até a vergonha se tornou uma questão nacional. Em muitos momentos é melhor não ser estrangeiro. Havendo necessidade, como de ir ao médico ou a uma repartição pública, apresento meu documento, e fica tudo melhor, parece que relaxam do esforço que teriam que fazer e até me contam piadas, tratam-me como um igual depois de terem estranhado o vão existente entre meu nome e meu rosto.

 O sobrenome alemão abre ainda mais portas quando se vai para o interior. Assim era na minha infância. Em certos momentos o sobrenome alemão nos ajudava, em outros, nos prejudicava. Aqui não. Sobretudo quando sabem que você nasceu na *colônia* tratam-no melhor ainda porque entram, com essa informação, no espírito da vergonha. Os que não sabem disfarçar seu ódio apelam para a formalidade. O sentimento de culpa dos que têm vergonha, e dos que não têm vergonha, mas têm a formalidade, torna-se a assinatura do salvo-conduto do imigrante. E quando não se tem isso, ou dinheiro, não se tem nada.

Casa

Bem antes de minha ida ao seminário, Inês, à revelia das ordens de meu pai, ajudou-me a achar uma escola. Era a mesma à qual ela enviou seu filho mais velho. A intenção de Inês era que esse seu filho, que morreu comido pelos peixes, viesse um dia a ser padre. Fui à escola por anos, apesar dos quilômetros de distância, e com ela visitamos um orfanato na cidade. Fizemos vários passeios em nome de uma pedagogia do sofrimento promovida pelas professoras, donas de casa que ensinavam a ler e calcular com uma mínima formação. As crianças eram levadas ao asilo de velhos, ao hospital e até mesmo ao cemitério, que eu já conhecia muito bem.

Na escola, éramos crianças pobres a visitar outras crianças pobres, a diferença entre nós é que tínhamos casa e pais e as outras tinham que morar sozinhas. De um ponto em diante eu era um criança pobre sem mãe, mas com pai. O orfanato parecia melhor do que a casa de meu pai, em cujas frágeis paredes de estuque os insetos vinham a fazer ninhos. Viam-se as estrelas à noite através da palha com que era coberto. A imagem de minha mãe morta deitada à única cama que havia, sob cujo colchão algumas notas de dinheiro tinham sido esquecidas, velhos contos de réis, níqueis, como dizia meu pai, menosprezando o dinheiro dado pela família de minha mãe, ainda serve de sustentáculo a tudo que existia ao redor.

Foi dessa casa de palha, casa de pescador, que se mudaram quando Agnes pediu para estudar no colégio de freiras onde se oferecia o curso de magistério. Disso eu soube por telefone, logo nos primeiros telefonemas, quando Agnes não parecia tão refratária à minha conversa. A casa nova, que eu não conheci, era uma casa com telefone, uma casa confortável, como uma vez me disse Agnes. Ela nunca falou muito da casa, parecia escondê-la do meu conhecimento, como escondeu a morte de nosso pai. Deixou escapar que, entre os confortos, havia uma piscina. Pois que algumas vezes ela comentou do sol, dos banhos de sol que ela tomava.

Há pouco tempo, pelo computador, ainda tomado de curiosidade sobre o lugar onde moravam, olhei fotos das casas da região, todas de um extremo mau gosto. Comecei a pensar na casa nova onde os dois viviam, como uma obsessão, até que, com muito esforço, consegui esquecê-la. Eu acordava durante a noite tomado pela presença da casa dentro de mim. Acordei por muito tempo tendo a imagem da casa na cabeça, como uma dor para a qual não havia remédio.

Não imaginava de onde meu pai pudesse ter conseguido o dinheiro para uma casa nova. A vida pode mudar muito em quarenta anos, eu justificava a mim mesmo. Explicava também que eu não tinha o direito de saber de nada, pois que não dava a eles satisfações sobre minha própria vida. Não era problema para mim não saber sobre a casa de meu pai. Não ter uma casa, não ter um pai, não há problema nisso. Há, contudo, problemas que não existem e mesmo assim, permanecem sendo problemas.

A vida não é como parece

Laura, uma das mulheres que frequentavam o grupo de filosofia, contou publicamente a todos os participantes que sofreu abuso sexual do avô materno e que, ao contar aos pais, ficou sabendo que seus pais não consideravam o fato uma violência, muito menos uma tragédia, não pensavam que se tratava de um crime, porque ela era, como soube naquele momento, *apenas* uma filha adotiva. Os pais lhe disseram que era filha adotiva como quem revela uma grande verdade capaz de amenizar o fato, quando, qualquer pessoa o percebe, a humilhavam, a espezinhavam, a violentavam mais uma vez. Eram coniventes com o avô. Tinham-na adotado para que servisse de isca a um velho tarado. Há quem pense que não haveria problema algum nisso. Que essa disrupção biológica seria realmente um fator amenizante.

Foram pessoas assim que permitiram a matança dos judeus, dos indígenas, dos iranianos, dos armênios, dos cambojanos, dos pobres, das mulheres, dos homossexuais, dos africanos. Thomas me critica, dizendo que estou fixado nas minorias. Que as minorias não são a única questão democrática. O problema, me diz ele, são as pessoas. Essas pessoas com quem encontramos todos os dias nas ruas, que estão dentro de nossas casas, que comem conosco e estão sempre prontas a matar, a saquear, a destruir sem responsabilizar-se de modo algum por isso. Então, entendo que Thomas não quer falar sobre a partilha da miséria que cabe a todos nós, que a democracia radical ainda vai demorar a ser pensada, e me calo também diante de Thomas, em quem depositei tantas esperanças.

Eu fujo da partilha da miséria. Minha miséria é apenas minha. Não partilho o pouco que tenho e não partilho o que não tenho. Não partilho nem mesmo a minha miséria espiritual. Se a expusesse, o mundo inteiro morreria de náusea. Também em Agnes devo causar náuseas. Porque sou a prova de que a vida não é como parece. Agnes poderia ter um motivo para não ter me dito que nosso pai morreu, mas ao mesmo tempo poderia ter motivo para dizer que, depois de meses, ou seja, alguns meses antes de nosso telefonema de hoje, nosso pai havia morrido. Talvez ela não quisesse, durante todos esses anos, que eu voltasse, muito menos agora que ele está morto. Talvez ela não quisesse, por pura obsessão, inverter o jogo que nos ligava uns aos outros desde que fui embora.

O que os pobres vêm fazer aqui

Na fila de um museu, em Dresden, para onde viajei de trem logo que cheguei aqui, na época em que ainda queria conhecer as pinturas de que gostava por tê-las visto em livros, esperando para entrar e ver um quadro de Vermeer, pintor que começou a me comover nas reproduções que via em livros quando criança, enquanto eu mesmo esperava na fila, ouvi uma italiana dizer para os italianos de seu grupo uma frase absurda. A frase me dá vergonha só em repetir, mas é preciso registrá-la para o bem da história. Dizia a italiana, senhora de vastos cabelos pintados, muito enrugada e maquiada o suficiente para esconder sua idade: *não sei o que esses pobres vem fazer aqui*. E completou, como se não bastasse o que havia dito: *por que não ficam em seus países?* Consegui entender o que ela dizia, mas não consegui acreditar. Nenhum dos presentes à fila contestou o que ela disse, e que era agressivo demais.

Naquele momento, gago e sem saber falar língua alguma, muito menos o italiano, fiquei quieto, com a resposta entalada na garganta, como às vezes dizem as pessoas, que não sabem muito bem o que é uma frase entalada na garganta. Não era bem uma frase, era uma impotência. A mulher se referia aos turistas estrangeiros a engrossar a fila no museu. Se eu conseguisse, teria dito que os pobres do seu país tinham ido a outros países e lá haviam se reproduzido, ganhado um pouco de dinheiro e voltado na forma de turistas. Mas as pessoas têm na base de sua burrice o fetiche do igual. Amam o igual, porque, na vida, só o que querem ver é o espelho. O espelho que certifica que existem. Onde não há espelho, as pessoas põem ódio. O amor que sentem por si mesmas não vale de nada diante desse fato. Que, por esse motivo, aqueles que estavam ali eram pobres comparados a ela em sua esplendorosa pobreza de espírito.

Brasileiros

Meu pai chamava o irmão de cabelos negros de minha mãe de *brasileiro*. Ele dizia a ela, que jamais respondeu às suas conversas, *teu irmão brasileiro vem te buscar hoje*. O irmão brasileiro era tio Carlos, o único que vinha nos visitar e conversava com minha mãe, que, ao chorar sempre e muito, não olhava para ele.

    Durante meses vivíamos com o dinheiro que ele deixava em cima da mesa. Dinheiro em que meu pai não tocava, fingia desconhecer sua utilidade. Lúcia não o tocava tampouco, mas, ao contrário de meu pai, por realmente desconhecer sua função. Eu guardava o dinheiro dentro de um pequeno balaio de palha, muitas vezes misturado com as roupas que meu tio nos trazia. As notas de dinheiro ficavam debaixo ou dentro do colchão de palha, às vezes em uma botija, dentro de uma caneca de alumínio, de uma panela. Era comum encontrar notas de dinheiro perdidas pela casa. Talvez Lúcia, se um dia acordasse de seu sono de bela adormecida, as distribuísse. Com aquele dinheiro, enquanto meu pai estivesse fora, eu caminhava até a cidade, comprava açúcar, batata-doce, mel, balas de coco, feijão, salame. Eram iguarias que fugiam ao trivial da dieta feita de peixe à qual estávamos acostumados. Eu voltava para casa carregando aquele peso nas costas, algumas vezes conseguia uma carona de carroça com um vizinho e, pensando na rapadura que eu ia comer em minutos, pensava, como pensam os meninos, que a vida estava ganha pelo menos por uns minutos.

Carro

Na praia, podia-se trabalhar com o barco de outro. Meu pai usava uma canoa, a *Branca*, que não tinha inscrição e que pertencia a Judas. Meu pai dizia que era caro mandar escrever o nome no barco e que, além do mais, Judas era um tremendo pão-duro, um unha de fome.

Quando penso em algo que pertencesse a meu pai, me lembro de uma bicicleta roubada em 1961 logo depois que nossa mãe morreu. A bicicleta foi comprada numa noite de chuva de um homem que perambulava com um pássaro nas costas vendendo também balas e velas. Lembro-me dessas figuras que surgiam entre nós de passagem. Se era do meu pai, o grande azarado, a bicicleta só podia acabar sendo roubada. Eu era proibido de pegar sua bicicleta roubada e não me compadeci quando ele ficou a pé.

Só víamos carro quando apareciam os turistas no verão, eles se hospedavam longe, nas grandes casas de veraneio, casas impressionantes se comparadas ao nosso barraco de palha. Também o padre que rezava na capela toda semana vinha de vez em quando de carro à igreja de são Sebastião, onde algumas vezes assisti à missa a mando de meu pai. Meu pai não ia à missa, mas me mandava ir. Ele nunca me perguntou se fui à missa, de modo que não precisei mentir que fui. Eu e os outros meninos não chegávamos perto dos turistas ou dos padres. Todos diziam que, assim como os ciganos, que apareciam com certa frequência nas nossas bandas, os turistas também roubavam crianças, e que os padres faziam coisas ainda piores.

Relógio

Em uma de minhas idas à venda na cidade, comprei um relógio de um vendedor ambulante. O dinheiro trazido por tio Carlos para minha mãe costumava sobrar. Eu não sabia o que fazer com o dinheiro, não tinha como gastá-lo na venda. Meu pai viu o relógio e mandou devolver. Não me disse mais sobre o que pensava quanto ao fato, para meu pai evidente, de que o relógio era roubado.

Eu disse a meu pai, o mais rápido que pude, que o relógio era com prado e que ele não precisava se preocupar, que eu não era um ladrão. Ele ficou ainda mais bravo, de uma braveza silenciosa e tensa que o fez erguer a mão e, com os olhos cheios de ódio, sustentá-la no ar. Muitas vezes era assim, ele não me batia, cancelava o seu ataque de ódio no meio do golpe. Era uma proeza.

Caminhei até a cidade. Escureceu. Não encontrei mais o homem magricelo que vendia, além de relógios, anéis, colares e brincos e também cigarros e remédios que, segundo ele, estavam sendo usados para cura de todo tipo de doença na cidade grande. Todos falavam em aspirinas e antibióticos e eu, sem medo algum, queria experimentar as substâncias que curariam de todos os meus males. Fiquei perdido na rua, me lembrando da voz que vendia a panaceia aos tontos, e resolvi bater à porta da casa do padre. Contei-lhe do relógio e de meu pai. O padre se ofereceu para guardá-lo até que meu pai esfriasse a cabeça. Avisou-me que aquele relógio cheirava a roubo, que era coisa de cigano. Fui para casa pela beira do mar, tomado de medo de meu pai.

Na semana seguinte, era domingo, meu pai foi ao rancho dos pescadores, onde passaria o dia com seus camaradas em torno do dominó, eu sabia que ele voltaria apenas no final da tarde, deixei Agnes com Inês e fui à procura do padre em sua casa. Minha intenção era guardar o relógio atrás de uma pedra no canto da casa, lugar que eu já tinha preparado. O padre já era outro e me avisou que o padre anterior fora embora para sua terra natal. O novo padre não me falou do relógio e eu não tive coragem de perguntar se o deixara com ele, temia que pensasse como meu pai, que era fruto de um roubo. O padre nunca mais voltou e eu nunca mais vi o relógio.

O novo padre perguntou meu nome, disse-lhe que me chamavam de Bugre, ele insistiu que eu lhe dissesse meu nome verdadeiro. Eu respondi que esse era meu nome verdadeiro e saí rapidamente na direção da porta que estava trancada. Antes de abri-la, o padre disse que, caso mudasse de ideia e quisesse falar meu nome, que viesse encontrá-lo. Estranhei que um padre velho e gordo e que parecia à beira da morte, que já deveria ter parado de comer doces, do contrário morreria logo, me propusesse voltar até ele para isso. Sua atitude parecia infantil, mas ele era um velho. O padre despediu-se de mim apertando-me a mão, demoradamente, dizendo-me que estaria me esperando quando eu quisesse vê-lo de novo.

Meses depois o padre apareceu morto de um modo estranho. Foi estrangulado por alguém que deixou seus lábios pintados de batom vermelho. Naquela época tive sonhos amedrontadores com esse padre velho de boca pintada. Em um deles, ele rezava num canto da igreja. Mas quando me aproximei para vê-lo, vi seus chifres e o rabo e caí dentro de um buraco negro.

A morte desse padre foi um dos fatos que mais me impressionaram em minha vida de criança. Agnes era ainda muito pequena. Lúcia tinha morrido havia pouco tempo, e a morte, que antes me parecia absurda, estava a tornar-se comum. O que eu tinha aprendido é que homens não usavam batom, que padres, muito menos. Que o padre estivesse morto e maquiado era mais do que uma contradição.

E eu pensava que minha mãe, ao morrer, também podia ter sido maquiada, mas naquele ambiente, a maquiagem era considerada apenas uma forma de vadiagem.

Veneno

Hoje pela manhã, ao telefone, Agnes começou sua fala por um dado incomum. Ele me chamou de *Bugre*. Tentei interrompê-la para perguntar por que me chamava assim depois de tanto tempo, mas era impossível atravessar o turbilhão de frases nascidas em profusão como cobras em um ninho vivo. Até que conseguiu completar a narrativa, emoldurou com um tom de amargura e prazer o noticiário das banalidades no meio do qual a ideia de nosso pai morto surgiu como faísca pronta a explodir o que éramos até agora, dois irmãos que permanecem ligados por telefonemas cuidadosamente cultivados ao longo dos anos. Éramos nada mais do que dois tontos a levar adiante uma prática inútil.

O torpor que me abala as pernas e os braços, me impede de falar neste momento, é o veneno de Agnes. A viagem seria um antídoto, mas não tenho coragem assim, à mão, de aplicar esse antídoto, é preciso pensar no que fazer, e é preciso um motivo para fazer o que devo fazer, pois Agnes, ela mesma, não faria nada. Não moveria um dedo para fazer nada porque Agnes ficou imóvel em seu mundo e transformou-se em uma estátua como parece que cabia aos que nasceram naquela família.

Espelho

Em seu corpo de velho, vejo meu pai a abrigar sua mente de velho, seu olhar de velho sobre o barco velho a esperar a coleta dos peixes indigestos, o rosto a queimar no sol, o rosto como eu vejo o meu próprio agora, no espelho, enquanto decido sobre o que fazer.

    É nossa velhice que me leva até a cozinha. A cafeteria continua desligada. Não a abasteci com café e água. Tudo está por fazer. O telefone toca de vez em quando sem que eu possa atendê-lo. Procuro o café sobre a pia. Abro a porta do armário ao lado da pequena geladeira e encontro um pacote de chá. Deixei de ir fisicamente ao mercado há tempos. Esqueci de pedir café junto com as compras que fiz pelo computador, o que percebo agora. Minha vista embaçada perturba todas as outras funções. É como se eu estivesse em uma nave, dessas de filmes de ficção científica. Paralítico sobre uma cadeira sem rodas. Tudo é imóvel. Tudo é sonho, e não tenho como acordar.

História natural

O computador me traz a vantagem de ficar mais tempo em casa. Quieto, posso ler os textos do grupo de estudos para ouvir e falar com Irene, para irritar Irene, para estar perto de Irene.

    O computador me permite experimentar uma espécie de velhice que nasceu comigo, não a que veio com o tempo, mas a que estava em algum lugar em mim desde sempre. A modernidade desse objeto me faz saber que sou algo ultrapassado, que também eu sou parte de um museu, do mundo que se transforma em museu. O mundo é o que se torna sucata. O que está pronto para a sucata. Irene me disse que mundo é aquilo que posso conceber, o que me permite pensar. Expliquei-lhe que o que me permite pensar desapareceu, em seu lugar foi posta a sucata. O mundo foi substituído por tecnologias que se tornam sucata. Como sucata, o mundo está em seu *devir* para museu. Irene fala do *devir* como uma coisa abstrata. Mas sabe que ele é real, o que nos acontece, aquilo para o que falta a nossa explicação, é o que realmente surge em nosso caminho. Irene sabe que nos tornamos quem somos. E o que pode significar *quem somos* é o que não estava pré-programado. Tivemos que deixar acontecer. E aconteceu. *Está acontecendo.* Agnes, por exemplo, é diariamente transformada em objeto de museu. Seu lugar está assegurado na sala, diante da tela da televisão. Seu lugar como uma múmia.

    Irene diria que estou sendo mau ao falar assim de Agnes. Mas não é isso. Também eu, também Irene somos parte do museu humano que se constitui por abandono dentro do museu do mundo. Nesse museu quero ficar ao lado de Irene, mas não posso. Aqui, onde a história humana é transformada em história natural, eu quero ser uma peça empalhada ao lado de Irene. Aqui, onde a história humana fica para trás, eu quero estar com Irene. Irene não está e o computador está e esse é o complemento do meu infortúnio neste momento. O computador toma o lugar dos corpos humanos. Como um túmulo no lugar de um corpo.

Um fato que não posso negar é que Irene me importa. É um bom projeto de vida importar-me com Irene. Fico de bem comigo, eu e uma xícara de café, mas fico melhor com Irene. Agora, ao ter esquecido o café, parte essencial de minhas necessidades se foi. Terei dor de cabeça, chamarei a farmácia pelo telefone, porque também não tenho mais aspirinas comigo.

Na verdade, deixarei a farmácia de lado. Tenho um remédio melhor do qual posso fazer uso agora. Fecharei as portas, como fez alguma das poetas deprimidas que eu gostava de ler antes de encontrar Irene, e abrirei o gás. Antes escreverei um bilhete com o nome e o telefone do advogado que detém meu testamento. Um bilhete que Frau Ingeborg encontrará e por anos, pelo resto de sua vida, tentará interpretar. Ela chamará Irene, pois que deixarei o número de telefone de Irene no bilhete. Direi que morri por Irene. Frau Ingeborg não irá acreditar. Farei um favor à sua imaginação pouco ousada.

No bilhete, deixarei por escrito apenas esses versos de uma poeta suicida: *Posso ouvir minha voz feminina: estou cansada de ser homem.*

A infinita tagarelice

Fiquei sabendo de todos os mortos da família, todos os mortos da comunidade durante esses anos todos, ao ouvir meu pai falar em nomes e mais nomes de gente que nunca conheci. Essa estranha gente morta era o tema preferido dos discursos de meu pai, como um orador fúnebre que se contentava em desfilar genealogias. Os frangos, na verdade, as *galinhas poedeiras*, seriam, junto com o futebol, o principal conteúdo das conversas ao telefone de uns anos para cá se não fosse a morte a ocupar todos os espaços. Algum problema de saúde, o frio, o barco por vender, o barco nunca vendido, o barco inexistente, a falência da pesca, os políticos intrometendo-se entre os pescadores, no fundo tudo isso era conteúdo que acompanhava a conversa sobre a morte. A morte e, em torno dela, *a infinita tagarelice* de meu pai. A doença de alguém, mesmo de alguém que eu não conhecia, de quem eu não lembrava, era sempre relatada como um anúncio da morte. *Fulano está doente, vai morrer logo*. Essa era uma frase comum. Então, por meio de perguntas, eu fazia meu pai explicar de quem se tratava, mesmo que eu não tivesse a mínima chance de lembrar quem era o objeto da narrativa. Eu o ajudava a falar e a compor o cenário sonoro da planta daninha que crescia infinitamente no campo fértil da linguagem. A morte era um fato, no passado, no presente e no futuro, e como meu pai só se relacionava com fatos, nunca com interpretações, tudo estava em seu lugar.

A morte era o fato dos fatos. No mais, tudo era presente, a chuva forte era a de *hoje*, a geada se dera pela manhã do dia de *hoje*, a chuva que derrubava as casas alheias não se transformava para ele em notícia que pudesse ser contada meses depois. Em seu estranho *agora*, um tempo totalmente presente, sempre havia um morto, vários mortos e a morte à espreita, a rondar.

Meu pai sabia que falar da morte era mais um prazer do que um fato inevitável. Era um prazer no meio do horror. Eu nunca o questionei quanto ao seu gosto. Queria apenas entender meu pai, mesmo que ele não quisesse dar-se a entender. À medida que envelhecia, meu pai foi ficando mais falante e isso implicava estar ainda mais interessado na morte alheia. Embora sobre a sua própria ele nunca tenha me falado. Nunca me pediu para enterrá-lo assim ou assado, como é comum entre pessoas velhas. Talvez meu pai pensasse que não iria morrer ou, menos ingênuo, se esquivava da própria morte ao falar da alheia.

Ninguém que morresse se tornava melhor aos seus olhos. Ele narrava a circunstância da morte ocorrida, se no hospital, em casa, na rua, a dormir. Se o motivo era natural, assassinato, acidente, ele concentrava suas atenções na atitude da família. Desenvolvia, em sua narrativa, minúcias sobre a família. Eu tentava lhe perguntar os motivos passados que fizeram com que as coisas tivessem se desenvolvido nessa ou naquela direção. Mas ele não via o passado, nem o futuro. Ele falava do presente porque ele habitava o presente. E o presente era um dia de cada vez. Um tempo duro de tão concreto. Uma concretude dessas de se pegar com a mão, como se diz. Os mortos eram efeito de um acontecimento abstrato, não de um processo.

Aves

Nas conversas em que os mortos não sobressaíam como tema, as *galinhas poedeiras* tornavam-se o assunto luminoso. Elas permitiam alguns minutos de conversa levada a termo como efeito de um programa ao qual servíamos como dois funcionários de uma empresa modesta e que, no entanto, não podem deixar a burocracia de lado. A morte era o fato mais empolgante, mas não se igualava à empolgação causada pelas galinhas. Havia nela outra impressão. Uma alegria, uma diversão.

Assim era. Meu pai falava da morte dos outros como que aceitando um jogo no qual poderia se soltar, exercitar seu dom natural, ou se voltava aos frangos, às *galinhas poedeiras*, como se tivesse inventado personagens, repetia-se, discursava, explicava os detalhes da criação, da postura dos ovos, da alimentação racionada, da relação entre machos e fêmeas. Em meio a tudo isso, interrompia e falava de quem tinha morrido naquele dia. E sempre havia alguém.

Embora se esmerasse em salientar todos os detalhes técnicos possíveis, descrevendo minuciosamente também a suinocultura da qual era o amante novato, meu pai preferia sem dúvida falar da morte, quando a empolgação se tornava solene. O telefone se tornava uma válvula de escape na qual ele versava sobre os temas preferidos, mas, como se preferisse não falar e, de algum modo, fosse uma espécie de Bartleby que sempre *preferiria não*, conseguisse enganar a si mesmo, mas não a mim. Entre mortos, galinhas e porcos, estes últimos, que começavam a aparecer nos últimos telefonemas, não havia nada. Falava sem timidez, sem se importar em ser agradável ou desagradável, como se fosse uma máquina de falar que não necessitava de outra pessoa concreta que realmente pudesse ouvir.

As coisas não eram tão simples. Em um daqueles tantos telefonemas, depois de um tempo, houve o momento em que meu pai começou a falar sobre pombos. Trocou, durante toda a conversa, os frangos pelos pombos. Avisou que logo os animais serviriam como correios, como nos tempos de antigamente, e que assim os pombos ficavam bem, realizando o que lhes convinha, porque a cada um cabia fazer o que devia e nada mais.

No mesmo telefonema contou-me do seu plano novo. Ele compraria avestruzes, depois de vender os pombos-correios. Compraria um casal de avestruzes para ter no quintal de casa. Venderia os ovos, que seriam muito maiores do que os ovos de galinhas e valeriam muito mais. As avestruzes eram animais que não dariam trabalho, que seriam fáceis de criar, como cachorros, que comem qualquer coisa e dormem em qualquer lugar.

Disse-me naquele dia uma coisa estranha. Que os avestruzes eram como ele. Foi a primeira vez que vi meu pai interpretar a si mesmo. A primeira vez que o vi metaforizar. Esperei, antes de perguntar qualquer coisa. Esperei quieto. *Imagine*, me dizia, *animais, como eu, que têm asas mas não podem voar*. Eu não soube o que fazer com essa ideia de um animal que, tendo asas, não pode voar. Comentei que é assim que a natureza nos faz, incongruentes.

Sem ouvir o que eu disse, ele falou mais um pouco. Em geral era assim. Tinha esquecido que falava com seu filho. Naqueles momentos eu podia saber como ele era com estranhos. No meio da conversa, na qual eu o deixava falar fazendo perguntas mínimas que permitissem que ele continuasse, ele ia falando repetidamente dos pombos e das avestruzes. Eu não quis corrigi-lo, tampouco alertá-lo de seu erro. Ora, não havia pombos. Ora, não haveria avestruzes. Pensei em sua idade, vi que meu pai estava bem mais velho do que me parecia ao telefone.

De repente, ele pareceu dar-se conta do próprio disparate. Perguntei--lhe novamente de quem ele compraria as avestruzes e emendei a perguntar quantos quilos pesa um animal desses. Ele ficou quieto. Pensei que tivesse acontecido alguma coisa do outro lado da linha, o lado de lá sempre me assustava quando perdíamos o ritmo que, pelo telefone, permitia reunir os dois lados, o de cá com o de lá por obra do lugar estratégico que é, na política, ou na vida, *o meio*.

Insisti falando alguma coisa, sem dar a entender que eu estranhava o silêncio, a linha continuava ligada, e eu continuei, portanto, a perguntar--lhe se ele sabia que *avestruzes e emas* eram animais muito diferentes. Nada foi respondido. Em segundos resolvi mudar de assunto. Perguntei se ele seria capaz de comparar a atividade da pesca com a criação de aves. Ele continuou quieto, mas eu sabia que, no fundo, apenas fingia não ouvir minha pergunta. Em segundos, voltou a si, ao telefonema, a dizer meio apressado que eu devia telefonar outro dia, que ele me falaria da maricultura, sobre as ostras e os camarões, que visitaria em breve uma comunidade de pescadores e depois me diria alguma coisa sobre o assunto.

Ele queria finalizar o telefonema e, para isso, me perguntou, como não poderia deixar de ser, se eu queria *mais alguma coisa*. Sem que eu tenha me despedido, Agnes já esperava na linha enquanto fingia surpresa com minha ligação. Ela fingia surpresa, durante todos esses anos ela sempre fingiu surpresa. Como se não soubesse que era eu que falava com nosso pai. Ela sabia, pois quando eu ligava, eu sempre procurava esticar a conversa e nosso pai ficava ao telefone por certo tempo. Não imagino que fizesse isso com outra pessoa.

Então ela vinha ao telefone, e naquele dia não foi diferente. Os pombos e as avestruzes, Agnes me disse como quem desconfia da desconfiança alheia, eram só uma *metáfora*. Ela me disse isso sem mais nem menos, como se eu pudesse adivinhar as circunstâncias e o conteúdo mental que a revelava. Ela estava a ouvir a conversa do outro lado da linha. Meu pai percebeu.

Por medo de irritá-la, deixei que falasse mais e mais. Assim como os ovos e o fim da pesca, tudo eram metáforas, ela me disse. Quando pude, disse-lhe que não entendia a função daquele tipo de metáfora, ela me mandou estudar novamente a gramática e as figuras de linguagem, disse-me que eu era pior do que seus alunos, que dificilmente aprendiam coisa alguma. Sinceramente achei graça, eu estava de bom humor. Ela ficou séria, e mudamos de assunto antes que a conversa atingisse um grau a mais de seriedade, aquela seriedade cortante que se alcançou várias vezes em que não pudemos *segurar a onda*, como ela gostava de dizer, a onda da formalidade. Entre mim e ela havia um fio muito fino de afeto, mas não tão fino nem tão delicado como era o fio que me ligava a meu pai. Um fio que devia ser protegido a qualquer custo.

    A obediência a algum tipo de regra dessas que se criam nos acordos feitos mesmo que sejam somente falsamente aceitos, era nisso que eu confiava. Sempre fui vítima das pressuposições. Só não era capaz de entender o conteúdo da maior parte das regras que orientavam a vida de meu pai. Era visível que não havia agora regra alguma no modo como criava e cuidava dos animais. Havia mais regras em nossa conversa impossível do que na vida possível de meu pai. Uma regra que negava a si mesma e dava lugar ao desejo de que algo acontecesse, de que fosse possível estabelecer contato, de que um dia chegaríamos a algum lugar não necessariamente com palavras, mas apesar delas. Sabia que, no fundo, isso era possível, nem tudo estava perdido desde que inventaram o telefone, uma invenção, a meu ver, tão poderosa quanto o avião. E se o avião não era viável, então o telefone resolvia nossa questão.

    Imaginei que nossas mãos, sustendo à força o telefone fora do gancho, dando lugar a uma brincadeira qualquer com um mínimo de palavras que se cruzam meio perdidas, que, por obra desse gesto, as potências do encontro seriam conservadas e venceríamos a burocracia daquelas conversas mesmo que tivéssemos que sustentar o sem sentido exposto em asas, bicos e penas das mais variadas espécies.

Bocas

O aluguel do barraco miserável sobre as dunas na beira da praia, o barraco que chamei de *nossa casa*, devia ser muito para ele. Penso a toda hora como, de onde terá conseguido dinheiro para mudar de casa se, mesmo na época em que fui embora, a pesca artesanal como a praticava já não garantia a vida de ninguém. Como terá conseguido uma casa como *a casa dos outros*, como um dia a definiu Agnes raras vezes mencionou a casa em suas palavras. Depois que fui embora meu pai pode ter sido agraciado com *a sorte grande*, como dizem os que nunca tiveram a sorte grande, como ele mesmo dizia quando falava de seu azar.

Terá ganhado na loteria, terá pescado baleias para o mercado negro, terá vendido o casebre para a especulação imobiliária que já começava a devorar com força o corpo das praias da ilha como o peixe faminto que come a boca de um afogado?

Bocas comidas pelos peixes. Bocas que contam as histórias das bocas comidas pelos peixes, bocas que falam pouco, bocas que falam muito, são as mesmas bocas que comem os peixes que podem devorá-las. E entre as bocas, uma boca, a de meu pai, não se abrirá nunca mais.

Também nós éramos bocas. Como o peixe que morre pela boca, nós éramos as bocas que meu pai deveria alimentar. Era assim que nos chamava quando falava de nós a outro pescador, que vinha intermediar a compra do peixe para os mercados e restaurantes da cidade. *Tenho bocas pra dar de comer*, ele dizia. Estávamos no lugar errado, atrapalhando de algum modo a vida de meu pai.

Nunca entendi por que não nos abandonou ou porque não nos deixou ir com nossos tios quando estes nos convidavam a partir. E, no entanto, apesar de sua grosseria e até mesmo da brutalidade que sempre caracterizou seus gestos, meu pai me transmitia uma complexa delicadeza, a de quem não conheceu nenhum tipo de maldade profunda que faltaria para completar a maldade banal e superficial que parecia o seu hábito. Para meu pai, éramos animais criados com animais, como animais. Animais domésticos que tinham um único direito, o direito teológico, não político, de *estar aí*. Mas mesmo assim, alguma coisa dizia que aquele descaso todo era apenas dor, que não era realmente por mal que as coisas eram como eram.

Dramaturgia ruim

Tudo na vida de meu pai, do seu jeito de pescar até o casamento com minha mãe, tudo tinha a marca do defeito, do desleixo, da precariedade. Mesmo assim não parecia feito por mal. Também éramos, aos seus olhos, defeituosos, porque éramos seus filhos.

Na madrugada, quando saía para pescar, a porta aberta por onde entrava o frio que não nos deixava mais dormir era seu modo direto de avisar que não se importava conosco. Ao mesmo tempo, lembro que, se adoecíamos, ele entrava em casa com o olhar de quem teme a morte e perguntava se estávamos bem. Hoje, me expresso assim. Meu pai não perguntava se estava tudo bem. O que ele perguntava é se tínhamos melhorado. *Melhorou?* Uma frase econômica, dita por quem preferiria não dizer nada, mas tinha medo de que morrêssemos. Uma frase minguada a desaparecer com a voz envergonhada que ele usava dentro de casa. Ao mesmo tempo, essa frase me dava medo de que ele ficasse para conversar, de que ele quisesse saber mais, de que se aproximasse. Sempre esperei que ele morresse antes de dizer a próxima frase.

Tive medo de encontrar o que nele era essa dor, a dor que ele jamais expressou, a dor para a qual ele nunca teve palavras, como eu não as tenho agora. Palavras que eu peço emprestadas ao passado, ao presente, ao futuro, que Agnes teria jogado fora. O medo de meu pai sempre foi, de certo modo, o medo de ver meu pai, de que ele saísse de trás daquela cortina em que se escondia como um menino envergonhado. O menino que eu mesmo era, e ainda sou. De algum modo é só isso o que eu sou.

Por isso conversei com ele até o meio, nunca até o fim. Falei coisas que costuravam o pano dessa cortina que nos separa como a um ator e uma plateia que ele nunca mais verá depois de cancelados os atos. Meu pai, o ator, o diretor, o personagem, eu a plateia, os vários, os múltiplos, a quantidade de gente tonta que corre para ver, que quer ver. Que vem ver uma vez e nunca mais volta. Eu, os muitos que tentaram vê-lo, que se espantaram, admiraram e, como um fã, dariam tudo para roubar-lhe a alma, porque, na verdade, odiavam enquanto amavam aquele que se desprenderia deles, aquele que faz com que saibam que são outros, que são todos iguais, como cacos de um grande estilhaçamento ao qual estamos todos condenados.

E agora eu sei que, antes ou depois, não eram diálogos o que se dava entre mim e meu pai, nem sequer eram verdadeiramente conversas nas quais tempos cruzam um campo aberto. Era apenas dramaturgia ruim, quilômetros de texto sem um sinal de mudança no cenário. O tempo interdito das coisas que jamais aconteceram.

Nesse tempo impossível, meu pai perguntava sobre minha vida, sobre o que eu fazia, sobre meu modo de ganhar dinheiro, sobre minha saúde. Perguntava-me se eu precisava de alguma coisa, se me casaria um dia. Me dizia que, se eu quisesse voltar, a casa estava ali. Mas não. Jamais houve da parte de meu pai a mais remota curiosidade, nenhum sinal, por mínimo que fosse, de preocupação, de medo, ou da ansiedade que, dando voltas no tema central, procura a porta dos fundos pela qual entrar sem que ninguém veja, enquanto tenta amenizar o sofrimento que é inevitável a tudo o que, estando vivo, ainda sente alguma coisa.

Enquanto estive perto de meu pai, fiquei sozinho dentro do meu pequeno mundo que, cada vez mais distante, deve ter se tornado menor ainda à perspectiva de meu pai, pois sei que ele me via de onde estava, que me via, e fingia que não me via, e mesmo fingindo, ele me via, era impossível não me ver, eu estava sempre ali, disposto à sua visão, ocupando lugar no espaço com meus cabelos de índio, de negro, de brasileiro, de criança que não é homem nem mulher, com meus olhos de filho assustado, de quem ficou no mundo sem lugar.

Tédio

A cada telefonema eu perguntava sobre o marca-passo, sobre os remédios, queria saber das sensações físicas, buscando estender de seus assuntos, fazê-lo desdobrar alguma percepção das coisas, quaisquer que fossem estas coisas, escutá-lo por mais algumas frases. Brinquei algumas vezes quanto à chegada da idade, até que a graça da piada se esvaiu em rotina, ele melhorou de saúde, os remédios se tornaram hábito e o que podia ser dito perdeu-se em forma de tédio, que se tornou meu único recurso.

Eu me repeti o quanto pude. Mesmo sabendo que meu pai, embora simples, embora tosco, não era burro para não perceber que eu, no fundo, vivia à minha maneira uma certa saudade. Eu investi no tédio, porque o tédio é o que nos acorda. Eu chateava meu pai com as mesmas conversas e devo ter aborrecido Agnes, que sempre evitou me dizer isso diretamente. A ironia, contudo, não me enganava.

Aquela frase *mais alguma coisa?* que ela também passou a usar para encerrar os telefonemas era um indício claro de que eu incomodava. Ela não poderia me dizer a verdade diretamente. Embora eu tenha certeza de que não conseguisse contornar a própria raiva quanto à minha presença-ausência. A raiva aparecia fina e transparente, e apesar disso forte como um fio de aço, amarrando cada frase. Por algum motivo que até agora desconheço, que não sou capaz de extrair da conversa curiosa que tivemos hoje pela manhã, nem de nenhuma das dezenas de conversas que tivemos durante esses anos, ela não pode me dizer a verdade sobre o meu gesto. Sobre o que pensava, o que pensa, de mim. Agnes teve que engolir o tédio, teve que suportar a minha chateação. Dividiu comigo a culpa que se esconde por trás da chateação, do despropósito da minha atitude obsessiva, do meu telefonema insistente, mesmo que anual, perto da data de aniversário de nosso pai.

As coisas mudam e continuam iguais. A ironia do destino é sempre a mesma. Falar com meu pai só era possível segundo o pacto prévio de que nada estava acontecendo. A esse tédio disfarçado eu retribuía com a mesma conversa de sempre que fazia rodar o círculo vicioso que nos unia.

Afogados

Era comum que os homens sumissem por certo tempo na época da pesca. O peixe aparecia enquanto os homens sumiam. Com o tempo, percebi que meu pai tinha arranjado um jeito de viver longe de nós. Preferia seus companheiros de pescaria, aqueles homens muito parecidos com ele a ponto de não se poder distingui-los quando andavam juntos. De vez em quando um aparecia morto, o corpo comido de peixe e inchado nas pedreiras. Mortos eles eram ainda mais parecidos. Meu pai seria o próximo a morrer afogado, era evidente para mim. Muitas vezes cheguei a desejar encontrar seu corpo na arrebentação. Quando eu chegava perto e via que era de outro pescador, sentia uma tristeza profunda por ter pensado uma coisa dessas e depois encontrar, naquele lugar, alguém que não conhecia.

Os meninos sumiam com seus pais. O corpo de um menino chegou sozinho à praia com a maré cheia. Foi enterrado como se fosse o mais velho dos filhos dos três filhos de Inês, um dos que tinham saído há semanas, ainda que ela não tenha reconhecido como sendo seu filho. Ela sabia que não era ele. Até a última vez que a vi, ela ainda pensava que ele não voltaria morto.

Peso

Pergunto-me se, nesses dias de sol tão tristes em que éramos crianças e íamos à capela andando a pé por quilômetros, eu a carregar a pequena Agnes nas costas, pergunto-me se tudo poderia ter sido diferente. Aquele peso faz parte de mim ainda hoje. Pergunto-me se em algum momento nosso pai nos olhou como se não fôssemos um peso. No meio disso tudo vejo Lúcia e sua leveza. Sua presença a tornar-se ausência no espaço miserável da casa.

São curiosidades que me vêm à mente agora quando, sentado sobre meu próprio medo, não creio que seja possível me mover, ir ou sair. Não sei se é possível voltar, e quando me refiro a voltar, refiro-me ao lugar que deixei há tanto tempo, mas também a este apartamento medido, decorado, pensado milimetricamente, onde tudo está em seu lugar como tijolos a compor um muro, gotas de água a formar um rio. Um rio não, um lago parado. Congelei inteiramente como uma imagem, e nisso não sou diferente de meu pai, de Agnes que finge mover-se, como eu, de certo modo, também sei que faço. O que faço é fingir que faço. Saio da esfera da imaginação onde me vejo e, longe dela, a penumbra ameniza o tom do dia, obrigando-me a pensar mais, a reunir a parte luminosa com a parte obscura dos meus pensamentos.

Lamúria

Devem ser seis horas, o sino da igreja bate loucamente como se fosse dia de festa. É feriado, algum dia santo, como se diz. Faço questão de esquecer os feriados. Eles me assustam porque quebram a rotina. A rotina é o que nos impede de ver o real de um dia como o de hoje, um dia anulado pelo retorno do mesmo, um dia tapado com o véu cinzento que anula toda transparência, toda luz. A rotina é o que nos permite viver no grande muro onde eu também aprendi a me lamentar mesmo sabendo que a lamentação não diz nada, nunca disse, nunca dirá. Não devo ser o único a perguntar sobre a lamentação diária que dá sentido à vida. De certo modo, posso dizer que, se entendi alguma coisa da vida, é esse lamento. Essa lamúria que eu me nego a fazer e que, mesmo assim, eu faço.

A *lamúria*. Palavra que meu pai usava em profusão sempre em um tom mais do que sarcástico, mais que repulsivo. Do que falava sobre qualquer um, ele falava sempre da lamúria de beltrano ou de sicrano. Meu pai a repelia. Quando alguém estava a lamuriar-se, ele dizia que essa pessoa não valia nada. Meu pai repelia a queixa. Ele mesmo não se queixava. Mesmo quando me disse ser um homem humilhado, não foi uma queixa, mas uma constatação. Embora a ciência de sua condição mal escondesse a queixa. E que devia também esconder a inveja. Todo ser humilhado se sente em desvantagem, sente, mais do que sabe, a sua desvantagem. Para meu pai, que viveu em desvantagem e sem se queixar, era certo que não era possível desejar este mundo, mas também não era possível rejeitá-lo. Meu pai não o rejeitava. E proibia a dor dos outros. Imaginava que a dor silenciada era menor, que o silêncio era o único remédio.

A dor hoje em dia é esse trapo que trago no lugar da língua. A ferida por meio da qual me queixo de meu pai, um homem que acaba de morrer. Não tenho mais o que fazer em relação a ele senão me queixar. Não encontrei nada melhor para fazer. E desde hoje pela manhã minha vontade de fazer algo é menor ainda. E, por não ter mais o que fazer além de formular hipóteses, é que fico a vagar pela casa, sem falar com ninguém, porque, ao falar, eu tropeçaria mais uma vez. Vejo-me arrulhar diante do espelho, espero o pombo que eu mesmo sou, espero o frango, a galinha poedeira, as avestruzes, espero meu pai morto, em sua completa metamorfose para ave, uma ave morta de asa quebrada. Meu pai passou a vida a buscar seus iguais, à espera de seu grande momento. E como a herança é a parte da vida que não se pode negar, sei que serei o próximo, aquele que só voa a caminho de lugar nenhum.

Vejo meu pai à janela na forma de uma ave a bicar a madeira, uma das asas quebradas me faz perguntar como chegou até aqui. Quando me aproximo, ele desaparece como eu mesmo devo ter desaparecido sem que ninguém me tenha avisado. Nesse momento, eu desejaria abrir a janela, tomar meu pai em sua forma de pombo, de galinha poedeira, de avestruz, de pássaro ferido nas mãos, cuidaria de suas asas mutiladas, perguntaria por onde terá andado, e responderia eu mesmo, que andei pelos cantos abandonados do mundo. Eu lhe daria milho e água e depois esqueceria o tempo como esqueci o espaço, e reafirmaria para mim mesmo que a rota de fuga traçada durante toda a minha infância e juventude resultou no objetivo buscado.

Fechei a porta por dentro

Venci porque fracassei. Estou aqui, longe de tudo, tenho também eu as asas cortadas, meu tempo presente é a totalidade de tudo o que vivi e do que ainda posso viver. Estou aqui, agora, sozinho em minha casa tão bem guardada, entre as grades de um mundo livre e cheio de esperança que me faz fechar a porta por dentro antes de sair. Guardo-me na gaiola cuja chave detenho, permaneço como que suspenso em uma torre que eu mesmo ergui de dentro para fora, e que só eu sei, porque é assim que se descobre do que se trata ao viver. O esforço que fiz ao reunir cada pedra, ao cortar cada canto, ao esculpir cada aresta, ao desenhar a arquitetura de mim mesmo, essa custosa forma de estátua, ao articular cada engrenagem no perigoso processo de azeitamento que permite o funcionamento das roldanas de uma máquina que surge também por acaso, apesar do respeito ao projeto que a desenha, quando tudo pode deslizar, na aspereza do encaixe das partes inadequadas entre si, desmedidas e ajeitadas à força.

E é por isso que tropeço na língua. Eu manco. Porque não foi possível harmonizar cada detalhe, a matéria bruta é refratária a todo gesto sutil. Se cada um cava o buraco onde será enterrado, minhas pás se dirigiram sempre para dentro, afundando-se dentro de mim. E é por isso que manco, ao tropeçar em mim mesmo, quando me expresso como o aleijão que me habita, aquele que lamenta, que chafurda na sua lamúria, a lamúria que, ao me fazer falar, me vem emudecer. A lamúria que, como um rato crepitando em minha boca, me impede de dizer até mesmo adeus sem que se note o meu desespero.

Por isso eu me tranco por dentro antes de sair e respiro aliviado.

Sangue

O tom indiscernível, a dicção rápida, o timbre alto e acelerado na voz de Agnes, ao dizer que nosso pai estava morto há meses, escondia um percalço. Do lado de cá, a miséria da escuta era incapaz de conter a avalanche deflagrada na origem desse cascalho minúsculo. As pedras ajustando-se ao meu soterramento eram a prova de que tudo iria para o lugar devido, somente para mim não restaria solução. Ela decidiu descer mais um degrau para olhar abaixo, no vão em que fui posto, e aumentar o peso das palavras com os minúsculos e pontiagudos cascalhos da ironia, e conseguiu, desse modo, me dizer que estava morto havia quarenta anos. Escorreguei para trás como que atingido por balas nesse corpo que envelhece a cada dia, o corpo como o peso que me acostumei a carregar. Me sangra a mão, agora vejo, é que caí, eu mesmo, quando deixei cair a luminária, cuja lâmpada quebrou em estilhaços finíssimos com os quais acabei por me ferir. A mão sangra, o que provavelmente me obrigaria a ir ao hospital se eu pudesse me mover.

Não me movo desde aquela hora senão nos dedos sobre o computador. O sangue escorre fino pelo cotovelo, parece que tenho pouco sangue. Meu sangue é branco e preto. Deve ser a doença. Tudo é ironia, também esse sangue. A ironia é corporal. Ora, as pessoas morrem, talvez eu esteja a morrer. Sou uma pessoa, logo morro, morri, hei de morrer. Não há nada demais em morrer. Talvez tenha sido isso o que Agnes esperava que eu viesse a entender quando falou daquela maneira comigo pela manhã. Por isso me disse que ele estava morto havia quarenta anos.

Riso

Quantas vezes não sobram palavras para recomeçar. Quem sabe meu pai, como eu, também era o mero transeunte de uma vida da qual nada se espera. Eu esperei. Foi então que se tornou possível ouvir as paredes, as folhas das árvores, os passos de alguém que andasse na rua ou o tique-taque do relógio na parede, mas não a voz de meu pai. Até que comecei a telefonar. Foi nesse momento que passei a telefonar. Deve, de fato, haver mais entre o céu e a terra do que supõe a filosofia, e eu, assim como Agnes, sei que o que há entre nós não é esta voz, é um silêncio, daquele tipo que pede escuta e não se pode ouvir.

Vejo atravessar no semblante de Agnes, que se materializa para mim como se a visse agora, um véu, uma espécie de máscara que contém um riso e que, ao mesmo tempo e de algum modo, escapou enquanto fingia não estar ali, um riso que me mordeu as orelhas, que me cortou a pele das mãos, até o íntimo de alguma coisa que não está mais em mim, que derreteu como ácido o fio que ata meu corpo à minha alma. Foi assim que Agnes riu enquanto tentava conter uma lágrima, aquela que implorava ocultar-se sob o riso e, a supor seu esgar, fingi não ter entendido o que de fato não entendia.

Amparei-me no braço da cadeira tentando não perder a compostura necessária à sustentação das distâncias, recolhi o jornal, o cinzeiro limpo, mas sempre à mão, o cinzeiro que eu não usava fazia tanto tempo, mas que mantinha no mesmo lugar por amor às coisas como elas estão, os livros, a caneta azul que rolava pelo chão entre as dezenas de lápis que uso para desenhar, tentando entender que nada, na concreta ordem da vida diária, tinha acontecido, que só o que eu precisava fazer era repor as coisas em seu devido lugar, que era simples, que eu sonhava, que afinal sonhar fazia parte do meu dia a dia desde que nasci.

Era mais um sonho, só um sonho a mais no meio de tantos outros, e eu tremia. Sentei-me na poltrona, pensando que cada dado da vida é composto de um só começo e de um número maior de desfechos dentre os quais se pode escolher como quem decide sobre laranjas e maçãs na feira. Essa tentativa de controle durou minutos, talvez nem um minuto, eu caí, cortei a mão e só pude perceber que sou eu mesmo a escrever nesse diário há bem pouco, desde que estou ocupado com a história de A.A.

Mapa

Diante do pôster do mapa-múndi, sem ver que o sangue escorria de minha mão, eu entrava na realidade como quem é introduzido numa viagem lisérgica. Diante do quadro que fica na sala sobre o baú onde guardo algumas fotografias e outras lembranças, como os livros que Irene me deu nos últimos anos, busquei um foco, um ponto onde me concentrar como quem tem direito ao chão. No mapa, áreas inteiras entre os meridianos foram extirpadas por obra de um artista que, como eu, talvez quisesse apagar a própria origem.

Quem sabe se, como eu, desejasse também não ter para onde voltar.

Como elegeu as tiras que deviam ser mantidas e as que deviam ser extirpadas é coisa que não entendi até hoje senão por supor que o acaso não é mais do que a origem perdida de uma escolha que retorna com a força das coisas que, devendo ficar ocultas, de repente se mostram. Sento-me aqui, diante desse mapa, talvez eu nunca tenha me levantado daqui, e contemplo o mundo, do começo ao fim. A faixa que preserva uma grande parte do litoral brasileiro e da Groenlândia deveria ser seguida pelos estados do interior do Brasil que fazem divisa com países como Uruguai, Paraguai, mas passa-se diretamente a uma cortante solução em que o litoral se liga ao norte do Brasil deixando faltar um pedaço do Brasil. Resta um trecho de Argentina, o Chile quase todo preservado, enquanto desaparecem o Equador, Honduras, Cuba e grande parte dos Estados Unidos e do Canadá. E assim sucessivamente por todo o mapa, uma faixa longilínea que se preserva e outra que se extirpa como num jogo de uni-duni-tê. Mantém-se a inconstância do tempo e do espaço como se a realidade dispensasse de acreditar nela e estivesse inteira disposta no mapa. Eu, no entanto, vivo aqui, tenho meu trecho de mundo preservado e por isso a realidade que me pertence, não preciso há muito tempo saber de onde vim, pensar em assuntos tais como *para onde vou*. Eis uma questão que posso deixar de lado sabendo que só o que me importa há mais de quarenta anos é também o puro tempo presente. A realidade, diz-me uma voz interna que de vez em quando decide falar, é aquela que seria melhor deixar em paz enquanto não sei se a liberdade é ainda algo que existe.

A realidade, no entanto, não me pertence de fato, ela me toma. É com ela que eu luto. Ela é o meu grande luto. O grande luto no qual me encontro, no qual sempre estive, do qual nunca saí. Sento-me diante desse mapa todos os dias, um mapa onde a cidade em que nasci desapareceu. Onde ainda vive Agnes. Onde vivia meu pai, onde ele ficará para sempre, onde nunca mais o verei.

A cidade é a ilha. Quando a deixei não sabia que era tão grande, nem que podíamos ir até o outro lado. Nunca peguei um barco que me levasse ao outro lado. O que conheci da ilha foi a pé, ou na canoa que meu pai usava e que nunca foi sua. O grande cemitério é parte do adensamento demográfico. O pequeno cemitério onde brinquei tantas vezes com Agnes depois das missas, onde aprendi a ler com seu João, não está no mapa.

O tempo aumenta e diminui tudo o que existe. Sento-me diante do mapa como hoje pela manhã, há muito não o contemplava com um pouco mais de cuidado, com a atitude que implica reerguer os olhos e prestar atenção. Naquela hora, em que o telefonema atingia a dimensão de um rombo, bem diferente dos momentos em que leio o jornal com as mesmas notícias de um mundo em crise há quarenta anos ou quarenta séculos, ou fumo um cigarro depois do café da manhã, coisa que não tenho feito, mas que devo voltar a fazer, penso agora. Contemplei o mapa, impossível em si mesmo, tentando me concentrar em qualquer ideia que pudesse me orientar quanto ao que fazer. Há algumas semanas alguém me disse quando eu saía do bar à noite, depois de uma aula cheia de pessoas desconhecidas e, infelizmente, chatíssimas, que toda experiência se dá em uma relação de espaço e tempo. Eu, que não parava de olhar no relógio, apenas olhei para Irene naquele dia, o relógio mais uma vez informava que eu precisava ir, como sempre faço quando o tema me cansa.

As pessoas falavam de futebol. E eu precisava me recolher. Irene sabia que eu deixaria conversas sobre futebol para um segundo tempo, como disse, sabendo que ninguém dos presentes captaria a ironia quanto ao uso de tempo e espaço no campo de futebol, primeiro e segundo tempos, eu me referia à vida e à morte, antes me julgariam apenas um velho chato, como eu os julgava a todos uns chatos a despeito da idade de cada um. Sem rancor, a falta de admiração nesses contextos é uma regra. E é recíproca. Diante do mapa, ainda com a voz abafada de Agnes transmitida digitalmente como se nunca tivesse existido, e, no entanto, cortando o meu corpo inteiro em lâminas, pareceu-me que havia algo a fazer, mas esse pensamento quanto a um futuro imediato a depender de minha decisão dividia espaço com outro tempo, o que definia que, muito menos, talvez houvesse um dia algo a fazer, que afinal algo deveria ter sido feito, como um passado imperfeito, que o é justamente porque torna suportável o fato de que nada poderia ser feito, e que pensar tanto quanto agir seriam os mais inúteis dos gestos em qualquer caso.

Repetição

Meu pai estava morto e Agnes não me dera a notícia. Isso era o fato. O núcleo do fato. Acidental era que ele tivesse morrido há meses e que isso não assumisse nenhuma relevância maior para ela. O que era acidental e incidental para Agnes para mim era a essência da coisa toda. E a totalidade do fato, carregado como um caminhão de lixo no final de um dia inteiro de coleta que se confundia com a vida, trazia também, meio amassado, o seu sentido.

Penso agora, penso sem que o pensamento mude de direção uma só vez, como se fosse preciso repetir à exaustão aquilo em que é preciso acreditar racionalmente, até que o senso de realidade, por algum ato de força da razão ou de mágica do sentimento, se recomponha a partir da constatação dos acontecimentos, estes que nos escapam como pedras que rolam desabando sobre uma estrada por onde esperaríamos seguir viagem. Sabendo disso, eu tinha hoje pela manhã duas verdades a martelar minha mente como um grilo que acentua a abstração da vida humana perdida em seus afazeres diários visando apenas à repetição do mesmo ao qual o inseto tenta dar o ritmo sonoro: não apenas meu pai estava morto, mas Agnes, a única pessoa de nossa família que poderia me dar essa notícia, me tinha privado desse conhecimento.

Esperança clandestina

Durante anos, até que resolvesse investigar onde vivia, se ainda vivia na mesma cidade, sonhei com uma menina perdida. Às vezes era um bebê de colo, às vezes era uma menina em um balanço que eu encontrava em uma cidade antiga. Invariavelmente eu deveria dar de beber e comer àquela criança. Depois do primeiro telefonema, o sonho se transformou. Agnes era moça e me levava ao aeroporto em um carro, algumas vezes pude reconhecer um fusca, mas com o passar dos anos o carro mudou, e hoje em dia, quando o sonho se repete, já não consigo reconhecer a marca. Em um desses sonhos, ela me dizia que não queria me ver embarcar, que eu precisava voltar para assistir ao seu casamento. Eu sabia que isso não aconteceria, mas era incapaz de dizer a ela. A atmosfera era de muita tristeza a cada vez que sonhei com Agnes. Em outro sonho, ela carregava uma mala com displicência. Eu tentava abrir a mala, mas me faltava o segredo do cadeado. Um fundo falso guardava uma *esperança clandestina*. Essa estranha expressão foi tudo o que consegui guardar sobre esse sonho.

Eu era, eu sempre fui, aquele que apenas compraria uma passagem de ida. A saudade nunca fez parte de meus projetos.

Agnes lava louças na água que escorre morna da pia, escova os cabelos tingidos de vermelho para ir trabalhar na mesma escola que há anos lhe garante o sustento mais básico, vejo-a a banhar nosso pai na cama de hospital que instalou no quarto da frente onde o corpo inerte, o resto semimorto que um dia nos gerou, que mal cuidou de nós, podia tomar um pouco de sol e ouvir o movimento da rua. É assim que construo sua vida em minha imaginação. É assim que posso supor seja a vida de Agnes.

Fumaça

Uma vez por ano, talvez seja domingo, é um dia de silêncio, faço aniversário ou perdemo-nos de vista, ouço o telefone tocar bem cedo, antes mesmo de sair da cama. Ouço o toque do telefonema--fantasma. Como agora. Ele me atormenta por anos. Sei que é a hora de ligar. Que ela nunca ligará. Faz um ano, antes mesmo de tomar meu café, disco os números, como fiz hoje. Sei que ela está de pé, que acabou de acordar, acorda mais tarde do que eu nos fins de semana, ela sempre gostou de dormir, eu não. Calculo o fuso mais uma vez, pego o telefone, disco os números, ela ouve do outro lado o som repetitivo e, a passos cheios da matinal preguiça, caminha na direção do aparelho. Está alegre, eu não. Daqui a pouco vai molhar as plantas, é nisso que pensa. Pensa também no bolo de figos secos que acompanhará o café a ser preparado na velha cafeteira italiana que ganhou de aniversário de seu namorado italiano. Na minha fantasia, ela tem um namorado italiano. Não chega a tempo de atender ao meu chamado. Eu desisti de tocar, talvez ela não tenha dormido em casa.

    Estou do lado de cá. Nosso pai está no mar, para onde volta todo o ano para a pesca da tainha. Diverte-se com seus amigos pescadores. O telefone voltou ao silêncio. Eu sigo para a cozinha, ela também. Eu tento ligar de novo, repito a demorada operação que se tornou cada vez mais simples desde a invenção do digital. Repito a operação desconfiado de que isso não é mais da ordem da realidade. Que eu novamente sonho.

 Entro no computador, ponho o nome de Agnes na internet, procuro-a. Ela não aparece em lugar nenhum. Por um instante temo que Agnes não exista. O fato corriqueiro da morte de um pai se torna o redemoinho em que os segundos, a fina areia dos anos, se joga sobre meu corpo, providenciando um cansaço de séculos, como se a pedra de que pensei ser feito se transformasse nesse momento em chumbo, numa alquimia inevitável e indesejada. Agnes não existe.

 Preciso me mover e não posso me mover do campo minado no qual ela me coloca com todo o seu rancor, aquele da pessoa que, existindo demais para si mesma, já não existe para os outros. Acendo um cigarro esperando que a fumaça dissipe meus pensamentos, volto a fumar depois de meses — serão anos? —, vejo quantos países estão entre mim e Agnes, quantos aeroportos, mares, quantos portos, quantas línguas, casas, carros, hotéis, faróis, quantos hospitais, museus, escolas, quantas capitais, vejo os cemitérios que nos separam. E vejo os caminhos, os que não percorremos, as praças que não visitamos, as plantações que não colheremos, as terras arrasadas por tanto medo de viver, a morte que viveríamos a cada dia se tivéssemos ficado juntos, na mesma casa, na mesma cidade, no mesmo país. E, no entanto, é certo que tudo isso serve apenas para preservar a minha fuga, me ajudar a continuar fugindo, lembrando que o espaço é uma função do tempo, que o tempo, ora, o tempo, é somente dele que podemos nos livrar quando, a viajar nesta nau avariada, nos conduzimos ao porto final, o único realmente seguro, ao qual damos o nome incompleto de morte.

 Era a vida, você não viu? — me pergunto, ao perguntar, ao mesmo tempo, a Agnes. É nessas horas, em que a pensar em qualquer coisa sem lembrar que as diversas coisas tratam do conjunto da vida, acendo um cigarro que um dia parei de fumar e disponho-me, no meio da fumaça, a pensar. Busco um rosto familiar perdido atrás dos altos muros do esquecimento que guardam a verdade da memória, quando não tenho intenção alguma senão esperar a noite chegar para dormir, enquanto Agnes costuma passar as noites em claro a fumar, ela sim convicta de que parar não levará a nada, e vendo televisão, como eu agora, e mais do que nunca, gostaria de poder fazer, porque não sei o que fazer, ela simplesmente não pensa e não sofre. E assim ela faz, mas não me diz como posso fazer o mesmo.

Plástico

Desenvolvi um tipo de fobia para a qual não há catalogação, uma fobia de vitrines e de manequins de plástico. Essa fobia estendeu-se a mulheres com cara de manequins de plástico. Depois isso se estendeu a pessoas com a plasticidade deturpada. Os feridos, os aleijados, eles me assustam. Eu mesmo não pude mais me olhar no espelho. Essa parte de minha doença, pois tudo o que acontece em minha vida passa por minha doença, derivou para fobia de homens e até, mais recentemente, de crianças. Preferiria ver fantasmas a olhar para essas pessoas e para mim mesmo.

No mundo dos espectros, os fantasmas são os mais honestos. Consegui contar isso a Irene, que riu a dizer que eu exagerava. Que eu deveria me reconciliar com a plasticidade destrutiva da vida. Que graça, disse-lhe eu, resolver uma questão séria pelo apelo à falácia do exagero. O exagero não tira o grão de verdade do problema, eu insisti. Irene sempre apontou para meus exageros. À minha falsa questão. Eu apontei para sua sobriedade. Queria dizer que era também um problema. Aquela sobriedade que julguei tantas vezes ser falsa, por mais que soubesse das boas intenções de minha querida professora de filosofia agora desaparecida por puro prazer de me perturbar.

Foi difícil olhar para mim mesmo, como é difícil até hoje, ver espectros sem me impressionar. Desde que, menino, vi Lúcia depois de morta, tudo ficou muito difícil. Bem depois, os manequins de plástico começaram a me atormentar por me lembrarem Lúcia. Penso em seu

João, que não conheceu esse tipo de coisa que são os manequins de plástico. Ele inverteria a lógica da coisa toda a dizer que vi minha mãe porque me impressionei com os manequins.

Os manequins de plástico se parecem com estátuas de mármore sem a vida da pedra. Seu João jamais deve ter ido à cidade grande e por isso não meditou nas multidões nas quais vivos e mortos transitam nas mais diversas direções confundindo-se uns com os outros. Um homem como seu João, um homem que não tenha visto manequins em vitrines, não existe mais. Entre nós, se tornaria uma excentricidade. Os mortos também não existem mais desde que inventaram o plástico. Evidentemente não existe mais a vida. Para seu João, todos os que estavam enterrados no cemitério, onde ele me ensinava a ler o livro do mundo, tinham vivido à procura de sua morte. E porque a tinham desafiado, tornaram-se homens. Eu sabia que nunca me tornaria um homem na concepção de seu João, pois não desafiaria a morte. Esses que se transformam em plástico desafiam a morte com a própria morte e não precisam mais morrer, matam-se sem morrer.

Naquela época eu não sabia quem era Sísifo, nem seu João. Não sabíamos também o que era o plástico que depois se tornou a matéria-prima do século. Sabíamos os dois o que eram os cadáveres e que eles voltariam a terra. Seu João sabia ainda das coisas numinosas e dos fantasmas como aquele que, em uma noite de pescaria, sentou em seu barco e vestido à moda antiga, como uma figura de livro, lhe explicou que as asas de anjo que trazia às costas eram falsas.

O rigor da morte

Seu João me repreendeu quando falei em assombração. Não se falava assim dos mortos. As palavras podiam manchá-los, perturbá-los, e até mesmo acordá-los. O *rigor da morte*, ele disse, era a equiparação de todas as pessoas, mas também a sustentação do silêncio, já que nada mais seria possível.

Naqueles dias fui à biblioteca à procura de livros em que pudesse estar a figura descrita por seu João, um anjo de asas falsas. Eu ainda pensava, como jamais parei de pensar, no *rigor da morte*. Procurei nos livros religiosos, mas não havia neles senão anjos como aquele da anunciação de Leonardo da Vinci. Foi então que percebi que a Virgem naquele quadro se parecia muito com minha mãe. Conversando com seu João, fiquei sabendo que todas as mães parecem com a Virgem Maria, até mesmo as loucas, como a minha, eram de algum modo feitas à semelhança da Virgem Maria. A loucura não tirava a santidade da mãe. Quanto mais eu olhava o quadro, via que a mãe que ela era não perdia a face de louca agora colada na Virgem. Era fácil perceber que a mãe de Cristo era louca como a minha. O quadro era um sinal evidente de que as coisas poderiam ser explicadas. Que a mãe de Cristo fosse louca como a minha própria me dava motivo para ir embora daquela casa. Agora, quando o Cristo negro me aparece como um fantasma, eu penso em sua mãe, aquela que, ao dar-lhe a vida, não percebeu que lhe daria a morte.

Limbo

Uma ideia me amedronta. É a hipótese de que já estou morto e eu mesmo não sei. Não fui avisado. E não poderia ser avisado, porque não se explica nada a um morto. Um morto está morto. Percebo-me, ao tentar desenhar esse Cristo, como se fosse um habitante solitário do limbo do mundo em que apenas eu habito sem força para estabelecer vínculos. Dentro desse apartamento, sou o morcego que vive apenas porque se entende com o escuro. Apegado a essa cidade transformada em prisão voluntária, eu posso me esconder. Prostrado à cama onde durmo todas as noites da meia-noite às seis, encontrei meu túmulo metafísico. Quase que congratulo a mim mesmo por não existir, felicito-me por estar iludido sonhando que um dia acordarei e a vitória será não começar tudo de novo, estar liberado de existir, ter voltado ao nada do qual eu nunca deveria ter saído. Contei essas ideias a Irene algumas vezes, ela resumiu minha meditação a um quadro depressivo.

Fiquei dias sem falar com Irene até que ela me convidou para passear no museu e ver os retratos feitos por Dürer. Isso foi há anos. Irene mostrou-me o retrato do pai de Dürer que se parecia muito com meu próprio pai. Surpreso, contei a ela sobre essa semelhança. Sem dizer mais nada ela me olhava como Lúcia e, num tom de voz muito parecido, me pediu que eu fosse vê-lo.

Mas sou vítima do cansaço de existir e nunca pude ir a lugar nenhum. E se agora penso na viagem que eu deveria fazer, é apenas porque o estado de desespero em que estou me desacomoda de dentro de mim mesmo e me joga em um sentimento da urgência antes desconhecido.

Viagem

Fiz apenas uma viagem em toda a minha vida. Estou aqui, no fim da linha, e posso ver o fio inteiro, fino e descolorido, que percorri, e que enrolado ao meu pescoço me suspende ao ponto do enforcamento. Como em toda suspensão a perda do chão é inevitável, me agarro aos nós, os que eu mesmo fiz. Não penso que o fim da linha seja o fim da minha vida, senão como anúncio daquilo que já sei e que se compõe da mais corriqueira cronologia em que a ordem da vida não passa de uma sucessão de fatos, a duração e seu final. O inexorável é também o mais simples. Uma aranha interna deixará de tecer esse fio estranho que é a vida de cada um, no momento certo, como fez com meu pai. Mas não há, evidentemente, *momento certo* para a morte.

Mortos os pais, seremos nós os próximos enjeitados da viagem sem retorno que é a vida no eterno retorno da história.

Achados e perdidos

Como se os mortos de uma família tivessem dono, Agnes decidiu soberanamente quanto a um silêncio ao qual me convida sem que eu tenha chance de dizer *não*. Sem que eu possa dizer nada. Olho para ela, que se constitui, quase alucinação, em minha retina. Vejo seus olhos grandes de cílios impetuosos, a pele tão branca, tão fina na qual transparecem veias azuladas. Move-se de um lado para outro sempre a rir. E canta. E me convida a cantar. A música toca no rádio, é americana, Agnes não sabe inglês, mas canta mesmo assim. Quer brincar comigo, quer curar-me a gagueira. Nosso pai está no mar, nossa mãe morreu há semanas. Agnes pensa que perdi a língua e quer achá-la dentro de minha boca.

Vou ao colégio a pé. Agnes fica em casa junto às crianças de Inês. No colégio eu me interesso por tudo. Quero saber tudo, busco ter boas notas. As notas me alegram. É o que me sobra, considerando que, logo percebo, não sem violência, que sou *filho da louca* e, como todas as pessoas que estudam demais, também eu vou acabar assim. Agnes fica em casa, livre dessa humilhação. Quando vou embora para nunca mais voltar, é que ela começa a ir à escola.

Ninguém imaginaria o que eu faria depois, que eu viria até aqui. Que eu viria apenas até aqui. Que minha carreira acaba no guarda-roupa do museu a pegar e devolver o que outros trazem para guardar e que, de vez em quando, esquecem, como a boina cinzenta de lã, a echarpe de seda, luvas de pelica dentro de um casaco feminino bordado que ficou por aqui por mais de um mês e que acabei levando para casa sem que ninguém visse. O museu não tem um setor de achados e perdidos, mas fazemos a gentileza de improvisar no guarda-roupa. Poucos sabem disso. Nem os poucos que sabem disso procuram os seus perdidos. Chego a pensar que, além do pesar, há por parte das pessoas certo comprazimento em perder.

Era de uma boina como essa cinzenta que ficou no museu que eu precisava quando o frio comia minhas orelhas naquele julho, pouco antes de começarem as férias escolares. Eu precisava encontrar algo para me distrair pelo mês a seguir, quando ficaria em casa sem ter o que fazer além de me esconder do frio buscando gravetos nas dunas. Agnes tinha nessa época mais ou menos dois anos e eu cerca de doze, mais ou menos isso. Nossa mãe, muito antes de adoecer, comprou uma enciclopédia, pagando-a em prestações cobradas por um vendedor ambulante que nunca mais apareceu depois do primeiro pagamento. Agnes deve ter guardado essa enciclopédia, mas nunca tive coragem de perguntar a ela sobre isso, temia que interpretasse como um interesse egoísta, que quisesse reaver os volumes.

Eu adoraria reencontrar essa enciclopédia na qual vi, pela primeira vez, a imagem da *Anunciação*, de Leonardo da Vinci, com aquele anjo de asas, penso agora, asas meio verdadeiras e meio falsas como são as coisas pintadas. Era essa verdade e essa falsidade, colocadas no mesmo lugar ao mesmo tempo, o que me atraía nas imagens que eu copiava com um lápis sempre muito usado que eu conseguia na escola em um pedaço de papel de pão que eu conseguia no mercado. Foi bem tarde que descobri o papel de embrulhar cigarros que encontrava nos maços caídos na porta dos mercados, nas lanchonetes onde os turistas comiam no verão. Seu João fumava um cigarro de palha, mas quando tinha dinheiro comprava o cigarro industrializado embrulhado em um papel branco muito agradável de desenhar.

Mostrei a imagem do livro a Agnes na expectativa de que ela se emocionasse ao ver a semelhança entre nossa mãe e a Virgem diante do anjo a receber a notícia de sua gravidez. Ela olhou por alguns segundos sem dar importância ao que eu tentava mostrar. Voltou-se para a rua onde costumava brincar com as meninas da vizinhança e me esqueceu para sempre.

O livro

Da biblioteca da escola, uma sala que parecia imensa ao meu olhar de menino, eu tirei um livro cheio de gravuras. Eu continuava à procura do anjo de asas falsas e verdadeiras do qual me falou seu João. Fiquei por dias com aquele livro escondido sob a esteira onde eu dormia, um livro velho com gravuras em preto e branco. Agnes sabia que eu escondia alguma coisa e passou dias a me observar. Um dia, avisou-me que contaria tudo ao nosso pai se eu não revelasse o que fazia. Mostrei o livro a ela. Ela riu a perguntar por que eu me importava com um pedaço de papel e disse que contaria ao nosso pai de qualquer maneira. Pensei em devolver o livro antes que fosse tarde, seria pior se eu não devolvesse. Arranquei uma página e coloquei-a bem dobrada dentro do buraco da parede da velha casa de barro cru onde morávamos.

Eu pretendia mostrar essa imagem roubada de São Sebastião de asas a seu João. Eu a associava ao anjo de asas falsas sobre o qual ele me falou um tempo antes. Mas temi que me repreendesse como faria meu pai. Naquela época Agnes acabou sem dizer nada a ninguém, mas o medo da delação continuou. Quando Agnes mudou de casa com meu pai, lembrei-me disso. Perguntei-lhe o que fora feito da velha casa. Contei a ela sobre meu pequeno crime. Ela apenas desconversou, como de resto fez a vida toda.

Sexo

Na biblioteca ninguém percebeu o meu roubo, como meu colega Thomas não percebe até hoje o que trago para casa do nosso setor improvisado de achados e perdidos. Quem cuidava dos livros da escola era um padre estrábico, usuário de óculos, óculos que lhe serviam de algum modo de disfarce, pois deixava cair os óculos sobre o nariz para olhar por cima deles, enquanto inclinava a cabeça e liberava os olhos. Aquele padre era como muitos que vim a conhecer depois, alguém que devia passar despercebido, que devia parecer não estar presente, escondido atrás de um voto de pobreza e de castidade falsos sob o único voto real, o da obediência. Era isso o que tentavam transmitir aos alunos, também a mim, que parecia um menino como os outros, com a diferença de que eu sabia alguma coisa sobre mim que fazia com que me sentisse um anormal.

Os padres comandavam a educação junto com as freiras, que sempre aceitaram subordinar-se a eles. A tarefa dos padres, fosse na escola, fosse, mais tarde, no seminário, era a mesma, espionar o que os meninos faziam. O padre estava distraído com uma revista de mulheres nuas oculta sob jornais. Com o tempo me acostumei com os delírios sexuais das comunidades religiosas e entendi que precisavam se esconder, e isso incluía esconder revistas, práticas, abortos e uma sexualidade muito mais perversa do que todas as imagináveis. Contei isso a Irene, ela não ouviu o que eu dizia, preferiu entrar em um assunto complicado sobre sexualidade e eu me obriguei a desconversar, arrependido de ter introduzido um assunto tão espinhoso entre nós.

Sexo era algo que eu devia deixar sempre para depois. Eu não tinha mais de treze anos quando estive na biblioteca. Meu *depois* se tornou um *nunca mais*. Em momento algum, por conta de minha doença, essa doença que aos poucos percebi ser um problema de plasticidade, eu pude pensar em sexo. Se na revista os corpos de mulheres, para sua própria infelicidade, eram apresentados como a norma da plasticidade, eu era uma aberração. O que uns veriam como acidente, como tragédia, outros como drama, eu entendi tratar-se apenas de uma inconformidade em minha plasticidade. Mas essa compreensão aconteceu, na verdade, bem depois, naquela época eu apenas me assustava com o que eu mesmo sabia a meu respeito. Algo que eu sabia, eu via, mas ninguém podia ver.

Naquele momento, eu diante do padre a olhar-me e esperar o que eu tinha a dizer, um crucifixo pregado à parede oposta caiu no chão. O padre me olhava e eu não conseguia dizer o que fazia ali. Pretendia deixar o livro sem que ele visse. O barulho do crucifixo chamou sua atenção e me salvou de explicar minha presença e o livro que eu trazia em mãos. Ele me olhou espantado, como se tivesse visto uma bruxa, e correu para erguer a peça, mas o prego havia desaparecido. Permaneci parado como se procurasse uma pergunta que tivesse se perdido de uma resposta pronta. Como se um milagre tivesse acontecido. Foi então que, de onde eu estava, vi a imagem de um mapa da terra. Depositei o livro em uma das estantes enquanto o padre procurava o prego perdido no chão, e fiquei a olhar para o mapa.

Era uma ponte para atravessar um abismo.

O pintor

Lúcia morreu sem saber de seu retrato pintado por Leonardo. Assim como a moça de Vermeer, que também não imaginava que Vermeer seria um dia mais do que o pintor que a tinha contemplado e pintado.

Tendo visto minha mãe como uma louca diante do anjo, é possível entender por que ela posava para um pintor. Como a moça do colar de pérolas que me ponho a olhar sempre que o tempo me permite desacelerar os passos do dia a dia. A moça, com quem praticamente converso, posou diante de Vermeer, assim como minha mãe fez diante de Leonardo. Minha mãe, assim como a moça de Vermeer, passou a existir fora do tempo. A olhar para ela com um mínimo de dedicação, aquela que não se pode dar a uma pessoa de carne e osso, porque essa pessoa exigiria tudo o que não tenho para dar nem a mim mesmo, descubro a mãe que perdi. A moça do colar de pérolas, assim como minha mãe, posou para um pintor que a observava para recriar seus traços e para que ela pudesse existir. O pintor recriou os traços, ela ficou parada. Dizer que a moça existiu para posar para Vermeer implica dizer que Vermeer existiu para copiá-la. Minha mãe existiu para além do tempo ao posar para Leonardo como a moça do colar de pérolas para Vermeer. Mas minha mãe tinha um papel. Ela assumiu a forma da Virgem mãe do menino Jesus, antes de ser a mãe do menino Jesus, quando era apenas a minha mãe, como posso, se quiser, ver a moça agora dentro do meu pensamento, sabendo que ela existiu e que sua vida esteve exposta aos olhos fotográficos de Vermeer.

Vermeer e os pincéis como quem regula um tripé. Apenas seus dedos se movem. E muito delicadamente. Faz fotografias antes das fotografias. Sonha acordado, de algum modo. Como eu e como Leonardo, ele olha para a mulher que representa em seu sonho. Ele eterniza uma imagem momentânea. A mulher, natureza-morta. Assim como Leonardo olhava para minha mãe, Vermeer olha para a mulher que tem diante de si, assim como eu olhava para minha mãe sem ser Leonardo. É porque eu a posso ver hoje em minha imaginação que sei que ela existiu e que ela existiu além do tempo diante de mim que existo hoje, que sei que existo e por isso existo, apenas nos segundos em que me ponho a contemplar o quadro. Isso quer dizer que me entristeço muito a maior parte do tempo. O resto do tempo é à sobrevivência que me entrego. E se a moça de Vermeer existiu, como minha mãe existiu um dia, ela agora existe duplamente na vida passada e na vida sobrevivente da imagem.

Quem existe duplamente é fantasma, é morto, é vivo, digo a Irene, que não dá atenção aos meus dizeres. Quem é morto e vivo é completo, digo a Thomas, que me pergunta por que insisto tanto em falar de fantasmas. Aquele ser completo com que sonham os alquimistas e os filósofos metafísicos, eu respondo com os poucos recursos explicativos de que disponho diante das imagens que me vêm à mente. Thomas ri enquanto Irene finge que não ouve.

Máscara

Lembro-me de uma aula em que Irene falou da máscara de Descartes. De um assunto estranho, o *larvatus pro deum*. Lembro que nos sugeriu que copiássemos a expressão e a pichássemos pela cidade. Irene tinha essas atitudes sublevadas. Descartes queria dizer que é impossível viver nesse mundo sem uma máscara. Pensei na máscara de minha mãe enquanto Irene usava a sua. Pensei na máscara que eu usava, perguntei-me onde ela estaria. Agora me olho no espelho e penso em quem sou. Não gosto de espelhos, não gosto do que vejo quando me vejo. Prefiro sempre desaparecer a ver-me. O quadro de Vermeer que observo no museu, com a moça a colocar seu colar de pérolas, no entanto, me é mais agradável do que a minha própria imagem. Seria preferível que aquele fosse meu verdadeiro espelho.

 O que contemplamos acaba por nos contemplar, digo a Thomas, que me explica que já não se lembra da própria imagem. Pergunto-lhe se já pensou em usar uma máscara que permitisse ser outro, uma máscara nunca antes imaginada. Converso com Thomas em uma tarde de chuva em que ninguém veio ao museu, ele ri do meu delírio. Pergunta-me para que esconder-se. Eu respondo que seria bom não ver a si mesmo. E que a cegueira é uma bênção, um antídoto antinarcísico. Ele me responde jocoso que não é nada disso, que a cegueira é pouco prática. Eu insisto que ela evita o delírio da observação, e da auto-observação. O delírio não apenas daquele que observa, mas um outro e maior delírio, o daquele que, ao observar, é observado. O delírio que devém da observação, de estar diante de um pintor que me pinta, de um fotógrafo que me retrata. E de, por isso, precisar ser perfeito, por exemplo.

Thomas não entende por que falo dessas coisas. Diz que meus raciocínios são todos incompletos. Eu me ofendo, mas depois me sinto bem, por não pensar completamente. Se pensasse até o fim, não estaria aqui, ao seu lado. Já teria tomado providências sobre os caminhos a seguir na vida. Digo a ele mansamente, para que não me interprete mal. E se agora escrevo, é porque busco um modo mais fácil de completar os raciocínios.

E de completar a mim mesmo. A imagem que ofereço a Agnes por não poder contemplá-la. A imagem que ofereço de mim mesmo como uma máscara que me permite apresentar-me de um modo mais verdadeiro, por incrível que isso possa parecer. Para mim, será certamente mais fácil continuar a existir depois de escrever tudo isso a Agnes. Para que ela saiba o que restou. Será mais fácil existir para mim, porque escrevi a Agnes e lhe disse isso, e o peso de existir, que é um peso de pedra, de mala cheia, se tornará peso de folha de papel. É como penso. Suspeito que também para ela as coisas possam ser mais leves de agora em diante.

É mais fácil escrever do que existir, digo a Thomas enquanto Irene se concentra em silêncio no livro que tem diante de si. Depois ela nos lê um trecho do Zaratustra de Nietzsche, aquele em que o herói carrega o morto às costas. Existir é um evento que se alcança apenas por escrito, digo a Thomas, que nessa aula praticamente dorme. Penso na leveza das folhas de papel. Penso na grande e imensa encomenda que enviarei a Agnes cheia de uma leveza que ela desconhece.

Personagem

E o que foi telefonema, o que foi o fio de telefone no qual escrevemos parte de nossos destinos, será agora a fina linha na folha de papel pautada e cortante que reduz a vida à ironia literária.

Será mais fácil existir, e será mais fácil que Agnes exista. Mais fácil pensar que se é um personagem e que os outros são parte de nossas ficções. Thomas sempre diz que na era digital não há mais fios e que todos sempre foram personagens. Que somos dois personagens de um diálogo platônico moderno. Aqui na caverna do guarda-roupa, de que não adianta mais tentar sair porque o mundo tornou-se um grande esburacamento cavernoso.

Amo Irene, de certo modo, e odeio Irene, que, diante de mim, com aquela falação toda que são as suas aulas, às vezes parece também a guardiã de um abismo. Mesmo assim eu posso dizer que a amo, e por isso mesmo, talvez justamente por amá-la, é que em alguns momentos eu a odeio. Como agora, em que eu precisaria estar com ela. Em que ela deveria estar por perto. Mas estar perto de Irene, essa minha necessidade, não tem nada de claro para mim, e sei que permanece secreto para ela, certamente será assim para sempre.

Agnes terá de me ouvir falar sobre essas coisas, terá de me ler, terá que carregar comigo o peso dessas palavras mal esboçadas. Talvez nessa hora eu é que me torne seu abismo. Ou sua máscara. Agnes será obrigada a me entender, ainda que fosse mais justo ajudá-la a esquecer--me mais um pouco. Ainda que eu devesse completar o ciclo de meu desaparecimento e deixá-la em paz para sempre.

Necessidade

Irene nunca me lerá. Ela tem seus próprios livros para escrever, porque Irene escreve livros, escreve como quem faz pipoca, como ouvi a cochichar um participante jocoso na aula de filosofia. Todos ali têm inveja de Irene, até eu mesmo. Ela me perturba quando não está atenta a mim. Ela não se importará com o meu rascunho. Agnes tampouco se importará com o que digo. Até hoje não se importou. Tem seus alunos pra ensinar. Ela e Irene têm isso em comum. As pessoas que elas ensinam. Alunos que não querem aprender, como diz Agnes. Alunos que não devem ser tratados como alunos, como diz Irene.

Agnes tem ainda a casa que nosso pai deixou para ela. Ela deve temer que eu vá buscar a minha parte da herança. É assim na vida das pessoas que não se sentem livres. Mas Agnes terá que me aguentar, porque eu chegarei, mesmo que na forma de um mero livro, e mesmo que eu não reivindique a minha herança, vou cobrar o meu incontestável direito de saber tudo sobre meu pai.

Ruínas

Ao ler-me, talvez Agnes lembre que fui uma criança que gostava de ler. Ainda que ela, sendo mais nova do que eu, não deva ter me visto jamais como uma criança. E eu, que nunca deixei de ser uma criança, me sentirei contemplado. Lendo-me, talvez Agnes lembre a história do mapa, aquele grande momento em minha vida infantil. O mapa do qual eu precisei como alguém que, enterrado vivo, e que Agnes me perdoe o drama da expressão, precisa de forças para arrancar-se do próprio túmulo.

Com a queda do crucifixo que ocupava a atenção do padre naquela sala da biblioteca, eu consegui pegar o mapa, não o que estava na parede, mas o que estava enrolado em uma caixa junto a outros. O mapa era tão comprido como era eu mesmo na altura dos meus doze ou treze anos. Corri porta afora enquanto o padre permanecia à procura do prego que permitisse recolocar o crucifixo à parede. Levei-o comigo, a esgueirar-me pelos cantos do muro da escola. Eu era rápido como um rato. Atravessei concreto e lodo, arranquei com pés e mãos as gramíneas que despontavam nas ruínas da escola erigidas com a própria construção. O que veio depois foi simplesmente aquilo que chamamos de vida.

Múmia

O diretor substituto, um padre quieto que se esmerava em esconder o próprio autoritarismo na timidez e a timidez no autoritarismo, chamou-me à sua sala. Minha desgraça estava pronta para realizar-se. O diretor substituto usava, como o padre da biblioteca, uns óculos do tipo fundo de garrafa. Eram duplos um do outro. O pior tipo de óculos que alguém poderia usar naquela época de escola quando as aparências importam tanto, pois dela depende a chance da humilhação que uns jogam sobre os outros. Por cima dos óculos, com a eterna batina cinzenta, com os cabelos penteados de modo a esconder a calvície, o padre me observava cheio de um ódio que me queimou a pele.

O velho padre sentado, envolto em sua condição de homem sagrado, preparava seu futuro de múmia. Sob o padre, escondia-se um homem estranho, tão estranho que, olhando bem, um chifre se compunha nele entre o nariz e a testa. Foi uma pergunta que me fiz naquele momento e, ao mesmo tempo, foi uma constatação. Pensei, ao vê-lo imóvel, que jamais vira a si mesmo, ou seja, jamais imaginaria a múmia que se preparava nele, envolvendo-o como uma pupa. O chifre longilíneo dividia sua face sem que ele pudesse perceber.

Os padres não veem o futuro, eu pensava, quem vê o futuro são as bruxas que eles sempre gostaram de queimar, coisa que só vim a saber quando já era bem adulto, porque eu realmente não fazia ideia do que estava acontecendo neste planeta que habitamos enquanto pensamos como seres que ocupam o centro do universo. Os padres são um verdadeiro problema, porque os padres não são só os padres vestidos de batinas rezando missas monótonas. Eles são os responsáveis por pensamentos estúpidos como o de que a Terra é o centro de alguma coisa, de que os seres humanos seriam melhores do que outros animais e, sobretudo, pela ideia de Deus que justifica qualquer outra.

Há um padre dentro de muita gente, dependendo do lugar há um padre que salta pela boca da alguém, quando menos se espera, como o Alien cinematográfico de Ridley Scott que não cansarei de citar para que Agnes entenda o motivo que me trouxe até aqui. Há pessoas que são como bonecos de ventríloquos, acreditam que falam por si mesmas quando, na verdade, nelas fala o padre. Esse ventríloquo é muito comum entre filósofos, disse um dia a Irene, mas ela não me levou a sério.

Eu quis dizer que há, apesar do padre universal que em todos se gesta, santo e cínico, há quem seja grato a um padre, admire-o, há quem respeite um padre, há quem odeie padres, há quem compre padres, há quem pinte e fotografe padres, há quem enterre padres. Esses que amam padres e odeiam padres são mais fáceis de entender, como quando se trata de pessoas que torcem para times de futebol. Mais fácil entender uma pessoa quando ela tem preferências, digo a Irene, mas a compreensão é um reducionismo, ela me diz. Mas talvez um sentimento seja mesmo algo lógico, eu medito. São efeitos de causas. Mais do que causas de efeitos. Ela me olha sem dizer nada, eu penso que teremos que discutir com Irene sobre isso por horas, talvez dias, meses, para chegarmos à conclusão de sempre, ou seja, muitas outras perguntas que nos permitem tomar longos cafés a especular sobre o fim e o começo do mundo. Irene me explica que explicar é impossível, mas constatar é necessário. É como *cair na real*, como dizem os que nunca caíram na real.

Padres e bruxas

Eram constatações, sobretudo, o que eu experimentava naquela época, naquele momento que me atingiu em cheio contornando o meu corpo para sempre como se eu não passasse desde então de um desenho que se faz numa folha em branco como um lápis mal apontado cuja nitidez ficou totalmente comprometida.

É com perguntas e constatações e nenhuma explicação que me permito olhar as pessoas que povoam o mundo, os padres e as bruxas, os dois tipos de pessoas que existem sem que surja um terceiro tipo. E aquele era um padre, como eu sou de certo modo uma bruxa, como Agnes é, sendo um padre, de certo modo uma freira, como Irene é, sendo uma bruxa, de certo modo um mago.

Meu pai, claro, meu pai, este pertencia ao mundo dos padres, era essa a sua posição na taxonomia humana, embora não fosse à igreja. Na verdade, quem falava naquele telefone por todos esses anos era o padre que morava dentro do meu pai, o padre que ele revestia com seu corpo de pescador. E à minha frente naquele momento estava um padre como os outros, não o padre que saíra de dentro de meu pai, mas o padre que saíra de dentro de alguma tumba e que se parecia demais com um vampiro, com seus óculos servindo de máscara, com seus dedos cruzados, pronto para deitar-se no caixão como um vampiro. Era um morto e não apenas um padre. Era um vampiro e não apenas um morto. A múmia do futuro, uma múmia de padre.

Nunca cheguei tão perto daquele diretor substituto, do mesmo modo como nunca cheguei perto do diretor oficial. Tive medo sempre, a cada segundo. Medo é o que crianças sentem diante do desconhecido e do que é suspeito, o que me faz pensar que eu ainda sou, apesar da minha idade, de certo modo, uma criança.

Doença

O diretor titular tinha sido afastado por algum tipo de problema pessoal. Alguns falavam em doença, outros falavam em algo pior do que uma doença. Desde então me pergunto o que é pior do que uma doença e respondo que é o segredo de um padre. Digo isso a Thomas e ele ri porque também não gosta de padres de nenhum tipo, diz-me, eles sempre mentem. Do país de Thomas veio um papa que amedrontou a todos, era um padre de bem com o regime nazista. Hitler também era um padre, disse-me Thomas um dia a expandir minha teoria. Flagrei-o e apontei que essa ideia tinha algo de excesso, assim como ele gosta de apontar quando me excedo. Ele havia criticado minha divisão entre padres e bruxas dias antes e, de repente, se valia do meu próprio raciocínio. Mesmo concordando com ele, queria provocá-lo para que percebesse que nem todo exagero é falso, como se ele não soubesse. Exageros podem fazer muito sentido.

Atenção

A loucura de minha mãe era minha verdadeira escola, soube disso quando passei a ir à escola. Na escola eu usava a mesma atenção que o pintor imaginário de Lúcia tinha com ela. A mesma que ela lhe dava ao posar para ele. A atenção que, entre eles, dava lugar a uma imagem compreensível como a Anunciação à Virgem. Hoje, quando penso no Cristo, pergunto-me por que não me vem à mente como um menino, por que aparece na forma de um homem que sofre, negro e emudecido?

Para prestar atenção bastava ficar parado e suspender-me dentro do mundo ao meu redor, o que para mim não era nada difícil, pois eu tinha sido bem treinado por um dia a dia em que não havia mais nada para fazer do que observar o tempo a passar e, dentro dele, o movimento das coisas. O pintor Leonardo da Vinci diante de minha mãe, minha mãe diante do pintor, de certo modo, eles tinham suspendido o mundo ao seu redor. A escola propriamente dita, à qual eu ia também por ser considerado um doente impróprio para as lides da pesca, não tinha outros atrativos senão ficar parado e olhar os outros, as paredes, os tetos, as portas. Foi na escola que passei a desenhar porque ali havia lápis para escrever.

Lembro-me de meu primeiro desenho ter sido um túmulo com uma lápide onde pus meu nome.

Água

A biblioteca era o paraíso de quatro paredes com estantes onde livros antigos acumulavam pó e onde se podia ficar só. Pensei muitas vezes em passar a noite ali, assim como passaria os dias, mas era impossível. Pela biblioteca eu faria coisas tão estúpidas quanto rezar, até que aprendi que fingir que rezava tinha o mesmo efeito e que os livros substituiriam qualquer reza, contradiriam qualquer discurso, mudariam tudo ao meu redor, dentro de mim, fora de mim. Eu não precisava existir diante dos livros. E mesmo assim, eu existia. Na biblioteca eu me acomodaria para sempre. A medida que leva à acomodação ou ao seu contrário é sempre misteriosa, não é uma medida matemática, como era para mim a biblioteca à qual tive acesso restrito desde o evento com o mapa, meu primeiro crime. Um crime de criança.

Depois, passaram a me controlar como se eu fosse um criminoso. Eu não era, e era. O mapa foi meu primeiro crime. Não foi fácil para mim estar diante do padre como um réu, com seus óculos sobre pálpebras, sobre olhos, diante daqueles dois olhos vitrificados, como o homem de areia do conto de Hoffmann, que me olhava como se eu fosse o exemplar raro de um mamífero ou réptil, um animal desconhecido.

Eu fazia de tudo para não tremer. Eu não choraria, porque meninos não choram e eu era um menino. Era meu primeiro encontro com a burocracia e ela cheirava mal como um padre velho a olhar sobre os óculos. Era isso o que havia ali, impedindo o acesso aos livros, era a burocracia e o padre. A coisa não ficaria boa para mim, como em geral não fica para quem se envolve com burocracias, sobretudo se elas vêm da mente de padres de óculos que parecem ter um chifre que vai da testa ao nariz. Só a burocracia me fez sentir saudade da pesca com a qual tive contato como uma mulher que é proibida de ir ao mar, e do cheiro fétido da pesca, da pesca e da mulher, cheiro que, em criança, não me dizia muita coisa, que era também o meu cheiro, o cheiro da tristeza dos peixes mortos, que era também, inversamente, o cheiro da alegria dos peixes pescados, sinal de que teríamos comida e meu pai não nos lançaria no oceano intransponível de mau humor pelo menos por uns tempos.

O padre estava ali e eu sentia o cheiro fétido da pesca. O cheiro da pesca era um cheiro ruim, um cheiro de alguém, sobretudo de uma mulher, que não se lavava nunca. Não apenas um cheiro que eu conhecia de perto, mas o meu cheiro, o cheiro da minha pele. O cheiro dos homens era pior. Muito pior. Naquele mundo de mar, raras vezes as pessoas se banhavam. Era um costume herdado, tanto da família de minha mãe, descendentes de alemães cuja relação com a água era totalmente relativa, digamos assim, quanto da família de meu pai, que não cheguei a conhecer. Certo era que descendentes de alemães do interior do Brasil não estariam preocupados com algo como tomar banho. Vivendo em Berlim todos esses anos aprendi que não se trata de banho exatamente, mas de lavar-se. Eu pensava, naquela hora diante do padre, se ele teria se lavado alguma vez. Que é possível lavar-se de vez em quando. Que o padre poderia fazer isso.

Os mais modernos se banham, mas quando cheguei aqui percebi que era comum apenas *lavar-se*, lavar-se para eliminar os odores mais radicais, nunca lavar-se num sentido mais profundo, como quem se entrega de corpo e alma à água, coisa que eu mesmo nunca pude fazer por causa de minha doença. Coisa que os outros que viviam comigo não faziam por falta de hábito, por pudor, por ódio ao corpo, aquele que chegou às Américas, chegou ao sul do Brasil vindo da velha e, diga--se de um vez, fétida Europa. Fedíamos naquele tempo. E chegando aqui, fui autorizado a feder um pouco mais. *Feder livremente*, eis o lema europeu que aprendemos com facilidade, e ao qual tivemos que renunciar quando chegou o momento de abrir o jogo. Quando todos fedem, o cheiro não é sentido.

    Eu não podia me lavar. Eu não era percebido. Eu cheirava a peixe. Eu era um verdadeiro peixe. E mesmo sendo peixe, nunca entrei na água do mar. As ondas aconchegantes do mar que lembravam alguma coisa de materno, um ritmo, um sono, não eram a minha praia. Penso em Agnes lendo esses meus trocadilhos malfeitos. Penso em Irene a rir. Em Thomas que, por sorte, não sabe nada da língua portuguesa e que é o único que se livrará do meu mau humor.

Bicho

Não cheguei muito perto do padre que, como em geral os europeus, no caso um alemão, não tomava banho, mas naquele caso nem sequer se lavava, podia-se ver na pele encrostada, cujo nariz expandido até o topo da testa se movimentando lentamente na minha direção lembrava um rinoceronte que eu tinha visto em um livro, de perfil, olhando para o abismo. O padre apavorante se detinha nessa postura. É até hoje essa postura de quem olha de perfil para o nada, como Lúcia, a que mais me comove em um ser humano se tenho a oportunidade de observá-lo. Mas o padre não me comovia. O padre me assustava. Alguém olha para o abismo, Irene me dizia semanas atrás, e olha para si mesmo, a citar Nietzsche ou alguém parecido, dos que aparecem em nossas aulas: o abismo olha para aquele que o contempla. Eu sempre soube. O padre ficou congelado por horas. Foram horas, não foi um minuto isolado no meio do qual se teria tempo para um pouco de fantasia.

Congelado e sujo em sua crosta de bicho, ele durou por horas na mesma posição. O padre poderia ter morrido naquela posição e eu estaria diante de uma cena impressionante. Uma cena de filme. Uma cena de livro infantil. Uma cena de Kafka. Não me movi de medo de que meu pressentimento se realizasse. Eu vira muitas pessoas mortas, sobretudo os afogados, mas também pessoas mortas por doenças e por velhice e aqueles mortos que possuíam a própria morte, que roubavam de Deus para se tornarem deuses como Sísifo, aquele mortos de que falava seu João. A morte dava aos cadáveres as mais diversas formas e eu podia, como pensei, estar diante de um morto-vivo naquele momento.

Aquilo se deu numa época em que eu não sabia avaliar a minha sorte. Ou meu azar. Talvez até hoje isso seja impossível para mim, por isso não uso essas categorias para interpretar a vida. Somente seu João, no cemitério, me ajudava a pensar nessas diferenças em suas reflexões sempre certeiras. Busco algo parecido nos encontros com Irene. O que para os outros são apenas aulas de Irene são para mim o lugar exato onde posso voltar a lembrar de seu João, que pensava para além do puro mecanismo e da pura repetição. Assim como Irene até hoje tenta demonstrar que existe algo de metafísico no mundo. O problema é que ela perde o fio da meada, inventa coisas, por exemplo, diz que metafísicas são as próprias coisas, e então me confunde.

O rinoceronte que eu via era, de alguma forma, a demonstração de que não olhamos bem para o mundo na forma monstruosa que ele assume com um mínimo de atenção que se possa dedicar a ele. Que é preciso ver mais, cuidar do que se vê, prestar atenção naquilo que se dispõe aos olhos, esses órgãos atarantados, mastigados por peixes, hoje furados por televisões. Eu estava na sala diante do velho padre na forma de um rinoceronte e isso era estarrecedor e, de certo modo, mesmo que me apavorasse, me encantava. Por que o padre não era apenas um padre e ele mesmo não fazia ideia de que uma coisa dessas, ser e não ser, era possível. Por um tempo cheguei a pensar que, se invertêssemos a lógica apenas por um segundo, veríamos que o rinoceronte também não sabia que era um padre. Enquanto decidia, olhando para aquela figura do tipo da velha e da moça, eu tentava mudar de ponto de vista, e descobria que, na verdade, estamos condenados a ser inteiramente um ponto de vista, um ponto de vista que pode mudar dependendo de um passo, um movimento de cabeça, uma inclinação para o lado de lá, mas ao qual se está sempre condenado.

Globo

Cheguei de volta à sala de onde não tinha saído fisicamente, mas da qual havia voado estratosferas além, em pensamentos, porque naquela época as coisas aconteciam assim, eu ainda não tinha fixado o meu ponto de vista em paredes e escaninhos de guarda-roupa, a perspectiva estava em aberto e podia ficar toda distorcida, como em uma anamorfose.

Foi na sala do diretor que vi pela primeira vez o globo terrestre, muito melhor do que o mapa, globo que não me saiu mais da cabeça até que, logo que cheguei aqui, há quarenta anos, comprei um, que me parece hoje em dia bem menor do que aquele que vi na sala do padre. Durante anos carreguei aquele globo na cabeça. Comprei um globo idêntico com o primeiro dinheiro que me sobrou logo nos primeiros meses nessa nova morada que, nunca imaginei, duraria tanto tempo. Contei essa história a Irene. Era uma urgência, não um mimo, não um capricho. Irene comentou que eu pensava no mundo como um brinquedo. Não é verdade, mas é fato que posso girá-lo de onde estou, deixo-o sempre ao alcance da mão, de tal modo que, se me angustio, ponho a girar o globo e sonho, assim mesmo acordado, fantasio em minha imaginação, quando ela não está propensa a adoecer de tristeza ou raiva, o lugar onde vou morar, onde morarei, onde moraria, simplesmente brincando de girar o globo e dar com o dedo na direção mais reta possível.

Às vezes caio em lugares que não me agradam como Nova York ou Londres, Cidade do México ou Mônaco, lugares muito grandes, muito falsos, cheios de prédios, cheios de gente, cheios de carros, cheios de ricos, cheios de pobres. Como se eu não morasse num lugar assim. Pobre Berlim. Me animo quando meu dedo cai sobre as ilhas Canárias ou sobre o Japão ou qualquer lugar onde as pessoas vivam em casas. Imagino que vivam em casas e, se não vivem em casas, passam a viver em casas. As pessoas da minha imaginação que vivem no Japão vivem em casas que parecem casas desenhadas que nunca saíram das pranchetas de seus arquitetos. Adoro as ilhas, prefiro-as, porque seriam, para mim, os lugares onde menos provavelmente eu iria morar. E prefiro os mapas às viagens. Prefiro olhar de cima, do ponto de vista do conceito e do cálculo. Nunca gostei da perspectiva, o que me agrada é a proporção, melhor ainda, a escala. Nunca iria a esses lugares, imaginá-los me basta, prefiro imaginá-los, pintá-los no pensamento com uma cor de porcelana como no quadro de Vermeer.

Farelos

O padre em sua pose de rinoceronte, a olhar-me com os olhos perdidos como bolinhas de vidro nas vastas rugas adornando a impressionante carapaça e, quase sem mover a boca dentro da qual se podia ver uma língua escura como a de um bicho, enquanto eu olhava as imagens de santos nas paredes, declarou que meu pai precisava ir ao colégio.

Esse é um detalhe que eu deveria apagar da história. Agnes há de lembrar. O padre jogou em mim, sobre meu corpo inteiro, mãos, peito, cabeça, ombros, mais do que um problema quando avisou sobre a necessidade da visita de meu pai. O padre tinha descoberto o meu crime, o roubo do mapa. Ele havia percebido que o mapa não estava ali porque o levei à minha casa. Naquele momento pensei que ele também teria percebido o roubo da página do livro com a estampa da Anunciação. Nada naquele mundo funcionava a meu favor e todo o segredo já devia estar descortinado.

Eu fizera algo que atingia a autoridade e a propriedade e estava, portanto, condenado por desacatar o profundo ideal do caminho, da verdade e da vida institucionais. Ninguém se importava com aquele mapa e eu, que me importava com algo que não devia importar a ninguém, seria punido. O professor nunca o levou à sala de aula, jamais nos foi mostrado por ninguém, mas o meu uso específico, o meu desejo por ele, teria de ser punido. Esperei pela punição. Sabia que meu pai nunca iria ao colégio, jamais fora e jamais iria. O problema era maior, não fazia nenhum sentido pedir a meu pai que fosse ao colégio dos padres.

Não fazia sentido dar um recado daqueles a meu pai. Mais grave ainda, não fazia sentido *falar com meu pai*. Diante da frase do diretor substituto com cara de rinoceronte, acordei de uma vez. Eu acordava em camadas, por partes, digamos, de um sono pavoroso para uma realidade ainda mais pavorosa. O padre continuava sendo um rinoceronte, o que me assustava cada vez mais, pois agora não era apenas a imagem o que eu tinha comigo, mas um recado a transmitir, e ele era pior do que qualquer imagem monstruosa.

Meu pai estava em casa naquele dia quando cheguei da escola com o recado a travar minha língua. Quando entrei pela única porta da casa, uma eterna porta dos fundos daquelas que nunca receberia visitas, e lhe dei o recado, ele apenas meneou a cabeça afirmativamente olhando para o que fazia, ele consertava alguma coisa que, num primeiro momento, não consegui entender o que era, meneava a cabeça como um animal que em silêncio entende a linguagem humana. Minha mãe ajeitava o fogo no fogão à lenha enquanto ele tomava café em uma xícara de asa quebrada, mordiscando com força um pedaço de pão duro e seco que fazia estalar sua mandíbula. Ao mesmo tempo e sempre de costas para mim, permanecia fixado ao conserto de uma porta. Era a porta do velho armário de fórmica, cuja material, parecido com uma madeira fina, esfarelava.

Muitas vezes sonho com esfarelamentos. Sonho que há bonecos a esfarelar, móveis a esfarelar. Uma vez sonhei que minha cabeça esfarelava. Naquele momento meu pai estava munido de chave de fenda e martelo. Fiquei com medo que usasse aquilo contra mim. Minha mãe já estava morta e não se podia saber o que fazia ali ao pé do fogão. Parecia acender o fogo ou apagar o fogo existente, eu não conseguia entender o que fazia em meio à fumaça. Ela me olhou assustada com aqueles olhos de Virgem recebendo a Anunciação, os olhos de quem é avisada de uma hora para outra que o mundo saiu de sua rota e, em pouco tempo, dele cairemos todos, sem que se possa salvar nenhum objeto ao redor. Era um apocalipse, ainda que singelo para quem olhasse de fora a cena, não havia muita coisa para flutuar na velha casa pobre.

O rosto estranhamente imóvel e assustado de minha mãe comandava a cena, os cabelos de uma claridade desumana contornando os olhos petrificados, carregados de uma tempestade pronta a varrer tudo. Meu pai martelava, mastigava, cuidava para que o movimento da porta do armário voltasse ao normal. O rosto oculto no trabalho intensificava seu poder de sombra. Eu, parado como uma estátua de pedra, entre essas outras estátuas semimoventes, esperava uma resposta. Não perguntei nada. Na verdade eu não esperava resposta alguma, a resposta com que eu poderia contar era que nenhuma resposta viria. O que viria era uma espécie de hecatombe que, na forma de ameaça, atravessaria minhas ideias e varreria da terra o próprio acontecimento. Uma tensão própria ao momento que antecede um martírio contornava os dois em suas formas esculpidas pelo peso do tempo, em que meu pai era o corpo físico e vivo e minha mãe a imagem. Meu pai físico na sua estatura de sombra, minha mãe como outra espécie de sombra. Os dois envoltos na fumaça do fogão. Um recado a dar no meio daquela cena de papel dobrado prestes a queimar. As duas sombras, dobradas uma sobre a outra, a viva e a morta, as sombras que ainda viviam juntas. A tensão produzida pelo recado do padre seria contornada mais uma vez, como se nada tivesse acontecido. Eu não disse nada. Não falei o que deveria ter falado. Não fiz a pergunta e esperava, mesmo assim, por uma resposta. Apesar da ameaça, o recado seria abafado sob um pano quente de silêncio usado por qualquer família.

Toda família tem suas relíquias, e a mais comum é esse grande pano de silêncio. Um pano que pesa. E como pesa. Como se uma baleia, um dragão, um elefante atravessassem a cozinha, derrubassem a mesa, fazendo ceder as paredes, despencar janelas e portas, mesmo assim, teríamos sempre o silêncio, aquele que nos ajudava a ficar quietos dentro de nós mesmos, a esgueirar os corpos, fingindo que nada aconteceu, como animais que se camuflam ao ambiente, sem olhar para os lados porque um mínimo piscar de olhos denunciaria a vítima ao inimigo. Evitávamos ser flagrados até mesmo em pensamentos. Era isso que se devia fazer naquele momento. Um momento em que o silêncio era uma proteção concreta, física, uma proteção para a própria vida que nos chamava lá fora na forma de um recado para que meu pai fosse ao colégio. Não falei nada. Não falei. Não perguntei. Não respondi. Vi o mapa passar das mãos de meu pai às mãos de minha mãe para dentro do buraco do fogão.

Turistas

Gosto de pensar que jamais irei a muitos lugares. A identidade fica melhor quando perdida.

O globo até hoje cumpre a promessa de me dar o mundo. Ele me dá a terra firme, a única possível, a que está estampada no mapa. Sou o turista virtual de um globo estampado com países, cidades, rios e florestas. O mapa deve estar, em muitos lugares, bastante ultrapassado. Nem rios, nem florestas, países inteiros separados e unificados. Penso nos nativos desses lugares todos. Os nativos que não se dizem nativos. Os nativos daqui, porque os daqui também são nativos, embora chamem de nativos apenas aos outros, aqueles que moram em ilhas, os que moram longe, os que moram na África, nas Américas, na Oceania, eles, os nativos daqui, odeiam os nativos de lá, e entre os nativos, os japoneses são especialmente odiados porque são turistas e usam máquinas para filmar e fotografar. São odiados e são desejados, porque seu dinheiro é desejado, embora eles sejam indesejados. Mas não se pode ter seu dinheiro sem que eles venham junto com o dinheiro que trazem. Irene entendeu minha ironia, mas pediu que eu não falasse sobre isso na frente de estranhos.

Para os nativos que não gostam de dizer que são nativos, que apagaram sua condição de nativos, os japoneses não passam de tolos fotografando o que não podem ver, porque não sabem ver com olhos nus. Com um pouco de autocrítica, alguém mais inteligente e, portanto, capaz de autocrítica, ponderaria que se trata de um povo extasiado com o mau gosto alheio. Um povo generoso com o mau gosto alheio. Quando um japonês olha para alguma coisa europeia, eu acho graça porque olham para aquilo que é o decadente exotismo europeu. Como foram os europeus que inventaram o conceito de exótico, não gostariam de ser chamados assim, mas o olhar dos japoneses nos leva a essa reflexão. A Europa é exótica, como uma cacatua dentro de uma gaiola devorando um colorido rato empalhado. É isso o que não querem que seja dito. Digo a Irene, ela ri por horas e passa a me chamar de cacatua.

Tenho repugnância pelas brincadeiras de Irene. Seria necessário jamais dar chance de que ela risse de mim. Mas ela ou ri de mim, ou se irrita comigo.

Para os japoneses, posso pensar tendo um pouco de autocrítica, me esforçando por ser mais inteligente do que sou habitualmente, o que custa meu esforço, posso pensar que os outros podem ser incrivelmente estranhos. Os japoneses são *voyeurs* onde os europeus pensavam que só eles teriam esse direito de serem observadores do mundo e, assim, nomeadores e dominadores do mundo. Estranhos são, para os nativos europeus, os japoneses fotógrafos que vêm com um olho alienígena, mecânico, digital, olhar os outros. O exotismo europeu aparece aos olhos tecnológicos dos japoneses como uma coisa ainda humana. Parte da história natural.

Os europeus odeiam os japoneses como odeiam os negros, como odiaram os judeus, como odiaram os árabes, os etíopes, os curdos, os turcos, os vietnamitas, os ciganos. É preciso ir devagar com o ódio. Digo a Irene, enquanto ela estende uma toalha xadrez na grama onde sentaremos para ler Hilda Hilst, um livro chamado *Rútilos*, que encontrei na biblioteca da Humboldt.

Novos-ricos

Encontrei uma velha com os cabelos duros de laquê a dizer que Veneza afunda por causa dos turistas. Aquela mulher que parecia ter sobrevivido por séculos fez uma curiosa associação entre turistas e pobres. Sempre achei que isso não era possível. Mas depois entendi. Ela devia ser uma aristocrata embalsamada que criticava o gosto burguês ou aquilo que podemos chamar de novo-rico. Ser um novo-rico era o que havia de pobre aos olhos da aristocrata.

Há, no entanto, uma diferença técnica entre ricos e pobres que não está apenas no dinheiro que uns têm e outros não. Os pobres não podem esconder muita coisa, ou quase nada, ou nada. Quanto mais pobre uma pessoa, mais verdadeira. Porque não podem pagar pelos revestimentos que permitem ocultar alguma coisa. A enganação custa caro. Eu sou pobre, mas não tão pobre, escondo pouco porque sou pobre, se fosse mais rico esconderia mais, porque é para isso que serve o dinheiro, para criar revestimentos e esconderijos.

O caso de Agnes pode ser compreendido a partir dessa teoria. Agnes é falsa porque tem alguns recursos, embora seja uma professora e, como tal, mal remunerada. Seus recursos permitem que ela possa esconder algo, como escondeu de mim a morte de nosso pai, seu maior capital. Um capital secreto. Pobre é aquele que não tem segredos porque não tem como esconder o que poderia ou desejaria esconder. No ápice da pobreza, o mendigo está nu. E a nudez é a verdade. A pobreza não é uma escolha, ela é inevitável, se me faço entender, assim como a verdade.

Quanto à vida de Agnes, seu estado social e econômico, não tenho muito a dizer, não teria como provar o que quer que fosse, porque não vi com meus olhos, não ouvi com meus ouvidos, ela sempre foi parcimoniosa com o que dizia a seu próprio respeito. Não tenho provas, só suspeitas, e suspeitas não servem de nada senão à minha fantasia que, neste momento, ajuda, na verdade, a dar tempo ao tempo, como dizem os que nunca dão *tempo ao tempo*, enquanto espero para ir embora.

Num mundo em que o tempo foi rebaixado a dinheiro, até que não é má ideia dar tempo ao tempo. O nada fazer é o máximo do capital.

Restaurante

Dia desses em um restaurante perto do museu no qual sentam muitos turistas, tive um rompante de convivência com o povo que ali passava e sentava nas mesas, e também eu, não sei bem por quê, pelo rompante, ou seja, pela ausência total de decisão pensada, sentei para comer um prato qualquer. Ao meu lado um nativo sacou a máquina de fotografar e mirou-a no próprio prato. O garçom perguntou-lhe, em um tom muito grosseiro, pois aqui todos são muito grosseiros, como também eu sou quando inevitável ou necessário, afinal, descendo deles de algum modo e com eles convivo, o garçom perguntou-lhe se ele tinha se tornado japonês. O pobre comensal tirou de letra, fez uma piada para não sentir-se mal, pois quem não sabe rir neste mundo perdido está perdido de uma vez, será ridicularizado e, no limite, escorraçado e morto. Não lembro qual era a piada, era mais um ditado popular sem graça, um trocadilho, um *quem não tem cão caça com gato, um dia da caça, outro do caçador*, ou coisa parecida. Lembro que havia a caça. Eu não sei rir, não aprendi a tirar de letra, então me dou mal porque não sei participar da brincadeira, não sei jogar, não sei dizer gracinhas. Irene sempre as diz e eu fico a pensar no que quer dizer. Sempre me dou mal se faço piadas. Não sigo a lei que dita que é preciso rir para ser forte, que é preciso ser forte para rir. Eu não rio nunca. A Sociedade da Falsa Alegria me fazia mal. Essa lei não escrita de que é preciso rir, eu a abomino. E de que é preciso ser forte, eu abomino mais ainda. Evito os que riem e evito rir, e mesmo assim, ando com Irene que não para de gozar de mim.

O garçom riu, ele também, e tudo ficou por isso mesmo. Não para mim. Tenho medo dos que são fortes e riem, no fundo é medo o que sinto — e desse medo derivam muitos outros sentimentos pavorosos —, sinto medo, o mesmo medo que senti do padre em sua pose sinistra de rinoceronte empalhado da qual eu deveria de certo modo rir, tirar de letra, como dizem, sobre a qual eu deveria, como Irene gosta de dizer, não dar *consistência*.

Irene sempre vem com essas ideias, no fundo edificantes, com as quais pensa que vai salvar o mundo. Ela quer salvar o mundo com o pensamento, terá que fazer força demais para não chegar ao fim, a *lugar nenhum*, que é o único lugar ao qual se pode chegar antes do cemitério. Pressuposto, nesse caso, que a vida é mais próxima do *lugar nenhum* do que a morte.

Mago

Irene sempre me diz que coisas nunca são muito fáceis no campo científico, quando tenta conversar sobre a magia soterrada sobre a ciência moderna. Irene é um mago. Mesmo sendo algo como um mago, tem algo de freira. Ela é um híbrido, como um cordeiro em pele de lobo. Não um lobo em pele de cordeiro, porque Irene não mente, não esconde nada, porque, assim como eu, Irene é pobre e algo nela está nu.

Tabu

Em um de nossos encontros na Sociedade dos Amigos do Fracasso, Irene falou do tabu da comunicação no *mundo contemporâneo*. Eu perguntei a ela se esse mundo chamado de contemporâneo não seria um mundo abstrato. O meu mundo, expliquei, não era contemporâneo. Irene dizia que eu tinha ideias interessantes, que devia escrevê-las, como esta do mundo contemporâneo no qual não estou. Eu me senti envergonhado, porque, se ela queria que eu escrevesse, era para que eu parasse de falar. E senti vergonha de falar, porque esqueci, naquele momento, que a minha gagueira sempre incomoda quem está ao redor.

Estou a escrever essas ideias para Agnes. O pedido de Irene vai junto. Por isso, posso dizer que escrevo para as duas. E isso quer dizer que estou a escrevê-las para romper o silêncio, mas temo que o pano de chão do silêncio esteja sujo demais.

De certo modo, sou vítima do tabu da comunicação de que falava Irene em sua aula. Sempre fui uma vítima da língua. Só o silêncio seria redentor. Até hoje eu penso assim. E penso que escrever a Agnes, escrever para Agnes ou por ela, é ofendê-la, é machucá-la, é incorrer em uma espécie de tabu. Escrevo por isso, para evitar mal-entendidos, porque o meu pai é o pai de Agnes e, no entanto, provavelmente, não são exatamente a mesma pessoa.

Eu sempre soube na pele aquilo que se acha nos livros escritos por todos os escritores que li com a esperança de que algum deles tornasse o mundo real, como eu tento tornar real para mim mesmo a existência de Agnes que me atingiu hoje pela manhã como um ser imaginário com aquela sua conversa impossível de digerir. Ela me deu um mundo em estado bruto, um mundo em que toda a noção do aqui e agora ficou comprometida. Irene também parece coisa da minha imaginação quando percebo que, assim como Agnes, ela vive um tipo estranho de presença em minha vida.

Herdeira

Agnes é a pessoa que deveria ser para mim a mais íntima, no entanto, é aquela da qual menos sei. Nascemos dos mesmos pais, partilhamos o mesmo espaço no corpo materno. Conhecemos as mesmas dores arcaicas. Dizer *intimidade* é um certo exagero, mas é como a vejo, como uma pessoa íntima. A quem eu poderia falar com *intimidade*. A pessoa com quem vivi no tempo que eu gostaria de esquecer. Agnes agora é, para mim, apenas uma espécie de terceira pessoa. Dúvidas e fantasias transitam entre nós, mas a via é de mão única, não há retorno possível. Ao considerar o telefonema de hoje pela manhã, não é impossível pensar que enlouqueceu como nossa mãe, que Agnes tenha sido acometida de algo hereditário. Talvez tenha fingido sua lucidez por quarenta anos. Agnes sempre foi a herdeira. Em grande medida, o que somos é o que já éramos, e essa verdade se confirmou em Agnes. Ela herdou o todo daquele *inteiro nada* em que vivíamos. Inclusive nosso pai, o espólio em si.

Se Agnes é a herdeira da loucura de nossa mãe e está sozinha no mundo e eu sou seu único irmão, serei eu o seu herdeiro? Outra dúvida que advém no meio disso tudo é que, se sou seu herdeiro, tenho o dever de cuidar dela? Do mesmo modo, se sou seu herdeiro, ela também deve ser a minha herdeira. Terá o dever de cuidar de mim? Me parece que esse é o dever do qual não podemos fugir. Estamos unidos como espólio um do outro.

Poderei fugir disso? Poderei fugir de ser espólio de Agnes, de ser cuidado por Agnes, já que pertenceria a ela como um dever, como meu pai pertenceu a ela como um sujeito-objeto a ser cuidado? Por isso escrevo a Agnes, para deixar essas questões claras. Talvez eu morra antes de encontrar com ela, fulminado por um ataque cardíaco, por um derrame fatal. Penso em Nietzsche, que não esperava o eterno retorno para si quando se lembrava da irmã que editou sua obra com fins nazistas. Mas a minha Agnes nunca foi uma irmã como a de Nietzsche. Ela se parece muito mais com alguém como Ismênia. Nunca seria comparável a uma Antígona. Há momentos em que apenas a morte é a saída. E isso não faria sentido para Agnes, como não faria para Ismênia.

Culpa

Estamos no reino da aparência, disse-me Thomas um dia desses, o que me pareceu uma ideia ingênua como aquelas que encontramos nos contos de fadas, de que há algo a ser descoberto em um mundo cortinado. Ideia ingênua como as que se encontram em livros, eu pensei. Os livros são ingênuos. Logo me arrependi de pensar uma coisa dessas. Mas pensei. Ainda que sejam o que há de mais bonito no mundo, são ingênuos. Talvez justamente por serem ingênuos é que ainda sejam bonitos.

Talvez não seja bem ingenuidade a palavra que devo usar, talvez nem mesmo a palavra beleza deva ser usada. Talvez fosse a palavra inocência que meu pai usava para falar dos que não sabiam nada sobre coisa alguma. Meu pai falava dos *inocentes*. Quando não dizia *bocas* para se referir a nós, dizia *inocentes*. Eu e Agnes éramos como personagens de livros, *inocentes* da maldade do mundo, de sua culpabilidade. Meu pai sabia que não pedimos para nascer. Também ele não pedira para nascer. A culpa indevida nos tornava *inocentes*.

Tínhamos pai e éramos órfãos. E, mesmo sendo órfãos, os menos culpados de todos os culpados por terem nascido, éramos também portadores da culpa, a culpa da qual estávamos desculpados por sermos inocentes, mas isso não mudava nada. A culpa que eu, como inocente que ainda sou, alimento sem possuir. O castigo por um crime que não se cometeu quando certos crimes foram cometidos, ou poderiam ter sido cometidos. Um castigo que os pais colocam nos filhos por permitir que eles nasçam. Foi isso o que nos uniu naquele tempo. Era essa culpa que obrigava minha mãe morta a cuidar do fogo junto a meu pai naquele momento em que já estava morta e eu era um menino a roubar um mapa. Foi essa culpa que me levou a um lugar oposto para viver a vida.

Na folha em branco na qual eu deveria desenhar o Cristo, surge aos poucos uma sombra em que eu procuro um risco de luz.

Gravetos

Meu pai ainda mastigava o pão, mas ainda fingia martelar. Parecia que não sabia que fazia o que fazia quando entregou o mapa à minha mãe para que fosse jogado dentro do fogão. Meu pai comia e martelava, ao mesmo tempo, e seu gesto pareceu puro automatismo. Minha mãe, morta naquele momento, fez o que fez porque tinha sido induzida por ele. Irene diria que esse foi mais um dos meus excessos de fantasia. Foi o que vi, não tenho necessidade de mentir. Contei a Irene, mas me arrependi. Minha mãe agia conforme regras e ordens de meu pai. E por isso ficou louca. E por isso tornou-se um fantasma depois de morta.

Agnes dormia apesar das marteladas de meu pai, apesar da presença gélida de minha mãe. O fogão estava aberto e o mapa ardia sem que eu pudesse fazer nada. Hoje penso que a impotência gera um estranho consentimento. Mas naquela hora foi apenas humilhação, a humilhação que meu pai conhecia e que nos legou sem parcimônia.

Os olhos de meu pai não se moviam na minha direção, não tinham direção alguma naquele momento. Mesmo assim, ele me mandou buscar gravetos. Paralisado, eu olhava o mapa arder no fogo. Minha mãe tinha desaparecido no meio da fumaça que começava a se dissipar. Eu pensava estar sonhando. Em minutos, eu acordaria. Foi essa a esperança que me moveu quando saí pela porta estreita à procura de gravetos para o fogo já com a intenção de esquecer os gravetos. No fundo eu sabia que meu pai era louco por me pedir uma coisa como aquela naquele momento, mas era, ao mesmo tempo, a minha deixa para sair. A esperança de acordar movia minhas pernas enquanto uma vergonha nascente as fazia tremer. Eu corria. A vergonha a animar algum tipo de medo. Mas o medo era menor do que a vergonha, aquela força de inércia, aquela vontade de desaparecer que dificultava cada passo. Eu seguia pelas redondezas, lembrando o velho padre na forma de um rinoceronte que eu teria que enfrentar em breve. Pensava em me esconder. Em nunca mais aparecer na escola. Ao mesmo tempo eu sabia que deveria ir à escola. Não havia outro caminho para mim. Sentei no chão, pensei no que fazer agora que o mapa não existia mais.

Engraçado é que eu não pensasse em falar a verdade. A verdade resolve tudo. Mesmo que ela acabe em morte. É melhor a morte verdadeira do que a vida falsa. Eu ainda não sabia disso naquela época, assim com palavras que pudessem expressar essa ideia. Sabia, mas não havia o mundo das palavras. A verdade obriga a responsabilizações coletivas ou individuais, hoje eu sei, ou pelo menos desejo que seja assim como penso que sei enquanto percebo que, na verdade, nada sei.

O que me redime dessa ideia é que a verdade talvez não seja mais do que um gesto de organização que põe as coisas no lugar. Mas eu não pensava em fazer uso desse gesto, em esclarecer o fato, em dizer ao padre que meu pai havia queimado o mapa. Eu tinha vergonha de meu pai. Eu tinha vergonha do meu roubo. O mapa fora por um dia a minha única saída e agora, por sua causa, eu não tinha mais saída a não ser fugir para sempre. Era isso ou o suicídio. No caso de suicídio, eu pensava em como esconder o meu corpo morto. Esse sim era um problema. Esconder meu corpo morto como o escondia em vida.

Areia

Naquele dia, sentado na areia da praia, eu precisava me resolver com dois horrores, meu pai e o padre, e me sentia encurralado. Exaurido depois de horas caminhando sem conseguir chegar a lugar algum, andando na beira da praia, sem poder voltar para casa, eu dormi. Dormi por ali mesmo, entre a vegetação das dunas, a imaginar uma saída enquanto contava estrelas. Acordei com o sol nascendo, como é comum quando se dorme na praia no verão. Não era verão, era uma noite especialmente fria, mas eu não sentia o frio. Estava como que anestesiado. Não me lembro de ter dormido na praia outra vez, antes ou depois, ainda que tivesse preferido dormir na praia para sempre.

Naquela época eu não sabia que poderia entrar no mar e acabar com tudo aquilo. Eu não conseguia pensar nessa estratégia. Ao acordar, como hoje pela manhã, eu não sabia bem onde estava e o que havia acontecido. Aqueles instantes que antecedem a memória dos acontecimentos marcam a experiência da fragilidade, e eu pensei estar morto enquanto, ao mesmo tempo, experimentava uma confortável sensação de liberdade. Talvez eu tivesse me matado sem saber. Talvez eu estivesse morto. Temi que meu pai estivesse em casa e que, caso não tivesse ido à pesca, que estivesse à minha procura, por isso não voltei. Se eu já não estivesse morto como minha mãe, ele me mataria, eu pensava.

Fiquei na praia, sentado, rabiscando a areia. Desenhei meu pai como uma nuvem que caía no chão e o diretor da escola, de cuja boca saía um jorro de sangue. Eu queria vomitar, mas não tinha forças. A imaginação sempre foi um recurso nessas horas, mas não para vomitar. Ainda hoje ela me salva, mas não quando preciso vomitar. Às vezes é verdade que a imaginação me atormenta, mas ainda não descobri nada melhor para sobreviver nesse circuito de náuseas em que vivo.

Foi por pura falta de imaginação que resolvi ir à biblioteca naquele mesmo dia, porque, na verdade, não sabia me defender. A coragem em mim era pensar em uma saída, e o pensamento de que eu teria alguma ideia no meio do caminho era uma coisa boa, mas não me livrava da angústia. Misturada à vergonha, a angústia me tomava o corpo todo e transformava a mim mesmo em um monte de areia atravessando o espaço movido pelo vento. Um tipo de amortecimento, como ácido sobre meu corpo, não me deixava andar rápido. Como naqueles sonhos em que somos flagrados nus. Eu estava sem saída. Tive muitos desses sonhos ao longo da vida e me lembro bem daquela contraditória sensação de inércia a me mover antes de chegar à biblioteca.

Eu estava no mesmo vestido. As pessoas nuas sempre me comoveram, ou me assustaram, ou me extasiaram. Eu andava sempre com poucas roupas, até porque tínhamos, tanto eu quanto Agnes, poucas roupas. E apesar do frio geral, havia dias muito quentes. Eu sempre cuidei, apesar disso, para que não aparecesse nenhuma parte do meu corpo que não aquelas sobre as quais se pode ter certeza, aquelas partes iguais em todas as pessoas, costas, pescoço, braços, essas partes de que são feitas as pessoas e que são iguais para todo mundo. As pessoas não são feitas de partes, partes são um modo de entender a unidade de um corpo que também não tem unidade. Nada que fosse secreto, além do rosto, das mãos, dos pés, das pernas, dos braços, nada jamais poderia aparecer.

Dormindo na areia, sonhei um daqueles sonhos de sempre: meu pai e minha mãe tinham um carro, um fusca, bem moderno para a época, um fusca que, ouvi meu pai dizer à minha mãe no sonho, era o seu maior desejo. Os dois dirigiam o fusca, minha mãe estava morta no lugar do copiloto, mesmo assim conseguia ajudar meu pai a vazar de um balde sobre meu corpo um ácido que me esfolava, me deixava em restos de peles, cartilagens e ossos. Agnes estava comigo e também estava sendo esfolada, mas ela ria. Eu podia ver o buraco na minha barriga.

A total ausência de sangue me preocupava, porque no sonho era decisivo saber se eu estava vivo. Apesar do meu estado, apesar de sentir vergonha do meu corpo, eu me sentia livre de alguma coisa que eu não conseguia entender o que era. Havia uma alegria nessa liberdade impedida apenas pela vergonha. A vergonha é um tipo de angústia, a de se ver sendo visto, a de ver a si mesmo pelo olho do outro. Aquilo que minha mãe não sentia diante de Leonardo, o que a moça do colar de pérolas não sentiu diante de Vermeer. O olho do outro dá um recado que o envergonhado recebe como agressão. Não há horror maior para um tímido. E eu já era tímido desde aquele tempo. Lembro que, ao ter esses sonhos, eu acordava assustado, como se não tivesse dormido, como se durante a noite eu tivesse vivido algo estranho e que, no entanto, se apresentava como a verdade sem a qual não seria possível viver. O sonho era um saber. Era o segredo revelado. E era preciso fugir dele.

No caminho para a escola não havia segredo, as dúvidas voavam como pássaros em busca de peixe sobre minha cabeça. O dia não tinha clareado totalmente e começou a chover. Se a temperatura descesse alguns graus a menos, haveria neve. Caminhei pela areia molhada, a geada viva cortava meus pés, o vento laminava minhas orelhas. Eu usava um casaco verde que, pelo que me lembro, foi costurado por minha mãe enquanto posava para Leonardo. Meus pés encharcados congelaram em minutos.

Vergonha

Sem o mapa, fui até a sala do diretor, bati na porta, ninguém veio abrir e eu virei cuidadosamente a maçaneta com medo de ser pego em flagrante. Eu era o primeiro a chegar à escola. Entrei, o silêncio ocupava todas as reentrâncias do espaço onde a existência se escondia como um rato ameaçado pelo mundo ao redor. Essa existência, que parecia resistir abstrata entre as coisas, na verdade era eu. Curvei-me sobre o globo terrestre e, por alguns minutos, cheguei a pensar em fugir dali de uma vez por todas levando comigo alguma coisa que, dessa vez, seria o globo, e alguns dos livros, no caso, aqueles que eu pudesse carregar. Pensei que poderia chegar rápido à rodoviária, voando, e ir embora para sempre. Pensei que, como ladrão, meu destino estaria resolvido. Eu roubaria até o fim. Mas decidi ao contrário do que pensei, ou foi o contrário que decidiu por mim. Não tive forças para continuar a minha vida de ladrão de biblioteca. Perdi a minha chance de aventurar-me na delinquência juvenil, coisa que não devo dizer diante de Irene, pois que irá criticar-me por minhas péssimas comparações.

Para minha desgraça, as coisas não seguiram um rumo a meu favor. Eu queria fugir, mas não tinha como. Seria necessário dinheiro, eu pensava, e eu não via chance de conseguir algum. O dinheiro que sempre fora pouco acabou totalmente depois que Lúcia morreu, porque meus tios nunca mais voltaram. Além disso, não consegui imaginar naquela hora para onde poderia ir.

Sentei-me na cadeira diante da estante e deixei-me perder lendo a lombada dos livros. Eu era distraído demais para me tornar um bom ladrão.

Antes de entrar na grande sala, peguei um lápis, um toco mal apontado dentro de um copo onde havia vários pedaços de giz branco. Escrevi *Vergonha* nas paredes. A vergonha que permanecia intacta em mim e que se transformou na minha primeira intervenção literária. Repeti a palavra vergonha diversas vezes. Hoje sei que estava sendo vingativo. Acreditei que ao escrever a palavra, a mais forte das palavras que eu conhecia naquele momento, uma palavra que nunca vi ninguém pronunciar na intensidade em que eu a experimentara em vida, que eu devolveria a vergonha aos padres. A vergonha que eu sentia não era apenas minha. A vergonha era uma virtude coletiva e eu acreditava nela. Eu teria que dar uma parte a meu pai, outra à minha mãe, aos meus tios. Agnes deveria tê-la aprendido quando criança para saber usá-la hoje em dia.

A vergonha que eu sentia era, de algum modo, vergonha de meu pai, vergonha da escola, vergonha do padre, uma vergonha universal dentro da qual eu carregava o meu corpo. A vergonha que eu sentia era a maior do mundo, eu pensava enquanto tentava assumir minha própria abjeção. A vergonha de meu pai, a vergonha de meu corpo. O meu corpo era como um fígado extraído e exposto a cheirar mal aos olhos de quem quisesse ver. Eu me via como um órgão eviscerado. Mas não um coração, não os pulmões, não o cérebro, era meu fígado que falava comigo.

Quando percebi, eu era observado pelo diretor que apenas me disse que voltasse à sala de aula e que, oportunamente, conversaríamos. Não entendi por que não me matou naquele momento. Ou porque não tentou me bater ou me maltratar de algum modo. Fiquei paralisado vendo aquele homem velho me olhar com seu rosto morno e nojento como se o rinoceronte que ele era estivesse, de fato, morto e apodrecendo, e mesmo assim pudesse ainda dar ordens. Fui embora da escola. Corri pela estrada, corri tanto que, no meio, senti uma fraqueza, senti que algo me puxava para o chão, perdi as forças e caí.

Hospital

Acordei no hospital, com a cabeça e as duas pernas quebradas. Um carro, daqueles raros carros que cruzavam a estrada de chão que levava de Rio Tavares ao Campeche, passou por cima das minhas pernas. E dessa vez não era sonho. Eu apagara, como se diz, talvez por não ter comido nada desde um dia antes, quando saí de casa. Mas eu não comia quase nunca, então não era espantoso que eu não comesse há dias. Talvez fosse isso, eu não comia há dias, mas não lembro bem qual seria exatamente a quantidade de dias.

Quando acordei, meu pai ao pé da cama não me disse nada. Nunca vi seus olhos tão abertos. Me olhava diretamente. Deve ter sido a primeira vez que me olhou diretamente. Seus olhos eram muito claros, como os de Agnes, e sempre pareciam meio fechados, pareciam pequenos. Naquele momento estavam mais do que abertos. Estátua de cera, ele me olhava com pavor, e no fundo do pavor se podia perceber outro pavor, ainda mais profundo.

Ele ainda me olha com aquele pavor. Me olha de dentro de mim sem poder me encarar no espelho. Quando me vejo no espelho e fixo meu olhar em mim mesmo, é meu pai que vejo. Vejo-o imóvel como uma estátua que perdeu tudo exceto sua perplexidade.

Quando raramente me vejo no espelho, me lembro daquele dia. Meu pai me esperava morto, até que abri os olhos e o surpreendi, porque um morto deve permanecer de olhos fechados. Mas um morto também pode abrir os olhos. E ele deve ter se impressionado com isso. No instante em que meu pai ficou parado com os olhos vidrados, tive tempo para um raciocínio. Minha cabeça doía muito e essa dor era a prova de que eu estava vivo. Um morto, seu João me dissera, não sente mais nada. A morte, ele me explicou em uma de nossas tantas conversas no cemitério, era um estado de paz. A única paz verdadeira. Meu pai não estava em paz, e estava vivo. E eu sentia dor, logo também estava vivo, como estou agora quando penso em Agnes ao telefone e percebo uma total ausência de paz, a sensação de frio tóxico que me faz pensar que estou morto como naqueles filmes em que o morto descobre que estava morto tendo por muito tempo se iludido de estar vivo.

Agnes não estava com meu pai naquele momento no hospital. Perguntei por ela sem gaguejar, mas nem mesmo eu pude ouvir minha voz. Fazia mais de um mês que eu dormia naquela cama dura de hospital. Era o coma, explicou-me o médico que veio me ver no primeiro dia, quando meu pai já tinha ido embora. A enfermeira que o acompanhava e que durante dias cuidou do meu corpo esfolado deu a entender que eu não deveria acordar, mediu minha febre, fez algum dos desagradáveis atos hospitalares, desses que tornam o paciente qualquer coisa abjeta. Queria que eu comesse, queria que eu defecasse. Apalpei minha barriga, eu quase não tinha forças. Eu estava mais magro do que nunca e sem a menor fome. O médico não falou muita coisa, mas percebi que era, de algum modo, bom que eu tivesse acordado. Dormir um mês não era desejável, não era nada normal.

A primeira coisa de que me lembrei ao acordar, depois de Agnes, foi do mapa. As aulas tinham recomeçado, eu perdera as frias férias de julho, quando o frio transforma tudo em gelo. Então veio a novidade da boca quase sempre calada de meu pai. Assim que eu fosse liberado, eu iria direto para o seminário. O padre tinha mandado me chamar. Imaginei o monstruoso padre com cara de rinoceronte. Para meu pai, minha ida era um alívio. Ele não precisaria mais se ocupar comigo. Não que se ocupasse, mas eu sabia, por conta da minha doença, que eu era um problema em família.

No hospital, o médico não falou nada sobre minha doença. Meu pai não falou sobre minha doença. Vi meu pai e o médico conversando num canto e pensei: é agora que vou me dar muito mal. Sabia que eles falavam sobre minha doença porque, naquele dia, era impossível que o pessoal do hospital não tivesse me visto nu. Depois de acordar, aos poucos comecei a sentir meu corpo magro e a dor só fazia aumentar. Pensei que o acidente tivesse mudado minha plasticidade. Que me faltasse alguma parte, um pé, uma perna, um braço. Mas eu continuava igual, com todas as minhas partes, como verifiquei à noite, quando no escuro pude tocar meu corpo sem despertar suspeitas. Pensei que a minha aparência, e o que em mim se ocultava, aparência abjeta para meu pai, sem contudo jamais referir-se a ela, tivesse sido modificada. Mas nada de fato acontecera. Eu continuava igual. Queria me ver no espelho, mas não o fiz até sair do hospital numa tarde fria levando uma mala que meu pai trouxera dias antes com uma camisa, uma calça, uma cueca e um gorro, um casaco de lã verde, coisas novas que eu nunca tinha visto. Também vieram sapatos novos. Coloquei a sandália de borracha dentro da mala na qual não havia mais nada. O casaco de lã verde foi minha roupa por anos até que cheguei aqui e tive que me vestir como um bárbaro.

Agosto

Em agosto passei a morar e a estudar no seminário de padres próximo à cidade, numa área verde onde tudo era estranho e inquietante, onde apenas a biblioteca e a sala de estudos não davam tanto medo. Jamais ninguém me perguntou sobre o mapa. O que deveria ser um erro e uma vergonha era, de repente, algo simples e que não importava em nada. O atropelamento me tinha salvado de alguma coisa pior. Por um tempo pensei que a vida não seria tão ruim, que o mundo não era assim tão mau.

Aos domingos eu podia voltar para casa e cuidar de Agnes até que esses dias começaram a ficar raros. No terceiro ano eu via meu pai e Agnes apenas duas vezes, nos recessos de julho e dezembro, quando todos os internos do seminário viajavam para passar o Natal em família. O seminário não era o pior dos mundos, mas aquela foi uma época triste. Voltar para casa era triste e mais triste ainda ficar em casa, pois sabíamos que algo deveria ser diferente naquela época do ano e, no entanto, não era nada diferente para nós. Agnes ia para a casa das vizinhas, sobretudo de Inês. O abandono crônico em que vivíamos não era uma questão para ela. Eu ficava com meu pai ou sozinho e era como se nada estivesse acontecendo. Como se não fosse Natal, como se não houvesse Ano-Novo.

O mundo de festas não era o nosso mundo. Mesmo nas festas da comunidade, aquelas festas cheias de rezas que antecediam as temporadas de pesca, meu pai nunca nos chamava para ir com ele, Agnes ia com

Inês. Eu ficava olhando de longe, fazendo desenhos na areia. Ouvindo as músicas, os movimentos das pessoas que passavam sem perceber a minha presença. Eu esperava ver sem ser visto e não sentir vergonha. Mas eu não era visto e mesmo assim sentia uma vergonha porosa que absorvia o mundo e me transformava em areia miúda levada pelo vento. Eu sempre fui um menino apagado e me tornei um homem apagado. Cor de areia escurecida por algas.

    Naqueles meses eu ia para casa levando comigo dois ou três livros da biblioteca, visitava seu João no cemitério, e cuidava de Agnes, que ainda era pequena. Tentava passar a maior parte do tempo conversando com ela, pois era uma criança e precisava de atenção. Passávamos horas a brincar de esconder, de fazer castelos na areia. Agnes corria na praia, e me deixava em pânico ao molhar-se nas ondas. Com o passar dos anos, ensinei-lhe letras e palavras e ela aprendeu a ler muito rapidamente. Não gostou dos livros. Dizia que eram eles que me deixaram gago. Então me imitava enquanto lia um livro. Eu queria que ela aprendesse a ler e fugisse dali comigo. Ela perguntava sobre meu novo colégio, o seminário, mas eu não sabia muito bem o que dizer sobre aquele lugar a uma criança.

Livros

Eu inventava fábulas, fingia que elas estavam escritas nos livros de filosofia que eu trazia comigo, livros nos quais eu queria ensinar Agnes a gostar das palavras. A gostar das ideias abstratas e das metáforas, das figuras de linguagem, do que se pode imaginar. Agnes ria das minhas histórias e perguntava, ao ver como era difícil ler, perguntava se, quando crescesse, ela poderia parar com isso. Agnes aprendeu as palavras, mas os livros não eram escritos para crianças, os temas eram estranhos, os assuntos complicados, as letras pequenas. As palavras, complicadas e inusuais, não soavam para ela como brinquedos, mas como pequenas configurações monstruosas. Os livros ficavam mais interessantes quando, usando-os, eu inventava outras coisas sobre eles. Os filósofos viravam personagens e as suas ideias eram tratadas com o humor que só as crianças entendem. Agnes se divertia com essa parte, eu inventava piadas, situações grotescas e risíveis, algumas inspiradas nos próprios filósofos. Eu sempre soube que só as piadas faziam sentido quando se tratava de filosofia, como disse a Irene há pouco tempo, no dia em que ela decidiu interromper a aula para falar da vida privada de Kant. Agnes logo se cansava e ia brincar lá fora. Eu ficava deitado na esteira a pensar na vida como se pudesse cancelar a existência. Rasurar, recortar, completar aqueles livros era o meu objetivo. Muitos eram escritos com pompa demais, como se a verdade, finalmente possuída, tivesse que ser dita solenemente, sob pena de não convencer. Eu pretendia entender aquilo tudo sem precisar me tornar ridículo. Se a verdade era uma coisa solene, então eu estava fora daquela história, porque para mim a vida precisava ser muito simples.

Circo

Ser padre era uma coisa solene. E eu não queria saber disso. Os padres me davam medo. Ora, o seminário tinha como fim que nos tornássemos padres, ou seja, que o medo fosse superado ou finalmente assumido e introjetado. Mas eu preferia dizer à pequena Agnes, quando explicava como era a minha escola, que o seminário era um circo. Ali estavam todos os palhaços e animais que poderíamos imaginar, se prestássemos mais atenção encontraríamos certamente figuras de todo tipo, mulheres barbadas, anões, híbridos, gêmeos xifópagos. Todos se escondendo dos padres que, por ali, controlavam nossas vidas de meninos. Ninguém estava ali por nenhum tipo de felicidade. Não por alegria. Todos foram enviados ou vieram espontaneamente por estarem perdidos. Por serem pobres, porque era o único lugar onde se podia estudar.

O seminário não era diferente da escola, senão pelo regime de internato e a ausência de meninas. Tendo em consideração a minha doença, a posição social de um padre até que me conviria, mas eu, como muitos outros, estava no seminário apenas por falta de alternativa, apenas para estudar. Estudar, naquele mundo, era não ter alternativa.

O seminário era a única saída. Uma saída que pedia outra saída. Quem não percebia isso virava vítima das armadilhas daquele lugar. Daquela estrutura tão parecida com uma máquina de moer trigo, imagem que me vem agora quando penso na trituração da vida que ali acontecia, como no filme de Pink Floyd. Um circo de horrores ao som de rock, sendo que não havia nenhum rock sendo tocado. Havia ali, além de todas as armadilhas comuns à vida, aquela que envolve medo, autoridade, inveja, também a armadilha do sexo que, para quem nunca se ocupou disso, surgia no seminário como a maior de todas as questões.

No seminário o sexo não era o sexo do meu corpo. Não era o sexo ligado à minha doença. Até então eu não sabia que a minha doença se relacionava ao meu sexo, embora soubesse que meu problema estava localizado em algumas partes de meu corpo que teriam a ver com sexo.

Foi a primeira vez que tive a sensação de um corpo que não estava inteiro. Eu não via meu corpo como problema, em princípio. Minha harmonia pessoal implicava uma noção de unidade. Nunca pensei que precisasse mudar de corpo, curar a doença para a qual não havia cura. Mas havia o sexo e isso tornava tudo mais problemático. No seminário, meninos cheios de curiosidade e ânimo físico se ocupavam da questão. No meio deles, tão livre quanto abandonado, eu tentava me tornar invisível.

Revistas

O caráter clandestino dos prazeres naquele ambiente tornava o sexo algo assustador e ao mesmo tempo curiosíssimo. O sexo era um efeito da religião, a parte mais verdadeira da religião, justamente aquela parte que fica em negativo criando deuses ínferos e tabus excitantes. Aquela que todos querem negar quando falam em sexo.

    Meu corpo não cabia naquele sexo que se comprazia com revistas de mulheres, ocultas e abundantes em gavetas e armários. Com o tempo esse segredo ia ficando cada vez mais pesado e, embora tudo continuasse do mesmo jeito em termos de revistas, e cada vez mais intenso em termos de descobertas e práticas, falava-se menos ainda sobre esse aspecto. Eu produzia e mantinha a invisibilidade, quieto, fugidio, a escorregar pelos cantos. A abominar aquelas revistas, não porque fossem feias, mas porque, de certo modo, falavam alguma coisa minha. Eu as evitava. E evitava os colegas que gostavam delas.

    O padre responsável por cuidar da disciplina usava de subterfúgios, falava sempre lateralmente, como que por desvios, para evitar certas palavras. Durante o café da manhã, ou na hora da missa, informava sobre um pecado que ali não deveria realizar-se, pois *conspurcava a natureza humana*. Eu não estava interessado em nada parecido com *natureza humana* e, naquele momento, não entendi o que ele quis dizer. O padre poderia tranquilamente ter dito masturbação ou *fazer sexo com os colegas*. Mas padres, diferentes de bruxas, não conseguem falar com clareza. Eu juro que não entendi. Mas, se um sujeito tão limitado como aquele imbecil, estava a falar de uma coisa dessas, só podia tratar-se de uma imbecilidade. Ao mesmo tempo eu pensava na retidão à que ele se referia. E odiava a retidão. O que se dizia ao usar a expressão *natureza humana* era simplesmente abominável. A levar a sério a natureza humana, eu estava imediatamente excluído dela.

Ao ouvir o padre responsável pela disciplina, um homem baixinho e gordo, de óculos de lentes grossas e cabelos muito brancos, cheio de feridas na pele do rosto e das mãos, a falar de *natureza humana*, eu tinha vontade de ser uma planta. Foi a primeira vez, se bem lembro, que tive vontade de não pertencer a nada que fosse humano. Eu sabia, porque não era difícil ficar sabendo, que esse padre, com sua cara abjeta, era dos mais lascivos entre os responsáveis pelos seminaristas e, por isso mesmo, dos mais controladores. Certamente, ele mesmo era um dos mais humanos. Sempre com uma revista no bolso e um crucifixo no pescoço, ele oferecia balas aos jovens, num gesto esquisito de quem quer ganhar confiança.

Esse padre também se aproximava dos seminaristas a oferecer-lhes vantagens que em nada tinham a ver com uma *carreira clerical*. A igreja é uma instituição em que há queridos e preferidos, como em todas as outras.

No seminário, havia um jovem que não completara dezoito anos e dirigia o carro novo da casa. Todos os outros meninos queriam aprender a dirigir, mas o carro era praticamente desse garoto, que não o emprestava a ninguém. O menino morreu em um acidente nas vésperas do Natal, mas não se falou na responsabilidade dos adultos, professores e padres naquele momento. O padre não derramou uma lágrima. Quando chegou um novo carro, mencionou a irresponsabilidade de Ângelo com os bens do seminário, como se ele estivesse vivo e pudesse pagar de outro modo pelo que fez.

Dálias

No meio disso tudo, eu me preservava quieto. Minha condição era estranha demais, só eu sabia o que poderia me acontecer caso fosse descoberto. Era melhor ficar quieto. A timidez e a gagueira me induziriam à violência verbal já naquela época, meus pensamentos eram lotados de palavrões, mas eu insistia no meu jeito fechado e tímido e não fazia amigos.

Tive a ideia de ir ao cemitério plantar dálias. Era minha desculpa para ficar sozinho aos domingos, dias considerados livres dos estudos e das obrigações com a limpeza do prédio. As dálias são flores que nascem facilmente, mas eu preferia um jeito mais complicado que me tomasse mais tempo. Assim, era preciso levar bulbos ao cemitério em um carrinho de mão, com pá, enxada e um regador. Eu aprendi a plantá-las quando mais jovem com seu João, que acreditava que o morto poderia acalmar-se no seu destino infeliz com uma planta por perto.

Quando eu comparava os vivos e os mortos, eu preferia os mortos. Eu queria ser uma planta como os mortos, que no cemitério se tornavam plantas. Quando eu comparava a vida dos padres e a vida dos coveiros, eu preferia a dos coveiros, até porque eles teriam o prazer de enterrar muitos outros. Eu pensava em enterrar os padres mortos. Se estivessem vivos, também não seria má ideia. Mas não apenas pareciam, de algum modo, mortos que foram soterrados por alguma coisa e depois voltaram à superfície, como de fato estavam mortos. Os padres não demonstravam importar-se com o meu gesto de jardineiro, nem imaginavam meus pensamentos que, caso fossem conhecidos, seriam tratados como ideias mórbidas ou heréticas.

Por causa das flores, meus colegas duvidavam de minha masculinidade. Naquele contexto, mesmo sendo padre, era preciso ser homem. A masculinidade duvidosa atraía uns e repugnava a outros. Os imbecis, porque mesmo sendo apenas meninos, já tinham introjetado e demonstrado toda a potência para imbecis à qual eram socialmente convidados, associavam flores a mulheres, e o meu gesto era, para eles, prova de falta de virilidade. Eu não me importava, ao contrário, meu jeito tímido de ser, esse que carrego comigo até hoje, me ajudava a não me envolver com eles e, desse modo, sofrer menos. Eu não respondia. Eu não me envolvia. No começo, poucos se aproximaram de mim, eu não lhes dei atenção. Logo, ninguém se aproximaria de mim e eu não precisaria mais ir ao cemitério plantar dálias. Mesmo assim, fui ao cemitério e plantei dálias, tinha me afeiçoado à tarefa que eu mesmo me impunha. Foi assim que conheci todos os mortos do cemitério, lugar que ficou em minha memória como ficam os lugares que amamos, um conjunto de fotografias, um filme em que o mapa está gravado como na palma da mão, como dizem os que nunca gravaram nada na palma da mão. Voltando do cemitério à tardinha, depois de muito plantar, virar a terra, adubar, eu colhia as flores que já tinham crescido, depositava algumas nos túmulos que precisavam de flores ou que mereciam uma flor, como faço até hoje quando tenho tempo, vou ao cemitério não por amor aos mortos, não por questões religiosas que realmente não tenho, mas porque aquele é um mundo que eu conheço bem, onde, por assim dizer, me reconheço.

No cemitério, depois de pôr flores nos vasos empobrecidos, esquecidos pelo tempo, túmulos de judeus, protestantes ou suicidas que não costumam receber flores, eu colhia as que levaria comigo para colocar sobre a mesa do refeitório. As flores sobre a mesa faziam dela um túmulo. Naquele contexto, porém, ninguém era capaz de perceber.

No começo os olhares e os cochichos seguiam soltos, algumas risadas sempre discretas, depois a proibição do diretor de ter flores em vasos sobre a mesa do refeitório ou no quarto. A alegação era de que as flores são para os santos e para os mortos, nunca para o nosso simples prazer visual. Ele não se dava conta de algo importante, que eles próprios eram *os mortos*. Com num filme de suspense, eles eram *os mortos que pensavam que estavam vivos*. A condenação do prazer visual era o que havia de mais chocante, mas a expressão *prazer visual* dita por aqueles mortos se tornava interessante no instante mesmo em que se podia perguntar por que se preocupavam com o prazer alheio.

Passei a levar flores à imagem de Cristo posta no fundo de um corredor com os braços abertos e cheio de chagas, pois no seminário não havia uma única imagem de Nossa Senhora, com quem eu teria me entendido muito melhor, pois permanecia nítida para mim a pintura da *Anunciação*, de Leonardo. Éramos vigiados o tempo todo, nós e aquele Cristo maltratado no qual eu punha flores.

Éramos controlados, mesmo assim cada um podia ir aonde quisesse aos domingos. Raramente fui para casa naquela época. O tempo passava e Agnes crescia e se distanciava cada vez mais de mim. Foi se tornando cada vez mais calada quando eu estava presente. Naquela época, eu pensava que ela não falava mais comigo por alguma espécie de vingança. E talvez fosse mesmo. Com as vizinhas ela falava até demais, eu ouvia suas conversas com as meninas ao redor da casa enquanto corriam atrás de gatos e galinhas, faziam castelos na areia das dunas, no tempo em que ainda havia dunas e os grandes condomínios não tinham tomado a paisagem.

Eu falava menos com Agnes do que depois que fui embora, e comecei a telefonar-lhe. Não havia telefone no seminário senão na sala do diretor. Qualquer problema com um interno e os pais seriam avisados por meio daquele aparelho. Raramente vi um colega ao telefone, mesmo que para falar com um familiar. O telefone era algo raro em qualquer lugar e ali ele era proibido. Quem o controlava era o padre responsável pela disciplina, um homem cujos movimentos tinham um formato de bolha. Era um tipo gordinho que se movia sacudindo o corpo e, sabendo disso, tentava ser o mais silencioso possível. Sempre que havia alguma necessidade era ele que vinha chamar ao telefone. Eu nunca recebi nenhum telefonema enquanto estive lá. Eu temia o telefone, pois dele só vinham notícias ruins. Assim, eu me escondia o quanto podia. Tentava desaparecer para nunca ser chamado ao telefone.

Não imaginava que minha vida futura se desenvolveria na forma de uma possível ligação telefônica com o mundo que deixei para trás.

Banho

Um padre vigiava no canto da porta que permanecia aberta enquanto os meninos entravam e saíam, sempre vestidos, do grande banheiro coletivo. A nudez não fazia parte de nossas vidas juvenis controladas de perto por uma moral hipócrita. Normal era estarmos vestidos mesmo na hora do banho, quando tirávamos a roupa apenas para entrar no pequeno cubículo onde estavam os chuveiros individuais. Enquanto o padre nos espiava, eu fingia tomar banho, molhava o cabelo, trocava de camisa, e esse era meu jeito de estar limpo.

Pude ver alguns de meus colegas sem camisa ou calças, sobretudo à noite quando mudávamos de roupa para dormir. Em casa eu dormia com a roupa do corpo e pela manhã continuava com a roupa da noite, que era a roupa do dia anterior. Nunca vi meu pai sem roupa, nem minha mãe, que vivia com seu imenso vestido de mil saias brancas a cada dia mais sujo. Agnes era pequena e andava constantemente nua com as filhas de Inês. Depois de certa idade, ou porque começasse o inverno, as pessoas cuidavam mais da nudez das crianças, e Agnes aparecia, de algum modo, vestida sempre por Inês, que àquela altura já fazia papel de sua mãe.

Desde pequeno precisei valer-me das roupas para ser quem sou. Em uma das poucas lembranças que tenho de minha mãe lúcida, ela me ajuda a vestir calças enquanto me explica que jamais devo ficar sem roupa diante de ninguém. As calças me perturbam naquele momento em que ela me faz vestir uma camisa preta enquanto esperamos um carro que nos vem buscar. Agnes ainda não existe e meu pai, nessa época, não aparece nunca. Eu digo a minha mãe que queria um vestido como o dela. Ela me mostra que estamos de preto e que o que importa é apenas a cor das roupas, pois elas nos escondem ou nos mostram. Se são calças ou vestidos, saias ou camisas, isso é o menos importante. Por baixo das roupas estamos nus, ela me diz. O que está por baixo da roupa nos pertence e apenas a nós.

Andando por Berlim, durante todos esses anos, vi pessoas de todas as idades e sexos banharem-se nas águas dos lagos, sem nenhum pudor. Muitas vezes observei os corpos à procura de sinais que pudessem me servir de espelho, me consolar, explicar meu corpo para mim mesmo. Só o que encontrei foi o mesmo de sempre, nenhuma semelhança.

Eu sabia que os padres do seminário sabiam da minha doença, mesmo que eu nunca tenha falado sobre isso. Contudo, duvido que me aceitassem no seminário se soubessem detalhes sobre ela. A dúvida sobre o que significava um corpo como o meu estava diretamente ligada ao medo do que eu de fato pudesse ser. O mistério, no entanto, me livrava de explicações e humilhações, que diante dos pares era, de algum modo, controlada. As humilhações mais pesadas, aquelas que podiam vir do julgamento sobre o meu corpo, eram evitadas, mas apenas para dar espaço às mais sutis, relativas à minha aparência nada masculina. O meu corpo não era o de Cristo porque eu devia esconder a minha chaga. Eu tinha uma chaga, mas ninguém devia saber. Os cristãos que ali se formavam deviam fingir que não havia Cristos, que Cristo não estava presente. Ali vivíamos a contradição do Cristo, que é o cristianismo, como resumiu Thomas quando contei a ele parte dessa história. Nunca tive coragem de contar a história toda.

Diferença

Meu conhecimento sobre meu corpo se limitava a ver, quando comparado com outro corpo, que havia algo de estranho com meu sexo. No começo, em criança, eu não percebi que pudesse haver alguma diferença, porque a própria noção de diferença não se apresentava para mim. Os rostos das pessoas eram diferentes, assim como braços, pernas, testas, costas, pés, mãos. A meu ver todas as partes do corpo eram diferentes. Logo, eram todas iguais. Ser homem ou mulher, ser homem e ser mulher, desenvolver-se como homem e mulher, como eu iria me *desenvolver*, era a questão que se ouvia na conversa de meu pai com o médico no hospital quando fui atropelado, na qual, a propósito, apenas o médico falava. Não eram um problema para mim. Eu era completamente alheio a esse tipo de questão. Mesmo assim, o verbo *desenvolver* ecoou por dias nos meus ouvidos depois que saí do hospital. E durante todo o tempo do seminário não posso dizer que o esqueci. Ainda hoje, quando me vejo nu no espelho, quando olho para mim, vejo aquela estranheza vinda de fora, uma estranheza que eu mesmo não vejo em mim, aquela estranheza que é dos outros quando me olham e que me atinge apenas na forma de um medo do que os outros possam fazer diante do que sou.

Eu não mostraria meu corpo, não haveria remédio ou cura para o mal que tentei manter imperceptível por todos esses anos, eu passaria a vida sem comentar sobre isso com Agnes enquanto queria que ela soubesse do meu estado. Não tive, contudo, em momento algum, coragem para falar. Eu fazia muito esforço para não gaguejar quando falava com ela, e esse tipo de assunto me devorava por inteiro, como se eu me tornasse uma grande língua dentro de uma boca cheia de facas.

Algumas vezes, algum colega tentava mostrar-se mais amável, e me chamava para o banho no rio que eles tomavam escondidos dos padres. Eu jamais iria, a vergonha que senti em cada momento de minha vida sempre foi maior do que qualquer outro sentimento. Ela havia se tornado mais que um sentimento, um direito. Camaradagem também não era algo que estivesse entre as minhas prioridades. A gagueira e a vergonha venciam qualquer sociedade possível.

O padre responsável pela vigilância do banho não fazia ideia da existência de um banho clandestino no rio. O padre, que tinha mulher e dois filhos, passava a maior parte do tempo longe do seminário, mas se fazia presente na hora do banho na grande casa do seminário, a casa dos padres, banho ao qual praticamente nos obrigava. A mulher com quem ele vivia podia ser vista, contudo, no banho clandestino para onde levava seus dois meninos. Diziam que era uma entidade fantasmagórica, como uma mula sem cabeça. Alguns sabiam da lenda, mas muitos acreditavam nela. Também nós, que começávamos a estudar os filósofos junto com os padres e aprendíamos a elogiar a razão, tínhamos as nossas superstições. Aquelas que, no fundo, no fundo, sustentavam a grande superstição que era a Igreja católica em si mesma, a mais poderosa de todas as seitas. A grande, a *imensa psicose coletiva* que era a Igreja, como costuma afirmar Thomas quando falamos nesses assuntos.

A mulher do padre era mais uma das tantas mulheres sem futuro que viviam naquele lugar. Várias eram mulheres de padres. Esposas que não eram esposas, mães sem pais de filhos clandestinos. Além da que víamos no banho, e que alguns de nós chamávamos de putas, havia outras. Uma ia ao cemitério todas as semanas. Trazia uma criança ao colo e quatro pequenos de mãos dadas numa espécie de corrente. Todas as crianças da mesma cor e do mesmo tamanho, com a mesma estatura frágil, a dirigir o corpo todo para o chão, olhavam na mesma direção, rumo aos pés, e tropeçavam umas nas outras. Mesmo assim, conseguiam avançar caminhando atrás da mãe. Também essa mulher, ainda que austera em seu vestido preto, e acompanhada de seus cinco filhos a passear no cemitério, fora vista algumas vezes a tomar banho no rio. Os padres não sabiam que suas mulheres tomavam banho com os meninos do seminário, que algumas os seduziam. Muitos acreditavam que fosse bruxa, mas eu, que olhava de longe, que nunca entrei naquela água por medo da água, mas também por medo de ser reconhecido, via apenas uma mulher envolvida em estranhos prazeres ou, pensava eu, em uma vingança contra algum daqueles homens que dela se apossaram.

Hipocrisia

O padre dormiu em nosso alojamento preocupado em manter sua inverossímil vigilância. Tínhamos passado a tarde no rio. Eu olhava de longe, a ler o Apocalipse da Bíblia. Não estava cansado fisicamente, mas minha mente não me permitia dormir. Em segundos, antes que qualquer garoto tivesse dormido, o padre pegava no sono e roncava como um porco. Logo passaram a chamá-lo de padre-porco. Eu não tinha coragem de dizer isso porque os porcos não tinham nada a ver com o padre.

Houvesse câmeras que gravassem e filmassem como há hoje em dia, esse padre teria que arranjar outra ocupação que não fosse fingir que vigiava alguém. A que serve esse fingimento? Para que fingir que somos o que não somos, que fazemos o que não fazemos?

Ao ouvir o que nos dizia no dia a dia e comparar o que fazia, ao pensar em sua mulher ou nos filhos, ao levar em conta o interesse que tinha pelos meninos, um interesse bem maior do que o cumprimento moral ligado ao estranho dever de vigiar, ficava fácil entender a lógica a que chamamos de hipocrisia. A escola era uma prisão. Ficávamos sabendo apenas por meias palavras, que compõem o texto básico de toda hipocrisia, que o padre assediava alguns colegas. E eu que nunca gostei de segredos, ocultamentos e mentiras, eu que não gostava das meias palavras, sentia nojo daquele padre e agia de modo a que ele não percebesse minha presença, porque eu tinha medo de confrontá-lo e não sabia como denunciá-lo.

As meias palavras dificultavam a vida e sustentavam a hipocrisia, esse contraditório elemento moral no qual vivíamos. Em segredo eu queria acabar com ela. Por isso, quando pude, peguei um fósforo na cozinha e ateei fogo ao cobertor do padre, que não morreu queimado porque outros meninos perceberam a fumaça logo no começo.

Foi minha primeira e última tentativa de matar alguém.

Morte falsa

Não foi possível descobrir quem ateou fogo na cama, porque todos fizeram silêncio com medo de serem presos. O possível delator podia ser pego por outras transgressões. As ameaças do diretor geral de que todos seriam punidos não passavam de boatos. O padre deve ter agradecido a queimadura nos pés que o afastou do seminário por meses em uma espécie de férias tão forçadas como agradáveis, afinal ele não precisaria trabalhar por uns tempos.

    A hipocrisia vencia ao produzir um tipo esquisito de morte, uma morte falsa, que não cabia no cemitério onde eu preferiria ficar para sempre. O cemitério me parecia um relicário de tristeza, de saudade de alguma coisa não vivida, incabível na mera ordem das coisas desse mundo. O cemitério era um lugar onde se arranjaria um excelente jeito de existir. Ainda é, penso agora enquanto me lembro de meus passeios com Irene, quando, a esmo pelas ruas de Berlim, atravessávamos os bairros e íamos dar no cemitério, onde sentávamos para observar o estio do tempo.

Herculine

Passei dias a ler a história de Herculine Barbin. Uma história que termina com a minha vontade, que já era bem pouca, de me explicar. Sem que eu deva me explicar a Agnes, penso que talvez, a partir de agora, ela possa me compreender.

A história de Herculine, morta tão jovem, me entristece. E, no extremo, me dá uma estranha sensação de vida, de outra vida possível. Como se fosse impossível mudar tudo, virar a chave, abrir a janela para respirar e, na contramão do que é esperado, fosse obrigatório começar tudo de novo. E essa obrigação criasse possibilidades inimaginadas, possibilidades não programadas.

Antes Irene leu *Orlando* comigo. Apenas nós dois, sentados todos os sábados à mesa de um restaurante turco na Eisenacherstrasse, tomávamos chá de menta e líamos página por página do livro de Virginia. Ficávamos ali até o restaurante fechar. Durante um ano inteiro, ao seu lado, linha por linha, eu meditei sobre mim mesmo enquanto observava Irene, seus olhos como libélulas ensandecidas, sua voz, um drapeado de veludos e sedas.

Entre nós, as horas passavam como se a morte não existisse.

Eco

As palavras de Agnes são o eco que não me deixa abrir a porta desse apartamento e sair. O eco que faz tocar o telefone como um barulho-fantasma, sem que eu possa atendê-lo e terminar com a alucinação auditiva que me devora. Por um momento, Agnes imagina o estado em que me deixou. Sua culpa percorre as paredes dessa casa e me permite não odiá-la apesar desse eco incessante que escraviza meus ouvidos. Se eu abrisse a porta, é provável que o eco se esvaísse, mas não encontro coragem para esse ato dissipatório que seria capaz de mudar o rumo da angústia que sinto agora. Eu poderia sair de casa, porta afora, a andar rapidamente, a correr, o eco viria no meu encalço a exigir minha atenção, meu sangue, minha respiração. Como faz agora sem que eu tenha chance de pensar em mais nada.

Luís

Nada na vida me fez pensar mais do que a morte de Luís, que, como eu, estudava no seminário. As coisas aconteceram mais ou menos como vou tentar contar, sendo que posso não conseguir contar isso direito, mas devo tentar porque Agnes não imaginaria que uma coisa como essa possa ter acontecido e agora é importante que ela saiba de tudo. Nunca pudemos falar sobre isso. Talvez esse fundo de mal-entendido seja indissipável e inexplicável, mas pedirei a Agnes que simplesmente tente entender, que compreenda.

O diretor do seminário nos visitava apenas nos fins de semana. Ele acumulava altos cargos na congregação, e preferia viver em Florianópolis. A capital era um encanto e uma monstruosidade para o povo do interior, sobretudo a garotada jovem que vinha das pequenas localidades onde o progresso próprio às cidades grandes não era mais do que um problema alheio. Havia quem nunca tivesse ido sequer uma vez à ilha, quem vivesse no fundo do continente, de lugares ainda mais distantes do que aquele de onde viera meu pai. Aqueles garotos que nunca tinham visto o mar, que nunca haviam atravessado o mar e nunca chegariam ao centro sem ajuda, onde os prédios, os carros, as lojas, tudo eram luzes, como se essas luzes não produzissem sombras, aqueles garotos ficavam extasiados só de pensar no que poderia ser a capital.

Minha própria curiosidade era imensa. Com minha curiosidade imensa, imensa também era a minha atenção. Percebi que de um momento em diante, quando faltava um ano para o fim do curso clássico, quando todos iríamos embora, cada um seguiria seu destino, quando se esperava, contudo, de cada um que seguisse a vida como padre, que os demais fingissem que não era com eles, como era comum acontecer, que a partir do começo do ano, justamente nos dias em que o diretor estava em nossa casa, chegando na sexta à noite e indo embora todo domingo à tardinha, que um de meus colegas desaparecesse de nosso convívio. Luís era o de olhos gigantes, mais branco do que todos os outros, e muito mais silencioso do que eu mesmo.

 Luís era um rapaz estranho, assim como eu, não falava com quase ninguém sobre quase nada. Ainda assim, era impossível não ver Luís. Suas feições muito femininas, muito mais do que as minhas, eram o mote para que fosse chamado de menina, enquanto eu, algumas vezes, fui chamado de maricas. Eram imensas ofensas da época, em que também éramos chamados de veados. Mas eu era feio, como me disseram algumas vezes, e a feiura, pelo menos no meu grau, não era coisa que chamasse muito a atenção. Servia mais para me tornar desinteressante aos outros do que para despertar interesse. Luís não, Luís tinha notáveis feições femininas que não passavam despercebidas por ninguém.

 O belo e o feio também se aplicavam a nós. Pouco se falava sobre qualquer coisa naquele ambiente repressor. Em meio ao silêncio, transitavam o cochicho e os olhares de maldade. Cada um sabia que, ali, os que podiam gostar de mulheres estavam prontos a matar os que não se interessassem por elas enquanto se interessavam uns pelos outros. Meus colegas tinham casos entre si, chegavam a namorar, o que me causava nojo. Um nojo que jamais perdi. A vida santificada, assexuada, era para poucos, talvez nenhum. Uma vida que eu compreendia a proteger-me naquele lugar com esforços automatizados, jamais conversar, responder com parcimônia, fazer cada tarefa tão corretamente a ponto de jamais ser questionado por ela.

 Entre os garotos, ser bonito era algo incomum e a beleza física alheia não era percebida sem ressentimento. A noção da beleza de Luís era clara, do mesmo modo que a feminilidade a ela inevitavelmente associada. Quando assisti a *Morte em Veneza*, o ator lembrou-me tanto Luís que cheguei a chorar. Chorei porque, depois de tantos anos, nunca mais me lembrei dele, e até lembrar que havia esquecido era muito dolorido. Por meio do filme sua imagem voltava como que pinçada por um lance de dados do cósmico universo óptico onde moram os fantasmas. A partir de então, Luís passou a ser um fantasma. Uma verdadeira companhia no meu dia a dia desde que comecei a meditar sobre o meu próprio destino. O Cristo que me interpela há dias tem alguns de seus traços.

Todos sabiam que Luís tinha uma irmã gêmea. Os mais debochados, aqueles que, mais do que outros, não tinham a menor intenção de seguir a vida religiosa, riam de Luís. Eles estavam ali para estudar de graça, ainda que não se tratasse disso, a Igreja é uma instituição mantida pela caridade de uns e a corrupção de outros, todos sabemos que há empresas e empresas ligadas à Igreja. Aqueles que estavam ali para estudar de graça se divertiam mais facilmente à custa do outro, e por isso diziam que queriam conhecer a irmã de Luís, o que não diziam sem muito riso e sabendo que ironizavam a condição dos padres. Esses que se divertiam não sentiam vergonha. Alguns deles devem ter se tornado padres.

Esses mesmos comparavam Luís à irmã. A humilhação que ele sofria atingia seu modo de ser, tornando-o mais tímido, mais retraído, mais silencioso. E quando algo atinge o modo de ser de uma pessoa, então, não há como sustentar, como dizem, pedra sobre pedra no que concerne à vida. Luís vivia pelos cantos. Nunca pude imaginar por que não ia embora.

Uns dois anos antes, Luís fora encontrado na mata, desfalecido, e os boatos em torno do que pudesse ter acontecido eram muitos. Isso piorava seu silêncio. Eu desconfiava de três de nossos colegas, que andavam sempre juntos. Eram aqueles líderes deletérios que há em toda escola, em qualquer repartição, em qualquer instituição. Os três eram fortes e se uniram por uma afinidade que não é exagero chamar de fascista. Eles não gostavam de pessoas frágeis. Entendiam como frágeis os baixos, os magros, os que usavam óculos. Eles queriam que essas pessoas, eleitas como frágeis por meio de sua noção de força, sentissem vergonha. Eu mesmo tive naquelas circunstâncias um incremento no meu senso de vergonha, fugia deles como se fosse um rato a escapar de feras famintas. No refeitório, eram principalmente eles que usavam brincadeiras com as irmãs dos internos. Eram brincadeiras muitas vezes bem inocentes, não passavam em certos casos de um *vou casar com tua irmã* dito num teatro de valentia forçada, outras vezes eram agressões verbais, nomeações, xingamentos que continham evidente tortura psicológica. Os padres viam essas coisas, não diziam nada. Zelavam apenas para que o seminário não deixasse de ser um lugar para se aprender a humilhar e ser humilhado, como qualquer outra escola.

Um olhar do padre de pele escalavrada bastava para que eles silenciassem, mas raramente esse padre impediu atos de fala, cuja hipocrisia era sustentada pela própria escola. Os próprios padres sabiam que os fortes não eram feitos para a Igreja e que a estratégia devia ser uma só. Que a força que se desenvolve na Igreja é a do ressentimento. Apesar dos silêncios e do cultivo da hipocrisia sempre adubada por esse tipo de silêncio, os padres sempre deixavam que os *três ursos*, como eu os chamava, que os donos do campo — e era um campo de concentração — dissessem o que bem entendessem. Só pediam silêncio quando as coisas extrapolavam limites cujos critérios nunca consegui entender, porque a mim toda grosseria me fazia mal, sempre me fez, sempre me fará. E, mesmo quando acontecia de falarem algo, era tão leve em nome do que seria criticado que não faria diferença. O comum era todos fingirem que nada acontecia.

Força psíquica

Eu me escondia deles, chamava-os de ursos apenas comigo mesmo, não dizia mais nada a ninguém. O silêncio era estratégia de sobrevivência naquela época, como hoje, como em todos os momentos. Luís era fraco demais, segundo os critérios da força em voga. *Psiquicamente fraco, emocionalmente fraco*, como um dia ouvi do padre da disciplina dizer a seu respeito.

Passei a odiar a força. O velho padre roliço de pele escalavrada tinha razão em um aspecto. Quem não tivesse força psíquica não suportaria aquele convívio, não suportaria sequer o seminário. Força psicológica era um eufemismo para adesão ao cinismo. Quem não pudesse aderir ao cinismo não tinha futuro por ali. Luís não teria futuro.

O silêncio era a única arma que podia ser usada contra o silêncio cínico dos padres, um silêncio do qual tive que me limpar, por isso é que até hoje desconfio do meu silêncio, e se ainda falo alguma coisa, sobretudo isso tudo que deixo por escrito, explicado em detalhes, para Agnes, é por acreditar que o silêncio que é preciso buscar é outro. Sinto-me em guerra de silêncio contra o silêncio. Uma guerra que se dá na linguagem e não pertence à linguagem.

Luís não sabia viver naquele mundo. Era realmente uma vítima, parecia talhado para ser uma vítima, como uma mulher. Luís era uma espécie de mulher porque aceitava a fraqueza como se ela fosse essencial. Contei isso a Irene, ela ficou brava, e demorou a entender meu argumento. Irene é feminista. Eu queria dizer que a formação cultural e social, bem como familiar, de uma mulher reserva para ela o destino de escrava. Até aí nada demais, era só um pensamento. Irene e eu não falávamos nunca de natureza humana, porque ambos abominamos a ficção da *natureza humana*. Mesmo assim, Irene insistia que ser mulher poderia ser uma libertação. Ficamos por ali, a dúvida entre nós. Eu lhe contei a história de Luís. Ela se surpreendeu. Não era uma história qualquer, não era apenas uma história triste, era uma história de maldade masculina e injustiça, de pessoas que são usadas umas pelas outras.

Quando o diretor nos deixava no domingo, no começo da noite, é que Luís aparecia. Vinha jantar a sopa preparada por alguns de nós, num esquema de revezamento do qual eu sempre escapava por conta das minhas idas ao cemitério para plantar dálias. Assim como Luís sumia, desaparecia também o diretor após rezar a missa das seis da manhã, no sábado. Luís ainda assistia a essa missa, fazia suas tarefas de coroinha, aquela posição repulsiva de pequeno padre da qual tínhamos que participar em algum momento. Luís voltava no domingo à noite tão quieto quanto estava quando tinha saído.

Missa

A missa era uma cerimônia absurdamente enfadonha, na qual eu prestava atenção tanto quanto os outros. Nenhum de nós entendia muito bem o que era dito. As missas eram piores, muito piores do que as aulas que nos extirpavam a inteligência em vez de promovê-la. Em uma daquelas missas eu estava à porta, esperando que todos entrassem para poder sentar nas cadeiras nos fundos da capela, como de resto eu fazia com as aulas. O padre me olhou de longe, fez-me um sinal para que eu me aproximasse, duvidei que estivesse a me ver daquela distância, mas o diabo estava atento. Me aproximei, minha imaginação vingativa punha chifres em sua testa. Os chifres combinavam com ele. A um metro de distância, o padre deu um passo na minha direção e me falou alguma coisa que não pude decifrar, estendendo-me a mão. Eram votos ligados à data de Corpus Christi. Não decifrei o que ele dizia. Pensei ter ouvido a palavra fracasso. Não sei por que o padre diria uma coisa dessas enquanto me estendia aquela mão amolecida, típica de quem não se compromete, pensei. O padre era uma figura repulsiva como os outros padres, um pouco pior por sua batina preta muito suja. Respondi automaticamente que desejava *o mesmo e em dobro*. Fosse bom, fosse mau, eu desejava a ele *em dobro*.

Durante a missa, ele tinha alguma coisa na boca. Goma de mascar ou um pedaço de capim. Começou a falar durante o sermão e, infelizmente, se empolgou entre asneiras diversas. No meio da fala recheada de citações bíblicas, como se uma citação bíblica fosse o aval de toda burrice a ser pronunciada, ele comentou que havia uma frase pagã que ele gostaria de citar, mas que sua consciência não permitia. A frase era de um político pelo qual tinha admiração. Estávamos em plena ditadura militar, mas naquela missa eu ainda não sabia o que era uma ditadura, como vim a saber dias depois, como mais tarde vim a saber sobre o que se passava por aqui quando fui confundido com o membro da Fração do Exército Vermelho. O padre falou de uma frase perfeita de um político que admirava, uma frase que não soaria muito bem aos ouvidos cristãos, que precisava ser dita e ouvida, mas que ele não poderia dizer. Esperei pela frase durante toda a missa, imaginando que uma centelha divina tivesse iluminado finalmente o sacerdote que falava à nossa frente. Estava curioso quanto ao possível lampejo de inteligência que ameaçava irromper naquela conversa tão cansativa proposta por um homem tão estranho. Esse foi um dos momentos importantes da minha vida de seminarista, o momento em que eu esperei pela inteligência em meio à burrice da igreja, como se Deus pudesse revelar-se no absurdo. A ignorância que alimenta o poder, contudo, apagou a frase, e, com seu ocultamento, a minha esperança de que o mundo pudesse ser diferente.

 A diferença entre esse padre e as pessoas em geral era a sua capacidade para a falsidade. Esse era mais falso, mais dissimulado e, ao mesmo tempo, mais burro do que qualquer pessoa. Era capaz de ameaçar citar uma frase anticristã em uma missa apenas para chamar a atenção. Ele não tinha nada a dizer, eu pensei, quando a missa terminou e a frase perdeu-se como se ninguém estivesse prestando atenção no que ele dizia. Fazia isso para confundir, sabia que não há nada melhor do que a burrice para confundir. Para ser padre era preciso ser dissimulado e enrolador como era aquele, eu pensava. Era preciso parecer simples. Era preciso falar para distrair a plateia. O impronunciável servia para isso. A burrice da forma ali era usada como esperteza. Isso sempre me espantou. Esse poder da burrice. Via que sua arma era forte, a fraqueza do espírito sobre a qual os padres adoravam falar. Que esse era o melhor modo de controlar os outros. Sua burrice o traía quando ameaçava dizer aquela frase, cujo conteúdo poderia ser simplesmente *a vida é um jogo sujo*. Mas nesse caso, ele não estaria sendo anticristão, ele estaria apenas provando, sem saber, que Deus também estava contra todos nós.

Burro é um termo bastante chulo, mas é o termo adequado para rememorar aquele momento de humilhação. Era evidente que se tratava de um homem do poder descomprometido com qualquer coisa parecida com a verdade. Mas naquela época, em que eu não sabia o que era o poder, só sabia que ele era burro, que se expressava mal, que meus colegas acreditavam nele e isso era motivo para que qualquer um que ainda fizesse uso de sua razão ficasse alerta. Ninguém que chegue ao poder é totalmente decente. Sempre digo isso a Irene. Ela me fala que toda regra depende de sua exceção. Isso é impossível, eu lhe digo, considerando que o poder é histórico e obedece ao que, por meio dele, é defendido em cada época. Há os que sobram, os que foram criados para servir, eu insisto. Irene me convida a fumar um cigarro na calçada enquanto esperamos abrir o cinema.

Mas aqui já estou a inventar, pois que eu e ela nunca vamos ao cinema.

Deus

Como toda época impõe sua experiência, eu me lembro de, na minha ingenuidade de menino, acreditar realmente em Deus. Assim eu pensava durante aquela missa: *pobre de Deus, Deus não merece uma coisa dessas*. Para mim, Deus era uma coisa muito boa, muito verdadeira, não era uma invenção histórica. Era o inventor da história, um inventor meio caduco que tinha perdido de vista o que ele mesmo criara. Durante aquela missa em que a *bizarra burrice* do padre chegou aos píncaros da violência, uma violência epistemológica, emocional, intelectual, eu chegava a pensar coisas tais como *Deus está vendo*. Eu realmente acreditava nisso. Acreditava que Deus, mesmo que brincasse de criar mundos, não podia ser cego de não ver as figuras humanas que ele criara fazendo papel ridículo. No fundo, eu acreditava que havia algum desígnio maior na existência, eu acreditava na *inocência de Deus*. Por sorte, por observar o comportamento dos homens, na forma de padres com os quais eu convivia, eu não acreditava nos homens. E pedia que Deus nos protegesse de um homem como aquele que o tinha escravizado. E nos escravizado junto de Deus que, naquele dia, cheguei a acreditar que, se existia, ou era mau como aquele homem, ou era otário. Por decidir que Deus estava sendo usado, pois eu não conseguia imaginar um mundo sem Deus, e um Deus otário era coisa pior ainda, rezei para que Deus afinal mandasse um raio naquela cabeça estúpida e fechasse aquela boca.

Foi então que percebi que Deus tinha morrido. Deus tinha morrido em mim. E aquele padre, com toda a sua burrice na forma de maldade, ou sua maldade na forma de burrice, o tinha matado com palavras depois de missas e missas. Deus havia sido humilhado em sua boca diante de todos nós. Deus estava morto, como dizia Nietzsche. Irene me ouviu e me disse que Nietzsche também estava morto. O que me pareceu uma piada de mau gosto.

Até que entendi o que de fato acontecia naquelas cerimônias. Comemorava-se veladamente a morte de Deus.

A sopa

Luís não era nada dramático. Ele era mais tímido do que eu. Só não era gago. Luís jamais participava da feitura da sopa do seminário senão nos dias em que o diretor, por algum motivo, não vinha ao seminário. Sentávamos um ao lado do outro nesse dia, mas trocávamos poucas palavras. A sopa era parte fundamental no aprendizado da crueldade no nível iniciante que recebíamos no seminário. O elemento cruel seria descoberto na hora de servir. Quem servia era o responsável, que com uma caneca pegava a parte de cima da sopa, evitando mexer nas camadas mais fundas do panelão. Encontrava-se no fundo da panela desde um sapo até uma cueca, uma dentadura, objetos, em geral, da ordem dos enojantes. Todos odiavam e se divertiam com isso, aderiam por sedução ao que lhes fazia mal. Havia uma competição para ver quem conseguia superar o outro em criatividade e, certamente, em maldade. Cada grupo inventava a sua piada materializada nos objetos asquerosos. A humilhação pela sopa era um arranjo muito anterior ao grupo que estava ali. Como aquelas maldades que grupos de calouros herdam de veteranos. Das poucas vezes que compareci à sopa do dia livre, pois eu preferia trabalhar no jardim de dálias, não achei graça alguma no evento. Meus colegas riam, bazofiavam, contavam os louros daquela miserável vantagem sobre os demais. Os comedores de sopa eram os objetos da humilhação por um pequeno grupo de poderosos que tinham, naquele dia, descascado as batatas.

Quando li Primo Levi, ficou claro que a sopa que meus colegas faziam era a mesma servida pela SS aos judeus concentrados nos campos de extermínio. Só que ali a SS e os judeus trocavam de lugar entre si e se compraziam quando podiam estar no comando. A maior parte daqueles meninos eram descendentes de alemães e italianos. Os italianos tinham o costume de enviar o filho mais velho para o seminário. Entre os alemães a escolha obedecia a uma espécie de sorteio. Assim como eu, os magros e doentes, os que tinham algum tipo de fragilidade, segundo a classificação que era usada por ali, iam para o seminário. Eu não combinava com aqueles meninos em nada. Nem no fenótipo. De modo geral eram claros, brancos, loiros. Eu tinha os meus cabelos pretos e duros. A pele amarelada e curtida pelo sol deu lugar, com o tempo, a uma pele bem mais desbotada, com algumas manchas de sol, como as tenho até hoje. Mas não sou branco. Tampouco sou negro. Eu já era pequeno em tudo. Até meus pés eram pequenos. E era magro, tão magro que me chamavam de duende, de fadinha, de besouro, conforme a necessidade da humilhação.

Todo o tempo que sobrava entre trabalhos e estudos era dedicado a aprender maldadezinhas ou a encontrar o hipócrita com o qual todos entravam em acordo rapidamente para viver a vida. Um processo de aprendizagem do sadomasoquismo que eu deixava passar à minha frente como respingos de chuva a molhar a roupa em um dia quente. Assim, como se nada demais estivesse a acontecer, ficávamos em silêncio sem perguntar absolutamente nada sobre Luís, sem perguntar, nem sequer uns para os outros, onde estava Luís, porque, na verdade, não queríamos respostas.

A hipocrisia cresce em contextos autoritários, e quem ousar democratizar esses ambientes pode se dar muito mal. Vejo isso no museu até hoje, e até mesmo no seleto e cuidadoso grupo de estudos de Irene. Ali, embora estejamos reunidos em torno do fracasso, a maior parte das pessoas disputa um lugar e não colabora com o todo. Esse me parece ter sido o aprendizado universal, do qual eu mesmo sou o fruto sem forças para mudar nada. Daí minha adesão ao grupo do fracasso.

Luís era um fracassado desde nascença, assim como eu. A diferença entre nós é que ele não sabia disso porque não prestava atenção naqueles que inventaram o nosso fracasso. Eu projetava uma fuga, o que sempre me salvou dos meus piores pensamentos.

Eu observava Luís e tirava minhas conclusões. Essa observação era praticamente um exercício. Naquele domingo, o diretor chegou ao seminário no mesmo horário de sempre, fim da tarde, antes da sopa da maldade coletiva. Luís não veio jantar. Naquele dia eu tinha comido a sopa e, por incrível que pareça, não apareceu nada estranho no fundo do panelão. Reviramos com a concha os restos do fundo, mas nada apareceu. Os cozinheiros, quatro garotos comandados por um baixinho engraçado chamado Marcelo, disseram que o objeto obscuro apareceria nos sonhos durante a noite. Era um jeito muito criativo de avisar que teríamos dor de barriga, o que de fato se deu. À noite, uns vomitavam, outros corriam para fora do quarto. Eu fui dormir nauseado, apenas provara do caldeirão a fingir que comia dele. O frango da sopa não poderia cair bem, eu o tinha matado havia uma semana. Era a minha vez de fazer isso. Fingi provar da sopa. Mesmo assim, vomitar para mim sempre foi muito fácil. Fui até os fundos e vomitei na borda da mata a lembrar do frango a jorrar sangue. As tripas e as penas ainda estavam por ali, expostas aos cães das redondezas, que também pareciam recusá-las.

A sopa era uma forma civilizada com uma pré-história aterradora.

Escuro

Voltando à cama depois de todos os outros, observei que Luís não estava entre nós. Sua cama estava arrumada, ele não viera deitar-se. Éramos dez no mesmo quarto. As regras eram rígidas, ninguém podia deitar-se depois das dez da noite e antes das nove. O padre que dormia em nosso quarto não se levantou, apesar da movimentação dos muitos que foram ao banheiro ou, como eu, à borda da mata. Estava de olhos semiabertos e observava. Esperei que os fechasse e, com medo de ser xingado pelos meus colegas enfraquecidos pela dor de barriga, certamente loucos para dormir, decidi percorrer o quarto no escuro, aproveitando uma janela pela qual penetrava a luz da lua para perguntar se alguém tinha visto Luís. Muitos me mandaram calar a boca. O padre dormia ou fingia que dormia para não se incomodar.

Horas depois, quando todos estavam quietos, um colega que dormia no quarto ao lado veio à porta a fazer um sinal com o dedo sobre os lábios para que não falasse. No escuro, demorei a ver quem era. Era Marcelo, um dos que fizeram a sopa. Perguntei-lhe sobre Luís. Ele me levou pelo corredor, descemos as escadas, atravessamos o pátio quietos e rápidos como dois fugitivos. Ele sabia para onde me levava, mas não dizia nada. Eu queria voltar, mas a curiosidade me chamava. Entramos na capela, a porta rangeu como em filmes de terror. Luís estava pendurado. Tinha o próprio cinto no pescoço, os grandes olhos estavam maiores do que nunca. A cabeça roxa, seu corpo, um peso morto, o sustentava para baixo. Desmaiei e não soube de mais nada.

No dia seguinte, acordei na minha cama, sozinho naquele quarto onde todas as outras camas já tinham sido feitas. Na cama onde Luís dormia, via-se apenas o colchão. Alguém levara o lençol e o cobertor xadrez que ele usava. Fui à biblioteca para me esconder, talvez por instinto, já que ninguém iria como eu à biblioteca. Ali eu ficaria durante todo dia sozinho se quisesse, se fosse um pouco esperto para não me fazer notar.

Da janela da biblioteca que ficava no terceiro andar era possível ver a velha caminhonete Ford esverdeada dos pais de Luís a sair pelo portão da frente atrás do furgão da funerária. Eu e meus companheiros de desgraça espiritual, praticamente moribundos espirituais, pois tínhamos sido colocados ali para a morte de nosso espírito, ficamos em silêncio por dias, apenas um dos imbecis falou que a irmã de Luís não era gêmea, tinha cabelos pretos e era vesga. Minha gagueira transformara-se em mudez. Os padres iriam ao enterro. Inclusive o diretor que, segundo disseram, levaria alguns de nós com ele em seu carro, e o padre responsável pela disciplina com suas pústulas no rosto. Subi para o meu quarto e, o mais rápido que pude, arrumei minha mala, despedi-me somente de Marcelo, que me perguntou para onde eu iria. Eu lhe disse que correria mundo até chegar à África. Ele me abraçou e chorou.

A tensão no contexto era compreensível. Meio constrangido, meio penalizado, chocado com a imagem de Luís, saí às pressas, perdendo a chance de perguntar o que ele teria colocado na sopa e como eu tinha chegado à minha cama depois de cair no chão.

África

Eu pretendia correr o mundo, mas viajei apenas aquela vez. Meus planos de ir à África não eram recentes. No jornal que chegava todos os dias, eu procurava notícias daquele continente. Procurava a África nos livros. Meu projeto era ir aonde a miséria e a fome pudessem ser extirpadas. Esse lugar precisava ser longe demais. E temível e desejável ao mesmo tempo. Sobretudo, um oceano precisava ser atravessado.

Descobri que havia missionários por lá, na África real, inclusive padres, e pensei que esse seria o meu rumo, eu queria me reunir a essas pessoas, mesmo sabendo que os padres eram como eram, eu sabia que cada um era diferente e que poderia haver alguma dignidade na vida dessas pessoas. Eu não conhecia outra coisa. Queria ser voluntário em qualquer projeto que me salvasse a alma, nos tempos em que acreditei ter uma. Uma casa para cuidar e pagar contas não estava nos meus planos. Tampouco morar na rua.

Para ir embora, vendi dálias na porta do cemitério, reuni um dinheiro insuficiente para pagar uma passagem a qualquer lugar. Foi então que tive a ideia de procurar por meus tios, irmãos de minha mãe. Passei em casa, perguntei a meu pai como eu poderia falar com meus tios. Meu pai perguntou o que eu queria com eles. Firme, falei que queria *meus direitos*. A expressão saiu sem gaguejar. Meu pai sairia em minutos para uma temporada de pesca. Voltei à cidade e mandei um telegrama para o tio Carlos com o endereço que me foi dado por meu pai. Tio Carlos apareceu quando meu pai já estava no mar.

À pergunta de tio Carlos respondi diretamente. Eu precisava de *dinheiro* para ir à África. Ele soltou uma grande risada, mas me levou ao banco na cidade, em seu carro vermelho. Era a primeira vez que eu andava naquele carro. Tio Carlos não me parecia um homem mau, apenas era mais um homem quieto igual a todos os outros que viviam por ali, sem pensar no que poderia significar viver naquele lugar. No banco ele me deu uma soma em dinheiro que me parecia imensa. Eu disse que não precisava de tanto dinheiro. Ele me falou que eu tinha direito. Achei bom usar a palavra *direito* sempre que fosse preciso. Passei a usá-la sem entender naquela época que isso era bem mais que a relação entre culpa e dívida.

Tio Carlos me deixou em Florianópolis, na rodoviária. Despediu-se de mim, dando-me um abraço e uma pequena caixa que pediu que eu entregasse a Agnes quando ela crescesse e que vim a abrir apenas quando estava em Paris. Guardei a caixa comigo por anos e anos, bem como o conteúdo, em segredo. Na rodoviária comprei uma passagem de ônibus para São Paulo, onde fiquei por alguns dias até conseguir um passaporte. Na companhia aérea da avenida Paulista disseram-me que era melhor comprar em Paris passagem para a África, seria mais barato e garantido. A mulher que me vendeu a passagem perguntou se meus pais sabiam aonde eu pretendia ir. Contei-lhe, a gaguejar, sobre a morte de minha mãe e que meu pai me esperava na África e que eu não tinha mais ninguém no Brasil.

O avião fez um pouso forçado em Londres antes de chegar a Paris. Por três dias vaguei pelas ruas sem entender o que as pessoas diziam. Segui para Paris de trem com esperança de que lá as coisas fossem mais fáceis. Eu gaguejava de um modo muito pior do que hoje em dia, as pessoas não sabiam que língua eu falava. O fato de que a cidade de Londres estivesse dentro de uma ilha me deu certo pânico. O distanciamento de Florianópolis me dava alegria e, ao mesmo tempo, me fazia ter medo de voltar. Esse medo se intensificou à medida que fui me distanciando. Eu fugiria de qualquer ilha para evitar comparação. Em Paris, onde tive a sensação de terra firme, fiquei por duas semanas. Encantei-me com os museus, hospedei-me em Belleville em um hotel pequeno e barato que me pareceu muito caro. Não consegui guardar nenhuma palavra em francês, língua que me pareceu mais impossível do que o alemão.

Eu, que sempre estive fora da linguagem, me assustei com o que ouvi. Em Paris há algo de insuportável. Lá encontrei africanos e árabes que me disseram que eu deveria esperar um pouco, me convenceram a *conhecer um pouco da Europa*. Disseram que ali seria bom, mesmo sendo ruim, que a Europa era melhor, garantiam, sem entender que eu não estava em busca de nada melhor. A África, afirmavam com uma convicção assustadora, ela continuaria colonizada e devorada até que o povo virasse o jogo. Mas o povo morria havia muito tempo e a esperança se dissipava como a lembrança que esse momento me traz agora.

A alma era uma ideia que não me saía da cabeça naquela época. Excesso de aulas de filosofia aristotélico-tomista que tínhamos semanalmente na rotina do seminário. Os padres, para quem não havia diferença entre a Bíblia e um texto de Aristóteles, estavam por trás de tudo o que eu passava ali junto daquelas pessoas, eu pensava na colonização e como atear fogo a todas as igrejas porque as igrejas eram responsáveis pela colonização no passado assim como os meios de comunicação em nossa época. A fantasia pirotécnica de atear fogo ao mundo que tenho até hoje e que não realizo porque não convém fazer mal às pessoas intensificou-se ali e sempre me lembra aquele mapa queimado no fogão tantos anos antes.

Latim

Nunca fui bom com o latim, ele acionava minha gagueira e o pavor que eu tinha de minha própria língua. Um gago lendo um texto em latim era motivo de riso coletivo. Mas, como o riso era coisa do diabo, os padres me protegiam dessa parte e todos tinham que ficar quietos exercitando a tolerância enquanto eu falava. Esse tipo de exercício não melhorava ninguém em nada, tampouco a minha gagueira, e não ensinava nenhuma tolerância. Eu odiava o latim, porque sabia que alguém, com aquilo tudo, estava a me enganar.

Vínhamos nos especializando em falar uma língua morta. Eu já tinha a minha língua morta e a gagueira assassina a mortificar-me a boca por dentro. Por um tempo tentei evitar pensar em tudo aquilo, afinal o seminário me salvara de alguma coisa. Do exército, por exemplo. Eu tentava me consolar, mas eu sabia que não era isso, porque sendo doente, magro e pequeno, eu seria naturalmente expulso do exército. Eu não passaria no primeiro exame médico. No primeiro exame em que eu precisasse estar nu, caso em que nenhuma explicação seria necessária. Eu não tinha futuro.

Por muito tempo, ainda que me tivesse lançado em um deserto assustador, eu pensava que o seminário havia me poupado de outras violências e me fizera gostar de estudar. Talvez isso. Ou o valor do silêncio. Como o silêncio imperava, cada um podia ter desenvolvido alguma noção de silêncio, e eu carregava comigo a minha noção porque eu aprendera a me defender com ela, esperando que tudo passasse. Mas, na verdade, para o seminário não havia perdão. Ele vendia a minha alma a peso e eu a comprava a prestações. O pavor e o cinismo sem os quais não teria entendido nada da vida fora do seminário.

Era um laboratório da vida em sua pior forma. Ali o medo e a vergonha que eu já conhecia e que reveste até hoje todo o meu ser, medo sem o qual eu não saberia nada acerca de mim mesmo, nada acerca da vida, ali aquele medo se tornou implacável. A vergonha foi confirmada. Ali, eu e todos os outros aprendemos a condenar ou ser condenados. O medo e a vergonha que começaram na família foram alimentados, como leões, no seminário. A África era, então, a minha salvação. A África de leões verdadeiros. E o latim que eu precisava esquecer. A África com sua promessa de pessoas de verdade. A África original. E a África destruída, sofrendo abusos da Europa. A África que se tornou, por fim, apenas um mapa como os outros. Uma parte do mapa do meu fracasso. O mapa do desconhecido que depois de quarenta anos permanece sendo apenas o mapa do desconhecido, como Agnes, que se tornou um espectro vocal e um desejo de uma imagem que nunca se forma por completo.

Marilyn

Não importa que não haja uma foto de Agnes, que ela nunca tenha enviado uma fotografia pelo correio como lhe pedi por muito tempo. Inventarei uma imagem de Agnes para mim. Coletei em revistas imagens de mulheres que podem ser parecidas com Agnes. Seus cabelos não devem ter mudado muito, pelo menos a cor. Às vezes os cabelos escurecem, mas manterei Agnes como loira. Há recortes de imagens de mulheres com cabelos mais escuros, mas não vou usá-las. Do jeito que dispus no quadro de feltro da parede do corredor, lembram cartazes de procurados como o do terrorista com quem fui confundido, *a terrorista*, melhor dizendo.

Enquanto a cabeça roda e o estômago vira, escrevo e penso no que de melhor pode ser feito nesse momento intenso. Percebo que não bebi água desde manhã cedo. Talvez eu devesse beber um pouco de água, mas essa seria uma tarefa imensa. Tenho medo de vomitar, o que pioraria tudo no pior que estou a experimentar agora.

Ao meu redor, tudo o que me parecia mais familiar se torna estranho. Olho para cada objeto nesses cômodos carregados de detalhes. Enquanto espero uma ideia que venha salvar o horizonte que se apaga aos poucos. A inutilidade do que aqui foi preservado se faz pulsante como em uma viagem de LSD. Tudo é morto desde hoje pela manhã. Como está morto meu pai.

Não seria possível fingir que meu pai não está morto. Seria melhor continuar sem saber, penso agora. Talvez fosse melhor saber disso quando ainda era possível ir até lá e, como um filho, enterrar o próprio pai que morre. O drama, se é que se pode chamar de drama, embora seja, evidentemente, um caso alucinante, consiste em que eu devia ter enterrado meu pai, devia vê-lo morto, mas não pude vê-lo morto e enterrá-lo. Neste apartamento, sou hóspede de meus próprios dramas, e de minhas alucinações particulares, e encontro o medo da morte. Não da minha morte, mas da morte de meu pai, que acelera meu coração, me faz querer vomitar, me tira a paciência para viver.

As imagens recortadas servem para construir uma imagem de Agnes. Com sua imagem me sinto melhor. Agnes deve ser como Marilyn nesta fotografia, um pouco antes de sua morte. Também Agnes tinha uma pinta no rosto, sobre a pálpebra, como se tivesse sido desenhada especialmente para aquele lugar estratégico do rosto. Enquanto me lembro de Agnes, dou-me conta de que Marilyn, a quem contemplo, foi morta, pois que Marilyn jamais se mataria. Agnes também não. Quando fui embora Agnes era uma menina. Agnes deve ter se tornado uma mulher bonita, se bem que o ressentimento que transparece como sua característica mais forte, por mais que eu a respeite, acaba com qualquer beleza. Mas de que serve mesmo a beleza além de oprimir quem não a possui ou quem, possuindo-a, um dia vem a perdê-la?

Não falo por maldade, embora Irene não goste quando falo assim, que não falo por maldade, pois em sua lógica simples a negação é uma autodenúncia. Não falo por ter muita segurança no que penso. Ao contrário, apenas suponho o que não sei, imagino demais. E, de tanto imaginar, exagero nas conclusões, como esta por meio da qual Agnes se torna uma pessoa feia, tão feia como uma bruxa invasiva, falante, atuante, uma figura sem piedade, um bruxa que, ao me ver, ao mesmo tempo, me transformaria em um rato e, quando me ouve, resolve jogar sobre mim o peso de uma bomba e seu poder explosivo. Sou como ela, mas não tenho sua iniciativa, sua verve, seu poder. Guardo sua voz estridente em meus ouvidos, voz que estremece meu corpo vazio desde cedo e me faz parecer um balão pouco cheio e, mesmo assim, prestes a explodir.

A voz espalhou-se pela casa cujos cantos falam comigo desde hoje de manhã. O espaço não me deu trabalho, sempre foi perfeito para minhas poucas necessidades. Agora ele me oprime. Lavo minha roupa, faço minha comida, escondo-me o quanto posso para ter tempo de cuidar do que me agrada, daquilo que, bem cedo, aprendi, me dá esse prazer de estar só, o que para outros pode ser um desprazer, mas que para mim é o único modo por meio do qual posso estar no mundo.

Fantasmas

Irene criticou-me ao dizer que transformo dificuldades em vantagens, mas não é verdade. Comprei o apartamento em um leilão do governo por um preço favorável, suportável para meu salário de funcionário. Se o vendesse e voltasse para Florianópolis, onde Agnes vive, onde meu pai morreu, talvez pudesse comprar um lugar até muito melhor por lá. Mas aquela não é mais a minha cidade. Nasci em algum lugar que se perdeu no tempo.

De qualquer modo, por outro lado, como esta também não é a minha cidade, eu poderia pensar o que pensei, mas ao contrário. Eu poderia me mudar para aquela cidade que não conheço e procurar trabalho em um museu de lá. Embora eu me lembre de Agnes ter me dito que por lá quase não existem museus. Não há museu em lugares novos, o mundo novo, o terceiro mundo, e riu quando me disse isso. Pensei no museu da colonização com memórias das brutalidades vividas, show de horrores, gabinete de curiosidades, teatro da memória, essas coisas. Essas coisas que abomino. Essas coisas que me fazem detestar um museu e que, mesmo assim, me fazem viver dentro dele.

Meus fantasmas iriam comigo porque não há sentido na vida senão aquele que nos dão os nossos fantasmas, pensei sem dizer a Irene quando mostrei a ela um chapéu verde que deixaram no guarda-roupa e eu insisti que ela usasse como se fosse seu. Fora deixado por uma mulher muito velha que, como eu, pretendia desaparecer do mundo aos poucos. Irene não aceitou, me disse que eu estava louco, eu fiquei quieto com vergonha de invadir o senso da propriedade privada com essa minha prática de minúsculas apropriações não muito devidas, mas contei-lhe que tinha visto essa fuga nos olhos da mulher. Pensei sem dizer como, de algum modo, todos os vivos também são nossos fantasmas e como esses pequenos objetos são provas de algo que subjaz e que não somos capazes de perceber.

Penso agora, enquanto meu desejo de ir embora me faz pensar em voltar, se vou precisar de alguma coisa que descobri aqui nesse outro mundo. Penso no porquê de estar aqui até agora, é nisso que venho pensando. Penso muito, penso tanto e não consigo descobrir por que até hoje não fiz coisas tão simples como consertar esse espelho.

Quando cheguei, esse insuportável espelho quebrado já estava aqui, dividido ao meio e encostado à parede. Era o espelho que a atriz que aqui viveu deixou pra trás, junto com a maior parte da mobília elegante e decadente que combina comigo apenas nesse último critério.

Mágica do destino

Este apartamento me diz muitas coisas e o que não me diz é que estou aqui. Não precisarei dele quando for a Florianópolis, se eu for até lá.

Como herdeiro casual da atriz que aqui viveu e que, não tendo herdeiros, deixou o apartamento para uma instituição de caridade, sei que sou um privilegiado que já não precisa de seus privilégios. Sou aquela pessoa que os outros dizem que *se deu bem* porque comprou uma casa própria nesses tempos em que os bens são acessíveis a poucos, ainda que as mercadorias menores estejam disponíveis a excitar todos.

A atriz que aqui vivia deixou sem querer esse apartamento para mim. Comprei-o por um preço impagável hoje. Mágica do destino, contei a Irene, sendo que jamais pude contar a Agnes. Lembro-me do primeiro sonho que tive ao chegar aqui. Eu carregava meu pai morto nos braços. Minha tarefa era devolvê-lo ao seu corpo. Para isso, eu andava por catacumbas que desciam, desciam, desciam até o fundo do espaço no qual Agnes estava deitada em um caixão próprio, sonolenta e ainda viva. Muitas vezes sonhei com essas mulheres sonolentas, vestidas de preto dentro de caixões ou sobre eles. Uma dessas mulheres era basca.

Agnes, dentro do caixão, dormitava ainda viva. Eu devia depositar meu pai num nicho onde seu corpo, um outro corpo que era como se fosse seu e não fosse seu ao mesmo tempo, estava coberto por um pano branco. Meu pai usava um chapéu e eu deveria depositá-lo na direção inversa do corpo ali deitado. Meu pai tinha dois corpos, como os reis medievais, ele era um duplo. Não um morto e um vivo, mas um morto e outro morto. Eu precisava depositá-lo ali sem que seu chapéu caísse. As paredes de pedra davam a sensação de sufocamento e um frio extremo. Um frio sufocante como a carne da solidão europeia que tivesse apodrecido. Dessa solidão restam esses imóveis que chegam a leilões por preços razoáveis.

Nevermore

Pensando em minha própria solidão, resolvi fazer um testamento. Lembro que foi no dia em que Thomas me falou de enforcamentos no Irã. Thomas nunca me falava essas coisas, as catástrofes inumanas pelo mundo afora nunca o atraíram, nem a mim. É sofrimento em relação ao qual nada podemos fazer. Thomas afirmou que não. Que podemos fazer guerrilha. Essa parte da guerrilha ficou para depois e não conversamos desde então. Mas me lembro dessa história como se um pássaro negro, o corvo de Poe, tivesse sobrevoado nossas cabeças naquele momento. A expressão *nevermore* misturada à voz de Agnes nos meus ouvidos. Thomas me disse dos poetas assassinados pelo regime iraniano, dos poetas mortos na ditadura soviética, dos poetas mortos na África, dos poetas mortos no Brasil, na Argentina, nos Estados Unidos. O Estado e a sociedade, engrenagens da máquina de triturar poetas, e eu, poeta morto na forma de um empregado trabalhando no guarda-roupa. A história humana é a história da barbárie e a minha história é a do guarda-roupa e poderia ser a história de um poeta vivo, um poeta feliz, mas não seria uma história que pudesse se desenvolver nesse mundo. A barbárie correndo solta, pensei, e eu preocupado em ter onde morar num mundo inabitável.

No testamento deixei o apartamento em nome de Agnes. Deixei cada um dos meus objetos para pessoas específicas como Thomas e Irene, mas quando estava no cartório diante do tabelião conversando sobre meus bens, lembrando que a atriz doou seu apartamento para uma instituição de caridade, decidi, na mesma hora, doar o apartamento a uma instituição e, na mesmíssima hora, embora uns minutos depois, desisti, lembrando que Agnes está ficando velha e que meu gesto em relação a ela pode ser uma caridade útil e não apenas simbólica. Pensei em legar a ela o espelho quebrado. Quando ela chegasse ao apartamento, depois que eu estivesse morto há meses, ela se veria a sós com o espelho quebrado. E isso seria, de algum modo, uma lição de vida.

Enquanto Agnes viver, eu pensava, o usufruto do apartamento seria de uma instituição que cuida de velhos imigrantes sem família. Tirei a ideia da cabeça assim que percebi que ela também ficará velha, e que, sobretudo, eu cometia uma contradição, pois o usufruto dado a outrem até a morte, sendo que ela não tem herdeiros, seria uma imbecilidade. Depois pensei que Agnes pode ser uma pessoa pobre, afinal é uma professora assalariada. Mas pensei ao mesmo tempo que poderia ter ficado rica se recebeu dinheiro de herança da família de nossa mãe. Que Agnes pode estar bonita e ainda pode parecer alguém jovem, ou que pode estar velha, mas feliz. Não, feliz não. Rica sim. Nesse último caso, pensará que meu apartamento é um brinquedo. Ela rirá aquele riso que as mulheres ricas dão quando recebem um presente ridículo.

Não sei nada sobre Agnes. Por isso, a capacidade de fantasiar me dá uma sensação de vingança. Somente a fantasia me pode fazer pensar que uma professora de escola pública no Brasil teria uma boa condição de vida tendo o emprego que tem. Agnes hoje tem perto de cinquenta anos e vive só. Deve, como eu, aposentar-se logo. Penso se está feliz, sei que não. Não posso acreditar que esteja feliz. Mas assim como posso estar enganado em relação à sua situação financeira, posso estar enganado em relação a sua situação emocional. Há que se respeitar a chance de que tudo seja diferente.

As pessoas são óbvias, eis uma lei que se enuncia facilmente. No entanto, eu mesmo sou a prova de que as pessoas não são nada óbvias. Agnes pode, afinal, ser muito diferente do que imagino. Ela mesma não deve suspeitar que tenho um apartamento. Deve pensar que vivo à custa de alguém. Nunca falamos muito sobre nossas vidas. Sempre conversamos muito mais sobre coisas impessoais, abstrações. Defendemos *silenciosamente* o silêncio como tática de manutenção da relação, a conversa sempre realizada na base do mínimo de formalidade necessário para que tudo andasse bem.

Nunca disse a ela que sou proprietário de um imóvel como este, ou que pagava aluguel, nunca dei informações sobre minha vida. Quanto a isso fomos um para o outro os menos intrometidos dos irmãos. Quando Agnes receber o testamento, levará um susto. Durante todos esses anos ela não deve ter esperado nada de mim. Sou seu pobre irmão, e um irmão pobre, além de tudo, um fracasso de irmão e um irmão fracassado. Ela pode brincar dizendo tudo isso a meu respeito. Mas guardei alguma coisa. Tenho a minha casa pra morar como um pobre, aliás, gosta de ter.

Necrotério

Essa possível viagem de volta poderia mudar os rumos todos de minha vida, os rumos da vida de Agnes. Meus amigos são melhores do que ela, mas não os amo como a ela, porque gostamos das pessoas, mas amamos a nossa família, amamos a nossa família mesmo quando não gostamos de nossa família. O amor não passa de um mau sentimento. As amizades são melhores, porque não amamos os amigos, só gostamos deles e isso melhora a qualidade da relação com as pessoas que são amigas. Em família só os testamentos são verdadeiros.

Apesar disso, tive um gesto de amor genérico. Livrei Agnes do meu corpo. E livrei meus amigos do meu corpo. No testamento, deixei meu corpo para a faculdade de medicina de uma universidade do interior; aqui, como em qualquer cidade grande, é fácil encontrar cadáveres de pessoas nas ruas, ou abandonados em necrotérios como indigentes. Mas doei meu corpo porque a medicina pode especular à vontade com o que aconteceu comigo e talvez por isso deixe outros em paz.

Há poucos dias sonhei que eu precisava entrar no necrotério. Talvez fosse a premonição da notícia da morte de meu pai. Nunca gostei de premonições, mas prefiro-as às surpresas. Por isso doei meu corpo. Irei para Hamburgo, cidade da qual gosto muito sem nunca ter ido até lá. Gosto de Hamburgo porque nunca fui até lá. Gosto justamente porque não fui. Eu só poderia explicar minha preferência por Hamburgo se um dia eu fosse a Hamburgo. Por isso escolhi Hamburgo. Foi uma escolha que fiz depois de alguns telefonemas, depois de ter me informado no necrotério local sobre procedimentos de doação. Falei com a faculdade de medicina daqui, eles foram gentis, mas rejeitaram meu cadáver. Também o rejeitaram em Hamburgo. Fosse em que faculdade fosse, não seria nenhum problema para mim ser estudado diante daquelas pessoas que certamente se acostumaram a corpos mais classificáveis do que o meu.

Contentei-me com o necrotério. E o destino que está além da minha escolha. Quando morto, eu finalmente estarei nu, e nu para sempre. Finalmente, verdadeiramente, nu. O serviço funerário, aliado ao advogado que cuidou do testamento, saberá fazer com que meu corpo chegue até Hamburgo, onde algumas pessoas me esperam, sem ansiedade alguma, tenho certeza, mas ficarão ansiosos quando virem o que tenho a mostrar. Se for impossível levar meu cadáver a Hamburgo, por qualquer motivo de força maior, peço que o enviem a Tübingen, como plano alternativo. Se mesmo assim for impossível, tenho como plano C ser cremado, e que minhas cinzas sejam jogadas no Spree.

Cinzas

Pedi a meu advogado, um alemão mal-humorado como são os alemães quando têm que trabalhar, que pusesse no testamento que essa tarefa de jogar as cinzas no rio Spree cabe a Thomas, pois eu mesmo não tenho coragem de pedir-lhe uma coisa dessas. Se ele se recusar a espalhar minhas cinzas, o que é um direito seu, a tarefa deve ser passada claramente a Irene, meu plano D, que não terá alternativa senão ajudar um pobre morto, na forma de pó, a retornar mais facilmente ao pó de onde veio, mesmo que, no caso, o lugar ao qual se retorna seja de fato a água de rio, mas falando em pó se tem o clichê com o qual todo mundo entende a insignificância da vida e com isso posso me satisfazer na minha necessidade de compreensão.

A necessidade de compreensão que sei que Agnes também tem. Sei que me faço compreender explicando as coisas de um modo bem simples, porque Agnes não gosta de coisas complicadas, como uma cremação. Para ela, um morto não é um cadáver, é um espólio. Ou talvez seja. Por isso foi tão rápida com a morte de nosso pai a ponto de não me dizer nada. Sua negação talvez tenha sido apenas um gesto prático. Eu pensaria assim se já tivesse me tornado um robô. Tenho certeza de que Agnes me faria ser enterrado no chão e que plantaria flores no meu túmulo e ainda, sobre ele, colocaria uma lápide com meu nome em letras góticas. Agnes deve gostar muito de letras góticas. Talvez não goste tanto quanto seria bom ao personagem que estou a compor com as poucas informações que tenho dela, mas creio que ela preferiria as góticas às romanas ou às modernas. Ela escreveria sob meu nome algo como *saudades eternas de sua irmã*. Meu nome, Klaus Wolf Sebastião com o S bem rebuscado, finalmente escrito por inteiro. Meu nome, o sobrenome de nossa mãe, o sobrenome de nosso pai.

Bugre. No testamento afirmo que, seja o que for que aconteça com meu corpo, que meu apelido faça parte da etiqueta, da lápide, ou do que for. Que esse nome estranho, Klaus Wolf Sebastião, seja precedido de Bugre. Agnes é um nome mais bonito, não sei se ela se assina Wolf ou Sebastião, tentei saber, mas não foi possível, ela não deu valor à minha tentativa de descobrir, ela desconversou, meu interesse deve ter lhe parecido superficial, ela fingiu que não ouviu, mudou de assunto como sempre fazia nos momentos em que a causa não lhe interessava. Ela deve usar apenas o Sebastião de nosso pai, deve ter deixado o Wolf de lado, Agnes tem todo o jeito de quem prefere ser filha de seu pai a ser filha de sua mãe. Soubesse que aqui só o Wolf tem lugar, creio que mudaria de ideia imediatamente.

Eu não disse isso a ela. Não era preciso. Ela sabe que, lá onde ela vive, o nome Wolf também tem mais lugar, tudo fica bem quando alguém é chamado por um nome estrangeiro. Problema, onde ela ainda vive, esse lugar que é para mim cada vez mais estranho, é ser chamado de Silva, de Sousa ou por outros nomes brasileiros onde ser brasileiro é quase um insulto.

O nome é um capital em qualquer lugar do mundo. Por isso, prefiro que me chamem de Bugre. É assim que me apresentei a Thomas, a Irene. Com esse nome me tornei indiscernível. Thomas e Irene se surpreenderão com meu nome completo, não imaginam que tenho um nome alemão, nunca lhes contei sobre isso. No grupo de Irene os nomes podem ser falsificados, não, contudo, os números de telefone que ela usa para saber de seus alunos. Ela superará a notícia mais rápido.

Thomas ficará preocupado com meu corpo transformado em cinzas. E com o motivo de minha escolha.

Lápide

Agnes é um nome forte, como dizem, ficaria muito bem em uma lápide, muito melhor do que o meu, Bugre Klaus Wolf Sebastião, um nome desarmônico, mas como sou mais velho, e sempre vivi perto da morte, natural e justo que eu morra primeiro. O que tenho que pensar é se terei o direito de impedir que ela me enterre, como ela impediu que eu enterrasse meu pai, terei de pensar no direito humano, no direito fraterno. Eis a pergunta que não se dissolve no ar, essas palavras não retornarão ao pó com o meu corpo transformado em cadáver e logo em cinzas.

Agnes, de qualquer modo, é um nome realmente harmonioso. Na lápide ou fora dela, causa boa impressão. Poderia ter sido o nome da atriz que aqui viveu. Encontrei, no entanto, um documento, a certidão de nascimento de um homem chamado Ernst Drewers, que talvez fosse seu marido, ou, quem sabe, um amante. No armário, em um cabide de madeira dentro de uma capa de plástico preto, encontrei uma roupa de piloto de avião, com aqueles óculos típicos, e uma porção de fotos de bimotores e caças com algumas pessoas posando dentro ou fora, na frente dos aviões, em grupo, com aqueles sorrisos antigos que já não se fazem mais. Aqueles sorrisos estáticos que fazem todos os fotografados parecerem mortos. Queria mostrar a Irene, mas não tive como. Me envergonha mostrar essas coisas das quais me sinto estranhamente íntimo. Deixei a roupa onde estava, apenas limpei as partes mofadas.

Entre muitas outras, há fotografias de uma mulher jovem que chama a atenção por sua beleza. É minha *anfitriã*, de quem sou o herdeiro.

A. A.

Não há outros documentos na casa, apenas um caderno com as iniciais. A. A. fornece pistas sobre minha anfitriã. Nunca me preocupei em ler a história que nele se conta. Agora, enquanto dou tempo ao tempo, vejo que essa história pode inspirar uma saída. Nunca dei muita importância a essas coisas que ficaram por aqui, quando cheguei me adaptei ao espaço, à mobília, não me preocupei em desfazer-me desses pequenos objetos que parecem arquivados. Tenho eu mesmo os meus cadernos para me ocupar. Não me ocuparia com o dos outros.

É o espírito do museu que me tomou, às vezes penso. Esse espírito que preserva o pó das coisas. Que mantém tudo intacto na contramão do tempo.

Em homenagem a Agnes vou chamar minha anfitriã de Agnes, respeitando a inicial que consta na capa do caderninho vermelho. Agnes é um nome incomum, escolhido para casos especiais. Vejamos, Agnès Varda antes de se chamar Agnès se chamava Arlette, e madre Teresa de Calcutá antes de se chamar madre Teresa se chamava Agnes. Também eu poderia me chamar Agnes se tivessem me olhado de um jeito diferente ao batizar-me. Pergunto-me se meu destino teria sido diferente. Não seria mau, em outra vida, em uma vida pelo menos diferente, não seria nada mau que eu fosse Agnes. Agnes, chamemos assim a atriz, a velha atriz que aqui vivia, que morreu em um hospital, que morreu sozinha, que morreu sem ninguém. Por aqui ficou a inessência que resta de qualquer um, as roupas, os móveis, os objetos de uso pessoal, coisas marcadas por uma presença inatual, as fotografias mofadas. As paredes que a protegiam fazem parte dessa materialidade que compôs a vida de quem escreveu esse caderno cujas iniciais A. A. podem significar qualquer nome.

Se eu voltar a encontrar Irene, perguntarei a ela se estamos na ordem do real ou do irreal. É uma boa pergunta para animar a noite ao redor de tacinhas cheias de rum nas quais não toco por motivo algum. Perguntarei a Irene sobre o prenúncio do pó sobre o qual ela falou em uma das últimas aulas em que ninguém compareceu ao encontro da Sociedade dos Amigos do Fracasso e Irene resolveu aproveitar o tempo a me ensinar como fazer um coquetel Molotov.

Agnes, hoje em dia, é apenas um nome e uma voz que explode em mim como uma bomba. Um dia explicarei a ela, explicarei a mim mesmo. Meu desejo de ver tudo explicado não é tão grande, no entanto, quanto o de encontrar uma saída para o sentimento agoniado deste momento, esse sentimento infeliz que me parte em muitos, deixando as partes todas enterradas em cantos diferentes desta casa, impossíveis de se reunir novamente.

Começarei por dar, de fato, à velha atriz que aqui vivia o nome de Agnes e um sobrenome, Atanassova, por conta das iniciais A. A. Que constam em dourado na capa do caderno. Talvez não seja a solução para o problema que vivo agora, mas me ajuda a pensar no que se passa e me inspira a encontrar uma solução. De Agnes Atanassova vou dizer que tenho tudo o que restou. Agnes, porque Agnes é um bom nome, como eu disse. Atanassova, por sua vez, devo explicar, é um nome que encontrei nos recortes de jornal. Havia uma aviadora russa chamada Atanassova, que, como Saint-Exupéry, sobrevoou o Atlântico na direção do sul. Não me lembro de seu primeiro nome, guardei Atanassova, então, juntando os dois, Agnes e Atanassova, contemplo a decifração das iniciais na capa do caderninho.

Tenho, por ora, seu apartamento, ou seja, tenho seu mundo particular e seu palco. A parte real, concreta, essa vida dos objetos que, separados do uso humano confirmam a presença da morte.

Há anos, logo que entrei no apartamento, vi uma mulher no corredor. Parecia com aquelas garotas dos anos 20 que se vestiam de um jeito mimoso e que nas revistas aparecem como representantes de um estilo, o *flapper*. Agnes Atanassova apareceu-me na atmosfera de névoa que envolve os que já morreram. Ela se dirigia ao apartamento, mas a imagem se dissipou antes de atingir a porta. Agnes Atanassova me pareceu vaidosa, bem maquiada e cuidada em cada detalhe. Uma ponta de cabelo, a insinuar um cacho, saía propositalmente de dentro do chapeuzinho preto enfiado na cabeça. Um sapatinho de couro fazia ver a delicadeza dos pés. Um sorriso alegre fazia pensar que ela estava bem consigo mesma, apesar de sua estranha condição. Se é verdade que morreu bem velha, segundo me contou o funcionário do leilão, que me disse que a proprietária teria morrido uns dez anos antes da minha negociação, a propósito, uma negociação quase sem fim quando a família, na verdade, dois sobrinhos-netos, movidos por algum interesse que não era mais do que dinheiro, resolveu impedir o leilão. Naquele momento precisei de um advogado que é o mesmo até hoje para todos os assuntos que requerem esse tipo de serviço. Advogado que era marido do advogado que me tirou da cadeia quando fui confundido com Gudrun.

Agnes Atanassova deixou o apartamento intacto. Parece que foi fechado muito antes de ela morrer. Os sinais da rotina ainda estavam ali, um vaso a esperar flores, xícaras para chá, notas de dinheiro dentro de uma caixa à espera de que alguém fosse comprar pão. Tudo estava pronto para ser reinaugurado.

O apartamento foi doado à instituição de caridade que cuidou dela, mas os sobrinhos não gostaram. Eram sobrinhos muito distantes, primos, na verdade. Eu tinha o direito sobre o imóvel leiloado. Foi uma briga em que eles advogavam o direito de sucessão. Meu advogado alegou que eles nunca entraram em contato com ela em vida. Não sei como conseguiu provar. Eu me afastei da conversa, pois me causava muito mal pensar que ali estava uma família. Alegou que sua família era a casa de caridade que cuidava dela. Eu sabia que não. Que a casa era uma organização não governamental que cumpria uma função abandonada pelo governo.

Depois ouvi uma história contada por Thomas sobre uma certa Marthe de Florian que viveu em Paris, que se parecia muito com a história de A. A. Seria fácil confundi-las se Agnes Atanassova não vivesse na Alemanha. Além disso, pelo que entendi, a outra era rica, riquíssima. Fora amante de um pintor. Agnes Atanassova não era rica, apenas tinha certo gosto. Meio moderna, meio contemporânea, embora aqui não haja sinais de nada que tenha sido comprado recentemente, Agnes Atanassova era apenas uma mulher elegante.

Verdade que, depois de um tempo, tudo vira *vintage*, como se diz hoje, e pode-se dizer que herdei um apartamento cheio de estilo. Um apartamento que me garante um estilo de vida. Um estilo de vida antissocial. Minha anfitriã, que de certo modo, devido à herança, se assim posso chamar aquilo que tecnicamente seria o meu direito de compra, é também uma ancestral emprestada. Ao dizer ancestral, qualquer um pensaria em uma velha, ainda mais se soubesse que eu sou um velho. Mas aquela que eu vi no corredor um dia desses na forma de morta, e que me parecia bem viva, aquela imagem de quem não está mais entre nós, como dizem, aquela que parecia um fragmento de filme que se desprendeu da tela, aquela não era uma velha, ao contrário, era uma ninfa alegre recém-saída de um filme em preto e branco, como uma Louise Brooks, um pouco mais desbotada, com os olhos muito pintados, cujo núcleo não podia ser visto. Aquela que estava ali, a mover-se entre ventos, a iludir, a contentar alguma coisa ao seu redor, alguma coisa que apenas ela sabia de si mesma, embalada na canção de uma caixa de música. Um fantasma não é coisa que se veja por muito tempo, e ela sumiu de repente, num *fading*, como dizem lá no museu, agora que os estrangeirismos estão na moda.

Fantasmas não existem, você os vê, mas não por muito tempo. As coisas que aqui ficaram deviam estar guardadas há muito mais tempo. Sobreviveram como a imagem da pessoa física de Agnes Atanassova.

A imagem é a única sobrevivência da espécie, pensei, contei a Thomas que vi essa mulher no corredor, ele me avisou que Deus se recria no espetáculo sem que eu tivesse tempo de perguntar o que ele queria dizer com isso, pois na hora uma horda de turistas americanos invadiu o museu e tivemos que trabalhar até o final do expediente sem um minuto de paz.

Vestidos

O guarda-roupa, um dos móveis mais impressionantes do apartamento em estilo *art nouveau* entalhado em madeira clara, ocupava a extensão de uma parede inteira. Dentro dele, meia dúzia de vestidos pareciam não usados, enquanto outra meia dúzia parecia usadíssima. Furos de traças, partes descosturadas e manchas. Eram vestidos elegantes, alguns para se usar em festas. Quando vi a imagem da moça com seu vestido de seda esvoaçante, soube que era a usuária daqueles que estavam no meu guarda-roupa. No momento em que ela passava pelo corredor, vestia uma meia perna de seda com um laço preto amarrado na cintura. Na cabeça, um *cloche* preto daqueles que eram moda nos anos 1920, igual ao que está aqui, na gaveta abaixo da gaveta de meias.

Cigarros

O tempo dessas abomináveis tecnologias digitais é de séculos por minuto comparado ao tempo analógico em que ainda me movo. Talvez Agnes Atanassova viesse a gostar da televisão. Se ela tivesse entrado em meu apartamento, eu lhe mostraria esse computador. Ela fugiria diante dos telefones celulares. Ela preferiria esse telefone antigo da década de 1980, com fio em espiral e anel de discagem. Para ela, seria algo totalmente novo. Como esse modelo de teclas que Irene me deu e que continua aqui a ocupar espaço, sem utilidade alguma. Irene me deu um telefone modelo de teclas, na época o que havia de mais avançado. Um dos primeiros modelos, e que hoje já se tornou antigo porque o moderno hoje é o antigo de amanhã e hoje é o moderno de ontem o que conhecemos. Agnes Atanassova, na sua qualidade de fantasma, na sua condição de *vintage*, é antiga nova, a nova antiga.

A ausência de telefone dava a este apartamento a sensação de uma intimidade preservada. Agnes Atanassova não o conheceu em vida. Hoje, quando observo jovens chegarem ao museu levados por seus professores com escolas inteiras, e vejo que não param de olhar para seus telefones, embevecidos em seu sono narcísico a fazer fotos de si mesmos, nem sequer fotografam as obras que têm diante de si, não sei o que pensar. Mas penso que também esses jovens estudantes são robôs articulados em grupos por um programa que desencadeia em todos o mesmo tipo de conduta, o mesmo gesto, ao mesmo tempo. A história se repete, e o telefone é usado para o charme no lugar do cigarro, penso, ao me lembrar das fotos amareladas com os personagens a fumar. Agnes Atanassova não parecia fumar, pelo menos sua aparição não fumava. Nas fotos, nas quais posso reconhecê-la pelos vestidos, ela não fuma. Contudo, uma das luvas guardadas entre as meias tem sinais amarelados nos dedos.

Às vezes, desconfio que ela tenha morrido muito antes do que pensava o corretor de imóveis que me vendeu o apartamento e que pode ter inventado a história dos sobrinhos que eu jamais conheci. As pessoas inventam histórias estranhas para valorizarem a si mesmas, ou as coisas, para induzir os outros aos atos que desejam realizados.

Holografia

Thomas me falou de um tipo de fantasma tecnológico chamado holografia. Falou de uma espécie de robô imagético que pode ser transmitido à distância. Pensando bem, eu poderia aparecer assim na casa de Agnes em Florianópolis.

Não somos mais analógicos, somos digitais, eu diria a ela. Diria: minha irmã, venho abraçá-la na forma de um fantasma digital. Deixei meu corpo vivo em Berlim, mas estou aqui, com essa parte que não é a minha alma, mas ainda é uma espécie de presença. Eu a consolaria sobre meu estado ao afirmar que este é o mundo em que vivemos. O novo mundo. O admirável mundo novo. Agnes desmaiaria. Eu diria a ela: sou seu irmão, o Bugre, olhe bem, apenas um pouco mais velho e sem cheiro.

Então, eu desapareceria por uma falha de transmissão. Agnes acordaria e pensaria que viu uma aparição. E teria visto mesmo uma aparição. E eu teria me tornado um desaparecido que, de repente, apareceu. Eu seria agora uma aparição digital.

Comecei a prestar atenção nas holografias depois do alerta de Thomas. Ouvi falar de uma imagem de Elvis Presley usada em shows. No necromercado da música, cada vez mais virtual. Contei a Thomas, escandalizado. Thomas me disse que tenho que aceitar o novo mundo. Eu disse que não aceitarei mais nada.

Por enquanto, aceito escrever neste computador. Aceito porque preciso. Ao mesmo tempo, nada na vida, senão o computador, como contei a Thomas, me deu com tanta intensidade a sensação de que viver cansa, de que poderíamos deixar o gesto de resolver problemas ao encargo dos outros, de que *a vida não vive*. Por enquanto uso computador como se acreditasse que ele guarda o meu espírito, que esse espírito é exposto em letras como um filme é exposto à luz, controladamente. Imagino o susto que as pessoas tiveram quando as letras foram inventadas. Cada comunidade que teve acesso a elas deve ter vivido o que se sente hoje em dia quando o que temos em vista é o computador. E penso no telefone e no resto das bugigangas que compramos nas lojas chinesas.

    Seja minha holografia, Agnes, é o que eu digo agora enquanto estou diante dela na forma de uma holografia. *Viva por mim*, eu repito. Entre no meu corpo. Seja meu corpo. Isso é o que, de certo modo, Agnes Atanassova me diz agora.

Agnès Varda

Há esse filme que me foi emprestado por Irene. Um filme de Agnès Varda sobre as praias francesas. Irene me obrigou a vê-lo, justo a mim que não gosto nada de cinema, muito menos de filmes com mais de duas horas, embora esse filme tivesse menos de duas horas. Eu não deveria tê-lo visto. Reclamei da indústria cinematográfica com Irene. *Diz-me a que indústria serves e dir-te-ei quem és*, foi o que ela me respondeu enigmaticamente. Devia esquecer Irene nessas horas, mas ela sempre encontra um jeito de me convencer. Me fez gostar desse filme. E me fez pensar se sirvo a alguma indústria e, por mais enigmática que essa pergunta possa ser, pelo simples fato de que me fez pensar, penso que devo agradecer a Irene por isso.

Ao ver o filme, não cheguei a pensar em me mudar para uma praia francesa, mas quis assistir aos outros filmes de Agnès Varda. E assistir a eles ao lado de Irene.

Inocência

Irene quer consolar-me sempre, por isso não critica minhas ideias. Por isso desaparece quando se cansa de mim. Irene é a minha filosofia, e eu sou seu Boécio, o torturado pela vida, pelo Estado, pelo poder, pela burrice humana. A burrice humana, essa característica que a tanto custo escondemos.

Um dia convidarei Irene para vir a este apartamento. Nunca a chamei, porque nunca chamo ninguém. Aquele colega abjeto que bateu em minha porta entrou meio que por acaso, quando eu vivia um momento de fragilidade. O colega da abominável sopa, o que me fez pensar que, ao longo de minha vida, sempre tive infelizes episódios envolvendo sopas, somente entrou aqui porque eu estava fragilizado. Mas quando convidar Irene e ela aceitar meu convite, porque inclusive deve estar a esperá-lo, a casa estará impecável. Estarei forte e disposto. Haverá flores. Muitas flores e comida elegante. O ambiente estará perfumado como Irene, porque Irene exala um perfume de flores quando passa, deixando um rastro de esperança de que a vida poderia ser diferente.

Pena que Irene seja tão ingênua, pena seja ainda uma pessoa que, como uma inocente, crê na comunidade humana. E ela quase me convence. Irene crê na democracia e em outras produções falsas, crê na filosofia, crê na transformação da sociedade. Irene crê até mesmo em mim, o que me deixa ainda mais comovido. Porque Irene, que é uma pessoa ingênua e ao mesmo tempo muito esperta e, mais do que isso, até inteligente, crê na minha inocência. É isso o que Irene me devolve todos os dias em que a ouço falar dos filósofos e das questões complexas de nosso mundo. Ela me devolve a minha inocência perdida com juros e moras. No seu olhar, eu próprio sou a pura inocência. Sendo um homem, ela sabe, eu nunca seria inocente. Sendo uma mulher, ela sabe, eu também não seria inocente. Mesmo assim, quando Irene lê Diógenes ou Sloterdijk, porque Irene ama o cinismo como eu, ela me devolve minha inocência corrigida, uma inocência com juros, uma inocência impagável.

Quando chego em casa, depois de perceber o ódio humano sutilmente exposto nas ruas, nos encontros, em cada prédio que sobe abafando a cidade, em cada carro majestoso ou nas roupas de marcas fabricados nos países pobres, já não sou o mesmo. O que Irene me diz, qualquer coisa que ela me diga, guardo-o como quem conserva uma joia rara. Chamo essa joia de *utopia* como ela mesma chama, ela que tantas vezes me pareceu alguém desesperada por não poder conter seu próprio pasmo. Alguém desesperada por não acreditar em nada e mesmo assim *me fazer acreditar*. Esse pasmo me dá medo quando chego perto dela. O pasmo que ela sente salta-lhe pelos olhos e atinge quem olha para ela. É como se tivesse nascido já adulta, já madura, há poucas horas, tão poucas e tão assustadoras que ainda não pode entender do que se trata nos quesitos do viver. E está pronta para morrer. Sei que está, porque é ingênua e acredita que a morte nos libertará mesmo quando finge que não se trata disso.

Viver é um hábito, eu lhe disse na última vez em que nos vimos. Afetuosamente me chamou de pessimista, mas anotou a frase no moleskine alaranjado que lhe dei de presente no ano passado. Gosto de vê-la com aquele caderninho. Eu mesmo o forrei de alaranjado. Não é um moleskine de verdade, é mais elegante, não tem marca senão um pequeno desenho no canto da página servindo de número e na última folha, o desenho de um pássaro morto em tons de verde e amarelo. É pobre e verdadeiro. Artesanal e limpo. É melhor do que qualquer caderninho industrializado de marca. Quanto mais não seja porque eu o costurei. E lhe dei de presente em um de seus aniversários, quando queria ter, porém mais uma vez não tive, coragem de lhe dar aquele retrato falado.

Irene é como eu, alguém para quem muito cedo se deu a questão da própria morte e que teve, muitas vezes, o suicídio como alternativa concreta, mesmo quando ela finge que não, aquela que jamais deixa de existir, aquela que está sempre ali a esperar como um pombo espera uma migalha. Quando eu a trouxer aqui nesta casa onde nunca deixo ninguém entrar, então Irene poderá mostrar-se como alguém que conheço mesmo antes de ter nascido e poderemos falar de tudo que, até agora, se colocou como um tabu entre nós.

Mas isso é coisa que falo apenas por falar, não tenho a menor intenção de realizar o meu desejo, gosto mais do meu desejo que de sua realização, e gosto mais de Irene que de meu desejo, mas Irene não existe para mim fora do meu desejo, e por isso estou parado no tempo em busca de entender o que sou, como cheguei aqui, para onde eu iria se pudesse ir a algum lugar.

Escrever

Quem se põe a escrever sabe como é insuportável tornar-se testemunha de sua própria vida. Partilhar o que se viveu ajuda a suportar. Viver é tão insuportável quanto inenarrável. Ato ininterrupto e inevitável que cessa como se nada estivesse a acontecer, é disso que se trata.

É preciso achar um jeito de narrar, de contar aquilo que, da vida, não se pode contar. Isso que não se pode contar e é o cerne da própria vida. Contar a história de Agnes Atanassova a Agnes, à minha irmã Agnes, é algo que me faz pensar nisso. Porque até agora contei a ela uma quantidade de coisas que não deveria ter contado. Coisas que eu não deveria ter escrito. E que me vejo na obrigação de continuar a contar. Ainda que agora, depois de tantas horas, eu esteja mais calmo, a racionalidade tenha voltado a mim, não posso deixar de fazer o que comecei.

Um belo conto

Atriz, A. A., ou melhor, Agnes Atanassova, esse lindo nome de fantasia para uma mulher que existiu há tanto tempo, que viveu neste apartamento que recebi quase intacto, vive agora, depois de morta, uma ironia. A ironia justamente de ter uma sobrevida por meio do que deixou e do que escreveu.

Assustada com o fato de ter se tornado quem era, ela precisou escrever alguma coisa, uma coisa substancial, mas não conseguiu terminar sua narrativa porque, perseguida por nazistas que desconfiaram de que fosse judia ou prostituta, ou porque não fosse branca e vivesse livremente, ou porque não simpatizava com eles, teve que fugir.

Deixou anotações importantes, mas nada conclusivas, sobre si mesma nesse caderno com as iniciais A. A., anotações muito bem-feitas com a caligrafia de uma artista visual potencial, além da atriz que ela era, as letras de quem passou por boas escolas, de quem teria um senso estético apurado. Anotações tão bem-feitas que compõem uma narrativa acerca de si, como se ela escrevesse sobre si mesma, mas em terceira pessoa, anotações do dia a dia, de sua vida de atriz, que compõem um conto. Pena não ter dado fim à história que contava no pequeno caderno no qual se exercitava como escritora. Sua prosa não era ruim. A jovem atriz sabia escrever. Não usava clichês, refletia, descrevia corretamente, tinha um bom personagem, uma ação interessante, um bom começo, pena não ter o fim que sempre interessa ao leitor.

Deveria ter se dedicado desde cedo à literatura. O que temos por escrito, como diria Irene, *até que é um belo conto*. Com pequenos ajustes ficaria uma obra-prima. Agnes, por sua vez, adoraria saber sobre essa história de sua xará que eu transcreveria para que ela pudesse ler. Mas não consigo copiar, não tenho a menor competência para fazer alguma coisa bem-feita se ela já foi feita antes por outro. Não sei, na verdade, fazer nada bem-feito, mesmo que nunca tenha sido feito por outro. Sou como meu pai, no fundo, no fundo, não faço nada exato, todas as ações, todas as práticas, tudo o que faço sempre levou a marca de um erro. Eu sou o maior erro de todos. O erro de meu pai. Minha mãe, dela não podemos dizer o mesmo. Pelo menos ela sabia posar, e posar, para ela, era exato, mas tão exato que Leonardo foi o seu pintor. Sabemos como Leonardo precisava de tempo para isso e de modelos pacientes e meticulosas em sua estase. Fosse eu a posar, penso agora, e teríamos uma imagem inevitavelmente borrada.

Não faço nada correto, nada sem falhas. Não vou copiar a história de A. A., o que quer que eu fizesse acabaria em um erro fatal. Ao contrário do que seria evidente, é melhor contar o que entendi do que li à minha maneira para evitar confusões. Thomas sugeriria que eu fizesse uma fotocópia e enviasse pelo correio a Agnes. Irene sugeriria uma fotografia no próprio computador e que o enviasse a Agnes na forma de um arquivo digital. *Não se transmitem mais materialidades*, alegaria Irene, *transmitem-se dados*, ela diria a procurar a própria paciência no meu rosto cansado. Isso de completar o texto à minha maneira me libera da obrigação de ser fiel a alguma coisa que eu não possa decifrar, como as palavras rasuradas, as frases ininteligíveis.

O que eu tenho que dizer a Agnes é que Agnes Atanassova, sua xará, escreveu algo muito curioso. Encontrar um fim para esse texto curioso implica ajustes, e a imaginação capaz de preencher as lacunas da memória. Não sei se seria tão fácil como desejo que seja. Hoje pela manhã a imagem do meu Cristo me preocupava e agora é Agnes Atanassova que vem me perturbar. Talvez eu complete a história de A. A. com a história do meu Cristo, que, a essa altura da noite, está quase pronto.

Dentro do apartamento fechado por tanto tempo, uma traça enamorou-se do caderno vermelho no qual o conto foi escrito. O caderno foi corroído pela traça, falta-lhe uma meia página na qual, contudo, se preservou a expressão *coração apaixonado*. Irene não gostaria dessa linguagem, de uma expressão piegas como a que foi usada pela nossa atriz que se transformava em escritora, ou, penso agora, uma escritora que tentava ser atriz. Quem sabe, apenas, uma jovem que sonhava ser atriz e, por isso, escreveu o conto sobre uma atriz que, explicou logo ao início, era ela mesma.

Agnes deve ser menos exigente que Irene nesses quesitos estéticos. Como se agora eu fosse uma alegoria do seu ego, do ego de Agnes, eu diria que é assim que as coisas vão acontecer daqui pra frente, que eu escolherei como as coisas vão andar, não vou esperar Agnes ditar as regras. E se não forem assim, que ela vá plantar bananas, ou seriam bananeiras, ou seriam batatas. Não sei bem a expressão correta a usar, as gírias mudam em espaços muito curtos de tempo. Falavam assim há muito tempo em Florianópolis quando eu era menino, mas não imagino como falam hoje. De qualquer modo, serei grosseiro além de gago para me fazer entender. Irene irá me repreender, mas estou cansado e já não me responsabilizo por minha gagueira e acrescentarei a ela um pouco de grosseria para deixá-la mais intensa.

Não se pode saber se Agnes Atanassova abandonou a história por algum outro motivo que não a fuga quando da chegada dos nazistas. Alguém pode alegar que ela abandonou a narrativa pura e simplesmente porque perdeu a vontade, porque preferia gastar seu tempo com outras coisas. Fato é que a história ficou sem final. Mesmo assim, ninguém negará que temos aqui um conto, ainda que incompleto. Ninguém poderá dizer que um conto depende do seu final para ser um conto e para valer no quanto foi escrito. Isso seria extremamente autoritário do ponto de vista estético.

Mesmo que haja finais para todos os gostos, posso brincar com isso. A alternativa que se coloca está entre Agnes e Agnes. Mas, se eu dissesse isso a Agnes, não a faria feliz.

O bom leitor

O bom leitor, digamos que exista o bom leitor, sempre adivinha o final do livro no meio da leitura e julga o livro pelo meio do livro quando ele não terminou de lê-lo. Se o pobre escritor, pois todo escritor é um pobre, não tem a sorte de ter um bom leitor, cabe-lhe a inglória tarefa de achar fins surpreendentes para agradar o leitor que lhe restou. O leitor, em geral, é um mimado. Agradam-lhe as novidades, o que surpreende. O que faz pensar, isso é menos importante. O que faz pensar é constantemente tratado como chatice pelo leitor mimado.

É claro, contudo, que podemos sempre contar com um leitor mais inteligente que, em geral, não é o *bom leitor*, é o leitor sem preocupação em ser bom. É o leitor que até pode preferir ser mau. O mau leitor quer algo de realidade nas coisas que lê, mas não tanta realidade que o texto comece a parecer-se roteiro de filme, ou ação de telenovela.

O conto de Agnes Atanassova, talvez pelo tom confessional, pela quantidade de detalhes fiéis à realidade, parece algo que de fato aconteceu. Mas falta-lhe o fim, e isso não pode ficar assim. Quer dizer, é claro que poderia ficar assim, sem fim, ou até mesmo sem começo. Não tenho o menor fascínio por coisas com começo, meio e fim, mas vá lá, que as coisas afinal os tenham, começo e fim, é algo que não se pode combater por puro amor ao caos. O fim, contudo, não pode ser desejável apenas porque necessário. E não pode ser obrigatório. A ficção não precisa imitar a realidade. Apesar disso, um fim pode ser válido.

Válido, eu disse válido, vou continuar a dizer válido. Disse e me envergonho, pois não há expressão mais pobre. Digamos, contudo, que um fim seja isso, uma coisa pobre, e que desse modo seja válido, e que válido seja o que pode adjetivar um fim como um desejo de coerência. Algo que finaliza, na verdade, apenas a angústia do leitor.

Eu poderia concluí-lo e enviar a Agnes para que o leia e pense na vida que vive na pequena aldeia onde mora. Antes mostraria a Irene, que é muito crítica com textos e, por isso mesmo, talvez uma pessoa confiável. Só depois enviaria a Agnes e esperaria o que ela tem a dizer. Eu poderia também pedir a Irene que terminasse essa história, eu a enviaria a Agnes, mesmo sabendo que ela não mora mais em uma pequena aldeia, pelo menos não onde a deixei há quarenta anos, não porque tenha mudado de lugar, mas porque a aldeia se tornou uma grande cidade, cidade à qual talvez eu deva voltar em breve, se eu conseguir resolver o que tenho para resolver. Essa sensação de ser ou não ser que me toma há quarenta anos.

Desistir não seria uma solução

Sei que Irene gosta de contar histórias, embora prefira as teorias, considera-as mais honestas. Irene é realmente muito ingênua. Mesmo assim, não canso de pensar, eu poderia deixar o trabalho de lado, como fez A. A. e pedir a Irene, que é uma boa revisora, que ela desse um fim à história de Agnes Atanassova para enviar à minha querida Agnes, minha gentil irmã. Se penso bem, melhor do que esses escritos explicativos de minha condição, do meu estado, do meu ser, do meu não ser, seria o conto de A. A. finalizado, interessante, com um desfecho empolgante. Agnes, que é uma boa leitora, entenderia que uma história nunca é contada por acaso. Saberia do recado que envio a ela e tudo ficaria mais fácil, acobertado pela ficção, esse anteparo para a vida.

A história de Agnes Atanassova no lugar da minha própria. Melhor do que essa cobrança toda que envio a Agnes, esse pedido de atenção, de respeito, de decência, de dignidade, essas coisas todas que, mesmo que nos ajudem em alguma coisa, não são o sentido da vida para a maioria das pessoas e, para a minoria que nela crê, em geral, só causam sofrimento. Quando penso assim, sinto como se estivesse prestes a desistir. Desistir de tudo. Mas desistir não seria uma solução.

Agnes vai me achar um louco que, em vez de telefonar, se põe a escrever o que tem a dizer, e, no meio do que tem a dizer, conta uma história com a intenção de falar da própria vida por meio da vida de outrem e quer, ao mesmo tempo, fazer com que se pense em sua própria vida. Penso que, talvez me vendo como escritor, acompanhado também de uma escritora que tinha um lado atriz, ela mude sua visão a meu respeito. Que ela perceba que a vida é algo que se inventa. Algo que se inventa, porque, do contrário, já se desistiu.

Aquele telefonema deixou claro o que Agnes pensa e sente sobre mim. Agnes me considera um estorvo, um excesso, uma excrescência, por isso nunca me telefonou. Por isso não quer saber de mim. Meu pai deve ter contado a ela. Tudo o que Agnes não sabe, tudo o que eu nunca contei, ele deve ter contado. Agora é a minha vez de contar. Contarei a Agnes a história de Agnes Atanassova, do mal-entendido à ficção. Direi por caminhos indiretos, muitas vezes, os mais contundentes para dizer o que se tem a dizer.

Posso, por outro lado, e talvez seja ainda melhor do que tudo, enviar a Agnes o texto sem a parte que justamente falta. Posso pedir-lhe que escreva a parte que falta. Ao lhe pedir uma coisa dessas, faço com que pense, que valorize o que se passa na vida humana, no mundo, na experiência concreta. Peço-lhe que recobre a imaginação. Essa que faz amar o mundo. Agnes não poderia dar às costas a esse pedido. De que serve contar histórias, eu perguntaria a ela, senão para alertar quanto ao desmoronamento do mundo em curso? Essa seria uma pergunta que ajudaria a comprometer Agnes com a necessidade de imaginar, de saber que há mais no mundo do que supõe a filosofia.

Se Agnes Atanassova existe ou não existe é, tenho que admitir, indiferente para Agnes. Cabe saber, penso agora, se é indiferente para mim. Agnes Atanassova é uma ficção criada a partir da ficção de outra pessoa. Uma ficção como é Helena Schopenhauer Borges ou como é Julián Ana, personagens inventados por uma colega de Irene de quem Irene tem verdadeiro pavor. Li dois livros em que esses personagens se faziam passar por pessoas de verdade. Irene abominou esse projeto, quase rasgou os livros na minha frente. Eles sumiram de minha bolsa enquanto eu ainda os lia. Agnes, a minha irmã Agnes, não acredita em nada que tenha a ver com a poesia e a imaginação, nunca conversamos sobre nada que não fosse técnico, concreto, que não pudesse ser confirmado em um argumento simples. Para Agnes, o que não pode ser dito simplesmente não importa. Embora seja professora, Agnes nunca se interessou por ficção ou por letras em geral.

É fácil preferir a ficção quando a realidade dói, e a realidade, quando a ficção constrange. Seria fácil, se penso do ponto de vista de Agnes, acreditar que até mesmo Irene não existe. Agnes pode pensar que eu mesmo não existo. O fim que o conto de Agnes Atanassova me pede dispensa o peso do que chamamos de realidade.

Tristeza

Criar afetos como o amor, o afeto dos desesperados, é para isso que serve a ficção que nada mais é do que a imaginação organizada. Irene vai me matar quando souber que eu disse isso e o disse porque assim penso. E digo porque o que tenho é amor a Agnes. Algum tipo de amor. Algum tipo de amor, não é difícil perceber, é sempre uma forma de desespero. Irene dirá que exagero e não tenho como sustentar uma ideia dessas e me pedirá que estude mais, que fundamente o que digo e eu direi que não tenho paciência, ela me olhará decepcionada e ficará um mês sem falar comigo.

Quando ela some, eu me entristeço, e quando fico muito triste, em geral, penso que eu mesmo não existo. Talvez Agnes também não exista. Cheguei a pensar. Talvez ela tenha morrido muito cedo e meu pai tenha adotado uma menina para atender o telefone e falar comigo ou para enganar a si mesmo. Thomas sugere, nessas horas, que eu pense mais, pois pensar é, como diria Descartes, a condição para existir.

Nunca estive tão triste quanto agora. Se a tristeza é um critério de inexistência, então, desapareci. Talvez seja essa tristeza por não existir o que me move a contar a história de Agnes Atanassova. Talvez Agnes se sentisse feliz por saber que há pessoas no mundo que se dedicaram a contar histórias porque elas mesmas já não existem. E contam histórias para pessoas que também não existem. Pessoas que tentaram fugir do desespero do amor que sentem e, porque isso lhes foi impossível, desapareceram como quem dobra a esquina para nunca mais voltar.

Outro

Agnes Atanassova é, sem dúvida, um conjunto de resquícios em meu guarda-roupa. Espero de Agnes a sensibilidade para entender esse tipo de coisa. Talvez ela perceba que envio a ela essa história para que ela pense em sua própria vida. É minha esperança. Alguém diria que estou falando de mim. Mas não. Eu sou um outro. Enquanto uns têm necessidade de ficar, outros têm de voar, uns têm de ser, outros de não ser. Quem poderá ser contra essa perspectiva que coloca cada um no único lugar que poderia ocupar em vida, o lugar de si mesmo?

Talvez Agnes perceba que Agnes Atanassova, tendo um nome como o seu, é o retrato que faço dela, é o espelho que lhe ofereço, embora esse espelho não apresente uma imagem fiel. Não existem mais imagens fiéis. Nunca existiram. As tecnologias acabaram com a realidade e a verdade não passa de uma invenção de longa data. A verdade, mesmo sendo invenção, já desapareceu há muito tempo. Vive-se no reino da falsidade. Não existe imagem fiel quando se trata de um retrato falado. Em todos os livros, o que encontramos é sempre esse retrato falado de alguma coisa que não existe. Agnes, como professora que é, deve ter sensibilidade para essas coisas, pelo menos isso. É isso o que eu realmente espero dela, que ela saiba ser uma professora que se dedica a entender alguma coisa por escrito, porque, sendo professora, pelo menos ela sabe ler e, se sabe ler em um país de analfabetos, então ela tem a obrigação de ler melhor ainda. Que ela seja mais do que uma leitora mimada. Realmente é o que eu espero.

Que o simples nome de Agnes cause identificação com o de Agnes Atanassova é outra grande esperança que tenho em relação à competência de leitura da Agnes. Agnes entenderia que a vida é mais do que a utilidade das coisas. Algo como *meia palavra que basta*, mesmo quando as palavras vêm repetidas, exaustivamente repetidas. Que existem utilidade e utilidades e que utilidades não se opõem simplesmente às inutilidades. Inutilidades podem ser úteis. E o contrário. Que a vida de Agnes Atanassova tem algo a ver com a vida de Agnes simplesmente, de Agnes Wolf, minha querida irmã, é algo que ela precisa ver. Ela precisa saber como a vejo, desde que não a vi por quarenta anos. Mais. Menos. Talvez Agnes possa perceber que viver é completamente inútil e, movida por esta ideia, talvez decida até mesmo me visitar, poupando-me assim de minha decisão de ir até lá. Nesse momento, ela entenderá o que dói em uma decisão, se é que não passou por essa dor até agora.

O ajudante

Esta noite, sonhei que visitava Agnes. Como não conheço a imagem de Agnes, tenho somente sua lembrança quando menina, em seu lugar aparecia Irene. Não entendo como pude associar Irene com Agnes. Irene é negra, Agnes é branca. Irene, negra como é, é como Agnes, como uma irmã, porque eu mesmo não sou negro, mas tampouco sou branco como Agnes.

No sonho, Irene tinha um ajudante. Era um homem de meia-idade, careca, de bigode, com um paletó bege. Trazia uma pasta de escritório bastante cheia de papéis. Irene no papel de Agnes me trazia uma notícia. Ela queria me mostrar que seu ajudante, afinal seu empregado, tinha sobrevivido graças a um transplante. Sua sobrevivência soava como muito importante. Aquele homem não me dizia respeito, mas seu olhar assustado me pedia comoção. Eu não entendia o que Agnes, na forma de Irene, queria, mas fingi comoção para ser gentil. Felicitei-lhe por sua sobrevivência. O homem não se comoveu. Ele parecia aliviado por estar vivo. Acolheu meu cumprimento com um sorriso amarelo. Perguntei-lhe que órgão tinha sido transplantado. Ele comentou que era *o útero*. Fiquei estarrecido por alguns segundos. Ele tinha passado por um *transplante de útero*. Era um homem e não fora implantando, mas *transplantado*. Era curioso. No sonho eu me impressionava muito com esse fato. Agnes não se impressionou nem um pouco. Agnes, na forma de Irene, estava contente com a sobrevida de seu ajudante.

Agnes, quando está ao telefone na sua forma de Agnes, é dura e seca como aprendemos a ser em família. Agnes é agora toda a minha família. Uma família inteira em uma única pessoa. A palavra família sempre aparece em qualquer um dos meus sonhos. A palavra família surge como uma estranheza, mas está sempre nos sonhos, como o que não deveria ter aparecido. Está ali, por falta de nome melhor. Agnes apareceu em meu sonho na forma de Irene, porque não tem rosto. Mas terá um dia, porque estou providenciando um rosto para ela com as fotografias na parede. Agnes, que levava consigo esse homem com útero transplantado, aparecia como Irene, que é um rosto provisório arranjado pelo meu sofrimento.

No meu sonho, pensei que um homem nunca será uma mulher, por mais que finja, por mais que se esforce. Um homem poderá apenas ser um homem que se esforça por ser uma mulher. Mas um homem que se esforça por ser uma mulher talvez possa ser um homem redimido. Um homem que deseja se libertar de sua miséria de homem. Irene diria que estou sublinhando demais minhas ideias e que isso irritará Agnes, que pode não concordar com tanta didática. Irene pensa que a didática é uma ofensa e que Agnes pensa do mesmo modo que ela.

Por um segundo penso que eu é que sou invenção das duas e que, de algum modo, estão a me fazer de bobo.

Georges Sand

Agnes pode ser outra coisa. Não uma professora, não uma mulher sozinha no mundo. Agnes Atanassova também. Ela pode não ser uma atriz, não ser uma escritora. Temos uma pista para pensar assim. Esta última Agnes tinha uma roupa de piloto. Os nomes não querem dizer nada. Agnes Atanassova, mesmo tendo esse nome, bem poderia ser francesa, ou alemã. Talvez tenha se escondido nesse apartamento depois da impressionante viagem à ilha de Santa Catarina de avião na década de 1920, levando informações a Buenos Aires e tendo parado em Florianópolis, assim como fazia Saint-Exupéry. Agnes Atanassova dirigia um avião disfarçada de homem. No caderno ela conta como fazia para atravessar o Atlântico vestida de homem, que só assim se sentia segura. Seu narrador é um homem, um homem usado como disfarce de uma mulher.

Nessas horas me vejo como um mau leitor, porque o texto me sugere a vida da autora e eu embarco na volúpia da invenção que me permite completar o texto enquanto eu mesmo penso que o texto talvez devesse ficar incompleto. Como Georges Sand, Agnes Atanassova se vestia de homem, só que em vez de escrever como Georges Sand, ela pilotava aviões. Essa seria uma versão bem promissora. Ela não escrevia tão bem como Georges Sand, que, hoje em dia, poderíamos dizer que também não escrevia tão bem assim. Mas, como dirá Thomas, melhor ler bem do que escrever bem. O que importa é ler bem, eu concordo com ele e vejo como vamos de mal a pior. Como Georges Sand, Agnes Atanassova era francesa, só podia ser francesa, uma francesa com codinome russo para impressionar os alemães nos anos 1930. Do contrário esses jornais franceses espalhados por todo canto não fariam sentido por aqui. Nem escreveria em alemão, na verdade bem ruim. Ela disfarçava que era alemã, o que conseguia ao evitar falar. Como Georges Sand, Agnes Atanassova também quis ser freira, fica claro no conto, como ela também inventou personagens bem colocados no conto cujo final ficou em aberto. E contou como homem, expondo o seu disfarce. Como Georges Sand, Agnes Atanassova também teve vários amantes, inclusive mulheres. Como ela, vestiu-se de homem e usou um nome masculino, como Julián Ana, L. Wittgenstein, ou mesmo um nome feminino como H. Schopenhauer. Mas os nomes não dizem muita coisa, senão que podemos enganar por meio deles.

Como Georges Sand, Agnes Atanassova às vezes precisou fazer--se de louca. Eu bem poderia me fazer de louco diante de Agnes. O contrário, fingir-se normal, não teria muita serventia. A loucura pode ser uma saída.

Posso dizer a Agnes que Agnes Atanassova enlouqueceu. Verdade é que não sei bem o que pensar dessa mulher, dessa atriz, dessa Agnes Atanassova, diante da história que deixou escrita. Há fotos suas vestida de diversos personagens, é o que me faz pensar que fosse uma atriz, a confiar nas fotografias como testemunho de algum aspecto de sua vida. Verdade também que poderiam ser imagens de bailes à fantasia, o enquadramento não deixa saber, mas é provável que seja uma atriz, mesmo que falte o fundo, o camarim, o palco, a plateia. Também há a hipótese de que apenas se vestisse a caráter, se deixasse fotografar em estúdio e guardasse as imagens para exibir-se. Talvez mandasse tais fotos para algum artista que as usasse como modelo. As pessoas têm manias as mais diversas. Manias que é preciso respeitar.

De qualquer maneira, Agnes Atanassova pode ser uma atriz. Uma atriz que guardou uma quantidade de coisas que hoje em dia não se encontram senão em antiquários, casacos de pele de *vison*, uma estola de raposa tão original quanto a avestruz empalhada da sala que não pude descartar. Em noites de insônia esses objetos são tormentos e prazeres ao mesmo tempo. Pendurei na porta do guarda-roupa a medalha de santa Teresinha que costumava trazer na carteira e que atravessou o mar comigo. Quem a vê não distingue mais que santa poderia ser. Mesmo assim, apagada, ficou bem no mundo de Agnes Atanassova. Essa coleção de jornais antigos, dos quais salvei pelos menos uns cinco, todos com fotos de aviões e aviadores, de onde tirei o nome Atanassova. Alguns dos casacos, três precisamente, eu os vendi porque eram repetitivos. Havia ainda as notas fiscais da época. Há, a propósito, muitas notas fiscais, mas nelas não se encontra o nome de ninguém. Estão todas em branco onde deveria haver um nome. Exceto uma em nome de Ernst Drewers. Agnes Atanassova seria Ernst Drewers? Nas notas fiscais descreve-se o valor em moeda anterior à guerra que hoje em dia já não tem valor senão para a história, talvez nem mesmo para ela. As notas mais recentes eu as joguei fora. Notas de uma televisão que nunca esteve aqui. Notas de sapatos, de discos, de um toca-discos. Objetos que não estavam aqui quando cheguei. Guardo tudo isso por idiossincrasia, por que me agrada guardar. Porque tudo isso um dia disse alguma coisa para alguém. E não posso fingir que tudo isso não concerne a mim agora.

Depósito

Agnes Atanassova também não guardou por guardar o que deixou aqui. Somente os turistas guardam por guardar assim como esquecem por esquecer.

Guardar não é um verbo intransitivo. Guarda-se algo com alguma intenção. Isso me preocupou, porque sempre tive admiração por depósitos, muito mais do que por museus. Sempre preferi o esquecimento à memória. Os depósitos, por sua vez, cheios de velharias, sempre me comoveram, porque compõem o mundo como uma grande cena de abandono e esquecimento, um cenário perfeito para viver.

A venda de algumas dessas peças me permitiu juntar dinheiro para trocar as vidraças e a parte danificada do assoalho por demais riscado por movimentos de cadeiras, mesas e saltos altos. Guardei algumas echarpes de seda, algumas semijoias, pois não havia nenhuma joia de verdade. Tudo parecia muito usado, embora tenha ficado intacto por muito tempo. Lustrei as semijoias e arranjei-as em pequenos ganchos na parte interna da porta. Foi quando encontrei um lugar para colocar o colar de pérolas de minha mãe, aquele que eu devia ter devolvido à minha irmã a pedido de tio Carlos. Aquele que pensei tantas vezes em devolver, aquele que um dia eu deveria devolver. Aquele que eu esquecerei mais uma vez de devolver.

Relógios

Guardei um par de sapatos, de tamanho 40, que serviriam no meu pé se eu não tivesse encolhido de uns anos para cá. Meus pés sempre foram pequenos, o que me envergonha ainda hoje quando preciso comprar um sapato, o que não faço há mais de cinco anos. Mas raramente compro um sapato. Tenho dois e os uso há vinte anos, se levo um para o sapateiro tenho o outro para calçar.

Não gosto de ver meus pés. Não gosto de me ver. Muito menos nesse espelho quebrado que duplica minha imagem. Duplica imagem de todo o apartamento, das garrafas que um dia estiveram cheias de vinho e que coloquei em cima do armário da cozinha depois de tirá-las de sobre a mesa onde estavam junto a copos encrustados com os restos secos da bebida, como se o apartamento tivesse sido fechado depois de um brinde. Os cinco relógios parados foram consertados com o dinheiro da venda dos casacos. O que me obrigou a estudar por muito tempo o mecanismo dos relógios.

Contei isso a Agnes, lembro bem, disse-lhe que eu estava a consertar relógios. Atenta, como raramente esteve a mim, ela pensou que fosse minha profissão. É que Agnes nunca perguntava nada sobre mim. Não deu muita atenção quando lhe falei que trabalhava no museu, como de fato não dava atenção a nada que eu lhe dissesse, falava comigo, de um modo geral, como se estivesse sempre com pressa de desligar. Hoje pela manhã não foi diferente. Nunca foi diferente. Nunca poderia ter sido diferente.

Além desses relógios, do chão, das janelas, apenas o fogão e a geladeira precisavam de reparos, eram até relativamente novos comparados aos demais móveis vendidos junto com o imóvel, móveis que ficaram aqui construindo o ambiente de Agnes Atanassova. Hoje em dia, um pouco mais limpo e organizado, este é o meu ambiente e bem poderia ser o ambiente de Agnes, Agnes, minha irmã, caso ela viesse morar comigo. O encontro entre Agnes, apenas Agnes e Agnes Atanassova. Colocaríamos uma cama extra, eu liberaria um compartimento do armário para que ela pusesse as suas roupas, o que mudaria esse ar de pequeno museu deste apartamento.

Cama

Não posso deixar de lado essa vida que me encontrou onde eu estava quando em busca de um lugar para ficar. Não fosse Agnes Atanassova hoje, e esse apartamento que ela, de algum modo, me deixou, não sei em que lugar eu poderia estar em um mundo que insiste em ser inóspito.

A cama infestada de cupins faz pensar que nada nessa vida está livre do inóspito. O dossel quebrou na tentativa de mudá-la de lugar logo que cheguei aqui. Alguns pregos esmeradamente colocados deram jeito na estrutura. Pelo menos dormi nela até hoje. Agnes, se viesse morar comigo, poderia dormir nela enquanto eu me viraria no sofá até que achássemos lugar para outra cama.

Nunca durmo no sofá porque o sofá me daria a sensação de desorganização. Se existe cama, dorme-se nela. É uma formalidade, mas uma formalidade cheia de sentido. Se Agnes viesse morar comigo, eu mudaria meu hábito. Tenho para mim que, se eu dormir sempre em uma cama, envelhecerei mais devagar, o que me trará uma vantagem. Mas eu desistiria disso por Agnes. Há cerca de um ano, quando tive o meu problema na coluna, acabei dormindo na cadeira por alguns dias e isso me valeu décadas de idade a mais. Não foi a velhice em si que trouxe a dor. É a dor que traz a velhice.

Velhice

A velhice que começa a me atingir não é de hoje, é de quando nasci, e sempre gostei dela, da sua lentidão, do seu silêncio, não das dores que a produzem. Agnes Atanassova pode ter envelhecido aqui neste apartamento. Se não morreu jovem, o que é possível. Nada no apartamento informa sobre Agnes Atanassova como uma mulher velha. Quando me apareceu, apareceu na forma de uma jovem. Pode, no entanto, ter envelhecido por aqui sentada na poltrona Luís XV ou XVI, desgostosa de sua velhice como eu estou da minha. Ou teria escondido sua velhice, rejeitando-a de tal modo que dela o inconsciente ocupou se em conservar a imagem da juventude. Digamos que podemos usar esse tipo de explicação que nada explica, mas que me diverte nessa hora em que sou devorado por um desespero vazio como ele só.

Não havia remédios, bengalas, pantufas, roupas ou sapatos de velha. Mas havia sinais de apagamento que remetem a algo que envelheceu, talvez o tempo ao redor da moradora. Há esses sinais até hoje. Sinais estranhos. Uma cortina em que falta um lado. Uma mancha no armário daquelas que se formam quando um móvel tapa a passagem do sol. A inexistência de panelas, pratos, garfos. Havia, na verdade, copos, aos pares. Três pares de copos de cristal para vinho. Guardei-os para o caso de Irene me visitar alguma vez e eu queira impressioná-la com algo como *bom gosto*. Tudo leva a crer que aqui se encontravam amantes. Não era um lugar em que vivesse uma pessoa com hábitos comuns, como o de cozinhar. Pode ser que não morasse aqui, mas que apenas ficasse por aqui. Talvez morasse aqui e tivesse o hábito de comer fora. Embora aqui ela bebesse. E aqui ela se vestisse. E por aqui ela dormisse. E pode ser que dormisse com seus amantes nessa cama confortável. Até que morreu, bem longe daqui, porque não há sinais de sua morte.

Medidas

Agnes Atanassova tinha um manequim convencional. Não devia ser muito gorda nem muito magra. Dizem por aí que viemos aumentando de tamanho através dos séculos. Seu pé era grande, o meu é pequeno para os sapatos que deixou, mesmo assim, com um pouco de esforço, cabem em mim, basta colocar algodão na ponta, como faço agora com esse sapato de salto preto. Mulheres com pés grandes não são tão incomuns. Por aqui são muito comuns. Onde vive Agnes, minha querida irmã Agnes, mulheres com pés imensos são igualmente comuns. Há mulheres gigantes. Agnes, a própria Agnes, apenas Agnes, era uma menina muito grande, deve ter se tornado uma mulher imensa. Eu é que sempre fui muito pequeno perto de meninas e meninos.

As pessoas nos mediam. Meu pai também nos mediu algumas vezes. Agnes era pequena e eu não parecia seu irmão, mas um duende que a acompanhava. A altura sempre fez parte da minha vida e desconfiei que era parte da doença. Com o tempo cresci um pouco mais, mas não a ponto de parecer um sujeito adulto. A cama de Agnes Atanassova sempre foi muito grande para mim. Também as cadeiras. Do mesmo modo que os móveis da cozinha. Subo em uma cadeira para atingir as prateleiras. Por sorte há poucos móveis no apartamento. Entre eles, há uma mesa de pau-brasil que eu adoraria descobrir como veio parar aqui. E um par de poltronas Luís XV ou XVI, nunca sei a diferença, um pouco cafonas como tudo que é aristocrático e, por estar como relíquia em num ambiente burguês, é ainda mais cafona.

A costureira

Guardo os objetos perdidos, jamais buscados pelos visitantes do museu, na parte de cima do imenso guarda-roupa. Objetos que acabei trazendo para casa porque iriam para o lixo, caso não fossem enviados a asilos, orfanatos e manicômios, a campos de refugiados. No começo, eu não sabia o que fazer com as coisas inúteis, o que fariam com elas as pessoas que, nesses lugares, recebessem também a sua parte de bugigangas. Com o tempo, o que eram perdidos para outros se tornaram meus achados. Quando cheguei já havia tantas roupas no guarda-roupa, um guarda-roupa, aliás, tão grande que parece ter sido forjado aqui dentro do apartamento. Como critério de salvação, guardei aquilo que não tinha nenhum sinal de ter sido comido por traças. Muitas peças praticamente se desmanchavam ao toque.

Do que pude salvar, há um vestido que levei a uma costureira. Ela o reformou trocando o forro e ajustando os botões por um valor modesto, devidamente registrado em minhas anotações como sendo dinheiro do meu salário de funcionário de um guarda-roupa de museu, porque a essa altura o dinheiro das outras peças tinha sido todo gasto com a reforma das janelas e do chão. A costureira, embora generosa, tinha o péssimo hábito de perguntar por minha esposa. Eu respondia que o vestido era uma relíquia e que pretendia guardá-lo de recordação. Ela parecia fingir que não ouvia. Então resolvi fazer-lhe um pouco de mal, não sei onde estava com a cabeça, mas me parecia o único antídoto para aquele momento.

Disse-lhe que minha tia aviadora chamada Agnes Atanassova tinha morrido de cólera na África e que o vestido podia estar infestado dessa aterradora doença na qual a pessoa morre sangrando sem que nenhuma ajuda seja possível. Sugeri, para fortalecer o ânimo venenoso com que senti prazer em atingi-la, que ela verificasse se não havia no próprio forro que ela havia trocado algo como sangue borrifado e então seco. A pobre mulher assustou-se tanto que chegou a me assustar. Então me comovi. Mas de nada adiantava, pois meu lado perverso, aquele que não me deixa ficar deprimido, estava realizado. Pensei em revelar a brincadeira. Pensei em dizer-lhe que, na verdade, uma prima vinha visitar-me em alguns dias e eu queria fazer-lhe uma surpresa. A prima que eu tinha em mente era Irene. Mas não queria dar tantas explicações à mulher. Desisti de contar a verdade porque era mais fácil assim, sem muitas palavras.

Tenho encontrado na vida pessoas que me pedem explicações, Irene é uma delas. Agnes está aí para confirmar a regra, sendo a exceção que sustenta a regra. Eu não queria dar muitas explicações à mulher que consertou o vestido. Preferi que ficasse com a fantasia. Que contasse a história horrível aos que procuram seus serviços. Quando se dá muitas explicações, as histórias perdem a graça imediatamente. Se as explicações são muito poucas, as pessoas perdem a chance de fantasiar, o que também é muito ruim. Uma boa história nunca é muito bem contada, disse-me Thomas quando falamos de Brecht. Pena que a maior parte das pessoas tenha pouca imaginação e restrinja-se à mitomania ou à maledicência que sempre dá muito prazer aos menos inteligentes.

Digo *menos inteligentes* não é por pedantismo da minha parte, os menos inteligentes são aqueles que se contentam com o que lhes dizem e, ao tentar ser mais inteligentes, por não desafiarem a si mesmos, erram o alvo com as pedras duras de seus pensamentos prontos. Mas isso só acontece porque os menos inteligentes se acham os mais inteligentes.

A costureira era um tipo desses. Um tipo que precisava de explicações. E que se considerava mais esperta do que outros. Fato é que havia o vestido e, havendo ainda um guarda-roupa tão grande no apartamento, ao mesmo tempo que, sendo eu mesmo o funcionário de um guarda-roupa, tinha finalmente muito lugar para guardar tudo o que eu encontrava, na verdade o que foi abandonado por Agnes Atanassova em sua fuga para o Brasil, sim, porque ela fugiu para o Brasil, se levarmos a sério o conto escrito por A. A., e o que era abandonado pelas pessoas que não voltavam ao guarda-roupa para buscar os seus pertences. Havia esse vestido, do qual não tive coragem de me desfazer.

É que a fantasia do dia em que Irene virá visitar-me não me deixa. Ainda tenho essa fantasia, cada vez menos realizável diante desses sumiços de Irene. Se ela viesse até aqui eu lhe mostraria a quantidade de coisas que guardei no armário e conversaríamos sobre isso amigavelmente, quem sabe até com um copo de vinho, falaríamos de nossos segredos, ficaríamos por aqui e pensaríamos depois sobre o melhor modo de seguir com a vida.

Chapéus

O meu armário, como fica claro, é certamente um tipo de museu, sem exagero, pelo menos um gabinete de curiosidades ele é. De tudo o que a atriz aviadora Agnes Atanassova deixou no apartamento, a coleção de chapéus, pois se trata de uma coleção, inclui vários desses bonezinhos em forma de sino, que se chamavam *cloches*, assim, em francês mesmo, coisa que fui aprender lendo uma revista dos anos 1920 comprada num fim de semana em um mercado de pulgas.

Nessa revista encontrei o retrato de um homem muito parecido com meu pai. Retrato que recortei e colei no pequeno mural onde tenho as fotos a partir das quais tento recompor o rosto de Agnes. Meu pai não era um homem qualquer, era Paul Newman. Às vezes penso que poderia recompor o rosto de meu pai, mas esta imagem me bastou, ela é muito melhor do que a imagem do pai de Dürer que vi anos atrás no museu quando passeava com Irene. As imagens masculinas não fazem sonhar, então essa me serve bem, serve bem a meu pai. Meu pai era um homem sem graça, mas parecido com Paul Newman. Era sem graça como são em geral todos os homens em suas roupas austeras e sóbrias.

Esses chapeuzinhos que, rentes à cabeça, eram a moda das modas nos anos 1920, pareciam agradar muito a minha atriz e aviadora. Gosto de ficar olhando para eles. Já tive a tentação de usá-los. Já os experimentei. Mas não fico bem com eles. São bons como disfarces. As mulheres usavam para disfarçar cabelos que nem sempre eram fáceis de cuidar. Ora, os cuidados com os cabelos surgiram com o avanço das tecnologias de produtos, antes eram escondidos sob esses lindos chapeuzinhos. Até hoje as pessoas se tapam, mas apenas para escapar do frio. Não há mais vergonha. Por isso, quando chegam ao museu, as pessoas se destapam, tiram os casacos, os gorros, as echarpes, as mantas. As pessoas suportam roupas por convenção. Naquela época as pessoas se escondiam por elegância. Eu ainda me escondo apenas por vergonha.

Muitas dessas peças que as pessoas usam por pura obrigação são esquecidas nas salas durante as visitações. Sobretudo os gorros são perdidos dentro das salas onde se encontram as obras. A pessoa vem até aqui deixar o casaco e a mochila e, ainda com frio, sai com o gorro na cabeça. Então, ela perde o gorro, porque em algum momento ela tira o gorro da cabeça e o segura na mão e a mão não é firme. Perde também o cachecol que muitas vezes também leva consigo. Tenho a impressão de que todas as peças são das que mais raramente voltam a buscar. Muitos não se preocupam em guardá-las quando têm a chance. Quando voltam, têm que passar por aqui, onde poderiam tê-las guardado. Depois não voltam à procura da peça porque evidentemente ela tem pouco valor, compra-se gorro e cachecol fabricados na China em qualquer esquina por um preço irrisório.

O tempo de procurar, ou de descer as escadas vale mais do que o próprio gorro para os visitantes perdedores de coisas que se acham poderosos por causa de seus trocados que podem comprar novamente aquilo que haviam perdido, sem saber que se trata de uma mera ilusão da forma. A coisa nunca é a mesma, mesmo que seja igual do ponto de vista da forma. Mesmo que tenha passado por uma fábrica que produz as coisas, aparentemente as mesmas. Irene insistirá, sobre isso, que elas são realmente as mesmas, que é o mesmo trabalho repetitivo que as produz. Se algo tem mais valor, é difícil que o deixem para trás.

Ninguém deixaria para trás um *cloche*, pois na época os *cloches* eram o charme total e não havia tanta generalização, tanta cópia, tantas coisas de plástico ou fabricadas na China como hoje. Os *cloches* não existem mais, esconder os cabelos é tão impossível quanto a própria identidade, quando todos já perderam a identidade, quando a identidade não passa de uma máscara que se compra em lojas de produtos plásticos.

Revistas

Um dicionário de moda de uma tal Mary Brooks Picken que encontrei no sebo do mercado de pulgas, cuja dona começou a selecionar revistas para mim, sobretudo da primeira metade do século 20, as quais me vendeu algumas vezes tratando-me como se eu fosse um colecionador, me ajudou também a entender um pouco do que encontrei no guarda-roupa. Não no guarda-roupa do museu, onde, com exceções, só aparecem coisas ordinárias, mas as coisas que compunham o mundo de Agnes Atanassova. Guardo meia dúzia dessas revistas na gaveta da esquerda abaixo das echarpes e das fotografias. Fugi da vendedora de revistas que me vendeu também algumas fotos para compor o rosto de Agnes. Sua curiosidade sobre minha vida me incomodava.

Guardei as revistas porque, além de úteis, combinam com o cenário que eu achei por bem preservar. Me senti na obrigação de guardar quase tudo o que encontrei neste apartamento fechado há tanto tempo. Joguei o que fora comido por traças, o que não podia ser salvo. Não contei a ninguém. Quando meu colega fazedor de sopas tarado por computadores apareceu, fiquei com medo de que me perguntasse sobre minha casa, mas ele estava tão encantado consigo mesmo e suas bugigangas tecnológicas que não se ocupou com o mundo ao seu redor.

O telefone continua tocando no mundo ao meu redor, toca de hora em hora, há pouco julguei ter ouvido o interfone. Temo que o imbecil do Plentz, o infame fazedor de sopas, esteja à minha procura. Melhor ficar mais do que quieto. Não se pode imaginar até onde uma pessoa portadora da profunda chatice humana, como aquele indivíduo, é capaz de ir. O chato é incansável. Aqui ele não entrará nunca mais. Seja para o meu bem, seja para o meu mal, não importa, não o deixarei nunca mais se aproximar.

 Se ele viesse, eu o mataria, cortaria seu corpo branco e abjeto em mil pedaços e daria de comer aos gatos da vizinhança. Minha geladeira é bem grande e vazia. Daria para armazenar carne por uma semana. Na prisão, bem, eu seria enviado à prisão feminina, é provável. As outras presas se mostrariam compreensivas, pois todas já pensaram em fazer o mesmo que eu. Conversaríamos na hora das refeições sobre os motivos que nos levaram a fazer ou não fazer o que gostaríamos de ter feito. Eis o crime que eu não cometi, mas que cometeria de bom grado. E que ainda posso cometer, portanto é melhor ficar quieto. Melhor relaxar. Melhor continuar resolvendo os problemas de Agnes Atanassova enquanto penso no que fazer com Agnes, Agnes.

 Enquanto penso no que fazer comigo. A raiva sempre amenizou minha gagueira, mas neste momento, não tendo com quem conversar, a gagueira está, por si só, eliminada. De qualquer modo, mesmo sabendo que é a raiva que está na base desse tipo de imaginação, o que me comove é a frieza dessa imaginação. Sou capaz de pensar friamente. Não gosto do que penso, embora, no fundo, eu goste. Por isso penso.

 O ato de guardar me livra dos meus pensamentos. Apego-me à materialidade das coisas. Desprendo-me do pensamento. Ao vir morar aqui, não havia alternativa senão guardar o que havia sido deixado. Era o que me parecia. O lugar me oferecia uma suspensão. Ou eu entendia o que tinha encontrado, ou podia me mudar daqui. Verdade que eu também podia, se quisesse, vender tudo para um brechó, procurar um colecionador. Agora, com a internet, poderia vender *on-line*, como se diz, e depois fazer uma reforma, quebrar as paredes, trocar as portas velhas por novas, o chão de madeira por carpete, tirar o guarda-roupa e construir um *closet* de vidro, enfim, promover uma decoração de revista, não das revistas dos anos 1920, pois naquela época não havia revistas de decoração. As revistas de decoração de nossa época são as coisas mais bizarras que se há para ver. Como me disse Thomas um dia desses, *pornografia para senhoras ocupadas com cortinas e lustres*. Objetos sexuais. Repreendi Thomas, pois que não são apenas mulheres que se ocupam com decoração. Thomas riu e deixou por isso mesmo.

A inteligência dos guarda-chuvas

Algum dos gregos sempre citados por Irene diz que a coragem é feminina. Não lembro qual daqueles gregos de Irene. Não sei se ela fala a verdade quando diz essa frase, se ela não a inventou sozinha. Nesse aspecto, sou um homem completo, completamente covarde. E a coragem que me perseguiu a vida toda continua fazendo o seu teste de rainha ofendida. Até onde impera essa rainha, eu me pergunto, como um súdito ingrato.

    O descaso com que as pessoas abandonam as coisas perdidas também é um tipo de violência. A violência de quem pensa que as coisas do mundo estão aí para serem compradas e abandonadas quando não importam mais. Por isso, acredito na inteligência dos objetos. Na inteligência, por exemplo, dos guarda-chuvas, objetos que sempre dão as costas a seus compradores. Eles se perdem antes de serem perdidos. E seu perder-se é uma vingança das coisas contra o consumo das coisas, contra a sua produção e destruição. Também as coisas, como as pessoas, querem ficar em paz em suas prateleiras, nas estantes, nos museus. Irene diria que estou raciocinando sobre o raciocínio possível e a suposta consciência de objetos, e que isso fere o próprio conceito de objeto. Que estou em uma pura fantasia. Irene sempre me corrige quando pode. Dessa vez ela não pode mais com o que tenho a dizer, com o que acabo de descobrir. Com o que, na verdade, descubro enquanto penso em minha nova situação.

Se eu fosse colecionador, certamente colecionaria guarda-chuvas, mas estes são objetos *incolecionáveis*, são *rebeldes à dominação*. Eles se furtam à propriedade privada. Não é difícil perceber que a natureza do guarda-chuva é perder-se. Guarda-chuvas também são deixados no museu, aos montes. Também ali, devem estar em fuga de seus donos, turistas de olhar ávido e cérebro cansado.

Consegui trazer um para casa, ele me serve há um outono e um inverno, meio ano ao todo, não imagino quanto tempo ficará comigo. Me esforço por conservá-lo sabendo que, a qualquer momento, posso perdê-lo. Eu o trato muito bem devido a meu medo que tenho de perdê-lo. Thomas levou outro guarda-chuva abandonado para casa. Quem o deixou no guarda-roupa foi um homem de seus cinquenta anos acompanhado de uma mulher de vinte. O homem a tratava como um bibelô. A mulher, por sua vez, se comportava como um bibelô. Irene sempre me repreende quando falo assim, quando na minha fala transparecem esses binômios, binários, bissexuais, bipolares que são, para Irene, gêneros ultrapassados. Sei que Irene tem razão, mas a mulher realmente parecia um bibelô, como um periquito que tivesse se humanizado. O homem, por sua vez, parecia uma estátua de cera, uma coisa morta a controlar uma coisa viva que existia para agradá-lo.

Era outono e chovera pela manhã. O guarda-chuva era preto e pequeno, acionado para abrir e fechar por um botão que dá um salto. O homem devia tê-lo levado no carro, pois não trazia mochila ou pasta como outros funcionários de escritórios que abundam nas redondezas. Aqueles dois tinham vindo ao museu para almoçar no restaurante caríssimo onde eu mesmo nunca comi, porque não gosto que me vejam comendo, não gosto que me vejam e muito menos comendo. Todo mundo olha para alguém que está a comer mesmo quando ele mesmo, o que olha, também está a comer. Aquele casal não veio para olhar obra alguma.

O homem de cinquenta anos tinha jeito de um tipo de rico que ficou rico há pouco tempo. Era magro e forte, dava a impressão de alguém que cuida do próprio corpo e usa roupas de marca para impressionar, além de um perfume excessivo. Mesmo assim mantinha uma barriga. O implante capilar era dos melhores, mas inevitavelmente visível. A jovem era sua secretária ou estagiária, algo do tipo. Estava com a roupa do uniforme da firma. Parecia envergonhada, mas também deslumbrada com o homem de cabelos implantados. Tinha cílios cor-de-rosa, detalhe que comentei com Thomas. Thomas achou curioso. Eles não voltaram porque o homem a convenceu a ir a um hotel, eu disse a Thomas. Thomas disse que eu estava enganado, que se tratava de pai e filha. Nesse momento, comentei com Thomas que ele não vira *o casal*. Thomas riu dizendo que tentava controlar minha maledicência. Que a cegueira era uma bênção num mundo como o nosso. Foi assim que fiquei sabendo que eu era um maledicente e que ser cego era um jeito de evitar a maledicência. Retruquei, no entanto, que a vida se prestava a isso, eu disse a Thomas. Era a vitória do mau humor sobre o bom humor, o meu contra o de Thomas, pensei e falei porque entre mim e Thomas não deixávamos surgir constrangimentos. Thomas pôs o guarda-chuva do casal aberto num canto. No final da tarde, quando o museu já fechava, percebemos que não voltaram para buscar. Chovia muito. Nem eu nem Thomas estávamos preparados para a chuva. Olhamos um para o outro pensando em quem levaria o guarda-chuva. Thomas carregou-o consigo. Eu fui correndo à parada de ônibus. Levava comigo um casaco de lã perdido por ali há meses.

    Os guarda-chuvas são objetos comunitários mais do que os outros objetos. O pessoal da limpeza se ocupa em distribuir os guarda-chuvas pelos escritórios, na porta, a quem quiser levar. Sobram muitos. Com o tempo, fui trazendo do museu os perdidos não buscados, mas sempre escolhi bem o que traria. Trouxe o pequeno guarda-chuva florido para casa. Uma sombrinha, me lembrei de quando era menino e Inês, a vizinha que nos ajudava com nossa vida precária, diferenciava os guarda-chuvas pretos das sombrinhas coloridas. Contei a Thomas, que me disse que sua mãe chamava aquele guarda-chuva delicado apenas de guarda-chuva colorido. Coisa de mulher, embora sua mãe não fosse uma mulher preocupada com isso, como ele sempre me dizia, a recuperar nossa desavença sobre o que seria masculino e o que seria feminino. Aquela conversa mais do que insuportável que eu pensava ter superado.

E que ele também pensava superada, mas que sempre voltava como um problema, uma piada, um traço de caráter a ser apagado. Não tenho mais paciência alguma para esse tipo de conversa.

Em respeito à juventude de Thomas e sua falta de experiência, entramos delicadamente na conversa sobre a diferença dos guarda-chuvas. Fomos a lugar nenhum, porque nossos embates sempre buscaram a lógica e não havia como sustentar logicamente essas diferenças. Busquei um ponto de vista estético, os objetos ditos *masculinos* nunca são interessantes, eu falei. Thomas contentou-se com isso e nunca mais incomodamos um ao outro.

Pérolas

A quantidade de peças que as pessoas nunca mais vão buscar é impressionante. É raro alguém buscar alguma coisa esquecida no guarda-roupa. Invariavelmente a peça perdida fica por lá. Quando se perde algo no museu, os funcionários da limpeza trazem o objeto e eu, assim como Thomas, cuidamos da peça considerando que pode ser algo importante. O dono aparece em algumas horas. Do contrário, o que foi deixado para trás é esquecido para sempre. A memória não é uma faculdade forte. Ela não vale a pena, porque as coisas não são realmente importantes para quem as perde. Em um dos meus cadernos, costumo anotar o nome da peça perdida, suas características mais básicas, a data e horário em que tinha sido entregue por um funcionário ao guarda-roupa. Anoto o nome do funcionário.

Das coisas mais surpreendentes que se perderam por lá até hoje, entre celulares e computadores deixados em mochilas, junto a relógios e aparelhos de música desses portáteis, que sempre valem um bom dinheiro e que, mesmo assim, raramente são buscados, encontrei um par de brincos de pérolas. Os brincos estavam numa pequena sacola de papel cor de vinho. Foram deixados por um homem que veio só ao museu. Vestido como um velho, embora não fosse tão velho, usava chapéu e sobretudo em pleno verão, perdido que estava do senso sazonal. Parecia embrulhado para presente. Nenhum dos funcionários tocou no pacote. Não se sabia que havia ali um par de brincos de pérola. Um dia por mês, as moças da faxina apareciam recolhendo tudo o que havia sido deixado.

No intervalo de um mês, essa coleta era realizada sem esquecimento, não era possível armazenar os perdidos por tempo ilimitado. O prazo era apenas de um mês. A memória das coisas perdidas não pode durar mais de um mês. Também a falta daquilo que lhe pertence. Naquele dia, tudo seria doado. Eu perguntei às moças presentes que se moviam rapidamente colocando tudo em grandes sacos de lixo preto, inclusive a Thomas, se alguém tinha interesse na pequena sacola. Ninguém se interessou. As moças recolhiam coisas sem se ocupar com o que podiam ser. Eu ficava perplexo diante de tamanho desprendimento, pois eu mesmo verificaria o objeto, mesmo que apenas por curiosidade. Certamente fariam uma triagem mais tarde, eu pensava, Thomas também, pois sabíamos que ali havia sempre muita coisa útil. Eu estava curioso com o pacote, mas por prudência ainda esperei semanas e, sem que ninguém o procurasse, levei-o comigo.

Não cabia no meu bolso, tampouco servia como uma sacola vistosa de loja de grife daquelas que servem para ostentar algo empolgante aos olhares fetichizados das pessoas. Era preciso segurá-lo bem para que não caísse no movimento da rua, no ir e vir apressado das pessoas esbarrando umas nas outras loucas para chegar em casa, aos bares, às lojas, às escolas em que iam buscar seus filhos, onde paravam para tomar uma cerveja, nos quiosques onde comiam salsichas com pão.

Curioso, abri o embrulho no ônibus, quando voltava para casa. Era um par de brincos de pérolas. Um par de brincos de pérolas verdadeiras, ou um par de pérolas falsas. Não importa. Era um par de pérolas. Eu tinha um par de pérolas, como se não bastasse o colar de pérolas de minha mãe, eu tinha um par de brincos de pérolas pronto para dar de presente a quem eu quisesse. Um par de pérolas que tinha vindo a mim e que eu poderia dar a quem eu quisesse dar. Era como se os brincos de pérolas tivessem me encontrado. Como se um cão perdido na rua encontrasse seu dono por acaso anos depois de ter se perdido. Nunca me esquecerei desse par de pérolas que veio até mim. Não imagino o que seu dono faria com ele. Quem o receberia de presente. Eu era alguém atravessado pela sorte, pensei. Ou seria o destino e sua mania de expressar o eterno retorno do mesmo, não se podia saber.

Levei-o para casa como quem levasse um presente para uma esposa. Um homem que leva o que espera uma mulher. Ou uma mulher que leva o que outra mulher espera. No apartamento de Agnes Atanassova, meu próprio apartamento, o par de brincos faria companhia ao colar de pérolas que eu trouxe comigo e a outros objetos que pareciam intocados até mesmo pelo corretor de imóveis que poderia ter levado o que quisesse daqui, das coisas que constavam como *parte do apartamento*. O corretor insistiu demais sobre o fato de que ele não tocara em nada, o que me fez pensar que teria levado algo de importante consigo. Sempre tive uma estranha simpatia por ladrões porque são os únicos que podem perdoar o seu próximo, ele mesmo um ladrão. Então não me importei com o furto possível. Pensei que somos roubados de nós mesmos em vida. Que eu fui roubado de mim. Pensei na mulher que era Agnes Atanassova, o colar de pérolas e os brincos recém-devolvidos pelo destino. E ela finalmente devolvida a si mesma.

O corretor

De tanto me avisar repetidamente que não tinha tocado em nada, desconfiei que tivesse tocado em alguma coisa e que devia ser alguma coisa importante. Dinheiro, joias, alguma peça que pudesse servir a um antiquário e que valesse dinheiro. Restaram as semijoias dentro de uma pequena caixa de madeira dentro de uma gaveta no guarda-roupa. Pensei em enviar a Agnes um broche na forma de uma tartaruga talhado no casco do próprio animal, mas desisti ao pensar que ela não entenderia a chegada da peça em sua casa.

Eu imagino a favor de Agnes Atanassova e é meu modo de imaginar a favor de Agnes Agnes simplesmente. Do mesmo modo quando imagino a favor de Irene. Imagino a favor das pessoas de que gosto. Imaginar é um jeito de viver. Imagino um jeito puro e simples de estar no mundo que cabe a Agnes, simplesmente Agnes, e a Agnes Atanassova. Irene me diria, eu imagino, que me tornei, depois de velho, um existencialista. Eu diria que apenas vivo a experiência da linguagem. Diria gaguejando, é verdade, o que daria mais realidade à cena em que me pronuncio acerca da linguagem. Irene riria a dizer que virei um erudito e que, por isso, muito mais do que pela gagueira, nunca mais conversarei com ninguém.

Como um poste preso ao chão que não se pode dar conta de existir um outro lugar, fiquei onde estava a olhar os brincos com o colar de pérolas na mão. Agnes Atanassova esteve aqui, assim como eu estou, mas saiu daqui, em fuga. Sei que nos prendemos ao tempo, mais do que ao espaço, e que um é dimensão do outro.

São pensamentos que me vêm agora que estou na iminência da decisão, ficar ou ir. Enquanto ouço o telefone tocar. Agnes finalmente me chama para desmentir o que me disse hoje pela manhã. Não me imagino a falar com ela. Nem sempre é fácil. Penso em dormir, me imagino a dormir e acordo assustado com um sonho ruim. Um sonho em que perdi o trem da história. A história que, como a vida de Agnes Atanassova, atravessa seu corpo.

Poste

No corpo, tudo se sedimenta. Parado a esperar, o máximo que faço é acionar as teclas. Temo que alguém bata à minha porta, que o telefone continue a tocar. Sem poder criar raízes, sou uma espécie de poste humano. Um poste foi um dia naturalmente árvore, mas não é mais árvore natural e sim uma haste artificial. Ele é seguro apenas pela força da terra onde se apega e da qual ele necessita para ficar em pé. Mas ele não está vivo, artificializou-se. Sustenta fios, não folhas e frutos, pássaros e seus ninhos.

A diferença entre mim e o poste é que, de mim, ninguém necessita para nada. O poste tem função, a de suster fios de eletricidade, de telefone, fibras que transportam dados nesses tempos virtuais. Eu não sirvo para nada, nem a ninguém. Seria facilmente substituído por outro na minha função de homem do guarda-roupa, uma função ridícula, que faz de mim nada para ninguém. Só o que me faz estar aqui é a função que é meu direito ocupar. Um direito estúpido para uma pessoa estúpida sem função maior na vida. A função que pode ser realizada por um armário com chave que há de me substituir em breve. Mas a diferença importante entre mim e um estúpido qualquer é que eu sei que sou estúpido e isso melhora um pouco o meu lugar porque não tento parecer inteligente, o que economiza muitas dores para mim e para outros que pudessem ter alguma expectativa em relação à minha pessoa.

Um fato contranatural

Irene me disse que Aristóteles explicou a inteligência das mulheres como sendo um fato contranatural. Gosto quando Irene encontra essas falsas questões para nos divertir didaticamente, a ensinar algo que precisamos saber. Agnes vai se entender com essa falsa questão. Agnes certamente preferirá a história do pequeno príncipe escrita por Saint-Exupéry a essas conversas aristotélicas. O que ela não vai entender é que Saint-Exupéry era, ele mesmo, um fato contranatural, e que escreveu *O pequeno príncipe*, seu livro mais famoso, antes de ter se transformado em uma atriz que morava em Berlim.

O conto do pequeno caderno vermelho narra a história do homem que escreveu *O pequeno príncipe*, de como se sentia triste vestindo-se como um homem, a sobrevoar o Atlântico, sozinho em seu avião, de como a fama adquirida com o livro o deixou infeliz, de como essa fama de escritor o apagou como sujeito político, de como essa fama por um livro do qual ele nem gostava tanto o incomodou a ponto de ele ter decidido escapar para sempre. Essa fama, mais cedo ou mais tarde, faria com que ele fosse desmascarado. Não era um homem, era um comunista e era mulher e por isso, em certo momento, era preferível que desaparecesse, para seu próprio bem. Fingia ser homem havia muito tempo. Precisava assumir-se. Não tinha nada a perder. Durante muito tempo, quanto mais tentava fugir, mais se enredava em si mesmo, nas coisas que fazia, nos compromissos assumidos. Este apartamento não existiu porque quisesse dividir este espaço com alguém, tampouco porque, como eu, quisesse ficar só, não porque estivesse com medo dos franceses, como eu sempre estive da polícia alemã, não porque ele estivesse a confrontar os alemães, mas porque precisava de uma fuga perfeita que pudesse salvar sua própria vida, e o único modo era acabar com ela e redimensioná-la.

Eis a ideia central do conto de Agnes Atanassova. Uma ideia que, caso fosse publicada, incomodaria algumas pessoas, talvez até mesmo muita gente. Quem, dos fãs de Saint-Exupéry, gostaria de saber que ele era, na verdade, uma mulher? Quem gostaria de saber que Diadorim era, na verdade, Deodorina? Muitos dirão que o que está escrito nesse caderno não passa de uma inútil ideia doentia. Uma ideia tão doentia que não vale a pena levá-la a sério, a própria Agnes diria isso ao saber da história de Agnes Atanassova. Ela não entenderia que esse é um problema real para muita gente, inclusive para mim, embora seja um problema ficcional, ou seja, um problema relativo à capacidade de se colocar no lugar do outro que só os romances ensinam e que Agnes, na sua frieza e no seu culto da ignorância, fingiu que não era seu.

Neve

Pássaros perdidos na noite escura bicam minhas orelhas. A memória é um órgão que sangra. Meu corpo são restos de uma vida não vivida. Como um lixeiro preguiçoso, deixo o serviço de recolher as sobras de mim mesmo para os outros. Agnes Atanassova fez isso ao me deixar suas sobras de herança. Na sarjeta, ensacado por inteiro, espero o caminhão de lixo passar como se não fosse comigo.

A neve impede a passagem do caminhão. A mudança repentina do tempo, faz parecer que estou num filme. A sala de cinema está trancada há séculos. Quando cheguei, há quarenta anos, vi a estação de trem surgir de dentro da mesma neve, uma cidade inteira aos poucos sob o branco a derreter. A neve de verdade era forte, tão cruel, tão esplêndida como a que vejo agora ao abrir a janela.

Carrego Agnes no colo para ver a neve minguada que tivemos em 1973, evito que ela toque o chão com os pés. Ficamos perplexos por algumas horas, contamos um ao outro que neva em nossa casa, queremos avisar mais gente, mas não há ninguém por perto. Faz frio demais e não temos como nos aquecer. Minha mãe é incapaz de notar que nevou, que estamos ali. Ela ainda posa para Leonardo, que não vem vê-la há dias. Meu pai não está em casa. Tampouco aparece Inês e seus filhos. Está frio demais. A neve providencia uma atmosfera de sonho, a sensação de dias vividos em poucos segundos.

Como agora, meu amor pela neve não durou mais do que alguns minutos naquele dia estranho. Esperei o verão voltar como a recompensa cósmica desejada por todos os que introjetaram o frio como um afeto.

Pode parecer uma bobagem, mas a cama macia do hotel no qual me hospedei há quarenta anos falou com meu corpo. Quando cheguei, tudo para mim era novidade. Até a cama do hotel. Uma cama antiga, com um colchão macio era algo incomum. Naquela cama quente do hotel onde eu podia ler os livros que quisesse por dias e dias. Até que meu dinheiro acabasse e eu passasse a dormir no museu, fiquei literalmente encantado com cada detalhe do hotel e da cidade. Prédios, cafés, ruas, livrarias, tudo era tão diferente da minha cidade natal, da casa da minha infância e diferente do seminário onde cada pedaço de pão era controlado não porque faltasse pão, mas porque controlar a fome era o controle sobre si mesmo a ser aprendido e provado a cada segundo. Se o controle não existisse, era preciso simulá-lo. E eu era apenas um jovem, estava deslumbrado com a vida em liberdade.

Encantado como uma corda que vibra num estranho movimento de inércia, deixei-me estar. Encantado com o anonimato, com a perdição, com a solidão, eu pretendia ficar alguns dias, cheguei a imaginar semanas, aprenderia algo da língua, veria como é a cidade e logo seguiria para a África. Naqueles primeiros dias, eu não falava com ninguém, ou falava muito pouco. Cheguei a esquecer a gagueira. Para mim tudo era milagre, o que eles comiam que eu passava a comer, o que eles bebiam, que eu passava a beber, o modo como falavam, como eu gostaria de falar. Era como mudar de planeta. No extremo eu queria saber como se moviam, como agiam dentro de suas casas. As pessoas pareciam diferentes das que eu conhecia até então. Eram mais expressivas, mais animadas.

Me extasiava a televisão, assim como a lata de lixo, um carro, um prato, uma rua pavimentada, uma vitrine, as pessoas sentadas na grama dos parques. A chance de, à noite, cruzar o muro quando os guardas fingiam que não viam nada acontecer. Eu esperava qualquer coisa de diferente. Qualquer coisa desconhecida que pudesse limpar o seminário do meu corpo.

Futuro

O seminário estava arraigado no meu corpo como um sapo venenoso colado à minha pele. Mas o seminário não era mais muita coisa, ele se apagava a cada dia da minha memória. Primeiro se foram as imagens, depois os cheiros, depois os sons. Uma película de esquecimento jogada suavemente sobre aquele tempo ajuda a apagar resquícios, como em fotografias umedecidas e mofadas. Desde que cheguei a esse outro mundo, o seminário e o tempo criado no espaço do seminário deixaram de ser *a questão*, porque nem mesmo quando eu estava lá aquilo fora para mim *a questão*. Eu gostaria de ter trazido comigo o senso da transitoriedade daquela época, cuja questão central era uma questão futura, e porque não conseguisse me ocupar com o futuro, então eu sabia que era um infeliz e que seria um infeliz para sempre, por mais que pudesse fingir que não.

Foi naquela época que o sentimento de solidão, o desejo profundo de ficar comigo mesmo, me atacou violentamente na forma de um prazer violento. Quando cheguei aqui, foi como se tivesse chegado ao futuro. É no futuro que estou até agora. Um futuro que é um tempo sempre adiado e vivido como se fosse presente.

Penso em Agnes e em Agnes Atanassova e no que estou fazendo no lugar delas. Penso e vejo o futuro. Aquele que eu não imaginava que pudesse se tornar tão longo. Em algum tempo, pensava eu, eu serviria como marinheiro em um navio de carga e conheceria o mundo indo de porto em porto sem me fixar em lugar nenhum. Nunca me passou pela cabeça me fixar-me a um lugar, muito menos a alguém. A não ser à África, à qual nunca cheguei.

Irene me perguntou sobre a África, e gentilmente aceitou minha resposta sem insistir. Agnes nunca me perguntou sobre a África. Agnes Atanassova também não. Mas Agnes Atanassova é a resposta a todas as perguntas. Problema é descobrir quem, a essa altura, seria capaz de perguntar. Eu dissera a Irene apenas *não há África, nós a devoramos*. Irene ficou quieta. Mastiguei com os dentes afiando a minha língua travada para dizer não há África, não há Irene, não há Agnes, não há Agnes Atanassova.

Mas há, pelo menos há, Agnes Atanassova para provar o que preciso provar. Provar para mim mesmo que eu existo. Sou uma pessoa antiga dessas que ainda tem dúvidas sobre o mundo atual, sua economia, sua política, sua paternidade maternidade, sobre o modo como as pessoas olham umas para as outras nas ruas. Durante toda a minha vida, fui apenas um indivíduo que pretendia inventar a própria solidão. E que gostaria sinceramente, se possível, de existir.

Não sei por que Irene me perguntou sobre a África, talvez quisesse casar comigo, imaginei, confesso que imaginei, com toda a vergonha implicada no ato de imaginar uma coisa dessas, imaginei que Irene gostaria de casar comigo quando me perguntou sobre a África. A relação que eu mesmo desenvolvi entre a África e o casamento ficou inexplicável até para mim. E imaginei seu susto ao descobrir que eu não seria como ela imaginava que eu fosse. Ora, o que imaginamos uns dos outros é sempre o pior começo. Eu seria um infeliz, não pude dizer a Irene. Sempre fui um infeliz. Ela seria uma infeliz. Nunca seríamos mais que dois infelizes.

Irene me perguntaria se penso que as coisas objetivas e os sentimentos são diferentes para as demais pessoas. Eu responderia simplesmente que não, que tenho plena certeza de que a maior parte das pessoas se sente muito mal como está. Mas que, se fossem à África, se descobrissem sua imensidão, talvez deixassem de ser infelizes como eu, talvez o mal-estar cessasse.

Chave

Parei por aqui, como poderia ter parado em qualquer outro lugar. Agnes Atanassova também parou por aqui, pelo menos por uns tempos. Como ela, eu procuro agora a chave da casa enquanto percebo que não há chave, que estou trancado em casa, que me tranquei por dentro antes de sair, como em outro daqueles sonhos repetitivos. Agnes Atanassova senta nessa poltrona na qual estou agora enquanto tenta se lembrar dos últimos gestos no meio dos quais deve estar aquele que a levou a perder a chave.

Seu anseio de ir adiante não era urgente como não é a fotossíntese que uma planta realiza para viver e que acontece sem que a planta possa fazer nada. Agnes Atanassova não tem pressa. Ela sabe que tudo está em sua cabeça. Assim, meu desejo passa como fumaça que se dissipa com interrogações que servem de pontuação a um texto curto e pouco preocupado em ser lido por alguém.

O desejo de sair não era, de fato, nenhum desejo que pudesse ser escrito em caixa-alta, aquele que implica movimentos intensos, reviravoltas, sonhos, ilusões e fantasias capazes de transformar a vida de uma pessoa. E, no entanto, se olho de fora sei que minha vida foi transformada, virada do avesso, mesmo não tendo se tornado nada extraordinária. Agnes Atanassova pensava o mesmo enquanto cruzava as pernas na poltrona para mergulhar na meditação.

Procuro a chave agora como quem procura algo para querer, o desejo que eu devia trazer comigo, como diria Irene, não me leva ao lugar certo. Eu deveria fazer como Agnes, sentar e esperar. Meditar e, com isso, melhorar o tempo da espera. Evito a angústia. Busco pensar na chave como se ela fosse uma coisa em si. Apaguei-a de minha memória mais recente. Eu jurava que tivesse sido posta sobre a mesa. Mas sobre a mesa, por descuido, deixei apenas o colar de pérolas que um dia deveria devolver a Agnes.

Procuro a chave e me lembro de um sonho, mas não consigo lembrar quando o sonhei. Eu ia a uma quermesse. Dentro da boca levava minha própria língua cortada. Sob as barracas cobertas com toalhas brancas, a comida da festa esperava por uma horda de comensais. Um homem tinha chegado bem cedo e, sentado, esperava o início das festividades. Negro e humilde, vestido como um homem pobre que pega sua melhor roupa para ir à missa, ele tinha algo a me dizer.

Aquele homem era meu pai. E eu deveria reconhecê-lo como tal. Se eu o reconhecesse, ficaria tudo bem. Fui até ele e o cumprimentei como faço até hoje com pessoas que precisam de um olhar amigo. Há muitas pessoas, quase todas, que precisam de um olhar para existir. Tratei meu pai negro com o respeito que ele me pedia, ainda que eu estivesse mudo. Por minha simpatia, ele quis me dar um presente. Dirigiu-se a uma das barracas tendo à mão uma faca afiada e, levantando a toalha branca, cortou fatias finas da coxa de um morto, as quais dispôs em uma bandeja. Era a carne cozida de um homem. Junto ao rosbife, ele ajeitou peixe seco. Peixe seco e salgado que eu não como desde que era menino. Eu cheguei em casa, depositei o presente na geladeira e pensei como faria para comer tudo aquilo, se eu já estava cheio.

Procurei a chave na geladeira, mas ela estava vazia e nem mesmo a chave estava lá.

Saída

Há poucos anos, cerca de quatro ou cinco telefonemas atrás, Agnes atendeu e disse que estava de saída. A conversa é como um livro que precisa do seu tempo, e a sua falta acionava a minha gagueira, como até hoje. Agnes me disse que tínhamos cinco minutos enquanto ela esperava o táxi chegar. Eu não sabia o que dizer. Ela chegou a me perguntar quando eu resolveria o meu problema. Duvidei quanto ao *problema* ao qual ela se referia e só percebi tratar-se da gagueira à noite quando, ao ler *Os demônios* de Dostoievski, vi que ela se tornava incisiva demais, como Varvara Pietrovna, meio autoritária, meio megera, meio ressentida. Dificilmente uma pessoa com a última característica não tem as outras duas, pensei. Ela me deu medo, o medo que habitualmente sinto quando não sei o que dizer, o medo de ter vergonha. Porque a vergonha tem o poder de travar minha fala. Eu emudeço de vergonha. Ainda vou morrer de vergonha. Mesmo que eu tente me matar, tenho certeza de que só a vergonha de fato me matará.

Quando Agnes se transformou em alguém como Varvara Pietrovna, algo fundamental se perdeu para mim. Levei adiante aquela conversa como pude, apesar de travar praticamente a cada palavra enquanto Agnes Varvara Pietrovna tentava completar as minhas frases. De modo que, naqueles cinco minutos, que devem ter durado três ou menos, tentei contar a ela a estarrecedora história que li no jornal naqueles dias. Era a história de um homem que procurava pelo irmão que ele não via fazia cinquenta anos, desde que seus pais morreram e as crianças foram separadas por pais diferentes no processo de adoção. Eu estava em pânico ao falar sobre isso, era importante que ela ouvisse no meu desespero de criar entre nós alguma intimidade. Ela não dizia nada. Ouvi o suspiro de enfado que ela não buscou disfarçar quando falou, como que avisando que não fomos separados por nenhuma adoção e que o táxi a esperava diante do portão.

Era sábado. Desliguei o telefone a pedir desculpas. Eu estava de folga, uma folga roubada, é verdade. Era um dia daqueles em que ver pessoas me incomodaria muito. Fiquei em casa organizando as coisas, trabalhando nos caderninhos, desenhando uns pássaros mortos de umas fotos de Hugo Curti, um fotógrafo brasileiro cujas imagens foram publicadas em uma revista que Thomas trouxe a rir por tê-la ganhado no trem de uma moça que lhe pediu para viajar com ele e, sem perceber que ele era cego, lhe dera de presente junto com o número de seu telefone. Eu preparava um caderno, pensando nessa moça que Thomas deveria voltar a procurar.

O trabalho da encadernação não era difícil. Foi um dos míseros aprendizados adquiridos nas aulas de trabalhos manuais que tínhamos no seminário sobre talentos ainda mais míseros de desenhista que eu tentava fazer sobreviver.

Pensei na moça que viu Thomas sem ver que ele era cego e desenhei um pássaro morto para que Thomas desse a ela. Depois pensei se não seria ofensivo, se não deveria ter desenhado uma dália, como faria caso essa moça se parecesse com a do colar de pérolas de Vermeer que há muito tempo quase fala comigo.

A moça do colar de pérolas

Quando visito a moça com colar de pérolas de Vermeer, eu me sinto um estúpido, mais estúpido que todos os outros estúpidos. Eu desenho, constantemente, um detalhe ou outro para colocar nos cadernos. Nunca a desenhei por inteiro. Seria uma heresia. Só ela me consola dos pavores que Agnes me causa. Quero dizer, o pavor de ter ouvido Agnes e de ter percebido como ela pode se parecer com a personagem Varvara Pietrovna do livro de Dostoievski superou todos os outros. Somente Agnes Atanassova pode compensar meu horror com sua calma, com sua capacidade de meditar, como faz agora enquanto procura localizar a chave dentro de si.

Eu queria ter perguntado a Agnes Varvara Pietrovna como ela se sentia tendo um irmão gago e artesão, alguém que não conseguiu falar direito e não se tornou um artista. Logo eu lembro que não devia ter me tornado artista, que, no máximo, gostariam que eu me tornasse um padre, mas que, na verdade, nem isso. Eu poderia ter enviado um cartão-postal a Agnes V. P., como a chamarei a partir de agora, com a imagem de um artesão trabalhando na Idade Média como a que tive vontade de copiar no museu um dia desses. Não diria que o personagem da pintura era gago, mas colocaria uma legenda: *a gagueira não apareceu ou a gagueira ausente*. Agnes V. P. não entenderia nada. Pensaria se isso podia ser arte e jamais se daria conta de que arte é apenas um conceito que pouco tem a ver com as coisas a que se refere.

Perambulando pelos museus da cidade, pois tive tempo de passear bastante, digamos que aproveitei a minha solidão, acabei conhecendo praticamente os quadros que, durante todos esses anos, me encantaram de um modo ou de outro. Sempre volto à moça com colar de pérolas porque me encanta seu próprio encantamento com o colar que traz as mãos. A beleza do colar que não se consegue ver direito é maior ainda por seu caráter alusivo. É preciso completar as pérolas com o olho. Ouvi a ideia da *beleza alusiva* de um guia que tentava explicar a um grupo de turistas por que o quadro de Vermeer era mais belo do que os outros. Ele falava do *belo*, era um homem velho como eu, até mais velho, e não tinha vergonha de falar em beleza para jovens que só pensam em celulares. Jovens que não cometiam o absurdo gesto de fotografar um quadro, mas o gesto ainda mais absurdo de se fotografarem diante de um quadro.

Quando vejo a moça com colar de pérolas, penso em Agnes V. P. Agora, contudo, é Agnes Atanassova que, sentada na poltrona, espera a lembrança da chave. Penso em Irene, que sempre critica a ideia de beleza, mas até hoje não encontrou nome melhor para o que acontece no universo particular da moça com colar de pérolas. Mas penso também em Thomas, que talvez nunca tenha visto esse quadro, que não se lembrou dele quando o mencionei. Penso em como Thomas pode reconstituí-lo em sua imaginação. Penso no que pode ser a imaginação de um cego. Penso como seria bom se Agnes V. P. fosse como a menina encantada com seu colar de pérolas e não como uma Varvara Pietrovna ressentida com sua vida de beata. Que de seu olhar surgisse um bom sentimento, aquele que se tem com as coisas delicadas.

Vejo tudo o que Agnes Atanassova me deixou sem querer e me compadeço das coisas. Me compadeço de Agnes Atanassova que um dia, quando ainda acreditava no trabalho e nos deveres, sobrevivia em sua versão Saint-Exupéry a trafegar sobre terras e mares, confundido com pássaros e naves espaciais. Me compadeço da minha própria imaginação. Talvez eu tenha telefonado a Agnes V. P. sempre em busca de um momento mais bonito, que pudesse salvar pela poesia tudo o que não tivemos nos poucos anos de nossa infância em que vivemos juntos.

A vida, quantas vezes, pensei, não é diferente de um colar de pérolas que pode arrebentar a qualquer momento, deixando-nos para sempre perdidos do que fomos e do que poderíamos ter sido.

Olho para mim no espelho e vejo a impotência para ser outra coisa que me trouxe até aqui. Olho para cada pérola desse colar de Agnes Atanassova, penso no quanto cada uma vale em si mesma, mesmo torta, única e infeliz ao lado de suas iguais. E o conjunto por meio do qual cada uma é harmoniosamente ligada a às outras causa esse espanto sutil que chamamos de beleza. Tantas vezes imaginei que Agnes V. P., do outro lado do mundo, seria como essa moça com seu colar de pérolas vivendo só, olhando para o que restou, o colar de pérolas deixado por nossa mãe para ela quando já não sabia quem era.

Um colar de pérolas que eu trouxe comigo e que impede agora que Agnes possa se reconhecer.

Vergonha

Eu não tinha ouvido falar de Spinoza, para quem a totalidade dos afetos é regida pela alegria e pela tristeza. Pelo que pude entender, para mim, não havia tristeza ou alegria, mas no centro de tudo estava tão somente a vergonha. Nenhuma vergonha do que eu fizesse apenas, pois eu era um homem simples e tinha sido um jovem perdido e assustado. A vergonha consistia, afinal, no que eu era. Se hoje vou de casa ao trabalho e evito encontrar pessoas, falar com elas na rua, não é por nada que eu faça. Não faço grande coisa. Não faço nada de que deveria me envergonhar e, mesmo assim, sinto toda a vergonha do mundo. Desde hoje pela manhã no meio da avalanche de afetos, consigo isolar a vergonha. Um fio fino de vergonha e no entanto cortante como uma lâmina. Ele me divide ao meio. Não é a vergonha do que faço, mas a vergonha do que eu sou. Sei que sou o que eu faço, ou o que eu faço é grande parte do que eu sou, mas se trata de uma vergonha mais profunda, assim como um vórtice que devorasse o mundo num movimento vertical para baixo. Uma vergonha que não mudaria se eu mudasse de atitude. A vergonha a que me refiro surge como se eu estivesse nu diante dos outros. Irene me disse quando comentei esse aspecto que eu deveria ficar nu diante dos outros. Mas ela não entendeu o que significaria estar nu. Não suportaria que me vissem nu, por isso tenho tanto medo de morrer sem me matar e teria tanto medo de me matar sem um testamento pelo qual pudesse deixar meu corpo para alguma instituição que o estudasse.

Vórtice

Esse colar é como um vórtice ao meu redor de meu pescoço. Desde o momento do telefonema até agora, mas de um modo muito novo, como se uma revoada de pássaros negros entrasse pela janela e fosse esconder-se dentro do velho guarda-roupa de Agnes Atanassova.

Eu sabia que a vergonha me atingira em todos os telefonemas, porque eu deveria ter contado a Agnes que trouxe o colar comigo. Que seu mais precioso bem nunca foi seu porque foi meu.

Eu teria que explicar a ela que todos os maus afetos que senti me levariam tão somente a viver, mais uma vez, repetitivamente, a dor estranha da vergonha. A vergonha que sinto agora, porque o colar está em meu pescoço e me vejo, por segundos, como minha mãe.

Então, não posso devolver o colar a Agnes a essa altura, porque preciso dele mais do que nunca.

Alto-mar

Antes da ideia do testamento, pensei numa morte em alto-mar, quando o corpo é devorado pelos peixes e dele não sobra nada, como vi acontecer aos pescadores na minha infância. Pensei também em incêndio, mas seria um risco para outras pessoas, afinal não moro numa casa no meio do campo, mas em um prédio de apartamentos e nunca pensei em matar ninguém, não assim, pelo menos. Quer dizer, eu até gostaria de matar muitas pessoas, mas não assim, e não qualquer um. E não por acaso. E não covardemente, a ponto de matar a mim mesmo e arrastar outros comigo. Na verdade, não tenho ódio suficiente para matar alguém, nem sequer para pôr a vida de alguém em risco em nome de um capricho relativo à minha morte. A morte pode se dar de muitos modos, há muitos jeitos de se matar e por isso mesmo é preciso ser simples e prático quanto a esse tipo de tarefa. Me falta a praticidade para dar cabo de mim mesmo. Dos outros mais ainda. Não tive ódio do mundo, não o bastante para me matar de modo que minha morte acontecesse envolvendo o mundo ao meu redor. Melhor seria como um livro de um tal Passavento que li dia desses, melhor seria desaparecer. Sumir pela neve, como Robert Walser. Mas desaparecer é para poucos.

Saint-Exupéry teve essa sorte. Conseguiu sair da vida como Agnes Atanassova. O homem que viajava em um avião e que um dia sumiu quando sobrevoava o alto-mar, na verdade, decidiu descer e ficar por aqui. Ele organizou a fuga perfeita. A fuga por metamorfose. A fuga sem volta. Atrás de si deixou perguntas por fazer, e perguntas por responder. Agora penso que também eu, se tivesse que escolher, preferiria ser aviador, não terrorista como cheguei a pensar. Eu nunca seria um revolucionário. Sou tímido demais para isso. As coisas não têm conexão, eu sei. Mas é que me vem à mente. No fundo, no fundo, como dizem aqueles que nunca foram ao fundo, e eu mesmo gosto de dizer, mais do que medo tive vergonha, mais do que ódio tive pena. Pena das pessoas que conviviam comigo. Minha própria existência era um ato terrorista. Para a maior parte das pessoas era impossível conviver bem com um gago e sua gagueira vindo sempre antes. Os *hippies* tinham desaparecido desde os anos 1970, e a tolerância, quando muito, tomou o lugar de um amor impossível. Os tipos humanos que vieram depois pareciam ter herdado o inconsciente de seus avós fascistas e nazistas, sem a permissão para que o inconsciente viesse à tona, o que torna o inconsciente muito mais forte e a pessoa portadora desse inconsciente muito mais infeliz, tanto quanto aqueles que são obrigados a conviver com ela.

Metamorfose

Nas últimas décadas, tenho percebido isso, vivemos um fascismo recalcado. Esse fascismo que um terrorista acredita combater com a violência das próprias mãos. Penso agora na violência da metamorfose. No *quantum* de violência que é preciso assegurar quando se pretende uma fuga perfeita.

O telefone continua a tocar. Só alguém muito ansioso ou muito autoritário insistiria tanto. Agnes V. P., sim, Agnes é autoritária o suficiente para me ligar pela primeira vez logo depois do que aconteceu hoje. Pode estar desesperada.

Desenhei um soldado SS com o rosto de meu colega fazedor de sopas. A foto eu peguei na internet, bastou desenhar o corpo de soldado, o que fiz usando a caneta de nanquim que usaria para figuras humanas caso as desenhasse. Fiquei observando como fazem os bons desenhistas e copiei à minha maneira tentando ser também eu um bom desenhista. Talvez tenha encontrado um estilo. Pensei em fazer vários. Vou vender muitos caderninhos na praça com esse *logotipo*. As pessoas gostam muito de logotipos hoje em dia. Vou usar o retrato da pessoa no corpo do soldado SS. Vou colocar um soldado SS a atirar no Cristo, a quem faltam poucos detalhes para ficar pronto.

Nessas horas em que os logotipos entram em cena, eu me sinto um fóssil. Thomas ri de mim. Mostrei a Thomas meus cadernos por pura ansiedade. Ele não podia vê-los, acariciou-os como se fossem pássaros na mão, perguntando-me sobre cada detalhe. Mostrei-os a Irene, que me elogiou por meus desenhos, mas Irene não entende muito de arte e deixei para lá. Dei a ela um caderno em cuja capa desenhei a figura de Cristo. Esse Cristo se parece com o que me vem à mente agora e percebo que estou ficando muito esquecido, pois já o desenhei antes. Irene não vai querer outro Cristo. Não adianta desenhá-lo mais uma vez.

Aprendi sobre os papéis, a cortá-los, a colar delicadamente cada folha respeitando as gramaturas, a usar o bico de pena, a organizar os desenhos dentro das páginas, na capa ou nos cantos, de modo a preservar bastante espaço para quem neles quiser escrever. Desenvolvi, com o passar dos anos, o meu próprio estilo, como esse Cristo que me vem à mente há dias, que está quase pronto, está pronto, na verdade, no qual, no entanto, falta alguma coisa que não posso compreender.

Meu Cristo ainda grita e não posso ouvi-lo. É que tem, por meio desses últimos traços, a boca costurada.

Agnes, das cinco às sete

No meu guarda-roupa continuo a guardar pertences alheios. Os pertences que outros deixam para trás. Eu também deixaria o telefonema de hoje no guarda-roupa, se fosse um turista, deixaria Agnes, deixaria meus documentos. Eu deixaria Agnes Varvara Pietrova a conversar com Agnes Atanassova e sairia de casa para levar a vida como um simples homem que trabalha no guarda-roupa entregando coisas que não sabe o que são a pessoas que não verá nunca mais.

É hora de sair, são quase cinco horas da tarde. Ainda tenho das cinco às sete, como Cleo, no filme de Agnès Varda para chegar à agência de viagem onde poderei decidir se vou a Florianópolis ou se fico com o medo que me trouxe até aqui a perguntar-me o que me poderá levar a outro lugar além da morte. Procuro a chave que deveria estar sobre a mesa ou, penso agora, pendurada no chaveiro atrás da porta. O telefone toca mais uma vez, não vou atendê-lo.

Devo ter pegado a chave com a intenção de sair quando vi que minha mão sangrava. O sangue estancou, não era nada sério. Acostumei-me a sangrar. Às vezes eu sangro. Quer dizer, sangrei algumas vezes. Sangrar não me preocupa. A chave é o que me preocupa agora. Sem ela é impossível sair. Estou trancado em casa como, aliás, eu sempre quis e, impossibilitado de sair, o desejo de sair assume traços irônicos. Embora deseje ficar, eu desejo sair. Desejo sair e desejo ficar. É impressionante o mecanismo do desejo. Essa consciência pode me levar a lembrar onde pus a chave, pois é evidente que me tranquei aqui, inconscientemente, como diria Irene.

Saint-Exupéry

Agnes V. P. me vê como um fracassado. Agnes Atanassova me vê como eu a vejo, agora, no espelho. O *cloche* preto em minha cabeça, o vestido florido de cintura baixa. As meias de seda, a cinta-liga, são peças incômodas, os sapatos de salto apertam um pouco as pontas dos dedos. De fato, não estou acostumado. O colar de pérolas nesse momento é a parte mais impressionante dessa vestimenta.

Sou Agnes Atanassova, e me lembro que um dia fui Saint-Exupéry. Que olhei para o mar abaixo de mim. Era o abismo e o abismo olhou para mim.

Inevitável

Olho para mim mesmo diante do espelho vestido de Agnes Atanassova. Meu olhar parece, a mim mesmo, abstrato e concreto ao mesmo tempo. Vejo com esse olhar, direto e indireto, a chance da fuga definitiva, a fuga nunca consumada. Vestido como Agnes Atanassova, penso no que Agnes dirá, ela que está dominada pelo espírito de Varvara Pietrovna, o espírito da avareza. Penso no que ela diria, mas em segundos esse pensamento se apaga, como toda a sua importância.

O que Agnes diria se me visse depois de tanto tempo não é mais uma pergunta real, já não me diz nada. Agnes V. P., ou recortes de revistas e fotografias de pessoas desconhecidas recortadas e coladas. Agnes, uma fantasia, um desejo. A fantasia e o desejo de que Agnes exista.

Se ninguém presta muita atenção ao homem do guarda-roupa, se nos acostumamos a ser *invisíveis*, penso agora se alguém prestará atenção a Agnes Atanassova. Somos como faxineiras e garis, mas menos, porque hierarquicamente menos importantes do que esses outros invisíveis sempre mais úteis porque trabalham transformando o que é desagradável, o lixo, os dejetos, aquilo que ninguém quer ver, em algo invisível. Escondem o horror, o feio, o inacabado. Trabalham contra si mesmos, eu digo a Thomas, como eu e como ele. Tornam-se aquilo que eliminam, como eu e ele nos tornamos parte desse gesto inútil de receber e entregar o nada a ninguém.

Outro nome e outra pessoa

Agnes Atanassova não imaginava que, enquanto meditava sobre o paradeiro da chave, encontraria outra forma de viver.

Outro nome e outra pessoa, eis a composição de outro destino, direi a Irene. Entre objetos perdidos, explicaria a ela que encontrei a mim mesma. Que sou outra pessoa. Tenho que dizer a Agnes V. P. que a vida dá muitas voltas. Tenho que explicar a Agnes que Agnes Atanassova está aqui, que Irene irá conhecê-la e que tudo está bem como jamais esteve.

Made in China

Vou fazer um carimbo e usar tinta dourada para usar as iniciais A. A. nos caderninhos. Agnes Atanassova costura tão bem seus cadernos, desenha tão bem esses pássaros mortos. Ela tem esse talento real para ilustrá-los com letras bem desenhadas nos cantos, ela poderá viver dessa arte menor que lhe dá a pequena alegria de simplesmente estar na vida.

Agnes Atanassova colocará esse logotipo especialmente criado para os caderninhos no final das páginas. Cristo com a boca costurada pode assustar alguns, mas a maior parte das pessoas entenderá que essa é uma imagem explicativa do nosso tempo. Agnes Atanassova desenhou também esses soldados com cabeça de mosca com os quais deve ilustrar vários outros caderninhos antes de vendê-los nas ruas. Agnes Atanassova gostará de vendê-los contra as ideologias e os preconceitos. Se eu tive forças para fazer tantos caderninhos, Agnes Atanassova terá mais força ainda. Seremos um par incrível de artesãos. Mas, à diferença dos demais, ficaremos ricos. Depois queimaremos dinheiro em praça pública em rituais de escárnio espontâneos e abruptos, sem nenhuma programação, sem nenhum planejamento.

Depois eu desaparecerei e Agnes Atanassova ficará feliz com o caminho que abrimos juntos.

Agnes Atanassova ficará na grama atrás da Alte Galerie, na ilha dos museus, a vender cadernos clandestinamente, até que a polícia virá detê-la. Quando os policiais vierem, ela lhes dará um caderno, eles correrão envergonhados ao verem a si mesmos na forma de dípteros vestidos com esses uniformes terríveis. Depois ela pensará em abrir um negócio no centro, perto da praça. Desistirá em breve, ocupada em viajar para um deserto, cansada que estará da companhia dos homens. No fundo, teme ser dominada pelo espírito do capitalismo. Com sua simpatia, Agnes Atanassova conquistará mais e mais clientes, e os frustrará com seu Cristo de boca costurada. E os espantará com as moscas vestidas com as quais ninguém quer identificar-se.

Na praça, os clientes, turistas sempre ávidos de alguma coisa original, ficarão felizes com qualquer coisa que não tenha sido fabricada na China, porque hoje em dia as pessoas olham de onde vêm os objetos e começam a questionar sua origem, assim como fazem com pessoas, o que é um perigo ou pelo menos algo com o qual é preciso ter cuidado. Agnes Atanassova também poderia ter sido fabricada na China. Mas não foi. E ela sabe que isso não a torna melhor do que nada e do que ninguém.

Transeuntes de todos os tipos pedirão uma fotografia com seus telefones celulares ultramodernos ao lado de Agnes Atanassova e sua roupa de cem anos a contrastar com as construções espelhadas, com os carros cada vez mais velozes. O espírito de província das instituições, da comunidade, do bairro não desaparecerá porque Agnes Atanassova voltou ao mundo, mas sentirá vergonha por tanta enganação. Irene me disse que nenhuma grande cidade desmonta sua província imanente apenas por mudar de tamanho. O tamanho das coisas, disse-me Irene, não importa. Nenhuma cidade deixa de ser bárbara por vender a si mesma como *civilização*. Irene será amiga de Agnes Atanassova, as duas ficarão juntas para sempre.

Encontro Agnes Atanassova no espelho e, de repente, ela me parece mais verdadeira do que nunca com seu colar de pérolas como a moça do quadro de Vermeer, a atar em delicado gesto o cordão natural que representa a vida. Agnes Atanassova está viva. Agnes que nunca falou de si é que parece não existir.

Há vidas inteiras que acontecem depois da morte, como a de Agnes Atanassova. Há mortes que acontecem enquanto se está vivo. Há mortes que vêm como bombas, há outras que vêm como metamorfoses doces. A morte de meu pai me traz um estranho descanso, como se eu mesmo tivesse morrido para que Agnes Atanassova pudesse continuar sua meditação.

Fim

Procuro a chave para sair de casa, acostumado que estou a ser traído pela memória. Irei ao museu, conversarei um pouco com Thomas para que ele entenda minha nova forma de viver. De lá, irei à agência de viagens, ao aeroporto. Não irei a lugar nenhum sem a concordância de Thomas. Depois de Thomas, antes do aeroporto, irei ver Irene. Não irei a lugar nenhum sem falar com Irene. Não posso deixar de ouvir meus amigos, de ouvir seu conselho. Direi a Irene que não vi o filme que ela me pediu que visse. Ou que o vi, tanto faz. Deixarei com eles a chave desaparecida assim que encontrá-la.

Despindo-me da roupa de Agnes Atanassova, um pouco triste por voltar à realidade, visto meu velho uniforme pendurado atrás da porta como a roupa de um morto. Visto as calças pretas cuja cintura está cada vez mais larga.

O telefone toca, o apartamento está escuro. É preciso ligar as luzes para procurar a chave. Lá fora faz muito frio. O sol deve ter se posto mais cedo. Há uma neve fina. O fim do conto de Agnes Atanassova se aproxima como se a vida chegasse a um desfecho essencial. Direi a Agnes, quando eu chegar, se houve um fim ou se tudo era, como em todo fim, apenas um começo. Por enquanto, vestido com o uniforme com que devo sair para trabalhar, irei mais uma vez ver Thomas, irei à agência de viagens, irei ver Irene vestido desse modo que se torna, nesse momento, o que há de mais falso em minha vida.

A mão no bolso da calça me faz encontrar a chave perdida, esquecida nele desde ontem. Abro a porta, saio em busca do meu caminho no tempo presente sem poder voltar atrás. Tomo meu rumo. Na rua, passos adiante, penso em ir a pé. Tenho tempo, não estou assim tão atrasado.

O colar de pérolas em meu pescoço faz saber que não se pode voltar atrás.

Agradecimentos

A Regina Rosa de Godoy e Cássia Rabetti, pelo quarto para escrever no Campeche e por me levarem a Irene Baldacin.
A Irene, por me apresentar a Getúlio Manoel Inácio.
A seu Getúlio, pela generosa conversa que inspirou parte fundamental deste cenário.
A Jacques Fux, por ter lido tudo o que escrevi com paciência notável quando os papéis ainda estavam indiscerníveis.
A Bete Tiburi, por me deixar roubar seus sonhos, lê-los e achar que tudo está bem como ficou.
A Rubens Casara, que leu com atenção concentrada e amor nos cortes.
A meus pacientes editores.
A todos, sem palavras.

Este livro foi composto na tipologia Minion Pro,
em corpo 11/15, e impresso em
papel off-white no Sistema Cameron da
Divisão Gráfica da Distribuidora Record.